Knaur.

Über die Autorin:
Tanja Kinkel, geboren 1969 in Bamberg, gewann bereits mit 18 Jahren ihre ersten Literaturpreise. Sie studierte in München Germanistik, Theater- und Kommunikationswissenschaft und promovierte über Aspekte von Feuchtwangers Auseinandersetzung mit dem Thema Macht. 1992 gründete sie die Kinderhilfsorganisation Brot und Bücher e.V. www.brotundbuecher.de, um sich so aktiv für eine humanere Welt einzusetzen.

Tanja Kinkels Bücher wurden in mehr als ein Dutzend Sprachen übersetzt. Sie spannen den Bogen von der Gründung Roms bis zum Amerika des 21. Jahrhunderts. Zu ihren bekanntesten Romanen gehören *Die Löwin von Aquitanien* (1991), *Die Puppenspieler* (1993), *Mondlaub* (1995), *Die Schatten von La Rochelle* (1996), *Unter dem Zwillingsstern* (1998), *Die Söhne der Wölfin* (2000) sowie *Götterdämmerung* und *Der König der Narren* (beide 2003).

Mehr Informationen über Tanja Kinkel und ihre Romane finden sich auf ihrer Homepage: www.tanja-kinkel.de

Tanja Kinkel

Götter-dämmerung

Roman

Knaur Taschenbuch Verlag

Besuchen Sie uns im Internet:
www.knaur.de
www.goetterdaemmerung-roman.de

Wenn Sie mehr Wissenschaftsthriller lesen möchten,
schreiben Sie uns – wir informieren Sie gerne!
mystery@droemer-knaur.de

Vollständige Taschenbuchausgabe April 2005
Knaur Taschenbuch.
Ein Unternehmen der Droemerschen Verlagsanstalt
Th. Knaur Nachf. GmbH & Co. KG, München

Umschlaggestaltung: ZERO Werbeagentur, München
Umschlagabbildung: Zefa, Masterfile
Satz: Setzerei Vornehm GmbH, München
Druck und Bindung: Clausen & Bosse, Leck
Printed in Germany
ISBN 3-426-62816-3

2 4 5 3 1

Für meine Eltern,
die diesen Roman mitgetragen haben.

Es ist immer das gleiche lähmende Gefühl, mit dem sein Traum beginnt, der Albtraum, der sich seit seiner Kindheit in ihn gekrallt hat und ihn nicht mehr loslässt, der Traum, der sich nur hin und wieder für ein Jahr oder zwei ruhig verhält und dann wieder drohend seine Zähne zeigt. Es ist immer das Gleiche. Da ist der Geschmack von Eiscreme auf den Lippen, Zitroneneis, für das er eine halbe Stunde bis zur Tankstelle gelaufen ist, weil es sonst in Morrow nirgendwo welches gibt. Die schwüle Hitze des Sommers in Louisiana. Da ist der Geruch von vertrockneten Magnolienblättern aus dem Frühjahr, Kaffee und Tabak. Lavendel und Kölnisch Wasser, überall, und dahinter das, was es überdecken soll, der Gestank von Arznei und Fäulnis.

»Owen sagt, du warst nicht mehr in der Kirche, um für mich zu beten«, flüstert die Stimme seiner Mutter, und weil es ein Traum ist, hört er sie und hört gleichzeitig seinen Vater klagen, wie alles anders hätte werden können, wenn sie ihn nicht verlassen hätte. Vater ist wieder betrunken und weigert sich, Mutter anzusehen. Er hält die geschwollene Hand seiner Mutter in der Linken, aber die Hand seines Vaters zerrt an seiner Rechten. Er sitzt an der Seite der Mutter auf der Couch, die mit Großmutters so sorgfältig genähtem Quilt ausgelegt wurde, aber die Decke besteht nicht mehr aus Stoffstücken. Nein, es ist ein Flickenteppich aus Papier; und aus seinen Fingerspitzen, über die aufgeschwemmte Hand seiner Mutter und die verknorpelte sei-

nes Vaters, fließt schwarze Tinte, so klebrig wie die Reste des Zitroneneises auf seinen Lippen, aber er kann seine Hände nicht losreißen, und die schwarze Tinte hört nicht auf zu fließen. »Das ist nicht genug, Neil«, sagt seine Mutter. »Ich brauche ein Wunder.«

»Du Idiot hast dich immer für was Besseres gehalten«, zischt sein Vater. »Es ist deine Schuld. Du siehst doch, was du anrichtest mit dieser Schreiberei!«

Seine Mutter legt ihre Linke leicht auf sein Haar, lässt ihre Finger darüber gleiten, und diese selbstverständliche zärtliche Geste ist die schlimmste von allen, denn er weiß genau, dass jetzt Hautfetzen zurückbleiben werden und Nägel sich langsam in seinen Schädel arbeiten. Und doch kann er sich nicht losmachen. Das würde sie verletzen.

»Hilf mir«, bittet seine Mutter inständig, und er wendet sich ab, um ihre Tränen nicht zu sehen, und über ihre Schulter hinweg sieht er Deirdre, seine Frau, die im Türrahmen steht, durch den Licht fällt, hell und kalt wie der Norden. Deirdre steckt die Hand nach ihm aus, und er will aufstehen und kann nicht, will aufstehen, um die Hand zu ergreifen.

»Versteh mich«, beginnt er, »bitte …«, und wie jedes Mal schüttelt seine Frau langsam den Kopf und weicht Schritt für Schritt zurück, bis das fahle, kalte Licht im Raum jenseits der Tür sie verschluckt. Er kann nicht sehen, dass sie die Tür schließt, aber er hört etwas ins Schloss fallen und weiß im gleichen Moment, er hat sie für immer verloren.

Er war wach. Spürte einen fremden Geschmack auf seinen Lippen. Es hatte etwas Verstörendes: Das waren nicht die Zigaretten; er rauchte seit ein paar Monaten nicht mehr, aber es wunderte ihn nie wirklich, wenn er doch manchmal der Versuchung nachgab. Leichter wäre es für ihn, nicht zu rauchen, wenn nicht überall diese lächerlichen Verbotsschilder hingen. Von seinem inneren Anarchisten war über die Jahre vielleicht nicht mehr viel geblieben, Verbote aber lockten ihn wieder hervor.

Es war kein Zitroneneis, auch nicht der billige Fusel, den Ginny ihren Gästen servierte. Anders als mit den Zigaretten hatte er mit Alkohol nie ein Problem gehabt, und er fand es auf seine eigene Weise amüsant zu beobachten, wie der Rest einer Gesellschaft sich durch ständig steigernde Lustigkeit gegenseitig übertreffen wollte, während ihn Alkohol eher ruhig machte. »Das ist der Snob in dir«, hatte Matt einmal bemerkt und natürlich Recht gehabt.

Er fühlte sich benommen und desorientiert, doch wieder einzuschlafen war keine Lösung. Nicht nach seinem Traum. Wieder fuhr er mit der Zunge über Zähne und Lippen, seine Verwirrung wuchs. Parfüm und Schweiß, eine Mischung, die ihm neu war. Ein unbekannter Geschmack in seinem Mund, ein fremder Geruch auf seiner Haut. Ein teures Parfüm, so wie man es verwendet, wenn man den eigenen Körpergeruch verbergen will. Der Name, er versuchte sich an ihren Namen zu erinnern. Ein Bild schob sich stattdessen in sein Gedächtnis, der schönste Po, den er seit langem gesehen hatte. Nur das Tattoo darauf hatte ihn gestört; chinesische Schriftzeichen, die ihn unweigerlich an die Speisekarte eines chinesischen Restaurants denken ließen. Aber es waren hinreißende Formen, die er ganz seinem Tastsinn überlassen hatte. Und dennoch wusste er: Es war wieder eine Nacht gewesen, die er bereuen würde.

Die Erkenntnis kam, wie üblich, zu spät.

Verstört setzte er sich auf. Im grauen, kühlen Licht, das durch das Dachlukenfenster in sein Schlafzimmer fiel, sah er, dass er allein war. Er versuchte nicht allzu erleichtert zu sein. Ihre blonden Haare hatten ihn ein wenig an Deirdre erinnert. Er hatte sie bei Ginny getroffen, aber ihr Name fiel ihm immer noch nicht ein. Ihr Verschwinden ersparte ihm zumindest die Peinlichkeit einer morgendlichen Unterhaltung.

Auf dem Boden, nicht unweit seiner zerknüllten Jeans, lag ein dünnes ledernes Etwas. Erst beim zweiten Hinschauen erkannte er sein Portemonnaie. Was ihm das Erkennen erschwerte, war der Umfang. Neil stand auf und fischte das dünne Lederding vom Boden auf. Leer. Nicht nur die Scheine, nein, auch die Kreditkarten. Er stutzte einen Moment lang, dann musste er lachen.

Sie war wirklich hungrig gewesen.

Das Lachen packte und schüttelte ihn und ließ ihn mit einem Gefühl der Erleichterung zurück. Eigene Dummheit. Im Grunde hätte er wütend sein müssen. Aber wie jedes andere intensive Gefühl seit Jahren ließ sich auch sein Ärger nicht einfach hervorkitzeln. Immerhin fiel ihm ein, dass er zumindest die Kreditkarten sperren lassen sollte. Er versuchte sich zu erinnern, wo er die Nummer der Bank gelassen hatte. Irgendwo in seinem Arbeitszimmer, in dem Haufen, der seinen Schreibtisch dekorierte, aber wo?

Die Uhr neben seinem Bett zeigte ihm, dass es kurz nach neun war. Zu früh für irgendwelche Studenten, um unangemeldet bei ihm aufzutauchen, denn er hatte heute keine Termine vereinbart. Ohne sich anzuziehen, ging er in sein Büro hinüber, das wie sein Schlafzimmer direkt unter dem Dach lag. Matt hatte ihn für verrückt erklärt. Sich für viel Geld in diesem alten Haus einzumieten, das noch nicht einmal über eine vernünftige Klimaanlage verfügte, um dann im Sommer halb zu ersticken, erschien ihm so unlogisch wie das meiste, was Neil in der letzten Zeit tat.

»Du vergisst, wo ich herkomme«, hatte Neil erwidert, und in dem übertriebensten Cajun-Akzent, zu dem er in der Lage war, hinzugefügt: »Für uns Jungs aus dem Süden wird es bei euch Eskimos nie richtig heiß, Mister.«

Ganz im Gegenteil, dachte er jetzt, während er den Container unter seinem Schreibtisch hervorzog und in den Schubladen wühlte. Es war Februar, und in Neuengland lief das auf Schnee hinaus. Abdichtungen hin, Abdichtungen her, er bildete sich ein, den frostigen Wind sogar hier zu spüren.

Die Schubladen waren eindeutig durchsucht worden, und nicht von ihm. Er fragte sich, warum er nichts, aber auch gar nichts gehört hatte, bis auf das leise Schnappen des Türschlosses, falls das nicht auch zu seinem Traum gehört hatte. So arbeiteten Profis. Sein Briefbeschwerer fiel ihm ein, und er schaute hastig auf die Tischplatte. Kein silberner Pelikan zwischen den Zetteln. Er unterdrückte einen Fluch, und langsam meldete sich der Ärger, auf den er die ganze Zeit gewartet hatte. Das war nicht irgendein Briefbeschwerer gewesen, sondern ein Geschenk zum Collegeabschluss. Sein Notebook, das er immer auf Reisen mitnahm, stand auch nicht neben dem Schreibtisch; wahrscheinlich würde er das Gerät auch sonst nirgendwo entdecken. Wenigstens war der reguläre Computer zu sperrig für das Miststück gewesen. Er überlegte, ob er irgendwelche Dateien auf dem Notebook hatte, die nicht auf dem Festgerät oder Disketten gesichert waren. Vorerst fiel ihm zu seiner Erleichterung nichts ein, aber bei seinem Glück würde sich das schnell ändern.

Wenigstens fand er sein Adressbuch. Es enthielt zwar die Nummern fast aller Antiquariate von Cambridge, aber nicht die seiner Bank. Da ihm eindeutig die Lust fehlte weiterzusuchen, entschied er sich für den einfachsten Weg und rief Deirdre an. Ihre Nummern, die private, die ihres Büros und die ihres Handys, waren alle in seinem Telefon gespeichert; er brauchte sie nur abzurufen. Sie selbst hatte jede einzelne Nummer eingegeben, als sie die Kinder das erste Mal bei ihm allein ließ.

»Ich kenne dich«, hatte sie gesagt. »Falls etwas passiert, will ich nicht, dass du mir später erzählst, du hättest dich in der Aufregung nicht mehr an all die Zahlen erinnern können. Du rufst mich auf der Stelle an.«

Um diese Uhrzeit arbeitete sie natürlich schon. Als sie sich mit »Büro von Senator Cunningham« meldete, die Stimme geübt in freundlichem Optimismus, spürte er die alte Versuchung, sie zu verletzen und zu fragen, ob alle Senatoren ihre Angestellten zum Training zu Ansagediensten schickten, damit sie auch wirklich unpersönlich klängen. Er schluckte die Worte hinunter, was ihm nicht weiter schwer fiel. Die Scheidung lag nun schon fast zwei Jahre zurück, und die Bitterkeit darüber kostete wie jedes andere heftige Gefühl dieser Tage Mühe.

»Deirdre«, sagte er ohne jede weitere Einleitung, »mir sind meine Kreditkarten abhanden gekommen. Frag mich bitte nicht, wie. Ich weiß, dass ich mir die Nummern irgendwo notiert habe, aber ich finde sie nicht. Ganz zu schweigen von der Durchwahl meiner Bank. Kannst du mir aushelfen?«

Um das Schweigen am anderen Ende zu füllen, fügte er hinzu: »Sonst bleibt mir nächsten Monat wirklich nur noch die Ausrede mit dem Scheck, der irgendwo bei der Post liegen muss, was den Unterhalt für die Kinder angeht.«

Sie seufzte. »Neil«, sagte sie, »es sind jetzt bald zwei Jahre.«

»Ich weiß«, erwiderte er und stellte fest, dass seine Stimme unerwartet heiser klang.

»Das bezweifle ich. Es kommt mir eher so vor, als ob du den Eindruck hast, geschieden sein bedeutet, nur noch die Vorteile einer Ehe zu haben und keine der Verpflichtungen. Ich bin nicht länger dein Mädchen für alles. Dir dein Leben bequemer zu machen, ist nicht mehr mein Job.«

»Glaub mir«, gab er zurück, schärfer, als er beabsichtigt hatte, »ich weiß sehr gut, was dein Job ist. Und wo deine Prioritäten liegen.«

Er hörte, wie sie rasch Luft holte. Die Anschuldigung, die er nicht aussprach, die ungesagten Worte, die als kleine elektronische Funken irgendwo zwischen Cambridge und Washington durch ein Gewirr von Kabeln tanzten, kleine grüne Funken, weil Grün für ihn die Farbe der Enttäuschung war. Nein, er würde Deirdre nicht um Verzeihung bitten.

»Also gut, ich erledige die Sache mit den Kreditkarten«, sagte sie nach einem kurzen Zögern, spröde und sachlich, als erteile sie einem unerwünschten Reporter Auskunft über den Terminplan ihres Senators. Nun, er war so etwas wie ein unerwünschter Reporter. Mit immer noch gültigem Presseausweis, dank gelegentlicher Artikel für die UPI.

»Ich wusste, dass du die Nummern noch hast«, sagte er. »Danke.«

»Dieses eine Mal noch. Aber wenn du mich das nächste Mal anrufst, dann bitte nur noch wegen der Kinder.«

»Nicht einmal ein Dankesanruf, wenn meine neuen Karten kommen?«, fragte er, aber sie weigerte sich, auf seinen spöttischen Tonfall einzugehen.

»Neil«, entgegnete sie, und er wusste, dass sie sich immer noch auf die Worte bezog, die nicht zwischen ihnen gefallen waren, »es war deine Schuld. Du bist derjenige, der den Karren in den Dreck gefahren hat, aus reiner Sturheit. Und wenn du glaubst, du bringst mich dazu, ein schlechtes Gewissen zu haben, nur weil ich rechtzeitig mit den Kindern abgesprungen bin, dann täuschst du dich.«

Sie legte auf. Das Freizeichen hallte unerwartet laut in seinen Ohren. Das Schlimmste war, dass er sie verstand. Er wünschte sich, sie und ihre Meinungen könnten ihm gleichgültig sein. Nicht Hass war der Tod der Liebe, dachte Neil, Gleichgültigkeit war es. Vielleicht würde es ihm leichter fallen, sämtliche Gefühle ihr gegenüber endgültig zu verlieren, wenn sie sich so weit verändert hätte, dass er an ihr nur noch den Namen erkannte. Doch ihre Ansichten, ihre Reaktionen, all das war ihm so vertraut wie der Körper, der auch nach zwei Kindern und fünfzehn Jahren Ehe immer noch der jener jungen Frau war, die ihn und Matt kurz vor dem Vietnam Memorial beim Joggen überholt hatte. Wenn er wollte, konnte er sich ihre Leggins ins Gedächtnis zurückrufen und die Art, wie ihr zu einem Pferdeschwanz gebundenes Haar auf den Schultern wippte, seine eigene Verblüffung, dass eine Frau schneller war. An jenem Tag hatte er keinen Blick auf ihr Gesicht werfen können; sie war einfach zu schnell. Er hatte sich damit getröstet, dass sie trotz der aufregenden Figur wahrscheinlich durchschnittlich und langweilig aussehen würde, verbissen, und mit Sicherheit eine unangenehme Stimme hatte, dass es besser wäre, nur die kurze Vision einer griechischen Göttin, die in einem etwas zu engem T-Shirt und grauen Leggins durch das Grün der Mall lief, im Gedächtnis zu behalten, als von der Wirklichkeit enttäuscht zu werden.

Aber in der darauf folgenden Woche holte sie ihn wieder ein, obwohl er durchaus in Form war und sein altes College-Training wieder etwas aufpoliert hatte. In der dritten Woche blickte er ständig über die Schulter, immer in der Hoffnung, sie würde auftauchen. Matt machte sich so lange über ihn lustig, bis Neil stehen blieb und alles um sich vergaß, als er Deirdre das erste Mal wirklich zu Gesicht bekam. Es war das Versprechen einer wunderbaren Zukunft, das ihn an diesem Tag anblickte, und nach all den Jahren war er sich immer noch nicht sicher, ob er oder sie dieses Versprechen zuerst gebrochen hatte.

Neil zuckte mit den Achseln. Die Kälte des Bostoner Morgens vertrieb die Erinnerung an die sonnendurchwärmten Tage in Washington. Er kehrte in sein Schlafzimmer zurück, schnappte sich Boxershorts und eine frische Jeans und ging in das Badezimmer, um zu duschen. Im Vorbeigehen sah er aus den Augenwinkeln sein Spiegelbild und blieb einen Moment stehen. Er war für einen Mann von Anfang vierzig noch gut in Form; das war es nicht, was ihn erschreckte. Was ihn verstörte, war, dass der Kerl dort im Spiegel, der dunkelhaarige Mann mit den angegrauten Schläfen, der dringend einen Haarschnitt brauchte und dessen leicht vornübergebeugte Schultern verrieten, dass er den überwiegenden Teil seines Lebens sitzend verbrachte, ihm so bekannt vorkam. Es war sein Vater, der ihm da entgegenschaute, sein verachteter und verabscheuter Vater, der seine Träume Stück für Stück verkauft hatte und alle Welt dafür verantwortlich machte, nur nicht sich selbst.

Er musste sein Leben ändern.

* * *

»Warum Boston?« Matt hatte ihn das gefragt, als er zum ersten Mal von seiner Absicht sprach, nach seiner Scheidung nach Massachusetts zu ziehen. »Natürlich verstehe ich, dass du von Washington wegwillst, aber was hat eine Südstaatenpflanze wie du in Neuengland zu suchen?«

Er hatte eine witzige und inhaltslose Antwort gegeben und über den Unterschied zwischen Boston und Cambridge geflachst. Für die Wahrheit war in der gespannten Neutralität, zu der seine Freundschaft mit Matt zuletzt geworden war, nicht immer Platz.

Natürlich spielte das Angebot aus Harvard die entscheidende Rolle. Es kam zu einem Zeitpunkt, als er vom beliebten Journalisten und erfolgreichen Autor Neil LaHaye zum berüchtigten Journalisten und gefürchteten Autor Neil LaHaye mutiert war, was sich auch auf seinem Bankkonto bemerkbar machte. Als Gastdozent an eine der besten amerikanischen Universitäten eingeladen zu werden, war ein unerwarteter Lichtblick. An die provozierenden Fragen im Anschluss an jede seiner Lesungen und Signierstunden war er gewöhnt. Nach dem 11. September jedoch hatte sich etwas geändert: Zum ersten Mal waren Morddrohungen aufgetaucht. Statt mit seinem neuen Buch die übliche Talkshow-Runde machen zu können, wurde er aus den meisten Sendungen schon im Vorfeld wieder ausgeladen. Bei einer Signierstunde hatte eine Frau rote Farbe über ihm ausgeleert. Das alles wäre noch keine Katastrophe, wenn er wenigstens wie früher mit seinen Artikeln und Büchern die Menschen erreicht hätte. Sie in ihrem Ärger auch zum Nachdenken zu bringen, wenn er sie schon nicht auf seine Seite ziehen konnte. Doch anders als früher hielten sich die feindseligen Reaktionen nicht mit den positiven die Waage. Sein Buch über die inhaftierten Taliban in Guantánamo war noch nicht einmal ein Erfolg bei den Kritikern, sondern von den wenigen Medien, die es besprachen, als ein Versuch, »unsere nationale Tragödie auszubeuten«, verrissen worden. Gleichzeitig zerbrach seine Ehe. Von einer Elite-Universität umworben zu werden, war, wenn er sich selbst gegenüber ehrlich sein wollte, Balsam für seine Seele gewesen.

»Dir ist hoffentlich klar, dass sie dich als ihren Alibi-Roten betrachten«, hatte Matt gestichelt.

»Sicher. Und mir ist ebenso klar, warum sie dich nicht gefragt haben – du läufst schon seit Jahren in rotweißblauem Einerlei herum.«

Aber die Möglichkeit, sich durch Seminare für übereifrige oder gelangweilte Studenten eine weitere Einkommensquelle zu verschaffen, gab es auch anderswo, und Cambridge war sehr teuer. Nein, die Entscheidung für Harvard hatte weniger mit Logik als mit einem Gefühlswirrwarr zu tun, das er selbst kaum überblicken konnte.

Die Schönheit von Boston, dem kühlen, eleganten Boston, traf ihn jedes Mal, wenn er mit der U-Bahn aus Cambridge kommend den Charles überquerte. Eine koloniale Eloge in rotem Ziegel und Backsteinpflaster, die sich harmonisch mit der Moderne aus Glas und Metall verband. Während seiner ärmlichen Kindheit in Louisiana hatte er von solchen Städten geträumt, während er Onkel Owen ein weiteres Mal half, die Bodendielen aufzureißen und neu zu legen, weil die Feuchtigkeit, die Würmer und die Insekten sie zerfressen hatten. Boston brachte es fertig, im Vergleich sogar Washington wie einen Emporkömmling wirken zu lassen, und das war ihm nach seinem vergifteten Abschied von der Hauptstadt sehr bewusst und sehr willkommen.

Ein wenig Aberglaube war auch dabei. Boston hatte ihm Glück gebracht. In Boston hatte er einen der wichtigsten Zeugen für das Buch aufgestöbert, das ihn und Matt berühmt gemacht hatte. Für Neil, der in einem Landstrich aufgewachsen war, in dem der Glaube an das Übernatürliche so fest verankert war wie die Angewohnheit, auf alles Lästige zu schießen, war es nie möglich gewesen, nicht automatisch nach guten und schlechten Vorzeichen zu urteilen, ganz gleich, wie oft er sich selbst darüber lustig machte.

Boston bot ihm schlicht und einfach eine Zuflucht. Weniger Boston selbst als Harvard, eine akademische, elitäre Welt für sich, in der Skepsis gegenüber der jeweiligen Regierungspolitik nicht gleich als unpatriotisch verschrien, sondern eine gepflegte Tradition war. Nach dem pausenlosen Schwall an Feindseligkeit in Talkshows, bei Signierstunden und in bösartigen Leserbriefen, die ihm sein Verlag weitergeleitet hatte, lockte die Aussicht auf so eine Umgebung sehr.

Umso mehr, er gestand es sich ungern ein, weil Deirdre für ihr Leben gerne in Harvard studiert hätte. Es war ihr nicht möglich gewesen, und da sie ihm mehr als einmal erzählt hatte, wie sie seinerzeit vergeblich und unter Tränen auf eine Zusage gewartet hatte, wusste er genau, dass dieser unerfüllte Traum für sie ein wunder Punkt war. So schäbig und rachsüchtig er sich dabei fühlte, er konnte die dunkle Befriedigung bei der Vorstellung nie ganz unterdrücken, dass sie jedes Mal, wenn sie die Kinder zu ihm nach Cambridge schickte, an diese Niederlage denken musste.

Nimm dich zusammen, LaHaye, dachte Neil abgestoßen, als ihm bewusst wurde, dass er sich schon wieder dem Selbstmitleid näherte. The show must go on. Wie Deirdre richtig bemerkt hatte, waren seit der Scheidung bereits zwei Jahre vergangen. Es gab geschiedene Paare, für die eine Trennung wesentlich schlimmere Folgen hatte; er und

Deirdre bekriegten sich weder um Zahlungen noch um die Tage, die Julie und Ben bei ihm verbrachten. Aber ihre Scheidung hatte auch nichts mit Geld zu tun gehabt. Es war ein Beruf gewesen, der den Ausschlag gegeben hatte, doch nicht seiner.

Deirdre arbeitete für einen Senator, der sich zum Ziel gesetzt hatte, irgendwann Präsident der Vereinigten Staaten zu werden. Ihr Senator schätzte sie, aus gutem Grund. Deirdre konnte einem auf Anhieb das College, den Geburtstag und den Hochzeitstag jedes wichtigen Mitglieds der Regierung und der Opposition nennen, sie wusste, wo man sich sehen lassen konnte und welche Orte ein auf sein Image bedachter Politiker lieber meiden sollte. Sie brachte es sehr schnell fertig, die häufig wechselnden Lobbyisten nach Ohrenbläsern und Könnern zu unterscheiden. Durch ihre Ehe mit Neil kannte sie die in Washington ansässige Presse gut genug, um sie, falls nötig, um den Finger zu wickeln.

Ja, Senator Cunningham schätzte Deirdre sehr, aber er hatte unmissverständlich klargemacht, dass die zukünftige Leiterin seines Wahlkampfteams unmöglich mit einem Mann verheiratet sein konnte, der, wie der Senator sich ausdrückte, »in einer Zeit, in der Amerika Einigkeit und Stärke beweisen muss, seinen Dolch in Amerikas Rücken stößt.«

»Warum kannst du nicht einmal«, sagte Deirdre in seiner Erinnerung, erschöpft und verbittert, »an mich und die Kinder denken. Ich meine, es gibt Dutzende von Themen, über die du schreiben könntest. Gerade jetzt. Warum schreibst du nicht über tapfere Feuerwehrleute, die ihr Leben gegeben haben, um andere zu retten? Du könntest über Passagiere in den Flugzeugen schreiben, die von den Terroristen entführt wurden. Du meine Güte, weißt du nicht mehr, wie wir damals die Passagierlisten durchgegangen sind und Angst hatten, einer unserer Freunde könnte dabei sein? Aber nein, du schreibst stattdessen über einen dreckigen Haufen Barbaren auf Kuba, die für meinen Geschmack in diesem Lager noch viel zu gut behandelt werden.«

»Weißt du, wie du dich anhörst? Diese Wahlkampfrhetorik höre ich morgens, mittags und abends in den Nachrichten, ich brauche das nicht auch noch daheim.«

»Vielleicht solltest du dir dann ein anderes Zuhause suchen«, gab Deirdre hart zurück und besiegelte damit das Schicksal ihrer Ehe.

Es fehlte sonst nichts in seiner Wohnung. Neil fragte sich, ob er Anzeige erstatten sollte. Er konnte sich nicht dazu aufraffen. Im Grunde würde es mehr schaden als nutzen. Was der Dekan der Fakultät sagen würde, ließ sich denken, wenn er in der Zeitung las, der umstrittene Autor N. L., derzeit Dozent in Harvard, habe eine Nacht mit einer Professionellen verbracht, von der er noch nicht einmal den Namen wusste, und sei nur in der Lage gewesen, der Polizei eine Tätowierung auf ihrem Hintern zu beschreiben, nachdem sie ihn ausgeraubt hatte.

Immerhin, es würde ein paar Tage dauern, bis ihm wieder Kreditkarten zur Verfügung standen. Bargeld hatte er auch keines. Er machte sich einen Kaffee und trank ihn schwarz, was sonst nicht seine Art war. Das bittere Koffein vertrieb den Rest des faden Geschmacks in seinem Mund, und er begann mehr und mehr, sich wie ein Idiot zu fühlen. Frustriert beschloss er, Tony Blixton anzupumpen, das Mitglied der anglistischen Fakultät, mit dem er sich noch am besten verstand. Tonys Büro lag nicht weit entfernt, in der Hilliard Street.

»Du meine Güte, Neil«, sagte er, als Neil die ganze Geschichte erzählt hatte, »klar helfe ich dir mit Geld aus, aber ganz ehrlich, wir haben doch nicht mehr die Siebziger. Was ist, wenn sie nun AIDS hat?«

»Dann sterbe ich als verkanntes Genie, und du kannst meinen Nachruf schreiben«, entgegnete Neil und bereute es sofort, als Tony das Gesicht verzog. »Tut mir Leid. Mir ist auch nicht wohl bei der Sache.«

Tony wurde von seinen Studenten allgemein »der Totengräber« genannt, weil die Aufgabe, Nachrufe auf verstorbene Fakultätsmitglieder für die Universitätspublikationen und die Presse zu verfassen, unweigerlich an ihm hängen blieb. Warum das so war, wusste niemand, doch Neil argwöhnte, dass Tony auf diese Weise einen versteckten, verkümmerten literarischen Ehrgeiz befriedigte. Nachrufe bekrittelte niemand.

Mit ausreichend Geld und Ratschlägen versehen, auf die er hätte verzichten können, nahm Neil die Red Line in die Innenstadt. Die morgendliche Stoßzeit war lange vorüber, also gab es statt der üblichen Studenten nur Touristen und die Anzeigen in der U-Bahn zu betrachten.

Er stieg früher aus, als er ursprünglich geplant hatte, an der Park Street, und wanderte durch die Altstadt von Boston hinunter bis Faneuil Hall. Wer auch immer die Idee gehabt hatte, aus den drei verfallenen Hallen ein Zentrum für kulinarische Schnellgenüsse zu machen, verdiente Neils Meinung nach einen Orden. Das dichte Gewebe aus Gerüchen und Jazzmusik, das ihn hier empfing, heiterte ihn jedes Mal auf.

»Aber Dad«, hatte Ben bei seinem letzten Besuch genörgelt, »warum können wir denn nicht zu McDonald's gehen? Das ist doch gleich da drüben.«

»Weil du hier in Boston bist, mein Sohn. Iss frisch gefangenen Fisch. Iss chinesische Nudeln, die vor deinen Augen gekocht werden, und keinen Mist aus der Gefriertruhe. Iss meinetwegen auch Pizza, egal, wie lange wir uns dafür anstellen müssen. Aber an den goldenen Zitzen Amerikas kannst du anderswo saugen.«

»Dad, du spinnst«, war ihm Bens Schwester Julie ins Wort gefallen. »Und ich bin mir sicher, dass Mom dir nicht erlaubt, vor Ben Zitzen zu sagen. Vor mir natürlich auch nicht.«

»Zitzen ist ein absolut kinderfreier Ausdruck, nicht zu verwechseln mit …«

Bei seinem verunglückten Versuch, vor seinen Kindern den coolen Vater abzugeben, war er jäh unterbrochen worden, als er einen Stoß an der Schulter erhielt.

»He, Mister«, hatte eine fette Frau gerufen, die Platz für drei Personen beanspruchte, einen Teller mit Austern in der Hand hielt und ihn empört anstarrte. »Passen Sie doch auf, wenn Sie einfach so stehen bleiben. Mir wär fast was runtergefallen.«

Dann waren ihre Augen zu Ben und Julie gewandert, und sie hatte missbilligend mit der Zunge geschnalzt. »Sind das Ihre? Die sind viel zu dünn; die Kinder heutzutage kriegen ja nichts Gescheites mehr zu essen.«

Angesichts von Julies gekränkter und Bens verwirrter Miene hatte Neil nicht widerstehen können und erwidert: »Tja, das muss daran liegen, dass für sie nichts mehr übrig ist, weil die Erwachsenen schon alles weggegessen haben.«

Das Gelächter der Kinder war die Sache wert gewesen. Doch er dachte sofort an seinen Vater und wie er in ihrem Alter mit dessen endlosen Baseball-Geschichten gequält worden war, wenn er ihn besuchen musste.

Neil kaufte sich mit Tonys Geld etwas frisch gebratenen Fang des Tages und setzte sich dann auf eine der grünen Bänke, um die Leute zu beobachten und den Musikern zuzuhören. Heute war kein Jazz an der Reihe; stattdessen mühte sich ein Junge, den Neil mit einem Blick als einen Studenten mit nicht genügend Studiengeld einordnete, redlich an *Who wants to live forever* ab, mit einer Gitarre, die er eher schlecht als recht meisterte.

Wider Willen musste Neil an Tonys »Wir haben doch nicht mehr die Siebziger« denken. Tony hatte Recht. In den Siebzigern war er der hungrige Jugendliche gewesen, hungrig nach Wahrheit, Gerechtigkeit, und begierig danach, es allen zu zeigen. Hungrig, um der Wahrheit die Ehre zu geben, nach Erfolg und Bewunderung. In den Siebzigern hätte ein Mädchen, das ihn bestahl, ihn entweder dazu gebracht, ihr nachzustellen und sich sein Geld wiederzuholen, oder dazu, einen flammenden Artikel über soziale Ungerechtigkeit zu schreiben. Vermutlich zu beidem.

Aber sie hatte wirklich einen schönen Hintern gehabt.

»Who wants to live forever, who dares to love forever«, schmetterte der Junge und klang weniger wie Freddy Mercury als wie ein verirrter Chorsänger. »Forever is hard to live, if love must die.«

Kaum hatte er an Queen gedacht, da meldete sich Tonys Stimme schon wieder. »Was ist, wenn sie AIDS hat?« Neil zog eine Grimasse. Für ihn bedeutete Krankheit in erster Linie Krebs, den Krebs, an dem er seine Eltern hatte sterben sehen. Krankheit bedeutete ausgefallene Zähne bei einer knapp dreißigjährigen Frau, die Notwendigkeit, eine Perücke zu tragen, zitternde Hände und seine eigene kindliche Stimme, die ihr vorlas, weil seine Mutter am Ende nicht mehr lesen konnte. Als Neil alt genug war, um den

Zusammenhang zu den Atomtests zu verstehen, die im Heimatstaat seines Vaters stattgefunden hatten, ehe seine Mutter ihren Mann verließ, hatte er sich nie auch nur flüchtig gefragt, wie viel Strahlung er selbst abbekommen hatte, ob er den Krebs in sich trug. Er wusste, dass er gesund war. Zum Erstaunen aller Ärzte war ihm alles, selbst die üblichen Kinderkrankheiten wie Röteln oder Masern erspart geblieben, sogar, als sämtliche Cousins und Cousinen, mit denen er aufwuchs, rotfleckig und fiebrig im Bett lagen. Krankheit bei anderen war ihm dagegen vertraut, und mit dem langen, langen Tod lebte er Wange an Wange, bis seine Mutter schließlich brüllend vor Schmerz starb. Um sich selbst hatte Neil sich nie Sorgen machen müssen oder wollen.

Die jährlichen Pflichtbesuche bei seinem Vater waren niederdrückend gewesen, aber auf andere Weise. Wenn sein Vater nicht gerade das Schuldbewusstsein darüber ertränkte, dass er mit seiner Frau unbedingt Atomexplosionen beobachten musste wie eine Attraktion in einem Vergnügungspark, versuchte er Neil zu dem Sport-Ass zu machen, das er selbst nie gewesen war. All das trug dazu bei, in Neil die Furcht zu wecken, eines Tages als Versager zu enden, aber nicht, jung zu sterben.

Vielleicht, überlegte Neil, während er in Gedanken das Gitarrenspiel des Jungen durch das Original von Queen ersetzte, war es die Jugend gewesen, die ihn immer vor den Gedanken an den Tod beschützt hatte. Wer jung ist, lebt für immer.

Who wants to live forever?

»Dämliche Frage, was?«, sagte jemand neben ihm, und Neil stellte fest, dass sich ein Mann in einem abgeriebenen grünen Anorak zu ihm gesetzt hatte.

»'ne kleine Spende, Bruder? Dann lebe ich zumindest bis übermorgen. Wenn schon nicht für immer.«

Die braune Hand, die sich ihm entgegenstreckte, war ausgemergelt und zitterte. Neil schaute hoch und blickte in das Gesicht eines alten Mannes, der vom Leben längst aufgesaugt, ausgespien und zerstört worden war. Wieder tauchte das Bild seines Vaters vor ihm auf. Der Mann, der ihn gerade angebettelt hatte, roch nicht nach Alkohol, doch die zitternden Finger mit ihren fleckigen Spitzen kamen nicht vom Alter. Drogen vielleicht. Neil unterdrückte ein weiteres Mal den Wunsch nach einer Zigarette.

»Tut mir Leid, Bruder«, entgegnete er. »Zurzeit lebe ich selbst auf Pump.«

Der Alte schnaubte ungläubig und machte Anstalten, sich von der Bank zu erheben, als er plötzlich innehielt.

»Neil?«, fragte er zögernd. »Neil LaHaye?«

Das war's dann, dachte Neil. Offenbar lesen auch drogensüchtige Bettler Bücher. Er wollte gerade aufstehen, als der andere fortfuhr.

»Mensch, Neil, ich bin's. Ted. Ted Sandiman.«

Das Schlimmste war, dass er sich wirklich nicht lange den Kopf zerbrechen musste. Ted Sandiman hatte nie zu seinen Freunden oder Feinden gehört; in der Zeit, in der Neil seine restlichen Schuldgefühle wegen seines damals verstorbenen Vaters beschwichtigte und im College bis zum Umfallen Baseball trainierte, war Ted mit ganzem Herzen Athlet gewesen, der es nur dank seines Sporttalents in das gleiche College geschafft hatte. Die Rivalität zwischen ihnen hatte so lange bestanden, bis Neils Schuldgefühle in der Hitze gewonnener Spiele verschwunden waren, und war ohne persönliche Feindseligkeit gewesen. Dazu war Ted Sandiman schlicht und einfach zu nett. Ein

Junge aus Iowa, mit einem offenen Lächeln für jedermann, nicht dumm, nicht klug, ein begnadeter Sportler, dem jeder eine große Zukunft und ein Alter mit Wohlstand im Kreise einer großen Familie prophezeite.

»Mindestens vier Kinder«, war seine Devise, zu einem Zeitpunkt, an dem das Motto der anderen lautete: »Möglichst viel Sex«. Ted Sandiman, freundlich genug, um auch nach einem Homerun noch daran zu denken, dem Pitcher ein paar nette Worte zu sagen.

»Ted?«, wiederholte Neil, zu frappiert, um sich eine angemessenere Begrüßung einfallen zu lassen. Er versuchte vergeblich, den Jungen aus den College-Zeiten in Einklang mit dem Wrack neben sich zu bringen. »Was ... was machst du in Boston?«

»Sterben«, sagte der andere unverblümt. »Wonach sieht's denn sonst aus?« Er sackte in sich zusammen. »Jetzt aber ernsthaft, Neil – du hast keine Mäuse? Ich brauche ...«

Seine Finger zitterten etwas heftiger.

»Ernsthaft, Ted«, entgegnete Neil und bemühte sich um Normalität in seinem Tonfall, »wirklich nicht. Mir hat in der Nacht eine Blondine mein ganzes Geld geklaut, und es wird dauern, bis Ersatz da ist. Aber wenn du willst, lade ich dich mit dem, was mein Kollege mir geliehen hat, zum Essen ein.«

Ted räusperte sich. »An Essen hab ich eigentlich nicht gedacht.«

Neil beschloss, das Normalitätsspiel sein zu lassen.

»Hör mal, ich will hier nicht den Heuchler spielen und dir Predigten halten«, sagte er. »Wir machen uns alle auf unsere eigene Art fertig. Aber was auch immer es bei dir ist, H, Ecstasy, Crack – ich habe keine Lust, dir den Selbstmord zu finanzieren.«

Zu seiner Überraschung brach Ted in Gelächter aus, das rasch zu einem heiseren, trockenen Husten wurde.

»Und das von jemandem, der mal einen Pro-Sterbehilfe-Artikel geschrieben hat«, erwiderte der ehemals beliebteste Baseball-Spieler der College-Mannschaft, als er wieder zu Atem kam. »Siehst du, ich habe einiges von deinem Zeug gelesen. Nicht schlecht, aber für mich spielt es keine Rolle mehr, Neil. Hat keine Rolle mehr gespielt, seit sie mir den Bescheid gegeben haben.«

»Krebs?«, fragte Neil automatisch.

»AIDS, Mann. Und jetzt erzähl mir, wieso nicht das große H den Wettkampf mit dem großen A in meiner Schrottmühle von einem Körper gewinnen soll.«

Nur ein Zufall, sagte sich Neil, als er wieder in seiner Wohnung saß und seine nächste Vorlesung vorbereitete. Nichts als ein Zufall. Tragisch, die Sache mit Ted, aber nirgendwo stand geschrieben, dass ehemalige Kameraden aus College-Tagen, die einmal grenzenlosen Optimismus verkörpert hatten, von tödlichen Krankheiten verschont blieben.

Wann hatte die Sorge um AIDS eigentlich angefangen, schlichtweg jeden zu erfassen? Für ihn waren es nicht die Statistiken gewesen, auch nicht der plötzliche Tod von Deirdres Vorgängerin bei Senator Cunningham, sondern die sich später bewahrheiteten Gerüchte um Freddie Mercury, die AIDS von einer weiteren erschreckenden Nachricht zu einer aufrüttelnden Wirklichkeit machten. So ungerecht und oberflächlich, dachte Neil, aber wenn das Idol deiner Jugend stirbt, auch wenn du ihm nie begegnet bist, trifft dich das tief, tiefer als der Tod einer Bekannten, über die sich deine Frau in regelmäßigen Abständen beim Abendessen beschwert hat, bis ins Herz trifft es dich.

Selbst der allgegenwärtige Terror der Gegenwart, die Furcht, durch Bomben, Milzbrand, Pocken oder durch eine andere heimtückische Waffe zu sterben, die von Terroristengruppen eingesetzt wurde, hatte die tief sitzende Angst vor AIDS nicht ersetzt. Acquired Immune Deficiency Syndrome. Die Syphilis des 21. Jahrhunderts. Und nun Ted, wie ein lebendiges Gespenst, so kurz nach Tonys Bemerkung. Zufall. Nichts als ein widerwärtiger Zufall.

Er rief Ginny an und erkundigte sich, ob sie sich an den Namen der Frau erinnerte, die er gestern Abend bei ihr an der Bar kennen gelernt hatte.

»Der blonde Lopez-Verschnitt?« Ginny schnalzte missbilligend mit der Zunge. »Neil, lass die Finger von der. So, wie du gestern Abend drauf warst, hast du das wahrscheinlich nicht gemerkt, aber die ist rumgekommen, wenn du verstehst, was ich meine, und nicht zu knapp.«

»Na ja, dass sie aus dem Kloster kam, habe ich auch nicht gedacht«, gab er zurück und versuchte seine aufsteigende Panik zu ignorieren, »aber ich würde schon gern wissen, wo sie steckt. Sagen wir mal so, sie hat da ein paar Sachen eingesteckt, die ihr nicht gehören.«

»Tut mir Leid für dich«, erwiderte Ginny amüsiert. »Sie war so ein-, zweimal da, immer allein zuerst, aber nicht sehr lange.«

»Aber du musst sie doch irgendwie angesprochen haben?«

»Tja, ich glaube nicht, dass sie unter ›Baby‹ oder ›Honey‹ im Telefonbuch steht. Hör mal, Neil, ich rufe dich an, falls sie noch mal hier aufkreuzt, aber wenn du mich fragst, die haben wir hier zum letzten Mal gesehen.«

Mit einem Mal kehrte eine Erinnerung an die Nacht zurück; das blonde Mädchen, die Regentropfen, die von ihrem durchnässten Haar in den tiefen Ausschnitt ihres Pullovers rannen. Der bittere Geschmack ihrer Lippen und die erfahrenen, zu erfahrenen Hände.

Aber ihr Name fiel ihm immer noch nicht ein.

Nachdem er aufgelegt hatte, horchte Neil in sich hinein, kämpfte mit der Vorstellung, die Unbekannte von gestern könnte ihn mit AIDS angesteckt haben. Es war ein Gefühl in der Magengrube wie die Flügelschläge des Vogels, der sich einmal in Onkel Owens Netzen verfangen hatte. In gewisser Weise beruhigte ihn das. Er war noch lange nicht bereit, Tony seinen Nachruf schreiben zu lassen. Nicht, dass Tony je die Chance bekommen würde. Wenn überhaupt etwas, dann war es das Wahrscheinlichste, dass Miss Tattoo ihm einen Tripper angehängt hatte, was zwar Ärger bedeuten würde, aber nicht weiter tragisch war. Auf jeden Fall war ein Besuch beim Arzt angesagt.

Seine Arbeit half ihm, sich abzulenken; er konnte sich einige Stunden auf die Zusammenhänge von Satire und Zivilisationsekel im politischen Roman konzentrieren. Aber als er am Nachmittag spazieren ging, kehrte das Gespenst zurück wie ein Ball, den man mühsam unter der Wasseroberfläche gehalten hatte.

Wenn Cambridge mit etwas reichlich gesegnet war, dann mit Buchhandlungen und Bibliotheken. Er musste sich informieren. Wenn schon aus keinem anderen Grund als sich das ruinierte Wrack im grünen Anorak, zu dem Ted Sandiman geworden war, irgendwie zu erklären.

Beim Betreten der dreistöckigen Filiale von Millennium wurde er peinlich daran erinnert, dass er in dieser Umgebung alles andere als anonym war. Schon kurz hinter dem Eingang passte ihn eine seiner Studentinnen ab.

»Hey, Dr. LaHaye«, sagte sie fröhlich, und Neil, der

bereits mehr als einmal klargestellt hatte, dass er keinen Doktortitel führte, machte sich nicht mehr die Mühe, sie zu korrigieren.

»Wegen meiner Seminararbeit … also, ich hab's mir überlegt. Mein alter Herr bringt mich um, wenn ich dieses Semester nicht schaffe, aber ich brauch schon ein paar Monate, um mich durch so eine Wahnsinnsbibliographie zu arbeiten, also dachte ich …«

Er hörte nur mit halbem Ohr hin und erinnerte sich wieder, warum er am Morgen Tony und niemand anderen aufgesucht hatte. Tony verfügte über eine unschätzbare Eigenschaft in dem kleinen, in sich geschlossenen Treibhaus, das Harvard darstellte; er war diskret und behielt Dinge für sich, wenn man ihn darum bat.

Als ihn auch noch das Mädchen am Informationsstand mit Namen begrüßte, beschloss Neil, auf den Erwerb von Büchern zum Thema AIDS in Harvard zu verzichten. Ohnehin ein lächerlicher Impuls. Aber Ted, dachte er. Ted war ein lebender Mensch, eine Realität, keine Hypothese.

Ted wiederzufinden, erwies sich als nicht so einfach. In der Dämmerung, die sich am Spätnachmittag allmählich über die Stadt herabsenkte, schien das winterliche Boston ihn verschluckt zu haben. Neil lief zwischen den alten Markthallen mit ihren griechischen Säulen und den immer hungrigen Besuchern hin und her und konnte ihn nicht mehr entdecken. Nun, vielleicht versuchte Ted inzwischen sein Glück an einem der Touristenorte. Bei Obdachlosenasylen oder Krankenhäusern anzurufen, wäre auch eine Möglichkeit. Aber so schwach, wie er heute Morgen schien, konnte Ted nicht weit entfernt sein; der Mann hatte nicht mehr die Kraft für längere Strecken.

Neil ließ Faneuil Hall und die Hafengegend hinter sich

und machte sich auf den Weg hügelaufwärts. Bei Bostons historischen Stätten mit ihren Touristengruppen fiel für Bettler das meiste ab, und irgendwo entlang des rot markierten Unabhängigkeitspfads würde er Ted auftreiben.

Die Menschen, die sich in der Kälte dichter zusammenscharten und durch die alten Straßen drängten, hoben sich mit ihren braunen, gelben und blauen Mänteln wie farbige Tupfer vor den eleganten Torbögen aus blassem Sandstein ab und den Ziegelfassaden, deren Rot von der Zeit zu einer selbstverständlichen Zurückhaltung abgeschliffen worden war. Sie lachten und schwatzten miteinander, und Neil wurde einmal mehr bewusst, warum er an Boston hing. Es war keine Museumsstadt, durch die man sich nur flüsternd und unbehaglich bewegte, und auch kein Disneyland an der Ostküste. Es war Amerika, Amerikas Vergangenheit und seine Gegenwart. Das Amerika, das als erstes Nein zu einer überholten europäischen Ordnung gesagt hatte, und das Amerika, das nicht davor scheute, die Schönheit der Vergangenheit anzuerkennen und etwas Neues aus ihr zu machen. Es war das Amerika, in dem auch die ständige Furcht vor neuen Attentaten keine leer gefegten Straßen und duckmäuserische Zurückgezogenheit erreichen konnte, weil sich seine Bevölkerung nicht in ein fremdes Korsett zwängen ließ. Das war das Amerika, an das er glaubte und für das er schrieb.

Er fand Ted auf dem kleinen Friedhof zwischen dem Public Garden und der King's Church, zwischen den Grabsteinen zweier Unterzeichner der Unabhängigkeitserklärung, in der einen Hand eine der kleinen Flaggen, wie sie hier überall herumstanden, die andere vor sich ausgestreckt.

Er schaute auf und erkannte ihn. »Hey, Neil«, sagte er

müde. »Nett von dir, dass du vorbeischaust.« Seine Stimme kratzte, als besäße er nicht mehr die Kraft, sie aus der Kehle zu pressen. Neil hatte nicht gewusst, was er eigentlich von Ted wollte, aber in diesem Moment verfestigte sich eine unbestimmte Vorstellung zu einem Entschluss.

»Hey, Ted«, erwiderte er. »Meine Einladung gilt noch. Wie wär's mit einem Essen zu Ehren der College-Liga von 1985?«

»Bin nicht sehr hungrig«, murmelte Ted, »das hab ich dir doch schon erklärt.«

»Okay, dann vergiss das mit dem Essen. Wie wär's, wenn du für eine Weile bei mir einziehst?«

Ted blinzelte. »Ist das 'n Witz?«

»Nein«, gab Neil zurück. Einen drogensüchtigen AIDS-Kranken bei sich einzuquartieren, war sicherlich nicht das Verhalten, das von Dozenten der Fakultät erwartet wurde. Aber die Vorstellung, sein Gespenst aus der Vergangenheit wie Müll den Straßen von Boston zu überlassen, konnte er nicht ertragen.

»Warum willst du so was tun?«, fragte Ted, nicht ablehnend, aufgebracht oder erzürnt, sondern aufrichtig verwundert. »Ich meine, klar, ich hab versucht, dich anzupumpen, aber du weißt genauso gut wie ich, dass wir nie die dicksten Freunde auf dem College waren.«

Der alte Neuengland-Friedhof mit seinen grauen Grabsteinen, die mit Skeletten verziert waren, war für ein solches Gespräch nicht der richtige Ort. Aber gab es den überhaupt?

»Vielleicht, weil du mir einen Gefallen damit tust«, sagte Neil. »Ich bin geschieden und kann mich an das Alleinsein immer noch nicht gewöhnen.«

Es war ebenso sehr Lüge wie Wahrheit. Wieder sah er

den jungen, vor Kraft strotzenden Ted Sandiman vor sich, den begnadeten Spieler seiner College-Zeit, das weite Leben, das noch auf sie alle wartete. Voll Hoffnung auf seine Zukunft, gutmütig, ohne den Groll, der Neil bereits damals angetrieben hatte. Der Ted der Gegenwart, mit einer schrumpligen, fahlen Haut, mit zitternden Händen und tief eingefallenen Augen, musterte ihn und stand mit einiger Mühe auf.

»Warum nicht«, sagte er schließlich achselzuckend.

»Eine Zeit lang hab ich alles mitgemacht«, erzählte Ted, als sie später in Neils Wohnung saßen. Er aß von den Orangen, die Neil gekauft hatte; ein warmes Essen lehnte er nach wie vor ab. »Tabletten, in der richtigen Reihenfolge, zur richtigen Uhrzeit. War verdammt teuer. Geändert hat es letztendlich nichts. Nicht wirklich. Im Gegenteil, dadurch hat's meine Familie gemerkt.«

Neil wollte nach der Familie fragen, unterdrückte das jedoch. Später vielleicht.

»Wodurch hast du's entdeckt?«

»Wenn deine Zunge und deine Backen auf einmal bläuliche Flecken haben, dann geht man besser zum Arzt«, entgegnete Ted trocken. Er sog eine weitere Orangenscheibe in sich hinein und lutschte an ihr, als handle es sich um einen Bonbon. Seine Stimme war kaum verständlich, als er fortfuhr:

»Mit der Karriere war's sofort vorbei. Keiner geht mit einem Infizierten in einen Duschraum. Im Spiel wird man nicht mehr aufgestellt.« Mit einem Seitenblick auf Neil fügte er hinzu: »Du hast wohl auch zwei Duschen hier, wie?«

»Nein, ehrlich gesagt.«

Das riss Ted aus seiner Lethargie.

»Hast du keine Angst?«, fragte er verblüfft.

Neil meinte sich dunkel zu erinnern, dass man sich nicht durch öffentliche Toiletten oder Händeschütteln infizieren konnte, aber Duschen? Unwillkürlich runzelte er die Stirn.

»Du hast gar nicht über die praktische Seite nachgedacht, stimmt's?«, fuhr Ted fort, und ein schwaches Lächeln glitt über sein Gesicht. »Mann, du hast dich seit dem College nicht verändert.«

Es klang nicht anklagend, sondern nostalgisch. »Deswegen nehm ich dir auch ab, dass dich eine Bordsteinschwalbe beklaut hat. Das ist der alte Neil. Erst einem aus der Patsche helfen und dann merken, dass die Hand mit Teer bekleckert ist.«

Unwillkürlich fiel Neils Blick auf Teds ausgedörrte Finger, die zitterten, als er nach einer weiteren Orangenscheibe griff. Er fragte sich, ob es an der Krankheit oder den Drogen lag. Ted roch nach altem Schweiß, altem Schnaps und jener unnennbaren Ausdünstung, die regelmäßige Medikamenteinnahmen hinterließen und die Neil aus seiner Kindheit nur allzu vertraut war. Wenn er die Augen schloss, konnte er seine Mutter sehen, wie sie sich die Hände wusch, wieder und wieder, als wollte sie die Krankheit mit fortwaschen.

Seine Cousins, die noch zu klein waren, um zu begreifen, dass Krebs nicht ansteckte, hatten sich geweigert, Süßigkeiten anzunehmen, die seine Mutter ihnen anbot.

»Das ist die schmeichelhafte Interpretation«, gab Neil so gelassen wie möglich zurück. »Es gibt Leute, die sagen, dass ich ein Idiot bin, der zu gern den Gutmenschen spielt.«

»Vor allem, wenn du dabei noch einen Promi fertig machen kannst, den du auf dem Kieker hast«, ergänzte Ted.

»Klar. Das auch. Aber bei mir gibt's niemanden fertig zu machen und niemanden zu retten. Neil, du kannst auch schlicht und einfach nett sein, red nicht weiter drum herum.«

»Wenn wir schon bei Ehrlichkeiten sind – was genau ist passiert, Ted? Nicht die Infektion. Aber warum bist du nicht daheim bei deinen Leuten oder lässt dich anständig in einem Krankenhaus versorgen?«

An ein heiles Familienleben in allen Krisenfällen glaubte er natürlich nicht. Doch Ted Sandiman, der Familienmensch aus Iowa, als Bettler leuchtete Neil immer weniger ein, je länger er darüber nachdachte.

»Wie ich schon sagte«, entgegnete Ted nach einem kleinen Schweigen, »die Behandlung ist teuer.«

»Ted, du warst gut. Wirklich gut. Du musst doch etwas auf die Seite gelegt haben aus deiner Zeit als Profi, und außerdem hätte sich doch jeder Anwalt die Finger danach geleckt, dich zu vertreten, wenn sie dich wirklich wegen AIDS rausgeschmissen haben. Beliebter Sportler herzlos im Stich gelassen und so weiter.«

Teds Kopf sank zwischen seine Schultern, und irgendwie fühlte sich Neil an seinen Sohn Ben erinnert, Ben, wenn er etwas angestellt hatte. Plötzlich vermisste er seine Kinder und das mit einer Intensität, dass er aufstehen musste, um die Whiskeyflasche aus dem Kühlschrank zu holen. Als er zurückkehrte, in der einen Hand die Flasche, in der anderen zwei Gläser balancierend, murmelte Ted beinah unhörbar:

»Die haben mich nicht wegen HIV rausgeworfen, sondern wegen der Drogen.«

Schweigend schenkte Neil ihnen beiden ein und setzte sich wieder zu ihm. Ted griff nach dem Glas, ohne aufzuschauen.

»Deswegen bin ich auch weggegangen. Ich wollte nicht, dass Miriam den Absturz noch mitmachen muss. Miriam ist meine Frau. Sie hat sich so geschämt wegen der Drogen, und ich hatte ihr geschworen, clean zu werden. War ich auch, mehr als ein Jahr schon, bis dann der Test kam.«

Er schluckte. »Mann, sie hätte mich schon längst verlassen sollen. Aber sie hat zu mir gestanden. Wir hatten sogar ein Baby bekommen, wollten ganz von vorn anfangen. Das ist der letzte Grund. Ich will nicht, dass sich mein kleiner Junge an seinen Dad als AIDS-kranken Exjunkie erinnert, dass er mich so sterben sieht.«

Der Alkohol brannte in seinem Mund, als Neil den Kopf schüttelte.

»Also haust du einfach ab, nimmst wieder Drogen und stirbst im Schnellverfahren.«

»Was weißt du schon«, antwortete Ted für seine Verhältnisse heftig, griff nach der Flasche und schenkte sich nach.

»Meine Mutter hatte Krebs«, sagte Neil. »War nicht schön, das mitzuerleben, aber wenn sie mich stattdessen verlassen hätte, um irgendwo allein zu sterben, das wäre noch viel schlimmer gewesen.«

Abrupt hob Ted den Kopf. In den Augen glomm etwas.

»Und was ist mit deinem Vater?«, gab er zurück. »Ich kann mich erinnern, dass du einmal gesagt hast, er hätte dir einen Gefallen getan, wenn er früher abgekratzt wäre, wenn du ihn nie kennen gelernt hättest. Es war nach dem Spiel gegen Jenborough.«

Ein ebenso unerwarteter wie meisterhafter Hieb. Die Gewissheit, der gutmütige Ted würde solche kindischen Ausrutscher auf sich beruhen lassen, zerrann in Sekundenschnelle. Ted war nicht mehr der optimistische Junge aus dem College, sondern einsam, verbittert und todkrank.

»Schon möglich«, sagte Neil gedehnt und versuchte, nicht darüber zu spekulieren, was Julie und Ben einmal über ihren Vater zu ihren Schulkameraden sagen würden.

Ted sackte wieder in sich zusammen.

»Mann, Neil, tut mir Leid.«

Eine Zeit lang tranken sie schweigend.

»Okay«, sagte Neil schließlich. »Du willst deine Frau und dein Kind nicht belasten. Aber auch auf die Gefahr hin, dummes Zeug zu reden, wird die Behandlung nicht heutzutage von tausendundeiner staatlichen Behörde subventioniert? Oder haben sie das schon wieder abgeschafft?«

»Du kapierst es nicht. Ich will nicht mehr behandelt werden. Hab ich alles schon hinter mir. Meine Haut sah aus wie ein Büffelhintern, und jeder hat mich gleich als das erkannt, was ich bin. Da dachte ich mir, das kriege ich auch anders und angenehmer. Wenn ich sowieso sterben muss.«

Mit der linken Hand wies er auf Neil.

»Würdest du auch machen, wetten?«

Würde ich nicht, dachte Neil. Ich würde kämpfen. Aber er hielt es für sinnlos, das laut auszusprechen.

»Weißt du, was das Schlimmste ist?«, fragte Ted abrupt. »Wenn du das Zeug nicht nimmst, meine ich. Und ich rede jetzt nicht von Miriam und meinem kleinen Jungen und dass ich sie nicht mehr wiedersehen werde. Das ist mehr als übel – das ist unerträglich. Nein, ich meine, was das Schwerste ist, wenn du dich so durch die Tage schleppst.«

Durch das Fenster erkannte Neil, dass es wieder begonnen hatte zu schneien. Der Winter zog sich in diesem Jahr lange hin. Er fragte sich, wann endlich der Frühling in Boston eintreffen würde und ob er Ted mit seiner Einladung auch nur im Geringsten geholfen hatte.

»Klär mich auf.«

»Zwei Sachen. Die eine ist, dass ich Angst habe. Unlogisch, ich weiß. Aber ich bring's einfach nicht fertig, mir absichtlich den goldenen Schuss zu setzen, und dann versuch ich für ein paar Tage, es ganz und gar sein zu lassen. Und dann kommt die Geilheit. Es ist verrückt, als ich noch in der Mannschaft war und es Groupies gab, so viel man wollte, da hab ich nur an Miriam gedacht. Und da war ich noch gesund. Aber jetzt, wo ich ein Wrack bin, schaue ich jeder Zicke hinterher, die an mir vorbeigeht, und will es mit ihr treiben. Bis ich wieder genügend Geld für eine Spritze habe. Dann ist die Geilheit weg, eine Zeit lang jedenfalls.«

Wenn sie so weitermachten, würden sie in dieser Spirale aus Grübeleien und fruchtlosem Bedauern versinken. Neil musste endlich das Thema wechseln, die guten Erinnerungen hervorkramen. Er zerbrach sich den Kopf, aber bis auf Sport fielen ihm keine Gemeinsamkeiten ein, und über Baseball zu reden, konnte Ted auch nur an seine kaputte Karriere erinnern. Die politische Lage war auch kein besseres Thema; mit Diskussionen über den Sinn und Unsinn des letzten Irak-Kriegs war Ted nicht geholfen, und mutmaßlich waren ihm solche Fragen mittlerweile auch gleichgültig, wenn sie ihn denn je beschäftigt hatten. Neil versuchte sich daran zu erinnern, ob Ted am College je Interesse für Politik bekundet hatte, aber er kam sich vor wie jemand, der verzweifelt verblichene Graffiti auf einer alten Wand zu entziffern versucht. Dann packte ihn eine Idee, deren Einfachheit ihn um ein Haar den Kopf schütteln ließ. Natürlich. Das hatten alle gemeinsam.

»Apropos Zicken«, bemerkte er, »hast du gehört, was aus Norma ›Für euch geb ich doch nicht den Cheerleader ab‹ Radcliffe geworden ist?«

Ted schüttelte den Kopf, aber an seinem Gesichtsausdruck ließ sich ablesen, dass er sich sehr wohl an die stolze Collegeschönheit erinnerte.

»Sie organisiert Schönheitswettbewerbe für Pudel in Palm Springs.«

»Du nimmst mich auf den Arm!«

»Nein, ich schwör's dir. Tja, das erklärt natürlich einiges. Wir waren eben alle nicht ihr Typ.«

»Zu wenig Locken«, stimmte Ted zu und prustete. »Trotzdem«, fuhr er fort, »sie hätte toll im Cheerleader-Dress ausgesehen.«

»Frauen«, sagte Neil sinnierend. »Wie war eigentlich dein erstes Mal?«

An der Lampe, die seine Küche beleuchtete, musste eine der beiden Glühbirnen ausgewechselt werden, aber Neil war in den letzten Tagen zu faul gewesen, sich darum zu kümmern. Im Schein der verbliebenen Birne und bei Teds grauer Hautfarbe war es schwer erkennbar, doch es schien ihm, dass Ted errötete.

»Komm schon. Das weißt du garantiert noch. So was bleibt einem im Gedächtnis, ganz egal, wie mies man sich fühlt.«

Er hielt sein Glas in der Hand, ohne daraus zu trinken, und betrachtete die braungoldene Flüssigkeit.

Ted räusperte sich. »Du zuerst.«

»Hm. Rosie Dulac. Sie zog mich später damit auf, dass ich mich nur in sie verknallt hätte, weil sie das einzige Mädchen in der Nachbarschaft war, das garantiert nicht mit mir verwandt war. Da lag sie falsch. Zwei Jahre älter als ich und nichts als Kurven und Grübchen. Vierzehn Grübchen insgesamt. Ich habe sie alle gezählt. Rote Haare; einer von den Dulacs muss mal eine Irin geheiratet haben.«

»Bei mir war's Betsy Triffest aus der Fünfunddreißigsten«, fiel Ted ein, der sein Zögern offenbar überwunden hatte. »Ein Hintern, auf dem man Nüsse knacken konnte.«

»Ted Sandiman, du überraschst mich. Wir dachten doch alle, du wärest die einzige männliche Jungfrau auf dem College.«

»Ich hab nur nicht so viel herumgeprahlt wie ihr anderen. Konnte ich auch nicht. Betsy war verheiratet, und ihr Typ trieb in unserer Gegend Schutzgelder ein.« Er grinste. »So hab ich Betsy überhaupt kennen gelernt. Meine Mom hat mich und meine kleine Schwester zu ihr geschickt, weil sie dachte, Betsy hat ein Herz für Kinder, die wird ihren Kerl vielleicht beschwatzen, bei unserer Imbissbude nicht ganz so gierig zu sein. Na ja, und Betsy, die hatte schon ein Herz, aber nicht nur für Kinder.«

»Rosie hatte da einen Trick«, sagte Neil, der merkte, wie Ted auftaute. »Sie nahm eine Kirsche mitsamt Kirschstängel in ihren Mund, und nach einer Weile schob sie den Stängel wieder hinaus. Mit einem Knoten.«

»Beim ersten Mal war ich froh, dass ich direkt vom Sportplatz kam und meinen Baseballschläger dabeihatte. Ich hatte die ganze Zeit Angst, dass ihr Kerl aufkreuzt. Na ja – fast die ganze Zeit dachte ich daran. Okay, eigentlich nur die ersten Minuten.« Ted seufzte. »Mann, das waren gute Tage.«

Irgendwo zwischen immer handfesteren Beschreibungen und Whiskey ließ sich Ted überreden, etwas anderes als Orangen zu essen, und dabei zeigte sich, dass er einige seiner Zähne verloren hatte. Neil bestellte beim Pizzaservice, und als er den Eindruck hatte, dass Ted beim Schwärmen über seine Verflossenen der verlorenen Ehefrau gefährlich nahe kam, lenkte er das Gespräch auf die legendärsten Spiele ihrer College-Zeit.

»Wenn Ferguson damals nicht …«

»Weißt du noch, wie du den Ball von Cady ...«
»Keine Frage, das wäre ein Homerun geworden, wenn ...«
Die Pizza traf ein, und während Neil noch den würzigen Geschmack der Salami über dem warmen Käse genoss, entdeckte er, dass er einen Fehler gemacht hatte. Ted wurde übel, und er fing an zu würgen. Bald hing er über dem Toilettenrand und erbrach sich, obwohl er, soweit Neil erkennen konnte, kaum etwas Festes zu sich genommen hatte. Als er einen Lappen befeuchtete, um Ted das Gesicht abzuwischen, ergriff Ted seine Hand.
»Neil«, sagte er. »Ich ... ich kann hier nicht bleiben.«
Dass Ted als Hausgast nicht die beste Idee war, die er je gehabt hatte, war Neil inzwischen schon klar geworden. Morgen würde er den größten Teil des Tages in den Universitätsgebäuden verbringen, und so ging es den ganzen Rest der Woche. Und es konnte sehr gut sein, dass sein alter Kamerad sich dann entschied, zu verschwinden und die Einrichtung um ein paar Gegenstände zu erleichtern.
»Wenn ich bleibe«, fuhr Ted fort, als könne er Gedanken lesen, »dann brauchst du bald noch mal neue Kreditkarten. Deswegen bin ich zuerst mitgekommen. Ich bin nicht der, den du kennst, Neil. Das bin ich schon lange nicht mehr. Der nette Ted, das war der andere mit dem gesunden Körper. Ist schon meine Schuld, das, was ich jetzt bin. Das weiß ich.«
Neil erwiderte nichts und löste schweigend Teds Griff von seiner Hand. Dann wischte er ihm das Gesicht ab, mit der ökonomischen Routine, die ihn die Pflege seiner Mutter gelehrt hatte.
»Ich möchte etwas haben«, stieß Ted hervor, »was ich mir nicht verderbe.«
»Was ist mit deiner Schwester?«, fragte Neil plötzlich.

»Una? Die ist verheiratet, und ihr Mann ist ein Dreckskerl.«

»Trotzdem«, sagte Neil. »Sie ist deine Schwester, Ted. Denk daran, was Robert Frost geschrieben hat: Zuhause ist der Ort, wo sie dich aufnehmen müssen, wann immer du aufkreuzt. Und dann wüsste deine Frau wenigstens, wo du bist. Hast du dir schon mal überlegt, dass die Ungewissheit jetzt für sie genauso schlimm ist wie das andere?«

Bis der Morgen anbrach, hatte er Ted, der sich geweigert hatte zu schlafen, sondern auf die Straße zurückwollte, so weit gebracht, sich auf den Weg nach Iowa zu machen. Er kaufte ihm die Fahrkarte für einen Greyhound und wartete, bis der Bus mit Ted darin abgefahren war. Teds Gesicht, hinter der matten Scheibe kaum zu erkennen, war nicht mehr das Zerrbild einer Vergangenheit; er sah sich selbst. Er fragte sich, ob die Jungen aus den College-Zeiten, die sie gewesen waren, einen von ihnen beiden erkannt hätten, wenn sie ihnen vorhin auf der Straße begegnet wären.

Auch in der folgenden Nacht konnte er nicht schlafen. Teds verbrauchte Stimme klang ihm im Ohr und, in noch verstörenderer Weise, die seines Vaters, der während Neils jährlichen Besuchen in Nevada früher oder später in ein »Aber woher hätte ich das über die Strahlen wissen sollen?« ausbrach, meistens gefolgt von einem »Schau mich nicht so an, Junge, sonst fährst du gleich wieder nach Louisiana zurück!«

Gegen Mitternacht beschloss er, einen alten Bekannten anzurufen, der ihn und Matt seinerzeit mit ein paar noch lebenden Strahlenopfern in Verbindung gebracht hatte. Kalifornien lag drei Stunden zurück, was auf eine akzeptable Uhrzeit für einen Anruf hinauslief.

Nach einigem höflichen Geplaudere erkundigte er sich nach dem Namen eines guten Virologen am MIT in Cambridge.

»Das ist nicht mein Fachgebiet, aber Hugh Beresford hat einen guten Ruf. Oder Ethan Giles, aber der ist nicht eben der Umgänglichste.«

Bei dem Namen Giles klingelte etwas bei ihm. Im letzten Semester gab es einen Studenten dieses Namens, ein nervöser Junge, der Literatur gewählt hatte, um sich nicht ständig mit seinem Vater in Naturwissenschaften vergleichen zu müssen. Neil gab nicht gerne Einzelunterricht, aber mit dem Druck, unter dem der Junge stand, konnte er sich identifizieren; mit einigen Nachhilfestunden war es ihm gelungen, Giles junior über die Runden und in das nächste Semester zu bringen.

»Könntest du Ethan Giles morgen anrufen«, fragte er den Kalifornier, »und klären, ob er mir eine Audienz gewährt? Ich rufe ihn auch an, aber ich hätte gern vorher etwas Schützenhilfe.«

»Geht in Ordnung.«

Nach dem Gespräch konnte er immer noch nicht einschlafen. Unruhig setzte er sich an seinen Computer und ging ins Internet. Zunächst versuchte er über Google etwas über Ted zu finden, doch vergeblich; Ted hatte es wohl auch vor seiner Krankheit nie bis in die großen Nationalligen geschafft. Oder er hatte einen anderen Namen benutzt, eine Möglichkeit, die Neil, der selbst seit Beginn des Colleges den Mädchennamen seiner Mutter führte, durchaus nicht ausschloss.

Den Rest der Nacht verbrachte er damit, sein Wissen über HIV auf einen neuen Stand zu bringen. Irgendwann landete er in einem Chatraum, der offenbar von Medizinern benutzt wurde. Er fühlte sich an seine Besuche in Ländern erinnert, von deren Sprache er nur ein paar wenige Ausdrücke beherrschte. Was er dort erfuhr, war nicht eben beruhigend.

<Oh, es gibt natürlich neue Medikamente>, antwortete ihm ein Chatteilnehmer unter dem Pseudonym Galen. <Aber um ehrlich zu sein, in den letzten fünf Jahren sind nur zwei wirkliche Verbesserungen bei neuen Wirkstoffen auf den Markt gekommen. Alle anderen Mittel waren Pseudoinnovationen – Kombinationen bekannter Substanzen, die nicht besser und möglicherweise sogar etwas gefährlicher sind als die vorherigen Formen.>

<Von den immer größeren Nebenwirkungen ganz zu schweigen>, fiel ein anderer ein. <Die sind zwischenzeitlich weltweit die vierthäufigste Todesursache. Im Fall AIDS liegt der Prozentsatz garantiert noch höher, aber du wirst mit Sicherheit keinen Arzt finden, der zugibt, sein Patient sei an der Behandlung gestorben.>

<Warum kommen die Ärzte damit durch?>

<Anwälte und Verbraucherschutzorganisationen sind weitaus erfolgreicher mit Sammelklagen gegen die Pharmaindustrie; bei einzelnen Ärzten lassen sich keine wirklich hohen Summen herausholen.>

<Aber wenn diese neuen Medikamente keine positiven Auswirkungen hätten, dann wären sie doch nicht auf dem Markt.>

<Kommt drauf an, von welchem Markt du sprichst>, gab Galen zurück. <Wenn ein Mensch in Afrika mit erhöhter Temperatur herumläuft, dann kann er Malaria, Tuberkulose, eine ganz normale Magen-Darm-Infektion oder eben AIDS haben. Behandelt man aber einen Malaria-Kranken mit AIDS-Mitteln, dann stirbt er. Andererseits ist

aber Afrika ideal, um auf Risiko zu setzen und im Zweifelsfall auf AIDS zu behandeln, wenn man neue Medikamente ausprobieren will. Schließlich können sich die armen Hunde da unten nicht beklagen.>

Etwas erwachte in Neil, das nichts mehr mit ungeformten Befürchtungen über eine mögliche eigene Infektion zu tun hatte: Sein journalistischer Instinkt regte sich.

<Sprichst du aus eigener Erfahrung?>, tippte er. Doch Galen rührte sich nicht mehr. Dafür sprang ein anderer ein.

<Irgendwo muss man seinen Frust ja loswerden. Ist dir schon mal eine Mutter von drei kleinen Kindern unter den Händen weggestorben?>

Neil spürte ein anderes Echo in sich, das sich den Flügelschlägen des Vogels Angst beigesellte. Es war das erste ungewisse Anklopfen einer Idee, die sich in ihm festhakte, während er sich wieder an Ted erinnerte. Als es Morgen wurde, war er immer noch wach.

Er hatte sich von Ted die Adresse seiner Schwester geben lassen und rief bei ihr an. Die Stimme der Frau klang verweint und misstrauisch.

»Wer sind Sie? Warum fragen Sie nach Ted?«

»Neil LaHaye«, wiederholte er geduldig. »Ein alter Bekannter vom College.«

Sie schwieg.

»Ted ist also nicht bei Ihnen angekommen?«, fragte Neil. Vermutlich hatte Ted irgendwo zwischen Boston und Iowa den Bus verlassen.

»Nein, ist er nicht«, erwiderte Ted Sandimans Schwester, an die er sich beim besten Willen nicht erinnern konnte, obwohl sie bestimmt wie alle anderen Familienangehörigen des Teams zu den Spielen aufgetaucht war. »Man hat ihn tot in einem Bus gefunden, Mr. LaHaye.«

<Betreff: Neue Idee
Absender: Charles.Xavier@logansrun.net
Empfänger: bohemian.rhapsody@hotmail.com

Hi Neil,

der Sturm um dein Buch über die Taliban-Gefangenen in Camp Delta scheint sich inzwischen gelegt zu haben. Ich bekam einen Anruf von einem Buchladen in Los Angeles, der dich tatsächlich für eine Veranstaltung haben will. Zugegebenermaßen für eine Doppelveranstaltung mit irgend so einem Pakistani, und es ist ein ethnischer Verein ... was mich zum eigentlichen Thema meines Schreibens bringt.

Neil, wir müssen unbedingt etwas tun, um dein Image aufzubessern. Nach den Briefen zu urteilen, die hier bei mir und bei deinem Verlag eintreffen (und glaub mir, die schlimmsten haben wir nie an dich weitergeleitet), hält dich die Mehrzahl deiner alten Leser inzwischen für einen verbitterten Besserwisser, dem die nächste Sensation wichtiger ist als die Not seines Landes und der in seiner abgeschirmten elitären Welt Harvard seine nächste Nörgelei vorbereitet. Wir befinden uns immer noch im Krieg, Neil, und das wahrscheinlich noch sehr lange. Falls du beabsichtigst, als Nächstes herauszufinden, dass der Verteidigungsminister in seiner Jugend ein Anhänger des Ku-Klux-Klans war und/oder höchstpersönlich die Mississippi-Morde begangen hat, vergiss es. Um es noch klarer auszudrücken: Ein weiteres Projekt, das auf irgendeine Weise als unpatriotisch interpretiert werden könnte, und wir sind geschiedene Leute!

Zeit für einen neuen Anfang, alter Junge. Einen mit Bravour. Du kannst mir nicht erzählen, dass du dich mit deinen Studenten nicht zu Tode langweilst. Wir brauchen wieder ein Buch von dir, etwas, das die letzte Katastrophe vergessen macht. Mit einem ganz und gar unpolitischen Stoff, der alle Leute interessiert und betroffen macht…

Chuck>

<Betreff: AW: Neue Idee
Absender: bohemian.rhapsody@hotmail.com
Empfänger: Charles.Xavier@logansrun.net

Chuck,

vergiss nie den Schlachtruf der Frauenbewegung: Alles ist politisch, sogar der Sex. Unpolitische Bücher zu schreiben, ist ergo unmöglich.

Aber du hast Glück. Die Muse hat mich geküsst und mir ins Ohr geflüstert, ich sollte mir endlich ein Thema vornehmen, das wirklich jeden angeht, und dieses Thema habe ich, obwohl es für die Massen noch immer ein Buch mit sieben Siegeln ist. Hat etwas mit Medizin zu tun. Mehr erfährst du erst, wenn ich nichts mehr von dir über patriotische Pflichterfüllung und die Pflichten eines Autors höre, sich um bessere Publicity zu kümmern. Bist du mein Agent oder ein verhinderter Bankangestellter?

Neil>

<Betreff: Frage
Absender: bohemian.rhapsody@hotmail.com
Empfänger: hellblazer@gmx.com

Matt,

was weißt du über AIDS? Ich meine, wo das alles angefangen hat. Wo die ersten Fälle aufgetreten sind.

Neil>

<Betreff: AW: Frage
Absender: hellblazer@gmx.com
Empfänger: bohemian.rhapsody@hotmail.com

Neil,

Rock Hudson. Rote Schleifen. Afrika. Liz Taylor, Queen, Oscar für Tom Hanks. Tausend Sachen. Sag bloß, du willst darüber schreiben, wie die wilde Party der 70er Jahre durch die Seuche der 80er zu Ende ging.

Matt

PS Ganz ehrlich, du hast mir da einen ziemlichen Schrecken eingejagt. Ich verbrachte einen Tag damit, taktvolle Schreiben zu entwerfen oder mir zu überlegen, ob ich dich ohne Anmeldung besuchen soll, bis Chuck mir am Telefon erzählte, du hättest was in der Pipeline. >

<Betreff: mea culpa
Absender: bohemian.rhapsody@hotmail.com
Empfänger: hellblazer@gmx.com

Matt,

nein, ich habe keine gesundheitlichen Probleme, und ich war gerade erst beim Arzt, um mir das bestätigen zu lassen. Mir scheint sogar, ich halte das mit dem Nichtrauchen diesmal durch. Mein Interesse an AIDS ist mehr beruflicher Natur. Ob afrikanische Affen aus einem Bio-Labor der Armee oder der gute alte blinde Zufall, ich möchte wissen, wie das HI-Virus ursprünglich in die Welt kam. Die originellste These stammt von einem gewissen Duesberg und besagt, dass es AIDS als Viruskrankheit überhaupt nicht gibt, aber die ist inzwischen auch schon überholt. Das ist mein neues Thema: Die Anfänge von AIDS. Vielleicht die

Ursachen? Die Pest der Postmoderne – klingt doch gut? Und, vergessen wir eins nicht: wie AIDS der Pharmaindustrie ein riesiges neues lukratives Ertragsfeld eröffnete.

Neil>

<Betreff: Hmmmm…
Absender: Charles.Xavier@logansrun.net
Empfänger: bohemian.rhapsody@hotmail.com

Hallo Neil,

schon besser, mein Sohn. Wenn du an das denkst, woran ich jetzt denke, könnte es etwas werden. Im Anhang findest du eine Liste der derzeitigen AIDS-Experten. Ein paar davon treiben sich sogar in deiner unmittelbaren Nähe herum. Also los, mach dich an die Recherche.

Agent in kooperativer Stimmung,
Chuck>

Der Frühling im Central Park von New York war nicht zu übersehen; neue frischgrüne Grasspitzen, die sich unter den Schneeresten überall hervorarbeiteten. Aber viele der Jugendlichen, die an Neil vorbeirannten, trugen dennoch Schlittschuhe auf ihren Rücken. Von irgendwo her konnte er die *Schöne Blaue Donau* spielen hören und fragte sich plötzlich, ob seine Tochter Julie noch immer für Eiskunstlauf schwärmte. Wie sie in Washington, D. C., mit seinem warmen Klima überhaupt darauf gekommen war, blieb ihm schleierhaft, aber Julie hatte im Jahr vor der Scheidung darauf bestanden, dass ihre Eltern mit ihr in jede Holiday-on-Ice-Show gingen, und geschworen, eines Tages selbst Schlittschuhläuferin zu werden.

»Haben Sie Ground Zero besucht?«, fragte die Frau, die

als erste Angehörige eingewilligt hatte, Neil ein Interview zu gewähren. Ein Test. Er war sich darüber im Klaren, dass sie zumindest über das Thema seines letzten Buches Bescheid wusste.

»Nein, diesmal nicht«, erwiderte er, entgegen der Wahrheit. »Ich war dort, kurz nachdem es passiert ist.«

Er war natürlich auch diesmal wieder zu dem Ort gegangen, an dem einmal die bekanntesten Türme der Welt gestanden hatten, und die Vermarktung und Verkitschung der Trauer dort hatte ihn bestürzt, obwohl er sich sagte, dass er darauf hätte gefasst sein müssen. Die Schlange von Souvenirhändlern, die sich immer noch bis zum Broadway hochzogen und die Postkarten zur Katastrophe anboten, die Poster zur Katastrophe, die T-Shirts zur Katastrophe, die CD-ROMs zur Katastrophe und die Videos zur Katastrophe riefen in ihm nur Ekel hervor.

Dagegen hatte ihm die große Kartonwand, die in der Grand Central Station aufgestellt war, fast die Tränen in die Augen getrieben. Nach all der Zeit hingen dort immer noch Vermisstenanzeigen und persönliche Nachrufe. Hilfeschreie, unsicher mit Filzstift auf Pappe gebannt. Hat jemand meinen Vater gesehen? Meine Schwester? Meinen Sohn? Unter Computerausdrucken, amateurhaften Familienfotos standen die Namen, Namen aus allen Nationen. Chandra. Lee Singh. Pat Donahoue. Halef ibn Omar. Rosa Anderlini. Da waren sie, die Toten, verwackelt aufgenommen und verlegen grinsend; Familienfotos eben. Daddy, ich vermisse dich. Und immer wieder die Frage: Warum? Warum? Oh, warum?

Doch er bezweifelte, dass Mrs. Strauss an einer ehrlichen Antwort auf ihre Frage gelegen war. Wenn man selbst ein Erdbeben erlebt hatte, war man nicht an Meinungen von

Besuchern interessiert, die aus sicherer Entfernung nur Berichte darüber verfolgt hatten. Also verlegte sich Neil auf Verbindlicheres.

»Das Bild werde ich genauso wenig vergessen wie das World Trade Center vorher«, fuhr er fort. »Es war mein erster Eindruck von New York, wissen Sie?«

Mrs. Strauss zog die Augenbrauen hoch; eine Aufforderung zum Weitersprechen, wie nur sie Frauen fertig brachten.

»Ich war ein Landei aus dem Süden«, präzisierte er, »und kam her, weil ich einen Jugendliteraturwettbewerb gewonnen hatte. Es war bereits Abend, als meine Maschine landete, aber ich wollte unbedingt noch auf das Empire State Building und das World Trade Center. Das Empire State habe ich dann nicht mehr geschafft – die Schlange war zu lang –, aber auf einen der Türme bin ich gekommen. Da war sie, die Großstadt, das Lichtermeer, und rings um mich Leute, die in allen möglichen Sprachen daherredeten. Ich dachte wirklich, ich könnte selbst fliegen, und hatte das Gefühl, es unbedingt versuchen zu müssen, über dieses Juwelengemisch aus Neon hinweg. New York. Gotham City. Metropolis.« Er lächelte sie an. »Ich war jung.«

Sein Gegenüber hatte sich während seiner Worte etwas entspannt. Zunächst war Dinah Strauss ihm wie ein Geschöpf aus dem Fernsehen erschienen, das graublonde Haar in einem helmförmigen Schnitt, aber locker genug, um nicht abweisend zu wirken, das sorgfältig geschminkte Gesicht eine Illustration, wie man als Sechzigjährige noch ohne chirurgische Unterstützung als Fünfzigjährige durchgehen konnte. Die Sonnenbrille, die sie trug, half der Künstlichkeit nicht ab, doch sie hatte darauf bestanden, ihn nicht bei sich zu Hause zu treffen, sondern an einem der

Eingänge des Central Park, den sie ihm bezeichnet hatte. Erst als sie während ihrer ersten Worte die Sonnenbrille abnahm, fand er etwas, das den perfekten Eindruck störte: Augen, die wie tiefe Brunnen wirkten, Flüsse, salzig, von Bitternis und Verlust gespeist.

»Das waren wir alle einmal«, sagte sie jetzt. »Mr. LaHaye, ich muss gestehen, ich war überrascht zu hören, dass sich ein Autor wie Sie für Justin interessiert. Justin gibt keine spektakuläre Story ab, wissen Sie. Weder ein Krimineller noch ein Genie, das der Welt zu früh verloren ging. Einfach nur mein kleiner Bruder, der irgendwann mit dem falschen Kerl Sex hatte.«

»Um die Krankheit geht es mir«, sagte Neil und wünschte sich, sie hätte nicht darauf bestanden, bei dem Gespräch spazieren zu gehen. Er wusste aus Erfahrung, dass er überzeugender wirkte, wenn er seinem Gegenüber in die Augen schauen konnte. Normalerweise konnte er sich darauf verlassen, dass seine Stimme bei Menschen, die keinen Grund hatten, ihm übel zu wollen, Sympathie auslöste, aber er setzte lieber auch auf seine Augen. Er benutzte, was ihm zur Verfügung stand, und die Wirkung, die er im persönlichen Gespräch ausstrahlen konnte, hatte ihm oft genug geholfen.

»Um normale Menschen, die zur falschen Zeit am falschen Ort waren. Um ihre Familien, um Leute wie Sie, die damals noch nicht einmal Erklärungen für diese Krankheit bekamen, ganz zu schweigen von Hilfe, weil noch niemand wusste, womit man es überhaupt zu tun hatte.«

Am Rande nahm er wahr, dass sie nickte und ihre Sonnenbrille wieder aufsetzte.

»Das wussten wir wirklich nicht. Kaposi-Sarkom, hieß es damals. Ein Hautkrebs, der angeblich nur in Afrika vorkäme, und da war Justin nie. Dass es AIDS gewesen sein könnte, darauf kamen die Ärzte erst Jahre später, als Justin schon lange tot war. Ein Jahrzehnt später, Mr. LaHaye, und ihm hätte vielleicht geholfen werden können. Zumindest hätte sein Leben verlängert werden können mit den neuen Medikamenten. Aber 1980 hatte ja noch niemand eine Ahnung.«

Ihre Stimme klang schneidend, als sie fortfuhr: »Dad wetterte jahrelang darüber, dass er für die falsche Behandlung Unsummen zahlen musste, außer natürlich an den Kubaner. Als ob das irgendetwas änderte. Aber so ist Dad nun mal. Es fiel ihm immer leichter, sich über finanzielle Verluste aufzuregen, als darüber, dass sein einziger Sohn mit fünfundzwanzig schon tot war. Ehrlich gesagt, mir taten die Ärzte Leid, denen er damit drei, vier Jahre später in den Ohren lag, als AIDS so richtig in die Schlagzeigen kam. Sie hatten ja wirklich nichts tun können. Dass es sich um ein neues Virus handelte – woher sollten sie das wissen?«

»Sie sind sehr verständnisvoll«, bemerkte Neil neutral. Dinah Strauss beschleunigte ihre Schritte etwas.

»Ach was. Ich habe nur selbst beruflich genügend am Hals, um zu wissen, wie man sich da fühlt. Wobei Dad noch Glück hatte. Der Kubaner behandelte außer Justin damals nur noch einen weiteren Patienten in New York, und die anderen Ärzte konnten es sich schlichtweg nicht leisten, keine Rechnungen zu stellen. Als er wegging und Justin wieder zurück an seinen Kollegen überwies, bekamen wir den Unterschied zu spüren.«

»Welcher Kubaner?«, fragte Neil. »Sie erwähnen ihn nun schon zum zweiten Mal.«

»Der fiel auf. Es mag ja nicht politisch korrekt sein, aber seien Sie ehrlich – auch heute noch denken wir bei einem

Hispanic doch eher an mexikanische Hausmeister und kolumbianische Dienstmädchen und nicht an einen berühmten Spezialisten. Schon gar nicht an einen Wissenschaftler von der Klasse von Justins Arzt. Mit dem kam man in alle Krankenhäuser hinein. Der war noch jung, erst Ende zwanzig, aber damals schon berühmt, und ich kann mich erinnern, wie die Schwestern mir erzählten, was für ein Glück Justin hatte, dass Dr. Sanchez seinen Fall übernehmen wollte. Eine behauptete sogar, Dr. Sanchez hätte schon mal einen Patienten geheilt, der Symptome ganz wie mein Bruder hatte, obwohl sie mir keine Namen nennen konnte.«

»Dr. Sanchez?«

»Ja. Dr. Victor Sanchez, ich weiß es noch genau. Die anderen Ärzte in den Krankenhäusern sagten, er sei jemand, der garantiert irgendwann den Nobelpreis gewinnt. Natürlich waren wir begeistert, und als er das Wort ›kostenlos‹ aussprach, hätte mein Vater ihm beinahe die Füße geküsst. Aber als Mr. Zukünftiger Nobelpreisträger nach ein paar Monaten das Interesse verlor und ohne uns was zu erklären einfach verschwand, legte sich die Begeisterung schnell, das kann ich Ihnen sagen. Die Ärzte danach ließen Dad zwar kräftig zahlen, aber sie blieben wenigstens bis zuletzt bei Justin.«

In Santa Monica saß Neil einem Mann gegenüber, der Dinah Strauss in männlicher Form hätte sein können und wie sie kein Treffen bei sich zu Hause gewollt hatte. Im Unterschied zu Mrs. Strauss hatte sich Andrew Tevlin jedoch eines der Restaurants in der Third Street ausgesucht. Sie saßen auf dem Balkon im ersten Stock und blickten über die kleine Einkaufszone mit ihren Buchläden, Kinos und

Bistros, die sich in bunter Vielfalt aneinander türmten. Neil, der nach dem Interview mit Mrs. Strauss und zwei weiteren Angehörigen früher AIDS-Toter in New York einen Nachtflug an die Westküste genommen hatte, spürte den Jetlag in allen Knochen, aber in der Wärme von Kalifornien, der Sonne, die sich in den orangefarbenen Ziegeln der Gebäude fing, der leichten Brise von der Küste, die etwas Salz mit sich brachte und den Wunsch in einem weckte, ans Meer zu gehen, war es nicht weiter schwer, hellwach zu sein.

»Ich wollte der Dinosaurier wegen hier essen«, sagte Andrew Tevlin mit einem gewinnenden Lächeln und wies auf die zu prähistorischen Tierfiguren gestutzten Hecken, die in der Mitte der Third Street unter ihnen standen. »Ich sehe sie nun mal für mein Leben gern.«

Er musterte Neil. »Sie bieten allerdings auch keinen so üblen Anblick. Vielleicht ist doch noch eine Einladung Chez Tevlin für Sie drin.«

Wieder ein Test, nicht anders als Mrs. Strauss' Frage nach Ground Zero, aber auf einer ganz anderen Ebene.

»Ich werde jetzt nicht gequält lächeln und in den nächsten fünf Minuten Beweise meiner Heterosexualität in unser Gespräch einfließen lassen«, erwiderte Neil sachlich, »aber falls das als Prüfung gemeint war, um mich als heimlichen Schwulenhasser oder bigotten Heuchler zu entlarven, war es zu offensichtlich.«

»Und für eine Anmache halten Sie es nicht?«, fragte Andrew Tevlin belustigt.

»Andrew, ich habe genug Anträge bekommen. Ich habe selbst Leute angemacht. Sie waren gerade etwa so aufrichtig interessiert an mir wie meine elfjährige Tochter an Automotoren.«

Tevlin lachte. »Touché. Sie haben keine Ahnung, wie viele Journalisten vor Mitleid angesichts der Tragik von AIDS triefen, aber in ihrem Innersten eine Einstellung wie der letzte reaktionäre Hinterwäldler aus dem Süden haben.«

»Danke. Ich bin so ein Hinterwäldler aus dem Süden. Wir werden genauso oft diskriminiert wie ihr Schwule, und dazu kommt, dass uns schlichtweg keiner mag. Ich denke immer häufiger daran, meine eigene Lobby für uns Südstaatler zu gründen.«

»Sie sind in Ordnung, Neil«, sagte Andrew Tevlin. »Also, schießen Sie los mit den Fragen. Es geht um Fred, nicht wahr?«

Auf Neils Blick hin erläuterte er: »Fred war sein richtiger Name, nicht der, den ihm das Studio verpasst hatte. Alle seine Freunde nannten ihn so. Übrigens, er hat Ihr erstes Buch noch gelesen. Beruflich. Er fand, es gäbe einen guten Filmstoff ab, mit ihm selbst als Dr. John Sowieso. Gautman, Gofman, Sie wissen schon, der Kerl, der mit Oppenheimer gearbeitet hat und später all seine Forschungsgelder verlor, weil er die Wahrheit über das Strahlungsrisiko bei Atomtests sagte und dann auch damit an die Öffentlichkeit ging. Er war gut in solchen Rollen. Der aufrechte Einzelne gegen das System.«

»Schade für uns beide«, kommentierte Neil, obwohl er sich den Schauspieler Ron Nichols beim besten Willen nicht als Dr. John Gofman vorstellen konnte.

»Für mich auch. Fred wollte mir auch eine Rolle verschaffen, und es hätte mein Durchbruch werden können. Versprach er wenigstens, und Fred hielt im Allgemeinen seine Versprechen. Ach, was soll's. Seifenopern bringen zwar keine Oscars ein, aber besser als die Arbeitslosigkeit sind sie allemal. Und ich habe Fans. Sie haben ja keine Ahnung, wie besitzergreifend Fans von Seifenopern sind. Die schicken einem sogar selbst gestrickte Socken zu Weihnachten.«

»Klingt besser als die Morddrohungen in meiner Post. Sind Sie eigentlich damals auch untersucht worden?«

»Zurück zum Thema, wie? Klar bin ich das. Ich lass mich heute noch regelmäßig untersuchen, aber der alte Herr über den Wolken meint es gut mit mir. Damals ist mir natürlich der kalte Schweiß ausgebrochen, als Fred seine Diagnose bekam. Die Gerüchte über irgendeine neue Schwulenseuche fingen kurz danach an, und wir konnten alle noch nicht wissen, dass es mehr war als das. Ich meine, bei Fred und mir lag es zwar schon eine Weile zurück, aber ich hatte ja keine Ahnung, wann genau er sich das Zeug zugezogen hatte. Graham zum Beispiel, das war Freds fester Freund nach mir, Graham hat es erwischt, später, als wir schon wussten, was es ist.«

Schräg unter ihnen, neben einem von Tevlins Heckensauriern, baute sich einer der Straßenprediger auf, die ebenso in das Alltagsleben dieser Stadt gehörten wie die Straßenband, deren Musik vom anderen Ende der Fußgängerzone zu ihnen drang. Neil trank etwas von seinem frisch gepressten Orangensaft. »Jesus liebt euch Brüder und Schwestern«, begann der Prediger im hastigen abgehackten Rhythmus eines Rappers und mit einem Mikrofon als Verstärkung. »O ja, das tut er. Ich sage euch, ich war ein Nichts und…«

»Muss hart gewesen sein, nicht mal zu wissen, was für eine Krankheit das überhaupt war«, bemerkte Neil mit leicht erhobener Stimme und fragte sich, ob ihnen der Prediger als Kommentator für den Rest des Interviews erhalten bleiben würde.

»Das können Sie laut sagen. Fred hat sich ziemlich lang daran geklammert, dass es vielleicht nur eine neue Art von Syphilis oder so was ist. Und dann daran, dass rechtzeitig eine Behandlungsmethode gefunden werden würde. Déformation professionelle, wissen Sie?«

Andrew Tevlin unterbrach sich. In seinen Augen glitzerte etwas, das verdächtig nach Tränen aussah. Doch als er weitersprach, blieb seine Stimme das ebenmäßige ausgebildete Instrument eines Schauspielers.

»Für die Helden, die er spielte, gab es ihn immer, den Ausweg in letzter Sekunde. Das ist der American Way of Life, oder? Wir glauben nicht an unabwendbare Tragödien. Wir sind schließlich keine Griechen.«

»Nein. Wir hören nie auf, das Ende umschreiben zu wollen«, gab Neil zurück und unterdrückte die Versuchung, Tevlin etwas über Willy Loman und *Tod eines Handlungsreisenden* zu erzählen. Er war nicht hier, um sich in literarische Diskussionen zu verstricken.

»Und es hätte ja passieren können, nicht wahr?«, fragte Tevlin. »Ich meine, Fred war nicht irgendjemand. Er konnte sich wirklich gute Ärzte leisten.« Er schnitt eine Grimasse und versuchte wieder etwas leichtherziger zu sprechen. »Obwohl kaum einer von denen in einem Film als Retter besetzt worden wäre. Meine Güte, noch nicht einmal in einer Seifenoper. Ein ziemlich dröger Haufen. Ein George-Clooney-Ebenbild war nicht dabei, und einen zweiten Dr. Kimble habe ich damals auch nicht entdeckt. Der Unterschied zwischen Bildschirm und Realität ist manchmal schon hart. Wenn Sie mich fragen, ich halte es mit Blanche Dubois – bei der Wahl zwischen Realität und Magie ziehe ich Magie eindeutig vor. Der Einzige von dem Ärztehaufen, der so etwas wie Ausstrahlung besaß, war dieser kubanische Professor aus Miami, und der war nur kurze Zeit dabei.«

Neil horchte auf.

»Ein Kubaner?«

»Mr. Groß, Dunkelhaarig und Charismatisch, ja. Er hatte etwas, das weiß ich noch. Nicht eigentlich ein schöner Mann, obwohl es in meinem Beruf Leute gibt, die mit weniger zum Ziel gekommen sind als dem, was ihm Mutter Natur mitgegeben hatte. Ein Star sein ist mehr eine Frage der inneren Überzeugung als des perfekten Aussehens, wissen Sie. Natürlich war er damals auch ein Star, in seinem Fachbereich. Fred hat mir erzählt, dass eine der Schwestern mal hereinkam und um ein Autogramm bat. Als Fred seinen Stift zückte, wurde sie knallrot und murmelte, dass sie eigentlich ein Autogramm des guten Doktors haben wollte. Können Sie sich vorstellen, was da los war?«

»Wissen Sie noch, wie er hieß?«

»Du meine Güte, ich habe genug damit zu tun, mir die Texte für die nächste Folge zu merken. Serien sind mörderisch. Sie kriegen ein Drehbuch und müssen es innerhalb einer Woche draufhaben. Und dann gibt's noch dauernd Änderungen am Drehtag.«

»Was ist mit Telepromptern?«, fragte Neil, der genügend Schauspieler gekannt hatte, die sich erst gar nicht mehr die Mühe machten, den Text zu lernen, weil es die Möglichkeit gab, ihn bequem von einem Bildschirm abzulesen. Andrew Tevlin hob in gespielter Empörung die Hände.

»Niemals! ... Also schön, gelegentlich. Aber man darf es nicht übertreiben, sonst fällt es den Zuschauern auf. Okay, was den Kubaner angeht ... irgend so ein Durchschnittsname. Passte eigentlich gar nicht zu ihm. *Ich* hätte ihn Azurro oder sonst irgendwie unvergesslich genannt, wenn ich ihn hätte besetzen müssen, aber er hatte einen Namen, wie ihn immer die Schurken in drittklassigen Western tragen. Martinez, Gomez oder so ähnlich. Gamez.«

»Sanchez vielleicht?«

»Ja, ich glaube, Sanchez hieß er.«

In der Wohnung lag ein Geruch nach altem Schweiß, Alkohol und Kölnisch Wasser, der Neil an seine Großmutter erinnerte. Doch Mrs. Edgarson, die ihm die Tür geöffnet hatte und mit geröteten Augen wie eine Eule blinzelte, war in den Zeitungsberichten, die er in den Archiven gefunden hatte, stets als so ungebrochen und energisch beschrieben worden, dass er im ersten Moment glaubte, sich in der Tür geirrt zu haben.

»Der Journalist, nicht wahr?«, fragte sie lustlos. »Kommen Sie rein.«

Sie schlurfte vor ihm her in eine Wohnung, die mitten im März so abgedunkelt worden war, als müsse man die gleißende Sonne des Sommers fürchten. Alte Zeitungen lagen auf dem Boden; zwei Fernseher liefen im Hintergrund.

»Wenn der Zeitpunkt ungelegen ist, Mrs. Edgarson ...«, begann Neil, obwohl er den Besuch noch kurz zuvor mit ihr vereinbart hatte. Am Telefon hatte sie lebhaft und interessiert gewirkt; nie hätte er sich diese Frau so alt und gebrochen vorgestellt, wie sie nun vor ihm stand.

»Eine passende Zeit gibt es jetzt nicht mehr, mein Junge«, sagte sie. »Nie mehr. Vorgestern hat Lon mich angerufen. Er hat es auch.«

Sie fing an zu weinen, achtlos, ohne sich die Mühe zu machen, es zu verbergen.

»Ich kann das nicht noch einmal durchmachen«, sagte sie. »Es war furchtbar damals mit Herb. Sie können sich nicht vorstellen, wie schlimm das ist. Das eigene Kind langsam sterben zu sehen.«

Neil, der den Tod seiner Mutter miterlebt hatte, sagte nichts.

»Aber ich war zwanzig Jahre jünger, und ich dachte die ganze Zeit, ich muss stark sein, da sein für Herb, ihm meine Stärke geben. Außerdem hatten wir ja immer noch Hoffnung. Es hätte doch sein können, nicht wahr? Sie hätten doch ein Mittel finden können. Ich meine, da war dieser Spanier, und dem sagten sie nach, er könnte Wunder wirken. Daran habe ich mich geklammert, das half mir. Ich hab mich immer daran geklammert, bis mein Herb seinen letzten Atemzug tat. Und dann war Lon für mich da. Lon und ich, wir beide haben uns über die schwere Zeit hinweggerettet. Und jetzt ...«

Sie schluchzte, ein Geräusch, das sich in ihn fraß wie die Tränen in ihre ruinierte poröse Haut. Mit einem Mal fühlte er sich zutiefst beschämt. Für Mrs. Edgarson war das, was sie erzählte, keine abstrakte Story, es war ihr Leben, und er würde es nehmen und die Menschen damit schlimmstenfalls nur für fünf Minuten, bestenfalls für ein paar Stunden aufrütteln. Er würde ihr Leben und ihren Schmerz nehmen, wie er das Leben und das Leid von anderen Menschen schon früher genommen hatte, um daraus seine Pfeile zu formen, mit denen er eine immer monströsere und gleichgültigere Welt torpedieren konnte. Es war ein Verrat, ganz gleich, wie gut oder schlecht er seine Sache machen würde, so wie jede Umsetzung einen Verrat an der Realität darstellte. Und es war eine zutiefst ungenügende Antwort auf das, was Mrs. Edgarson hier und jetzt durchmachte, nicht später in einem Tanz aus Druckbuchstaben auf frischem Papier.

Er hätte ihr gerne ein Taschentuch gegeben, doch Neil hatte sich das Mitnehmen von Taschentüchern nie angewöhnen können. Deirdre zauberte sie bei Bedarf stets aus jenen Handtaschen, in die Frauen eine unglaubliche Anzahl an Kleinigkeiten stopften. Mrs. Edgarson zu sagen, es täte ihm Leid, wäre zu billig.

»Sie wissen doch«, sagte Neil unbeholfen, »es gibt jetzt wirksame Medikamente. Die den Verlauf der Krankheit verlangsamen. Sogar zum Stillstand bringen.«

Sie machte sich nicht einmal die Mühe, den Kopf zu schütteln. Ihre Tränen hörten nicht auf.

»Ja«, entgegnete sie. »AZT. Dideoxyinosin. Haben Sie eine Ahnung, was das kostet? Lon hat nie viel verdient, und ich habe damals Herbs Behandlung gezahlt, weil er selbst nie die Chance hatte, einen Beruf auszuüben. Unter 15000 Dollar im Jahr läuft da nichts.«

»Ich wünschte«, sagte Neil und meinte es so, »ich wünschte, ich könnte Ihnen helfen.«

Sie reagierte nicht. Jedes weitere bedauernde Wort wäre zu viel gewesen. Die tröstenden Phrasen blieben ihm ungesagt auf der Zunge liegen, wie Buchstaben eines unbekannten Alphabets, aus denen sich keine Brücke zu der Frau bauen ließ. Plötzlich schlug er alle Regeln über das Verhalten zwischen Fremden in den Wind und trat zu ihr. Vorsichtig legte er seine Arme um den knochigen, von Tränen geschüttelten Körper und roch wieder das Alter und die Hoffnungslosigkeit. Zu seiner Erleichterung ließ sie es geschehen. Er spürte ihre dünnen Hände auf seinem Rücken, spürte, wie sie sich in das Leder seiner Jacke krallten. Sie war deutlich kleiner als er; ihr Kopf drückte auf seine Brust. Er wusste nicht, wie lange sie so standen, aber es schien ihr zu helfen. Als sie sich von ihm löste, hatte sie zu weinen aufgehört und ihre Stimme wieder Kraft gefunden.

»Danke«, sagte sie.

Irgendwann verabschiedete er sich von ihr und hinterließ seine Visitenkarte. An der Tür drehte er sich noch einmal um. Ein Teil seiner selbst verabscheute sich dafür, aber der Teil, der Blut geleckt hatte, war mächtiger.

»Und Sie sind sicher, dass der Name des Arztes Sanchez war?«

Die MIT-Gebäude in Cambridge zogen sich mit der Einfallslosigkeit von pompösen Fabrikkomplexen durch die Stadt. Jedes Mal, wenn Neil das Massachusetts Institute of Technology sah, war er froh, nicht Naturwissenschaften studiert zu haben. Die Geisteswissenschaftler waren in einem Trakt aus einer merkwürdigen Kreuzung aus gotischem und viktorianischem Baustil untergebracht; ästhetisch war das erheblich ansprechender. Immerhin ließ sich an der Innengestaltung der meisten medizinischen Abteilungen nichts aussetzen; warme Pastelltöne, kein steriles Weiß, wie man es sich als Laie vorstellte.

»Du meine Güte«, sagte Dr. Giles trocken, »Sie schon wieder. Was verschafft mir die Ehre? Ich habe Ihnen doch gesagt, dass Ihr Test HIV-negativ ist, so wie man es sich schöner nicht wünschen kann.«

»Kein Wunder, dass Sie in die Forschung gegangen sind, Doc. Ihr Umgang mit Patienten lässt zu wünschen übrig.«

»Sie sind kein Patient, Neil. Sie sind geradezu widerwärtig gesund«, entgegnete der Arzt, der mit seiner hageren, groß gewachsenen Gestalt, der Adlernase und dem sandfarbenen Haar eine Idealbesetzung für Sherlock Holmes gewesen wäre. »Mit Werten wie ein Zwanzigjähriger, was mir bei Ihrer Lebensweise ein Rätsel ist. Und der einzige Grund, warum ich den Test für Sie durchgeführt habe, statt Sie wie jeden Normalmenschen in der Schlange warten zu lassen, ist, dass Sie meinen Sohn durch sein zweites Semester gebracht haben.«

»Ich werde Ihre väterliche Dankbarkeit nicht zu lange beanspruchen«, sagte Neil und unterdrückte seinen Wunsch, angesichts der allgegenwärtigen Rauchverbotsschilder um eine Zigarette zu bitten.

Wann wirst du endlich erwachsen, hatte Deirdre gefragt, an jenem Abend, als er ihren Senator während einer von ihr sorgfältig organisierten Wohltätigkeitsgala für alle Anwesenden hörbar aufgefordert hatte, doch selber einen Teil seines Etats für den Wahlkampf zu spenden. Ein provozierender Zwischenruf mitten in einer Rede, die zu schreiben Deirdre mehrere schlaflose Nächte gekostet hatte. Natürlich hatte sie Recht; es war kindisch gewesen, nichts als eine billige Revanche dafür, dass sie ihm am Abend zuvor ein Ultimatum gestellt hatte.

Seither hatte er die Szene immer wieder umgeschrieben, sich selbst als überlegen und ironisch, Deirdre als kalt und verbissen dargestellt, doch im Grunde wusste er sehr genau, dass er es nur aus Eifersucht getan hatte. In der glücklichen Zeit ihrer Ehe hatte es ihn nie gestört, dass sie für einen Mann arbeitete, dessen Ansichten er nicht teilte, und er war stolz auf sie gewesen, wenn sie in Gesellschaft bewundert wurde. Solange er ihrer sicher war, hatte er sie im Gegenteil ständig zu engeren Kleidern und tieferen Ausschnitten zu überreden versucht; sie besaß eine fabelhafte Figur, und wenn er ehrlich war, dann hatte er den Neid in den Mienen anderer Männer einfach genossen.

Aber mit dem beginnenden Zusammenbruch ihrer

Beziehung war ihm jeder Blick auf sie verdächtig erschienen, und auch jetzt noch konnte er die Vorstellung von fremden Händen auf Deirdres Brüsten, von ihren langen, schlanken Beinen zwischen denen eines anderen Mannes kaum ertragen. Es war kindisch. Wenn überhaupt, dann hatte sie ihn mit ihrem Beruf betrogen, durch ihre Arbeit ersetzt. Sollte sie doch mit ihren umfrageergebnisgerechten Ansichten ins Bett gehen, die sie denen ihres Senators angepasst hatte.

Hör auf, befahl sich Neil. Es ist vorbei.

»Ich habe nur noch ein paar Fragen«, fuhr er fort und zwang sich in die Gegenwart zurück. »Dann sind Sie mich los.«

»Leere Versprechungen«, konterte Giles und nahm seine Brille ab, um die Gläser zu putzen. »Ich wette, in zwei, drei Wochen sind Sie wieder da. Aber schön, ein letztes Mal.«

»Das menschliche Erbgut und das Erbmaterial von irgendwelchen Viren ist zu vierzig, fünfzig Prozent vergleichbar, habe ich gelesen…«

»Also, die Zahl würde ich mal bezweifeln, aber es würde mich auch nicht wundern, wenn sie sehr hoch wäre. Sehen Sie, der größere Teil unserer Erbanlagen ist Schrott. Fossile, die nichts nützen und im Laufe der Evolution übrig geblieben sind.«

»Hm. Ich dachte nur, in meiner laienhaften Art, das könnte erklären, warum wir so anfällig für bestimmte Viren sind.«

»Wenn Sie an HIV-I denken, wir sind dafür anfällig, weil es unsere T4-Helferzellen angreift, und ohne die können wir keine Antikörper bilden. Manchmal ist die einfachste Erklärung auch die richtige.«

Neil stand auf und wanderte zu den Regalen voller

Lexika und Zeitschriften. Auf Augenhöhe stand ein Foto von Giles' Sohn und Ehefrau.

»Will man das Virus töten, muss man auch die menschliche Zelle zerstören, in der es sitzt. Normalerweise leiten verbrauchte oder geschädigte Zellen die eigene Zerstörung ein. Das Signal für den programmierten Zelltod bekommt die Zelle vom Immunsystem, das die Infektionen auf diese Weise in Schach hält. Bestimmte Viren haben nun gelernt, den Selbstmord ihrer Wirte zu verhindern. Sie schreiben den Code um, verstehen Sie, Neil?«

»So in etwa. Und die derzeit eingesetzten Medikamente ...«

»Verhindern ihrerseits die letztliche Umschreibung einer ganzen Reihe von HIV-Proteinen durch ein Enzym. Um ein Bild zu gebrauchen, stellen Sie sich einen Querbolzen vor, den man zwischen die Rädchen wirft. Für eine Weile hemmt er, aber wenn die Räder zu stark sind, zermalmen sie ihn. Wenn der Querbolzen allerdings stark genug und richtig platziert ist ... aber da liegt das Problem für uns.«

»Ich habe mir Statistiken angeschaut. Bei der Flut von Patenten, die für die Bekämpfung von AIDS eingereicht wurden, scheint es doch sehr verwunderlich, dass die Wissenschaft dieses Problem immer noch nicht in den Griff bekommen hat.«

Dr. Giles rieb sich die Nase.

»Sie müssen Patentanmeldungen in der Medizin verstehen. Da ist man lieber großzügig als zurückhaltend. Entwicklung kostet viel Geld. Ohne Patentschutz verlieren Pharmafirmen und Investoren das Interesse, neuartige Therapien zu entwickeln. Das ist für niemanden von Vorteil, am allerwenigsten für die Patienten. Wir werden hier auch staatlich finanziert, sicher, aber der Staat bringt nur einen Teil der Gelder auf. Wir brauchen Investoren, und wenn die Firmen nicht überzeugt sind, dass es eine hohe Wertschöpfung gibt, gibt es kein Geld. Deswegen wäre es eine fatale Fehlentscheidung, wenn man nicht jede nur mögliche Verbesserung patentieren lassen würde.«

»Hm. Aber im Fall AIDS sitzt doch die Mehrzahl der Kranken in der Dritten Welt und kann sich keine teuren geschützten Medikamente leisten, oder?«

»Das ist nicht mein Problem«, entgegnete Dr. Giles scharf, und Neil, der ahnte, dass er heute hier nicht weiterkommen würde, beschloss, das Thema zu wechseln.

»Kennen Sie einen Dr. Victor Sanchez? Er soll ja eine führende Kapazität auf Ihrem Gebiet sein.«

»Sanchez? Auf meinem Gebiet? Meinen Sie AIDS? Aber keineswegs. Sein Spezialgebiet liegt in der Genforschung. An Ihrer Stelle würde ich mich da auf eine Enttäuschung einrichten. Sanchez hat seit Jahren nicht mehr veröffentlicht, noch nicht mal, als die große Stammzellendebatte richtig losging, und das wäre eindeutig in sein Interessengebiet gefallen. Kein Auftritt bei Konferenzen, keine Publikationen, und ich kenne niemanden, der mit ihm korrespondiert.«

»Aber Sie wussten sofort, um wen es sich handelt«, stellte Neil fest.

»Klar wusste ich das. Machen Sie Witze? Victor Sanchez war einmal eine Legende. Na, vielleicht nicht für Sie und Ihresgleichen. Er hatte weder etwas mit Politik noch mit Literatur am Hut. Aber trotzdem wundert es mich, dass Sie seinen Hintergrund offenbar nicht kennen – die klassische amerikanische Einwanderergeschichte. Armer Junge kommt nach Amerika, lernt in Rekordgeschwindigkeit Englisch, und es stellt sich schon bald heraus, dass er ein naturwissenschaftliches Genie ist. Junge schafft Medizinstudium in Windeseile und erregt Aufsehen mit ersten Forschungen. Wir hatten ihn hier, wissen Sie? Erst zweiundzwanzig und ein Porträt in TIME. Er hätte jeden Lehrstuhl haben können, sowohl hier als auch in Stanford oder Berkeley. Eigentlich dachte jeder, die Geschichte würde auch auf klassische Art enden, mit dem Nobelpreis. Aber dann tauchte Sanchez irgendwann ab. Weg vom Fenster.«

»Wie kann so etwas passieren?«, fragte Neil fasziniert. Dr. Giles zuckte die Achseln.

»Wer weiß. Ehrlich gesagt, ich mag keine Wunderkinder. Für mich sind das Glasbläser. Sie fabrizieren in der Regel ein, zwei schöne und solide Kunstwerke aus reinstem Kristall und dann, unter dem Druck der Erwartungen, mehr und mehr bunte Kugeln, aber das sind dann nur noch Seifenblasen, und wenn sie Nägeln mit Köpfen machen sollen, dann versagen sie. Würde mich nicht wundern, wenn Sanchez einfach die Luft ausgegangen ist. Oder er hatte einen Nervenzusammenbruch. Auch das kommt vor.«

»Dann war er Ihrer Ansicht nach nicht wirklich ein Genie? Mehr Ruhm als Substanz?«

Giles schüttelte den Kopf. »Nein, die Substanz war schon da. Er hat es geschafft, Ersatzbauchspeicheldrüsenzellen in vitro zu züchten, das war auch der Grund für das TIME-Porträt.«

»Und das ist etwas Besonderes, weil …?«

Giles' empörter Gesichtsausdruck wäre ein Foto wert gewesen.

»Okay«, sagte er und holte tief Luft, »stark vereinfacht ausgedrückt, ist es so etwas wie ein Stück vom heiligen Gral. Das Versagen oder der Verlust von bestimmten Bauchspeicheldrüsenzellen ist der Grund für Diabetes.

Sagen Sie mal, wie kommt ein so ahnungsloser Ignorant wie Sie überhaupt auf Victor Sanchez?«

»Ich habe bisher fünf verschiedene Hinterbliebene der ersten bekannten AIDS-Toten interviewt. Drei davon«, erwiderte Neil, ohne beleidigt zu sein, und ließ Giles nicht aus den Augen, »nannten ihn mir als einen der behandelnden Ärzte.«

»Victor Sanchez?«, fragte Giles verblüfft. Dann glättete sich in seinem Gesicht etwas, als sei ein Bügeleisen über ein zerknittertes Handtuch gefahren. Er räusperte sich.

»Wahrscheinlich haben die Leute da etwas verwechselt.«

* * *

Die Gänge des Labors waren ihr so vertraut wie die Linien in ihrer Hand. Blind hätte sie sich zurechtfinden können. Jeder Blick durch die Fenster war ihr vertraut; sie kannte alle Birken, die um den weiten Gebäudekomplex standen, zu allen Jahreszeiten. Sie hätte seitenlange Aufsätze über den Einfall des Lichtes auf jeden Baum schreiben können, über die Schattierungen des Schnees in den langen, langen Wintern. Sie kannte jedes Farbspektrum, von der bläulichen, kristallenen Helle bis zu der Mischung aus schmutzig gelb und braun Monate später.

Sie hatte in den fünfundzwanzig Jahren ihres Lebens die Luft, die diese Blätter bewegte, nur selten ungefiltert geatmet. Und das nur in der Nacht, die ihren Aufenthalt im Freien begrenzte. Und die Sommernächte in Alaska waren endlos hell. Selbst das dämmrige Licht um ein Uhr morgens ließ sie um ihre Haut fürchten. Sie war dankbar für die unterirdischen Gänge, welche die Gebäude der Station miteinander verbanden und die von den anderen nur im Winter genutzt wurden; ihr gaben sie die Möglichkeit, sich immer sicher zu fühlen. Die Winternächte wiederum waren zu kalt, viel zu kalt, um länger als nur ein paar Minuten draußen zu bleiben, und sei es, um eine Aurora borealis zu bewundern.

»Ich wünschte, das Labor wäre irgendwo in den unteren achtundvierzig«, sagte sie einmal zu ihrem Vater, den Ausdruck gebrauchend, mit dem die Bewohner Alaskas die übrigen Staaten der USA bezeichneten. »Warum nicht neunundvierzig?«, hatte sie als Kind den Mann gefragt, der ihr und ihrem Vater die Lebensmittel brachte. »Weil kein vernünftiger Mensch Hawaii dazuzählt«, hatte er geantwortet. »Das ist kein ehrlicher Staat, das ist eine Ansammlung von Touristenabzockstellen.«

»Nimm Florida zum Beispiel«, sagte sie zu ihrem Vater. »Das ewige Dröhnen der Stromgeneratoren hier geht mir auf den Geist. In Florida wäre das bestimmt anders. Wärst du nicht gerne wieder daheim? Oder wenigstens in Kalifornien, wo so viele der anderen Labors sind.«

Ihr Vater lächelte sie an und legte seine Hand auf ihre Schulter. Sie roch die Reste von Talkumpuder, die das ständige Tragen von Laborhandschuhen unweigerlich hinterließ.

»Daheim ist für mich, wo du bist, Beatrice«, erwiderte er ernst. »Und für dich würde ein Umzug nichts ändern. Das weißt du doch.«

Sie wusste es. Manchmal, wenn sie in den Spiegel blickte, spürte sie den Wunsch, ihre helle, viel zu helle Haut von ihrem Körper zu ziehen. Striemen aus ihr herausreißen, als Strafe für das Gefängnis, das ihre Haut war. Natürlich, es hätte schlimmer sein können. Sie besaß Pigmente; sie war nicht eine völlige Gefangene wie andere Fälle. Manchmal glaubte sie, dass sie ihre Aufenthaltszeiten in der Sonne steigern könnte, wenn sie es nur wollte. Aber jedes Mal, wenn sie es versuchte, kam sofort die Furcht zurück, die Furcht, deren flüsternde Stimme sie gehört hatte, seit sie denken konnte:

Die Sonne wird dich verbrennen.

Ein Satz, der ihr von ihren Eltern vehement eingetrichtert worden war, weil man nur so bei einem Kleinkind Erfolge erzielte und nicht, wenn man es komplizierter formulierte, etwa: »Du hast eine sehr, sehr empfindliche Haut, und die hohe UV-Strahlung draußen ist an sich schon gefährlich genug.« Aber das Wissen verringerte die instinktive Übelkeit nicht, die sich in ihrem Magen breit machte, kaum dass sie einmal die Laborgebäude oder die Wohntrakte verließ, in denen sie ihr ganzes Leben verbracht hatte. Einer der Hauslehrer ihrer Kindheit hatte eine Psychotherapie vorgeschlagen, aber ihr Vater empfand, wie viele seines Faches, nur Verachtung für die Psychoanalyse, der er den Namen »Wissenschaft« absprach, und hielt Menschen, die sich ihr anvertrauten, für Schwächlinge. Sie war seine Tochter.

Im Übrigen war sie nicht unglücklich mit ihrem Leben. High School und College per Fernkurs zu absolvieren, bedeutete zwar, nie Freunde ihres eigenen Alters kennen zu lernen, doch was ihr das Fernsehen über High School und College berichtete, schien ihr erschreckend genug und ließ den Verlust nicht zu groß erscheinen. Für Beatrice gab es keine qualvollen Bemühungen, zu dieser oder jener »Clique« zu gehören, das »Richtige« zu tragen oder den »richtigen« Freund zu haben. Als Kind und als Teenager war sie das Maskottchen des Labors, und es gab niemanden, der ihr diese Aufmerksamkeit streitig machte. Einige der anderen

Wissenschaftler hatten zwar Familie, und ihr wurden Fotos von anderen Kindern gezeigt, doch solche Kinder lebten dann in Anchorage oder in den unteren achtundvierzig und waren nicht wirklicher als die Teenager aus dem »Frühstücksclub«. Ob Franks Tochter Ellie mit ihrer neuen Mathelehrerin besser zurechtkam oder Annette auf dem Disneykanal einen Freund fand, lief auf das Gleiche hinaus: Es waren nur Geschichten.

Gerade als sie alt genug war, um sich zu wünschen, Menschen kennen zu lernen, die ein von ihren Eltern und der Welt des Labors abgetrenntes Leben lebten, machte ihr die Technik ein Geschenk; Menschen, die sie mochten, nicht, weil es keine andere Wahl gab, sondern um ihrer Persönlichkeit willen. Der Fortschritt schenkte ihr das Internet.

Das Labor gehörte zu den ersten Einrichtungen Alaskas, die an das Netz angeschlossen wurden, noch lange vor der städtischen Verwaltung von Seward, der nächstgelegenen Stadt, die immerhin 3000 Einwohner zählte. Natürlich geschah das nicht, damit die Tochter des wichtigsten Wissenschaftlers das Internet als Spielzeug entdecken konnte, aber das war ein angenehmer Nebeneffekt. Sie fand Websites, die sie interessierten, sie trat E-Mail-Listen bei, sie hielt sich in Chaträumen auf und stellte fest, dass ihr Mangel an gesellschaftlicher Erfahrung keine Rolle spielte, wenn es darum ging, über Gedichte von Sylvia Plath zu diskutieren oder über die neueste Folge von *Star Trek: The Next Generation.* Im Übrigen steckte das Netz voller Leute, die exzentrisch genug waren, dass man ihnen Gehör und Zeit schenken wollte. Einmal nahm sie an einer Diskussion teil, bei der jemand steif und fest behauptete, der eigentliche Grund für die Golfkriege sei weder das Ölvorkommen von

Kuwait oder Irak noch die Freiheit der betroffenen Völker gewesen, sondern der Zugang zu einer unterirdischen Anderswelt.

Dergleichen Debatten waren frivoler Zeitvertreib, das wusste Beatrice, aber ein notwendiges Gegengewicht zu ihren wissenschaftlichen.

Der Computer war bereits vorher ihr bester Freund gewesen, und sie begriff sehr schnell, was er konnte oder besser können sollte. Sie war noch ein Kind gewesen, als ihr Vater und einige seiner Kollegen sie einbezogen, wenn es Probleme mit der EDV gab. Sie hatte Zeit, und aufgrund der Tätigkeit ihres Vaters entwickelte sie Systeme, wie man biologische Reaktionen in elektronische Signale und damit in für Computer lesbare Impulse umsetzen konnte, um die zeitraubende Routine der Analysen im Reagenzglas abzukürzen. Sie verschlang alles, was sie im Netz zu den neuesten Entwicklungen im Bereich der Mikroelektronik fand. Als sie schließlich eine Idee skizzierte, die für die Biochip-Entwicklung innerhalb der A.W. Holding, zu der ihr Arbeitgeber Livion gehörte, den Durchbruch erzielte, hörte sie auf, ein Maskottchen zu sein, nur die »Tochter«, und wurde zu einer von den übrigen fast hundert Wissenschaftlern geschätzten Mitarbeiterin. Sie hatte ein eigenes Einkommen, das sie von ihrem Vater unabhängig machte. Sie war stolz auf ihre Leistungen.

Dennoch, manchmal schaute sie in den Spiegel, sah ihr ovales, zu helles Gesicht mit den großen Augen und dem sorglos zurückgesteckten Haar und fragte sich, ob das alles war. Dann wiederum fand sie sich albern. Mit sechzehn hatte sie für einen der Labortechniker geschwärmt, lange genug, um heimlich Gedichte an ihn zu schreiben und sein Foto in ihrem Zimmer zu verstecken. Bis ihr Vater, der ihre

Verliebtheit entdeckt haben musste, verlegen, aber bestimmt offenbarte, was das Objekt ihrer Anbetung verbarg: Der Mann hatte nicht nur eine Freundin in Seward, sondern auch eine Ehefrau in den unteren achtundvierzig. Seiner Frau hatte er einen Brief geschrieben, in dem er sich über Beatrices »pubertäre Kuhaugen« lustig machte. Ihr Vater hielt ihr die Kopie vor die Nase, mehrfach geknickt und an einer Stelle eingerissen.

»Woher hast du das?«, hatte sie fassungslos gefragt und sich geweigert, an die Echtheit des Dokuments zu glauben.

»Bea, du weißt doch, dass unsere Korrespondenz hier ständig kontrolliert wird. Das muss so sein, wegen der Sicherheit. Er weiß das auch; jeder Mitarbeiter muss seine schriftliche Einwilligung geben, ehe er hier anfängt. Er weiß das, und trotzdem ...«

Es war das schnelle Ende von Beatrices erster Romanze, die ohnehin nur in ihrer Phantasie bestanden hatte. Seither beschränkten sich ihre Schwärmereien auf fiktive Helden; sie sagte sich, dass eine reale Bindung sie ohnehin nur stören würde. Welcher Mann will schon eine Freundin, die das Haus nicht verlassen darf?

Im Netz spielte dergleichen keine Rolle.

Am dankbarsten war sie für das Internet in den Wochen nach dem 11. September. Die Telefonleitungen funktionierten nicht. Kollegen versuchten vergeblich, ihre Familien in Washington oder New York zu erreichen. Sie hatte selbst zwei Freunde in New York und vier in Washington. Das Netz funktionierte. Da Alaska in einer anderen Zeitzone lag, wachte sie mit den Nachrichten über den Anschlag auf, hörte sie mit den Frühstücksneuigkeiten. An diesem Tag wurde im Labor nicht gearbeitet; ihr Vater und viele andere Laborangehörige, ganz gleich, ob Mann oder Frau, brachen immer wieder in Tränen aus. Beatrice selbst war entsetzt, aber sie konnte nicht weinen. Es erschien zu unwirklich, zu sehr Teil eines Katastrophenfilms, wie sie ihn vom Fernsehen her kannte. Sie war in erster Linie um ihre gesichtslosen Freunde besorgt, ihre Freunde aus dem Netz, deren richtige Namen sie noch nicht einmal hätte nennen können.

Dedalus, ein Bewohner Manhattans, meldete sich endlich am Abend. Es sei wie ein Kriegsgebiet, berichtete er, Staub und Asche überall und Unmengen verzweifelter Menschen. LittleW, ihre andere New Yorker Freundin, meldete sich nie mehr. Ob sie nun in einem der zerstörten Wolkenkratzer gewesen war oder nicht, für Beatrice war sie ein Opfer des Anschlags, und ihr Verlust machte das Geschehene für sie wirklich.

»Wir werden es den Mistkerlen zeigen, Dad, nicht wahr?«, sagte sie zu ihrem Vater, und er nickte. Zu diesem Zeitpunkt schwirrten zwar schon Vermutungen umher, aber noch niemand konnte mit Sicherheit sagen, wer die Mistkerle überhaupt gewesen waren. Es machte Beatrice nichts aus, dass die Sicherheitsbestimmungen für das Labor danach noch strenger wurden; was änderte das für sie persönlich? Und sie hatte auch nichts zu verbergen.

Der April, der gewöhnlich die Schneeschmelze mit sich brachte, ließ noch auf sich warten, und die kalte Märzluft gestattete es ihr nur kurz, nachts nach draußen zu gehen, also verbrachte sie die Abende, an denen ihre Freunde unter den Laborkollegen in Seward ausgingen, für gewöhnlich vor dem Computer.

Es war erst gegen sechs Uhr, und Beatrice befand sich noch im Labor. Sie besuchte gerade einen der medizinisch orientierten Chaträume und unterhielt sich mit ein paar Online-Bekannten, als sich ein neuer Teilnehmer einloggte.

Der Name fiel ihr auf, weil er ihr bekannt vorkam und im Gegensatz zu den meist phantasievollen Netz-Namen nicht nach einem Pseudonym klang.

<Neil LaHaye ist soeben diesem Chat beigetreten.>

Sie ging rasch die Namen durch, an die sie sich erinnern konnte, aber er gehörte nicht zu den Fachgrößen, mit denen sie sich auskannte. Trotzdem, der Name zerrte irgendetwas aus einem Winkel ihres Gedächtnisses hervor, das sich noch nicht zeigen wollte. Andere Teilnehmer waren schneller.

<He>, tippte einer von ihnen, <verwandt oder verschwägert mit *Liebesgrüße aus Los Alamos?*>

<Bekenne mich schuldig.>

Natürlich. Sie hatte *Liebesgrüße aus Los Alamos* gelesen, vor Jahren; es stand auf dem Lektüreplan eines ihrer Fernkurse. Was ihr am stärksten in Erinnerung geblieben war, war der bittere Geschmack von Zorn, als sie das Memorandum der staatlichen Atom-Energie-Kommission aus den Fünfzigern las, das tatsächlich die Mormonen von Utah als »entbehrlichen Teil der Bevölkerung« beschrieb und von den Autoren, Neil LaHaye und Matthew Pryce, in voller Länge zitiert worden war. In dem Kommentar dazu war vom Krieg gegen das eigene Volk die Rede gewesen. Auch ihre aus Nevada stammende Mutter war an Krebs gestorben, kurz vor Beatrices viertem Geburtstag, und sie bewahrte nur wenige Erinnerungen an Elaine Sanchez.

Nach der Lektüre hatte sie seinerzeit ihren Vater aufgesucht und ihn wütend gefragt, ob er die Regierung nicht verklagen könne, das Buch sei Beweis genug.

»Nein«, hatte er knapp erwidert. »Selbst dann nicht, wenn ich wollte, und ich will nicht. Ich werde jeden Tag meines Lebens um deine Mutter trauern, aber die Tatsache allein, dass sie aus Nevada stammt, bedeutet noch lange nicht, dass diese oberirdischen Atomtests schuld sind an ihrem Krebs. Im Übrigen wurden die Tests schon vor vielen Jahren eingestellt.«

»Aber wenn doch? Ich meine, wenn du ganz sicher wüsstest, dass Atomexplosionen an ihrem Krebs schuld waren?«

Ihr Vater hatte geseufzt.

»Es waren andere Zeiten damals, als die Tests durchgeführt wurden; die verdammten Kommunisten saßen uns im Genick, und in jedem Krieg gibt es Opfer. Wer bin ich, um den ersten Stein zu werfen und über die Regierungen von damals zu richten, wenn … nein, ich würde nicht klagen.«

»Aber die Verantwortlichen wurden nie bestraft!«

Es war das erste Mal gewesen, dass sie ihren Vater in einer ernsten Sache nicht verstanden hatte.

Neil LaHaye also. Oder jemand, der behauptete, Neil LaHaye zu sein; im Internet ließ sich so etwas einfach nicht nachprüfen. In einem Chatraum zu medizinischen Themen allerdings eine ungewöhnlichere Wahl als »Robert Koch« oder, von Teilnehmern mit schwärzerem Humor gewählt, »Epstein-Barr« oder »Lymphozyten-Man«.

<Hallo, Neil>, tippte sie, nachdem die meisten anderen ihn bereits begrüßt hatten. <An Kaposi-Sarkom interessiert?>

Dieser seltene Hautkrebs war das Gesprächsthema gewesen, ehe er sich eingeloggt hatte.

<Indirekt>, schrieb er zurück. <Ich kämpfe mich gerade durch sämtliche Mediziner-Chats, die ich finden kann. Ihr seid mein 32. Versuch diese Woche. Eigentlich suche ich nach Informationen über Dr. Victor Sanchez, der 1980 an der New Yorker Universitätsklinik zwei der allerersten AIDS-Patienten mit Kaposi-Sarkom untersucht hat. Nicht

der ursprünglich behandelnde Arzt, aber er hat da eine gewisse Rolle gespielt.>

Nun ja, dachte sie. Er war nicht der erste Reporter, der mit ihrem Vater in Kontakt treten wollte. Es kamen regelmäßig Anfragen von Studenten, von Fachjournalisten, die wissen wollten, was Dr. Sanchez, als einer der Pioniere der Genetik, von der Debatte um die Stammzellenforschung hielt. Einer der vielen Vorzüge der Anonymität des Netzes war, dass sie nicht darauf einzugehen brauchte, wenn sie es nicht wollte. Sie war nicht als Beatrice Sanchez hier, sondern als Morgan, ein geschlechtsneutrales Pseudonym, das niemandem etwas verriet.

<Victor Sanchez hat doch schon seit Ewigkeiten nichts mehr von sich hören lassen>, schrieb Rochefort, ein weiterer Chatteilnehmer. <Und auch weder zum Thema Kaposi-Sarkom noch zu AIDS veröffentlicht, soweit ich weiß.>

<Ja>, schrieb Neil zurück. <Deswegen wunderte es mich, dass er in so einem Fall aktenkundig geworden ist.>

Sie konnte sich nicht erklären, warum ihr Vater 1980 in New York Kaposi-Sarkom-Patienten behandelt haben sollte, ganz gleich wie kurz oder lang. Seltsam. Hinsichtlich ihrer eigenen Gefährdung hatte er oft genug bedauert, dass Hautkrebs nicht sein Fachgebiet war. Warum sollte LaHaye, oder um wen auch immer es sich in Wirklichkeit handelte, so etwas erfinden?

<Warum nicht einen der anderen behandelnden Ärzte fragen?>, tippte sie. <Oder sind sie schwer zu finden?>

<Nein, im Gegenteil. Diese Fälle wurden schließlich ziemlich prominent. Aber sie weigern sich bisher alle, einen Kommentar über Sanchez abzugeben.>

<Oh>, schrieb Dedalus, <natürlich. 1980/81. Das waren wirklich die allerersten AIDS-Verdächtigen, nicht wahr?>

<Genau.>

<Das könnte Sanchez erklären>, tippte sie. <In den frühen Tagen der AIDS-Forschung konnte man sich ja nicht sicher sein, ob die Immunschwäche nun erworben oder angeboren war.>

Neil LaHayes Antwort erschien in den roten Lettern, die der Chatraum ihm zugeteilt hatte, noch ehe Dedalus und Rochefort mit ihren Kommentaren fertig waren.

<Im Winter 1980 war von Immunschwäche noch überhaupt nicht die Rede. Da rätselte man gerade erst herum, warum gleich mehrere junge Männer einen äußerst seltenen Hautkrebs hatten, der sonst angeblich nur in Zentralafrika vorkam. Also wieso Sanchez hinzuziehen?>

<Eine neue Verschwörungstheorie, Neil?>, fragte Rochefort in grünen Lettern. <Schreibst du an einem neuen Buch?>

<Keine Verschwörung. Mich interessiert erst einmal dieser Sanchez. Der Mann schien geradewegs auf den Nobelpreis zuzusteuern, untersucht ein paar der ersten AIDS-Fälle, und dann verschwindet er einfach. Ich bin kein Wissenschaftler, Leute, ich bin Autor. Da scheint mir ein gewisses Drama vorzuliegen.>

<Vielleicht legt Sanchez aber gar keinen Wert darauf, sein Leben dramatisiert zu sehen>, schrieb Beatrice, ehe sie sich zurückhalten konnte. <Auch Wissenschaftler haben ein Recht auf ihre Privatsphäre.>

<Nein>, erwiderte er. <Lies in unseren Gesetzbüchern nach, Morgan. Das Recht der Öffentlichkeit auf Information geht vor, wenn die Person eine des öffentlichen Lebens ist, und in seinen jüngeren Jahren hat Dr. Sanchez sein Möglichstes getan, um eine Person des öffentlichen Lebens zu werden.>

Was für ein Unsinn, dachte sie und schrieb: <Was ist mit dir, Neil? Wenn du wirklich Neil LaHaye bist, dann hast du ebenfalls das Deine getan, um zu einer Person des öffentlichen Lebens zu werden. Würdest du dein Leben gerne dramatisiert sehen?>

<Morgan, natürlich würde ich das. Ich fand schon immer, dass *Liebesgrüße aus Los Alamos* einen guten Film abgegeben hätte. Mit Tom Cruise als meine Wenigkeit und einer Menge Special Effects.>

Wider Willen musste sie lachen. Zumindest hatte er Sinn für Humor.

<Tom Cruise? Bist du so klein?>

<Morgan, du hast Recht. Russel Crowe wäre besser, aber er müsste erst etwas abnehmen. Ich war ziemlich dünn in meinen LOS-ALAMOS-Tagen. Lag an den zwanzig bis dreißig Zigaretten pro Tag. Inzwischen habe ich aufgehört und bin nunmehr Marlon-Brando-Material.>

<Endstation-Sehnsucht-Brando, Pate-Brando oder Moreau-Brando?>, tippte Beatrice schnell, die mit alten Filmen besser vertraut war als die übrigen Chatteilnehmer.

<Also, rollbar bin ich noch nicht … sagen wir, Letzter-Tango-Brando. Aber ich fürchte, aus meiner Filmkarriere wird nichts, wenn ich Victor Sanchez nicht aufstöbere. Es sei denn, jemand dreht *Leben der meistgehassten Journalisten und Schriftsteller.*>

<Deswegen recherchierst du über Sanchez?>, fragte sie. <Um beliebt zu sein?>

<Morgan, das Einzige, was schlimmer ist als üble Nachrede, ist gar keine. Aber ich recherchiere aus dem gleichen Grund, der mich bei allen meinen Themen bewegt. Ich suche die Wahrheit.>

Sie setzte zu einer Antwort an, als die hauseigene Rufanlage brummte. Beatrice meldete sich und hörte die Stimme ihres Vaters.

»Bea, ich brauche die Ergebnisse für die Frösche.«

»Gleich.«

<Tut mir Leid, Leute, ich muss gehen>, schrieb sie und loggte sich aus.

Am Abend verbrachte sie zwei Stunden damit, nach ihrem Exemplar von *Liebesgrüße aus Los Alamos* zu suchen. Sie fand es zwischen ein paar Büchern, die sie seit dem College-Abschluss nicht mehr in die Hand genommen hatte. Auf der Rückseite waren die beiden Autoren abgebildet. Beide sehr jung; sie schaute nach dem Geburtsdatum auf dem Klappentext und stellte fest, dass Neil LaHaye damals nicht sehr viel älter gewesen war als sie jetzt, und Matthew Pryce genau gleich alt. Sie riet zunächst, wer von beiden wer war, bis sie im Klappentext die Zuordnung entdeckte. Neil LaHaye war der links auf dem Bild.

Das Gesicht mit dem schulterlangen lockigen Haar wirkte zu knochig für ihren Geschmack, aber nicht unattraktiv. Er hatte tief liegende dunkle Augen und einen breiten, zu einem amüsierten Lächeln verzogenen Mund. Sie versuchte ihn sich älter und etwas fülliger vorzustellen. Was, wenn der Chatteilnehmer einfach jemand gewesen war, der sich mit einem bekannten Namen interessant machen wollte? Und selbst wenn es sich um den echten Neil LaHaye gehandelt hatte, was änderte das?

Sie schloss das Buch wieder und klappte diesmal die Vorderseite auf. Das Buch hatte zwei Widmungen: »Für Neil, die unerschöpfliche Nervensäge – M. P.« und »Für meine Mutter – N. L.«

Wieder dachte sie an ihre eigene Mutter. Wie immer

stand das Foto ihr im Weg, das Foto, das sowohl auf ihrem Regal als auch auf dem Schreibtisch ihres Vaters stand. Ihre eigenen Erinnerungen waren so unzuverlässig; sie konnte sich noch genau daran erinnern, wie es sich angefühlt hatte, ihre eigene kleine Hand in die ihrer Mutter zu legen, sie spürte noch die Wange ihrer Mutter auf der ihren, aber wenn es darum ging, sich ins Gedächtnis zu rufen, wie sie ausgesehen hatte, endete sie immer wieder bei dem Foto, bei der gleichen lächelnden Aufnahme.

Das ist alles, was Menschen für dich sind, dachte sie plötzlich, und die Bitterkeit, die in ihr aufstieg, überraschte sie. Fotos. Alles, was du je kennen lernen wirst vom Leben: Fotos.

Nein. Sie hatte ihren Vater; sie hatte Freunde. Im Labor und überall in der Welt. Nur weil sie viele von ihnen nie gesehen hatte, waren sie nicht weniger wirklich. Auch sie hatte ein Leben. Nur weil nicht dieselben Voraussetzungen bestanden wie bei den meisten, war es nicht weniger wert.

Das Buch lag immer noch in ihren Händen, und sie beschloss, es sich noch einmal vorzunehmen. Die Fakten, stellte sie, während sie auf ihrer Couch lag und die Füße mit einer Wolldecke umwickelt hatte, bald fest, waren ihr noch im Gedächtnis geblieben, aber was ihr entfallen oder nie richtig ins Auge gestochen war, ließ sich nicht einfach zusammenfassen. Es war der Ton, der sehr persönliche, sehr lebendige Ton, der sie in das Thema hineinzog. Er machte die Opfer lebendig, gab ihnen Gestalt, bis sie glaubte, wirkliche Stimmen zu hören in den Interviews, die den Kern des Buches bildeten. Außerdem verzichteten die Autoren völlig auf die sonst in Sachbüchern üblichen Verklausulierungen. Es gab kein »Vielleicht« und »Möglicherweise«; die beiden, die dieses Buch geschrieben hatten, waren von ihrer Sache überzeugt und nicht im Mindesten beeindruckt von den üblichen Gegenargumenten.

Sie war noch in die Lektüre vertieft, als Tess anrief, um zu fragen, ob Beatrice bei ihrem Vater ein gutes Wort wegen eines kurzen Urlaubs einlegen könnte. Tess, ihre beste Freundin im Labor, wohnte im Gegensatz zu Beatrice und ihrem Vater in Seward. Seit Jahren schlug sie die Möglichkeit aus, eine der Wohnungen neben dem Laborkomplex zu beziehen. »So gern ich mit euch allen arbeite«, pflegte Tess zu sagen, wenn man sie darauf ansprach, »irgendwann muss der Mensch auch mal allein sein, und wenn ich vierundzwanzig Stunden am Tag sieben Tage in der Woche in unserem Brutkasten mit euch verbringe, werde ich verrückt.« Das Bild, das Beatrice sich von Seward und von Anchorage machte, verdankte sie größtenteils Tess, und es war unterlegt von dem Lachen und dem Trubel, der auch jetzt im Hintergrund von Tess' Anruf erklang.

»Klar«, erwiderte Beatrice abwesend.

»Du bist ein Schatz. Weißt du, ich habe da jemanden kennen gelernt…«

»Tess«, unterbrach Beatrice, was sie sonst nie tat, »was weißt du über oberirdische Atomtests?«

»Was? Wie bitte?«

Beatrice gab ihr eine kurze Zusammenfassung von dem, was sie gerade las.

»Und damit verdirbst du dir den Abend? Bea, das ist doch schon ewig her und längst Geschichte.«

»Aber Tess, dir ist doch klar, dass die Halbwertszeiten der Stoffe, die damals in der Atmosphäre freigesetzt worden sind, wie Strontium oder Cäsium, in Tausenden von Jahren gerechnet werden müssen und damit weder für dich noch für mich oder unsere Kinder und Kindeskinder die möglichen Folgen vorbei sind. Mom ist nicht die Einzige, die deswegen an Krebs gestorben sein könnte; es sterben jedes Jahr immer noch Hunderttausende. Hier steht, dass die Strahlung um bis zu siebzigfach höher war, als es Militär und Wissenschaftler dem Kongress gegenüber je zugegeben haben.«

»Bea«, sagte Tess energisch, »du bist mit dem Marschieren gegen Atomkraft ein paar Jahrzehnte zu spät dran. Das ist eine Schlacht, die längst geschlagen ist. Was geschehen ist, ist geschehen. Hinterher sind alle immer klüger. Das waren andere Zeiten, und die Entscheidungsträger von damals wussten garantiert nicht über das wahre Ausmaß Bescheid. War's das mit dem Geschichtsausflug für heute?«

Es war hoffnungslos. Sie konnte Tess nicht begreiflich machen, was sie selbst noch nicht zu Ende gedacht hatte. Beim Lesen des Buches war eine böse Vermutung in ihr geweckt worden. Das Ganze hatte sie unvermittelt an ihre eigene Tätigkeit erinnert, an die ihres Vaters, an die aller Mitarbeiter des Labors. Wenn damals nur ein kleiner Teil der Bevölkerung eine ungefähre Ahnung von den Konsequenzen radioaktiver Strahlung gehabt hatte und ein noch geringerer Teil auch nur ansatzweise die Details kennen konnte, so galt das heute doppelt für das, was hier in Alaska betrieben wurde: Genforschung. Und auch hier galt: Die Entscheidungen darüber wurden nicht bei ihnen gefällt, in der wissenschaftlichen Welt, in der sie aufgewachsen war. Die Entscheidungen trafen wieder genau die gleichen Leute, die damals im Kalten Krieg das Sagen hatten. War die heutige Generation von Beamten, Politikern und Militärs besser?

Natürlich konnte sie verstehen, warum Tess jetzt für dergleichen unausgegorene Grübeleien keinen Sinn hatte.

Das Neueste aus Tess' regem Privatleben rauschte an Beatrice vorbei, und sie versuchte sich darauf zu konzentrieren. Aber die Rückseite eines alten Buches hatte sie in Gestalt seiner Autoren im Griff, und sie konnte den Blick nicht mehr davon abwenden.

* * *

»Und das Beste«, sagte Neil triumphierend, »niemand scheint sich bisher gefragt zu haben, was aus ihm geworden ist.«

Matt, der offenbar glaubte, sich persönlich vergewissern zu müssen, dass Neil ihn hinsichtlich seines Gesundheitszustandes nicht angelogen hatte, seufzte. Er ließ seinen Blick vom Pin-Board, an das Neil eine Reihe von Ausdrucken und Fotos geheftet hatte, zu Neils Schreibtisch wandern.

»Ich dachte, du wolltest über AIDS schreiben.«

»Das tue ich. Aber Sanchez ist für mich der rote Faden, verstehst du. Das Geheimnis im Hintergrund. Sanchez könnte die Story sein. Überleg doch mal. Du bist jung, dir liegt die Welt zu Füßen, jedermann preist dich als Genie, und dann verschwindest du plötzlich? Und das, kurz nachdem du ein paar Leute untersucht hast, die ein paar rätselhafte, in dieser Kombination noch nicht da gewesene Krankheitssymptome zeigen? Warum hat sich Sanchez nicht hingesetzt und ist der neue Robert Koch geworden? Warum hat er nicht zumindest Gallo den Rang abgelaufen und das HI-Virus als Erster identifiziert? Neben allem anderen hätte ihn das steinreich gemacht.«

»Er war eben kein Virologe?«, entgegnete Matt trocken. Neil warf mit einem Radiergummi nach ihm, den Matt problemlos aus der Luft fischte. Ihm wurde einmal mehr bewusst, wie sehr er Matt vermisste. Nicht eigentlich die Zusammenarbeit; sie waren schon bald nach *Liebesgrüße aus Los Alamos* ihre eigenen Wege gegangen. Einfach das Zusammen sein, den ständigen Gedankenaustausch. E-Mails und gelegentliche Telefonate konnten das nie ersetzen.

»Du bist ungerecht«, hatte Deirdre einmal zu ihm gesagt, während einer ihrer zahlreichen Auseinandersetzungen. »Matt hat genau die gleichen Ansichten wie ich, und er würde noch nicht einmal mehr mit dir schreiben, wenn du ihn kniend darum bitten würdest, weil er nämlich seinen Job bei der New York Times und all die Verbindungen ins Weiße Haus behalten will. Aber Matt ist immer noch dein Freund, der ruhig seine eigenen Ansichten haben und sein eigenes Leben führen darf, und ich bin für dich Judas Iskariot.«

»Mit Matt bin ich nicht verheiratet.«

»Das frage ich mich manchmal«, hatte Deirdre heftig erwidert, und der Streit war in andere Bahnen gelenkt worden. In Wahrheit hatten die Ereignisse der letzten Jahre auch ihre Spuren in der Beziehung zu Matt hinterlassen. Er hatte sich nie die Mühe gemacht herauszufinden, ob Deirdre mit ihrer Anschuldigung Recht hatte, ob Matt ihn in einer Zwangslage fallen lassen würde. Der Zweifel allein nahm ihrer Freundschaft etwas von der Tiefe, die sie früher gehabt hatte, und fügte dafür etwas von der Neutralität einer Bekanntschaft hinzu.

»Du hast also eine Theorie«, sagte Matt und warf ihm den Radiergummi zurück. »Aber ich hoffe, sie baut auf mehr als darauf, dass ein Forscher der Öffentlichkeit den Rücken gekehrt hat.«

»An der Sache ist etwas dran, glaube mir. Es kommt immer etwas Interessantes dabei heraus, wenn man dem Geld folgt und sich zum Beispiel die Mühe macht nachzuschauen, wer dem Junggenie aus Kuba sein Studium bezahlt hat.«

»Ich dachte, Junggenies leben von Stipendien.«

»Eben. Bloß, wer finanziert die Stipendien? Das sind nicht immer vergreiste oder tote Millionäre, die noch einmal das schlechte Gewissen gepackt hat, kurz bevor sie abkratzten. Nein, einer der frühesten Berichte, die ich über Dr. Sanchez gefunden habe, stammt aus dem Miami Herald und besagt, dass ihm mit knapp über zwanzig Jahren das Edith-Armstrong-Gedächtnis-Stipendium verliehen wurde.«

Sein ehemaliger Partner nahm sich den einzigen anderen Stuhl im Raum, auf den Neil sonst verlegene Studenten platzierte, drehte ihn um und setzte sich rücklings darauf. Es erinnerte Neil an ihre Zwei-Mann-Konferenzen in der Ecke, die man ihnen innerhalb des Redaktionsraums zugeteilt hatte. Es versetzte ihm einen kleinen Stich.

»Und?«, fragte Matt; man konnte seiner gefurchten Stirn ansehen, dass er dabei war, Neils Gedankengang auf die Spur zu kommen.

»Die Edith-Armstrong-Gedächtnis-Stiftung wird von Livion finanziert. Livion wie Livion, das Pharmaunternehmen. Das gleiche Pharmaunternehmen, das unter anderem Azidothymidin unter die Leute bringt. Besser bekannt unter der Abkürzung AZT. Eines der Mittel, die zur Hemmung von HI-Viren eingesetzt werden. Wenn ich mich nicht irre, dann macht kein anderer Pharmakonzern so viel Geld mit AIDS. Livion war so schlau, Anfang der Achtziger die Lizenz zu kaufen, als AZT kurz davor stand, verboten zu werden.«

Die Grube zwischen Matts Brauen vertiefte sich. »Armstrong wie James T. Armstrong, natürlich. Aber ich weiß nicht, wo du da ein Problem siehst. Wenn Livion heute die besten Mittel gegen AIDS anbietet, dann doch nur, weil ihre Wissenschaftler am längsten daran arbeiten. Und es ist nichts Anstößiges daran, wenn solche Stipendien in der Hoffnung vergeben werden, dass die Stipendiaten irgendwann für Livion arbeiten. Das ist legitim. Jeder macht das, selbst der Staat, mit einer ganzen Reihe von Stipendien.«

»Klar. Aber Leute mit einem Stipendium, das von einem der Bundesstaaten finanziert wurde, verschwinden nicht, nachdem sie erst irgendwo als Retter aufgetaucht sind. Und die Bundesstaaten, die Stipendien vergeben, steigen nicht zufälligerweise gerade dann ins große Geschäft mit der Krankheit ein, mit der sich der verschwundene Stipendiat beschäftigte, als er zum letzten Mal gesehen wurde.«

»Diese ganze Spekulation bleibt natürlich völlig unbeeinflusst von dem Umstand, dass sich dir dadurch James T. Armstrong als Zielscheibe anbietet, wie?«

»Industriebosse, die sich mit Mr. President anreden lassen und sich auch so fühlen, sind mir prinzipiell zuwider. Sag mal, stört es deine guten Freunde im Weißen Haus eigentlich nicht, dass sich noch jemand Präsident schimpft?«

»Nicht, solange Armstrong pünktlich seine Spenden überreicht«, erwiderte Matt, ohne eine Miene zu verziehen, »und nicht auf die Idee kommt, Ross Perot zu spielen und selbst zu kandidieren.«

»Gott bewahre.«

»Hör mal, Neil, ich dachte, du wolltest mit dieser Don Quichotterie aufhören. James Armstrong mag ja ein Kotzbrocken sein, so wie er sich bei seinen PR-Auftritten gibt, und diese Megabosse haben irgendwo mit Sicherheit alle Dreck am Stecken. Aber eine Riesenholding zu leiten, zu der auch ein Pharmakonzern gehört, ist in diesem Land kein Verbrechen, sondern ein erstrebenswertes Ziel. Dass er dabei auch Leuten ohne Geld die Chance zur Bildung gibt, ist sogar lobenswert, finde ich, ganz gleich, welchen Profit er für sich selbst erhofft.«

»Schau, wie schön bequem meine Netze sind, sagte die Spinne zur Fliege.«

»Und von wem«, fragte Matt scharf, »kommen die Zuschüsse, die deiner Fakultät hier in Harvard gestatten, Typen wie dich zu engagieren, damit sie sich in ihren Elfenbeinturm zurückziehen und ihre Wunden lecken können? Weißt du das so genau? Kommen die von guten Kapitalisten oder bösen Kapitalisten?«

Neil spürte die Kante seines Schreibtischs und entdeckte, dass sich seine Hände verkrampft hatten. Es wurde ihm bewusst, dass sie auf einen Streit zusteuerten, wenn sie in dieser Tonart fortfuhren. Die milchige Märzsonne von Boston ließ Matts Gesicht bleicher erscheinen, als es war. Er löste seine Hände vom Tisch und holte tief Luft.

»Okay«, sagte er. »Ich weiß nicht, woher die Zuschüsse kommen, und du hast Recht, es wäre heuchlerisch, das System als solches anzugreifen, wenn ich davon profitiere. Aber das geht doch völlig an der Frage vorbei, die mich wirklich beschäftigt – was wurde aus Sanchez, und besteht zwischen all diesen Faktoren ein Zusammenhang? Matt, du bist Reporter, also denk auch wie einer. Gallo dürfte heute weltweit einer der wohlhabendsten Mediziner überhaupt sein, allein durch die Patente und Tests, die von ihm mit entwickelt wurden. Warum nicht Sanchez, wenn er so genial war, wie jeder schwört?«

»War er das?«

»Laut meinen Quellen hat er durch die Züchtung von Bauchspeicheldrüsenzellen, die vom menschlichen Immunsystem nicht abgestoßen werden, so etwas wie die Eingangspforte zum heiligen Gral der regenerativen Medizin gefunden, weil das eine Alternative zur Insulintherapie für Diabetiker bedeutet. Außerdem hat er herausgefunden, wie das Wachstum und der Abbau irgendeines speziellen Proteins in den Zellen mit dem Zellteilungszyklus zusammenhängt, und dieses Protein als Zeitmesser für die Zellen identifiziert. Klingt für unsereins vielleicht nicht besonders, aber anscheinend war das maßgebend für das heutige Verständnis der Zellteilung. Und unser Freund Sanchez brachte das alles ins Rollen, noch ehe er dreißig wurde. Klingt das nach einem Mann, der sich von Gallo und Konsorten übertreffen lässt?«

»Entdeckungen sind nicht etwas, das zwangsläufig dem größten Genie zufallen muss. Otto Hahn war garantiert nicht das größte Genie seiner Zeit, und er war Chemiker, nicht Physiker. Nur: Die Kernspaltung hat trotzdem er als Erster geschafft.«

Damit hatte er nicht Unrecht, das musste Neil zugestehen. Er versuchte sich an einem neuen Ansatz.

»Kennst du den Witz von dem Junioranwalt, der stolz von seiner ersten Verhandlung vor Gericht in die Kanzlei zurückkehrt und seinem Vater erzählt, er habe den Prozess gewonnen?«

»Nein. Was weiter?«

»Der Vater lobt ihn nicht, sondern flucht und klagt. An diesem Prozess hat schon mein Vater gut verdient, erklärt er, dich und deine Kinder hätte er auch über die Runden gebracht, und da gehst du hin und gewinnst ihn!«

»Sehr witzig. Aber langsam verstehe ich, worauf du hinauswillst.«

»Patente laufen in diesem Land gewöhnlich nach zwanzig Jahren aus«, sagte Neil. »Angenommen jemand, irgendjemand, hätte damals schon ein wirksames Gegenmittel gefunden, dann wäre es heute billiger als ein Kopfschmerzmittel zu haben.«

»Du spekulierst immer noch. Fakten, Neil, Fakten.«

»Okay. Fakt: Wie jede andere Industrie versucht auch die Pharmaindustrie, ihren Markt auszuweiten, aber ihr Markt ist davon abhängig, dass Leute krank sind, nicht gesund. Fakt: Der Pharmamarkt weltweit liegt bei etwa 450 Milliarden Dollar pro Jahr und steigt durch neu entdeckte Krankheiten jährlich um etwa sieben Prozent. Das ist im Vergleich zu anderen Branchen verdammt viel. Livion ist eines der Spitzenunternehmen innerhalb der Pharmaindustrie mit Umsatzsteigerungen von jährlich fünfzehn Prozent. Fakt: Mittel zur Behandlung von AIDS sind eine Haupteinnahmequelle. Angenommen: Wenn weltweit alle AIDS-Kranken versorgt werden müssten, und vielleicht zahlt das die UN ja irgendwann für die Entwicklungsländer, dann wären das 450 Milliarden Umsatz mehr in der Pharmaindustrie – für den Anfang. Jetzt kauft aber Livion in den Achtzigern ziemlich billig die Lizenz für ein Krebs-Medikament, das kurz davor steht, verboten zu werden, weil die Nebenwirkungen zu stark sind und auf eine Vernichtung der T4-Zellen herauslaufen.«

Matt sah verwirrt aus, und Neil präzisierte: »Es gab ein paar Todesfälle bei Leukämie-Kranken, und es sollte eigentlich vom Markt genommen werden. Und dann, presto, stellt sich heraus, dass eben dieser Effekt bei der Bekämpfung von AIDS von Nutzen sein kann, und das

Ding wird ein Verkaufsschlager. Fakt: Zur gleichen Zeit behandelt ein von Livion finanzierter junger Wissenschaftler, der bereits mit Erfolg eine Alternative für Insulin gefunden hatte und damit auf dem besten Weg war, einen Geschäftszweig zu erledigen, was bis heute die gesamte Branche zu verhindern versucht, AIDS-Patienten und verschwindet dann. Nun sag mir ehrlich, Matt – lohnt unter diesen Voraussetzungen nicht zumindest etwas produktives Misstrauen? Ja, ich kann mich irren. Aber kannst du mir nachweisen, dass meine Theorie unmöglich stimmen kann?«

»Verrate du mir zuerst etwas. Auch in aller Ehrlichkeit. Bei diesen Gedankensprüngen von Umsätzen in der AIDS-Industrie zu Sanchez zu Livion zu Armstrong frage ich mich, was dir dabei wirklich wichtig ist? Wie die Sache mit AIDS anfing? Was aus Sanchez wurde? Was ein Großunternehmen heute an AIDS verdient? Worauf kommt es dir an?«

Es erinnerte Neil an die Frage, die ihm einer der Chatteilnehmer vor zwei Tagen gestellt hatte. Morgan. Matt konnte er nicht mit der Suche nach der Wahrheit als einzigem Motiv kommen.

»Ich habe vor einer Woche eine Frau interviewt«, sagte er schließlich, »eine Frau, die bereits einen Sohn durch AIDS verloren hat und wahrscheinlich noch einen zweiten verliert, weil sie sich die Medikamente nicht leisten kann, die seinen Tod hinauszögern würden. Ich weiß verdammt gut, wie beschissen man sich fühlt, wenn einem die Familie unter den Händen wegstirbt, Matt. Es ist ein widerliches Gefühl. Ich wünsche das niemanden, auch meinem ärgsten Feind nicht. Aber ich konnte damals wenigstens jemandem die Schuld daran geben. Du und ich, wir konnten beweisen, dass es nicht nur Leichtsinn und purer Zufall war, sondern die jahrtausendealte Verbindung aus Politik, Militär und Wirtschaft, und glaub mir, das hat mir geholfen.«

»Und du suchst jetzt jemanden, dem diese Frau die Schuld geben kann?«, fragte Matt ruhig.

»Vielleicht«, erwiderte Neil offen. »Wahrscheinlich, ja. Aber auch wenn du mich für einen Fanatiker hältst, wenn ich mich irre, wenn ich herausfinde, dass ich völlig auf dem Holzweg war, dann bin ich bereit, das zuzugeben. Aber ich will es wissen.«

Matts Miene hellte sich auf. Er erkannte eine gute Story, wenn er sie hörte, das wusste Neil, und er konnte die Gespanntheit in seinem alten Freund spüren. Aber er wusste auch, dass es mittlerweile Spuren gab, die Matt nicht mehr verfolgen wollte; das zu akzeptieren, war notwendig gewesen, um seine Freundschaft nicht zu verlieren. So war er nicht überrascht, aber enttäuscht, als Matt seufzte.

»Na dann, viel Glück, mein Don. Ich glaube, du bist auf dem Holzweg, aber ich glaube auch, dass du keine Ruhe geben wirst, bis du das selbst herausfindest. An deiner Stelle würde ich mich auf Sanchez konzentrieren. Ein Genie gibt immer etwas her, vor allem, wenn es verschwindet, und das heißt, du wirst immer noch genug Material für eine gute Story in den Händen haben, wenn du alle anderen Riesen als Windmühlen erkannt hast.«

Ob es an der Enttäuschung lag, dem Bedauern über ihre verlorene Jugend, in der sie sich beide zu kontroversen Themen aufgestachelt hatten, oder an schierer Lust an der Provokation, Neil konnte es sich nicht versagen, laut zu sinnieren:

»Tja und wenn nicht, dann kann ich immer noch meine gesammelten Artikel über den Irak-Krieg in einer Anthologie zum Thema gebrochenes Völkerrecht veröffentlichen. Glaubst du, das bringt mich wieder auf die Bestsellerlisten zurück?«

Unter anderen Umständen wäre es belustigend gewesen zu sehen, wie Matt, der gerade Anstalten gemacht hatte, aufzustehen, sich alarmiert wieder hinsetzte und eine Miene wie ein besorgter Vater machte, dessen Sohn gerade angekündigt hatte, einer gefährlichen Sekte beitreten zu wollen.

»Das war ein Witz, oder?«

»Früher hättest du nicht zu fragen brauchen«, erwiderte Neil, und die plötzliche Trauer, die sich in seine Stimme mischte, galt nicht nur Matt. Er hatte nie ernsthaft in Erwägung gezogen, dem Guantánamo-Buch eines über den Irak-Krieg folgen zu lassen, trotz der erzürnten Artikel, die er zu diesem Thema verfasst hatte. Das hatte nur zum Teil damit zu tun, dass er diese Artikel nur im Internet oder in englischen Zeitungen hatte veröffentlichen können. Irgendwo zwischen kaum besuchten Signierstunden und Hassbriefen, die sich schon längst nicht mehr mit begeisterter Leserpost die Waage hielten, hatte er das Vertrauen verloren, mit seiner Politikkritik noch etwas Nennenswertes bei den Menschen erreichen zu können. Er war nicht Michael Moore, der sich trotz der Hasstiraden der rechten Talkshow-Moderatoren permanent in den Bestsellerlisten halten und nicht aus den Kinos vertrieben werden konnte.

Aber die Frage nach AIDS, nach Sanchez, nach den Mitteln, zu denen die Pharmaindustrie bereit war zu greifen – das würde sie alle dazu bringen, ihm wieder zuzuhören. Und er würde etwas bewirken, etwas verändern für die Mrs. Edgarsons dieser Welt und ihre Söhne.

* * *

Die Laborräume, in denen Beatrice ihrer Arbeit nachging, wurden von den Mitarbeitern scherzhaft »Honigwaben« genannt. Im Gegensatz zu den Wohnräumen, die in einem separaten Gebäude untergebracht und so viereckig wie gradlinig waren, hatte man das Labor nicht nur als Oktogon gebaut, sondern auch jeden einzelnen Raum diesem Format angeglichen. Die in einem warmen Gelb gehaltenen Wände und das ständig gegenwärtige leichte Brummen der Stromgeneratoren trugen das ihre zu der Ähnlichkeit bei, und nur die Stahltüren mit ihren Sicherheitsschlössern, für deren Entriegelung codierte Karten nötig waren, störten dabei.

Unter den Wissenschaftlern, die lange genug im Labor arbeiteten, dass sie mit ihnen aufgewachsen war, gab es nur wenige, denen Beatrice keine Sympathie entgegenbrachte. Es gab nur einen, für den sie echte Feindseligkeit empfand: Warren Mears, der als Biochemiker neben ihrem Vater die führende Position im Labor innehatte und mit ihm um Mitarbeiter und um Budgetanteile kämpfen musste, seit sie denken konnte.

Die natürliche Rivalität, die zwischen den beiden Männern als den leitenden Wissenschaftlern bestand, hätte eine Freundschaft ohnehin schwierig gemacht, doch Mears war immer mehr als nur ein Rivale gewesen.

»Wenn es nach Warren ginge«, sagte ihr Vater, »würden wir alle nach unserem chemischen Wert bemessen werden. Und du weißt, dass wir zu achtzig Prozent aus Flüssigkeit bestehen.«

»Wasser ist kostbar.«

»In der Wüste, Bea. Nicht in Alaska.«

In ihrer Kindheit hatte Warren Mears sie ignoriert, aber seit Beatrice begonnen hatte, durch die Anwendung ihrer Computerkenntnisse auf biologische Vorgänge dem Labor

Aufgaben wesentlich zu erleichtern, hielt er sie seiner Aufmerksamkeit für würdig. Gespräche mit Mears glichen im Allgemeinen spitzfindigen Schlagabtauschen. Außerdem brachte er es immer irgendwie fertig, hinter einem aufzutauchen, ohne dass sie ihn hörte und ohne sich vorher anzukündigen. Beatrice scherzte einmal ihrer Freundin Tess gegenüber, er wolle sie wohl bei der Verschwendung von Laborgeldern ertappen, doch in Wahrheit argwöhnte sie, dass er lediglich unberechenbar sein wollte. Seit der Sache mit dem Biochip hatte sie eine enorme Handlungsfreiheit, und bei seiner Einstellung zu allem, was Sanchez hieß, konnte ihm das nicht gefallen.

Als er in der dritten Märzwoche mitten in einer ihrer Beobachtungen, die sich bis spät in den Abend hineingezogen hatten, aufkreuzte und sich über ihre Schulter beugte, ohne auch nur guten Tag zu sagen, war sie daher nicht überrascht.

»Schon wieder am Lichtmikroskop«, sagte er und schaute auf das im Vergleich zu der übrigen Laborausrüstung unmodern wirkende Gerät, das sie mit zwei Bildschirmen gekoppelt hatte.

»Warum nimmst du nicht das Elektronenmikroskop für deine Versuche? Du hast dort fast die doppelte Vergrößerung, und es spart Zeit.«

»Du störst«, sagte sie abwesend und fügte als Nachgedanken hinzu, »und ich kann mich nicht erinnern, dich um einen Ratschlag wegen meiner Arbeitsmethoden gebeten zu haben.«

»Die Stimme der Tochter, die Worte des Vaters. Ich frage mich, ob du je eigener Gedanken fähig sein wirst, Beatrice.«

»Wenn mein Vater und ich uns ähnlich anhören«, entgegnete sie kühl, »dann, weil er mir beigebracht hat, objektiv an Probleme heranzugehen und sie von allen Seiten zu betrachten. Du solltest das auch mal versuchen, Warren. Es könnte zu überraschenden Ergebnissen führen.«

Er machte keine Anstalten, sich von ihrer Animosität vertreiben zu lassen, sondern nahm sich einen Hocker und setzte sich neben sie.

»Du willst doch nicht behaupten, das Ding da würde dir mehr helfen als unsere Elektronenmikroskope.«

Sie seufzte. »Wenn du mir versprichst, mich danach in Ruhe zu lassen, zeige ich dir, warum ich das glaube.«

»Ich bin ganz Ohr.«

»Schau dir einfach nur diese beiden Filme an.«

Mit einem leichten Druck auf zwei Tasten kehrte sie zum Anfang der DVD zurück und startete die Filme erneut. Mears kniff die Augen zusammen und beobachtete die Monitore, die neben den Bildern auch einen laufenden Text zeigten.

»Du beschäftigst dich also mit Karzinomen. Ich dachte, du bist dabei, die neue Generation von Proteinchips in die Welt zu setzen. Ist wohl nicht so leicht wie das letzte Mal, wo Miss Wunderkind nur anderer Leute Ideen aufgreifen musste.«

»Wenn es nichts als anderer Leute Ideen gewesen wären«, entgegnete Beatrice scharf, »dann würden die DNA-Chips von Livion wohl nicht zu den gewinnträchtigsten des Diagnostik-Bereichs gehören, oder habe ich Mr. President's Memo darüber falsch verstanden?«

Gönnerhaft klopfte Mears ihr auf die Schulter. »Schon gut«, sagte er. »Nützliches kleines Ding, dein Chip.«

Sie dachte an all die Arbeit, die sie in die Entwicklung gesteckt hatte, und wünschte, sie könnte ihm seine herablassenden Worte in den Hals zurückstopfen. Mehr Geduld, mahnte sie sich innerlich. Mears schaffte es immer wieder, sie zu provozieren, und allmählich sollte sie es wirklich besser wissen.

»Wenn es dich nicht interessiert«, begann sie und beugte sich vor, um die Aufzeichnung auszuschalten, doch er hielt ihren Arm fest.

»Nein, mach weiter. Ich lerne immer gerne dazu. Sogar von kleinen Marionetten.«

»Zu gütig«, murmelte sie. Sie musste gegen den wieder aufsteigenden Ärger kämpfen, denn letztlich war sie gespannt, wann und ob Mears begreifen würde, worauf sie hinauswollte. Mears war nicht dumm, ganz und gar nicht. Engstirnig und rücksichtslos und unbestreitbar der beste Kopf hier nach ihrem Vater.

Mears musterte die Bilder, die mit der gleichen Ausgangslage begannen und dann immer deutlicher auseinander liefen.

»Was soll das? Du verwendest da offensichtlich zwei identische Karzinomzellen und laut dem Text je drei Einheiten mit Ac3000. Die Bilder zeigen aber deutlich unterschiedliche Entwicklungen.«

»Deswegen das Lichtmikroskop«, sagte Beatrice zufrieden. »Hier kann ich online und in Originalfarben zusehen, wie die Wirkstoffe auf die Zellen reagieren, ob sie reagieren oder ob sie versagen.«

»Dann stimmt etwas mit deiner Versuchsanordnung nicht«, erklärte Mears irritiert. »Bei identischen Zellen müssen die gleichen Reaktionen eintreten.«

»Die Zellen sind nicht identisch«, entgegnete sie und versuchte nicht zu offen darüber zu triumphieren, dass Mears das nicht gemerkt hatte. Hier ging es um Wichtigeres als um einen so kleinen Sieg. »Sie stammen von eineiigen Zwillingen, die beide Prostata-Krebs haben.

Ihre DNA ist somit weitgehend identisch, aber eben nur fast.«

In seine Stimme floß erstmals ein Hauch von Ärger ein. Vermutlich weil ihm mittlerweile klar war, was vor sich ging. Mears konnte es nicht ausstehen, wenn etwas im Labor nicht unter seiner Kontrolle stand.

»Ja und?«

»Unser Mittel löst völlig ungleichmäßige Reaktionen aus. Der eine Patient würde durch die zugeführte Dosis eine Chance auf das Abtöten der Zellen erhalten, der andere zeigt weder bei dieser noch bei einer geringeren oder höheren Dosierung irgendeine Reaktion.«

»Wir geben keine Garantie für die Heilung jedes Patienten«, gab Mears ungehalten zurück, »bei keinem unserer Medikamente. Niemand kann das.«

»Aber denk einmal an die Möglichkeiten für die Patienten! Wir könnten den Ärzten einen Hinweis darauf geben, dass sie mit einer solchen Untersuchung die Wirkung eines verschriebenen Medikaments schon bei der Blutanalyse überprüfen können. Auf diese Weise würden sie Zeit sparen und eventuell ein anderes Mittel erfolgreich verwenden, statt unter Umständen Monate zu verlieren. Ganz zu schweigen davon, dass in der Zwischenzeit möglicherweise das Karzinom ins Irreparable wächst.«

Mears schüttelte den Kopf. »Du«, erklärte er, »kannst das natürlich nicht verstehen, bei deiner behüteten Kanarienvogelexistenz, aber in der wirklichen Welt würde es Unsummen und viel Zeit kosten, jeden Arzt mit einer solchen Ausrüstung auszustatten. Wer soll das bezahlen? Unsere Marketing-Abteilung bekäme einen kollektiven Herzanfall, wenn du auf die Produkte der Konkurrenz hinweist, nur, weil unser Ac3000 nicht bei allen wirkt.«

Allmählich begann ihr Rücken zu schmerzen. Wäre sie allein, so würde sie einfach aufstehen und sich die Beine vertreten, aber Mears würde das zweifellos als Erfolg seiner Sticheleien missdeuten.

»Wir sind Wissenschaftler, Warren. Geht der Mensch nicht vor?«, fragte sie so sachlich wie möglich.

»Was habe ich gesagt? Kanarienvogel. Du hast ja keine Ahnung, was dort draußen abläuft. Es kostet Jahre und Unsummen, Ärzte oder ganze Kliniken zu bewegen, ihre Patienten auf ein bestimmtes Medikament einzustellen. Wenn du in den unteren achtundvierzig damit herumtönen würdest, jeder Patient verdiene eine solch ausführliche Analyse und eventuell ein Fremdprodukt, dann lyncht dich der Chef vom Vertrieb, W. Bankcroft persönlich. Und all die Kollegen, deren Arbeitsstellen von unseren teuer entwickelten Mitteln abhängen, würden ihm den Strick dazu reichen.«

»So naiv, wie du glaubst, bin ich nicht«, sagte Beatrice. »Natürlich weiß ich, bei wem ich arbeite und dass unsere Bosse keine Wohltäter der Menschheit sind, sondern Zahlen sehen wollen. Aber schau genau hin.«

Sie deutete auf den Bildschirm, der die Versuchsanordnung mit der positiven Reaktion zeigte. »Mit solchen Beobachtungen werde ich meine Chips eines Tages so weit optimieren, dass jeder Arzt, jeder Patient die Reaktion von Wirkstoffen oder Wirkstoffkombinationen vorher über ein Programm testen kann, das individuelle Werte des Patienten wie Alter, Gewicht, Geschlecht und vielleicht sogar die wichtigsten DNA-Strukturen automatisch mit berücksichtigt. Wenn ich so weit bin, dann verdient der Konzern mit dem Verkauf solcher Biochips garantiert mehr und sicherer Geld als mit Medikamenten, die bei einem Teil der Patienten alles andere als die gewünschten Wirkungen hervorrufen. Falls du die Lipobay-Affäre und die Sammelklagen hinterher vergessen hast – ich nicht.«

Mit einem Griff schaltete Mears die Monitore ab. Es war eine eigenmächtige herrische Geste, die sehr typisch für ihn war, wenn ihm etwas nicht passte. Unter anderen Umständen hätte sie Wut in Beatrice ausgelöst, aber so, wie die Dinge lagen, wertete sie seine Reaktion als Sieg für sich. Wenn er den Diktator herauskehrte, gingen ihm die Argumente aus.

»Du weißt, dass mir solche Projekte schon vor der Entwicklung vorgelegt werden müssen. Ich bin es, der hier entscheidet, ob wir Zeit und Geld in solchen Schnickschnack investieren.«

»Tja, Warren, das werde ich wohl vergessen haben. Bei dir stelle ich heute auch eine größere Gedächtnislücke fest. Was ich hier tue, fällt nicht mehr in deinen Bereich. Du hast dich vor zwei Jahren für die Pentagon-Programme entschieden, da bist du unbestritten der Größte, und Dad für die Medizin. Mein Vater weiß, woran ich arbeite.«

Er erwiderte nichts, und sie verzog ihre Lippen zu einem winzigen Lächeln.

»Sag mal, wie komme ich überhaupt in der letzten Zeit so oft zu der Ehre deiner Besuche? Ich dachte, wir wären uns einig, dass du hier nur in Notfällen vorbeischaust und wir uns sonst zur beiderseitigen Erleichterung aus dem Weg gehen? Aber seit ein paar Wochen kreuzt du alle drei Tage hier auf. Kannst du mir mal erklären, womit ich diese Aufmerksamkeit verdient habe?«

Mears erhob sich und schaute auf sie herab, ein selbst für ihn durchsichtiges Manöver.

»Ein guter Häuptling weiß immer, was seine Indianer tun«, entgegnete er ausdruckslos.

»Dann geh zu deinem Volk, Geronimo, und lass das von Sitting Bull in Frieden.«

Seine heftigen Schritte ließen die Sohlen seiner Schuhe auf dem Linoleumfußboden quietschen. An der Tür wandte er sich noch einmal um.

»Dann such dir schon mal ein neues Reservat«, sagte er höhnisch. »Mr. President hat endlich begriffen, dass die beiden Bereiche aus Sicherheitsgründen getrennt werden müssen, und es mir überlassen zu entscheiden, was in diesem Labor nützlich ist und was nicht. Du ziehst in ein paar Wochen aus, mein Kind.«

Nach diesem letzten Pfeil verschwand er. Es kostete sie beträchtliche Willensanstrengung, um ihm nicht wenigstens ihren Becher mit den Bleistiften nachzuwerfen.

Natürlich glaubte sie ihm nicht. Er bluffte; er musste einfach bluffen. Das Labor war ihre Heimat, und sie hatte sich ihre Anwesenheit hier verdient. Es war nichts als eine Drohung, sagte Beatrice sich, doch das half ihr nicht dabei, sich wieder zu beruhigen.

Es kostete sie sehr viel Disziplin, ihr Experiment zu beenden. Danach speicherte sie die Ergebnisse und ging online. Ihre Finger zitterten noch vor Wut, und sie vertippte sich ein paar Mal, während sie die Versuchung niederkämpfte, sich in die Personalakten einzuhacken, um nachzuschauen, ob Mears sie tatsächlich versetzen lassen konnte. Stattdessen schaute sie nach, was sich in den Chat räumen tat. Sie hatte Glück und fand nicht nur Dedalus und Sabrecat, sondern auch den Chatter, der schon wieder unter Neil LaHaye eingeloggt war.

<He, Morgan>, schrieb Dedalus, <erklär unserem Gast doch, warum Industriespionage in der Medizin sinnlos ist.>

<Bitte einen x-beliebigen Mediziner, dir sein Notizbuch zu zeigen, und du verstehst es>, tippte sie. <Wir schreiben in einem solchen Wirrwarr von höchstpersönlichen Abkürzungen, Gedankensprüngen und schlechter Schrift, dass wir Glück haben, wenn wir es selbst wieder entziffern können. Ein Außenstehender müsste da schon Jahre mit dem entsprechenden Forscher gearbeitet haben, um bei der Entschlüsselung solcher Hieroglyphen Glück zu haben. Außerdem sind 98% aller Forschung Misserfolge. Es ist Arbeit, Arbeit, Arbeit und wahnsinnig viel Frustration – nur davon bekommt die Öffentlichkeit nichts mit.>

Einiges verschwieg sie. Industriespionage bedeutete heute in erster Linie Abwerbung von profilierten Wissenschaftlern, den kontrollierten Einsatz von Computerhackern und Abhörversuche an allen Ecken und Enden. Nicht zuletzt deswegen gab es das Labor in Alaska überhaupt. Das Verhältnis von erfolgreichen und erfolglosen Experimenten entsprach der Wahrheit. Vielleicht war es das, was sie an Mears' Besuch immer noch verstörte. Sie begriff nicht, wie ein Mann von Mears' Intelligenz so wenig Gedanken an die Menschen verschwendete, für die sie alle doch letztendlich forschten. Aber es gibt noch Behörden, sagte sie sich. Wir sind nicht die letzte Instanz zur Freigabe von Wirkstoffen, keiner von uns.

Aber hatten das die Physiker in Neil LaHayes Buch nicht auch gedacht?

<Ich versuche noch immer zu verstehen, was Victor Sanchez zu seinem Verschwinden getrieben haben könnte>, erschienen die Buchstaben in dem Blau, das diesmal vom System an Neil LaHaye verliehen worden war. <Möglicherweise geht es hier um Industriespionage. Außerdem liest man so viel von gefälschten Forschungsergebnissen,

nur, um an Gelder zu kommen. Das wäre ein weiteres Motiv. Kann es sein, dass sich seine frühe Reputation auf anderer Leute Arbeit stützte?>

Sie war immer noch verstört wegen des Gespräches mit Warren Mears. Wenn diese Unterstellung nicht das Fass aus Ärger, Unruhe und unausgegorenen Überlegungen zum Überlaufen gebracht hätte, dann wäre Beatrice sicher selbstbeherrschter gewesen und hätte über die Folgen nachgedacht, bevor sie handelte. Stattdessen flogen ihre Finger, und die sofortige Übertragung ihrer Entgegnung sprang ihr auf dem Bildschirm entgegen, ehe ihr Verstand ihre Gefühle einholen konnte.

<Victor Sanchez ist kein Dieb. Er ist der integerste Forscher und der beste Mensch, den ich kenne. Wenn du wirklich die Wahrheit über ihn herausfinden willst, warum sprichst du dann nicht mit seinen Freunden, statt im Internet an den Haaren herbeigezogene Behauptungen aufzustellen?>

<Du kennst Victor Sanchez?>

Mit einem Mal wurde ihr bewusst, wozu sie sich hatte provozieren lassen. Sie biss sich auf die Lippen.

<Morgan?>

Weder Dedalus noch Sabrecat kamen ihr zu Hilfe; sie alle warteten wohl auf ihre Antwort. Flüchtig erwog Beatrice, sich einfach auszuloggen. Aber das wäre feige, und die anderen würden später nie wieder mit der gleichen Zwanglosigkeit mit ihr reden, die sie brauchte wie die Luft zum Atmen. Sie wollte den Freundeskreis nicht verlieren, den sie im Netz gefunden hatte. Außerdem, dachte sie plötzlich, außerdem konnte man das Ganze auch zum Guten wenden. Wenn es sich um einen Spinner handelte, der sich nur als Neil LaHaye ausgab, war es belanglos, was sie schrieb. Wenn es tatsächlich Neil LaHaye war, der sich gerade im Chat befand, und wenn er wirklich über ihren Vater schreiben wollte – warum eigentlich nicht?

Im Prinzip war sie davon überzeugt, dass ihr Vater nur ihretwegen die ganze Zeit in Alaska blieb, auf diesem Posten mit all seinen Sicherheitsvorkehrungen, die ihm noch nicht einmal die Veröffentlichung von Aufsätzen in Fachzeitschriften gestatteten oder die Teilnahme an Kongressen. Wenn ein Artikel über ihn erschien in einem unabhängigen Medium, dann würde dieser Geheimniskrämerei vielleicht zwangsläufig ein Ende gesetzt. Er bräuchte nicht mehr ihr zuliebe auf Dinge zu verzichten, die für einen Wissenschaftler seines Ranges selbstverständlich sein sollten.

<Ja>, schrieb sie, gab sich einen Ruck und fügte hinzu: <Ich kann aber nicht ins Detail gehen. Wenn du wirklich an der Wahrheit über Victor Sanchez interessiert bist, daran, was für ein Mensch er ist, fang am Anfang an. In Miami.>

* * *

Die Hitze von Miami legte sich wie eine feuchte Hülle um seine Schultern, als er den Flughafen verließ. Florida war nicht Louisiana, und das allgegenwärtige Spanisch gehörte nicht zu seinen Erinnerungen, aber die Mischung aus Hitze, Luftfeuchtigkeit und Benzin war die gleiche, die er auf den Straßen seiner Jugend eingeatmet hatte.

Der dickliche Taxifahrer, der ihn zu seinem Hotel brachte, schimpfte, während er von Radiostation zu Radiostation zappte. »Nichts Gutes«, sagte er. »Nur noch dieser Techno-Kram – mögen Sie das?«

Neil murmelte etwas Unbestimmtes und stellte mit einem Blick auf die Fensterscheiben fest, dass die Taxifahrer von Miami es mit der Demonstration von Patriotismus erheblich ernster nahmen als ihre Berufsgenossen in Boston. Aufkleber mit dem Sternenbanner verzierten alle Scheiben, groß und prangend; im Vergleich dazu schien die einzige kleine Repräsentation der kubanischen Flagge an der Heckscheibe winzig. Die Logos waren so unübersehbar wie die amerikanischen Flaggen: »United we stand. God bless America.«

Vom Spiegel des Fahrers hing eine Heiligenfigur herab, die Neil an ein buddhistisches Amulett erinnerte. Er durchforschte seine Kindheitserinnerungen an unwillige Kirchgänge und fand keine Darstellung, die der geschlechtslos wirkenden Tänzerfigur auf grünem Hintergrund entsprach. Aber er hatte zu viel vergessen, um sich sicher sein zu können.

Der Sender, mit dem sein Fahrer sich schließlich abgefunden hatte, brachte Nachrichten, in Spanisch, und Neil stellte fest, dass er nur jedes fünfte Wort verstand. Nun, es war Ewigkeiten her, seit er sein Schulspanisch hatte aufpolieren müssen. Überall in Englisch verstanden zu werden, half dabei kaum.

Der Taxifahrer fluchte. »Fidel, dieser Scheißkerl«, sagte er. »Wann kratzt der endlich ab?«

»Haben Sie vor, nach Kuba zurückzukehren, wenn er es tut?«, fragte Neil ohne allzu großes Interesse.

»Ich doch nicht«, erwiderte der Fahrer. »Das ist mein Land hier. Aber der Mistkerl gehört in die Hölle, am liebsten schon vorgestern.«

In seinem Hotel wartete ein Umschlag mit einer Nachricht auf ihn. Eine Stunde später saß er in der Lobby mit Jorge Suárez, dem Inhaber eines Detektivbüros, und trank eisgekühltes Bier.

»Ich muss sagen, ich war überrascht, von Ihrem Anliegen zu hören, Neil«, sagte der Mann, der ihn mit seiner gemütlichen Korpulenz und den ergrauenden Locken an einen Teddybären in Latino-Ausführung erinnerte und ein langes weißes Baumwollhemd über seiner Hose trug. »Ich kenne Ihren Ruf, wissen Sie. Sie sind so ungefähr der Letzte, von dem ich erwartet hätte, dass er ein Buch über prominente Kubaner schreiben will. Nicht gerade logisch, nach Ihren Liebesgrüßen an die Terroristen auf Kuba, wie?«

Neil verlor sein unverbindliches Lächeln keine Sekunde. »Eben deswegen«, sagte er. »Ich wiederhole mich ungern.«

»Mmmm«, erwiderte Suárez. »Mir fallen da schon gewisse Wiederholungen auf in Ihren Büchern.«

Er klang mehr stichelnd als ernsthaft feindselig, und Neil nickte. »Stimmt«, sagte er. »In jedem einzelnen beweise ich, was Amerika doch für ein großartiges Land ist, da es einem Terrier wie mir gestattet, seine Kritik zu veröffentlichen.«

Suárez warf den Kopf zurück und lachte. Seine Zähne wiesen Raucherflecken auf, was nach den makellosen Einheitsgebissen im Norden seltsam erfrischend wirkte.

»Sie sind in Ordnung«, kommentierte er. »Also schön. Aber wie sind Sie eigentlich ausgerechnet auf Vic Sanchez gekommen? Nicht unbedingt der erste Name, der einem einfällt, wenn man an Miami denkt.«

»Ich wollte ja ursprünglich mit Elían González anfangen«, entgegnete Neil trocken, auf den kleinen Jungen anspielend, der 1998 als Objekt des Tauziehens zwischen Fidel Castro und der kubanischen Gemeinschaft von Miami berühmt geworden war, »aber ich bezweifle, dass mich das Außenministerium noch mal nach Kuba lässt.«

Flüchtig fragte er sich, wie Suárez reagieren würde,

wenn er ihm das wahre Ziel seiner Recherche nannte. Desinteressiert günstigenfalls, entschied er. Wahrscheinlich feindselig. Suárez mochte ein Profi sein, aber man konnte seine Arbeit gut oder nur mittelmäßig erledigen, je nach Auftraggeber, und Neil brauchte seine Interviews in Miami so schnell wie möglich. Eine Lüge mehr oder weniger spielte keine Rolle, solange sie ihn seinem Ziel näher brachte.

»Nein, ernsthaft«, fuhr Neil fort, »dieser Dr. Sanchez fasziniert mich. Natürlich gibt es berühmtere Kubano-Amerikaner, aber er scheint ja so etwas wie ein Wunderkind gewesen zu sein. Ich kenne Wissenschaftler aus Boston, die jetzt noch vor Neid vergehen, wenn sie von ihm sprechen. Und Sanchez war ein Einwanderer, der die Sprache erst lernen musste, kein goldenes Kind der Ostküste. Verstehen Sie, worauf ich hinauswill?«

Er beugte sich mit seinem aufrichtigsten Gesichtsausdruck vor. Nicht übertreiben, ermahnte er sich, aber Suárez strahlte nichts als geschmeicheltes Wohlwollen aus.

»In Cambridge heißt es, er hätte jeden medizinischen Lehrstuhl haben können, den er wollte. Er galt als so brillant, dass Wetten darauf abgeschlossen wurden, wann er für den Nobelpreis nominiert werden würde. Und dann verschwindet er einfach? Jorge, ich bin Journalist. Das ist eine gute Story. Und dafür brauche ich Hintergrund. Die Jugendliebe, der beste Freund aus Kindheitstagen und so weiter.«

Suárez rieb sich die Nase. »Mit der Jugendliebe kann ich nicht dienen, aber ich glaube, den Freund habe ich für Sie aufgetrieben«, entgegnete er. »Und nennen Sie mich George, bitte. Ich bin noch nicht mal Jorge getauft.«

»Warum benutzen Sie den Namen dann überhaupt?«

»Mit spanischem Vornamen kriegt man leichter Minderheitenförderung«, sagte Suárez entwaffnend unverblümt. »Hispanics zählen zu den Farbigen, weißer Junge, und damit zu den Minderheiten. Was ein ziemlicher Witz ist, wenn man sich überlegt, dass unsere Vorfahren die ersten Europäer waren, die hierher kamen und die Einheimischen umlegten. Spanier sind natürlich keine Hispanics und gelten als weiß, aber wenn man aus Kuba kommt, ja dann ist man ein Hispanic, diskriminierter Farbiger und hat Anspruch auf staatliche Unterstützung für sein Unternehmen. Verstehen Sie mich nicht falsch, ich erkenne die gute Absicht, nur ist es halt so – meine Firma hat ziemlich viel Geld und Anwälte gebraucht, um den dazu nötigen Papierkram zu bewältigen, und es geschafft. Gut für uns. Aber so ein armes Schwein, das aus einem illegalen Boot aus Kuba steigt und einen Früchtekarren genehmigt haben will, also die Förderung wirklich brauchen könnte? Keine Chance.«

»Das ist also Little Havana«, sagte Neil und schaute sich um, während Suárez einen enormen Bolzen mit zwei Schlössern zwischen sein Lenkrad und das Armaturenbrett klemmte, ehe er ausstieg.

»Nur, wenn Sie ein Tourist sind«, gab Suárez zurück. »Keiner von uns nennt den Bezirk so. Von uns wird er Calle Ocho genannt, nach der Straße.«

Neil war mitten in Lateinamerika gelandet. Ladenschilder in Spanisch, Cafés mit einem Ausschank zur Straße hin, an denen Männer mit überlangen weißen Baumwollhemden lehnten und mit den Verkäufern schwatzten, während sich das Licht der spätnachmittäglichen Sonne in den goldenen Ketten um ihren Hals und an ihren Handgelenken fing und Frauen mit aufgespannten Regenschirmen als

Sonnenschutz spazierten. Suárez zog ihn in ein Zigarrengeschäft, und Neil beschlich der Argwohn, dass sein Kontaktmann die Gelegenheit nutzen wollte, um ihn für ein paar Freunde um einige Dollar zu erleichtern. Nun, Suárez würde mit der Enttäuschung leben müssen. Lokalkolorit hin oder her, Neil hatte nicht die Absicht, den örtlichen Zigarrenumsatz zu erhöhen. Selbst in seinen Rauchertagen hatte er für Zigarren nie etwas übrig gehabt.

Bis auf einen Mann war der Laden leer. Über den verlassenen Holztischen und Bänken hing ein Druck mit den etwas zu intensiven Farben des späten 19. Jahrhunderts und zeigte einen Mann um die vierzig, der weder Uniform trug noch asketisch genug für einen Heiligen wirkte. Wie bei dem Amulett des Taxifahrers war es Neil unmöglich, die Darstellung zu identifizieren. Wie sehr wir an unsere eigenen kulturellen Ikonen gewöhnt sind, dachte er.

Suárez sprach energisch auf Spanisch auf den Mann ein, dann nickte er Neil kurz zu und meinte, Lázaro, der Miteigentümer dieses Geschäfts und der Jugendfreund, den sie suchten, sei beim Domino hundert Meter weiter. »Gracias«, sagte Neil, ehe sie den Laden verließen, und Suárez zog eine Grimasse.

»Lassen Sie das lieber, Kumpel«, sagte er. »Ihr Yankees kriegt kein ordentlich gelispeltes C hin, da beißt die Maus keinen Faden ab.«

»Wen nennen Sie hier Yankee?«, schoss Neil zurück und kniff die Augen zusammen, als die Sonne nach dem Dämmerlicht des Inneren sein Gesicht traf. »Ich bin ein gestandener Südstaatler aus Louisiana, mon ami.«

»Und wie lange hat es gedauert, bis Sie sich diesen Ostküsten-Akzent antrainiert haben?«, fragte Suárez unbeeindruckt.

»Nicht so lange wie bei Ihnen, möchte ich wetten«, erwiderte Neil, und Suárez grinste. »Die Wette würden Sie wahrscheinlich gewinnen.«

Außer dem Zigarrenladen hatten nur wenige weitere Geschäfte geöffnet; die Türen waren mit Holzläden verbarrikadiert, was Neil eine Weile verwirrte, bis er sich daran erinnerte, dass Sonntag war. Wenn auch das restliche Amerika darin keinen Grund für geschlossene Geschäfte sah, die Kubaner von Miami taten das sehr wohl.

Die Häuser waren gelb oder weiß gestrichen, sodass ihm ein in Grün getauchtes Gebäude ins Auge stach, während sie die Straße entlangschlenderten. Auf den Sockel der Hauswand direkt über dem Boden hatte jemand mehrere kleine Figuren gemalt, die ihn wieder an die Heiligenfigur seines Taxifahrers erinnerten, die er nicht hatte einordnen können. Diesmal beschloss er zu fragen.

»Haben Sie mir nicht gerade erzählt, Sie wären aus Louisiana?«

»In Morrow gibt es mehr Baptisten als Katholiken«, gab Neil zurück, »also könnte ich jetzt behaupten, wiedergetauft zu sein und überhaupt keine Heiligen zu kennen. Aber schön, ich habe als Kind ein paar Rosenkränze gebetet. Allerdings war meine Mutter Atheistin und sah es nicht gerne, wenn meine Großeltern mich mit in die Messe nahmen.«

Die Erinnerung ließ ihn die Holzperlen in seinen Händen spüren, während seine Großmutter ihm zuflüsterte, er solle für die Genesung seiner Mutter beten. Damals hatten alle, außer ihm, bereits gewusst, dass es hoffnungslos war, dass der Krebs sie auffraß. Die falsche Hoffnung war etwas, das er weder seinen Großeltern noch Gott je verziehen hatte.

Suárez rümpfte die Nase. »Rosenkränze meinte ich

nicht. Schauen Sie sich die Figuren genauer an, dann wird es Ihnen schon dämmern. Erinnern Sie die nicht an etwas?«

An Picasso-Imitate im afrikanischen Stil, gekreuzt mit orthodoxen Ikonen, dachte Neil, sprach es jedoch nicht aus. Eine der Figuren hielt etwas in der Hand, das wohl eine Schlange sein sollte, und er begriff.

»Oh. Voodoo.«

»Der Weg der Heiligen. Santería. Älter als Voodoo und mit stärkerem afrikanischen Einfluss. Behauptet jedenfalls meine Frau, und die hat ihre Doktorarbeit über das Zeug geschrieben. Sie könnte Ihnen was von der Verschmelzung der Yoruba-Gottheiten mit katholischen Heiligen erzählen und wieso die Meeresgöttin gleichzeitig die Jungfrau Maria sein kann, aber was mich betrifft, ich weiß nur, dass ich keinen Palo-Priester wütend machen möchte. Die Kerle klauen Leichen für ihre Riten.«

»George, Sie verwechseln mich schon wieder mit einem Yankee, den Sie auf den Arm nehmen können.«

»He, ich dachte, Sie bräuchten Hintergrund für Ihr Buch? Trabajos con muertos gehört zum Lokalkolorit.«

»Ich komme darauf zurück«, sagte Neil trocken, »wenn sich Victor Sanchez als tot herausstellen sollte. Schließlich will ich mein Interview.«

»Spielverderber«, entgegnete Suárez und entblößte die Zähne wie ein Frettchen. Er bog in einen kleinen Innenhof ein. Die Hausmauer, an die der Hof grenzte, war bemalt, doch mit einer gewissen Erleichterung stellte Neil fest, dass er die Darstellung diesmal identifizieren konnte; zur Abwechslung eine politische Ikone. Das Foto einer panamerikanischen Konferenz musste dem Bild als Vorlage gedient haben. Die Tische, Bänke und Sonnenschirme, die den Hof füllten, waren ausschließlich in Blau gehalten. Er sah nirgendwo eine Frau, aber dafür eine Menge Männer unterschiedlichen Alters, die Schach oder Domino spielten. Suárez stemmte die Hände in die Seiten, während sein Blick über die Spieler flog.

»Ah«, rief er schließlich. »Da ist er.«

Neil folgte ihm, bis sie vor einer Gruppe standen, die mit konzentrierter Miene um ein Dominospiel herumsaß. Suárez räusperte sich.

»Señor Lázaro«, sagte er behutsam, »ich störe Sie nur ungern …«

»Dann lass es bleiben«, entgegnete einer der Männer kühl, der mit seinem grau melierten Schnurbart und den schütteren Haaren irgendwo zwischen fünfzig und sechzig schwebte, in makellosem Englisch.

»… aber wir hatten heute eine Verabredung.«

»Mmmm.« Lázaro seufzte, lehnte sich zurück und betrachtete die Neuankömmlinge skeptisch.

»Sie sind der Kerl, der über Victor Sanchez schreiben will, oder?«

»So ist es.«

»Und warum?«

»Es wäre mir ein Vergnügen«, sagte Neil, »Ihnen das beim Essen zu erläutern, Señor.«

Lázaro schnaubte. »Es ist noch viel zu früh zum Essen«, gab er zurück. »Noch nicht mal sechs Uhr.«

Neil lächelte ihn an und wählte absichtlich die formellste Ausdrucksweise, die ihm zur Verfügung stand.

»Nun, meine Einladung galt auch zum Abendessen, Señor, und ich hatte an einen angemessenen Zeitpunkt gedacht – sagen wir, um neun? Jetzt sind Sie, wie ich sehe, beschäftigt, und ich würde mir nie erlauben, Sie daran zu hindern, Ihr Spiel zu gewinnen.«

»Sie wissen zumindest, wie man Respekt zeigt«, stellte Lázaro trocken fest. »Also schön.«

»Das *Versailles* und eine Ausdrucksweise wie aus einer Seifenoper«, stellte Suárez später beeindruckt fest. »Die Story scheint Ihnen ja wirklich am Herzen zu liegen.«

»Das *Versailles* war Ihre Idee«, antwortete Neil und vertiefte sich in die Speisekarte des Restaurants, das Suárez ihm als das beliebteste des kubanischen Miami genannt hatte. Die gravierten Spiegel, aus denen die Wände hier bestanden, und die Leuchter machten den Namen nicht ganz unverständlich.

»Lechón asado adobado y deshuesado«, meinte Suárez und klang etwas schadenfroh, »das müssen Sie nehmen, wenn Sie wirklich Kuba hier schmecken wollen.«

»Und das wäre?«

»Schwein nach kubanischer Art gebraten. Mit den entsprechenden Zutaten. Ist nicht für jeden Angelsachsen zu verkraften, aber da Sie ja aus dem Süden sind ...«

»Jorge, ich habe mal ein von einem Lastwagen erwischtes Opossum gegessen, nur weil ich mit einem Vetter eine Wette abgeschlossen hatte. Mich schreckt nichts mehr.«

Neil blickte auf seine Uhr. Es war bereits zwanzig Minuten nach neun, aber auf eine gewisse Unpünktlichkeit musste man in diesen Breiten gefasst sein. Es hatte seinerzeit auch bei ihm eine Weile gedauert, bis er sich an den Zeitbegriff des Nordens gewöhnt hatte, doch nun war ihm das Ganze so selbstverständlich, dass er sich dabei ertappte, unruhig mit einem Zeigefinger auf den Tisch zu klopfen.

»Immer mit der Ruhe«, sagte Suárez. »Der Alte wird schon aufkreuzen. Die Schleimerei hat sich gelohnt. Er mochte Sie, das konnte ich sehen.«

Sie waren bereits bei ihrem zweiten Glas kalifornischem Wein angelangt, als Suárez mit seiner Prophezeiung Recht behielt.

Lázaro Horta hatte sein Hemd durch eine dunkle Weste ersetzt und trug nun sehr offensichtlich ein Toupet; ein menschlicher Pinsel, der sich an ihrem kleinen Tisch niederließ.

»Also«, begann er ohne weitere Umschweife, »warum wollen Sie über Vic schreiben?«

Neil wiederholte seine Geschichte vom Buch über berühmte und verdiente Kubano-Amerikaner, und Lázaro nickte beifällig. Dann veränderte sich sein Gesichtsausdruck.

»Gute Idee im Prinzip«, sagte er, »aber ich habe mich über Sie erkundigt. Sie sind so ein liberaler Schmierfink, dem das Herz über alles Mögliche blutet, nur nicht für sein Land. Ich will nicht, dass mein Name in einer Dreckschleuder gegen Amerika vorkommt oder der von Vic Sanchez. Und wenn Sie zehnmal über die Größen des exilio schreiben.«

»Sir«, antwortete Neil, absichtlich die englische Anredeweise benutzend, »wenn ich böswillige Absichten hätte mit meinem Porträt kubanischer Einwanderer, läge es da für mich nicht näher, über die Watergate-Einbrecher zu schreiben als über einen so ehrenwerten, brillanten Mann wie Dr. Sanchez?«

Lázaro verschränkte die Arme. »Bei Watergate gab es auch ehrenwerte Amerikaner«, sagte er langsam, »die nur das Beste für ihr Land taten. Wenn dieser ultraliberale McGovern Präsident geworden wäre, hätte er Fidel abgeküsst wie dieser Weichling Carter später Breschnew. Manchmal muss man sich die Hände dreckig machen, um seine Pflicht zu tun. Aber ihr Liberalen versteht das nicht und werdet das nie verstehen. Ihr habt ja nicht einmal nach dem 11. September den Patriotismus richtig begriffen. Bei diesen Antikriegsdemonstrationen im Fernsehen ist mir übel geworden. Aber wir hier in Miami, el exilio, wir haben immer gewusst, was wir Amerika schulden.«

Einfach zuzustimmen, konnte genauso falsch sein wie an Ort und Stelle eine Debatte vom Zaun zu brechen.

»Ich bin anderer Meinung«, sagte Neil so leidenschaftslos wie möglich. »Was ich Amerika schulde, ist die Wahrheit. Ob sie nun für andere unbequem ist oder für mich selbst. Ich sehe meinen Beruf als einen Spiegel der Realität, Señor; und da ich die Herausforderung liebe, suche ich Objekte, die anders sind als ich selbst, um sich darin widerzuspiegeln.«

Lázaros Mundwinkel hoben sich unter dem Schnurbart ein winziges Stück; in seinen Augen flackerte ein amüsierter Funke.

»Und wann haben Sie das letzte Mal etwas berichtet, das Sie nicht berichten wollten, mein Freund? Statt etwas offen zu legen, was nur Ihren eigenen Ansichten entspricht, meine ich.«

Nicht schlecht, dachte Neil, wirklich nicht schlecht.

»Hm«, sagte er laut. »Nun, zunächst einmal kam mein letztes Buch nur deswegen zustande, weil ich zusammen mit neun weiteren ausgesuchten amerikanischen Journalisten nach Guantánamo geschickt wurde, um zu beweisen, dass die Vermutungen der Welt über die Verhältnisse dort heillos übertrieben wären. Wieso die Regierung ausgerechnet auf mich verfallen ist, weiß ich natürlich nicht. Der zuständige Beamte in Langley darf inzwischen garantiert nur noch Schuhe putzen. Aber Tatsache bleibt, dass bereits mein Aufenthalt dort, wenn Sie so wollen, im Dienst der Nation stattfand.«

In Wirklichkeit hatte Neil sehr wohl eine Ahnung, wieso er auf die Liste gekommen war, doch er beabsichtigte nicht, Lázaro und Suárez von Somalia oder Deirdre zu erzählen. Erst recht nicht davon, wie das Pentagon den eingeladenen Journalisten auf wenig subtile Weise klargemacht hatte, welche Tendenz die Berichterstattung haben sollte, und so für sein Guantánamo-Buch verantwortlich wurde. Er hatte es nie vertragen können, wenn man ihn manipulieren wollte, und diese geschickten Inszenierungen schon als Kriegsberichterstatter gehasst: die Einladungen an die eigentlich verhassten Schreiber, die mit dem Versprechen der Nähe zur Macht geködert und zu Hofberichterstattern umfunktioniert werden sollten, die nur schilderten, was vorher von den wahren Regisseuren für sie ausgewählt worden war. Das erinnerte ihn alles zu sehr an seine Universitätszeit, wo man ihnen schon im ersten Semester beigebracht hat, wie man Meinungsumfragen allein durch die Fragestellung zu neunzig Prozent beeinflussen oder bei Interviews schon durch einfaches Weglassen den Inhalt eines Gesprächs völlig auf den Kopf stellen konnte, ohne auch nur ein einziges falsches Wort hinzufügen zu müssen. Das Schlimmste war, dass man sich solcher Methoden früher oder später selbst bediente, wie er es gerade jetzt im Gespräch mit Lazáro und Suárez tat.

»Glück für Sie, wie?«, kommentierte Lázaro Horta. »Aber das geht doch am Kern der Frage vorbei.«

»Also, einige der religiösen Ergüsse der Gefangenen von Guantánamo waren ausgesprochen langweilig anzuhören, aber ich muss zugeben, ich habe sie in der Veröffentlichung zugunsten der Berichte über die hygienischen Verhältnisse gekürzt.«

»Und wenn ich Ihnen von Victor erzähle – wird das dann auch gekürzt zugunsten von irgendwelchen Vorwürfen gegen die Regierung?«

»Sie werden das Manuskript vorher zu sehen bekommen«, sagte Neil ernst und in dem Bewusstsein, dass die meisten Leute eine derartige Äußerung dahin gehend verstanden, dass sie ein Korrekturrecht haben würden – was nicht versprochen worden war. Überdies würde Lázaro Horta bei Einsicht des Manuskripts ohnehin feststellen müssen, dass das Thema nicht »Kubaner in den USA« lautete.

»Ach, was soll's«, sagte Lázaro unvermittelt. »An der Sache war etwas seltsam, das gebe ich zu. Ich hab nie ein gutes Gefühl dabei gehabt, wenn ich an meine letzte Begegnung mit … Aber erst bestellen wir.« Er schnippste mit den Fingern, und einer der in Grün und Weiß gekleideten Kellner eilte zu ihm.

Nachdem sie ihre Bestellung aufgegeben hatten, setzte er sich zurück und starrte auf die Schwarzweißfotos des alten Havanna, die zwischen den Spiegeln hingen.

»Vic und ich«, sagte er, »wir kannten uns schon als Jungen in der alten Heimat. Seine Mutter war Amerikanerin, daher der Vorname, obwohl sie immerhin ein Bernardo als Zugeständnis an seinen alten Herren dranhängte. Hat für irgend so eine Fluggesellschaft gearbeitet, PanAm, glaube ich, als sie seinen Vater kennen lernte, der an der Universität von Havanna dozierte. Sie starb ziemlich früh, daher weiß ich das nicht genau. Als Batista gestürzt wurde, waren die Sanchez erst von Fidel begeistert, genau wie meine Familie. Mein Vater war Journalist. Aber dann bekamen wir die Kehrseite der glorreichen Revolution zu spüren. Meinem Vater wurde gesagt, was er zu schreiben hatte und was nicht. Und Vic und ich, wir hörten in der Schule, dass es unsere Pflicht sei zu berichten, ob unsere Eltern schlecht über den Maximo Lider sprachen. Ich glaube nicht, dass Vic und seinem Vater je etwas passiert wäre; verstehen Sie, damals war schon abzusehen, dass er ein Genie war, und so was verschafft immer Privilegien. Aber Vic war anständig. Meine Eltern hatten mir verboten, irgendjemandem zu erzählen, dass wir fliehen wollten. Na ja, ich war halt ein Junge, und er war mein bester Freund. Also erzählte ich es ihm doch. Und Vic sagte sofort: Ich komme mit. Hier will ich nicht länger bleiben.«

Neil hörte sich die Geschichte von der Flucht nach Amerika an, die gebührend dramatisch war, ihm jedoch bereits aus den frühen Artikeln über Victor Sanchez bekannt war. Bis das Essen eintraf, war Lázaro bei Sanchez' Karriere in Amerika angekommen.

»Nach seinem Durchbruch mit diesem Zeug für Zuckerkranke habe ich ihn dann weniger und weniger gesehen. Sämtliche Labors wollten ihn haben, er reiste zu Kongressen in aller Welt, und da war es nicht einfach, in Kontakt zu bleiben. Bei seiner Heirat war ich natürlich dabei.«

»Seine Frau kam aus Nevada, nicht wahr?«, fragte Neil. »Mein Vater auch, daher fiel mir das auf.«

»Ich dachte, Sie wären aus Louisiana«, warf Suárez ein.

»Mein Vater starb sehr früh, und meine Mutter, die aus Louisiana stammte, zog zu ihrer Familie zurück«, entgegnete Neil und hoffte, dass es harmlos geklungen hatte.

»Ja, sie war aus Nevada. Keine Ahnung, wie er sie kennen gelernt hat. Auf einem Kongress vermutlich. Ich glaube, ihr Fachgebiet war Molekularbiologie oder so ähnlich. Um ganz ehrlich zu sein, ich mochte sie nicht besonders, aber das kann auch daran gelegen haben, dass ich sie erst auf der Hochzeit kennen lernte. Und das Nächste, was ich höre, ist, dass Vic mich anruft und den Tränen nahe ist, weil er herausgefunden hat, dass sie keine Kinder kriegen kann. Das hat sie ihm natürlich vorher nicht gesagt. Es mag altmodisch klingen, aber meiner Meinung nach sollte eine anständige Frau ihren Mann nicht so täuschen. Jedenfalls war das auch meiner Ansicht nach der Grund, warum Vic sich aus der Öffentlichkeit zurückzog.«

Neil, der versuchte sich an den Reis zu halten, der zu dem fetten Schweinefleisch und den noch fetteren frittierten Plantanen serviert wurde, schaute auf, während Lázaro etwas von dem Tafelwasser trank.

»Sich wegen einer Ehekrise aus der Forschung zurückzuziehen, kommt mir etwas unwahrscheinlich vor«, bemerkte er und versuchte nicht daran zu denken, was der Zusammenbruch seiner eigenen Ehe für sein Schreiben bedeutet hatte.

»Haben Sie Kinder?«

»Ja«, erwiderte Neil.

»Dann können Sie auch nicht beurteilen, wie das ist, wenn man keine haben kann. Ich bin kein Wissenschaftler, aber so viel verstehe ich doch, dass es bei der Genetik um unser aller Erbe geht. Und dann erfährt ein Mann, dass er keine eigenen Erben haben wird. Macht aus seinem Leben einen ziemlichen Witz, wenn Sie mich fragen.«

»Dr. Sanchez sah das auch so?«

»Ich denke schon. Ganz klar hat er sich nicht ausgedrückt, schließlich war er betrunken, als er mich anrief. Was nicht seiner Art entsprach, verstehen Sie mich da nur nicht falsch. Ich weiß, was über Ärzte so geredet wird, aber ich habe Vic in all den Jahren nur zweimal betrunken erlebt. Das andere Mal war so etwa zwei Jahre später. In der

Zwischenzeit war mir aufgefallen, dass keine Artikel mehr über ihn erschienen. Früher kam immer wieder mal was über ihn in den Zeitungen, vor allem hier. Verstehen Sie, er war damals der Berühmteste von allen, die aus Kuba in die Staaten gekommen waren, und ein Held für jeden hier. Wir nahmen jeden Preis, den er erhielt, sehr persönlich, nicht nur ich als sein Freund, nein, auch Leute, die ihn kaum kannten. Und dann auf einmal« – Lazáro breitete die Arme aus – »nichts mehr! Außerdem war er umgezogen, aber hatte mir seine neue Telefonnummer nicht gegeben und als Adresse nur ein Postfach in New York. Ich dachte mir zuerst, dass er entweder tief in einem neuen Forschungsprojekt steckt und nicht gestört werden möchte, oder für die Regierung arbeitet oder beides. Wie auch immer, solange ab und zu ein Lebenszeichen von ihm kam, war das in Ordnung. Ich war nie jemand, der sich aufdrängt. Und dann, aus heiterem Himmel, kreuzt Vic auf einmal mitten in der Nacht bei mir auf.

›Lass uns nach Miami Beach gehen‹, sagt er. ›An den Strand.‹ Ich bin natürlich ziemlich überrumpelt und sage nichts Vernünftiges wie: ›es ist mitten in der Nacht‹, sondern, ›Vic, Miami Beach ist nicht mehr das, was es mal war. In der letzten Zeit tauchen da mehr und mehr Schwule auf.‹ Das war früher nicht so, mein Junge, jedenfalls nicht, als Vic und ich da nach der Schule zum Schwimmen gingen. Damals wohnten in Miami Beach hauptsächlich alte Juden, und wir hatten den ganzen Strand für uns. Vic lacht, viel länger, als es die Sache eigentlich wert ist, und ich komme mir auch etwas dumm vor. Aber ich spüre, das er etwas auf dem Herzen hat, und sage ›na schön, gehen wir.‹ Wir nehmen meinen Dodge, und bis wir in Miami Beach angekommen sind, hat Vic schon eine Dose Bier geleert, die er aus meinem Kühlschrank hatte mitgehen lassen. War früher nie sein Getränk. Na ja, und dann gehen wir tatsächlich nicht etwa zu einem der Hotels an der Promenade, wo getanzt wird, sondern an den Strand. Nachdem Vic noch im Puerto Sagua ein paar Flaschen Wein gekauft hat. Wir sind also am Strand, und Vic geht auf und ab, trinkt und redet, faselt etwas davon, dass Eva nicht Eva, sondern Pandora wäre. Das ergibt für mich keinen Sinn – seine Frau hieß Elaine. Dann erzählt er mir, dass er einen Wettlauf mit der Zeit begonnen hätte und alles früher oder später wie ein Kartenhaus zusammenstürzen würde. ›Ich brauche ein Wunder‹, sagt er, und wenn Sie Vic mit seinen Wissenschaft-und-Logik-über-allem-Parolen kennen würden, dann wüssten Sie, wie verrückt das von ihm klang. Ich frage ihn also, ob er sich scheiden lassen wolle, ob es daran läge, und er starrt mich an, als wäre ich verrückt geworden. ›Nein‹, sagt er. Er liebe Elaine, und nur Elaine. Dann fragt er mich, was meiner Meinung nach wichtiger sei, die Pflicht seinem Land oder dem Rest der Welt gegenüber. Also, ich war bei den Marines. ›Semper fidelis‹, sage ich. ›Ewig treu‹, wiederholt er. Und das ist es, was die Menschen rettet.«

Lázaro unterbrach sich und warf Neil einen missbilligenden Blick zu.

»Sie stochern«, sagte er. »Das ist Léchon vom *Versailles*, und Sie stochern wie ein Weib darin herum.«

»Das liegt an Ihrer Erzählung«, antwortete Neil, während Suárez feixte. »Vergessen Sie nicht, ich bin Schriftsteller. Für uns sind gute Geschichten Nahrung. Zwei hervorragende Mahlzeiten gleichzeitig zu würdigen, fällt schwer.«

Lázaro, der während seiner Erzählung unbekümmert

seinen in Brot gebackenen Rinderbraten zerlegt und zwischen drei Sätzen zerkaut hatte, zuckte die Achseln.

»Auf den Mund gefallen sind Sie jedenfalls nicht«, kommentierte er. »Aber ich will Sie nicht weiter vom Essen abhalten. Im Übrigen ist die Geschichte fast schon zu Ende. Vic war zu betrunken und sagte in der Nacht nichts Sinnvolles mehr. Später bekam ich eine Ansichtskarte, auf der stand, ich hätte ihm sehr geholfen. Das war vor vierundzwanzig, fünfundzwanzig Jahren etwa. Du meine Güte, ein Vierteljahrhundert ist das schon her. Dann nur noch Karten mit Weihnachtsgrüßen.«

»Seine neue Adresse hat er Ihnen nicht verraten?«

»Die würde Ihnen wahrscheinlich auch nicht mehr viel nützen. Seit Jahren kommen die Grüße nur noch über dieses komische Zeugs, das Internet. Mein Sohn druckt sie für mich aus.«

»Dann haben Sie seine E-Mail-Adresse?«

Lázaro schüttelte den Kopf.

»Ich habe Johnny mal gefragt, wie das funktioniert, ob man da zurückschreiben kann. Er hat es getan, aber anscheinend ist das eine Art Sackgasse. Es kommt alles zurück. Aber«, er fixierte Neil nachdenklich, »ich kann Ihnen sagen, woher die Postkarten gekommen sind.«

»Nämlich?«

»Aus Alaska.«

»Nicht dass ich mich beschweren möchte ob Ihrer Hilfsbereitschaft, Señor«, sagte Neil, »aber sie überrascht mich doch. Dass Sie einem liberalen Weichei helfen wollen, meine ich.«

Lázaro hüstelte, ein trockenes, altes Geräusch wie das Zerreißen von Papier.

»Nun ja, ich sage mir, dass zwei Dinge geschehen können. Entweder Sie verlieren Ihre wertvolle Zeit damit, nach Vic zu suchen. Dann ist es nicht schade darum, und es hindert Sie ein paar Monate daran, dummes liberales Gewäsch über andere Themen zu veröffentlichen.«

Er grinste. Zwischen seinen Zähnen klemmten Fleischfasern. »Wir sind im Krieg, Junge. Jedes Bisschen hilft, wie der Vater sagte, der in die See pinkelte, weil sein Sohn ertrunken war.«

»Oder?«, fragte Neil unbeeindruckt.

»Oder Sie finden Victor Sanchez. Und das, mein Freund, könnte sehr unterhaltend werden.«

<Betreff: Kontakt
Absender: MorganLF@yahoo.com
Empfänger: neil_lahaye@dfpi.harvard.edu

Sehr geehrter Mr. LaHaye,

ich habe Ihre E-Mail-Adresse aus der Website der Fakultät, bei der Sie als Gastdozent eingetragen sind. Falls ich Sie irrtümlich belästigen sollte, tut es mir Leid, aber sind Sie der gleiche Neil LaHaye, der nun bereits mehrfach im Chatraum virus.virus.virus.com war? Wenn nicht, vergessen Sie diese Mail. Wenn ja, dann wissen Sie, wer Morgan ist. Was macht die Recherche?>

<Betreff: AW: Kontakt
Absender: bohemian.rhapsody@hotmail.com
Empfänger: MorganLF@yahoo.com

Morgan – steht LF für Le Fay? – hast du mich für einen Hochstapler gehalten? Das oben ist übrigens meine private E-MailAdresse; die von der Uni ist nur für lästige Studenten und Mahnschreiben vom Dekan da, und für die Fanpost. Du siehst, ich vertraue dir in dieser Beziehung.

Die Recherche: Nun, ich besuche gerade, wie du mir empfohlen hast, Miami und vertraue meinem Laptop die Begegnung mit einem Jugendfreund von Victor Sanchez an. Ich würde dir ja seinen Namen verraten, aber gestatte mir nun auch einen kleinen Test – wer könnte es sein?

Falls du übrigens in Miami sein solltest, dann würde ich gerne wissen … nein, nicht, wo du wohnst – ich respektiere die Anonymität des Netzes –, sondern, was an der Stadt deiner Meinung nach besonders sehenswert ist.

Neil>

<Betreff: AW:AW: Kontakt
Absender: MorganLF@yahoo.com
Empfänger: bohemian.rhapsody@hotmail.com

Neil,

mit LF hast du Recht – als ich mir seinerzeit mein E-Mail-Alias zulegte, hatte ich gerade meine arthurianische Phase.

Jugendfreunde: Die, von denen ich gehört habe, waren Raúl Menéndez, Bob Sarduy und Lázaro Horta. Ich kenne allerdings keinen der drei, und soweit ich weiß, ist Menéndez schon vor einer Weile gestorben.

Sehenswürdigkeiten: Ich kann dir sagen, was ich gerne sehen würde. Wenn ich nach Miami käme, was so schnell nicht der Fall sein wird. Miracle Mile und Coconut Grove, schon, weil mir die Namen gefallen. Klingt sehr viel phantasieanregender als Warren. G. Harding Road oder Kate Rockwell Drive.

Morgan>

<Betreff: Sehenswertes
Absender: bohemian.rhapsody@hotmail.com
Empfänger: MorganLF@yahoo.com

Morgan,

die Straße der Wunder zu besichtigen, hat sich schon wegen all der Flamingos gelohnt. Danke für den Tipp. Einer nach dem anderen aufgereiht und so herrlich kitschig bemalt, dass es die Yankees in meinem gegenwärtigen Domizil grausen würde. Ich selbst kann mich nicht entscheiden, ob ich den Disco-Flamingo oder den Flamenco-Flamingo mit seinem schwarzen Hut besser fand.

Kokosnüsse waren keine dort in der Kokosnussgasse, aber dafür wuchtige, ausufernde Bäume mit Luftwurzeln, die den Boden erreichen, und zahlreiche Stützen, wie Tropfsteine sie in Tropfsteinhöhlen bilden. Bäume mit so dichtem Laubwerk, das nur grünliches Licht auf den Boden fällt. Ich habe so etwas seit meinen Flitterwochen auf Hawaii nicht mehr gesehen.

Lázaro Horta hat eine ähnlich hohe Meinung von Sanchez wie du. Seine Erklärung für den Rückzug aus der Öffentlichkeit klang mir allerdings nicht gerade sehr einleuchtend: Wenn er sich nicht in ominösen Andeutungen erging, sprach er von einer Ehekrise. Anscheinend hat Sanchez durchblicken lassen, dass ihm irgendeine Katastrophe bevorsteht, und L. H. interpretierte das als mögliche Scheidung. Was meinst du? Damit wir uns nicht missverstehen: Falls das Privatleben von Dr. Sanchez den Ausschlag gegeben haben sollte, dann ist das seine Sache, und ich werde mich dann vermutlich nach einer anderen Richtung für meine Story umschauen müssen. Auf den Regenbogenpressehund bin ich noch nicht gekommen. Aber ich habe meine Gründe für die Annahme, dass einen Ehekrisen nicht dazu bringen, für den Rest seiner Tage den Beruf hinzuwerfen oder etwas von »Wettläufen mit der Zeit« zu murmeln. Gib mir einen Hinweis, Sphinx.

Neil

PS An den alten Harding kann ich mich noch ganz dunkel aus dem Geschichtsunterricht erinnern, aber wer um alles in der Welt war Kate Rockwell?>

<Betreff: AW: Sehenswertes
Absender: MorganLF@yahoo.com
Empfänger: bohemian.rhapsody@hotmail.com

Neil,

ich wünschte nur, ich wäre in Miami und könnte mir all das selber anschauen.

Sphinxe dürfen keine klaren Auskünfte geben, sonst wären sie keine Sphinxe, nicht wahr? Aber ich kann mir wirklich nicht vorstellen, dass Mr. Horta mit seiner Ehekrisentheorie richtig lag. Soweit ich weiß, verlief die Ehe zwischen den Sanchez sehr glücklich. Vielleicht solltest du dich fragen, ob er seinen Beruf je hingeworfen hat.

Morgan

PS Kate Rockwell: Ehrlich gesagt, ich habe keine Ahnung.

PPS In Sachen Sanchez: Kennst du die Geschichte von Rumpelstilzchen?>

»Ist ja schön«, dröhnte Norton Hammings, der Dekan, als er Neil auf dem Weg von seinem Seminar zu einer schnellen Mahlzeit bei Bertucco abfing, »dass man Sie auch mal wieder hier sieht, wie Sie hier Ihren Beruf ausüben, LaHaye.«

Früher oder später war es unvermeidlich gewesen. Neil hatte sich bemüht, seine Interviews an den Wochenenden durchzuführen, aber nachdem ihm Morgan den Tipp in Sachen Bob Sarduy gegeben hatte, war es unvermeidlich gewesen, eine weitere seiner Vorlesungen abzusagen und den Aufenthalt in Miami zu verlängern. Im Grunde hatte er damit gerechnet, Hammings bald vor sich zu sehen, mit seinen üppigen Massen, die wirkten, als könnten sie jeden Morgen nur mühsam in einen Anzug gezwängt werden, und den misstrauischen kleinen Schweinsaugen. Er entschloss sich, es auf die aufrichtige Tour zu versuchen.

»Ich arbeite zurzeit an einem Buch«, entgegnete Neil, »in dem unsere Fakultät als großzügige Förderin von Autoren und Krönung aller Geisteswissenschaften deutlich und mehrfach erwähnt werden wird. Sämtliche reichen Väter, die jetzt noch schwanken, werden ihr Studiengeld willig locker machen, damit ihre Sprösslinge bei Ihnen Englisch und Politikwissenschaften studieren können. Seien wir ehrlich, Ted, deswegen haben Sie mich doch engagiert, oder?«

»Mmm. Das nutzt mir alles nichts, wenn genauso viele Väter von ihrem Nachwuchs darüber informiert werden, dass sie nichts lernen, weil der Herr Dozent nicht auftaucht. Noch dazu, wenn man von ihnen erwartet, ihrer Recherche nachzugehen und gleichzeitig ihre Vorlesungen nicht zu versäumen. So etwas nennt man Vorbildfunktion, mein Freund.«

Er gelobte Besserung und verbrachte wirklich den Rest des Tages damit, Paper über die Gattung Tatsachenroman zu korrigieren und über die offenbar im Schwinden begriffenen Kenntnisse der englischen Grammatik zu fluchen, ehe er sich einen Blick auf seine Pinwand gestattete. Dort hingen, in schöner Dreieinigkeit, eine 24000fach vergrößerte Aufnahme des HI-Virus, ein Jugendporträt von Dr. Victor Sanchez, das er aus dem TIME-Artikel von 1979 hatte, und eines der neuesten Fotos von James T. Armstrong, aufgenommen bei einer Gala in Washington. Er konnte sich gut vorstellen, was Matt zur Objektivität dieser Zusammenstellung sagen würde.

Aber ganz gleich, wie fair oder unfair sie sein mochte, Konstellationen wie diese regten seine Phantasie an. Die Elektronenmikroskopaufnahme fand er auf merkwürdige Weise ästhetisch ansprechend; die künstlichen Farben machten das Bild plastischer. Goldumrandete kugelförmige Gebilde vor dunkelblauem Untergrund, auf dem sich länglich rote dreieckige Gebilde abhoben. Irgendwie erinnerten sie ihn an die Heiligen-Medaillons oder die Santería-Figuren, die er in Miami gesehen hatte. Unsere Liebe Frau von der Tödlichen Immunschwäche. Begleitet von ein paar grünlichen Igeln, die auf widersinnige Weise wie Weihnachtskugeln aussahen.

»Bevor diese Sache vorbei ist«, sagte er halblaut zu sich selbst, »wirst du nur noch von T4-Helferzellen, gp120-Proteinen und CD4-Molekülen sprechen, also genieß die Ikonographie, solange du sie siehst.«

Das Virus bildete die Spitze des Dreiecks. Rechts von ihr hing James T. Armstrong, Besitzer der Aktienmehrheit der A. W. Holding, CEO bei Livion und, wie kein Artikel, der je über ihn geschrieben wurde, zu erwähnen vergaß, einer der reichsten Männer der Welt. Armstrong hatte etwas Chamäleonartiges an sich; im Smoking bei der Gala, wo er den Gastgeber gespielt hatte, sah er wie ein Mitglied der Ostküstenaristokratie aus, aber das Image, mit dem die Öffentlichkeit wesentlich vertrauter war, das Bild, das einen auf den Websites von A. W. und Livion empfing, war das vom raubeinigen Armstrong mit Stetson auf dem Kopf und Jeansjacke um die Schultern. Der Cowboy-Hut verbreiterte seine leutseligen Gesichtszüge, die auf dem Foto im Smoking so länglich wie die von Prinz Charles wirkten, und verlieh ihnen etwas Gemütliches.

Ein Mann aus dem Volk, hieß es in seiner offiziellen Biographie bei www.livion.com, aber auch ein Präsident unter Präsidenten: Mr. President.

Der junge Victor Sanchez dagegen war von TIME weder als Mann aus dem Volk noch als Mitglied der oberen Zehntausend porträtiert worden. Das Foto zeigte ihn im Dreiviertelprofil, den Kopf leicht zur Seite gedreht, einer Frau zugewandt, deren Gesicht im Hintergrund verschwand. Er lächelte ihr zu, und das weiße Hemd, das er trug, ließ sein dunkles Haar, in dem sich die Sonne fing, fast bläulich wirken. Darunter die Zeile:

Victor Sanchez: Die Zukunft gehört uns.

Neil hatte beschämend lange gebraucht, bis ihm einfiel, woran ihn dieses Bild und die Unterschrift erinnerte. Er hatte gesehen, wie ein sehr ähnliches Konterfei sorgfältig von Deirdre aus dem gleichen Magazin ausgeschnitten und in das Fotoalbum eingeklebt worden war, das sie immer noch für Julie und Ben aufbewahrte. Neil LaHaye, Matthew Pryce, Gewinner des Pulitzer-Preises: Die Zukunft gehört uns.

Der Verdacht, etwas mit Victor Sanchez gemeinsam zu haben, der Argwohn, dass er sich deswegen so auf Sanchez konzentrierte, war ihm schon früher gekommen, und er schüttelte ihn jedes Mal ab wie ein Hund das Regenwasser von seinem Fell. Er hatte sich nie zurückgezogen. Es war eine Sache, in Harvard zu dozieren, obwohl er nie Lehrer hatte werden wollen. Aber er hatte nie mehr als nur eine zeitweilige Pause im Sinn gehabt, eine Art universitäres Freisemester in seinem neuen Leben. Und hatte er sich nicht wieder gefangen? Ging er nicht wieder einem wichtigen Thema nach?

Überdies war ihr Hintergrund ein völlig anderer. Bei allem unbescheidenen Stolz auf seine Fähigkeiten wäre es Neil nie in den Sinn gekommen, sich als Genie zu bezeichnen, noch hatte ihn in seiner Jugend je jemand für ein Wunderkind gehalten. »Zäher kleiner Bastard«, war die Beschreibung, die er damals zu hören bekam. Er schaute sich das Bild des jungen Forschers an und fragte sich, ob Sanchez je diesen Hunger gekannt hatte, den Wunsch, es *Ihnen* zu zeigen, jenem undefinierbaren Konglomerat aus Lehrern, Verwandten, Vätern. Der Macht im Hintergrund. Der anonymen Ansammlung an Genehmigungen und Unterschriften der Atomenergiekommission, die wider besseres Wissen eine lange Kette an mörderischen Tests in der Atmosphäre ermöglichten, die seine Mutter das Leben gekostet hatten.

Dumme Frage. Sanchez war ein Einwanderer und gehörte zu einer Gruppe, von der man zu dem Zeitpunkt, als das Foto gemacht worden war, zwar Wählerstimmen und nützliche Dienstleistungen erwartet hatte, aber keine Wissenschaftler. Natürlich musste Sanchez diesen Hunger gekannt haben. Und deswegen hatte er sich in ein Mädchen verliebt, das die Träume jedes Jungen aus der Provinz verkörperte, ein goldenes Geschöpf aus der Großstadt, witzig, ehrgeizig, die Kreuzung aus Cheerleader-Körper und Bibliothekarinnen-Intelligenz, die Amerika seinen unterprivilegierten Söhnen so oft auf der Leinwand als Preis versprach, ohne zu erwähnen, dass es nur eine Leihgabe sein konnte.

Abrupt hielt Neil inne. Ob Sanchez' Frau Elaine aus der Großstadt stammte oder nicht, stand in keinem der Artikel, die sie erwähnten; gelegentlich wurde ihr Heimatstaat aufgeführt, aber das war auch alles. Er hatte gerade eine unzulässige Schlussfolgerung gezogen, eine Übertragung gemacht, die er nicht hätte machen sollen. Woher auch immer Elaine stammte, er wusste nur zu genau, in wessen Bild er sie gerade gezeichnet hatte.

Zurück zu den Fakten, sagte er sich. Lázaro hatte Alaska erwähnt, was natürlich durchaus auch ein Scherz auf Neils Kosten gewesen sein konnte, ein Versuch, ihn ans Ende der Welt zu jagen. Aber seine Sphinx aus dem Netz hatte ihm, ob zufällig oder in voller Absicht, zwei weitere Hinweise geliefert.

Die Amtszeit von Warren G. Harding in den frühen Zwanzigern konnte man kaum als Ruhmesblatt in der Geschichte der USA bezeichnen. Ein Blick in einschlägige Lexika genügte, und Neil fand seine zugegebenermaßen nicht sehr deutlichen Erinnerungen bestätigt, dass es sich bei der Harding-Administration um »die korrupteste in der Geschichte der USA« gehandelt hatte. Unwahrscheinlich, dass viele Straßen nach ihm benannt worden waren. Harding, der zu Lebzeiten so beliebte und nach seinem Tod so geschmähte Harding, hatte aber kurz vor seinem Tod Alaska besucht, zu einem Zeitpunkt, als Alaska noch kein Bundesstaat war.

Was Kate Rockwell anging, so tauchte sie nach einigem Stöbern als Klondike Kate auf, das beliebteste und populärste Tanzhallenmädchen während des Goldrauschs im hohen Norden. Auch hier war es unwahrscheinlich, dass irgendjemand auf die Idee kommen würde, außerhalb von Alaska Straßen nach ihr zu benennen.

Noch besser, Neil hatte weder im Chat noch in den E-Mails erwähnt, dass Alaska ein Thema sei. Es war eindeutig, dass seine neue Quelle mit Alaska zu tun hatte. Hervorragend. Er musste nur herausfinden, in welcher Weise. Mit den Interview-Reisen war jedoch für ein paar Wochen Schluss, nicht nur, weil ein Besuch von Ben und Julie anstand, sondern auch, weil er seiner Lehrverpflichtung nachkommen musste. Bis er wieder Freiraum hatte, ließ sich hoffentlich noch mehr erfahren.

»Boston im Frühling«, schrieb er Morgan Anfang April, »ist ein Anblick für die Götter.« Und erhielt als Antwort, ihr sei es noch zu kalt für Frühlingshymnen. Der E-Mail-Austausch mit Morgan begann ihm Spaß zu machen. Er war sich absolut sicher, dass es sich um eine Frau handelte, und formulierte seine Briefe entsprechend. Als er sie dann direkt fragte, kam als Antwort, was er denn täte, wenn »Morgan ein Mann wäre«, und das besiegelte es für ihn.

»Weiter mit dir korrespondieren«, erwiderte er, »aber dann müsste ich meine verblassten mythologischen Kenntnisse aufmöbeln und sie nach männlichen Orakeln durchforschen. Das ist nicht ganz so leicht. Traditionellerweise sind Orakel weiblich.«

Sie fragte ihn, wie er zu seinem Ruf, unpatriotisch zu sein, gekommen sei; offensichtlich war sein erstes Buch das einzige, was sie von ihm kannte. Er wollte sie nicht als mögliche Quelle verlieren, aber mit seinen Ansichten hinter dem Berg zu halten, hatte auch keinen Sinn; wenn es sie wirklich interessierte, würde sie genügend alte Interviews im Netz finden. Das führte zu einer Diskussion über Patriotismus in Kriegszeiten.

»Meinst du nicht«, schrieb sie, »dass wir das Recht hatten, uns zu verteidigen? Die UN hätte nur endlos weiterdebattiert, und Saddam hätte inzwischen seine ABC-Waffen auf dem Schwarzmarkt verhökern und weiter Terroristen unterstützen können. Ich verstehe nicht, warum eine Institution, die imstande ist, Libyen den Vorsitz im Menschenrechtsausschuss zu übertragen, das Recht haben sollte, uns zu sagen, was wir zu tun oder zu lassen haben.«

»Die UN ist bei weitem nicht vollkommen«, erwiderte er, »und das habe ich auch nie behauptet. Ich fand und finde, dass eine Menge Reformen bei ihr fällig sind. Aber wir waren seinerzeit bereit, das mühsam erreichte Prinzip, dass ein Angriffskrieg gegen das Völkerrecht verstößt, zugunsten eines neuen Prinzips über den Haufen zu werfen – dass ein Staat das Recht haben soll, einen anderen anzugreifen, wenn er diesen für eine Bedrohung hält, ganz gleich, ob eine gegenwärtige oder zukünftige Bedrohung. Das war nicht nur gefährlich für die Zukunft, sondern ging auch direkt gegen die Überzeugung unserer Gründerväter. Und ich glaube an die Ideale, auf denen Amerika aufgebaut wurde. Ich habe immer dafür gekämpft, dass dieses Amerika nicht verschwindet.«

Er war neugierig auf ihre Meinung zu Pfizer, zu GlaxoSmithKline, zu Livion, zu AIDS, zu allen möglichen medizinischen Themen von Organtransplantation über Stammzellen, von Klonen bis hin zur Genforschung, anfangs auf der Suche nach weiteren Informationsbrocken, die Rückschlüsse auf Sanchez erlaubten, später, weil er sich ein Bild von ihr machen wollte und daran gewöhnt war, Menschen durch Fragen kennen zu lernen.

Genforschung, so schrieb Morgan, sei das am meisten missverstandene Gebiet von allen. Die Arbeit an der Entschlüsselung der menschlichen DNA habe es erst ermöglicht, dass heute Patienten mit Verbrennungen dritten Grades und schlimmer durch einen gesunden, aus ihren eigenen Zellen gezüchteten Hautersatz vernünftig wiederhergestellt werden könnten. Was den Schwarzmarkt mit Organen in den Ländern der Dritten Welt beträfe, so würde man diesen durch die Gentechnik auf einen Schlag erledigen. Wenn die Gesetzgebung endlich einsichtig genug wäre.

»Du weißt ja nicht, was man den Menschen alles geben könnte. Wenn ich auf diese ignoranten Protestkampagnen im Netz stoße, in denen steht, die Kreuzung von menschlicher DNA mit tierischer wäre der Anfang vom Ende, möchte ich schreien. Worum es wirklich geht, ist doch dies: sicherzustellen, dass, sagen wir, ein Schweineherz nicht vom menschlichen Körper abgestoßen wird. Darum muss man es genetisch modifizieren. Nur so lassen sich viele Leben retten, und wenn du nicht gerade Vegetarier bist, dann lässt sich auch verkraften, dass ein gesundes Schwein deswegen dran glauben muss.«

»Vegetarier bin ich nicht«, entgegnete er, »und religiöse Einwände habe ich auch keine. Aber wer sagt mir, dass man mit dieser Art von Forschung nicht irgendwann bei der guten alten Idee der Sklaverei ankommt und eine Rasse züchtet, die gerade tierisch genug ist, damit man ihnen keine Rechte geben muss?«

»Neil, ihr Geisteswissenschaftler seid hoffnungslos unlogisch. Frag dich doch einfach nur nach dem Warum. Warum sollte jemand so etwas tun? Um Arbeiten zu erledigen? Ich glaube nicht, dass ein Mensch-Tier-Wesen, wenn es denn je ein solches gäbe, eine Arbeit effektiver und kostengünstiger erledigen könnte als Maschinen oder Tiere jetzt schon. Du weißt nicht, wie teuer und aufwändig die

Forschung ist und was man investieren müsste, um solche Wesen zu schaffen. Also, völlig abseits aller moralischen Gründe: warum viel Geld in etwas stecken, was keinen Gewinn und keine Verbesserung bringt? Das beantworten einem die Sciencefiction-Filme nie. Das Klischee vom irren Wissenschaftler ist zwar beliebt, aber ich kann dir versichern, wir sind im Gegenteil ein sehr vernünftiger Haufen.«

»Hm. Findet das Gen, das für menschliche Dummheit und Engstirnigkeit zuständig ist, eliminiert es aus dem allgemeinen Genpool, und ich werde vor euch auf die Knie gehen. Bis es so weit ist, bleibe ich skeptisch.«

»Aber bedeutet menschliche Willensfreiheit nicht auch«, erwiderte sie, und zu seiner Verblüffung sah er sich elegant ausmanövriert, »das Recht, dumm und engstirnig zu sein? Wo bleibt die eigene Leistung, wenn man schon genetisch dazu disponiert ist, in allen Fällen das Richtige zu tun?«

»Klone?«, schrieb sie ein anderes Mal zurück, und er druckte sich ihre E-Mails aus, um sie noch einmal lesen zu können, wenn er in seiner Küche Fertiggerichte warm machte oder auf der Couch seinen Rücken ausruhte, wenn er nicht wie ein Besessener mit ihr korrespondierte. »Um ehrlich zu sein, ich halte das Klonen von Menschen für mehr als bedenklich, obwohl das Verfahren zumindest im Stammzellenbereich wohl unverzichtbar ist. Ganz abgesehen von allen anderen Bedenken würde bei einem menschlichen Klon ein Genom vererbt, das so in der Natur nicht vorkommt, und das könnte zu unübersehbaren Folgen führen. Wenn du mich fragst, die tierischen Klone, die schon existieren, Dolly usw., sind abnormal. Die Interaktion zwischen zwei unterschiedlichen Sets von genetischen Codes, wie sie ein Spermium und eine Eizelle mit sich bringen, kann nicht wirklich als Erbgut reproduziert werden, auch wenn man sie in eine Eizelle pflanzt. Aber, und das ist etwas, das man sich als Wissenschaftler jeden Tag sagen muss, es kann natürlich sein, dass ich mich irre. Wenigstens zwei Menschen, die ich kenne und als Wissenschaftler respektiere, sind hier anderer Meinung.«

»Ist Sanchez einer davon?«, fragte Neil zurück, aber darauf erhielt er wieder keine Antwort. Zwei Tage vergingen bis zu ihrem nächsten Schreiben, bei dem sie auf andere Punkte zu sprechen kam, und in diesen Tagen wurde ihm bewusst, dass er ihre fast schon täglichen Mails vermissen würde, wenn sie einmal nicht mehr kämen. Es machte ihm Spaß, ihr zu schreiben, sogar mehr als Spaß. Ein wenig erinnerte es ihn an seine Unterhaltungen mit Matt, aber ohne die Tabuzonen, die eine gemeinsame Vergangenheit und unterschiedliche Lebenswege zwangsläufig mit sich brachten. Ein Eintauchen in einen anderen Geist. Einmal ertappte er sich sogar dabei, wie er ihr etwas von Deirdre erzählte.

»Meine Kinder besuchen mich am nächsten Wochenende«, schrieb er, »und das heißt, dass ich mich vorher mit ihrer Mutter werde unterhalten müssen.«

»Warum? Und ist das so schwierig?«, gab sie zurück.

»Weil ich nicht möchte, dass es zu einem Streit kommt. Deirdre und ich haben uns darauf geeinigt, dass es Themen gibt, über die wir in Gegenwart der Kinder nicht sprechen, damit sie nicht das Gefühl haben, sich zwischen uns entscheiden zu müssen. (Bin selbst ein Scheidungskind.) Die meisten dieser Gespräche verlaufen dann relativ höflich.«

Er zögerte. Dann, weil die geschriebene Sprache sein Medium war, weil er durch den Druck seiner Fingerspitzen Dinge ausdrücken konnte, die er ungern oder gar nicht aussprach, weil er es einmal sagen wollte und die Frau mit dem Pseudonym Morgan die einzige Person in seinem Umkreis war, die Deirdre nie sehen oder kennen lernen würde, setzte er hinzu: »Außerdem steigt früher oder später immer wieder der Wunsch in mir hoch, sie zu verletzen, und ich hasse mich dafür.«

»Neil«, schrieb MorganLF@yahoo.com zurück, und diese Mail ließ er nicht ausdrucken, sondern löschte sie sofort, »hast du sie je wirklich gehen lassen?«

»Ich setze sie in den Zug«, sagte Deirdre und klang am Telefon erschöpft, aber nicht gereizt oder feindselig. »Mrs. Bamberg fährt ebenfalls nach Boston, um ihre Tochter zu besuchen, und hat versprochen, sie im Auge zu behalten. Natürlich würden sie lieber fliegen, aber du weißt, wie ich darüber denke.«

»Ich weiß«, sagte er. Vor dem 11. September war Deirdre mit der größten Selbstverständlichkeit geflogen, aber danach tat sie es nur, weil ihr Beruf sie dazu zwang, und er hatte ein paar Mal erlebt, wie sie sich übergab, wenn sie erst wieder in der Sicherheit ihres Hauses war. Bei der Vorstellung, ihre Kinder fliegen zu lassen, brach ihr immer noch der kalte Schweiß aus. Er fand es übertrieben, aber das war ein Punkt, über den er nie mit ihr gestritten hätte. Deirdre zahlte einen Preis für ihre immer freundliche, immer nervenstarke und immer zuverlässige Fassade, die sie in ihrem Beruf nie aufgab. Sogar damals nicht, als ihr Büro auf Anthrax-Spuren untersucht und sie selbst mit den übrigen Stabsangestellten und Senator Cunningham unter Quarantäne gestellt worden war, damals, als sie die hysterischen Angestellten um sie herum und die aufgeregten Kinder am Telefon beruhigte. Die

Schattenseite dieser Stärke lag in den Ängsten, die sie manchmal nächtelang wach hielten.

»Sie werden versuchen, dich dazu zu kriegen, dass du ihnen einen Flug schenkst, damit ich es erlaube.«

»Keine Sorge«, erwiderte Neil und stellte erleichtert fest, dass er es auch so meinte. Nichts in ihm war versucht, Deirdre durch zwei Flugtickets und eine Salve von »aber Dad hat …« in Schwierigkeiten zu bringen. »Daddy bleibt standhaft.«

»Danke«, sagte Deirdre. »Arbeitest du gerade an etwas?«

Es war eine rein sachliche Frage, und er wusste, warum sie gestellt wurde. Trotzdem zögerte er, denn ihm war gerade eine Idee gekommen.

»AIDS«, sagte er schließlich. »Forschung und Hintergrund. Sag mal, Deirdre, die Kinder sind doch schon aufgeklärt, oder?«

»Wenn du je mit mir zu einem Elternabend gegangen wärst«, sagte Deirdre, immer noch mehr erschöpft als unwillig, »dann wüsstest du, dass in dieser Schule jede Menge Aufklärungsplakate hängen. Du meine Güte, dieser Tage sind sogar Comics mit entsprechenden Seiten ausgestattet. Aber das heißt nicht, dass du ihnen unbedingt Fotos von Patienten im letzten Stadium oder dergleichen zeigen musst. Julie hat jetzt noch Albträume von denen in *Liebesgrüße aus Los Alamos.*«

Julie war mitten in der Scheidung ihrer Eltern auf den unglücklichen Einfall gekommen, das berühmteste Buch ihres Vaters lesen zu wollen, und weil sie schon mit dem Text der Einleitung und seinen vielen Abkürzungen und Fremdworten nichts anfangen konnte, hatte sie sich auf die Illustrationen beschränkt.

»Keine Fotos«, sagte Neil und setzte so beiläufig wie

möglich hinzu: »Sag mal, Deirdre, wenn der Erhabene einmal nicht übereifrigen Geheimdienstlern auf die Finger klopft, sitzt er dann nicht auch in irgendeinem Ausschuss der Food & Drug Control?«

Sie kannte ihn nur zu gut. »Warum?«, fragte sie misstrauisch zurück.

»Beruhig dich, ich habe nichts Übles mit deinem Senator im Sinn. Ich wollte nur wissen, ob du die Lobbyisten kennst, die für Livion arbeiten. Und bevor du weiter fragst, mich interessiert Livion nur, weil sie AZT vertreiben.«

Eine kleine Pause entstand. Er konnte sich vorstellen, wie Deirdre sich in ihrem Bürostuhl zurücklehnte und mit der Hand, die kein Telefon hielt, auf dem Tisch trommelte. Was er wissen wollte, war keine vertrauliche Auskunft, aber sie fragte sich zweifellos, ob er ihr wirklich die Wahrheit über den Grund seiner Frage gesagt hatte.

»Sheldon & St. Pierre«, entgegnete sie schließlich.

Er pfiff durch die Zähne. Lobbyisten gab es in Washington wie Sand am Meer, aber die Namen der einflussreicheren Firmen, die es sich leisten konnten, Stabschefinnen wie Deirdre nicht nur zum Essen einzuladen, sondern auch gelegentlich Karten für die Met übrig hatten, statt nur zu versuchen den Senator im Kapitol abzupassen oder sein Büro zu belagern, kannte er zum größten Teil noch auswendig.

»Die 800-Dollar-pro-Stunde-Leute, nicht wahr?«

»Genau die. Livion ist natürlich nur einer ihrer Klienten. Sie sind gut. Es war ihre Idee, Armstrong nach der Anthrax-Geschichte damals kostenlos Antibiotika an alle Senats- und Kongressmitglieder und ihre Angestellten austeilen zu lassen. Ein brillanter Publicity-Coup«, schloss Deirdre mit der Bewunderung eines PR-Profis.

»Wer ist der Repräsentant, mit dem du zu tun hast?«

»Clive Forsythe«, antwortete sie. »Ein Aufrichtiger.«

Neil, der sich an die drei Grundkategorien erinnerte, in die seine Exfrau Lobbyisten einzusortieren pflegte – Aufrichtige Bibelverkäufer, Charmante Seifenvertreter und Verhinderte Vorstandsmitglieder –, lachte.

»Du kannst mir nicht zufällig die Telefonnummer und seine E-Mail-Adresse geben?«

»Ich könnte schon. Die Frage ist, ob ich es tun sollte. Was hast du vor, Neil?«

»Recherche. Nur ein wenig Recherche. Komm schon, Deirdre, wenn der Kerl nicht wollte, dass man ihn erreichen kann, dann würde er nicht als Lobbyist arbeiten. Du ersparst mir nur zwei Stunden in der telefonischen Warteschleife, Stunden, die ich stattdessen damit verbringen kann, Süßigkeiten für Ben und Julie zu kaufen, damit sie sich den Magen verderben.«

Er wusste, dass er sie zum Lächeln gebracht hatte; obwohl er sie nicht sehen konnte, wusste er es durch die vielen Jahren, die sie gemeinsam verbracht hatten, und durch das kurze, rasche Prusten, das durch das Telefon drang, ehe sie es ersticken konnte.

»Du willst mich einseifen. Glaub nicht, dass ich das nicht merke. Aber schön, du bekommst deine Nummer. Oh, und Neil?«

»Ja?«, fragte er, während ihm bewusst wurde, dass er dieses Gespräch hinter sich gebracht hatte, ohne der Versuchung zu Sticheleien nachzugeben.

»Die Bank hat mich angerufen. Deine alten Kreditkarten sind gefunden worden. Da wir sie rasch genug haben sperren lassen, spielt es im Grunde keine Rolle, aber sie wollten mich wohl höflichkeitshalber informieren. Würde es dich überraschen zu hören, dass der Obdachlose, der sie hatte, schwört, dass sie ihm von einem, wie drückte er sich aus, ›blonden Flittchen mit einem Hintern wie dem von Jennifer Lopez‹ geschenkt wurden?«

»Nein«, sagte Neil so ausdruckslos wie möglich.

»Du bist wirklich ein Idiot«, sagte sie und gab ihm Forsythes Nummer.

»Clive?«, begann er und gab seiner Stimme eine Mischung aus professioneller Freundlichkeit und leichter Ungeduld. »Hier ist Matt Pryce. Ich will ja nicht drängen, aber ich warte immer noch auf die Unterlagen.«

Forsythe benutzte garantiert ein Telefon mit Nummernerkennung, aber Neil rief von seinem Handy aus an, und das war auf anonym geschaltet. Er hatte flüchtig erwogen, seinen eigenen Namen zu nennen, doch wenn Forsythe seine 800 Dollar pro Stunde wert war, die man ihm als Honorar bezahlte, dann wusste er über Neils Namen und politische Ansichten zumindest so viel, um die Geschichte für unwahrscheinlich zu halten, die Neil ihm auftischen wollte.

»Äh, Matt«, entgegnete Clives Stimme leicht verlegen, »tut mir Leid, es läuft gerade alles etwas hektisch hier. Ich habe einen kleinen Blackout. Matt Pryce … von der New York Times?«

»Ja«, sagte Neil in Matts leicht indigniertem Tonfall und segnete den Tag, an dem Matt den Job als Washington-Korrespondent der Times erhalten hatte.

»Waren wir verabredet?«

»Nein, Clive, aber ihr Jungs wolltet mir die Unterlagen über die Edith-Armstrong-Stipendiaten eigentlich schon gestern zukommen lassen.«

»Tut mir Leid, Matt, da scheint etwas schief gegangen zu sein. Worum genau geht es?«

Neil stieß einen kleinen, genervten Seufzer aus und erklärte, bemüht geduldig: »Das Livion-Armstrong-Profil. Hören Sie, Clive, ich bin ja durchaus der Meinung, dass Mr. President es verdient, eine etwas günstigere Presse zu bekommen, vor allem jetzt, wo sich die Gerüchte über neue Richtlinien für die Food-&-Drug-Ausschüsse häufen, aber wenn ich euch den Gefallen tun soll, dann brauche ich Material. Diese Stipendien sind eine gute Sache, und unter all den Lebensläufen finden sich garantiert ein paar Human-Interest-Storys, die den Leuten ans Herz gehen. Aber das bleibt nicht ewig aktuell. Wenn die Richtlinien erst mal durch sind, ist die Sache doch für uns beide gelaufen.«

Es gab keine Gerüchte über neue Richtlinien, noch nicht. Aber kein Lobbyist der Welt würde zugeben, ein Gerücht noch nicht gehört zu haben. Es war die Aufgabe eines Lobbyisten, Gerüchte vor allen anderen zu hören und dann die Kongressabgeordneten und Senatoren in den zuständigen Ausschüssen im Interesse seines Klienten zu bearbeiten. Er konnte das Uhrwerk in Clive Forsythes Gehirn bereits ticken hören.

Die Gefahr, dass Clive Forsythe erkannte, dass die Stimme am Telefon nicht die von Matthew Pryce war, den Clive, wenn überhaupt, nur flüchtig kennen konnte, bestand kaum. Erstens verzerrten Funktelefone alle Stimmen, und Forsythe benutzte, der Nummer nach zu schließen, die Deirdre ihm gegeben hatte, ebenfalls ein Handy; und zweitens konnte Neil nach all den Jahren Matt ebenso gut imitieren, wie Matt ihn hätte nachmachen können.

»Okay, Matt«, sagte Forsythe, in Gedanken gewiss bereits bei möglichen Ansprechpartnern wegen neuer Richtlinien für die Food & Drug, aber trotzdem bemüht, etwas so Positives wie ein lobendes Profil in der New York Times für seinen wichtigsten Klienten nicht zu verpatzen, »ich richte das für Sie. Wahrscheinlich hat da einfach jemand bei der Post geschlampt. Die Lebensläufe für die Edith-Armstrong-Stipendiaten, nicht wahr?«

»Eben die«, bestätigte Neil und grinste über das ganze Gesicht. Als sei ihm der Einfall erst jetzt gekommen, fügte er beiläufig hinzu. »Wenn Livion außerdem etwas tut, um irgendwie die Umwelt zu retten, dann können Sie das gerne beilegen. So ein grüner Touch kommt immer gut an.«

»Ich glaube, da lässt sich was finden. Danke, Matt. Ich schicke Ihnen das Zeug dann per Boten ins Büro, in Ordnung?«

»Allemal besser als mit der Post«, gab Neil zurück. »Würde mich nicht wundern, wenn irgend so ein Heini von der Sicherheit Ihr erstes Paket hat liegen lassen, weil irgendeine Büroklammer bei der Durchleuchtung schief lag. Ich meine, keiner von uns will draufgehen, aber irgendwo kann man auch übertreiben, stimmt's?«

»Wem sagen Sie das«, seufzte Clive Forsythe und verabschiedete sich. Neil wartete einen Moment, dann ging er in sein Nummernverzeichnis und rief Matt an.

»Matthew, altes Haus«, sagte er bester Laune, »was hältst du davon, den Postboten zu spielen?«

Matt legte eine ähnliche Mischung aus Misstrauen und Resignation wie Deirdre an den Tag.

»Was hast du wieder getan, du Unglücksmensch?«, fragte er. Neil war sicher, dass er dabei die Augen in den Himmel verdrehte.

»Wenn innerhalb der nächsten Stunden bei dir eine Pressemappe von Sheldon & St. Pierre eintrifft, sei so gut und schicke sie umgehend an mich weiter. Sie ist für mich bestimmt.«

»Wie bitte?«

»Du hast schon richtig verstanden, Matt.«

»Und was hindert mich daran, sie stattdessen mit einer Entschuldigung an Sheldon & St. Pierre zurückzuschicken?«

»Wahrheit, Ehre und unsere amerikanischen Grundprinzipien«, zitierte Neil aus dem Standardrepertoire des derzeitigen Präsidenten.

»Wenn mich nicht alles täuscht, hast du der Wahrheit bei Sheldon & St. Pierre nicht gerade die Ehre gegeben«, sagte Matt.

»Das ist das amerikanische Grundprinzip, Matt. Was meinst du, warum *Der Clou* einer der beliebtesten Filmklassiker aller Zeiten wurde? Wer sich linken lässt, hat es verdient. Der Bluff ist ein erhabenes amerikanisches Ritual.«

»Und du bist eine wandelnde Geduldsprüfung für deine Freunde. Okay, du kriegst dein Material, und ich lasse dich nicht auffliegen. Aber überleg dir jetzt schon, wie du das wettmachen kannst, wenn mich Bernie vor den Presserat zitiert.«

* * *

Für Beatrice war es nicht weiter überraschend, ihren Vater am Freitagabend in der Küche seiner Wohnung zu finden. Sie war ohnehin sein liebster Raum außerhalb des Labors; er hatte sie mit bunten Fliesen auslegen lassen und, was die wenigen neuen Labormitarbeiter, die im letzten Jahrzehnt dazugekommen waren, bei ihrem ersten Essen mit Dr. Sanchez etwas konsternierte, Glasperlen in die Tür gehängt, den einzigen sichtbaren Protest gegen die angelsächsische Sachlichkeit, der er sich sonst angepasst hatte. Ob Sommer oder Winter, die Küche mit dem Tisch aus Buchenholz, den ihm die Wachmannschaft vor ein paar Jahren geschenkt hatte, strahlte stets Wärme aus.

Um dem immer größeren Druck von Warren Mears zu begegnen und zu beweisen, dass die nicht-militärischen Projekte des Labors es genauso verdienten, von Livion gefördert zu werden, hatte Beatrices Vater in der letzten Zeit besonders hart gearbeitet, kaum noch geschlafen, und Kochen war eine seiner liebsten Methoden, um auf andere Gedanken zu kommen. Es war ein roter Faden, der sich durch ihre Kindheit und Jugend zog; der allgegenwärtige Geruch nach Desinfektionsmitteln aus den Labors ersetzt durch den Duft von gegrilltem Fisch, gebratenem Fleisch, nach Gewürzen und frittiertem Gemüse, der für ihren Vater Feierabend bedeutete.

Sie wohnte längst nicht mehr bei ihrem Vater, sondern hatte ihr eigenes kleines Apartment erhalten, aber sie assoziierte das Zischen von Öl in der Pfanne und die Stimme ihres Vaters, der einen der Schlager aus seiner Jugend summte, immer noch mit dem Begriff »Zuhause«.

»Das Leben meint es gut mit uns«, sagte er, nachdem sie ihn auf die Wange geküsst hatte, und wies mit dem länglichen Messer, das er in der Hand hielt, auf die ovale, fußballgroße Frucht, die vor ihm lag. »Nicht mehr die jüngste, da aus Miami geschickt, aber hier ist sie – meine Mamey!«

Es war seine Lieblingsfrucht, aber da selbst gewöhnliches Obst wie Orangen oder Bananen nach Alaska importiert werden musste und außer Victor Sanchez wohl niemand Interesse an einer obskuren kubanischen Graufrucht-Variante hatte, kam er äußerst selten in ihren Genuss. Natürlich war das Labor wegen der unsicheren Wetterverhältnisse im Winter bestens ausgestattet. Es verfügte über eine eigene Stromversorgung und ausreichend Notvorräte, um die gesamte Belegschaft über Wochen zu versorgen, aber solche Delikatessen standen nicht auf dem Speiseplan. Beatrice lächelte unwillkürlich, während ihr Vater das rote Innere der Frucht freilegte und wieder anfing zu summen. Er war sehr ansteckend in dieser Laune.

»Hab ein Auge auf die Moros in der Pfanne, Schatz«, sagte er und deutete auf das braunweiße Reisgemisch, das, wie er ihr einmal erzählt hatte, von den Kubanern »Mauren und Christen« genannt worden war. »Sie dürfen nicht zu lange anbraten.«

Sie nahm den Pfannenwender. Eigentlich hatte sie mit ihm über Warren Mears sprechen wollen, doch angesichts seiner guten Laune beschloss sie, das noch etwas hinauszuschieben. Der Bariton ihres Vaters mischte sich mit dem leichten Schaben des Wenders, als sie den Reis umrührte.

»Na má que me gusta la comía que me cocina«, sang er, »na má que me gusta la café que elle me cuela, na má que me gusta la comía que me cocina …«

Er hatte in ihrer frühen Kindheit nur Englisch mit ihr gesprochen; später hatte er ihr erklärt, sie sei durch seine isolierte Tätigkeit ohnehin eine Ausnahme in ihrer Umgebung gewesen; ein Einwandererkind zu sein, das in eine andere Sprache ausrutschen konnte, wäre am Ende auf eine weitere Isolation hinausgelaufen. Als Jugendliche nahm sie Fernkurse in Spanisch, und immer noch ließ er sich auf keine Konversation in Spanisch mit ihr ein, nicht einmal, um ihr beim Üben zu helfen. Lieder bildeten die Ausnahme und hatten es immer ge-tan; Lieder sang er, wann immer ihm danach war, und ursprünglich hatte sie den Text aufgeschnappt, ohne ein Wort zu verstehen.

Sie summte den Refrain mit, den er sang, während der analytische Teil in ihr, der mittlerweile nie mehr ganz schlief, übersetzte. Ich liebe den Kaffee, den sie für mich braut ... Ich liebe das Essen, das sie für mich kocht ...

»Dad«, sagte sie plötzlich, »wenn du dir ein anderes Leben aussuchen könntest, in dem du alles werden darfst, nur nicht das, was du in diesem bist – was wärst du am liebsten? Und wo wären wir dann heute?«

»Musiker wäre ich geworden«, erwiderte er. »Kubanische Musiker haben die höchste Lebenserwartung auf der Welt, auch wenn ich das nie habe beweisen können, und die Mädels sind noch hinter ihnen her, wenn sie schon achtzig sind. Ja, ich glaube, ich wäre gerne Pio Leyva. Oder Puntillita. Ob mich deine Mutter dann allerdings je eines Blickes gewürdigt hätte ...«

Sie griff sich einen Topflappen, nahm die Pfanne und leerte den Reis in die Schale, die neben den Herdplatten bereitstand.

»Nein, ganz im Ernst – hast du dich je gefragt, ob du besser etwas anderes mit deinem Leben hättest anfangen sollen?«

Er drehte sich zu ihr um und schob ihr ein Stück von dem Fruchtfleisch der Mamey in den Mund. Den größten Teil hatte er bereits zerkleinert und in die Saftpresse befördert.

»Nein. Wenn man das Glück hat, Beruf und Berufung in einem zu finden, dann gibt es keine Alternative mehr. Man muss tun, wozu man geboren ist, auch wenn es ab und zu auch Schattenseiten gibt. Überlege einmal: Deine Computer, die verdoppeln ihre Leistung alle achtzehn Monate. Wenn der menschliche Intellekt da nicht irgendwann völlig zurückstehen soll, dann können wir uns nicht mehr nur auf die Evolution verlassen, so wunderbar komplex sie auch sein mag. Aber was ich tue, das wird uns möglicherweise eines Tages zum Paradies auf Erden verhelfen, nichts Übernatürliches, sondern harte wissenschaftliche Kleinarbeit.«

Der süße milchige Geschmack der Frucht verteilte sich in ihrem Gaumen, während er sie scharf ins Auge fasste und fragte:

»Warum wolltest du das wissen? Ich dachte, du bist auch glücklich hier. Hättest du lieber ein anderes Leben, Bea?«

Ich habe nicht die gleiche Wahlfreiheit wie du, wollte sie entgegnen und schluckte es hinunter. Die Lichtempfindlichkeit, die sie hier einsperrte, war nicht seine Schuld.

»Ich weiß nicht«, gab sie zurück. »Ich glaube, dass das, was ich tue, wichtig ist, und wenn wir die Sache mit den Proteinchips richtig hinkriegen, dann ist das für mich wohl das Beste, was ich mir erhoffen kann, aber manchmal wünschte ich eben, ich könnte außerdem noch andere Sachen tun. Reisen zum Beispiel. Bunt angemalte Flamingos in Miami sehen oder ein Meer, das so warm ist, dass man barfuß darin laufen kann, und sei es auch nur in der Nacht.«

»Bunt angemalte Flamingos in Miami?«, wiederholte ihr Vater langsam. »Daran kann ich mich nicht erinnern. Woher hast du das?«

»Wahrscheinlich eine alte Folge von Miami Vice. Die wiederholen die Serie gerade«, entgegnete sie und hätte selbst nicht sagen können, warum sie sich so verplappert hatte. Es lag ihr auf der Zunge, ihrem Vater von Neil La Haye zu erzählen und ihn zu fragen, ob man nicht doch ein Porträt veröffentlichen sollte. Sie war nicht gewohnt, Geheimnisse für sich zu behalten.

Ihr Vater zuckte die Achseln, stellte den Reis in die Mikrowelle, um ihn warm zu halten, und machte sich daran, die Bananen anzubraten. Aber er sang nicht mehr.

»Dad«, sagte Beatrice und verstand das jähe Schuldbewusstsein nicht, das sie plagte, »Warren hat sich bei mir darüber beschwert, dass du mit deinen Untersuchungen die Rechner zu lange blockierst, aber ich glaube, ich weiß jetzt, wie wir das Problem lösen können. Wenn wir das Netz als Rechner benützen, bedeutet das zwar ein paar Verschlüsselungen mehr, aber du und Warren seid dann unabhängiger von den hiesigen Kapazitäten. Man müsste das Projekt natürlich richtig anlegen. Ich dachte mir, die Teilnehmer laden eine Art Bildschirmschoner herunter, der laufend feststellt, welche Kapazität ihres Rechners gerade frei ist. Diese freie Kapazität geben sie dann gegen eine Gebühr über zentrale Server an den Auftraggeber weiter. Wir bräuchten aber Partner dazu. Stimmt es eigentlich, dass Mr. President einen heißen Draht zu Bill Gates hat?«

»Du weißt doch, dass ich dieses Computerkauderwelsch nicht verstehe, Schatz. Aber wenn du meinst, dass es hilft …«

»Ganz bestimmt.« Sie konnte es sich nicht versagen hinzuzufügen: »Vielleicht hört Warren dann auf, bei Mr. President gegen uns zu konspirieren.«

Die Vorstellung, ihm im letzten Monat tatsächlich fast auf den Leim gegangen zu sein und seinem Bluff hinsichtlich einer Eingrenzung auf den rein militärischen Bereich mehr als ein paar Minuten geglaubt zu haben, wurmte sie jetzt noch.

»Das bezweifle ich«, entgegnete ihr Vater trocken und

mischte ein paar Mameyscheiben zwischen die Bananen. »Warren wäre nicht da, wo er jetzt ist, wenn er je mit dem zufrieden gewesen wäre, was man ihm zur Verfügung stellt. Aber danke für den Vorschlag. Wenn du das fertig bekommst und mit der Sicherheit klären kannst, fällt zumindest mir ein großer Stein vom Herzen.«

»Aber Mr. President wäre wohl nicht beeindruckt genug, um Warren zu versetzen?«

»Kaum. Warren und ich sind gleichrangig hier, als Chemiker ist er unersetzlich, und egal, wie es um die Sympathien bestellt ist, wir arbeiten zusammen und ergänzen uns ausgezeichnet, das kann ich nicht leugnen und du auch nicht. Du nennst ihn einen Diktator, aber man braucht ein gewisses Zuchtmeisternaturell, um in einer so isolierten Situation, wie wir sie hier haben, zu verhindern, dass sich die Mitarbeiter gegenseitig an die Kehle gehen, statt ihren Job zu erledigen. Er zwingt die Leute zu Höchstleistungen. Er hat die Persönlichkeit dazu, aber sein Problem ist, dass er nicht an die Folgen denken kann. Es ist kein Zufall, dass ich auch hier gelandet bin. Wenn man Warren allein auf die Menschheit losließe, dann wäre er vermutlich schon längst vor einem Ausschuss der Food & Drug gelandet, und Livion hätte endlose Klagen am Hals. Denk nur an die angeblich nicht mehr vermehrungsfähigen Retroviren, die er als Taxi für seine Wirkstoffe verwenden wollte, bis ich mein Veto eingelegt habe. Die hätten ihre Fracht überall im Immunsystem abgeliefert, und dann hätten wir den Teufel mit Beelzebub ausgetrieben.«

Der Rest der Mamey, den er durch die Presse gejagt hatte, war nun ganz und gar zu Saft geworden, und Beatrice löste den Behälter, um die Gläser damit zu füllen. Während er ihr die Gläser reichte, fuhr ihr Vater fort:

»Aber seine Idee, zwei oder drei Bindungsstellen zu nutzen, mit Merkmalen, die es ihnen ermöglichen, sich in anderen Zellen festzusetzen, die war phantastisch und lässt sich noch anderweitig nutzen.«

»Auf solche Ideen kommst du auch allein, früher oder später. Ganz im Ernst, Dad, wozu brauchst du Warren?«, fragte sie.

Das Gesicht ihres Vaters verschloss sich. »Abgesehen davon, dass ich ohne Warren und diesen Job hier wohl siebzig Prozent meiner Zeit darauf verschwenden müsste, Gelder aufzutreiben, statt zu forschen? Als Anregung. Als Kontrast. Als Straße, die ich nicht genommen habe.«

»Ich dachte, du wolltest kein anderes Leben«, sagte sie und schaute absichtlich nicht zu ihm, sondern auf den rosigen schweren Saft, der aus dem Plastikrund in das erste Glas tropfte.

»Ich will auch kein anderes. Aber wenn es Warren nicht gäbe, wüsste ich das vielleicht nicht so genau.«

* * *

Julie und Ben trennten nur zwei Jahre, und seit Ben fünf geworden war, hätten sie manchmal als Zwillinge durchgehen können. Mit zehn bewegte sich Julie auf die Grenze der Kindheit zu; noch ein, zwei Jahre, und die Pubertät würde sie erfassen und neu formen, mit der Gnadenlosigkeit eines kunstbesessenen Schmieds. Sie trug ihr Haar gewöhnlich in einem Pagenschnitt, schien jedoch beschlossen zu haben, es länger wachsen zu lassen.

»Als Prinz Eisenherz gehst du nicht mehr durch«, kommentierte Neil, während er die Sachen der Kinder auspackte.

»Wer ist Prinz Eisenherz?«, fragte Julie mit gekrausster Stirn.

Mit seinen Kindern zu sprechen, kam Neil manchmal wie Kommunikation in einer Fremdsprache vor. Er versuchte sich nicht allzu sehr als Fossil zu fühlen, bis er die CDs durchging, die Julie mitgebracht hatte. Die jugendlichen Gesichter auf den Covers waren ihm samt und sonders unbekannt.

»Und was ist dein Lieblingssong von …«, verzweifelt bemühte er sich, den Titel einer der CDs zu entziffern, versagte und riet mit dem einzigen Boyband-Namen, an den er sich erinnerte, »'N Sync?«

»Dad, das sind doch nicht 'N Sync, das sind die Coolies!«

Ben kannte noch keine Boybands, aber dafür bestand er darauf, zu alt zu sein, um das Neuengland-Aquarium zu besichtigen.

»Aber die Seelöwen haben dir doch das letzte Mal so gut gefallen«, sagte Neil einigermaßen hilflos.

»Seelöwen sind was für Babys«, antwortete Ben verächtlich.

»Die haben jetzt auch einen Killerwal da.«

»Das heißt nicht Killerwal, Dad«, verbesserte ihn Julie ungehalten. »So was ist der falsche Ausdruck und diskriminierend. Man sagt Grampus oder Orcinus Orca.«

Neil lag es auf der Zunge zu fragen, wer die politische Korrektheit auch für Wale eingeführt hatte, doch er ließ es bleiben. Am Ende saßen Ben und Julie einigermaßen friedlich vor dem Videorekorder und sahen sich *Shrek* an, während er die Unterlagen durchging, die ihm Matt weitergeleitet hatte. Über Victor Sanchez gab es nichts Wesentliches, was er nicht schon herausgefunden hatte; die einzigen wirklich neuen Informationen in Sachen Sanchez waren die

Bezeichnungen von ein paar Patenten, bei denen er als Erfinder von Wirkstoffen genannt wurde, die zur Grundlage von durch Livion vertriebenen Arzneimitteln geworden waren. Was den Wohnort betraf, so hieß es nur, Dr. Sanchez lebe sehr zurückgezogen.

Die Liste der übrigen Edith-Armstrong-Stipendiaten war beeindruckend. Einer von ihnen war heute leitender Herausgeber der bedeutendsten Fachzeitschrift für Molekularbiologie; ein anderer, der sich auf Herzchirurgie spezialisiert hatte, rettete vor ein paar Jahren einem Kabinettsmitglied in einer äußerst komplizierten Operation das Leben. Clive Forsythe hatte den betreffenden Artikel an den Lebenslauf geheftet und hell angestrichen. Eine sehr schmeichelhafte Geschichte, dachte Neil und ermahnte sich, seine Paranoia nicht überhand nehmen zu lassen.

Bei fast allen Lebensläufen wurde der augenblickliche Wohnort und das derzeitige Beschäftigungsverhältnis genannt. Außer bei Sanchez und einem gewissen Warren Mears. Neil legte sich dessen Lebenslauf heraus und ging ihn noch einmal durch, auf der Suche nach irgendwelchen Punkten, die mit Sanchez' offizieller Vita übereinstimmten. Nach dem dritten Durchlesen wurde er endlich fündig.

Dr. Warren Mears, 54, hatte gemeinsam mit Victor Sanchez für Livion das Medikament Anthromod entwickelt, das erst wenige Monate auf dem Markt war. Neil konnte das über das Patentamt nachprüfen lassen. Die offizielle Lebensbeschreibung des Dr. Warren Mears war allerdings gehaltvoller als die von Dr. Victor Sanchez:

»In seiner spärlichen Freizeit genießt Dr. Mears das Hochseesegeln; sein Boot hat er in Dankbarkeit für den Mann, der ihm durch das Edith-Armstrong-Gedächtnis-

Stipendium das Sprungbrett zu seiner atemberaubenden Karriere bot, *Mr. President* genannt.«

Zweifellos ein Detail, das Dr. Mears in voller Absicht an die Presseabteilung weitergegeben hatte. Es war nie verkehrt, dem Mann offen zu schmeicheln, der auch in Zukunft die Schecks unterzeichnete. Neil hätte ihn umarmen mögen. Mears und Sanchez hatten vor etwa fünf Jahren, wenn man die Zeit berücksichtigte, die es mindestens brauchte, bis ein Medikament zugelassen wurde, noch eng genug zusammengearbeitet, um gemeinsam als Erfinder genannt zu werden, und vor allem: für Livion gearbeitet. Sanchez befand sich irgendwo in Alaska; Mears hatte ein Boot. In Alaska mit seinem nördlichen Klima konnte es nicht allzu viel Möglichkeiten geben, sein Schiff ganzjährig unterzubringen, und den Namen des Bootes hatte ihm Mears dankenswerterweise auch noch geliefert. Der Staat war riesig, gewiss; soweit Neil sich erinnerte, passten die drei nächstgrößeren amerikanischen Bundesstaaten gemeinsam in das Territorium von Alaska hinein, obwohl es dort nur etwa so viele Einwohner wie in Nashville oder Washington, D. C., gab. Unter der halben Million die Yachtbesitzer zu identifizieren, die ihr Boot »Mr. President« nannten, ließ sich machen, da war sich Neil sicher.

Neben den Lebensläufen hatte der gewissenhafte Clive Forsythe tatsächlich, wie von Neil angeregt, einiges über Umweltprojekte beigelegt, und siehe da, die umtriebige A.W. Holding unterstützte neben geschützten Sumpfgebieten in Louisiana und Florida auch zwei Naturschutzreservate in Alaska.

»Livion insbesondere ist es zu verdanken«, hieß es, »dass die Wildnis, um mit Jack London zu sprechen, immer noch ruft.«

Neil war so vertieft in die Lektüre, dass ihm das Ende des Videos völlig entging. Erst als sich seine Kinder vor ihm aufgebaut hatten und an seinem Arm zogen, wurde ihm wieder bewusst, dass er nicht alleine war.

»Mir ist langweilig, Dad«, verkündete Ben.

Zum ersten Mal seit der Scheidung erinnerte Neil sich daran, dass er es hasste, Zeit für die Kinder haben zu müssen, aber den Kopf dafür nicht freizubekommen. Am Ende fuhr er mit ihnen in die Stadt und machte einen Spaziergang, der im Columbus-Park begann. Mitten in einer lebhaften Diskussion über *Shrek* oder *Ants* als coolsten Animationsfilm aller Zeiten stolperten sie über eine Gruppe Kinder. Die meisten von ihnen machten sich lauthals über einen kleinen Jungen lustig, der mit zitternden Lippen zur Krone einer riesigen Buche hochblickte und sich sichtlich anstrengte, nicht zu weinen.

»Schaut euch mal Ken an – BAAAAABY!«

»Feigling, Feigling, Feigling!«

Ben blickte verlegen zur Seite, wie um die Schande des anderen Jungen nicht sehen zu müssen. Julie dagegen verließ Neils Seite und baute sich vor den Kindern auf.

»Lasst ihn doch in Ruhe!«, rief sie wütend.

Sei es, weil Julie älter war als die meisten von ihnen, sei es, weil sie ihren Vater dabeihatte: Ihr Zorn zeigte Wirkung. Der allgemeine Hohn versickerte zu einem leisen Murren. Unterdessen hatte Neil entdeckt, wo das Problem lag. Der Baum ließ sich nicht erklimmen, und ganz oben, in einem Ast verklemmt, steckte ein Bumerang.

»Der ge-gehört meinem älteren Bruder«, flüsterte der kleine Ken, schniefte und fuhr mit etwas festerer Stimme fort: »Joe weiß gar nicht, dass ich ihn genommen habe.«

Neil schaute nach oben, dann zu den Jungen, die Baseball gespielt hatten, und bat um den Ball.

»Kann ich den mal haben?«

»Äh, ich weiß nicht …«

Ben gab seine Passivität auf, da er die Gelegenheit für einen Streit erkannte, und setzte sich ähnlich wie Julie in Positur.

»Hey, mein Dad klaut nicht!«

»Nicht vor so viel Zeugen«, sagte Neil, nahm den Ball, prüfte sein Gewicht, ging ein paar Schritte zurück und warf. Ein paar Sekunden später krachten der Bumerang und der Ball zusammen mit Astwerk auf den Boden herunter. Das unwillige Geraune in der Kindergruppe ging in ein begeistertes Schreien über, während Ken glücklich zu seinem Bumerang lief.

»Wow. Das war echt cool«, sagte der Junge, der Neil voll Skepsis seinen Ball überlassen hatte. »Sind Sie Profi, Mister?«

»Früher mal«, entgegnete Neil. Während er mit seinen Kindern weiterging, fing Julie an loszuschnattern.

»Wann warst du denn in einer Baseballmannschaft, Dad?«

»Im College. Hat euch das Mom nicht erzählt?«

»Hast du gewonnen?«, fragte Ben begeistert. Mit einem Mal kam es Neil in den Sinn, dass sein Vater sich in einem seiner nüchternen Augenblicke wenigstens mit seinem Enkel verstanden haben würde.

»Aber sicher. Die Pokale stehen noch irgendwo bei meinem Onkel und meiner Tante in Louisiana herum und verstauben, soweit ich weiß.«

Beide machten ein enttäuschtes Gesicht, und Neil kam zum ersten Mal in den Sinn, dass es sich lohnen könnte, mit

Deirdre über Ferien in Louisiana zu verhandeln. Als sie den Park verließen und zur Long Wharf abbogen, kauften sie sich Hotdogs, und er zeigte ihnen die alten Werften von Boston. Das Museumsschiff, das man zu Ehren der Boston Tea Party im Fort Point Channel verankert hatte, war erst vor kurzem endlich wieder eröffnet worden, nachdem alle Restaurierungen beendet worden waren, und die Kinder hatten es noch nicht besichtigt. Er erzählte ihnen ein paar der mit dem Unabhängigkeitskrieg verbundenen Schauergeschichten und stellte zufrieden fest, dass die blutrünstigeren durchaus ankamen. Als Ben davon hörte, dass beim Massaker von Boston nur vier Menschen ums Leben gekommen waren und die »brutalen« verantwortlichen Briten angesichts einer gewalttätigen Menschenmenge kaum eine andere Wahl gehabt hatten, als das Feuer zu eröffnen, war er verwirrt. Julie wirkte nicht verwirrt; sie wirkte verstört.

»Du sagst das doch nicht nur?«, fragte sie leise.

»Nein, Schatz, es ist eine Tatsache. Du kannst es in den Geschichtsbüchern nachlesen. Aber mach dir nichts draus, die Briten hatten es trotzdem verdient, dass wir sie hochkant rausgeworfen haben. Wir haben es nicht mehr eingesehen, dass sie uns ausbeuten und uns sagen, wo es langgeht, nur weil sie mehr Waffen, mehr Geld und mehr Macht hatten. Das ist etwas, worauf man stolz sein kann, Julie: Wir Amerikaner haben unser Schicksal selbst in die Hand genommen.«

Seine Tochter scharrte mit ihrem Fuß auf dem roten Pflasterstein, über den sie inzwischen wanderten, seit sie die Hafengegend hinter sich gelassen hatten.

»Es ist nur«, begann sie, schluckte und platzte schließlich heraus: »Der Dad von Sadie Thompson hat gesagt, du bist ein Terroristenfreund und Landesverräter!«

Die Kinder waren älter geworden. Früher oder später hatte so etwas kommen müssen, aber heute verletzte es ihn dennoch. Seltsam, dergleichen Vorwürfe waren ihm nichts Neues. Ehe er auf die schwarze Liste der Talkshows kam, hatte einer seiner letzten Auftritte, um das Guantánamo-Buch zu lancieren, dazu geführt, dass ihn Bill O'Reilly in *The O'Reilly Factor* alles von einem verräterischen Weichling über einen Propagandisten für blutrünstige Barbaren bis zu einem Wiesel genannt hatte, dem jeder Funken Landesliebe fehle. Es waren nur Worte gewesen, nichts als Worte. Aber das aus dem Mund seiner Tochter zu hören, verlieh den Anklagen eine Macht, die sie in den Auseinandersetzungen mit Erwachsenen nie gehabt hatten.

»Ich bin kein Terroristenfreund«, entgegnete Neil so behutsam wie möglich, »und ich liebe unser Land. Ich liebe Amerika.«

»Aber warum sagt ihr Dad dann so was? Ich hab's auch schon in der Schule gehört.«

Seine Kinder sahen beide zu ihm auf mit Deirdres blauen Augen, die sich unter dem dunklen Haar, das sie von ihm geerbt hatten, weniger wie ein Stück Himmel als wie im Wald versteckte Veilchen ausnahmen.

»Weil ich ein Buch geschrieben habe über die Taliban, die in Guantánamo interniert wurden. Julie, Ben, jetzt hört mir mal genau zu. Wisst ihr, was das Beste an unserem Land ist? Na ja, mal abgesehen von Marshmallows, Rock 'n' Roll und den Red Sox.«

Sie schüttelten die Köpfe.

»Amerikaner haben als Erste gesagt, dass die Menschen unveräußerliche Rechte haben. Noch bevor die Europäer draufkamen. Rechte und Gesetze, die für alle Menschen gelten.«

»Alle Menschen sind gleich erschaffen«, zitierte Julie aus der Unabhängigkeitserklärung, und Neil nickte.

»Nicht nur alle guten Menschen. Nicht nur die, die in unserem Land geboren wurden. Wir haben Gesetze dafür, wie man mit Kriegsgefangenen umgeht, und Gesetze dafür, wie man mit Verbrechern umgeht. Aber Mr. Rumsfeld und Mr. Ashcroft fanden seinerzeit, für die Gefangenen, die sie in Afghanistan gemacht hatten, gälte das nicht, weil sie weder normale Kriegsgefangene noch normale Verbrecher seien, sondern eben nur Terroristen. Und damit war ich nicht einverstanden. Weil ich unser Land liebe und an unsere Gesetze glaube.«

»Aber Dad«, sagte Ben, »wenn Terroristen normal eingesperrt werden, dann brechen sie im Film wieder aus und bringen Leute um, und man muss sie wiederfinden und abknallen, bevor sie Los Angeles oder New York in die Luft sprengen. Kannst du nicht solche Filme machen statt Bücher schreiben? Richtig coole?«

»Eure Mutter lässt euch Action-Filme im Fernsehen sehen?«

Julie errötete. »Nein«, murmelte sie. »Aber Ben hat rausgefunden, wie man den Chip vom Fernseher lahm legt. Bitte, verrat uns nicht.«

»Hm. Mal sehen. Was springt dabei für mich heraus?«

»Hey, du kannst uns doch nicht erpressen!«, rief Julie empört. »So was dürfen Väter nicht!«

»Nein? Und ich dachte, das wäre meine Chance, für den Rest meines Lebens nicht mehr arbeiten zu müssen.«

»Du spinnst total, Dad«, konterte Ben, doch er sagte es voller Zuneigung und mit einem breiten Grinsen. Auch Julie lächelte, obwohl sie sich bemühte, schnell wieder ernst zu werden.

»Aber Sadie Thompsons Vater war am Golf und in Afghanistan. Sadie sagt, deswegen sei ihr Vater ein echter Held, und wenn der meint, du bist ein feiger Verräter …« Sie beendete den Satz nicht, sondern schluckte. Auch Ben starrte ihn wieder voller ängstlicher Zweifel an.

»Okay«, entgegnete Neil zögernd. »Ich werde euch eine wahre Geschichte erzählen, die ihr an Sadie weitergeben könnt. Etwas, das geschah, kurz bevor Julie geboren wurde, in Somalia.«

»Was hast du denn in Somalia gemacht, Dad?«

»Berichterstattung für die New York Times über amerikanische Truppen bei einem UN-Einsatz. Ich war mit dem US-Militär unterwegs, in zwei Fahrzeugen. In unserem Jeep befanden sich fünf Soldaten, ein Fotograf und ich. Die Wagen vor uns wurden von einer Mine zerstört. Wir hatten Glück. Wir konnten rechtzeitig abspringen, bevor unser Wagen Feuer fing. Er hatte natürlich etwas abgekriegt. Das war schon schlimm genug, aber wir lagen auch noch genau in der Feuerschneise eines Maschinengewehrs. Der Fotograf war sofort tot, zwei der Soldaten schwer verwundet, und ob von den anderen vor uns überhaupt jemand überlebt hatte oder ob sie nur noch aus in Fetzen gerissenen Leichenteilen bestanden, wussten wir nicht. Keiner von uns konnte aufstehen und wegrennen, um Hilfe zu holen.«

»Wow.«

»Das ist kein Film, Ben«, sagte Neil ungewollt scharf und mäßigte seinen Ton sofort wieder, als er weitersprach. »Das ist die Realität. Glaub mir, ich wäre an dem Tag lieber überall sonst gewesen, nur nicht dort.«

»Mom muss ganz schön Angst um dich gehabt haben«, stellte Julie fest.

»Sie hat es zum Glück erst hinterher erfahren, als alles vorbei war. Danach musste ich ihr allerdings versprechen, keine Kriegsberichterstattung mehr zu machen. Was mir nicht weiter schwer fiel – wenn man so etwas einmal mitmacht, dann hat man genug.«

»Aber warum?«, beharrte Ben. »Ihr müsst doch dort gewonnen haben. Wir gewinnen immer.«

Mit einiger Mühe schluckte Neil ein paar historische Belehrungen hinunter. Ben und Julie waren keine Studenten, sie waren Kinder, die vor allem Sicherheit im Umgang mit Schulkameraden brauchten.

»Niemand hat in Somalia gewonnen, Ben«, entgegnete er stattdessen. »Also, ich hatte mich natürlich die ganze Zeit vorher mit den Soldaten unterhalten, schließlich wollte ich über sie schreiben. Dabei sprachen wir auch über Baseball, und es stellte sich heraus, dass sich ein Soldat noch erinnern konnte, dass ich im College mal als Pitcher ein perfektes Spiel geliefert habe.«

Er fuhr seinem Sohn durch das Haar und hoffte, nicht allzu sehr wie sein Vater zu klingen.

»27 Würfe, ohne dass ein Schläger die Base erreicht hat.«

»Wow.«

»Aber was hat das mit Somalia zu tun?«, fragte Julie kritisch.

»Nachdem die Soldaten ein paar Mal vergeblich probiert hatten, mit Handgranaten das kleine Fenster zu treffen, von dem aus das Sperrfeuer kam, gab mir ihr Anführer den Befehl, zu werfen. Handgranaten wären auch nichts anderes als ein Baseball, brüllte er. So übel und verzweifelt war die Lage für uns. Soldaten sind die härtesten aller Profis, sie hassen es normalerweise, wenn Amateure sich einmischen. Aber jetzt: Neben mir lag die Leiche des Fotografen, alle starrten mich an, mir war speiübel, und ich wusste nur, dass ich mich nie wieder über unser Militär lustig machen würde. Über Generäle vielleicht. Aber Soldaten, die bereit sind, so etwas zu ertragen ...«

»Und dann hast du die Granate geworfen?«, unterbrach Julie, die nichts von der Geduld ihrer Mutter für weitschweifige Reden geerbt hatte.

»Nein. Erst habe ich mich geweigert. Ich sagte, ich sei Zivilist. Aber einer der beiden schwer Verwundeten beschwor mich, es zu tun. Es waren nur noch zwei Handgranaten da, und ich dachte mir, was soll's. Einer muss es tun. Sonst sterben wir alle, und wenn ich werfe und es nicht schaffe, sterben wir auch alle, aber wenn ich es tatsächlich schaffe, dann kann ich diesen Männern helfen, den Verwundeten, die gerade ihr Leben dafür riskiert haben, meines zu retten. Also ließ ich mir die letzten beiden Granaten geben, warf und traf mit der ersten.«

»Wow«, sagte Ben wieder, und diesmal wies ihn Neil nicht zurecht.

»Und dann haben sie dir einen Orden verliehen?«

»Ja, es gab einen. Frag Mom, sie hat ihn noch. Die Freiheitsmedaille.«

Damals, als genügend Zeit vergangen war und klar wurde, dass niemand mehr auf sie schoss, waren die Soldaten im Zickzack zu dem Haus gerannt, aus dem die Schüsse gekommen waren. Einer von ihnen kehrte sofort zurück und gab Entwarnung. Doch er konnte Neil nicht davon zurückhalten, das zertrümmerte Etwas von einem Raum zu betreten. Neil würde nie vergessen, was er dort sah. Vier Kinder, nicht älter als Julie jetzt, Kindersoldaten, von Granatsplittern zerfetzt wie boshaft auseinander gerissene Puppen.

»Scheiße«, hatte einer der Soldaten hilflos geflucht, während Neil sich übergeben musste. »Scheiße. Du weißt es eben nie.«

Diesen Teil der Geschichte würde er Julie und Ben nicht erzählen. Heute nicht, und auch später nicht. Sie hatten eine Welt verdient, die anders war.

Die Kinder waren am Freitag eingetroffen; erst am Samstagabend, nachdem er sie ins Bett gebracht hatte, kam Neil wieder dazu, sich vor seinen Computer zu setzen. Er war zu erschöpft, um noch viel zu recherchieren, doch er schrieb noch an Morgan. »Kann es sein, Sphinx«, tippte er, »dass der Mann aus dem Süden sich seit Jahren in einer sehr nördlichen Gegend befindet? Sagen wir, in Alaska? Und wäre er bereit, mit mir zu sprechen, wenn ich sehr höflich darum bäte?«

Er hatte die Mail bereits in den Ausgangskorb gelegt, als ihm noch etwas einfiel. Er drückte auf »Bearbeiten« und fügte ein Postskriptum hinzu.

»Verrate mir doch deinen Namen. Ich verspreche, dass ich ihn in den Chaträumen nie benutzen werde, aber Pseudonyme erinnern mich immer an Halloween, und dem sind wir doch sicher beide entwachsen.«

Schwacher Donner wie von einem entfernten Gewitter setzt sich in seinen Ohren fest. Etwas schnürt ihm die Kehle zu, und er weiß nicht, ob der Geschmack auf seinen Lippen der von Zitroneneis oder Staub und Blut ist. Die bleierne Hitze des Sommers. Nicht die trockene, afrikanische Hitze, sondern die regenschwangere Wärme von Louisiana, und er weiß, er ist wieder zu Hause. Lavendel und Kölnisch Wasser, versetzt mit dem Geruch nach Arzneimitteln und Fäulnis.

»Owen sagt, du willst nicht mehr in die Kirche, um für mich zu beten«, flüstert seine Mutter, und das Klagen seines Vaters klingt diesmal wie Teds verlöschende Stimme, wie Ted, dem er nicht hatte helfen können. Er spürt die geschwollene Hand seiner Mutter in seiner Linken, aber gleichzeitig hält er die knochige Hand von Mrs. Edgarson in seiner Rechten, und das ist neu. Sie sitzen beide neben ihm auf der Couch, die mit Großmutters so sorgfältig genähtem Flickenteppich ausgelegt wurde, aber der Teppich besteht nicht mehr aus Stoffstücken. Nein, er besteht aus Papier; und aus seinen Fingerspitzen, über die aufgeschwemmte Hand seiner Mutter und die knochige von Mrs. Edgarson fließt schwarze Tinte, schwarz wie die Lakritze, die seine Kinder so gerne essen, und genauso klebrig fühlt sie sich an. Wieder versucht er, seine Hände zu lösen, aber ein Blick auf die verlorenen Augen seiner Mutter, und er bringt es nicht fertig.

»Das ist nicht genug, Neil«, sagt seine Mutter. »Ich brauche ein Wunder.«

»Ich kann das nicht noch einmal durchmachen«, murmelt Mrs. Edgarson. In ihrer freien rechten Hand hält sie einen Rosenkranz, aber die Marienmedaille in der Mitte sieht falsch aus; die Figur der Gottesmutter ist rot auf blauem Grund.

»Hilf mir«, fleht seine Mutter, und über ihre Schulter hinweg sieht er Deirdre im Schein des fahlen Lichts, das ganz und gar nicht nach Louisiana gehört. Deirdre steckt die Hand nach ihm aus, aber er ist nicht in der Lage, aufzustehen und sie zu ergreifen.

»Verstehst du nicht«, beginnt er, und wie jedes Mal schüt-

telt Deirdre den Kopf. Doch diesmal ist etwas anders. Deirdre deutet an ihm vorbei, und plötzlich entdeckt er, was er immer vergessen hat: Es gibt noch eine zweite Tür in diesem Raum. Direkt hinter der Couch. Er spürt einen Luftzug und weiß, sie ist geöffnet. Er kann hindurchgehen. Wenn seine Mutter und Mrs. Edgarson ihn loslassen, kann er hindurchgehen.

»Dad!«

Neil schreckte hoch, und der leichte Druck der kleinen Hand auf seiner Schulter ließ ihn einen langen, erstickenden Moment lang glauben, nur in einen weiteren Traum geglitten zu sein, bis er merkte, dass es sich um seinen Sohn handelte.

Ben kniete vor der Couch, auf der Neil während des Besuchs der Kinder schlief, und rüttelte ihn, so gut er konnte.

»Ich kann nicht schlafen, Dad«, sagte Ben verlegen, als Neil sich aufsetzte. Neil fragte sich, ob der Junge ihn gehört hatte, und bezweifelte es. Soweit er wusste, verliefen seine Albträume geräuschlos. Zumindest hatte ihm nie jemand etwas anderes erzählt.

»Ich weiß nicht, ob ich dir da helfen kann, Sportsfreund«, antwortete er und stellte fest, dass sich seine Stimme belegt anhörte. Als die Kinder noch kleiner gewesen waren, hatten er und Deirdre gewusst, was in solchen Fällen zu tun war: Ben einfach in den Arm nehmen und wieder in den Schlaf schaukeln. Dazu war der Junge nun zu alt. Eine Geschichte zu erzählen, bis er wieder einschlief, würde Julie aufwecken, und auf dem Sofa war eindeutig nur für eine Person Platz. Neil setzte sich auf und bemerkte, dass er einen steifen Hals hatte.

»Hast du es schon mal mit Zählen versucht?«

»Schafe zählen ist was für Babys, Dad«, gab Ben beleidigt zurück. Belustigt fuhr ihm Neil durch das Haar und hielt plötzlich inne, als ihm sein Traum wieder einfiel. Rasch zog er seine Hand zurück.

»Schafe sind für Babys«, flüsterte er, bemüht, so leise wie möglich zu sprechen, »aber Alligatoren sind für wahnsinnig tapfere Jungs. Hast du schon mal einen Alligator rennen sehen, Ben? Die Viecher erwischen jeden, der nicht genügend Abstand hält, und dabei haben sie ganz lausige Augen.«

»Ich hab noch überhaupt nie einen Alligator gesehen«, stellte Ben fest. »Du hast immer versprochen, dass du mal mit uns nach Louisiana fährst, aber wir waren noch nie da.«

Das stimmte. Wenn er mit seinen Cousins, Tanten und Onkeln telefonierte, gab es regelmäßig Klagen darüber, dass sie die Kinder nur von Fotos kannten. Die Gründe dafür reichten von Deirdres dauerhafter Abneigung gegen den tiefen Süden über Zeitmangel bis hin zu der abergläubischen, nie ganz überwundenen Furcht, die in Neil nagte: Die sanfte Schlinge aus Zuneigung, Verfall und Tod, die sich um ihn legte, wann immer er an seine Kindheit dachte. Er wollte sie nicht mit seinen Kindern in Verbindung bringen. Aber Ben und Julie würden von einem Besuch nichts anderes als ein paar neue Eindrücke über Reptilien, Schlangen und Gegenden ohne McDonald's oder Shopping Malls mitnehmen.

»Dieses Jahr fahren wir«, sagte Neil. »Im Sommer oder im Herbst, und ich besorge mir ein Boot von einem meiner Cousins, und dann zeige ich dir und deiner Schwester die Bayou.«

Das spärliche Licht, das von den Digitalanzeigen und Dioden an Uhren, der Stereoanlage und dem Fernseher kam, fing sich in Bens Zähnen mit der Lücke, die sein zuletzt ausgefallener Milchzahn hinterlassen hatte. Der Junge strahlte.

»Versprochen? Und wir sehen auch die Krokodile?«

»Versprochen, und es sind Alligatoren«, bestätigte Neil und fragte sich unwillkürlich, ob er dann die ganze Angelegenheit mit Sanchez nur als einen weiteren Bestandteil seines neuen Buches sehen würde oder ob der Mann bis dahin immer noch ein zentrales Mysterium darstellen würde. Ob er dann noch immer E-Mails mit einer Unbekannten austauschen würde, oder ob sie zu einer Person geworden wäre, mit der er ein Gesicht verband. Es beschäftigte ihn auch noch, als er Ben wieder zu Bett gebracht hatte.

Als er am nächsten Morgen ungeduldig seine E-Mails abholte, haderte er mit sich. Wenn sie ihren Namen für sich behalten wollte, war das ihre Sache. Es konnte sein, dass er seine Chance, Kontakt zu Sanchez herzustellen, verlor, weil er sie kopfscheu gemacht hatte. Er horchte in sich hinein und stellte fest, dass er auch jenseits der Arbeit bedauern würde, nicht mehr von ihr zu hören. Die Korrespondenz war zu einer langen, immer wieder unterbrochenen Unterhaltung mit einer unbekannten Freundin geworden, und er konnte sich nicht vorstellen, auf diesen Gedankenaustausch über das Netz zu verzichten.

Er sah ihren Absender und fragte sich, ob es eine Antwort oder ein Lebewohl sein würde.

Die Nachricht bestand nur aus drei Worten.

»Beatrice. In Alaska.«

* * *

Der Frühling kam in diesem Jahr ungewöhnlich spät nach Alaska. Beatrice unternahm jetzt regelmäßig nächtliche Spaziergänge; die Temperaturen ließen es wieder zu, und die weißen Nächte hatten noch nicht begonnen. Die Kälte hielt sie nicht ab, den Gebäudekomplex zu verlassen, sooft es ihr möglich schien.

Sie spürte das Tauwetter in der Luft, als sie dicht vermummt und mit einer Taschenlampe bewaffnet über die ausgetretenen Pfade stapfte. Mehr noch, sie konnte den neuen Frühling riechen. Das verrottete Laub und Gras unter dem alten Schnee war nicht gerade das, was die Dichter priesen, aber sie war über den modrigen Gestank fast erleichtert. Für dieses Jahr hatte sie den Winter satt, selbst wenn sie im Sommer wieder im Labor eingesperrt sein würde.

Unter ihren Stiefeln knirschte die Mischung aus Erde und feuchtem Altschnee. Die paar nassen Flocken, die sich auf ihren Schal und ihre Windjacke setzten, nahm sie kaum mehr wahr. An den Rändern der gesicherten Wege, die für die Angehörigen des Labors freigegeben worden waren, tauchten hin und wieder Schatten auf. Beatrice hatte keine Angst, zu gut kannte sie das Gebiet um den Laborkomplex; und wenn es noch so sehr als Naturreservat galt, waren längst alle Bären umgesiedelt worden. Jeder dieser Pfade war ihr so in- und auswendig vertraut, dass sie ihn blind hätte entlangwandern können. Solange sie noch ein Teenager gewesen war, hatten die Teammitglieder, die wie sie und ihr Vater ständig in dem Komplex lebten, sie abwechselnd auf ihren nächtlichen Spaziergängen begleitet. Inzwischen unternahm sie ihre kurzen Ausflüge an der Grenze zwischen Kälte und drohender Helligkeit schon seit Jahren allein. Die Leute von der Sicherheit wussten Bescheid.

Der Strahl ihrer Taschenlampe fiel auf einen Elch, und sie blieb lange genug stehen, um die gerundeten Spitzen seines Geweihs zu zählen. Dann bemerkte sie, wie die Kälte in ihre Fingerspitzen gestiegen war, und sie ging weiter, zurück zum Hauptweg. Ein Auto fuhr an ihr vorbei, auf die Zentralgebäude zu, aber sie machte sich nicht die Mühe, auf das Kennzeichen zu achten. Heute kümmerte es sie nicht, wer so spät von einem Ausflug zurückkehrte.

Sie fragte sich, was Neil LaHaye wohl von ihr halten würde, wenn er sie so sähe. Weniger eine Sphinx als ein Nachtgespenst. Sie fragte sich eine ganze Menge. Das Leben ihres Vaters in Alaska war ihr immer so selbstverständlich gewesen wie die Tatsache, dass sie fünf Finger an jeder Hand besaß. So war sie aufgewachsen. Um zu beurteilen, wie streng oder lax die Sicherheitsvorkehrungen von Livion waren, fehlte ihr jeder Vergleich.

Neil mit seinen Fragen kam ihr vor wie ein Spiegel, den man ihr in die Hand gedrückt hatte und der alles ein wenig anders und verzerrter wiedergab, als sie es gewohnt war. Ihr war natürlich schon lange klar gewesen, dass Livion in allen Mitarbeitern des Labors, von den Torwächtern bis hin zu Warren Mears und ihrem Vater, in erster Linie nützliche Investitionen sah. Doch es schien ein fairer Austausch zu sein: Sie alle stellten ihre Arbeitskraft zur Verfügung und erhielten dafür jede Unterstützung und eine Umgebung, in der sie ihr Talent voll entfalten konnten. Immer die besten und neuesten Geräte, keine staatlichen Kontrollen, was vor allem die älteren Laborangestellten wie Emily Winterbottom lobend hervorhoben.

Früher war ihr nicht in den Sinn gekommen, dass staatliche Kontrolle niemals von ihrem Vater die Art von Isolation gefordert hätte, die Livion von ihm verlangte.

Erst Neils Fragen hatten in ihr den Verdacht geweckt, dass es nicht die Entscheidung ihres Vaters gewesen war, sich nach Alaska zurückzuziehen. Es musste andere Angebote gegeben haben als das von Livion; er hätte seine Forschungen auch an attraktiveren Orten durchführen können, in Harvard oder in New York oder Los Angeles.

Lag es an ihr? Jedes Mal, wenn sie daran dachte, wurden sofort Schuldgefühle in ihr wach, die ihr wie Steine im Magen lagen. Ihr Vater hätte überall leben können, aber sie? Eine extrem lichtempfindliche Tochter großzuziehen, war im Süden und in den Großstädten gewiss unmöglich.

Sie musste an Neils wiederholte Fragen denken, Stolpersteine, über die sie nicht mehr hinwegkam. Ganz gleich, ob es die frühen Untersuchungen ihres Vaters an den Fällen waren, die sich später als AIDS-Kranke herausstellten, oder sein überhasteter Abbruch all dieser Behandlungen, sie fand keine völlig befriedigenden Antworten. Sie hatte ihren Vater danach gefragt, und er hatte erwidert, es sei Teil eines größeren Projekts gewesen; er habe damals am Kaposi-Sarkom wegen einer möglichen Protein-Kombination geforscht, die dem Zerfall von Erbanlagen, wie er durch die beschleunigte Vermehrung von Krebszellen eintrat, entgegenwirkte. Da das Grundproblem der Kranken jedoch in der Umcodierung ihrer T-Zellen durch die Virus-RNA gelegen habe, hätten die damaligen Ergebnisse in eine Sackgasse geführt.

Es klang logisch. Es klang akzeptabel. Aber sie kannte ihren Vater; auch wenn er ursprünglich an etwas anderem geforscht hatte, sah es ihm nicht ähnlich, das ungelöste Problem, welches das HI-Virus nach seiner Entdeckung darstellte, gänzlich zu ignorieren. Doch seine Arbeit aus den frühen Achtzigern enthielt noch nicht einmal einen kleinen

Schlenker hin zur Immunschwäche. Damals beschäftigte er sich, wenn sie das noch in die richtige Reihenfolge brachte, immer noch mit dem Problem der Transplantationsimmunologie. Mitte der achtziger Jahre hatte ihn dieser Forschungsbereich zu den monoklonalen Antikörpern und den genetischen Grundlagen dieser Antikörpervielfalt geführt, bevor er sich dann Anfang der Neunziger den Proteinen und deren Bedeutung und Signalübertragung in Zellen zuwandte, da die Proteine die weit größere Herausforderung gegenüber der Entschlüsselung der Gene darstellten. Alles Dinge, auf denen er heute bei seinen Stammzellen aufbaute. Über die Probleme, die er mit Mears gemeinsam im Staatsauftrag angegangen war, sprach er selbst mit ihr nicht, doch sie konnte sich nicht vorstellen, dass AIDS dabei eine Rolle spielte; das lag zu weit von Mears' Interessengebiet entfernt.

Aber wenn er einmal in dieser Richtung geforscht hatte, warum kehrte er nicht später wieder dazu zurück? Selbst aus rein pragmatischer Sicht hätte das Sinn ergeben: Livion vertrieb inzwischen einige der führenden AIDS-Medikamente weltweit. Jedes AIDS-Virus war nichts anderes als geballte Erbinformationsgene mit den Daten über Planung und Vermehrung und ein bisschen Hülle aus Proteinen außen herum. Es hätte für ihn durchaus nahe liegen können. Warum also nicht?

»Korrigier mich Laien, wenn ich mich irre«, stand in einer von Neils Mails, »aber werden nicht jährlich zwei Milliarden Dollar staatlicher Forschungsgelder an Institute vergeben, die HIV-spezifisch forschen? Forschungen für, sagen wir mal, Brustkrebs, bekommen nicht mal ein Zehntel davon. Wenn ich James T. Armstrong wäre, würde ich doch meinen berühmtesten Wissenschaftler auf diesen äußerst lukrativen Forschungszweig ansetzen, um sicherzustellen, dass der Staat mich unterstützt und mir den größten Teil meiner Ausgaben abnimmt.«

Sie sah den Gebäudekomplex vor sich aufragen, ein grünlicher Schatten in der Nacht. Die Kamera vor dem Nebeneingang, den sie benutzte, richtete sich auf sie, und sie winkte Frank und Louis zu, die heute Nacht Dienst hatten. Die Tür glitt auf, und sie trat ein. In diesem Bereich befanden sich nur Wohnungen, keine Labors, also gab es keine weiteren Sicherheitsvorkehrungen. Louis kam mit einer Tasse Kaffee in der Hand heraus, um sich etwas mit ihr zu unterhalten.

»Nicht mehr lange, und der Matsch da draußen ist endgültig weg«, bemerkte er. »Es wird Zeit, Miss B., das kann ich Ihnen flüstern. Ich will endlich wieder nach Anchorage fahren können, ohne Angst zu haben, stecken zu bleiben.«

»Wie geht's Ihrer Frau, Louis?«, erkundigte sich Beatrice.

»Die ist froh, wenn sich kein Schneeklumpen mehr blicken lässt. Diese Tauperiode ist besonders schlimm. Sie spürt es in den Fingern, Miss B., die kann sie kaum bewegen, wenn das Wetter so ist.«

Beatrice kannte das Gichtproblem von Louis' Frau ebenso wie das mit dem unsäglichen Mathematiklehrer, der Franks jüngsten Sohn hatte durchfallen lassen. Aber sie war weder Louis' noch Franks Familie je begegnet; Namen und Fotos und oft wiederholte Anekdoten formten ein Bild für sie, das es jedoch nie ganz in die dritte Dimension schaffte.

»He, Dr. Mears«, sagte Louis über ihre Schulter hinweg, »ich dachte, Sie wären schon nach oben gegangen. Müssen Sie noch mal raus?«

Sie drehte sich um. Warren Mears stand auf der Treppe zu den Wohnfluchten im ersten Stock, ein unruhiges Bündel nervöser Energie; sie konnte sich nicht erinnern, ihn einmal ruhig stehend erlebt zu haben. Er wippte auf den Zehenspitzen, sei es aus Ungeduld, sei es, um größer zu wirken, wenn er mit Männern wie Frank oder ihrem Vater in einem Raum war, die ihn um fast einen Kopf überragten. Mears trug noch seinen Mantel; es war sein Auto gewesen, das vorhin an ihr vorbeigefahren war. Auf Louis' Frage hin schüttelte er den Kopf.

»Nein«, sagte er. »Lassen Sie uns allein, ich muss noch kurz etwas mit Miss Sanchez besprechen.«

Louis zuckte die Achseln und ging in den Kontrollraum zurück. Beatrice lag es auf der Zunge, gegen seinen anmaßenden Ton zu protestieren und zu fragen, ob es nicht bis morgen Zeit hätte, entschied aber dann, dass die Frage für Mears wahrscheinlich zänkisch oder kindisch klingen würde. Außerdem war ihr Vater nicht der Einzige, der auch ohne Sympathie Achtung vor Warren Mears als Wissenschaftler hatte. Mears wies ihr die Richtung. Sie stieg vor ihm die Treppe hoch, und er begleitete sie zu ihrem Apartment.

»Dein Plan mit dem Netz als Rechner ist nicht schlecht«, sagte er mit gedämpfter Stimme, »aber wann bist du mit der neuen Chipgeneration endlich so weit, dass ich sie verwenden kann?«

Sie nannte ihm den ungefähren Zeithorizont und konnte es sich nicht verkneifen, sich zu erkundigen, ob sie denn seiner Meinung nach nicht schnell genug arbeiteten, war doch ihr Vater in der Lage gewesen, das letzte Projekt der medizinischen Abteilung noch vor dem erwarteten Datum abzuschließen.

»Ihr habt die falschen Prioritäten. Der Schutz unseres Landes sollte vor jeder Stammzellentherapie kommen, wie oft soll ich das noch wiederholen? Aber vielleicht«, entgegnete er, »versteht man das nicht – als Tochter eines Einwanderers.«

Das brachte sie dazu, stehen zu bleiben.

»Das ist billig, Warren. Dad hat mehr über die Verfassung vergessen, als du je gelernt hast.«

Seine blassgrünen Augen, im Schein der schwachen Nachtbeleuchtung des Gangs grau glänzend, verengten sich. Zu ihrer Überraschung legte er beide Hände auf ihre Schultern.

»Nein«, sagte er sachte, »es ist realistisch. Dein Vater glaubt, dass er Amerikaner ist, er versteht sich als Amerikaner, aber die Sprache, in der er träumt, das ist nicht Englisch, und was seine Perspektive betrifft …, er will nicht einsehen, dass wir klare Prioritäten haben. Medizinische Forschung ist wichtig, aber in unserem Kampf gegen den Terrorismus heute brauchen wir wirksame Waffen. Wir müssen dem Terror immer einen Schritt voraus sein und Gegenmittel für alles finden, was sie an Kampfstoffen gegen uns einsetzen könnten. Dein Vater dagegen besteht darauf, sein Talent für Dinge einzusetzen, die man sich für Friedenszeiten aufsparen sollte, und hält mir Vorträge über« – er legte seine ganze Verachtung in das nächste Wort – *»internationale* Abkommen.«

»Manche Leute haben da ein Problem namens Skrupel, Moral und Beachtung von Verträgen«, entgegnete Beatrice scharf. Mears verzog den Mund zu einem winzigen Lächeln.

»Internationale Resolutionen sind entweder Augenwischerei oder der bewusste Versuch von Zwergen, Amerikas

Sicherheit zu sabotieren. Man darf nie die nationalen Ziele aus den Augen verlieren. Im Übrigen hinken die Gesetze Visionären wie mir ohnehin immer hinterher. Wer die Regeln von vorgestern befolgt, wird nie die Nation der Zukunft sein. Aber von dir ist kaum etwas anderes zu erwarten, als dass du die Ansichten deines Vaters nachbetest, nicht wahr? Er ist ein Fremder in einem fremden Land. Und schau dich einmal an: Wenn man die nachgeplapperten Ansichten und die ferngelernten Kenntnisse wegnimmt, was bleibt dann von dir noch übrig?«

Sie rührte sich nicht, spürte, wie sein Atem an ihrem Gesicht vorbeistrich. Es war eine kalkulierte Demütigung, soweit war sie sicher, doch sie stellte sich seine Worte wie einen Computervirus vor, den sie auffing, isolierte und zu seinem Ursprungsort zurückschickte. Sie erwiderte seinen Blick und erkannte die Eifersucht in seinen Augen, den ungestillten Groll. Es war ihr nicht klar, ob er ihr nur seinen ständigen Wettlauf mit ihrem Vater übel nahm, in dem nie eindeutig war, wer von ihnen beiden gerade den Hasen und wer den Igel darstellte, oder ob auch der Umstand an ihm fraß, dass Victor Sanchez im Gegensatz zu ihm verheiratet gewesen war und eine Tochter hatte. Wenn es je eine Mrs. Mears gegeben hatte, dann wusste der Laborklatsch nichts davon, und wenn es irgendwo noch eine Familie gab, dann sprach er nie darüber. Sie nahm seine Beleidigung, erkannte sie und warf sie zurück.

»Ich«, sagte sie ruhig. »Und nun lass mich los.«

Mears schaute auf seine Hände, als habe er gar nicht bemerkt, dass er sie noch immer festhielt, löste sie von Beatrices Schultern und steckte sie zurück in die Taschen seines Mantels. Er schüttelte den Kopf. Das kleine Lächeln spielte noch immer um seine Lippen.

»Wenn du herausfindest, woraus das besteht, dieses kleine Ich, dann gib mir Bescheid. Das wird ein sehr unterhaltsamer Augenblick für uns alle werden.«

Er wandte sich ab und ging in Richtung der Zimmer weiter, die er bewohnte, seit er beschlossen hatte, wie Victor Sanchez seine gesamte Zeit in dem Laborkomplex zu verbringen, statt jeden Morgen von Seward herzufahren. Über die Schulter hinweg warf er ihr noch zu:

»Wo wir doch alle so viel mehr von dir erwartet haben, mein Kind.«

Was Warren Mears gesagt hatte, ging ihr noch über Gebühr lange nach, sooft sie sich seine Motive auch wiederholte. Sie hatte eigene Gedanken, unabhängig von denen ihres Vaters. Sie hatte eigene Fähigkeiten; ihr Vater benutzte Computer als Hilfsmittel für die Analysen, hätte jedoch nie erklären können, wie sie funktionierten, und war schon nicht mehr in der Lage gewesen, ihren Programmentwürfen zu folgen, als sie vierzehn war. Inzwischen war sie bei weitem die kreativste Spezialistin im Labor und wahrscheinlich die bestverdienende nach Mears und ihrem Vater, deren Aufgabenfeld ein ganz anderes war. Was den rein medizinischen Bereich ihrer Pflichten betraf, so erfüllte sie ihn genauso gut wie jede andere wissenschaftliche Assistentin. Mehr erwartet? Und wen meinte er mit »wir«? Bildete er sich ein, für die Firma zu sprechen, und wollte er implizieren, dass sie nur ihres Vaters wegen geduldet wurde?

»Mal ganz ehrlich«, fragte Beatrice Tess, als sie miteinander in der Kaffeeecke aßen, »was glaubst du, ist meine Stellung hier ein Fall von Vetternwirtschaft?«

Tess sah von ihrem Heilbutt auf und starrte Beatrice verblüfft an. »Wie kommst du denn darauf, Bea? Du bist für den Laden hier unentbehrlich. Jeder weiß das.«

»Warren ist da anderer Meinung.«

Ihre Freundin rümpfte die Nase. »Hat er dir wieder eine seiner Jeder-hier-außer-mir-ist-ein-Versager-Reden gehalten? Lass dich von dem doch nicht einschüchtern, die Behandlung bekommen wir alle. Im Gegenteil, wenn du mich fragst, würde Warren jeden anderen hier vor dir feuern.« Neckend fügte sie hinzu: »Du bekommst in letzter Zeit mehr als deinen Anteil der durchdringenden Mears-Blicke. Wenn du mich fragst, im Grunde ist er scharf auf dich.«

Beatrice wusste, dass Tess nur scherzte, doch sie konnte die Grimasse nicht unterdrücken. »Klar«, gab sie sarkastisch zurück. »Deswegen gibt er mir auch bei jeder Gelegenheit zu verstehen, dass ich bloß ein halbwegs kompetentes Sprachrohr meines Vaters bin.«

Mit einer energischen Handbewegung schob Tess den Teller mit dem Heilbutt zur Seite und beugte sich vor. Unerwartet ernst sagte sie: »Bea, jetzt mal ohne Blödsinn. Du kennst die Leute hier alle seit deiner Kindheit, das hat so einen unangenehmen Onkel-und-Geschwister-Effekt, aber als Frau sollte man nie ausschließen, dass ein Mann an dir interessiert sein könnte. Vor allem, wenn man aussieht wie du.«

»Weißhäutig und kuhäugig?«, schoss Beatrice zurück, aber Tess, die sonst so gerne zum Herumflachsen neigende Tess, schüttelte den Kopf und entgegnete immer noch ungebrochen ernsthaft: »Wie eine verwunschene Prinzessin aus 1001 Nacht. Ich würde liebend gerne deine langen Beine haben, statt ständig mit zu dicken Oberschenkeln zu kämpfen, und wenn die Sache mit der Lichtallergie nicht wäre, auch deinen Teint, so rein, wie der ist. Und wenn du dein Haar offen lässt, außerhalb des Labors, langt es, um mich neidisch zum Färbemittel greifen zu lassen. Aber was einem wirklich bei dir im Gedächtnis bleibt, ist die Art, wie du lächelst. Da könnte Julia Roberts glatt neidisch werden. Mit den Augen und mit dem Mund, und man hat dann den Wunsch, dich sofort zu umarmen. Glaub mir, Bea, Männer stehen auf so was.«

Beatrice schaute verlegen auf den Tisch, und Tess lachte.

»Und man sieht, wenn du rot wirst«, schloss sie, und ihre Stimme kehrte zu Beatrices Erleichterung zu ihrem üblichen gut gelaunten Flachsen zurück. »Daran musst du noch arbeiten.«

Insgeheim bezweifelte Beatrice sehr, dass Tess Recht hatte, doch selbst wenn, dann beantwortete das nicht ihre Fragen. Erneut holte sie sich Mears' Motive vor Augen; viel wahrscheinlicher war, dass er sie manipulieren wollte, damit sie bei den anstehenden Projekten für ihn und gegen ihren Vater Partei ergriff, nur um sich zu beweisen, dass sie eine eigene Identität hatte. Sie hatte das nicht nötig.

Eine Stimme, die verdächtig der von Warren Mears glich, flüsterte in ihr, dass ihre Freunde, die sie außerhalb des Labors gefunden hatte, ihre Freunde, die sie nie zu sehen bekam, jederzeit Ersatz für sie fänden. Im Netz gab es Millionen Menschen, die alle dieselben Interessen hatten. Außerdem war es leicht, schlagfertig zu sein und Witz zu beweisen, wenn man sich die Antwort überlegen konnte, ehe man sie niederschrieb. Bei einer persönlichen Begegnung würde sie mit der Gefahr leben, dass jeder von ihnen sie ansah und dachte: »Das ist Morgan? Diese farblose graue Labormaus?«

Als das hausinterne Telefon klingelte und sie Mears' Stimme hörte, schrak sie zusammen.

»Beatrice«, sagte er förmlich, aber weder sardonisch

noch irgendwie unfreundlich, »das Gespräch gestern ist mir aus der Hand geglitten. Das tut mir Leid. Eigentlich wollte ich dich bitten, mit mir zusammen an einem wichtigen Projekt zu arbeiten. Ich sehe deine Begabung durchaus, nur hast du da ein Problem: Du nutzt deine Anlagen nicht genügend. Können wir das in Ruhe besprechen?«

Sie willigte ebenso förmlich ein. Sich zumindest anzuhören, was er vorzuschlagen hatte, bedeutete nicht, sich etwas zu vergeben. Außerdem hatte er sich entschuldigt, etwas, das für Mears mehr als ungewöhnlich war. Und sie musste erfahren, um was es ihm ging. Sie hütete sich davor, sich geschmeichelt zu fühlen. Früher einmal, als sie noch glaubte, sich beweisen zu müssen, hatte sie auf eine solche Aufforderung gehofft, trotz der Differenzen, die zwischen ihrem Vater und Mears bestanden. Trotz der Aversionen gegen ihn als Mensch stellte Warren Mears als Wissenschaftler nun einmal immer eine Herausforderung dar, die sie bisher nie angenommen hatte.

Beatrice besaß die Zugangsberechtigung für alle Laborbereiche, doch um in Mears' Allerheiligstes zu gelangen, musste ihre Karte von ihm freigegeben werden. Sie hörte das leichte Klicken an der Kontrolle und fragte sich, was er mit dieser zusätzlichen Maßnahme beweisen wollte. Als sie sein Büro betrat, blieb sie bereits an der Schwelle stehen. Ein Dachfenster, das normalerweise geschlossen und mit einer Klappe bedeckt war, war heute geöffnet. Das Tageslicht fiel hindurch und zeichnete ein helles Viereck auf den grünlichen, linoleumbedeckten Fußboden. Mit der Mischung aus Panik und Resignation, die der Anblick der Sonne immer in ihr auslöste, starrte sie darauf und hütete sich, näher zu treten, obwohl sie noch mindestens zwei Schritte vom Rand des natürlichen Lichts trennten.

»Oh, entschuldige«, sagte Mears, drückte auf einen Knopf, und das Dachfenster verdunkelte und verriegelte sich sofort. »Es ist nur ein so schöner Tag heute. Ich hoffe wirklich, dass ich bald wieder auf mein Segelboot komme.«

Da Beatrice das Gespräch nicht mit offenem Misstrauen darüber beginnen wollte, ob das alles Teil eines inszenierten Schauspiels war oder nur Mears' Versuch, ein Gespräch ohne Vorbelastung zu beginnen, kommentierte sie diese Bemerkung nicht.

»Worum geht es bei dem Projekt, für das du mich brauchst?«, fragte sie ihn geradeheraus.

»Ich brauche dich nicht daran zu erinnern, dass alles, was ich jetzt sage, eine Sache zwischen uns beiden ist«, entgegnete Mears, und sie nickte. Er machte eine einladende Geste, und sie setzte sich auf den Gesundheitsstuhl, den er hin und wieder nutzte, um seinen Rücken zu entlasten.

»Es betrifft das, was du mir neulich über die möglichen Chancen der neuen Biochip-Generation gesagt hast. Den Chip, der den Ärzten die Chance geben sollte, Wirkstoffe im Vorhinein auf ihre Eignung für die Patienten zu testen. Darüber, und über gewisse Schlussfolgerungen, die sich daraus ergeben, möchte ich mit dir sprechen.«

Beatrice verzog keine Miene, doch sie spürte, wie sich ihr Pulsschlag beschleunigte. Was sie da von Mears hörte, war zu schön, um wahr zu sein. Sie hoffte nur, dass es sich nicht um Mears' Vorstellung von einem Scherz handelte. War es wirklich möglich, dass er sie zum ersten Mal bei einem Projekt unterstützen wollte? Seine Fähigkeiten als Biochemiker standen außer Frage, das konnte das Projekt um Jahre beschleunigen, darüber war sie sich im Klaren.

»Und woran denkst du hier speziell?«

»Du brauchst eine Menge Daten, die individuellen Werte

der Patienten zusammen mit Alter, Gewicht, Geschlecht und vielleicht den wichtigsten DNA-Strukturen, um eine gute Grundlage für diese Chips zu haben, wenn ich dich richtig verstehe.«

»Natürlich, dann haben wir die idealen Voraussetzungen, um jedes Produkt vorher auf seine Wirksamkeit zu testen und gegebenenfalls den Bedürfnissen des Patienten anzupassen.«

»Siehst du, ich will dir da entgegenkommen. Wir forschen hier nicht nach Peanuts, Beatrice, es lohnt sich, im großen Stil zu planen. Wenn du einverstanden bist, erhältst du den Auftrag, ein Programm zu entwickeln, das für uns herausfindet, welche Bereiche der DNA-Strukturen für bestimmte Krankheiten relevant sind und wo wir hier zuerst ansetzen müssten, um die wichtigsten Probleme zu erfassen und damit die Testfelder der Chips entsprechend zu bestücken. Und ich verschaffe dir Zugang zu den Grundlagen.«

Ihr kam es vor, als sei ihr unvermutet da, wo sie immer nur Tiefgefrorenes erwartete, ein Festmahl serviert worden. Das konnte nicht sein; das bedeutete keinen Kampf um Budgets zwischen den Abteilungen mehr und genau die Art von Unterstützung, die sie sich insgeheim immer von ihm gewünscht hatte. Ungläubige Freude stieg in ihr auf. Ihr stand die Welt offen, sie würde gemeinsam mit den besten Männern der Medizinforschung Spuren hinterlassen und teilhaben an Entwicklungen, die Meilensteine in der Forschung setzen konnten.

Sie hatte sich selten so lebendig gefühlt wie in diesem Moment. Das alte Misstrauen Warren Mears gegenüber teilte ihr mit, dass sich Mr. Hyde etwas zu schnell in Dr. Jekyll verwandelt hatte, aber die Chancen, die sich boten, die Möglichkeiten, die sie auf einmal sah, waren unendlich verführerisch. Sie drängten sich vor und sprudelten aus ihr heraus.

»Warren, du versprichst mir da eine Menge Daten, Daten und noch mal Daten. Wo sollen wir die alle so schnell herbekommen?«

Er lächelte sie an, nicht herablassend, wie er es sonst immer tat, sondern kollegial. Vielleicht hatte sie sich seine Feindseligkeit all die Jahre hindurch auch mehr eingebildet, als tatsächlich registriert, oder nur widergespiegelt, was sie selbst empfand. Oder Tess hatte mit ihrer Vermutung doch Recht gehabt. Der Gedanke war ihr unwillkommen; wenn etwas Mears zu einer Änderung seines Verhaltens gebracht hatte, dann sollte es ihre Qualifikation als Wissenschaftlerin sein.

»Dafür kann ich dir durch meine Verbindungen eine phantastische Lösung anbieten. Du hast doch sicher von der nationalen Gesundheitsdatenbank gehört, die gerade fertig gestellt wird. Auf diese Daten werden wir zurückgreifen können und auf die Informationen von Leaders, dem Vorläufer.«

Am Horizont ihrer Begeisterung tauchten Wolken auf.

»Aber Warren, wie stellst du dir das vor? Wir sind keine Behörde. Seit wann stehen solche Daten einem Wirtschaftsunternehmen wie Livion zur Verfügung? Wie exakt sind diese Daten überhaupt?«, setzte sie hinzu, in Gedanken schon bei der Überlegung, wie aufwändig die Verarbeitung sein würde, »ich habe nur in Grundzügen davon gehört.«

Er lehnte sich zurück.

»Eine Frage nach der anderen. Wir sind Wissenschaftler, und für bestimmte Forschungen werden solche Unterlagen ausgesuchten Persönlichkeiten sehr wohl zur Verfügung gestellt, wenn es dem nationalen Interesse dient. Was die Daten selbst betrifft, so kannst du davon ausgehen, dass du Zugang zu wirklich allen Details bekommst. Heute wird bereits jeder Eingang in ein Krankenhaus übernommen, jeder mikrobiologische Test, jede Notaufnahme, die Daten von Intensivstationen, Labors, Arztpraxen, Apotheken, Notrufzentralen, jede Geburt, Krankenmeldungen aus Kindergärten, die Aufzeichnungen von Krankenversicherungen und von Personalabteilungen der Betriebe, die mit ihren Urinproben auf Drogen schon mehr als siebzig Prozent aller Beschäftigten erfassen, und alles ist in dieser Datenbank gespeichert. Das neue Heimatlandministerium zieht dieses Material bereits heute mindestens einmal am Tag automatisch aus den Computern aller schon angeschlossenen Beteiligten und sichert es zentral. Die Armee hat in ihren Krankenhäusern das Programm bereits vor zwei Jahren angeschlossen. Gleiches gilt für die Gefängnisse. Die Daten hast du also, an dir wäre zu entscheiden, welche dieser erfassten Daten für dein Projekt abgefragt werden und wo Ergänzungen notwendig sind. Dann können wir den nächsten Schritt machen.«

Während er sich in seine Präsentation hineinsteigerte, war seine Stimme rauer geworden, und er stand auf, um sich etwas Kaffee aus einer Kanne einzuschenken. Er bot ihr eine Tasse an. Beatrice schüttelte den Kopf

»Nein. Krankmeldungen aus dem Kindergarten, die brauchen wir nun wirklich nicht. Was wir brauchen, ist ausschließlich und natürlich anonym die DNA auf bestimmten Chromosomen, die für die Krankheiten verantwortlich sind. Alles andere würde die Rechenvorgänge komplizieren.«

»Das glaube ich nicht. Die neue Datenbank in Herndon, Virginia, steht zu unserer Verfügung, sie wird alles liefern können, was ich dir genannt habe. Bei dem Projekt, für das ich dich gerne als Mitarbeiterin hätte, geht es unter anderem um einen Bioterror-Schutzschild. Wir müssen Voraussetzungen schaffen, um jedem Angriff begegnen zu können. Der Staat sieht darin die höchste Priorität; er hat Milliarden dafür freigesetzt.«

Ein Blick auf seine Augen genügte, und sie spürte die konzentrierte Energie, mit der er sie überzeugen wollte. Es war das, was Tess spöttisch den »Mears-Blick« genannt hatte, aber werbend statt diktierend.

»Anonyme Daten sind auch nicht das, was wir benötigen«, fuhr Mears fort. »Wir brauchen eine klare Zuordnung für unser Projekt. Schließlich haben wir hier bei uns Schwarze, Latinos, Asiaten, Araber und noch Dutzende weiterer ethnischer Gruppen. Alle diese Menschen haben individuelle Merkmale und damit auch oft artspezifische Genome. Was wir brauchen, ist somit schon eine klare Zuordnung bei der DNA, welche die Unterschiede dieser Personengruppen betreffen, um effektiv arbeiten zu können«.

Je länger er redete, desto mehr kühlte sich ihr Enthusiasmus ab. Irgendetwas stimmte hier nicht.

Sie konnte die Möglichkeiten erkennen. Aber sie hörte auch, was er nicht sagte.

Es klang faszinierend und in der Tat nach einer Herausforderung ersten Grades. Aber vor ihr saß Mears, und sie konnte sich nur schwer vorstellen, dass er wirkliches Interesse an John Smith in Kansas hegte, der anders auf die Behandlung für ein Magengeschwür reagierte als Jane Doe in San Francisco. Er hatte von neuen Prioritäten gesprochen. Ein Teil von ihr sehnte sich danach, all diese Daten einzusehen. Nicht mehr nur auf Laborsimulationen angewiesen zu sein. Der andere Teil schlug Alarm.

»Warren, diese Idee klingt faszinierend, aber ich kann mir nicht vorstellen, dass unseren Bürgern bewusst ist, was mit ihren Daten geschieht, und dass jeder Wissenschaftler problemlos an alle diese Unterlagen kommt. Ich meine, Wissenschaftler kann doch jede größere Firma bieten, und wenn jeder Einblick in die medizinische Akte eines anderen nehmen kann, sind wir doch beim gläsernen Menschen angekommen. Leute, die zweimal mehr Schnupfen im Jahr bekommen als der Durchschnitt, würden keinen Job mehr kriegen, nicht nur solche mit AIDS. Irgendwie ist das für mich ein Horrorszenario. Was ist, wenn Entscheidungen dann einmal aufgrund falscher Informationen ausgelöst werden?«

Heftig setzte er seine Kaffeetasse ab.

»Denk bitte daran, dass es dir um die Gesundheit all dieser Menschen geht und nicht um irgendwelche Risiken aus dem Datenschutz.«

Die Forscherin in ihr wehrte sich dagegen, das Projekt in Frage zu stellen, und sie suchte verzweifelt nach einem neuen Ansatz, nach einem Kompromiss. Das konnte es doch nicht gewesen sein.

»Warren«, entgegnete Beatrice, »solange die Patienten, die diese Daten liefern, wissen, was damit passiert, geht das in Ordnung, und ich sehe durchaus die Vorteile. Aber ich kann mir nicht vorstellen, dass die Mehrheit wirklich bereit ist, ihre privaten Daten sämtlichen interessierten Parteien zur Verfügung zu stellen.«

Seine abwehrende Handbewegung verlief ins Leere.

»Die Daten sind bereits da«, sagte er. »Sehr viele jedenfalls. Die Aufgabe jetzt muss sein, sie gezielt auf ihre individuellen DNA-Merkmale auszuwerten.«

»Und worauf sollen solche Auswertungen, ich meine, außer für unsere Chips, sonst noch hinauslaufen? Wir haben es doch mit ganz normalen Menschen zu tun, nicht mit Kriminellen. Mit solch einer Datei wäre jeder identifizierbar, selbst wenn man uns nur einen Pappbecher übergibt, aus dem er irgendwann mal getrunken hat.«

»Auf Schutz natürlich«, erwiderte Mears und sein Lächeln vertiefte sich. Er musste wissen, wie interessiert sie war, und hielt ihre Skepsis mutmaßlich nur für Ziererei. »Auf die Gefahr hin, mich zu wiederholen: Wir sind im Krieg. Dieser Krieg wird von unseren Gegnern mit neuen Waffen geführt. Das Szenario ist dir bekannt: Mit Pocken infizierte Selbstmordattentäter reisen durch das Land. Vor einigen Jahren gab es ein Programm mit der Bezeichnung Dark Winter. Dabei wurde vorausgesetzt, dass in drei Städten unseres Landes gleichzeitig je ein Mensch von Pockenviren infiziert wurde. Wie gut bist du in Geschichte?«

Die Frage kam abrupt und unerwartet, aber Beatrice hatte nicht die Absicht, sich aus dem Gleichgewicht bringen zu lassen oder Mears eine Entschuldigung zu liefern, sie wieder wie ein unwissendes Etwas zu behandeln, nicht jetzt.

»Pockenviren werden durch Tröpfcheninfektion übertragen«, antwortete sie und kam sich vor wie eine Schülerin. Das ist eine Diskussion unter Gleichrangigen, kein Examen, sagte sie sich, versuchte nur sachlich zu klingen und fuhr fort: »Sogar Gegenstände, die ein Infizierter angefasst hat, sind hoch infektiös, und jeder Kranke kann innerhalb kürzester Zeit Dutzende andere Menschen anstecken.«

Mears nickte vehement.

»Genau. Die simulierte Epidemie geriet bereits nach wenigen Tagen außer Kontrolle. Nach nur zwei Wochen hatten sich die Pocken in über fünfundzwanzig Bundesstaaten ausgebreitet und in weiteren zehn Ländern außerhalb unseres Landes. Computersimulationen sind doch dein Territorium, du kannst das gerne überprüfen. Und du weißt: Gegen genmanipulierte Pockenviren gibt es kein erprobtes Heilmittel. Dreißig bis vierzig Prozent der Fälle verlaufen tödlich. Wir müssten in nur fünf Tagen die ganze Bevölkerung impfen, um das Schlimmste zu verhindern. Jede Minute würde zählen. Mit einer zentralen und gut durchorganisierten Datenbank, die mit den Datenbanken von Kreditkarten-Organisationen, Autoverleihern, Hotelketten und den Wählerlisten vernetzt ist, würden wir sämtliche Informationen über die Aufenthaltsorte und verwendeten Transportmittel so schnell verarbeiten, dass der Attentäter und seine Mittäter gefasst würden, ehe sie in der Bevölkerung eine Seuche verbreiten könnten. Die Leute, die infiziert wären, würden auf diese Weise in kürzester Zeit isoliert. Sie könnten meinetwegen auf der Straße ohne Papiere umkippen, man würde sie anhand von DNA-Merkmalen aus der Datenbank sofort identifizieren. Man könnte ihre Angehörigen und jeden, der die gleichen Krankheitsmerkmale aufweist, befragen, wo sie gegessen haben, mit wem sie Kontakt hatten, wo sie arbeiten, wo sie einkaufen waren, welche Verkehrsmittel sie benutzt haben. Wir würden so die Kreise solcher Attentäter viel schneller aufstöbern. Es geht hier um Sekunden. Wir werden den Terroristen das Leben nur richtig schwer machen können, wenn Billiarden vorhandener Daten in einer landesweiten Datei unter intelligenten Kriterien zusammengefasst sind, und das wird bald so weit sein.«

Es war ein durchaus stichhaltiges Argument, das musste sie zugeben.

»Dazu gehört, dass wir hier rechtzeitig die notwendigen Schutzstoffe entwickeln«, fügte er hinzu. »Es müssen ja nicht die Pocken sein. Wer weiß, was irgendein Terrorist gerade ausbrütet? Du weißt doch, bei den meisten Viren zählen Stunden, nicht Tage. In diesem Land ist schon verdammt viel schief gegangen, weil die wichtigen Informationen nicht rechtzeitig die richtigen Leute erreicht haben. Ich will nicht, dass so etwas wieder vorkommt, wenn ich dazu beitragen kann, es zu ändern«.

»Du«, wiederholte sie.

»Du und ich«, ergänzte er und beugte sich zu ihr vor. »Wir können es verhindern. Der nächste 11. September wird garantiert biologischer Natur sein, aber wir können potenzielle Opfer retten. Jetzt schon.«

»Sag mir noch einmal, dass all diese Daten mit dem völligen Einverständnis der Patienten freigegeben wurden und dass wir entsprechend darüber verfügen dürfen.«

»Aber Beatrice«, meinte Mears kopfschüttelnd, »das gäbe doch nur einen unendlichen Papierkrieg, und der ist bei der heutigen Gesetzeslage nicht mehr nötig. Frag bei der CDC an, wenn du mir nicht glaubst.«

Die oberste Gesundheitsbehörde würde seine Worte bestätigen, sonst wäre er sich seiner Sache nicht so sicher, dachte Beatrice. Die Mischung aus Faszination und Beunruhigung in ihr wuchs. Sie konnte es so deutlich vor sich sehen: mit Mears zusammenarbeiten an einem ambitionierten Projekt wie diesem, endlich von ihm als ebenbürtige Wissenschaftlerin anerkannt. Es war ihr bisher nicht bewusst gewesen, wie sehr sie es sich wünschte, von ihm akzeptiert zu werden. Die Erkenntnis löste erneut Verlegenheit und Ärger in ihr aus. Sie wünschte sich, sie könnte uneingeschränkt enthusiastisch sein oder uneingeschränkt ablehnend.

»Warum siehst du mich so an? Es stimmt. Ich habe es nicht nötig, in dieser Sache zu lügen. Hier geht es um Menschenleben, nicht um Bürgerrechte«, fuhr er fort, »denk bitte auch an die nationale Sicherheit. Vorbehalte gegen die Nutzung dieser Datenbank müssen zurückgestellt werden. Die Entscheidung haben unsere Politiker getroffen, und die müssen schließlich wissen, was sie tun.«

»Lass mich darüber nachdenken«, sagte sie leise.

In Mears' Augen erstarb etwas. Sie hatte das absurde Gefühl, ihn enttäuscht zu haben, aber er ahnte bestimmt nicht, dass er mit seinen letzten drei Sätzen das Falscheste gesagt hatte, was er dazu nur sagen konnte.

»Ich warte.«

Es fiel ihr schwer, sich den Rest des Tages auf ihre Arbeit zu konzentrieren. Mears' Angebot und die Implikationen, die darin lagen, tanzten in ihrem Kopf herum wie störrische Trolle. Am Abend aus der Welt der Honigwaben zu den verschlungenen Linien ihres kleinen Apartments zurückzukehren, brachte auch keine größere Sicherheit. Sie hatte die Wände vor Jahren selbst gestrichen; nicht dass sie handwerklich sonderlich talentiert war, aber die Standardeinrichtung für die Wohnungen der Mitarbeiter war so steril, dass sie sich wie ein weiteres Stück Inventar vorgekommen wäre, wenn sie nicht dagegen rebelliert hätte. Also hatte sie zuerst alles blau gestrichen, als Gegenpol zu dem ständigen Gelb ihres Arbeitsplatzes, und dann rote Figuren hinzugefügt: Wale, Delfine, Urwälder.

Sie war zu nervös, um sich wie sonst nach der Arbeit zunächst auf die Couch zu werfen und zu entspannen. Es war immer der gleiche Satz, der ihr durch den Sinn ging, der Satz, den Neil LaHaye seinem Buch über die Atomversuche als Motto vorangestellt hatte: Wer wacht über die Wächter?

Um den Terroristen immer einen Schritt voraus zu sein, hatte Mears gesagt, in der Nacht, als er gereizt war, nicht tagsüber, als er ihr seine Offerte machte, um schneller als die Terroristen zu sein, brauchen wir neue Waffen.

Sie setzte sich an den Schreibtisch mit der großen Platte aus Birkenholz, den ihr Frank, der früher Schreiner gewesen war, selbst gezimmert hatte. Ihre Finger glitten unruhig über die vertrauten Muster der Holzmaserung, dann zu ihrem Laptop, der im Gegensatz zu dem Computer an ihrem Arbeitsplatz nicht Teil des laboreigenen Netzes war.

Ihre Hände waren sehr kalt, obwohl das Heizungssystem in dem Gebäude funktionierte. Was sie plante, war ein Vertrauensbruch ersten Grades. Aber es gab auch etwas wie zu viel Vertrauen, vor allem, wenn ein alter Feind einem die Welt auf einem silbernen Tablett anbot und selbst erklärte, das Denken über die Konsequenzen Politikern zu überlassen.

Sie hatte selbst an jedem Update der Sicherheitssysteme für die Computer in den letzten Jahren mitgewirkt. Es bereitete ihr keine Schwierigkeiten, die Schutzwälle zu umgehen. In ihrem Nacken hatte sie ein ziehendes Gefühl, als beobachtete sie jemand, was natürlich absurd war. In den Wohnungen gab es keine installierten Kameras. Und selbst wenn, dachte sie, während ihre Fingerspitzen in der gewohnten Geschwindigkeit über die Tasten glitten, dann würden sie nichts weiter sehen als das alltägliche Bild von Beatrice Sanchez am Computer.

Beatrice wollte sich gerade in die Verwaltungssysteme einhacken, als das Telefon läutete. Unwillkürlich fuhr sie zusammen. Ihre Finger kamen ihr so taub vor, dass ihr der Hörer beinahe aus der Hand glitt, als sie abnahm.

»Beatrice«, sagte Mears' Stimme, »ich hoffe, dir ist klar, dass mein Angebot nicht unbegrenzt lang steht. Du bist nicht schlecht, aber es gibt eine Menge anderer talentierter Wissenschaftler, die froh und dankbar für diese Chance wären.«

Sie hatte Mühe, seine ersten Worte zu verstehen; ihr Pulsschlag beschleunigte sich mit der plötzlichen Gewissheit, entdeckt worden zu sein. Der Rest seiner Aussage war eine absurde Beruhigung. Es war nur ein Versuch, Druck zu machen. Mehr nicht.

»Wenn ich dein Angebot nicht mehr als ernst nähme, Warren«, erwiderte sie, »würde ich nicht darüber nachdenken.«

»Solange du deine Zeit sinnvoll verwendest. Dieser Tage«, schloss er bedeutungsvoll, »weiß keiner, wie viel er davon noch hat.«

Das Freizeichen tönte in ihrem Ohr, und sie legte langsam wieder auf. Es war ein Zufall, dass er gerade jetzt angerufen hatte. Es konnte nichts als ein Zufall gewesen sein.

Mit einer Mischung aus Dringlichkeit und schlechtem Gewissen hackte sie sich in das Verwaltungssystem ein und ging zuerst Mears' persönliche Datenbank und dann seine Personalakte durch.

Einige seiner Projekte, die nicht unter der höchsten Geheimhaltungsstufe standen, kannte sie schon, dank der allwöchentlichen Besprechungen. In seinen Akten einen weiteren Antrag zu finden, die Hauptleitung des Labors zugesprochen zu bekommen, war keine Überraschung, doch da die bestätigende Erwiderung fehlte, wusste sie immerhin, dass er bluffte, wenn er vorgab, sie versetzen zu können. Dann stieß sie auf Berechnungen, die eine Quelle außerhalb des Labors für ihn erledigte, und runzelte die Stirn. Trotz Mears' Bemerkung eben hinsichtlich anderer Wissenschaftler war sie davon überzeugt, dass es nicht viele Rechner- und Computerexperten gab, die ihr auf ihrem Gebiet ebenbürtig waren, und was sie da las, sah nach einer sehr komplexen Herausforderung aus.

Sie las weiter, und die Zeit schien zum Stillstand zu kommen. Sie begriff.

Jetzt nicht in Panik geraten, befahl sie sich. Mach nichts Dummes. Mach nichts falsch. Das ist zu wichtig, um jetzt einen Fehler zu machen.

Erst als sie sich mit dem Handrücken über die Stirn fuhr, spürte sie, dass ihre Haut mit Schweißperlen bedeckt war.

Beatrice kopierte die fraglichen Dateien, verwischte ihre Spuren mit allen Tricks, die sie je gelernt hatte. Dann zwang sie sich aufzustehen. Ihre Knie zitterten. Sie trank einen Eistee, um sich zu beruhigen, bis ihr der Spiegel im Badezimmer verriet, dass man ihr ihre Gefühle nicht mehr ansehen konnte.

Sie schaute auf ihre Armbanduhr. Aus offensichtlichen Gründen hatte man ihr eine Wohnung gegeben, die keine Fenster besaß, also konnte sie sich nicht einfach schnell durch einen Blick nach draußen überzeugen, aber eigentlich musste die Sonne seit einer halben Stunde untergegangen sein.

Ihre eigene Stimme kam ihr fremd vor, als sie zum Telefon griff und ihren Vater anwählte.

»Dad«, sagte sie, »machst du heute Nacht einen Spaziergang mit mir? Ich glaube, etwas frische Luft würde dir gut tun.«

Das verblüffte Schweigen am anderen Ende zeigte ihr, dass ihn die Bitte so aufschrecken ließ, wie sie es erhofft hatte. Nur durfte er nicht zu lange zögern. Zum ersten Mal, seit ihr Vater ihr die Indiskretionen ihres Jugendschwarms vorgelegt hatte, war sie sich in dieser Sekunde bewusst, dass die hauseigenen Kommunikationssysteme in unregelmäßigen Abständen überwacht wurden.

»Warum nicht«, antwortete er langsam.

Sie hatten sich bereits ein gehöriges Stück vom Hauptgebäude entfernt, als Beatrice fragte: »Wusstest du, dass Warren mich heute um die Mitarbeit an einem DNA-Datenbank-Projekt gebeten hat? Einem seiner Regierungsprojekte?«

»Was hast du ihm geantwortet?«, fragte ihr Vater sofort zurück.

»Dass ich es mir überlegen würde. Zuerst klang es großartig, aber er ging mir etwas zu leicht über die problematische Seite hinweg. An den Möglichkeiten einer solchen Datenerfassung gefiel mir einiges nicht. Und an den Möglichkeiten, die sich daraus ergeben. Dad, was weißt du über Pandora?«

Ihr Vater blieb stehen und fluchte auf Spanisch. Das war so selten, dass es Beatrice trotz der kühlen Nachtluft heiß wurde. Sie hatte sich nicht geirrt, hatte keine falschen Schlussfolgerungen aus den Daten von Warren Mear gezogen.

»Ich kann nicht glauben, dass ihm Pandora freigegeben wurde«, erklärte ihr Vater. »Noch, dass er die Stirn hat, dich dafür einspannen zu wollen. Dios. Ich habe einen ausführlichen Negativbericht an die Konzernleitung geschickt, als er das Konzept nach dem 11. September das erste Mal vorlegte, und Mr. President selbst angerufen, um sicherzugehen, dass der Bericht auch von den richtigen Leuten gelesen wurde.«

»Es geht um Kampfstoffe, nicht wahr?«, fragte sie. Ihre Kehle fühlte sich wie ausgedörrt an.

»Ja und nein. Was er damals vorgeschlagen hat, war die Entwicklung eines künstlichen Virus, für das nur eine spezifische ethnische Gruppe anfällig oder resistent sein soll.«

»Also dazu braucht er die Daten«, stellte Beatrice heiser fest und unterdrückte die Versuchung, zum Laborgebäude zurückzuschauen. »Vergleichende Daten. So viele wie möglich, von allen Bevölkerungsschichten. Und wenn ihm der Zugang auf die neue nationale Gesundheitsdatenbank freigegeben wird, bekommt er die auch.«

Ihr Vater konnte immer noch nicht fassen, dass sein Bericht ignoriert worden war.

»Ich habe ausdrücklich darauf hingewiesen, dass so ein Projekt auf eine Katastrophe hinauslaufen würde. Der menschliche genetische Code ist weltweit inzwischen zu sehr vermischt, um bei einer solchen Waffe nicht gleichzeitig auch einen riesigen Teil der eigenen Bevölkerung in Lebensgefahr zu bringen. Selbst der skrupelloseste Diktator würde nicht Zeit und Geld auf die Entwicklung einer solchen Biowaffe verwenden, die sich gegen die eigene Bevölkerung richten kann und einfach nicht kontrollierbar ist. Damit besteht auch kein Grund, warum Amerika sie entwickeln sollte. Ein brauchbares Schutzmittel gegen ein fremd entworfenes künstliches Virus ist bei den Milliarden von Möglichkeiten ohnehin nicht vorstellbar.«

»Warren hält es für möglich.« Daten. Jede Menge vergleichende Profile. Ein Mann, der wusste, wonach er suchen musste. Sie konnte nicht länger still stehen bleiben. *Wir müssen die Welt vor dem Terrorismus retten, um jeden Preis.* Das Schlimmste war, dass Mears an das glaubte, was er gesagt hatte.

»Bist du wirklich sicher?«

»Ja«, sagte Beatrice und ging weiter. »Die Kombinationen, die er abfragt, sind da eindeutig. Dad, ich bin nicht naiv. Er benutzt sogar einen Rechner außerhalb des Labors, vermutlich den von Los Alamos, und das kommt teuer. Das kann er nur machen, wenn er die Rückendeckung der Firmenleitung dafür hat.«

»Nein, das ist völlig unmöglich«, erwiderte ihr Vater und straffte die Schultern. »Egal, welchen Ansatz er wählt, er wird die ethnischen Merkmale der Weltbevölkerung niemals genau genug spezifizieren können, und solange er das nicht fertig bringt, wird kein Militär der Welt so eine idiotische Waffe benutzen wollen. Das wäre purer Wahnsinn.«

Heftig fuhr er sich durch das Haar, das einmal pechschwarz gewesen war. »Durchmischt, wie wir selbst sind.«

»Warren würde vermutlich argumentieren, dass es eben darum geht, sie nicht zu benutzen, dass er sie nur als Druckmittel fabrizieren würde, weil es auch nie zu einem Atomkrieg gekommen ist, da alle Beteiligten wussten, dass dabei niemand gewinnen könnte, nur dass diesmal Amerika der einzige Inhaber des Druckmittels sein würde. Dad, wie sicher bist du dir, dass er nie über das Anfangsstadium hinauskommen wird?«

Der leichte Wind, der sich erhoben hatte, schien die Worte ihres Vaters zu verwehen, so leise sprach er.

»Man soll in der Wissenschaft nie nie sagen, das weißt du doch. Aber zu neunundneunzig Prozent bin ich mir sicher.«

Ein Prozent, dachte Beatrice. Nicht viel oder alles.

»Gesetzt den Fall«, überlegte sie laut, »dass er irgendwann die genetische Spezifizierung schlicht nach der Pigmentierung vornimmt? Sicher, wir haben auch Schwarze und Latinos und Asiaten in höheren Posten, aber die Mehrzahl verdient immer noch weniger als die weißen Steuerzahler. Ich kann dieses Memo nicht vergessen, das Neil LaHaye in seinem Buch über die oberirdischen Atomtests zitiert hat. Wenn in unserem Land früher ein Teil der Bevölkerung eines Bundesstaats von politischen Entscheidungsträgern als entbehrlich bezeichnet wurde, nur damit man eine Waffe entwickeln und verbessern konnte, warum dann nicht noch einmal?«

Sie wollte hinzufügen, dass Mears sie erst neulich mit der kubanischen Herkunft ihres Vaters konfrontiert hatte und das möglicherweise der Firmenleitung gegenüber als das schlagende Argument für dessen Befangenheit im Falle des Pandora-Projekts angeführt hatte, doch sie schluckte die Bemerkung hinunter. Darum ging es nicht.

»Nein! Die Pigmentierung kann er unmöglich als Kriterium nehmen, das ist wieder eine Sackgasse. Außerdem, es waren andere Zeiten damals«, gab ihr Vater zurück, doch er klang, als versuche er sich selbst zu überzeugen. »Der Kalte Krieg ...«

»Aber jetzt haben wir ebenfalls Krieg!«, explodierte Beatrice. »Seit dem 11. September sind wir im Krieg. Wir sind angegriffen worden, wir müssen uns verteidigen. Deswegen findet jemand wie Warren Mears Leute, die ihm Gehör schenken, und ich frage mich ...«

Sie hielt inne, holte tief Luft und fuhr fort: »... ich frage mich, ob wir jetzt nicht auch Leute finden müssen, die uns zuhören. Vielleicht hast du Recht, und er verrennt sich in eine fixe Idee, muss irgendwann aufgeben, und es ist nur eines von den Projekten, aus denen nichts geworden ist. Das ist eine Möglichkeit. Aber falls nicht, falls es Anzeichen gibt, dass er tatsächlich weiter damit kommt, dann kannst du nicht einfach nur schweigend zusehen. Dad, er stützt sich auch auf deine DNA-Beobachtungen.«

»Du willst doch auf etwas Bestimmtes hinaus«, stellte ihr Vater fest, ausdruckslos, als bestätige er nur eine Analyse.

»Es gibt jemanden, der dich gerne treffen würde, Dad. Nur treffen. Er hat nicht die geringste Ahnung von dem, was ich dir gerade erzählt habe, oder überhaupt von dem, was Livion hier macht. Ihm geht es um andere Fragen; er schreibt ein Buch, unter anderem über deine Vergangenheit, und interessiert sich für die Untersuchungen, die du Anfang der achtziger Jahre an AIDS-Patienten gemacht hast. Sprich mit ihm, und wenn du glaubst, du könntest ihm vertrauen, dann haben wir im Notfall jemanden, an den wir uns wenden können. Jemand, dem die Öffentlichkeit zuhören wird.«

»Ich nehme an, dieser Jemand hat auch einen Namen.«

»Neil LaHaye«, sagte Beatrice und hörte in der plötzlichen Stille das Knacken von Birkenästen – ein Geräusch, als riebe sich ein Elch an einem Baumstamm, die mit dem Tauwetter immer zahlreicher werdenden Insekten und die unregelmäßigen Atemzüge ihres Vaters.

»Ich fasse es nicht«, stieß er endlich hervor und verlor das Ringen um Selbstbeherrschung. »Du willst, dass ich mit einem der schlimmsten liberalen Hetzer im Land spreche, vertragsbrüchig werde und ihm Stoff für seine Verschwörungstheorien liefere und nur, weil Warren sich einbildet, er müsse sein Forscherleben auf etwas fast mit Sicherheit Unmögliches verschwenden?«

Bleib bei der Sache, befahl sich Beatrice.

»Du hörst mir nicht zu«, antworte sie so ruhig wie möglich. »Du brauchst ihm überhaupt nichts zu erzählen. Er will nur von dir etwas über dich hören. Über unsere Arbeit hier weiß er nichts, er kennt ja kaum den Unterschied zwischen Genen und Genomen oder Viren und Bakterien. Ich möchte nur, dass du ihn kennen lernst, und ehrlich gesagt, Dad, das mit Warren ist da nur der Auslöser, der die Sache etwas dringender macht, sonst hätte ich vielleicht noch länger damit gewartet. Sprich mit ihm. Wenn du ihn danach für einen Idioten hältst, schön, dann war's das. Du vergibst dir dabei doch nichts.«

Er schwieg. Der Schein ihrer Taschenlampe, die sie zwischen sich und ihrem Vater auf den Boden gerichtet hatte, ließ sein Gesicht wie eine der griechischen Theatermasken wirken, die Tess ihr einmal aus dem Urlaub mitgebracht hatte; die buschigen Augenbrauen traten stärker hervor als bei normaler Beleuchtung, und die Augen schienen zwei tiefe bodenlose Brunnen zu sein.

»Weißt du«, fügte Beatrice hinzu, »du meinst, du brauchst Warren als Herausforderung. Aber du und Warren, ihr gehört zur selben Welt. Für mich gilt das Gleiche. Manchmal kommt es mir so vor, als ob wir hier in unserem eigenen sorgfältig abgeschirmten Mikrokosmos leben, und dass es da noch einen Makrokosmos gibt, ist eigentlich nur eine Legende. Sprich mit jemandem von draußen, Dad, das ist eine echte Herausforderung.«

* * *

Karten für ein Spiel der Red Sox zu bekommen, war keine Kleinigkeit, und es hatte Neil ein paar dick aufgetragene

Schmeicheleien gekostet; doch der Wunsch, seinen Kindern durch etwas eine Freude zu machen, bei der wirklich nichts schief gehen konnte, stellte eine beachtliche Motivation dar. Julie hatte früher kaum Interesse für Baseball gezeigt, aus Trotz, vermutete er. Aber offenbar begann sie genau wie Ben, den Status eines Scheidungskindes zu akzeptieren, und betrachtete Enthusiasmus für einen Lieblingssport ihres Vaters nicht mehr als Verrat an ihrer Mutter. Außerdem war ein Spiel der Red Sox etwas, mit dem die Geschwister garantiert beide in ihrer Schule angeben konnten. Der letzte Besuch in Boston musste auch Deirdre als ein Erfolg geschildert worden sein; als sie mit Neil wegen des Baseball-Spiels telefonierte, schien sie aufgeräumt und verzichtete auf jeden Widerhaken. Sie fragte noch nicht einmal, was er mit Clive Forsythe gemacht hatte, und Neil verzichtete seinerseits auf jede bissige Anspielung auf den Senator.

Kurz nachdem Deirdre die Assistentin der alten Stabschefin Cunninghams geworden und damit zum ersten Mal ins unmittelbare Gesichtsfeld des Senators gerückt war, hatte er sie und ihren Mann einmal zu einem Essen eingeladen. Ob der Senator nun eine freundliche gesellschaftliche Geste machen oder nur einen damals mehr berühmt als berüchtigten Journalisten für sich gewinnen wollte, blieb ein Punkt, über den sich Neil und Deirdre nie einig werden konnten. Jedenfalls blieb es für Neil die erste und letzte private Begegnung mit Deirdres Arbeitgeber.

Der Abend hatte viel versprechend begonnen; Senator Cunningham verfügte über unleugbares Charisma, und seine Reformvorschläge für das Schulwesen, sein entschiedenes Ablehnen von Biowaffen klangen selbst für

Neil ehrlich. Aber dann war das Gespräch auf die Frage der Geheimhaltung gekommen und für Deirdre zu einem Albtraum geworden, während Neil mehr und mehr jede Rücksichtnahme fahren ließ.

»Ich bitte Sie«, hatte Cunningham lächelnd erklärt, »in Washington kann niemand ein Geheimnis bewahren. Wir sind, Gott sei's geklagt, ein klatschsüchtiges Dorf.«

»Tut mir Leid, Senator, aber das ist Unsinn. Den weitaus größten Teil von dem, was sich hier abspielt, erfährt die amerikanische Öffentlichkeit nie, und das wenige, das ihr dann doch mitgeteilt wird, in der Regel Jahrzehnte später. Wenn überhaupt. Warten wir nicht immer noch darauf, dass die Kennedy-Akten vollständig freigegeben werden?«

Das Lachen des Senators hatte ungezwungen geklungen.

»Wenn wir nicht warten würden, wäre die amerikanische Buchindustrie um ein ganzes Genre ärmer. Banale Fakten pflegen nach den wilden Verschwörungsphantasien eher zu enttäuschen, Neil.«

Er war nicht umsonst als Debattierer berühmt.

»Natürlich«, war Cunningham in einem wesentlich ernsteren Tonfall fortgefahren, »gibt es Geheimhaltung im Interesse der nationalen Sicherheit. Sie wollen doch nicht etwa, dass jeder x-beliebige Terrorist unsere neuesten Strategien den Medien entnehmen kann?«

»Von Terrorismus und Ermittlungsstrategien rede ich hier nicht. Mir geht es grundsätzlich darum, wie in diesem Land Entscheidungen gefällt werden von Menschen, die sich offenbar außerhalb jeder Kontrolle demokratischer Strukturen wähnen. Nehmen Sie unsere Aktionen in Chile, in Griechenland unter der Junta, in Zypern, in Osttimor. Ist so etwas wirklich amerikanisch? Dinge, die angeblich im Namen Amerikas getan wurden und von denen noch nicht mal der Kongress eine Ahnung hatte, als sie geschahen. Von der Öffentlichkeit ganz zu schweigen. Dinge, von denen wir immer noch nichts wüssten, wenn unter Carter und Clinton nicht endlich ein paar Dokumente freigegeben worden wären, und ich wette, die sind nur die Spitze des Eisbergs. Wenn ich mir vorstelle, was unter Garantie jetzt gerade läuft und was erst unsere Kinder erfahren werden, dann wird mir schlecht.«

»Wenn man ein Schiff durch den Sturm führt, kann man es sich nicht immer leisten, ständig vor allen Mannschaftsmitgliedern Rechenschaft abzulegen.«

»Entschuldigung, Senator, aber das ist doch die Rechtfertigung eines Diktators. Ich dachte, wir leben hier in einer Demokratie.«

Das war das Ende von Cunninghams Versuch, den Gatten seines Stabsmitglieds für sich einzunehmen. Deirdre hatte das Ihre getan, konziliant in das Gespräch eingegriffen, um die Wogen zu glätten; sie hatte Neil unter dem Tisch energische Tritte versetzt und später darauf geachtet, ihren Mann selbst auf Galas immer von ihrem Chef fernzuhalten. Neil seinerseits hatte es seit Beginn ihrer Streitereien nicht mehr fertig gebracht, den Senator ohne Sticheleien zu erwähnen, und nahm den Umstand, dass ihm eben dies während des Gespräches über den nächsten Besuch der Kinder gelungen war, als ermutigendes Zeichen.

Er saß gerade in bester Laune an seinem Schreibtisch und schrieb sich die Uhrzeit in den Kalender, zu der die Kinder in Boston ankommen würden, als erneut das Telefon läutete. Das Display zeigte keine der eingespeicherten Nummern; es zeigte nur an, dass der Anrufer unbekannt war, was bedeutete, dass er wie Neil selbst seine Rufnummeridentifizierung auf Unterdrückung geschaltet hatte. Wahrscheinlich handelte es sich um einen seiner Studenten; der Anruf ging an den Anschluss, der im Vorlesungsverzeichnis stand. Er erwog, den Anrufbeantworter sein Werk tun zu lassen, dann beschloss er, sein Gehalt zu verdienen, und nahm ab.

»LaHaye«, sagte er, »immer auf der Suche nach Studenten, die er zum Frühstück fressen kann.«

Am anderen Ende herrschte Schweigen. Wenn es der Dekan war, hatte er Pech gehabt. Ihm lag bereits eine Entschuldigung auf der Zunge, da sagte jemand zögernd: »Neil? Hier ist Beatrice.«

Eine weibliche Stimme; er wusste, dass er sie noch nie gehört hatte. Kein Sopran, kein Alt, irgendetwas dazwischen, eine Stimme, die ihn an das Glasperlenspiel erinnerte, das bei seinen Großeltern auf der Veranda hing, klingend, ohne je laut zu werden, und doch unüberhörbar. Er ertappte sich dabei, sie nochmals hören zu wollen, und brauchte daher etwas länger, bis sich bei ihm der Name Beatrice mit einer Identität verband.

»Morgan«, sagte sie, etwas enttäuscht.

»Beatrice«, erwiderte er. »Natürlich. Tut mir Leid. Ich bin nur so überrascht, deine Stimme zu hören. Das kommt davon, wenn man sich daran gewöhnt, sich in Courier-Schrift auszudrücken.«

»Ich kann nicht lange sprechen«, sagte sie hastig und sehr leise, »du bekommst noch eine Mail von mir. Aber es eilt, und ich musste es dir persönlich sagen. Der Mann, auf den du so neugierig bist, ist einverstanden, dich zu treffen.«

»Halleluja«, sagte er unwillkürlich. Er hatte bereits den mutmaßlichen Aufenthaltsort von Sanchez und Mears auf drei überschaubare Gebiete in Alaska eingegrenzt, aber das brauchte er ihr nicht zu erzählen, jetzt, wo sie ihm dieses Geschenk machte.

»Beatrice, du bist eindeutig eine gute Fee. Wie hast du ihn dazu bekommen, mit dem Versprechen, ihn zu heiraten?«

»Das ist unmöglich«, entgegnete sie und lachte. »Ich bin seine Tochter.«

Der Journalist in Neil erinnerte sich sofort daran, dass eine Tochter in keinem einzigen der Berichte über Sanchez erwähnt war und auch nicht in dem von Livion bereitgestellten Lebenslauf. Zweifel anzumelden, würde ihn mit Sicherheit den Kontakt kosten. Im Übrigen fiel ihm kein Grund ein, warum sie ihn in diesem Punkt anlügen sollte.

»Noch besser. Gute Feen sollten prinzipiell ungebunden sein.«

»Ich habe nicht gesagt, dass ich ungebunden bin«, gab sie sofort zurück, nicht schnippisch, nur so, als stelle sie etwas Selbstverständliches fest. »Ich muss mich beeilen. Alles Weitere steht in meiner Mail.«

Damit legte sie auf, und er blieb froh und gleichzeitig verwundert zurück. Ihre E-Mail lag bereits im Posteingang. Er fand detaillierte Anweisungen, bis zu dem Hinweis, in Alaska immer Insektenspray zur Hand zu haben. Das brachte ihn zum Lachen, so lange, bis er das Datum für das vereinbarte Treffen entdeckte. Es war derselbe Tag, an dem das Spiel der Red Sox stattfand, das er mit seinen Kindern hatte besuchen wollen.

Neil fluchte innerlich. So eine Zerreißprobe hatte er gebraucht. Es gab natürlich die Möglichkeit, sie und Sanchez um einen anderen Termin zu bitten. Aber er war überzeugt, dass dieses spezielle Fenster ihm nur zu diesem einen Moment offen stand. Man teilte keinem Eremiten mit, der seit fast einem Vierteljahrhundert verschwunden war, man habe gerade keine Zeit, wenn er endlich wieder auftauchte, und müsse stattdessen ein Baseball-Spiel anschauen. Vor allem nicht, wenn man Auskünfte von ihm haben wollte.

Eine andere Sache war es, das den Kindern beizubringen. Sie würden enttäuscht sein. Doch Spiele der Sox gab es noch viele; die Chance auf ein Treffen mit Sanchez dagegen war die erste und letzte ihrer Art.

Mit einer eigenartigen Mischung aus schlechtem Gewissen und Triumph rief er Deirdre in Washington an.

Das Büro von Senator Cunningham hatten Innenarchitekten entworfen, die Psychologie als Hobby betrieben. Kein Möbelstück war dem Zufall überlassen worden. Das etwa fünfundfünfzig Quadratmeter große Zimmer, in dem der Senator selbst residierte und Besucher empfing, wenn er nicht im Land unterwegs war, um Spendengelder aufzutreiben, drückte mit seinen dunklen lederbezogenen Stühlen und dem großen Schreibtisch gleichzeitig Macht und Erdverbundenheit aus. Natürlich konnte man auch sein Geld riechen, aber es hielt sich in der Waage und wirkte weder protzig noch gekünstelt bescheiden. Das Bild, auf das der Senator von seinem Schreibtisch aus blickte, zeigte eine Rinderherde und war nichts, für das die Auktionshäuser sich interessiert hätten, es war jedoch auch kein bescheidener Druck; ein Künstler aus seinem Heimatstaat war für dieses monumentale Stück figurativer Malerei verantwortlich. Auf dem Schreibtisch standen die Fotos der Familienangehörigen, daneben der bronzene amerikanische Adler. Die obligaten Prominentendokumente, Fotos, die den Senator mit dem derzeitigen Präsidenten, mit Ronald Reagan und, eine gewagtere Option, mit Richard

Nixon zeigten, standen gut sichtbar über die Bücherregale verteilt, alle in Augenhöhe, aber nicht direkt nebeneinander. Ein Journalist, der ein paar Minuten auf den Senator warten musste, würde in diesem Zimmer den Beleg für eine breit gefächerte Interessenslage entdecken, von Viehzucht über Politikermemoiren bis hin zu Studien über die Vor- und Nachteile genmanipulierter Ernährung, versetzt mit einigen bekannten Thrillern und, ein Punkt, der die Offenheit des Senators für Minderheiten und weibliche Interessen demonstrierte, den neuesten von einer farbigen Autorin geschriebenen Roman. Häufig genug erwies sich solch ein Buch als der ideale Einstieg für ein Interview.

Deirdre, die für die Buchauswahl genauso verantwortlich war wie für das gesamte übrige Interieur und ein Drittel der Bände regelmäßig auf den neuesten Stand brachte, hatte sich früher immer einfach nach der Empfehlung von Oprah Winfrey gerichtet und ihrem untrüglichen Instinkt für das, was Erfolg hatte und politisch korrekt war. Sie vermisste Oprahs Buchclub, seit die Sendung eingestellt worden war. Nach der Bestsellerliste zu kaufen oder sich auf die Intellektuellen des Times Literary Supplement zu verlassen, war ihr zu riskant. Ein Mitglied ihres Stabs war nun damit betraut, in Frage kommende Bücher zu lesen und ihr kurze Zusammenfassungen zu schreiben, damit sie gewiss sein konnte, dass der Senator in seiner Lektüreauswahl weiterhin auf den Pfaden der Majorität wandelte.

Sie ging gerade den Entwurf für die neueste Rede des Senators durch und versuchte sich zu konzentrieren, ohne den Ärger über Neil die Oberhand gewinnen zu lassen, als der Senator sie zu sich rief.

»Erschöpft, Deirdre?«, rief er. »Alles in Ordnung?«

Und wie erschöpft sie war. Gestern Abend musste sie nach einem langen Arbeitstag alles daran setzen, um Julie und Ben Neils Absage so schonend wie möglich beizubringen, mit zweifelhaftem Erfolg. Doch es wäre eine Sache der Unmöglichkeit gewesen, mit dem Senator über ihren Exmann zu sprechen. Der Senator und seine Mitarbeiter äußerten sich in gegenseitigem Einvernehmen nie über ihr Privatleben. Auf diese Weise wurde sichergestellt, dass sich der respektvolle freundliche Umgangston nie zu irgendeiner Intimität auswuchs. Bei ihrer Einstellung verheiratet gewesen zu sein, war ein Plus gewesen, was man von der Identität ihres Ehemanns nicht unbedingt behaupten konnte. Dennoch, man vertraute auf ihr berufliches Ethos und ihre kühle Diskretion. Für ihren Beruf benutzte sie ohnehin ihren Mädchennamen, als Beweis ihrer Unabhängigkeit von den Ansichten ihres Mannes. Ihr gutes Aussehen hätte ebenso ein Nachteil wie ein Vorzug sein können, doch Deirdre kleidete sich betont konservativ und verzichtete auf kurze Röcke und eng anliegende Hosen, die sie privat gern trug. Diese Taktik hatte Erfolg; wenn man sie mit einer berühmten Blondine verglich, dann war es Grace Kelly, nicht Marilyn Monroe. Sie erwarb sich einen guten Ruf; die Mitarbeiter des Senators schätzten sie, der Senator schätzte sie, und ihre Beförderung nach dem Tod von Cunninghams alter Stabschefin überraschte niemanden.

Es war der 11. September, der die Balance in Deirdres so sorgfältig geordnetem Leben zerstörte. Nein, nicht der 11. September, sondern die Art, wie Neil darauf reagierte, nachdem sein erster Schock einmal abgeklungen war. Bis zu diesem Zeitpunkt hatte es weder den Senator noch dessen Parteifreunde gestört, dass ihr Gatte der liberale Autor Neil LaHaye war. Es gab seltsamere Ehen in Washington, und sie hatte ihre eigene Einstellung und ihre Loyalität bewiesen. Aber selbst Reden für den Senator zu verfassen, in dem dieser die Notstandsgesetze unterstützte, während ihr Ehemann jeden Auftritt in einer Talkshow nutzte, um den US Patriot Act als Angriff auf die amerikanische Verfassung zu bezeichnen, zerriss die Trennung von Beruflichem und Privatem. Sie bildete sich ein, in jedermanns Augen die Frage lesen zu können, wie der Senator mit ihren Worten glaubwürdig die Einheit und Geschlossenheit des Landes beschwören konnte, wenn sie noch nicht einmal in der Lage war, ihrem eigenen Gatten klarzumachen, dass in solchen Notzeiten liberale Empfindlichkeiten zurückzustehen hatten.

Während der Anthrax-Affäre im Oktober 2001 wurde es noch schlimmer. Neil schrieb über die Rechte von inhaftierten Ausländern, während Deirdre und ihre Kollegen Todesängste ausstehen mussten. Einer der innerparteilichen Rivalen des Senators nahm es auf sich, die Wähler in dessen Heimatstaat darauf aufmerksam zu machen, mit wem Cunninghams Stabschefin verheiratet war. Empörte Briefe waren die Folge. Am schlimmsten war, dass Deirdre selbst keine Antwort auf die stumme Frage in den Augen des Senators fand, bis er sie endlich laut aussprach und sie zum ersten und letzten Mal vor die Wahl stellte.

Sie versuchte, nicht mehr daran zu denken. Aber sie hatte nicht vor, noch einmal mit Cunningham über irgendetwas zu sprechen, was mit Neil zu tun hatte.

»Es ist nur der übliche Verkehrsstress, Senator«, erwiderte sie mit ihrem optimistischen Berufslächeln und verstaute die Verwünschungen in Neils Richtung in einer dunklen Ecke in ihrem Hinterkopf. »Heute Früh gab es einen Stau auf der 50.«

»Sie wohnen immer noch draußen in Bowie, nicht wahr? Das ist nicht gut. Sie sollten in eines der inneren Viertel ziehen. In Georgetown haben sie gerade wieder ein paar schöne Häuser restauriert.«

In den guten Vierteln von D.C. waren die Gebühren der Privatschulen unbezahlbar, von Mieten oder Grundstückspreisen ganz zu schweigen. Sie verdiente gut, und Neil zahlte regelmäßig Unterhalt für die Kinder, aber wenn sie nicht jedes Jahr mehr Schulden anhäufen wollte, blieben nur die Vorstädte.

»In ein paar Jahren, Sir«, entgegnete Deirdre, die wusste, dass der Senator keine langatmige Antwort hören mochte. »Wenn Sie Präsident sind.« Er lachte und ging zum Beruflichen über.

»Al Nichols erzählte mir, dieses Gerücht über neue Direktiven für die Food & Drug hielte sich immer noch. Sind Sie sicher, dass da nichts dahinter steckt?«

»Drei verschiedene Quellen haben mir bestätigt, dass nichts Konkretes vorliegen kann, Senator.«

»Hm. Könnte sein, dass wir selbst etwas in Bewegung bringen müssen. Wissen Sie, der Lunch mit Nichols hat nicht deshalb so lange gedauert, weil Al mir wieder vom Golf erzählen musste. Armstrong war ebenfalls im Herber Inn.«

»Mr. President?«, fragte sie, und der Senator machte ein schiefes Gesicht. Dass sich Armstrong so anreden ließ, lag ihm im Magen; er respektierte das Amt und die Tradition des Präsidenten der Vereinigten Staaten zu sehr, um einem Pharmamagnaten einen solchen Titel leichtherzig zuzugestehen. Für jemanden wie Cunningham, der selbst das Weiße Haus im Auge hatte, wirkte die Herabwürdigung des Titels zu einem Spitznamen wie eine doppelte Verhöhnung.

»Sie wissen, wie ich zu dieser Anmaßung stehe.« Der Senator hatte sich wieder in der Gewalt. »Es war James T. Armstrong, belassen wir es dabei. Wie lauten die letzten Umfrageergebnisse zum Thema embryonale Stammzellen?«

»Die Mehrheit ist immer noch ablehnend, Sir, aber die Zustimmungsrate steigt, seit Livion diese Werbespots im Fernsehen zeigt.«

Von an der Parkinson'schen Krankheit leidenden populären Schauspielern bis zu niedlichen zuckerkranken Kindern zeigten die Livion-Spots schlichtweg jede erdenkliche Art von Sympathieträger, die ein Statement gemeinsam hatten: Durch die experimentelle Therapie mit Stammzellen aus abgetöteten Föten könnte ihnen geholfen werden. »Gib uns diese Chance« wurde von Fachleuten als nachweisbar effektivste Werbekampagne des Jahres gewertet.

»Wenn die F&D keine neuen Direktiven bekommt, könnten wir es dann nicht riskieren...«

»Aber Sir, das geht weit über die F&D hinaus. Wir würden für die Modifikation eines Gesetzentwurfs des Präsidenten eintreten müssen, den wir seinerzeit unterstützt haben. Außerdem, unsere Stammwähler sind und bleiben nun mal strenggläubige Christen, und daran ändert auch die Gib-uns-diese-Chance-Kampagne nichts.«

»Ich weiß«, entgegnete der Senator und rieb sich das Kinn. »Ich weiß. Aber zum Teufel, die Chinesen sind kein Stück zimperlich, und die forschen und praktizieren mit Stammzellen, was das Zeug hält. Auf der anderen Seite der Welt geht es nicht um die Moral, sondern um die Macht. Die wollen die Überlegenheit des chinesischen Gesellschaftsmodells beweisen und haben bei der Menge von

Abtreibungen wegen ihrer Ein-Kind-Politik weiß Gott Tonnen von Material zur Verfügung.«

»Ich glaube kaum, dass wir mit diesem Argument bei den Fundamentalisten gewinnen können, Sir«, sagte Deirdre offen. »Man wird Ihnen vorhalten, diese gottlosen Taktiken kopieren zu wollen. Überdies belegen die Umfragen, dass unsere Wähler China nicht als feindliche Bedrohung einstufen. Feindbild Nr. 1 ist nach wie vor der islamische Fundamentalismus.«

»Und genau das ist falsch! China ist ein Milliardenvolk auf dem Weg nach oben. Die können es sich inzwischen leisten, unseren Wissenschaftlern über eine Million Dollar als Handgeld neben ihrem Gehalt dafür zu bieten, dass sie nach China kommen.«

»Das ist immer noch ein geldorientiertes Argument, Sir, kein emotionales, und Sie wissen, was bei den Wählern tiefer im Gedächtnis bleibt. Natürlich könnten wir mit Zukunftsängsten arbeiten und darauf hinweisen, dass wegen der völlig unterschiedlichen Rechtslage in China in zwei, drei Generationen die Elite der Bevölkerung nur noch aus genmanipulierten Übermenschen bestehen könnte und Amerika in sechzig bis siebzig Jahren wirtschaftlich und geistig im Schatten dieser Nation stehen wird, aber dann zerreißen uns unsere Gegner wegen Schürung ethnischer Ressentiments in der Luft. Vergessen Sie nicht, wir haben bisher erfolgreich darauf hinweisen können, dass Sie sich für Minderheiten einsetzen, einschließlich asiatischer Minderheiten. Wenn Sie Armstrong unterstützen wollen, Sir, dann müssen Sie einen positiven Ansatzpunkt wählen, keinen negativen.«

Die Stirn des Senators furchte sich noch ein wenig tiefer. Das galt nicht ihr; schließlich bestand ihre Aufgabe darin, ihn davor zu bewahren, sich Blößen zu geben; sie musste jede nur mögliche Taktik seiner Gegner und die Argumente, mit denen diese ihm Wähler abspenstig machen könnten, vorausberechnen. Auf diese Weise hatte sie ihn erst kürzlich davor gerettet, in der riskanten Debatte um die neue nationale Gesundheitsdatenbank Schiffbruch zu erleiden.

»Hm. Armstrong behauptet, dass man Schäden durch Giftgas durch gentechnische Manipulation vorbeugen oder sogar heilen könnte. So ganz habe ich das nicht verstanden. Aber denken Sie an die Golfkriege zurück: Sicherheit für unsere tapferen Jungs an der Front und so weiter. Sollte doch ein Riesenthema für den nächsten Wahlkampf sein! Außerdem, so wie mir Armstrong das erklärt hat, wären die Föten ohnehin nie lebensfähig und hätten nie die Chance, sich weiterzuentwickeln. Sie würden sonst als überzählig vernichtet werden. Als Stammzellen könnten sie mit ihrer vorgezeichneten kleinen kurzen Existenz Leben retten. Wie gesagt: Gib uns diese Chance! Meinen Sie, wir können damit die Pro-Life-Fraktion kassieren?«

»Höchstens einen Teil«, sagte Deirdre zweifelnd. »Aber Sie könnten möglicherweise in der Mitte noch ein breiteres Wählerspektrum gewinnen, wenn wir das Mann-des-Fortschritts-Image mit dieser Kampagne verbinden, Ihre empathische Kompetenz ins Blickfeld rücken und Sie dazu als Mann von Mitgefühl herausstellen. Parkinson ist immer ein aktuelles Thema: Wie soll man länger mit ansehen, wie Menschen chancenlos durch die Parkinson'sche Krankheit jahrelang gequält werden und so weiter. Aber da bleibt für uns ein Risiko: Bis jetzt hat Livion eine ziemlich gute Presse, aber bei der Pharmaindustrie kann man nie wissen.

Ein einziger Skandal, und sie ist nicht mehr der Retter der Kranken, sondern ein profitgieriger gottloser Haufen, und dann, Senator, kommt der Untersuchungsausschuss und will wissen, wie hoch die Wahlkampfspenden von Mr. Armstrong denn sind. Die Wähler der Mitte kommen und gehen, aber die konservativ-christlichen sind treu. Man darf sie nicht zu sehr vor den Kopf stoßen, und ich fürchte sehr, genau das würden wir in diesem Fall tun.«

»Wo kommen wir denn hin«, warf Cunningham ein und nahm unwillkürlich die Positur ein, die Deirdre bei sich seine »Fernsehdebattenhaltung« nannte, »wenn wir immer nur Angst vor der Zukunft haben. Dann treten wir auf der Stelle.«

»Menschen, die Angst haben, wählen konservativ, nicht gemäßigt«, erwiderte sie sachlich, »und es gibt meiner Meinung nach keine Möglichkeit, diesen Ansatz als konservativ zu verkaufen.«

Der Senator sah nicht glücklich aus, aber er bezahlte sie nicht dafür, dass sie ihm ideale Aussichten vorgaukelte, wenn keine bestanden, und das wusste er. »Ich werde darüber nachdenken«, sagte er, was für gewöhnlich Unterhaltungen dieser Art beendete, doch heute fügte er hinzu: »Sie haben doch ... Verbindungen ... zu gewissen Journalisten. Ist da denn etwas gegen Livion im Busch?«

Er konnte nicht Neil meinen, sagte Deirdre sich und ließ sich nichts von ihren Gedanken anmerken. Er musste sich auf die ganz normalen Presseverbindungen beziehen, die sie wie jede Stabschefin, jeder Stabschef pflegte. Wenn sie nicht so wütend auf Neil wäre, würde sie noch nicht einmal in Erwägung ziehen, dass der Senator ihren Exmann gemeint haben könnte.

»Nein, Sir, nicht, dass ich wüsste«, antwortete sie.

»Ich frage nicht nur wegen dieser Stammzellengeschichte«, sagte Cunningham, seufzte und lehnte sich in seinem Sessel zurück. »Die Beiträge der Pharmaindustrie sind wichtig, sicher. Ich meine, innerhalb des letzten Jahrzehnts haben die ihre Spenden für unsere Partei um 823 Prozent erhöht. Und irgendwo müssen wir die zehntausend Dollar pro Woche für den Wahlkampf hernehmen. Aber so gut Armstrong als Spender auch sein mag, manchmal frage ich mich, wo er die Grenzen zieht. Ich wünschte mir, Livion würde sich auf die Entwicklung von Medikamenten beschränken. Er kommt mir etwas zu sicher wegen seiner Verbindungen zum Pentagon vor. Nur so ein Eindruck. Und Sie haben wirklich nichts gehört?«

»Nein, Sir.« Nach einem gewissen Zögern setzte sie hinzu:

»Es geht allerdings das Gerücht, dass er bei seinem letzten Segelurlaub mit Colonel West zusammengetroffen sein soll.«

Das erwies sich als ein unerwarteter Schlag. Deirdre sah, wie der Senator erstarrte.

»Und das sagen Sie mir erst jetzt?«

»Weil ich es aus einer mehr als unsicheren Quelle habe, Sir«, erwiderte Deirdre. »Außerdem wusste ich nicht, dass Mr. Armstrong heute ein Thema wäre.«

»Sagen Sie mir bitte, dass Ihr Exmann nicht als Nächstes über die West-Vernehmungen schreibt«, stieß der Senator hervor. Sie versuchte, es nicht als kränkend zu empfinden.

»Meine mehr als unsichere Quelle«, entgegnete sie, »ist jene hysterische Exfreundin von Colonel West, deren Aussagen wir schon einmal aus den Nigeria-Anhörungen streichen mussten, weil sie nichts wert waren.«

»Du meine Güte, ja, ich erinnere mich daran«, nickte

Cunningham beruhigt und seufzte. Er gehörte zu dem Senatsausschuss, der Colonel Dodger West im letzten Jahr wegen der Ereignisse in Nigeria hatte vernehmen müssen. »Eine rundum unerfreuliche Angelegenheit. Aber wichtig, sie im Auge zu behalten.«

Nach einer abschließenden Bemerkung des Senators kehrte Deirdre an ihren Arbeitsplatz zurück. Erst als sie sich setzte, bemerkte sie, dass ihre Fingerspitzen blutige Halbmonde in ihren Handflächen hinterlassen hatten.

* * *

Das flirrende Licht und die etwas zu hellen Farben, als sei die Welt frisch gewaschen worden, verwirrten ihn. Um zehn Uhr abends in Alaska einzutreffen und von hellem Sonnenschein empfangen zu werden, war ein eigenartiges Gefühl. Neil hatte sich einen Offroader gemietet, und er stieg in einem bescheidenen Motel ab. Das war keine Urlaubsreise, er wollte so wenig wie möglich auffallen. Trotzdem konnte er nicht umhin, die Landschaft zu bewundern, die riesigen urtümlichen Berge, die offenbar nie ganz von Schnee frei waren und mit den vereisten Wasserfällen so aussahen wie mit Felsen gekreuzte Kristallpaläste, und die graublaue See, die sich durch Fjorde den Weg ins Landesinnere schnitt. Am nächsten Morgen brauchte er nicht lange, um das kleine Bürohaus zu finden, das Livion in Anchorage unterhielt. Er suchte sich einen Platz, von dem aus er alle Eingänge in aller Ruhe beobachten konnte. Soweit seine Nachforschungen stimmten, würde das Büro einmal täglich alle eintreffenden Sendungen an das Labor in die Gegend von Seward oder in Richtung Valdez weiterleiten; an einem dieser beiden Punkte musste der Laborkomplex liegen.

Dem Parkplatz gegenüber lag ein General Store. Um sein schlechtes Gewissen zu beschwichtigen, kaufte er für Julie einen Plüschelch und fragte sich, ob Deirdre Ben wohl ein Eskimomesser behalten lassen würde. Wahrscheinlich nicht. Einwände, er habe in Bens Alter bereits mit einer ganzen Reihe scharfer Gegenstände Fische ausgenommen, würden mutmaßlich mit einem Hinweis auf den Unterschied zwischen dem ländlichen Louisiana und den städtischen High Schools beantwortet werden, und er konnte noch nicht einmal sagen, dass sie im Unrecht wäre. Er beschloss, Beatrice nach einem geeigneten Geschenk für einen achtjährigen Jungen zu fragen, und brach zu seiner Verabredung mit dem Mann auf, der ihm mittlerweile wie sein persönlicher weißer Wal vorkam.

Neil brauchte etwa eine Stunde, bis er Eklutna erreichte, was weniger am starken Verkehr von Anchorage lag, als daran, dass er zweimal die richtige Ausfahrt verpasste. Die schmale ungepflasterte Straße führte zu der kleinen russischen Missionskirche, die Beatrice ihm bezeichnet hatte. Der Anblick der beiden Zwiebeltürme berührte ihn auf eigenartige Weise. In New York oder Los Angeles war es selbstverständlich, Gebäude zu sehen, die von den unterschiedlichsten Kulturen geprägt waren, aber hier, mitten in Alaska, wo er bisher nur Holzhäuser, Berge und Wald kennen gelernt hatte, wirkte es fast surreal.

Als er seinen Mietwagen verließ, begriff er, was Beatrice mit ihrem Hinweis auf Insektensprays und Mücken als den inoffiziellen Staatstieren Alaskas gemeint hatte. Man atmete die Tiere beinahe ein, und die Größe der Exemplare hier ließ die der Landplagen aus dem amerikanischen Süden weit hinter sich. Er flüchtete so schnell er konnte in das kleine Museum, das den Eingang zu dem Eklutna-Areal darstellte. Außer einem gelangweilten Mann hinter der Kasse waren nur drei weitere Personen da. Das Museum bestand aus einem einzigen Raum voller Wandtafeln, auf die jemand Kopien von alten Schwarzweißfotos geheftet hatte, und einem Postkartenständer, der auch schon bessere Tage erlebt hatte.

»Führung erst wieder in zehn Minuten«, sagte der Kassierer, als Neil bezahlte. Hinter Neil hielt eine Frau mittleren Alters ein Kind an der Hand. Es war kein Kunststück, einen grauhaarigen Herrn mit gelichteten Schläfen und einem gelblichen Teint als Victor Sanchez zu identifizieren.

Sanchez hatte keine große Ähnlichkeit mit seinen Jugendfotos, was vielleicht daran lag, dass er auf den meisten Aufnahmen zu lächeln pflegte, oder auch an dem schwarzen dichten Haar und der dunkleren Hautfarbe. Auch er erkannte Neil sofort und nickte knapp.

»Mr. LaHaye«, sagte er, als Neil zu ihm trat.

»Freut mich, dass Sie gekommen sind, Dr. Sanchez.«

»Ich war immer der Meinung«, entgegnete Victor Sanchez, und seine Augen blieben dabei völlig ausdruckslos, »dass man unangenehme Dinge sobald wie möglich erledigen sollte.«

»Um ehrlich zu sein, ich war überrascht, als Sie einwilligten, mit mir zu sprechen.«

»Mr. LaHaye, Sie mögen sich vielleicht für einen Schriftsteller halten, aber Sie sind im Grunde Ihres Wesens Journalist. Wenn man Journalisten nicht gibt, was sie von einem wollen, dann fangen sie an, sich Geschichten aus den Fingern zu saugen. Sie glauben an Ihre Story, und je länger niemand Ihnen Antworten gibt, desto fester wird Ihre Überzeugung. Werten Sie meine Bereitschaft zu einem Gespräch mit Ihnen nicht vorschnell als Erfolg. Das, was ich zu sagen haben, wird Sie enttäuschen. Sie sind auf der Jagd nach einem Phantom.«

Sanchez machte eine gebieterische Handbewegung in Richtung auf die Tür, die aus dem Museum zum Friedhof führte.

»Gestatten Sie mir, Ihnen etwas zu zeigen.«

Sanchez war bereits durch die Tür getreten, als der Mann an der Kasse ihnen hinterherrief, auf alle Fälle das Spray zu benutzen, das auf dem Treppengeländer stünde. Neil ließ sich das nicht zweimal sagen. Sanchez, der die Insektenschwärme ignorierte, beobachtete ihn stumm.

»Ist das Ihr Geheimnis?«, fragte Neil trocken. »Sie haben ein unfehlbares Insektenabwehrmittel entwickelt?«

Sanchez verzog keine Miene, und Neil begann sich zu fragen, ob der Mann überhaupt keinen Sinn für Humor hatte.

»Nein«, erwiderte der Forscher, als sei die Frage ernst gemeint gewesen.

Sein Arm beschrieb eine Kurve, die den Friedhof und die Missionskirche einschloss. Neil fiel auf, dass er einen Ehering am kleinen Finger trug; es musste wohl der seiner verstorbenen Frau sein.

»Wissen Sie, was das Besondere an diesem Friedhof ist, Mr. LaHaye?«

Neil musterte die bunten kleinen Holzhäuschen, die anstelle von Grabsteinen aufgebaut waren – gelbe, blaue und rot angestrichene, flache Häuschen, gelegentlich mit dreibalkigen orthodoxen Kreuzen, manchmal ohne sie, aber immer ohne jede Art von Inschrift.

»Das ist ziemlich offensichtlich«, erwiderte er.

»Ihrer Meinung nach. Sie sehen eine Reihe von ungewöhnlichen Grabarrangements, und wenn Sie die paar

Texte zu den Museumsstücken vorher lesen, dann wissen Sie, dass es sich um ein Zugeständnis der russisch-orthodoxen Kirche an die Taneina-Indianer handelte. Keine Inschriften, um die Seelen der Toten nicht zu beleidigen, und Häuser, um ihnen Obdach zu gewähren, bis sie begriffen haben, dass es an der Zeit ist, diese Welt zu verlassen. Aber wissen Sie, was ich sehe, Mr. LaHaye?«

»Ich bin ganz Ohr.«

Sanchez ging ein paar Schritte weiter. Seine Schuhe knirschten leise auf dem trockenen, lehmerstarrten Pfad.

»Eine weitere Einkommensquelle für den Staat Alaska durch einen Appell an das kollektive schlechte Gewissen der Touristen«, sagte er hart. »Eine Illusion. Jeder Besucher hier hat bereits seinen Teil an Friedhöfen gesehen und würde in seiner eigenen Heimat freiwillig keinen besuchen. Aber ein Friedhof mit einem exotischen Touch, ah, das ist etwas anderes!«

Er drehte sich zu Neil um.

»Deswegen wollen Sie mich, der exotische Touch, der mich von all den Wissenschaftlern unterscheidet, die Sie hätten interviewen können, Mr. LaHaye«, fuhr er fort.

»Ich habe mich auf Sie konzentriert, weil Sie Anfang der achtziger Jahre in New York und Los Angeles Untersuchungen an AIDS-Patienten durchgeführt haben und dann verschwunden sind, Dr. Sanchez. Weil Sie für Livion arbeiten und Livion Geld mit AIDS-Mitteln verdient, und mit einem zweifelhaften Medikament, das es, wäre AIDS besiegt, gar nicht mehr geben würde. Denken Sie eigentlich noch manchmal an die Menschen, die Ihnen vertraut haben? Die Hoffnungen, die damals in Sie gesetzt wurden? Wie sich diese Leute fühlten, als der Wunderknabe der Medizin plötzlich nichts mehr von sich hören ließ? Oder sind die Toten für Sie nicht wirklicher als ein paar russisch-indianische Geister hier?«

»Ich habe AIDS-Patienten untersucht, ohne es zu wissen. Die Krankheit hatte damals noch nicht einmal einen Namen. Ich konnte keine Lösungen anbieten, und ich habe auch nie behauptet, dass ich dazu imstande gewesen wäre«, entgegnete Sanchez nachdenklich. »Was die Toten betrifft, erwarten Sie von mir nicht, dass ich Ihnen Ihre Krokodilstränen abnehme. Sie leben von Katastrophen. Sie arbeiten nicht für eine Welt, in der es kein menschliches Leid mehr gibt. Sie haben nie dafür gearbeitet. Ich dagegen schon.«

Mit der jahrelangen Übung eines Berufsjournalisten begriff Neil sofort die Blöße, die sich Sanchez gerade gegeben hatte, und schlug sofort zu. »Bitte etwas genauer, Dr. Sanchez. Haben Sie für eine bessere Welt gearbeitet oder tun Sie es noch?«

Sanchez erwiderte nichts.

»Wenn diese wohltätige Arbeit allerdings schon ein paar Jahre zurückliegt, würde mich nämlich wirklich interessieren, wann und warum Sie damit aufhörten.«

Der Forscher steckte seine Hände in die Manteltaschen.

»Seien wir ehrlich, für jeden von uns sind die Jahre zwischen zwanzig und dreißig die beste Zeit – die Blüte unseres Genies, wenn wir es denn besitzen. Danach sind wir oft nur, nun ja, respektable Arbeiter. Es gibt Dutzende von Wissenschaftlern, die sich in meinem Alter aus der Öffentlichkeit zurückgezogen haben. Aber Sie sehen etwas Einwandererfolklore und das Klischee vom wahnsinnigen Genie direkt aus dem Horrorfilm, rechnen sich eine Chance aus, jemanden aufs Korn zu nehmen, dessen Ansichten nicht den Ihren entsprechen, und hola – eine Story. Eine Gelegenheit, Ihre eigene abgeknickte Karriere wieder etwas auszurichten und etwas von Ihrer eigenen Jugend zurückzuholen.«

Neil, der sich überlegte, wie viel Sanchez über ihn wissen konnte, setzte seine Sonnenbrille auf, um sich gegen das helle gleißende Licht des Tages zu schützen. Er roch das Insektenspray auf seiner Haut, das sich mit dem betäubenden Weihrauch vermischte, der aus der Missionskirche drang, und widerstand der Versuchung, Beifall zu klatschen.

»Hier geht es nicht um mich, Dr. Sanchez«, gab er zurück.

»Natürlich tut es das. Jedes Porträt ist gleichzeitig auch ein Selbstporträt.«

»Eine bemerkenswerte Aussage von jemandem, der seine Aufsätze früher über Erbanlagen geschrieben hat. Aber damit wir uns nicht falsch verstehen, Dr. Sanchez; Sie wollen darauf hinaus, dass Sie sich nur einer normalen kreativen Erschöpfung wegen, wie wir sie alle erleben, zurückgezogen haben, an keinen Konferenzen mehr teilnehmen, nichts mehr veröffentlichen und so weiter? Dass ich Sie mystifiziere, weil ich etwas Geheimnisvolles in meinem Leben brauche?«

Sanchez nickte.

»Interessant«, sagte Neil. »Dann nehme ich an, weil Sie so völlig ausgebrannt sind, hat Sie eines der exklusivsten Unternehmen der Pharmaindustrie engagiert, das regelmäßig Aufträge von der Regierung bekommt? Wissen Sie, wir Medienleute neigen gelegentlich dazu, zynisch zu sein, aber ich hätte die Jungs von der Pharmaindustrie nie für solche Philanthropen gehalten, die verdienten Wissenschaftlern ihren Ruhestand finanzieren, ohne sich zumindest mit ihren Namen schmücken zu können. Da Sie auf Parallelen zwischen uns aus sind: Ich kann Ihnen genau sagen, wie mein Verleger reagieren würde, wenn ich ausrichten ließe, ich wolle zukünftig Honorare und Spesen, ohne Bücher zu veröffentlichen, und wäre strikt dagegen, dass der Verlag mit meinem Namen als Hausautor wirbt. Ein Wohnsitz in Alaska spränge für mich nicht heraus, um es mal milde auszudrücken.«

»Vielleicht«, entgegnete Victor Sanchez, und seine Stimme nahm an Schärfe zu, »liegt das daran, dass Sie nie etwas für die Menschheit getan haben, was Sie einer solchen Berücksichtigung wert machte.«

Es war kein ungeschickter Zug, und schon die zweite Herausforderung, sich zu verteidigen; Neil konnte den Streit sehen, der sich aus dieser Provokation entwickeln würde, die Debatten über die Meriten von systemkritischen Veröffentlichungen. Es war ein alter und beliebter Streit, den er so gut kannte wie seine bequemsten Turnschuhe und dem er selten widerstehen konnte. Sanchez musste darauf setzen. Aber Sanchez täuschte sich in Bezug auf Neils Selbstbeherrschung und Prioritäten. Neil lächelte ihn an und beschloss, ihn seinerseits aus der Reserve zu locken.

»Mag sein«, sagte er und versuchte so friedfertig wie möglich zu klingen. »Haben Sie eigentlich ein Foto von Ihrer Tochter dabei?«

»Was?«

»Ein Foto von Ihrer Tochter. Ich kenne ihre Stimme, ich weiß, wie sie schreibt, aber ich habe sie noch nie gesehen. Ich bin neugierig.«

Bewegung trat in Sanchez' steinerne Miene. Seine Lippen pressten sich zusammen, und einer seiner Kinnmuskel begann zu zucken. An seiner Schläfe pochte eine Ader.

»Nein.«

»Nein, Sie haben keines dabei, oder nein, ich darf es nicht sehen?«

»Das Aussehen meiner Tochter ist nicht von Belang.«

Ein Ergebnis, aber das falsche, dachte Neil, und zog seine Brieftasche hervor. »Das ist meine Tochter«, sagte er und beobachtete, wie Sanchez einen flüchtigen Blick auf das Foto warf. Julie an ihrem achten Geburtstag; Ben machte Faxen hinter ihrem Kopf, mit einem zahnlückigen Grinsen. Deirdre hatte das Foto gemacht an einem der glücklicheren Tage, die sie am Ende miteinander verbracht hatten. »Und da ist mein Sohn. Sehen Sie, es ist nichts Verwerfliches dabei, auf seine Kinder stolz zu sein, Dr. Sanchez.«

»Meine Tochter ist kein Kind mehr«, erwiderte Sanchez, klang jedoch besänftigt. »Haben Sie auch eine Fotografie Ihrer Ehefrau bei sich?«

»Wir sind geschieden.«

»Ah. Ich glaube nicht an Scheidung.«

»Den Eindruck hatte Ihr Freund Lázaro nicht«, fiel Neil sofort ein, und ihm war bewusst, damit die Grenze zum privaten Bereich endgültig zu überschreiten. Halbwegs erwartete er einen Zornesausbruch, schlimmstenfalls einen Abbruch ihres Gespräches. Sanchez überraschte ihn.

»Lázaro hat es nicht verstanden«, murmelte er und steckte seine Hände in die Taschen seines Trenchcoats. »Ich kann mir denken, was er Ihnen erzählt hat, aber ich hätte mich nie von Elaine scheiden lassen, noch sie sich von mir. Wir haben alles füreinander getan.«

Er starrte auf das rechteckige Holzgestell mit der abblätternden orangenen Farbe, das vor ihm stand.

»Es ist Ihnen natürlich klar, Mr. LaHaye, dass dies alles nichts mehr mit meiner Arbeit zu tun hat?«

»Wenn Sie sich mit mir über Ihre Arbeit unterhalten wollen, liebend gern«, gab Neil zurück.

Sanchez schüttelte den Kopf. »Mr. LaHaye, lassen wir das Spiel. Sie sind doch nicht in der Lage, mir länger als eine Minute zu folgen, wenn ich ernsthaft über meine Arbeit spräche«, stellte er fest und klang nicht beleidigend, sondern sachlich, mit der instinktiven Herablassung, die Profis Laien entgegenbrachten.

»Im Übrigen ist die Trennung des beruflichen und privaten Bereichs nur eine Illusion. Das Private ist es allein, was uns motiviert. Was«, fragte er und wechselte mit einem Mal das Thema, »was hat Sie eigentlich motiviert zu Ihrem Schreiben? Ich meine, zu Ihren Themen? Ich habe nie verstehen können, wie jemand behaupten kann, Patriot zu sein, und dann nichts als zersetzende Kritik veröffentlicht.«

Das Spray musste seine Wirkung verloren haben. Neil spürte die Mückenstiche in seinem Nacken, hinter seinem Ohr, an seinen Handgelenken. Er wedelte mit der Handfläche und wünschte sich, zumindest die Landkarte aus dem Auto mitgebracht zu haben. Sie hätte einen effektiveren Totschläger abgegeben.

»Ganz ernsthaft?«, fragte er zurück. »Nicht dass Sie mir glauben werden, aber es ist Liebe. Ich liebe dieses Land. Wir haben so viel Potenzial, Dr. Sanchez. Es gibt kein anderes Land in der Welt, in dem ich leben wollte. Aber die Mehrzahl der Menschen in diesem Land läuft mit einem blinden Auge herum, um die hässlichen Flecken im Bild nicht zu sehen, und wenn man sie ignoriert, dann weiten sie sich aus, und von dem schönen Bild ist bald nicht mehr viel übrig. Um einen medizinischen Vergleich zu gebrauchen, würden Sie mir nicht zustimmen, dass es besser ist, auf einen Tumor hinzuweisen, damit er operiert werden kann, als ihn zu ignorieren?«

»Aber wer versetzt Sie in die Lage«, fragte Sanchez, »zu entscheiden, was ein Tumor ist? Was macht Ihr Urteil über das der Mehrheit erhaben? Über das unserer Regierung?«

»Ich habe nie behauptet, mein Urteil sei besser als das der Mehrheit. Oder Ihres. Aber es ist eben das Meine. Und wenn mir mein Urteilsvermögen befiehlt, ich soll sprechen…«

Sanchez unterbrach ihn. »Ich kann nicht glauben«, sagte er mehr zu sich selbst als zu Neil, »dass eine so schwarzweiße Weltanschauung die Studentenzeit überlebt.«

Seine Schultern schoben sich vorwärts, als sacke er in sich zusammen.

»Sagen Sie mir, Mr. LaHaye, wenn Sie einen Weg wüssten, um die Menschheit wieder nach Eden zurückzubringen, aber in Kauf nehmen müssten, dass auf diesem Weg einige von ihnen stürben, würden Sie dann das Paradies um einiger Verluste willen riskieren? Und wäre es nicht besser, nicht ständig über die Verluste zu reden, wenn die Gefahr besteht, dass die Menschheit sonst Eden aus dem Blick verliert?«

»Eden, Dr. Sanchez? Und ich dachte, wir seien beide Exkatholiken.«

»Religiöse Metaphern«, sagte Sanchez ruhig, »sind nicht mit religiösem Glauben gleichzusetzen. Sie sind aber sehr nützlich durch ihre Allgemeinverständlichkeit.«

»In der Tat. Nun, um die Wahrheit zu sagen …, ich denke, ich würde die Leute fragen, die als Verluste veranschlagt werden sollen, ob sie ein Eden dieses Opfers für wert erachten.«

Es gab keine tickenden Uhren innerhalb der Gebäude; jede einzelne Uhr funktionierte auf elektronischer Basis. Beatrice kannte tickende Uhren nur aus dem Fernsehen, wo sie meist im Zusammenhang mit Bomben bei Attentaten gezeigt wurden. Also assoziierte sie pochende Ungeduld mit dem Geräusch, das ein klopfender Finger auf Tischplatten erzeugte; nicht längst so entschieden und scharf wie das kurze Rucken eines Zeigers.

Ihr Vater plante, das gesamte Wochenende in Anchorage zu verbringen, also würde sie ihn so bald nicht sehen, aber gewiss würde er nach dem Treffen mit Neil LaHaye anrufen. Neil hatte auch die Nummer ihres Handys. Um nicht an den Nägeln zu kauen und etwas für ihre Linie zu tun, schwamm sie einige Runden in der Schwimmhalle, die den Mitarbeitern zur Verfügung stand, und war gerade dabei, das Gefühl des angenehm warmen Wassers auf ihrer Haut zu genießen, als sie Mears' Stimme hörte, die ihren Namen rief. Sie hielt inne, sah ihn hinter dem Ein-Meter-Sprungbrett stehen und schwamm zum Beckenrand. Er trug keinen Laborkittel, war jedoch vollständig angekleidet und offensichtlich nicht zum Schwimmen hier. Zum Glück, dachte Beatrice. Warren Mears in Badehosen war für sie eine zu bizarre Vorstellung.

»Man nennt es Freizeit, Warren«, sagte sie laut. »Wenn du Probleme mit deinem Rechner haben solltest, helfe ich dir gerne. Nach dem Schwimmen.«

Er schaute zu ihr hinab. Ihre Augen brannten ein wenig von dem Chlor im Wasser, und ein, zwei Sekunden lang verschwamm der Umriss seines Kopfes, bis sie das Wasser wegblinzelte.

»Das ist eines deiner Probleme«, erwiderte er. »Mangelnder Ehrgeiz. Wenn man an die Spitze will, dann gibt es kein ›Geht gerade nicht‹.«

»Wer sagt denn, dass ich an die Spitze will?«, fragte sie freundlich. »Weißt du, je länger ich darüber nachdenke, desto mehr misstraue ich diesem Ehrgeiz-Ehrgeiz-Ehrgeiz, Erfolg-Erfolg-Erfolg-Credo. Du und mein Vater, ihr seid die Spitze, aber es kommt mir nicht so vor, als ob ihr dadurch mehr vom Leben hättet als Tess zum Beispiel oder Louis und Frank. Man könnte sogar behaupten, dass Tess besser dran ist. Sie kann mal ein paar Tage freinehmen, um beim Wettrennen der Hundeschlitten mitzumachen, ohne dass gleich ein Memo von Mr. President eintrifft.«

Sie löste sich vom Beckenrand und kreiste mit den Armen, um sich über Wasser und an der gleichen Stelle zu halten, als sie hinzusetzte: »Und ich wette, du hattest in den letzten Jahren kein einziges Mal so viel Spaß wie vor zwei Wochen Frank, als seine Söhne ihn mit einer Stripperin in der Geburtstagstorte überraschten. Sonst würdest du mir nämlich nicht bis ins Schwimmbad nachschleichen.«

Damit wandte sie ihm den Rücken zu und schwamm betont unbekümmert davon. So war es unmöglich, festzustellen, wie er reagierte und ob ihre Bemerkung ins Schwarze getroffen hatte, aber es kam ihr auf das Prinzip an. Als sie am flachen Ende des Beckens angelangt war, stehen blieb und sich umdrehte, stellte sie mit einem gewissen Triumph fest, dass er verschwunden war. Ihre Erleichterung währte nur einen Herzschlag lang. Mit dem nächsten packte sie blinde Panik, als von hinten eine Hand ihren nassen Haarzopf griff. Ihr Kopf wurde nach hinten gerissen, und Blut schoss ihr in die Augen.

»Wenn wir schon über unangemessene Beobachtungen

sprechen, Miss Sanchez, wie wäre es dann mit einer kleinen Plauderei über nicht autorisierte Einblicke in meine private Datenbank?«

Sie stand still, ohne sich zu rühren. An diesem Ende des Beckens lief das darauf hinaus, dass sich ihr gesamter Oberkörper über Wasser befand. Obwohl die Luft des Schwimmbads immer etwas über der Wassertemperatur lag, zogen sich ihre Poren zu einer Gänsehaut zusammen.

»Ich habe keine Ahnung, wovon du sprichst«, entgegnete sie.

»Hm. Dann ist es gewiss ein Zufall, dass dein fabelhaftes neues Programm automatisch Kopien meiner Berechnungen an dich weiterleitet.«

Verdammt, verdammt, verdammt, dachte Beatrice. Sie wusste nicht, was sie mehr in Verlegenheit brachte: erwischt worden zu sein, von Mears erwischt worden zu sein oder Mears unnötig provoziert zu haben, wo es doch um Wichtigeres ging als darum, kleine Seitenhiebe auszuteilen.

Dann fiel ihr etwas auf. Obwohl sie doch diejenige war, die etwas Verbotenes getan hatte, war er offenbar nicht auf den nahe liegenden Gedanken gekommen, sich offiziell über sie zu beschweren und damit auch ihren Vater in Verdacht zu bringen, sie zu der Tat ermutigt zu haben. Er hätte sie vor allen Mitarbeitern im Labor zur Schnecke machen können. Mehr noch, er hätte versuchen können, ihr deswegen zu kündigen, mit Kopie an Armstrong.

Stattdessen tauchte er an einem Wochenende auf zu einem Zeitpunkt, an dem er sicher war, dass er sie alleine vorfinden würde, um sie mit seiner Entdeckung zu konfrontieren, während sie klatschnass in einem Badeanzug vor ihm stand.

»Das ist also deine Antwort auf mein Angebot, beim

Schutz unseres Landes mitzuhelfen«, sagte er, ohne sie loszulassen. Sie verbot sich, Schuldgefühle zu empfinden.

»Und ich dachte, du hättest Eigeninitiative gemeint, als du gesagt hast, ihr hättet alle mehr von mir erwartet«, sagte sie so gelassen wie möglich. »Bekomme ich keine Pluspunkte für mein Interesse an deinen Zielen? Ich wollte einfach mehr darüber wissen, bevor ich mich darauf einlasse.«

Wenn sie die Situation richtig interpretierte, würde Mears nicht auf die Idee kommen, sie könne ernsthafte Einwände gegen seine Experimente haben. Warum auch? In Mears' Universum war Mears immer im Recht, und Menschen mit anderen Ansichten teilten sich in Idioten auf, die seine Visionen nicht verstanden, und Gegner, die sie zwar verstanden, aber aus Rivalitätsgründen dagegen waren. Gegner wiederum unterteilten sich für ihn offenbar in männlich und weiblich, denn sie glaubte nicht, dass er ihren Vater im Schwimmbad so überfallen hätte. Nein, er betrachtete sie gewiss als jemanden, der ihm nur um der Hausforderung willen nachgespürt hatte, und ihre Antwort sollte ihn in dieser Ansicht bestätigen.

Sie durfte ihn nicht unterschätzen. Das wäre gefährlich. Er war nicht weniger intelligent als ihr Vater, nur eben anders.

Wie hatte er ihre Überwachungsprogramme bemerken können? Sie kannte sich mit dem Sicherheitssystem aus, wesentlich besser als Mears oder sonst irgendjemand im Labor, sie hatte die besten Hackerprogramme studiert, noch ein paar eigene Tricks hinzugefügt, und sie war nicht nachlässig beim Verwischen ihrer Spuren gewesen, das wusste sie. Mears musste Computerexperten außerhalb des Laborkomplexes mit einer zusätzlichen Sicherheitsüberwachung beauftragt haben. Oder, und der Gedanke verstörte sie mehr als Mears' plötzliches Auftauchen, Mears' Verbindungen zum Pentagon waren auch für die externe Kontrolle von Mitarbeitern dieses Hauses gut.

Mears ließ endlich ihr Haar los, und sie rieb sich den schmerzenden Nacken, während sie sich zu ihm umdrehte. Er verschränkte die Arme, sagte jedoch nichts. Beatrice wusste nicht, was sie als Nächstes tun sollte, als das Handy, das sie neben ihrem Handtuch auf der Bank abgelegt hatte, klingelte. Ohne Mears aus den Augen zu lassen, kletterte sie hastig aus dem Becken, ging zur Bank, trocknete ihre rechte Hand ab und presste den Empfangsknopf des Telefons.

»Ich habe ihn getroffen«, sagte ihr Vater kurz angebunden. »Gott bewahre mich vor Journalisten, die sich mit Rettern der Menschheit verwechseln. Du wirst jeden Kontakt zu ihm abbrechen, verstehst du? Auf seine Art ist er genauso schlimm wie Warren. Beide haben keine Ahnung, was für Schaden sie anrichten können, und wollen es auch gar nicht wissen.«

Sie versuchte, die Enttäuschung zu unterdrücken, die in ihr aufstieg. Beatrice hatte nicht wirklich geglaubt, dass ihr Vater und Neil auf Anhieb Freundschaft schließen würden, aber ein solch hartes Urteil hatte sie auch nicht erwartet. Außerdem verletzte sie der schroffe Ton ihres Vaters; warum verhielt er sich so seltsam? Aber das Thema Neil LaHaye konnte warten.

»Apropos Warren«, sagte sie und stellte fest, dass Mears leicht zusammenzuckte.

»Was ist mit ihm?«, fragte ihr Vater irritiert. Beatrice wandte sich zu Mears:

»Ich glaube, er will mit dir sprechen«, sagte sie laut. Mears hob abwehrend die Hand. »Nein, doch nicht«, fügte sie hinzu und lächelte ihn an.

»Bist du gerade mit Warren zusammen? Das gefällt mir nicht, Bea. Seit wann spricht er denn außerhalb der Laborzeit mit dir?«

»Ja, mir auch nicht. Das macht er seit einiger Zeit schon«, entgegnete sie und beobachtete Mears dabei, wie er mit verschlossenem Gesicht aus der Schwimmhalle stapfte.

»Darüber sprechen wir morgen Abend, wenn ich wieder da bin«, verkündete ihr Vater und legte auf. Beatrice ließ das Handy auf die Bank sinken und spürte Wut in sich aufsteigen. Sie erinnerte sich daran, wie ihr Tess zum ersten Mal Popcorn zum Selbstaufbacken mitgebracht hatte, wie sie auf die knallenden, platzenden Geräusche aus der Mikrowelle lauschte. Das Gefühl, das sich in ihr ausbreitete, besaß damit durchaus Ähnlichkeiten.

Von Warren Mears unterschätzt zu werden, war eine Sache, aber jetzt nützlich. Von ihrem Vater Anweisungen bezüglich ihres Umgangs zu erhalten, als gäbe es nichts Wichtigeres, als sei sie noch ein kleines Kind, frustrierte und kränkte sie. Selbst dieser Vergleich hinkte; während ihrer Kindheit hatte ihr Vater ihr immer die Gründe für Verbote erläutert. Und jetzt dies.

Sie hatte gerade ihr Haar gefönt und bürstete es mit heftigen Strichen, als das Handy erneut klingelte.

»Beatrice«, sagte Neil LaHaye, »kann es sein, dass euer Labor in der Nähe von Seward liegt?«

»Vielleicht«, gab sie zurück und fragte sich plötzlich, ob Mears den Sicherheitsdienst angewiesen hatte, auch ihr Funktelefon zu überwachen. Offiziell wurden nur hin und wieder Stichproben an den laboreigenen Festnetzanschlüssen gemacht, doch wenn Warren Mears ihr tatsächlich etwas nachweisen konnte, dann hatte er ein Ass im Ärmel, um eine noch stärkere Überwachung zu rechtfertigen.

Dazu hätte er eine offizielle Anzeige machen müssen, und eben dies hatte er, wie sein Besuch demonstrierte, bisher nicht getan.

»Du hast vielleicht schon gehört, dass dein Vater und ich nicht gerade Brüderschaft geschlossen haben«, sagte Neil und fügte nach einem kleinen Zögern hinzu, »aber ich würde dich gerne sehen, bevor ich das gastliche Alaska wieder verlasse. Lässt sich das machen?«

Sie hatte mit dieser Bitte gerechnet, früher oder später; es traf sie mit einer Mischung aus Freude und Bitterkeit. Mehr als alles andere wünschte sie sich plötzlich, normal zu sein und die Freiheit der Normalen zu haben.

»Ich … kann den Laborkomplex nicht verlassen, solange es hell ist«, entgegnete sie und bereitete sich darauf vor, Formen der Lichtallergie erklären zu müssen, von nun an das Mitleid für eine Laune der Natur in seiner Stimme zu hören und in seinen Mails zu lesen.

»Trifft sich gut. Vor dem Abend bin ich bestimmt nicht dort. Ich rufe dich an, wenn ich in der Nähe bin.«

»Neil«, sagte Beatrice und gestattete sich nicht, erleichtert zu sein, weil es ohnehin nur ein Aufschub war, »wir haben zwar noch keine weißen Nächte, aber die Sonne geht mittlerweile bereits sehr spät unter. Verstehst du … ich kann nicht vor Sonnenuntergang nach draußen.«

Er machte keinen Scherz über Vampire. Er fragte sie nicht, ob das nur ein Vorwand sei. Er bat sie nicht um Erläuterungen. Stattdessen hörte sie seine Stimme sachlich, mit nur einem Hauch von Belustigung, durch die leichte Verzerrung ihres Gerätes.

»Ich kann warten.«

* * *

Einem Lieferwagen am Samstagnachmittag von Anchorage aus zu folgen, war nicht weiter schwer. Nach seinem Abschied von Victor Sanchez hatte Neil gar nicht erst den Versuch unternommen, sich an seine Spur zu heften. Auf so eine plumpe Aktion war Sanchez gewiss vorbereitet, er fuhr unter Garantie nicht geradewegs zu seinem Labor zurück.

Die Livion-Niederlassung in Anchorage dagegen ahnte nichts. Er war sich bewusst, dass der Kurs, den er einschlug, bedenklich war. Es mochte verdächtig sein, einen Laborkomplex in Alaska zu bauen, aber illegal war es bestimmt nicht, und wenn Livion dort, wie er vermutete, auch für Regierungsprojekte Experimente durchführte, konnte man sogar die Tarnung als Naturschutzgebiet unter der Rubrik »Nationale Sicherheit« rechtfertigen. Wie dem auch sein mochte, es gehörte zu der Story, dem Hintergrund. Das Domizil, in das Dr. Sanchez sich zurückgezogen hatte wegen einer kreativen Erschöpfung, wie er behauptet hatte, und von dem aus er gleichwohl immer noch Wirkstoffe und Verfahren entwickelte und Patente anmeldete.

Die Telefonnummer des Anchorage-Büros war öffentlich; Neil hatte dort angerufen und gefragt, ob er seine Lieferung von Fröschen auch am Wochenende an das Labor weiterleiten könnte, sonst würde er sie am Montag bringen, und man hatte ihm versichert, alles, was vor zwei Uhr nachmittags einträfe, würde noch am selben Tag die zuständigen Stellen erreichen.

Bis zur Mittagszeit hatte es Neil nach seinem Gespräch mit Sanchez zurück zu seinem Beobachtungsposten bei dem Bürohaus in Anchorage geschafft und fand seine eilige Rückkehr belohnt. Er beobachtete, wie ein Transporter mit Paketen beladen wurde. Er hoffte darauf, dass es sich um ein Versorgungsfahrzeug handelte, und wollte ihm folgen, falls es die Richtung nach Seward einschlug. Alaska war riesig, mit Naturschutzgebieten, von der Fläche größer als Bundesstaaten wie Massachusetts oder New Hampshire, und wenn er Pech hatte, dann ging es nur bis Lake Hood, dem Flughafen für die Wasserflugzeuge. Wer sagte, dass Livion sein Labor nicht über Lufttransporte versorgte? Die Erleichterung, als sie Anchorage hinter sich ließen und tatsächlich die Straße nach Seward nahmen, war für ihn greifbar; es war das Gefühl, starken Kaffee getrunken zu haben. Sein Herz hämmerte, und er sah alles ein wenig schärfer.

Die Fahrt dauerte Stunden; zunehmend fand er es schwerer, sich auf den Lieferwagen vor ihm zu konzentrieren. Einmal bildete er sich ein, in einem der Fjorde einen Walrücken auftauchen zu sehen. Dann lenkte ihn der Exit Glacier ab, ein Auslauf des riesigen Harding-Eisfelds. Das Panorama war atemberaubend. Doch er war nicht hier, um die Landschaft zu bewundern.

Fast hätte er den Moment verpasst, als der Lieferwagen in einen Seitenweg abbog. Ein ungeteerter Weg, mit warnenden Hinweisen versehen: In zwei Meilen beginnt das Connell-Naturschutzgebiet. Ein Betreten ist nur Personen gestattet, die der Staat Alaska autorisiert hat. Langsam bremste Neil ab und ließ den Wagen ausrollen. Er merkte sich die Abzweigung und fuhr bis zum nächsten Parkplatz mit Aussichtspunkt weiter, um dem Lieferwagen bei dessen Rückkehr nicht aufzufallen. Außerdem war es noch zu hell.

Beatrice hatte in ihren E-Mails erwähnte, noch nie ein altes Buch in der Hand gehalten zu haben, und daher hatte er ihr aus einem Antiquariat einen Band mit Essays von

George Orwell mitgebracht. Klein und schmal genug, um ihn in die Tasche seiner Lederjacke zu stecken. Während er wartete, holte er ihn hervor und strich über den roten Leineneinband. Orwell, dachte er, wäre empört über die heutige Welt gewesen, aber gewundert hätte ihn nichts.

Er steckte das Buch in seinen Umschlag zurück, verstaute ihn in seiner Jacke, stieg aus dem Auto und atmete die kühle klare Nachtluft ein. Die Bäume streckten ihre kahlen Arme in den Himmel, als wären sie Opfer von saurem Regen, blattlos, nadellos; er erinnerte sich an die Üppigkeit der vermoosten Bäume in Louisiana und an die verwaisten Ölstationen, die schon Jahre vor seiner Geburt aufgegeben, aber nie demontiert worden waren, und die dort nutzlos zwischen den Sumpfpflanzen aufragten. So ähnlich stellte er sich den Laborkomplex vor; ein rundes, unpassendes Etwas aus Beton und Metall auf Stelzen, hineingesetzt in die Natur.

Als es endlich dunkler wurde, kehrte er zurück zu der Abzweigung und fuhr sehr langsam weiter, während er Beatrices Nummer wählte. Sie fragte ihn, ob er ein geländegängiges Auto hätte, und gab ihm den Rat, nicht weiter auf den Haupteingang zuzuhalten, sondern es östlich etwa eine Meile nach den Bahngleisen abseits von der Straße zu versuchen. Wenn er nicht weiterkäme, solle er den Wagen einfach abstellen und die 500 Yard immer weiter Richtung Osten gehen, bis er auf einen Zaun träfe. Sie würde mit einer Lampe winken. Es dauerte eine Weile, doch schließlich befand er sich, das Handy in der einen, die Taschenlampe in der anderen Hand, vor einem Zaun, der elektrisch geladen aussah und sich endlos in beide Richtungen hinzog. Es dauerte nicht lange, bis er das Lichtfeld einer zweiten Lampe entdeckte.

Mit einem Mal wurde ihm das Absurde der Situation bewusst. »Scully«, flüsterte Neil in sein Handy, »Scully, sind Sie das?«

Aber acht Staffeln Akte X waren spurlos an Beatrice vorbeigegangen; Neil fragte sich, ob man hier im Inneren von Alaska überhaupt solche Programme empfangen konnte. Er hörte ihre Stimme unsicher fragen: »Neil?«

Dann sah er sie. Ein Umriss in der Dämmerung, die trotz des wolkenverhangenen Himmels noch nicht in völlige Dunkelheit übergegangen war, wie er mit Taschenlampe und Handy bewaffnet, schlank und mittelgroß. Ihre Hände steckten in Handschuhen. Es war sehr lange her, seit er eine Frau Handschuhe hatte tragen sehen, wenn nicht gerade eisiger Winter herrschte, und er fühlte sich an ein impressionistisches Porträt erinnert. Sie trug einen Hut, was bei diesen Lichtverhältnissen merkwürdig wirkte, und er ahnte, dass ihr Wunsch, sich erst nach Sonnenuntergang zu treffen, nicht mit ihrer Arbeit oder durch Geheimhaltung zu erklären war. Was ihn jedoch überraschte und fesselte, war ihr Gesicht, das er im Schein der beiden Lampen erkennen konnte.

Neil kannte Abbildungen von Dr. Sanchez aus dessen Jugend. Er war vor kurzem erst dem Original begegnet, und ein Foto von Elaine Sanchez hatte sich inzwischen ebenfalls auftreiben lassen. Beatrice glich keinem ihrer Eltern. Ihr herzförmiges Gesicht mit den hohen Wangenknochen und den wie von einem Pinsel gemalten Augenbrauen verriet weder das kubanische Erbe ihres Vaters noch die rotblonde, robuste Erscheinung ihrer Mutter; wenn überhaupt jemandem, so ähnelte sie einer viktorianischen Elfe, mit der hellen Haut und den großen dunklen Augen. Nur der Mund, nicht klein wie der auf viktorianischen Porträts, gehörte mit seiner geschwungenen, sinnlichen Einladung ganz und gar zur Gegenwart und öffnete sich zu einem zögernden Lächeln, so ansteckend, dass er unwillkürlich zurücklächelte.

»Tut mir Leid wegen der Umstände«, sagte sie zur Begrüßung, und ihre Stimme ohne die technische Verzerrung des Telefons zu hören, berührte ihn auf eigenartige Weise. »Aber ich konnte wirklich nicht früher kommen, und außerhalb des Geländes kenne ich mich leider überhaupt nicht aus. Außerdem habe ich den Verdacht, dass du etwas von dem Laborgelände sehen wolltest.«

»Stimmt«, entgegnete er, »aber erst einmal wollte ich dir etwas geben.«

Er trat ein paar Schritte zurück und warf ihr das Buch über den Zaun zu. Beatrice hatte überraschend schnelle Reflexe für jemanden, der behauptete, nie einen Teamsport ausgeübt zu haben. Das Handy hatte sie weggesteckt, doch sie hielt die Taschenlampe noch immer in der linken Hand. Trotzdem fing sie den Orwell mit der anderen geschickt auf.

»Danke!«, rief sie und fügte mit einer Mischung aus nachklingender Freude und Schuldbewusstsein hinzu: »Mein Geschenk sollte ja das Treffen mit meinem Vater sein, aber das ist wohl ordentlich danebengegangen.«

»Kommt drauf an, aus welchem Winkel man es betrachtet«, sagte Neil diplomatisch.

Während sie das Buch nach einem langen Blick darauf verstaute, fragte sie, nicht herausfordernd, sondern sachlich: »Warum bist du hier, Neil? Wenn es darum geht, auf das Laborgelände zu kommen, dann vergiss es. Ich habe meine Grenzen, und selbst wenn ich dich hereinlotsen könnte, würde ich es doch nicht tun.«

»Loyalität gegenüber der Firma?«, gab er zurück. Sie nickte.

»Keine blinde Loyalität, Neil. Aber die Firma ist mein Arbeitgeber, und wenn sie das ganze Territorium hier hermetisch abriegeln, dann ist es ihr gutes Recht; das ist keine Maßnahme, die mir falsch erscheint.«

Neil besaß ein gutes Ohr für Zwischentöne.

»Dann gibt es andere Maßnahmen der Firma, die dir falsch erscheinen?«

Das Licht, das sie aus der Dämmerung hervorhob, zeigte ihm, dass sie sich auf die Lippen biss, während sie mit der Antwort zögerte. Die Offenheit ihres Mienenspiels frappierte ihn; weder in Washington noch an der Universität Harvard konnte man es sich leisten, so deutlich seine Gefühle zu zeigen. Sogar seine Studenten kamen ihm im Vergleich wie Berufsschauspieler vor.

»Es gibt … Entwicklungen …«, sagte sie langsam, »die mir bedenklich erscheinen. Aber sie werden wahrscheinlich nie über ein bestimmtes Stadium hinausgehen. Die meisten Experimente enden ohnehin in einer Sackgasse, Neil. Nur etwa zwei Prozent führen zu etwas. Außerdem ist es möglich, dass all das, was mir Sorge bereitet, nicht von der Firma ausgeht, sondern nur von einem Einzelnen getragen wird. Und bis ich mir da nicht sicher bin …«

Sie hörte plötzlich auf zu reden. Neil bemerkte zum ersten Mal, wie sich in der Nachtluft die Gerüche von feuchtem Wald und Seeluft vermengten; er erinnerte sich daran, wie er mit Onkel Owen auf die Jagd gegangen war. Das vorsichtige Heranpirschen; es war das gleiche Gefühl, das ihn jetzt erfasste.

»Hat es mit den AIDS-Forschungen deines Vaters Anfang der Achtziger zu tun?«, fragte Neil.

Sie schüttelte heftig den Kopf. »Du hast dich da in etwas verrannt, Neil. Das alles steht mit AIDS in keinerlei Zusammenhang, und mein Vater hat mit dem, was mir Sorgen macht, auch nichts am Hut. Die Angelegenheit gefällt ihm ganz und gar nicht.«

Sein journalistischer Instinkt riet ihm, sie jetzt unter Druck zu setzen; wer wusste, ob er ihr jemals wieder begegnete. Aber etwas warnte ihn, dass sie durchaus imstande war, sich auf der Stelle und endgültig zurückzuziehen, wenn er zu direkt wurde.

»Erzähl mir von deiner Arbeit«, sagte er mit beherrschter Freundlichkeit. »Keine vertraulichen Details natürlich. Damit ich eine ungefähre Idee von dem bekomme, was du tust; bei deinen E-Mails war mir nicht klar, ob es mehr mit Computern oder mit dem Zusammenmixen von irgendwelchen Flüssigkeiten zu tun hat.«

Er konnte sehen, wie sich ihr Körper sofort entspannte.

»Das eine hängt mit dem anderen zusammen«, erklärte sie. »Ich arbeite hauptsächlich mit DNA-Chips, Neil. Damit lassen sich Diagnosen unendlich schneller durchführen als mit den alten Reagenzglas-Methoden.«

»Verzeih die dumme Laienfrage, aber wie funktioniert so ein Chip genau? Ich kann mir auf Anhieb unter DNA-Chip nur so etwas wie elektronische Erbanlagen vorstellen, und das meinst du ja sicher nicht.«

»Es sind Silikonträger, wie Mikroelektronikbausteine. Nur so groß wie ein Daumennagel etwa. Die … Oberfläche, einfach gesagt, ist mit etwa 12 000 Genen ausgestattet, die aber räumlich getrennt sind, und jedes dieser Gene liegt in millionenfacher Ausführung vor. Wenn man diesen biologischen Substanzen nun zum Beispiel pharmazeutische Wirkstoffe zuführt, werden die Beeinflussungen daraus durch den mikroelektronischen Baustein in elektrische Signale umgesetzt. So kann man die Wechselwirkungen, das Aktivieren und Deaktivieren von Genen und irgendwann auch das der meisten Proteine direkt am Computerbildschirm beobachten. Das ist viel schneller als herkömmliche Diagnosen, und die Ergebnisse lassen sich weitaus besser auswerten. Was früher Wochen gedauert hat, verkürzt sich so auf zwei bis drei Stunden.«

Während sie sprach, war alle Unsicherheit, alles Zögern von ihr abgefallen; es erinnerte ihn an die Art, wie die Wildgänse, die einem in Washington hin und wieder über den Weg liefen, jede unbeholfene Erdverbundenheit abstreiften und ganz Grazie wurden, sowie sie sich in die Lüfte erhoben. Ihre Ausführungen brachten sie Schritt für Schritt näher an den Zaun, und nun konnte er Details wie die Grübchen ausmachen, die sich in ihren Wangen bildeten, wenn sie lächelte, wie sie es jetzt tat, als sie hinzufügte:

»Als Warren Mears diese Technik zum ersten Mal ausprobierte, sagte er, wie schade es sei, dass die Menschheit wahrscheinlich nur 35 000 Gene habe. Er hatte Mr. President bereits die Schutzrechte für 80 000 Gene versprochen und für mindestens 100 000 wertvolle Genkombinationen. Das ganze Labor zog ihn damit auf. Wir fragten ihn alle ständig, wo er die restlichen Gene denn nun hernehmen will.«

»Ich dachte, die Gene seien alle schon entschlüsselt worden«, sagte Neil. Er hatte genau registriert, wie sie den Namen Warren Mears aussprach. Dr. Sanchez und Dr. Mears mochten wenigstens ein gemeinsames Patent eingereicht haben, aber die Tochter von Dr. Sanchez war auf alle Fälle keine Bewunderin von Dr. Mears. Neil erkannte einen Ansatz, wenn sich einer bot.

»Noch lange nicht. Was du meinst, sind die Genome, die Summe aller menschlichen Gene. Aber die Proteine setzen die Eigenschaften der Gene um und sind damit verantwortlich für alle Vorgänge unseres Körpers, von der Verdauung bis zur Wahrnehmung. Um ihnen jemals wirklich auf die Spur zu kommen, brauchen wir noch viel bessere Möglichkeiten und Computerleistungen, als wir sie jetzt haben. Kennst du die Geschichte von den Reiskörnern auf dem Schachbrett, eines auf dem ersten Feld, zwei auf dem zweiten, vier auf dem nächsten und so weiter? Bei Proteinen kannst du dir noch einmal eine Million mehr Felder und mögliche Kombinationen vorstellen, nicht nur die 64 wie auf dem Schachbrett und nicht nur eine Verdopplung der Körner pro Feld, sondern eine Verdreifachung. Und schon die kleinste Abweichung auf nur einem der Millionen Felder, sagen wir ein Korn mehr auf Feld 988 344, könnte schon aus der Kombination für einen Knorpel ein Kontrollenzym für irgendwelche anderen Zellen entstehen lassen. So gibt es Milliarden Möglichkeiten, und der modernste heute existierende Rechner benötigt Monate, um all diese Möglichkeiten nur eines einzigen Proteins zu berechnen. Wir haben hier dafür ein Superhirn namens Full Gene. Es erreicht eine Billiarde Rechenoperationen pro Sekunde. Pro Sekunde, Neil! Hast du eine Ahnung, was eine Billiarde ist? Fünfzehn Nullen.«

Die lebhafte Selbstsicherheit in ihrem Ausdruck wich einer plötzlichen Ungewissheit.

»Ich langweile dich, oder?«

»Ganz und gar nicht. Ich kann mir jetzt viel besser vorstellen, woran du arbeitest, und ich war wirklich neugierig. Ich wette, die Chips und die Computer sind manchmal leichter zu behandeln als die Kollegen. Als ich noch in einer

Redaktion tätig war«, begann er und erzählte ihr eine Anekdote, die sie zum Lachen brachte. Dann überraschte sie ihn. Ihr Lachen war noch nicht ganz verklungen, und die Heiterkeit lag noch auf ihrem Gesicht, als sie erwiderte:

»Wenn das ein gerissener Versuch sein soll, mich dazu zu bewegen, über Kollegen zu klatschen, die ich nicht ausstehen kann, dann ist das unnötig, weißt du. Ich habe Warren Mears vorhin nicht zufällig erwähnt.«

Neil hob abwehrend die Hände. »Erwischt.«

»Er wäre mit Sicherheit ein dankbareres Rechercheobjekt als Dad.«

»Hm. Nur ist er nicht plötzlich verschwunden, und die Aura eines zukünftigen Nobelpreisträgers fehlt ihm auch.«

»Ich habe nicht gesagt, dass er so gut wie Dad sei«, gab sie zurück. »Also schön, fast so gut.«

»Wer sagt mir, dass du mich nicht einfach von deinem Vater ablenken willst und dieser Mears nur ein Köder dafür ist?«, fragte Neil und wusste selbst nicht, ob er es ernst meinte.

»Du bist der Journalist«, sagte Beatrice, eher belustigt als beleidigt. »Finde es heraus.«

»Sag mal, forscht dein Vater immer noch über Erbanlagen? Das war doch einmal sein Spezialgebiet.«

»Über die Arbeit meines Vaters kann ich nicht sprechen«, erwiderte sie sehr ernst.

»Dann habe ich noch zwei Fragen. Du leidest unter irgendeiner Form von Lichtallergie, stimmt's?«

Sie nickte. Die letzte Spur eines Lächelns war aus ihrem Gesicht gewichen, und er bedauerte es; sie hatte ein Lächeln, dass man unwillkürlich erwidern wollte. Jetzt, da er die Bestätigung hatte, kam es ihm auf einmal völlig unwahrscheinlich vor. Natürlich gab es mit Sicherheit unterschiedliche Formen, aber er konnte sich an Matts Mutter erinnern, die an einer ähnlichen Krankheit gelitten und selbst elektrisches Licht schwer hatte ertragen können. Beatrice war nicht nur ständig elektrischem Licht ausgesetzt, sondern arbeitete auch noch dauernd vor Computerbildschirmen. Sollten die Strahlen der Sonne wirklich einen solchen Unterschied ausmachen?

Andererseits hatte er auch nicht das Gefühl, dass sie ihn anlog, und er wollte sie nicht durch Skepsis in so einem persönlichen Punkt kränken.

»Die zweite Frage«, sagte Neil daher, »hat rein gar nichts mit medizinischen Themen zu tun. Du siehst einen Vater in Not vor dir, der seine Kinder an diesem Wochenende versetzen musste. Für meine Tochter habe ich schon etwas, aber kannst du mir ein Mitbringsel für meinen Sohn empfehlen, das von seiner Mutter nicht als zu gefährlich qualifiziert wird?«

Darüber, dass er sich am nächsten Tag am Lake Hood ein Wasserflugzeug mieten wollte, um zumindest von oben einen Blick auf das Laborgelände zu werfen, sagte er nichts.

* * *

<Betreff: Erklärung, bitte!
Absender: Charles.Xavier@logansrun.net
Empfänger: bohemian.rhapsody@hotmail.com

Neil,

was zum Teufel treibst du? Ich dachte, ich bekomme schon bald einen Bestseller über eine Zivilisationskrankheit von dir. Fährt man dazu nach Alaska? Eine Afrika-Reise würde ich da schon eher verstehen.>

<Betreff: Abwarten …
Absender: bohemian.rhapsody@hotmail.com
Empfänger: Charles.Xavier@logansrun.net

Chuck,

bitte vertrau mir. Ich bin einer echten Sensation auf der Spur. Jetzt, wo das Semester vorbei ist, habe ich auch wieder alle Zeit der Welt dafür. >

<Betreff: Wichtig – nicht löschen
Absender: bohemian.rhapsody@hotmail.com
Empfänger: d.jordan@gov.att.net

Deirdre,

damit du nicht wieder auflegst, wenn ich anrufe, versuche ich es schriftlich. Ich bin nächste Woche in Washington; kann ich dich und die Kinder dann ausführen, als Wiedergutmachung?

PS Du kennst nicht zufällig jemanden in höherer Stellung beim Patentamt?>

<Betreff: So leicht kommst du nicht davon …
Absender: d.jordan@gov.att.net
Empfänger: bohemian.rhapsody@hotmail.com

Neil,

die Kinder wollen dich nicht sehen. Versuch es in drei Wochen, wenn Julie ihr Konzert hat. Aber versprich nicht vorher, dass du kommst, nur um es dann doch nicht einzuhalten. Was mich betrifft, ich sehe auch keinen Grund für ein Treffen mit dir. Und selbst, wenn ich Bekannte beim Patentamt hätte, würde ich sie mit Sicherheit nicht mit dir belasten. Hast du eine Ahnung, was du angerichtet hast mit dem Blödsinn, den du Clive Forsythe erzählt hast? Wenn ich nicht zufällig Matt getroffen hätte, wäre ich wohl nie dahintergekommen, wem wir die Panik in Sachen neuer Kontrollmaßnahmen zu verdanken haben.

Deirdre>

»Ich habe es gewusst«, sagte Ethan Giles kopfschüttelnd, als Neil mit einem Stoß voller Computerausdrucke bei ihm auftauchte. »Ich habe gewusst, dass ich Sie noch nicht los bin.«

»Neil, ich bin so froh, Sie zu sehen«, unterbrach ihn Neil und versuchte Giles' Tonfall zu treffen. »Neil, Sie waren ein echter Freund, das Red-Sox-Spiel, für das Sie mir die Karten geschenkt haben, war wirklich klasse, und mein dröger Alltag beim MIT wird dadurch aufgehellt, dass Sie mich gleich jetzt bei *Santino's* zum Essen einladen.«

Er stellte seinen Karton mit den Ausdrucken auf Giles' Schreibtisch ab und sah, dass die Mundwinkel des Arztes leicht zuckten. Unter der Brille legten sich Heiterkeitsfältchen um die Augen.

»Sie sind unerträglich, wissen Sie das? Amüsant, aber unerträglich. Na schön. Das Spiel war wirklich gut. Ich gehe auch mit Ihnen essen und gebe Ihnen die Chance, mir zu erklären, was es mit dem Papierberg da«, er wies auf den Karton, »auf sich hat.«

»Ich wusste, Sie sind ein netter Mensch, Doc.«

Santino's wurde, wie mittlerweile fast alle italienischen Restaurants in Cambridge, nicht von einem Italiener geleitet; es kam ihnen ein Koreaner entgegen. Aber die Pasta ließ sich sehen, und Neil ließ es sich nicht nehmen, Giles zu einem enorm teuren französischen Chablis zu überreden.

»Sie wollen mir ein schlechtes Gewissen machen, wie?«, kommentierte Giles und schnupperte an seinem Glas. »Ich warne Sie, diese Psychomasche durch Schuldgefühle funktioniert bei uns Ärzten nicht. Wir haben sie erfunden.«

»Aber gewiss doch. Wer hat eigentlich das Spiel gewonnen?«

»Das wissen Sie nicht? Ich dachte, Sie sind der Fan hier?«

»Ich war in Alaska, Doc. Und jenseits aller Fernsehgeräte. Natürlich wäre ich liebend gern dabei gewesen. Ich meine, wann hat man schon mal die Chance, in Fenway Park das beste Baseball-Team Amerikas spielen zu sehen, wenn man ein viel beschäftigter, gestresster Mann ist?«

Giles hob beide Hände. »Okay, okay, okay. Ich verspreche nichts, aber … was ist in dem Karton?«

Neil nahm sich erst etwas mehr von der köstlichen Pasta und ließ sie sich auf der Zunge zergehen, ehe er antwortete. »Patentschriften.«

»Und …?«, hakte Ethan Giles nach.

»Tja, ich bin zwar ausgesprochen dankbar, dass man unter www.uspto.gov/patft alle erteilten Patente ab 1976 im Volltext abrufen und ausdrucken kann, von den Patentanträgen neueren Datums ganz zu schweigen, aber bereits die Auswahl, die ich getroffen habe, hat meinen Drucker letzte Nacht ziemlich lang auf Trab gehalten. Übrigens, ich habe das Ganze für Sie auch auf Diskette heruntergeladen, nur dachte ich mir, Sie ziehen wie ich Papier vor.«

»Wie zuvorkommend, vor allem, weil ich noch überhaupt nicht eingewilligt habe, auch nur einen Blick auf Ihr Zeug zu werfen. Was für Patente sind das überhaupt?«

»Alle, die ich unter den Namen Warren Mears und Victor Sanchez gefunden habe. Nun ist das Endresultat ziemlich umfangreich, wie Sie ja sehen konnten, und auch nach meinen bisherigen Recherchen ist mir die medizinische Fachterminologie immer noch ein Buch mit sieben Siegeln.«

»Und da«, konstatierte Dr. Giles, nachdem er sich noch etwas hatte nachschenken lassen, »dachten Sie an mich. Neil, schön und gut, dass Sie Material für Ihr neues Buch brauchen, sehe ich ein, aber ich bin doch kein ausbeutbarer Student.«

»Nein, Sie sind eine Seele von Mensch, ein Freund unter Freunden …«

»Seit wann sind wir Freunde?«

»… Und Sie möchten in meinem neuen Buch unbedingt als der wissenschaftliche Experte genannt werden, dem ich alles verdanke. Warum sollten eigentlich immer nur Typen wie Victor Sanchez gute Publicity bekommen? Sie hatten vielleicht kein so aufsehenerregendes Debüt, aber dafür haben Sie seit Jahrzehnten nicht aufgehört, am Ball zu bleiben und zu forschen. So was imponiert mir, Doc.«

»Sie sind unerträglich«, wiederholte Giles noch einmal, seufzte und nahm seine Brille ab, um sie mit der Serviette zu putzen. »Woraufhin soll ich Ihre Ausdrucke denn durchgehen?«

»Das erste Kriterium ist ein Zusammenhang mit AIDS. Sagte ich schon, dass Sie eine Seele von Mensch sind, Ethan?«

Es dauerte eine Woche, bis Dr. Giles ihn anrief und meinte, er habe nun Zeit gehabt, die Sache durchzugehen. Als er Neil mit einer Tüte gerösteter Maronen in der Tür stehen sah, schüttelte er den Kopf, aber er lächelte breit.

»Immerhin sind Sie originell mit Ihren Bestechungen.«

»Soll das heißen, ich muss die Maronen wieder mitnehmen?«

»Unterstehen Sie sich. Sagen Sie mal, wie kommen Sie eigentlich auf solche gastronomischen Taktiken?«

Achselzuckend erwiderte Neil: »Ich bin aus dem Süden. Da wird so etwas erwartet.«

Er schlenderte zu dem Schreibtisch, auf dem säuberlich geordnet fünf Stöße lagen. Giles griff nach den Maronen.

»Der größte Haufen«, erläuterte er kauend, »besteht aus Patenten, die eindeutig nichts mit AIDS zu tun haben. Da geht es um Krebsmittel und Antikörper, wobei mir auffiel, dass die neueren Anmeldungen sich ausschließlich auf Protein-Gen-Kombinationen zur Behandlung von Erbkrankheiten und Alterserscheinungen beziehen. Außerdem tauchen ein paar Verfahrensanmeldungen auf, die wichtig für die Stammzellenforschung sind.«

»Hm. Solange da nichts dabei ist, was mir zeigt, dass die Jungs dort oben in Alaska das Alter gänzlich abgeschafft haben, interessiert mich das nur am Rande.«

»Dachte ich mir. In dem zweitgrößten Haufen finden Sie nicht viel Inhalt, weil die betreffenden Dokumente nur aus Deckblättern bestehen, da sie von Seiten der Regierung aus Gründen der nationalen Sicherheit als top secret eingestuft wurden. Interessanterweise laufen hier die meisten auf Mears, während der erste Haufen von Sanchez dominiert wird. Aber es gibt beträchtliche Überschneidungen.«

Giles nahm sich eine neue Esskastanie. »Haufen Nr. 3 können Sie unter ›Dr. Victor Sanchez und das therapeutische Klonen‹ verbuchen. Sind ein paar interessante Weichenstellungen darin. Aber das ist ja nicht Ihr Thema.«

»Und die Überschrift für Haufen Nr. 4 lautet?«, hakte Neil nach, nachdem er ihn in Augenschein nahm und feststellte, dass dort nicht mehr als vier oder fünf Patente liegen konnten.

»Tja, das hat mich überrascht. Das sind die einzigen Patente, die mit AIDS in Zusammenhang stehen, und selbst das ist nicht ganz klar, weil einige der Mittel genauso gut gegen Blutkrebs eingesetzt werden können oder gegen HIV-unabhängige Immunschwächen.«

»Und das überrascht Sie, weil …«

»Weil Livion ein führender Anbieter von Medikamenten und Tests für AIDS ist. Man möchte meinen, dass sie Kapazitäten wie Sanchez oder meinetwegen auch Mears darauf angesetzt hätten, aber offenbar nicht. Vielleicht wollten sich die beiden auch nicht verzetteln. Das Grundproblem bei HIV sind und bleiben die mutierenden Viren, und nach einer gewissen Weile bewegt man sich da im Kreis.«

»Vielleicht«, entgegnete Neil neutral. »Und wo gehört dieses eine Patent hin, das neben dem vierten Haufen liegt?«

»Das ist ein Fall für sich. Es bezeichnet nämlich überhaupt kein Medikament oder eine sonstige Art von Wirkstoff. Was mit diesem Patent beansprucht wurde, ist die Herstellung eines ziemlich raffinierten Biochips.«

»Unter welchem Erfinder?«, fragte Neil, der das Gefühl hatte, als wäre gerade ein weiteres Puzzlestück, dessen Existenz ihm vorher noch nicht einmal bewusst gewesen war, an seinen Platz gerückt. »Beatrice Sanchez?«

»Nein. Wer soll das sein? Sie haben doch nur Warren Mears und Victor Sanchez ausdrucken lassen.«

»Natürlich, ich vergaß, entschuldigen Sie. Also läuft es unter Victor Sanchez?«

»Nein. Warren Mears.«

Über New York, dachte Neil, lag immer noch ein Schleier, der sich am besten mit »Und trotzdem« umschreiben ließ. Das galt auch und gerade für Restaurants mit einer spektakulären Aussicht auf Manhattan, die seit dem 11. September in ihrer Beliebtheit deutlich hinter die ebenerdigen Etablissements und die in sicheren Kellerlokalen zurückgefallen waren, aber immer noch einen Stamm aus treuen Kunden hatten, durchsetzt von den gelegentlichen tollkühnen fremden Besuchern. Die Preise waren unverändert hoch geblieben, doch da der Mann, mit dem er verabredet war, das Restaurant vorgeschlagen hatte, wäre ein Gegenvorschlag nur kontraproduktiv gewesen.

Rafe Eddington war an der New Yorker Börse zu Hause; er legte Analysen für Aktien von Großunternehmen vor, spezialisiert auf Unternehmen der Pharmaindustrie, aber er tat es für gewöhnlich gegen gesalzene Honorare und für einige wenige ausgewählte Klienten seiner Firma. In seiner schwergewichtigen Art und mit dem wohlwollenden Lächeln, das er jedem schenkte, der ihn begrüßte, wirkte er täuschend harmlos.

»LaHaye«, begrüßte er Neil. »Wie kommen wir hier in New York zu der Ehre, eins der schwärzesten Schafe der Nation begrüßen zu dürfen?«

»Soweit ich das mitbekommen habe«, konterte Neil, während er sich niederließ, »gibt es hier so viele schwarze Hyänen, die anständige Amerikaner regelmäßig um ihre Sparschweine betrügen, dass ein Lamm wie ich, das nur ab und zu mal blökt, nicht weiter auffällt. Dafür bin ich frei und ohne Aufsicht, im Gegensatz zu den Hyänen.«

»Mmmm. Der Dschungel schreibt eben seine eigenen Gesetze. Schwarze Schafe werden hier intern gefressen, dazu brauchen wir niemanden aus Washington. Die dort können es sich ohnehin nicht leisten, den Raubtieren wirklich auf die Pfoten zu hauen, schließlich müssen sie alle ihre

Wahlkämpfe finanzieren. Und Papageien wie Sie sind im Grunde harmlos. Also, was führt Sie zu mir?«

Während einer der Kellner die Speisekarte und die Weinkarte brachte, stellte ein zweiter einen Brotkorb auf den Tisch. Neil warf einen flüchtigen Blick auf die Speisekarte und erwiderte beiläufig:

»Einer meiner Cousins ist bei der Manhattan-Bank zuständig für Wertpapiere. Als ich ihn fragte, ob er mir etwas Hintergrundmaterial über Livion und den Pharmamarkt beschaffen könnte, verwies er darauf, dass man heute selbst bei den großen Wertpapierhäusern nicht mehr sicher sein kann, ob die Leute dort fair arbeiten oder nur das PR-Material der Firma weitergeben, deren Strukturen sie eigentlich durchleuchten sollten. Sie dagegen würden gewöhnlich nur für die großen Fonds arbeiten, und die würden Ihnen solche Fehler nie verzeihen.«

Eddingtons Gesicht war hinter der Weinkarte verschwunden, als er gedämpft bemerkte: »Da liegt er richtig. Ihnen ist aber schon klar, dass unser Gespräch keine einseitige Sache sein kann. Das habe ich Ihrem Cousin gleich gesagt, als er den Termin arrangiert hat. Ich kann mir keine Zeitverschwendung leisten.«

»Roger ist ein Profi«, antwortete Neil. »Verwandtschaft hin oder her, er hätte Sie nicht angesprochen, wenn er nicht wüsste, dass ich in der Lage bin, mich für Ihre Informationen erkenntlich zu zeigen.«

»Tja«, sagte Eddington genüsslich, »dann lassen Sie uns mal bestellen.«

Es fiel Neil auf, dass Rafe Eddington die französischen Namen sowohl der Weine als auch der Gerichte akzentfrei aussprach; der Mann war in jeder Lebenslage ein Profi. Sie warteten, bis ihnen die Aufmerksamkeit des Hauses serviert worden war, eine hauchzarte Kombination aus Spargelköpfen und Lachs, dann fragte Eddington:

»Was wollen Sie wissen?«

»Gehört Livion Ihrer Meinung nach zu denen, die kommen, oder zu denen, die gehen, weil ihnen die Patente auslaufen?«

Eddington schnalzte mit der Zunge. »Es gibt keine Firma, die risikofreudiger und aggressiver an den Markt geht als Livion. Das sind Könner. Die werden noch auf sämtlichen Beerdigungen der anderen Firmen tanzen.«

Nachdem er sein letztes Stück Spargel heruntergeschluckt hatte, erkundigte sich Neil: »Honoriert das die Börse? Die veröffentlichten Gewinne scheinen jedenfalls nicht an Pfizer und GlaxoSmithKline heranzureichen.«

»Alles hat seine Zeit«, entgegnete Eddington gemütlich. »Sowohl das Investieren als auch das Kassieren. Zurzeit wird wohl wieder investiert. Aber Profit ist das Endziel, und verlassen Sie sich darauf, die Jungs an der Spitze von Livion wissen, wie man den macht.«

»Und das bei einer Branche, die angeblich nur für die elementaren Probleme der Menschheit da ist«, kommentierte Neil trocken, um sein Gegenüber aus der Reserve zu locken.

Eddington grinste. »Wenn Sie mich fragen, keine andere Branche ist so hart.«

»Na ja. Ich habe einige Erfahrung mit der Rüstungsindustrie.«

Die Bemerkung löste bei Eddington ein verächtliches Schnauben aus.

»Die sind ein Haufen Philanthropen im Vergleich. Selbst ein Kokain-Boss würde bei der Pharmaindustrie keine zwei Jahre durchhalten. Schließlich sind die Gewinne bei

Pharma ja auch wesentlich höher. Bei dreißig Prozent ausgewiesenem Gewinn, mein Freund, gibt es nur eins: Fressen oder gefressen werden.«

»Sie werden philosophisch. Wie wär's mit ein paar konkreten Beispielen?«

»Denken Sie an den Kampf bei der Gesundheitsbehörde FDA um die Zulassung. Wer es schafft, dass die Konkurrenz noch ein paar Monate warten muss, macht vielleicht eine Milliarde mehr in diesem Jahr. Was würden Sie alles für eine Milliarde tun?«

Neil zuckte die Achseln. »Möchte ich nicht darüber nachdenken. Ich habe erst vor kurzem Nachhilfeunterricht in großen Zahlen erhalten.«

Auf einem kleinen Tischchen wurde der Sherry für Eddington und Neils Weißwein herbeigerollt. Während der Kellner ihre Aperitifs abräumte, fragte Neil:

»Womit genau wird Ihrer Einschätzung nach bei Livion das große Geld gemacht, woran wird gearbeitet?«

»Tja, die arbeiten schätzungsweise an sechzig neuen Wirkstoffen. Vierzig Medikamente sollen verbessert werden. Sie haben vier Blockbuster, die …«

»Blockbuster?«

»Blockbuster sind Medikamente, die allein mehr als eine Milliarde Umsatz machen. Wer so was im Stall hat, verteidigt es natürlich mit Zähnen und Klauen bis zum Auslauf des Patentschutzes, um sich die Gewinne zu erhalten. Blockbuster sind zum Beispiel h3c4 als Bluthochdruckmittel, Antibiotika, ein Verzögerungsmittel für AIDS, ein Herzkreislaufmittel und was man sonst noch alles so haben muss wie Vitamine. Oder der Schnickschnack, den Ihre Großmutter garantiert vor dem Einschlafen nimmt.«

»Leuchtet ein«, sagte Neil und wartete, bis die Kürbiskernsuppe, die er bestellt hatte, vor ihm abgesetzt wurde. Eddington schaute wohlgefällig auf seinen Waldorfsalat.

»Nun habe ich aber gelesen«, fuhr Neil fort, ehe er zum Löffel griff, »dass die AIDS-Mittel, die Livion verwendet, nicht aus eigener Quelle stammen, sondern dass man hier mit Lizenzen arbeitet.«

»Ja und nein. Das Geschäft mit dem Original-AZT ist ohnehin ausgelaufen, zusammen mit dem Patent. Deswegen kann man jetzt damit in Afrika großzügig sein. Bei uns geht es um die neuen geschützten Kombinationen. Man steht in Verhandlungen und ist kurz davor, einen Lizenzgeber dafür zu übernehmen. Der kostet derzeit nur zehn Milliarden, das ist in der Branche spottbillig. Seine anderen Patente laufen aus, und das drückt die Kurse. Noch einen Monat, dann hat ihn entweder Livion oder Pfizer geschluckt. Wer von beiden das Rennen macht, ist noch nicht raus.«

»Aber noch ist es nicht so weit.«

»Nein. Deswegen wird mit AIDS-Mitteln bei Livion auch nicht das ganz große Geld verdient. Aber einige 100 Millionen Reingewinn kommen wohl schon zusammen. Die Sache ist die, Livion hat den Ruf, die besseren Forscher zu beschäftigen, und das zahlt sich langfristig aus. Ihr ganz großes Geld machen sie derzeit mit einer Mischung aus Schutz- und Verteidigungsstoffen. Seit der Anthrax-Affäre ist das Pentagon ganz heiß auf die. Dafür hat Livion sogar einen Supercomputer bekommen, ein Schwesterchen von Nirvana in Los Alamos. Kann man sonst nicht kaufen, aber für die Sicherheit ist nichts zu teuer.«

»Beste Wissenschaftler. Verstehen Sie darunter dieses Labor in Alaska und das Sanchez-Mears-Gespann?«

Eddington warf ihm einen schrägen Blick zu.

»Sie sind gut informiert.«

Danach herrschte eine Weile Schweigen. Neil spürte den Pfeffer, der dem süßen Kürbisgeschmack beigemischt war. Das Brot, das er sich nahm, war ungewohnt fest; es musste wohl aus einer der Delis stammen, die es hier in New York gab. Er war bald mit seiner Suppe fertig, wartete jedoch, bis Eddington sich mit einem befriedigten Seufzer von seinem Salat zurücklehnte. Bis der Hauptgang aufgetischt wurde, musste er sein rhetorisches trojanisches Pferd in den Stall bringen. Obwohl er sich bei der Stammzellengeschichte trotz der Bemerkungen von Beatrice und Giles absolut nicht sicher war. Aber er hatte seinen Instinkt, den Instinkt, der ihm über Jahre hinweg in solchen Situationen immer geholfen hatte. Die kleinste Unsicherheit gegenüber diesem Großstadthai zu zeigen, wäre selbstmörderisch.

»Dr. Sanchez ist ja einer der ersten Forscher, die sich mit AIDS beschäftigt haben«, sagte er. »Aber seit Mitte der Achtziger hört man überhaupt nichts mehr von ihm.«

»Das ist Absicht. Mr. President hält große Stücke auf ihn. Was Livion betrifft, sind Sanchez und Mears seiner Ansicht nach die Stützen des Hauses und stehen hinter allen wichtigen Entwicklungen. Sie werden isoliert und gepflegt wie rohe Eier, damit sie niemand abwirbt. Aber solche Leute denken sowieso nicht primär ans Geld.«

Er schenkte Neil ein mokantes Lächeln.

»Die sind nicht wie wir. Die wollen forschen, und Alaska bietet das ideale Terrain dafür. Da tritt ihnen niemand ständig auf die Zehen, wie in Massachusetts oder Kalifornien. Allerdings flüstert mir ein Vögelchen, dass Livion vorhat, das Labor auszugrenzen und als eigenständige Firma mit Sitz auf den Bahamas ins Handelsregister eintragen zu lassen.«

»Lassen Sie mich raten. Wegen der Steuern oder wegen eventueller Sammelklagen?«

»Ts, LaHaye, wer wird denn gleich von Klagen reden. Der Steuern wegen. Wenn die in Alaska tatsächlich die Nuss knacken, an der sie derzeit arbeiten …«

»Proteinentschlüsselung?«, unterbrach ihn Neil. Eddington schmunzelte.

»Okay, Sie brauchen mich nicht mehr zu beeindrucken. Sie wissen wirklich Bescheid. Also wenn sie das schaffen, dann kann der Gewinn in diesem Bereich allein in ein paar Jahren größer sein als bei Pfizer insgesamt, und das schließt all die anderen Erträge, die Livion erzielt, nicht mit ein.«

»Tja«, sagte Neil gedehnt, »wenn die Proteinentschlüsselung alles wäre.«

Eddingtons Augen verengten sich. »Ich bin ganz Ohr.«

»Mir leuchtet das, was Sie vorhin über die finanziellen Schäden, die ein paar Monate Verzögerung während des Wartens bei der FDA einbringen, sehr ein. Leider gibt es aber Genehmigungen, die bei aller gebührenden Ehrfurcht vor dem Profit nicht so leicht erteilt werden können, ohne zum Beispiel die Wähler nervös zu machen.«

Die ganze Unterhaltung erinnerte Neil daran, wie man im trüben Gewässer fischte. Nun kam es nur darauf an, dass Eddington anbiss. Der Analyst musterte ihn und trank etwas von seinem Sherry.

»Ihre Frau arbeitet doch für Cunningham«, sagte er, nachdem er sich wieder die Kehle befeuchtet hatte. »Sagen Sie, ist etwas dran an dem Gerücht, dass die Stammzellendirektiven durch einen neuen Gesetzentwurf verändert werden sollen?«

»Exfrau«, stellte Neil fest, »und selbst wenn da etwas dran wäre, würde sie dann mit mir darüber sprechen?«

Er ließ die Frage ausklingen und sah etwas in Eddingtons Augen aufleuchten. Natürlich glaubte Eddington das Gegenteil. Der Zynismus der Menschen ließ sich auch hervorragend gegen sie einsetzen.

»Ich dachte nur, weil Sie mich über die Prognosen in Sachen Livion gefragt haben«, sagte Eddington.

»Weil Livion, falls die Stammzellenforschung nicht mehr rein therapeutisch sein muss, sehr bald diesbezügliche Mittel vorlegen könnte noch vor den übrigen Firmen«, erwiderte Neil und ließ es wie eine Feststellung klingen, obwohl sie beide wussten, dass es eine Frage war.

»Hmmm«, entgegnete Eddington. »Mag sein, dass ich so etwas läuten hörte.«

»Damit können sie natürlich nicht an der Börse werben. Mit der Aussicht auf eine Proteinentschlüsselung dagegen schon. Ein besserer Werbeslogan als ›vollständige Erklärung des Wachstums und des Lebens‹ lässt sich kaum vorstellen. Wäre es da nicht tragisch, wenn sich herausstellen würde, dass diese Proteinentschlüsselung noch in weiter Zukunft liegt, weil in Alaska in Wirklichkeit alle Kräfte am therapeutischen Klonen von embryonalen Stammzellen arbeiten?«

Mit einem kleinen, aber unüberhörbaren Knall stellte Eddington sein Glas zurück auf den Tisch, wo es ein Kellner sofort wieder beflissen nachfüllte, während ein zweiter den Hauptgang heranrollte. Das Kalbssteak in Trüffelsauce duftete verführerisch, und auch Eddingtons mandelbedeckter Barsch sah aus, als würde er dem Ruf der hiesigen Küche Ehre machen.

»Guten Appetit«, sagte Neil milde.

»Sie haben einiges auf diese Gib-uns-diese-Chance-Kampagne gesetzt«, entgegnete Eddington und begann grimmig, seinen Barsch auseinander zu nehmen. »Wenn sie die richtigen Fürsprecher in der Politik hinter sich bringen können und alles für sie glatt geht, dann haben sie einen Vorsprung, den Pfizer und die anderen nicht mehr so schnell einholen können. Aber es ist ein verdammtes Risiko. Und wenn sie den Anlegern falsche Tatsachen vorgespiegelt haben, weil jeder lieber Proteinentschlüsselung unterstützt, als sich auf das Glückspiel mit den Embryos einzulassen … hmmmm …«

»Das haben Sie gesagt«, stellte Neil fest, »und nicht ich.«

»Ich sehe, wir verstehen uns.«

Eddington goss noch ein wenig flüssige Butter auf seinen Barsch.

»Wie es der Zufall will«, meinte er nachdenklich, »gibt uns Mr. President zurzeit die Ehre.« Er schenkte Neil sein mokantes Lächeln. »Nicht der Präsident, wenn Sie verstehen, was ich meine.«

»Armstrong ist hier in New York?«

»Mitsamt seiner 8000-Tonnen-Yacht und dem Verteidigungsminister als Gast. Dem echten diesmal. Sie sind beide zu einer UN-Benefiz-Gala zugunsten der AIDS-Opfer eingeladen. Wär das nicht ein Interview für Sie, Mr. La Haye?«

Der erdige Geschmack der Trüffel ergänzte das zarte Kalbfleisch perfekt.

»Auf die Yacht komme ich nie«, sagte Neil und fügte hinzu, absichtlich einen der Spitznamen für den Verteidigungsminister gebrauchend, »nicht, wenn der Sec Def dort auch ein Gastspiel gibt. Wenn überhaupt Journalisten zugelassen werden, dann solche mit mindestens zwanzig Jahren Zahnlosigkeits-Resümee.«

Er gab den Worten Sec Def eine andere Aussprache,

»seek death« – suche den Tod –, und Eddington zog eine Grimasse.

»Wenn ihr Schreiberlinge einen Fehler habt, dann den, dass ihr euch im Grunde alle für verhinderte Poeten haltet.«

»Wann soll die UN-Gala denn stattfinden?«

Eddington brummte nur und schob das nächste Stück Fisch in sich hinein. Seine kleine rosa Zunge glitt hastig über seine Lippen, um einen Mandelsplitter aufzulecken.

»Kommen Sie schon, Rafe. Sie haben mir da sehr deutlich einen Tipp gegeben, da können Sie mir die Einladung auch gleich beschaffen.«

»Nichts da. Die besorgen Sie sich selbst, mein Freund, und viel Glück. Sie findet morgen Abend statt, in der Met. 5000 Dollar pro Person war der offizielle Preis, aber die Karten sind längst weg, und ich möchte gar nicht wissen, was die Leute auf dem Schwarzmarkt dafür aufwenden, sich dort gepflegt langweilen zu lassen.«

Das Spiel der Yankees begann um acht Uhr abends, aber die Menge, die in das riesige Stadium in der Bronx strömte, sorgte bereits um sieben dafür, dass man kaum noch sein eigenes Wort verstand.

»Warum ich dich mitnehme statt Elaine, das wüsste ich gerne«, sagte Charles Xavier kopfschüttelnd, als sich Neil mit einer Tüte Popcorn neben ihm niederließ.

»Weil deine Frau nichts von Baseball versteht und weil ich nicht jeden Tag nach New York komme«, entgegnete Neil und reichte seinem Agenten das Cola, das er ihm mitgebracht hatte. In dem hellen Scheinwerferlicht, das über dem Stadion lag, schimmerte Xaviers Glatze.

»Sag mir, dass du ein Exposé dabeihast, das ich einem

Verlag präsentieren kann«, gab Xavier zurück, »eins für ein sensationelles Buch, das nicht für den kleinsten Hassanruf sorgen wird, sondern im Schnelltempo auf die Bestsellerlisten marschiert, und ich besorge dir vielleicht sogar ein Dauerabo.«

Neil lachte. »Aber Chuck, du weißt doch, dass ich auf die Red Sox stehe. Ein Abo bei den Yankees wäre Verrat.«

»Du hast immer noch kein Exposé«, stellte Xavier resignierend fest und wiederholte den Satz noch einmal empört: »Du hast immer noch kein Exposé?!?«

»Beruhig dich. Ich habe eins. Ich habe sogar schon mit dem Buch angefangen. Aber es ist ein verdammt heißes Eisen, und ich will nicht, dass irgendjemand in der Branche vorher Wind davon bekommt. Chuck, wenn wir das richtig angehen, wird es die Popularität von *Liebesgrüße* noch bei weitem übertreffen.«

Er gab nicht nur eine Vorstellung für seinen Agenten. Es mochte auch an dem erwartungsfrohen Klima innerhalb des Stadiums liegen, an den Tausenden, die allmählich die Sitze füllten, an *We will rock you*, dem Queen-Song, der gerade angespielt wurde, an der Überzeugung, seit seiner Alaska-Reise und den letzten Treffen mit Giles und Eddington allmählich alle Puzzle-Teile beisammenzuhaben. Neil fühlte sich von der Gewissheit getragen, dass dieses Buch die Menschen aufrütteln, dass es Leuten wie Mrs. Edgarson zwar nicht ihre Söhne wiedergeben, aber doch Genugtuung verschaffen würde.

»Das muss es auch«, konstatierte Xavier trocken, »um all die Quittungen für Reisekosten zu decken, die du mir bisher schon geschickt hast. Kalifornien und New York verstehe ich, aber was haben Miami und Alaska mit einem Bestseller über AIDS zu tun?«

Neil blickte auf das Spielfeld, wo neben dem Maskottchen des Teams auch eine überlebensgroße Zahnbürste herumspazierte. Auf der Anzeigetafel, die später die Ergebnisse zeigen würde, flackerten die Namen und Porträts der Bronx-Bewohner, die derzeit als Soldaten kämpften.

»Ich habe mich einfach an die alte Krimi-Regel gehalten, Chuck. Folge dem Geld. Und der Frage, wem nützt das, was geschehen ist.«

Xavier griff sich etwas von dem Popcorn und kaute nachdenklich. Nach einer Weile fragte er und musste die Frage noch einmal lauter wiederholen, damit Neil ihn verstand:

»Und mit wem legen wir uns dann möglicherweise an? Respektive der Verlag, den ich dazu beschwatzen soll, das Ganze herauszubringen?«

»Die üblichen Verdächtigen«, sagte Neil beruhigend. »Nur diesmal eben nicht die Rüstungsindustrie, sondern die Herren in den weißen Kitteln. Und ein paar ihrer staatlichen Verbindungsleute. Die sind an Verschwörungstheorien und Dementis gewöhnt und müssen sich das gefallen lassen. Nichts was durch die Meinungsfreiheit und nachweisbare Fakten nicht gedeckt ist. Wenn jemand rechtliche Konsequenzen zu fürchten hat, dann die.«

»Du weißt, dass man den Staat nicht verklagen kann«, bemerkte Xavier abwesend. Neil zuckte die Achseln.

»Nicht auf mehr als 100000 Dollar, klar. Wenn ich irgendwann mal Zeit habe, schreibe ich einen Beschwerdebrief an die britische Nation, weil sie uns dieses Erbe trotz zweihundertjähriger Unabhängigkeit hinterlassen hat. Aber einzelne Konzerne kannst du mit Milliardenklagen drankriegen. Ich glaube, wenn ich dieses Buch veröffentlicht habe, werden sehr viele Leute sehr viele Anwaltskanzleien sehr glücklich machen.«

Xavier räusperte sich. »Solange es nicht unsere Kanzlei ist. Neil, so großzügig das Medienrecht auch ist, so was kann verdammt danebengehen, wenn deine Behauptungen nicht absolut wahrscheinlich sind. Die Zeit, wo wir eins der ganz großen Verlagshäuser mit einem ungeschriebenen Manuskript von dir ködern konnten und einen Riesenvorschuss bekommen haben, ist vorbei, und die kleineren Verlage verlassen sich nicht auf optimistische Auslegungen des Medienrechts. Außerdem haben sie keine riesigen Rechtsabteilungen, die alle möglichen Konsequenzen vorher prüfen können.«

»Bist du nun ein Genie von einem Agenten oder bist du keines?«, fragte Neil herausfordernd. »Mit dem neuen Buch von mir kannst du einen dicken Fisch an Land ziehen, glaub mir.«

»Schmeicheleien sind billig.«

»Habe ich dir schon mal zu viel versprochen?«

»Du hast mir seinerzeit geschworen, dass die amerikanische Öffentlichkeit schockiert und fasziniert zugleich von den Schicksalen der Gefangenen in Guantánamo sein würde«, stellte Xavier fest, »und stattdessen waren sie nur desinteressiert und empört über die bloße Existenz des verflixten Buches. Neil, schau, ich mag dich wirklich gern. Ich habe damals auch sofort verstanden, wie sehr der ganze Ärger mit Deirdre sich auf dein Urteilsvermögen niederschlagen musste. Aber jetzt ist die Schonzeit vorbei, verstehst du? Jetzt will ich nur noch Gold in papierner Form sehen. Ich habe Partner, denen gegenüber ich Rechenschaft ablegen muss.«

Neil zog eine übertriebene Grimasse. »So viel zu meinen Plänen, im Internet zu veröffentlichen.«

»Auch du, mein Sohn Brutus? Untersteh dich«, gab

Xavier zurück und fügte beunruhigt hinzu: »Das war doch ein Witz, oder?«

Es war als Scherz gedacht gewesen, doch nun konnte Neil nicht widerstehen.

»Alles schon da gewesen.«

»Vergiss es. So was würde kein Verlag dir verzeihen, und ich auch nicht.«

»Im Interesse weiterer Yankee-Besuche …«, sagte Neil gedehnt, griff sich etwas Popcorn und lehnte sich zurück, um das Spiel zu genießen.

Bis zur Pause hatte er auch das Thema UN-Gala aufs Tapet gebracht, ohne Armstrong beim Namen zu nennen, und eine abschlägige Antwort erhalten. Sicher, Xavier fand auch, dass so eine Gala ein wirkungsvoller Kontrastpunkt zur Beschreibung von Ted Sandiman und den Hinterbliebenen der ersten AIDS-Opfer sein würde, aber es war zu kurzfristig und zu teuer, Neil jetzt noch eine Einladung zu verschaffen.

Als Neil zu den Klängen von *Let's go to ballroom* aufstand, um sich die Beine zu vertreten und neue Getränke zu besorgen, erspähte er auf der Treppe eine elegante Frau mit graublonden Haaren, die ihm bekannt vorkam. Eine Sekunde später war er sicher, dass die Götter auf seiner Seite waren.

»Hallo, Louisiana«, sagte Dinah Strauss, als sie ihn entdeckte. »So trifft man sich wieder. Was macht das neue Buch?«

Er machte ein paar Andeutungen und ließ einfließen, wie sehr eine Wohltätigkeitsveranstaltung größeren Stils ins Bild passen würde. Wie Neil gehofft hatte, stellte sich heraus, dass sie als Schwester eines so frühen Opfers tatsächlich zu der UN-Gala eingeladen worden war.

»Dad natürlich auch«, erzählte sie, während Neil und sie am Geländer am Rundgang lehnten und die Unterhaltungsnummern verfolgten, die sich auf dem Spielfeld die Ehre gaben, solange die Pause währte. Soweit er es ohne Fernglas erkennen konnte, hatte man einer Frau die Augen verbunden und sie aufgefordert, eine riesige Plüschkuh umzurennen, die laut »Muh! Muh!« rief.

»Aber er sagt, er ginge lieber freiwillig ins Altenheim, als sich noch eine einzige rührselige Rede anzuhören, und dem Nächsten, der ihm eine Anstecknadel mit roter Schleife reiche, würde er die Augen damit ausstechen.«

»Ihren Vater würde ich gerne mal kennen lernen.«

»Ganz bestimmt nicht. Er hält alle Südstaatler für rassistische Tölpel mit Lynchjustizmoral.«

»Aber ich bin wirklich gut als Bostoner«, erwiderte Neil in seiner besten Imitation eines Neuengland-Akzents. Sie lachte.

»Na ja, vielleicht.«

»Haben Sie seine Einladung bereits weitergegeben?«, fragte er so beiläufig wie möglich und blickte zum Spielfeld hinunter. Nach drei vergeblichen Versuchen aus unmittelbarer Nähe rannte die Frau mit der Augenbinde nun endlich die Plüschkuh um. Dinah Strauss schüttelte den Kopf.

»Ich hoffe nur, dass keine Touristen hier sind und hier ihren ersten Eindruck von Amerika bekommen. Verraten Sie mir eins – warum seid ihr sozialkritischen Schriftsteller nur so scharf auf die Highsociety?«

»Die Reichen sind anders als du und ich«, zitierte er F. Scott Fitzgerald und verzog den Mund zu einem Lächeln. »Reine Materialsuche und die Gelegenheit, ein paar gute Sätze fürs Buch aufzuschnappen. Außerdem soll das Essen gut sein.«

»Und Barbra singt«, ergänzte sie.

»Und Barbra singt.«

»Möglich, dass ich die Karte noch habe«, sagte Dinah Strauss und warf ihm einen schrägen Blick zu. »Aber warum sollte ich sie ausgerechnet Ihnen geben? Wir kennen uns ja kaum.«

»Dafür gibt es mindestens zwei plausible Gründe«, entgegnete er. »Einer der Gäste ist der Arbeitgeber des Kubaners, der Ihren Bruder behandelt hat und dann verschwunden ist. Nach allem, was ich bisher herausgefunden habe, war das der Einfall des Arbeitgebers.«

Sie sog heftig den Atem ein. Für einen Moment zeigte sich hinter der Fassade der schlagfertigen New Yorkerin wieder die verwundete Frau, die im Central Park mit ihm gesprochen hatte.

»Und der zweite Grund?«, erkundigte sie sich dann, sehr ruhig.

»Ich sehe einigermaßen repräsentabel in einem Anzug aus, bin ein wirklich guter Tänzer und vielleicht ab und zu beleidigend, aber nie langweilig.«

»Hm«, sagte sie und musterte ihn. »Das sind drei Gründe. Aber wissen Sie, ich sehe selbst nicht schlecht in einem Anzug aus. Fand jedenfalls meine letzte Freundin.«

»Da bin ich sicher«, gab er zurück und stellte fest, dass es ihm Spaß machte, in der Gewissheit zu flirten, dass nie mehr von ihm erwartet werden würde. »Erlauben Sie mir dann, Sie morgen Abend in einem Anzug zu einer garantiert nicht langweiligen Wohltätigkeitsgala zu eskortieren?«

»Das war so ungefähr die raffinierteste Variante von ›ich lade dich ein, und du zahlst‹, die ich je erlebt habe«, sagte sie bewundernd. »Aber warum nicht.«

Es fiel schwer zu sagen, was die Gäste an diesem Abend in der Met häufiger trugen, rote Schleifen oder Juwelen. Barbra Streisand sang in der Tat gekonnt und herzergreifend, gefolgt von Montserrat Caballé. Für Neil wäre es selbst dann ein unterhaltsamer Abend gewesen, wenn er nicht in der Erwartung hingegangen wäre, irgendwann mit Armstrong zu sprechen. Er unterhielt sich blendend mit Dinah Strauss. Erst als Armstrong, als einer der Ehrengäste und Sponsoren des Ereignisses, um eine Rede gebeten wurde, fiel Neil in die Wirklichkeit zurück.

»Solange es Livion gibt«, verkündete James T. Armstrong mit ausgebreiteten Armen wie ein alttestamentarischer Prophet, »solange dürfen die HIV-Infizierten dieser Welt hoffen.«

»Vorausgesetzt, sie haben genügend Geld«, murmelte Dinah Strauss sardonisch, während Neil Mrs. Edgarson vor sich sah und Ted, Ted mit seiner grauen Haut und den zerstörten Hoffnungen. »Wenn der Mann jemals wirklich Präsident werden sollte, ziehe ich nach Kanada.«

»Er hat mindestens zwei Leibwächter dabei, wahrscheinlich mehr«, sagte Neil und reckte den Hals, um sich zu vergewissern. »Wenn ich mich beim Händeschütteln anstelle, komme ich nicht dazu, mehr als zwei Sätze zu sagen, bevor einer von den Gorillas mich weiterschiebt. Ich werde ihn im Lift abpassen, Dinah. Kommen Sie mit?«

»Ist einen Versuch wert. Heute Abend finden noch ein paar andere Empfänge statt; wenn er seine Rede gehalten und die wichtigsten Hände geschüttelt hat, wird er garantiert verschwinden. Wie gut seid ihr Südstaatler denn im Vordrängeln?«

Es waren etwas mehr als ein paar Rempeleien nötig, doch am Ende stand Neil neben James T. Armstrong, einer lächelnden Dinah Strauss und zwei betont gelangweilt dreinschauenden Leibwächtern im Aufzug zur Parkgarage. Die Uhr lief, also machte Neil es kurz. Es gab keine Zeit für Plänkeleien.

»Mr. Armstrong, mein Name ist Neil LaHaye. Haben Sie irgendeinen Kommentar zum Rückzug des von Ihnen so geförderten Dr. Victor Sanchez aus der Öffentlichkeit kurz nach den ersten publik gewordenen AIDS-Fällen? Oder darüber, dass Livion erst danach die AZT-Lizenz erworben hat?«

»Dies ist wohl kaum der Zeitpunkt für ein Interview«, entgegnete Armstrong mit einem angewiderten Gesichtsausdruck. »Fragen Sie wegen eines Termins bei meiner Pressechefin nach.«

»Er ist nicht der Einzige, der das gern wissen will«, mischte Dinah Strauss sich ein. »Ihr Dr. Sanchez hat 1981 meinen Bruder Justin behandelt und dann nach drei Monaten die Betreuung einfach abgebrochen.«

Armstrongs gesamte Ausstrahlung veränderte sich sofort vom herrischen Konzernschef zum mildtätigen Patriarchen. »Nach seinen besten Fähigkeiten, da bin ich sicher. Es sind Wissenschaftler wie Dr. Sanchez, die, inspiriert von der Tragödie Ihres Bruders und seiner Leidensgenossen, unerschöpflich weiterforschen, immer auf der Suche nach neuen Mitteln gegen das schreckliche Virus …«

»Aber nicht Dr. Sanchez selbst«, unterbrach Neil. »Dr. Sanchez arbeitet an ganz anderen Dingen in Ihrem Forschungslaboratorium in Alaska, nicht wahr?«

Armstrongs Gesicht verhärtete sich wieder. »Wie bitte?«

Einer der Leibwächter trat vor.

»Das reicht jetzt.«

»In der Tat«, sagte Armstrong. »LaHaye … Sind Sie nicht dieser Terroristensympathisant?«

»Nein«, entgegnete Neil kühl. »Ich bin der Autor, der die Leichen im Keller findet. Darin bin ich ungeschlagen, Mr. Armstrong. Sie haben doch so viele Freunde; falls auch ehemalige Mitglieder der Atomenergiekommission dabei sind, fragen Sie die. Oder geben Sie mir eine Erklärung.«

Er spürte die Hände des Leibwächters auf seinen Schultern. »Hören Sie auf, Mr. President zu belästigen!«

Armstrong selbst verzog keine Miene mehr. Der Aufzug hielt an, und er marschierte hinaus, mit dem Rest seines Gefolges. Dinah räusperte sich.

»Nicht, dass es dem Schnösel nicht recht geschah«, kommentierte sie trocken, »aber für mich war das kein Interview, sondern zwei Kerle in einem Meiner-ist-länger-Wettbewerb.«

»So kann man es auch sehen. Immerhin hat er mir gerade bestätigt, dass sein Laborkomplex mitsamt des guten Dr. Sanchez in Alaska ein heißes Eisen ist.«

»Noch mehr phallische Symbole?«

Neil hob lachend die Hände. »Okay, okay, ich gebe mich geschlagen. Meine Güte, kann hier jeder in New York seinen Freud auswendig? Ich dachte, das wäre nur Woody Allen.«

Dinah klopfte ihm auf die Schulter und entgegnete mit einem unverschämten Grinsen: »Machen Sie sich keine Sorgen, mein Junge. Der Süden wird sich wieder erheben!«

* * *

Da sie ihren Vater noch abfangen wollte, ehe er zum Mittagessen in die Kantine verschwand, zog Beatrice ihre

Codekarte so hastig durch den Abtaster, dass sie ihr herunterfiel. Sie öffnete die Tür zum Vorzimmer seines Büros und bückte sich gleichzeitig, um die Karte aufzuheben, als sie Mears' Stimme hörte und innehielt. Die Bürotür war nur angelehnt, und sie konnte ihn sehr deutlich verstehen.

»... kurzsichtig bist, um die Möglichkeiten auszunutzen, die sie bietet.«

Ihr Vater erwiderte etwas, kurz und prägnant, aber zu leise, als dass sie mehr verstand als »junge Frau«.

»Victor«, sagte Mears, »hier geht es nicht mehr um väterliche Sentimentalitäten. Es geht um so viel mehr. Das hast du auch einmal gewusst, also hör endlich auf, meine Projekte zu sabotieren. Wir stehen unter Zeitdruck.«

»Diese Projekte sind zum Scheitern verurteilt«, gab ihr Vater zurück, und diesmal sprach er laut genug, um sie jedes Wort verstehen zu lassen.

»Sagt der Mann, der nie gewagt hat, sein wichtigstes Projekt auf die Probe zu stellen. Was meinst du, wie deine Tochter reagiert, wenn ich ihr ein paar Einzelheiten über deine Projekte erzähle? Vielleicht hält sie es dann nicht mehr für nötig, meinen hinterherzuspionieren.«

»Warren ...«

»Sag ihr, sie soll mit mir kooperieren. Und ich rede jetzt nicht von ein paar kleinen Rechenaufgaben. Wir brauchen diese Daten. Außerdem ist sie der einzige Mensch auf der Welt, dessen DNA so gezielt ...«

Der Türgriff stieß Beatrice, die sich erhoben hatte, unvermutet in den Rücken, und sie konnte einen leisen Aufschrei nicht unterdrücken. Sie drehte sich um und stand der Assistentin ihres Vaters gegenüber, die sich bestürzt entschuldigte.

»Mensch, Bea, ich wusste nicht, dass du hier bist …«

»Schon gut«, sagte Beatrice hastig, doch die Stimmen im Büro ihres Vaters waren verstummt. Die beiden Männer betraten das Vorzimmer. Ihr Vater mit einem Gewittergesicht, aber daran war nichts Neues, seit er aus Anchorage zurückgekehrt war. Mears musterte sie belustigt, als ahnte er, dass sie gelauscht hatte. Er nickte ihr zu und fragte, ob sie nicht mit ihnen essen wolle. Es handelte sich um eine Boshaftigkeit, weil die Kantine im Sommer immer durch das ungeschützte Glas, mit dem sie überdacht war, in hellstes Licht getaucht wurde; Beatrice ließ sich daher in diesen Monaten immer etwas von einem ihrer Kollegen mitbringen, wenn sie das Essen nicht ohnehin vergaß oder auf den Abend verschob.

»Nein, danke«, sagte sie und kam ohne weitere Umschweife zum Thema. »Warren, ich wüsste gerne, wieso mein Biochip in Washington unter deinem Namen als Erfinder registriert wurde. Ich glaube, wenn du auf irgendeine Weise an der Entwicklung dieses Chips mitgearbeitet hättest, dann müsste mir das bekannt sein.«

Sie erinnerte sich noch sehr genau, wie sie die entsprechenden Ansprüche mit dem Anwalt, der von dem Konzern zur Verfügung gestellt wurde, formuliert hatte, bis in die kleinsten Details, damit sie den Antrag in Washington einreichen konnten, wie sie sich gewundert hatte, dass etwas so Aufregendes auf einmal zu einer solchen Übung in Bürokratie geworden war. Der Stolz, als Livion ihr in Anerkennung ihrer Arbeit eine Prämie zahlte, die höchste, die ein Mitarbeiter im Labor jemals erhalten hatte.

Mears schaute weder betreten noch schuldbewusst, noch wütend drein. Stattdessen trug er ein selbstgefälliges Lächeln zur Schau.

»Tja, was soll ich sagen«, entgegnete er. »Ich habe einem alten Kollegen einen Gefallen getan, der nicht wollte, dass dein Name in zu vielen Ämtern aktenkundig wird, mein Kind.«

Beatrice öffnete den Mund, um ihre Verachtung für eine solch blödsinnige Ausrede zum Ausdruck zu bringen, als ihr Blick auf das Gesicht ihres Vaters fiel. Dort fand sich das ertappte Schuldbewusstsein, das bei Mears so völlig fehlte, und außerdem ein Hauch von Argwohn.

»Beatrice«, sagte er, und allein dass er ihren vollen Namen gebrauchte, trug zu dem Gefühl bei, mit einem Mal in eine spiegelverkehrte Welt eingetaucht zu sein, »das verstehst du nicht. Es hat seine Gründe. Und woher weißt du das überhaupt?«

»Vom Patentamt in Washington«, antwortete sie und kämpfte um ihre Beherrschung. »Ich habe das Patent im Netz gesehen und es nicht glauben können, also schrieb ich ihnen und fragte, ob ein Irrtum vorläge. Was verneint wurde.«

»Aber warum? Wie kommst du …«

»Ich glaube das einfach nicht«, explodierte Beatrice. »Du …, du hast zugelassen, dass er mir meine Erfindung stiehlt? Ihn sogar darum gebeten?«

»Von Stehlen ist keine Rede«, sagte Mears milde, doch der Hohn tanzte in seinen Augen. »Die laufenden Erträge sind immer von mir auf euer Familienkonto überwiesen worden. Was den Grund angeht, nun, Victor, meinst du nicht, dass es an der Zeit ist …«

»Nein«, unterbrach ihn ihr Vater harsch. »Und bevor du dich in weiteren Spekulationen übst, denk lieber über das nach, was wir besprochen haben. Bea, das Schreiben an das

Patentamt möchte ich sehen. Du hast doch noch eine Kopie, oder?«

Die Enttäuschung fraß in ihr wie Säure. Nie hätte sie ihren Vater der Komplizenschaft bei so etwas verdächtigt, noch geglaubt, dass er irgendwelche Geheimnisse mit Mears hatte, dass an Mears' gelegentlichen Andeutungen mehr dran war als nur Provokation.

»Ich wüsste nicht, warum ich dir einen Einblick in meine Korrespondenz schulde«, sagte sie leise und kämpfte gegen die Versuchung, in Tränen auszubrechen. Ganz gewiss nicht vor Mears. »Du schuldest mir etwas. Eine Erklärung. Und bis ich die bekomme, werde ich nur noch beruflich mit dir sprechen.«

Damit wandte sie sich von beiden ab. Ihr Vater machte noch nicht einmal den Versuch, ihr nachzugehen.

»Du hattest Recht«, sagte sie am Abend, während sie mit Neil telefonierte. Sie hätte ihm schreiben können, doch sie musste jetzt mit jemandem darüber sprechen; sie hatte sich noch nie so verraten und allein gefühlt. Sie saß im Schneidersitz auf ihrem Lieblingssessel und starrte auf die beiden Aquarien mit den Fischen, die in dem abgedunkelten Raum schwach leuchteten. Ihr Wunsch nach einem größeren Haustier hatte ihr nie erfüllt werden könnten, weil die Gefahr, dass es aus dem Wohnbereich in den Arbeitsbereich entkam, als zu groß betrachtet wurde, aber die Fische, Generationen von Fischen, hatten sie durch ihre Kindheit und Jugend begleitet, mit ihren Farben und Formen begeistert und ihr geholfen, sich wieder zu beruhigen, wenn sie aufgeregt war. Als Kind hatte sie mehr Stunden vor dem Aquarium zugebracht als vor dem Fernseher.

»Ich verstehe nur nicht, warum er das getan hat.«

»Ich kann dir auch keine Erklärung anbieten«, sagte Neil, und mit einem Mal wurde ihr bewusst, dass es in Boston drei Stunden später war. Vielleicht hatte er schon geschlafen. Nein, nicht Neil; sie hielt ihn für einen Nachtschwärmer, obwohl das wahrscheinlich nur an ihrer ersten Begegnung lag. »Es tut mir Leid.«

»Dass er es getan hat oder dass du mich darauf aufmerksam gemacht hast?«, fragte sie zurück.

»Dass es dir wehtut«, entgegnete er schlicht, und sie ertappte sich dabei, das Telefon noch etwas fester zu halten. »Ich habe allerdings ein paar weitere Fragen«, setzte er hinzu. Er hatte eine angenehme dunkle Stimme, und sie konnte sich seit ihrem Treffen gut vorstellen, wie er seine Lesungen hielt. »Bist du eigentlich je von einem Arzt außerhalb des Labors wegen deiner Lichtallergie untersucht worden?«

»Nein«, erwiderte sie. »Ich meine, genau weiß ich es nicht. Es ist gleich nach meiner Geburt festgestellt worden, also kann es sein, dass es jemand im Krankenhaus von Anchorage war, nicht hier, aber es hat nie eine Zeit gegeben, in der ich nicht wusste, wie gefährlich die Sonne für mich ist. Manchmal glaube ich, dass meine Mutter mir das als Wiegenlied gesungen haben muss.«

»Ich tippe eher auf deinen Vater. Weißt du, die Mutter eines meiner Freunde war fotophobisch. Sie hätte niemals so lange wie du mit all den hellen Lichtquellen arbeiten können, die ihr in eurem Labor haben müsst, von den Computerbildschirmen ganz zu schweigen; ihre Augen wären sofort zugeschwollen.«

»Es ist ein milder Fall«, protestierte sie, doch das, was er da andeutete, schnürte ihr die Kehle zu.

»Mag sein«, antwortete Neil. »Vielleicht bin ich ja

zwischenzeitlich auch zu paranoid. Das ist eine Berufskrankheit. Aber tu mir den Gefallen und lass das von irgendeiner unabhängigen Stelle untersuchen.«

* * *

»Dad«, sagte Julie, und es gelang ihr, das Wort auf vorwurfsvolle vier Silben auszudehnen, »warum musst du unbedingt mit dem Zug kommen? Der Bahnhof hier stinkt!«

Als Begrüßung in Washington nach mehreren Wochen, in denen sich Neils Kinder telefonisch verleugnen ließen, war es immerhin eine Verbesserung. Wieder meldeten sich seine Schuldgefühle. Julie hatte ihm noch nicht vergeben, dass er sie und Ben nicht wie versprochen zu den Red Sox mitgenommen hatte, Plüschelch hin, Plüschelch her.

»Dafür bietet der in Boston eine echte Wohltat für Zugreisende«, sagte Neil so unbekümmert wie möglich. »Das Rondell dort hat alle meine Bücher, während sie in den Flughafenläden garantiert auf dem Index stehen. Und der Bahnhof in New York lässt sich ebenfalls sehen, dem haben sie das gesamte Himmelsfirmament ans Deckengewölbe gemalt.«

Jedes Mal, wenn er Julie umarmte, schien es ihm, als sei sie wieder ein Stück gewachsen. Da er wusste, dass Ben es mit neun als peinlich empfand, öffentlich in die Arme geschlossen zu werden, fuhr Neil ihm durch die Haare und legte die andere Hand auf seine Schulter. »Außerdem dauert es mit dem Flugzeug, rechnet man den Weg zum Flughafen und zurück mit dazu, de facto genauso lange.«

»Was heißt de facto, Dad? Und was heißt Index?«, fragte Ben, während Julie die Nase rümpfte. Deirdre stand mit verschränkten Armen da und betrachtete ihn.

»Wie schön, dass es diesmal geklappt hat«, sagte sie kühl.

Er horchte in sich hinein und fand kaum noch eine Spur der alten Mischung aus Verbitterung, Begehren, Schuldgefühlen und Streitlust. Beatrice fiel ihm ein, wie sie mit ihrem ernsten Gesicht gefragt hatte, ob der Groll, den er gegenüber seiner Frau empfand, seine Art war, an Deirdre festzuhalten. Für ein Mädchen, das wie eine Eremitin aufgewachsen war, konnte sie erstaunlich hellsichtig sein.

Er gab Deirdre eine freundliche, nichts sagende Antwort, dankte ihr dafür, dass sie sich die Zeit genommen hatte, um ihn vom Zug abzuholen, und ließ sich von ihr und den Kindern zu Matts Wohnung bringen. In seinem alten Haus bei der Familie zu wohnen, selbst für ein kurzes Wochenende, war etwas, das er und Deirdre in stillschweigender Übereinkunft ausgeschlossen hatten.

Neil hätte sich gerne mit Matt ausgetauscht, und sei es auch nur, um zu hören, ob es plausible Gegenargumente hinsichtlich seines Verdachtes gab; er vermisste das Pingpongspiel, mit dem sie früher gemeinsam ihre Geschichten vorbereitet hatten. Doch Matt verbrachte das Wochenende in New York und hatte überall in seiner Wohnung Aufkleber hinterlassen, um Neil daran zu erinnern, die Schlüssel am Montagmorgen wieder bei der Nachbarin abzugeben.

»Ich kenne dich, LaHaye. Du bist imstande und lässt mich den ganzen Weg nach Boston fliegen, bloß um meine Schlüssel wieder einzusammeln. Und schalte um Himmels willen die Alarmanlage wieder an, bevor du gehst!«

Die krakeligen Schriftzüge erweckten das Bedauern, das bei Deirdres Anblick diesmal gefehlt hatte. Erneut sagte er sich, dass sie sich in gegenseitigem Einvernehmen getrennt hatten, eigene Wege gegangen waren; Matt schien in seinem Job glücklich zu sein.

Im Briefkasten steckten Matts Zeitungen, und als er sie durchging, entdeckte er im Wirtschaftsteil der Washington Post etwas, das seine Stimmung hob. Offenbar war der Kurs von Livion um 10,7 Prozent eingebrochen. Er erledigte seine morgendliche Korrespondenz und machte sich auf den Weg nach Bowie. Der Verkehr aus der Stadt heraus war einigermaßen erträglich; zum Glück schienen an diesem Tag nicht allzu viele Leute Richtung Annapolis unterwegs zu sein. Als Neil ein weiteres Mal routinemäßig in den Rückspiegel blickte, fiel ihm allerdings etwas Eigenartiges auf.

Matt hatte ihm auch die Schlüssel für seinen geheiligten Ford Mustang, Jahrgang 1971, überlassen; er hatte das Auto vor ein paar Jahren in Detroit gekauft und fand regelmäßig die Zeit, es selbst zu waschen, weil er niemandem sonst traute. Ab und zu zog Neil ihn mit seinem Autokult auf und nannte das Gefährt Christine, aber er wusste, dass es für Matt nicht leicht sein würde, noch einmal an einen so gut erhaltenen Ford Mustang zu kommen, und fuhr daher besonders vorsichtig. Im Rückspiegel auf einmal einen zweiten Ford Mustang auftauchen zu sehen, in der gleichen Farbe, war eine Überraschung. In einem surrealen Moment von Déjà-vu fragte er sich eine Sekunde lang, ob er im richtigen Wagen saß. Dann siegte die Vernunft, doch Neil war neugierig genug, um zu versuchen, den Fahrer oder die Fahrerin zu erkennen. Etwas langsamer zu fahren, damit der andere näher herankommen oder überholen würde, half allerdings nicht; das Fahrzeug verlangsamte ebenfalls. Neil runzelte die Stirn. Als er den Freeway nach Annapolis verließ, um in Richtung Bowie abzubiegen, folgte ihm das Fahrzeug immer noch. Statt zu Deirdre bog er zu dem Einkaufszentrum am Rand von Bowie und blieb stehen. Diesmal fuhr der Doppelgänger von Matts Gefährt weiter; er konnte die Nummer erkennen und schrieb sie sich rasch mit Kugelschreiber auf den Handrücken, um sie nicht wieder zu vergessen. Vielleicht war es nichts weiter als ein Zufall, aber seit dem Fall mit den Heckenschützen, die just diese Gegend unsicher gemacht hatten, musste mit allem gerechnet werden.

Am Abend saß er mit Deirdre und Ben in der Turnhalle der St.-Agatha-Schule und beobachtete seine Tochter dabei, wie sie mit einigen anderen Mitgliedern des Schulorchesters hereinkam, die Tuba vor sich hertragend, die fast so groß war wie sie. Neil klatschte mit den übrigen Eltern und sah, wie sich ein Strahlen auf Julies Gesicht stahl.

»Ich weiß nicht, warum sie unbedingt die Tuba spielen wollte«, bemerkte Deirdre. »Ich habe ihr gesagt, dass ich sie nur am Freitag und am Montag mit dem Auto zum Unterricht bringen kann, um das Ding zu transportieren, und sie sonst in der Schule üben muss, und was soll ich dir sagen, sie tut es. In ihrem Alter konnte ich nicht schnell genug aus der Schule weg.«

»Ich dachte, du warst im Redaktionsstab der Schülerzeitung und im Schachclub, Mom?«, mischte sich Ben ein.

»Das kam später.«

Die Kinder würden in der Mitte der Halle spielen. Die Holzbänke, auf denen die Eltern saßen, dicht hintereinander geklemmt und an den Seiten aufgebaut, erinnerten Neil an den Grund, warum er Economy-Flüge hasste. Er versuchte vergeblich, etwas mehr Raum für seine Beine zu finden. Elternabende, Schulkonzerte und dergleichen waren vor seiner Scheidung Veranstaltungen gewesen, denen er nach Möglichkeit aus dem Weg ging. Wenn es Gründe gab, die Schule zu besuchen, war Deirdre diejenige gewesen, die diese Termine wahrgenommen hatte, trotz ihres eigenen Berufsalltags. Auch das hatte sie ihm später vorgeworfen. Wirklich angesehen hatte er sich das Gebäude eigentlich nur bei Julies Einschulung und auch damals nur nach einem erbitterten Streit.

»Meine Tochter kommt auf keine katholische Privatschule! Das ist elitär, antiquiert, und außerdem kostet es ungeheuer viel Geld.«

»Neil, wenn du glaubst, dass ich Julie auf eine der öffentlichen Schulen gehen lasse, damit sie lernt, wie man Drogen verhökert und Leute mit dem Messer aufschlitzt, dann hast du dich geirrt. Es tut mir ja Leid, dass du immer noch deine exkatholischen Rachekomplexe hast …«

»Das hat doch damit nichts zu tun!«

»… aber Julie geht vor. Schau dir St. Agatha zumindest mal an.«

Der Anblick seiner Tochter in dem blauen Faltenrock und der Jacke mit dem Schulwappen, wie sie sich auf die Bücher setzte, die sie auf ihrem Stuhl aufgebaut hatte, damit die Höhe der Tuba kein Problem mehr für sie darstellte, schnürte ihm die Kehle zu. Ob in Stolz oder Wehmut, hätte er selbst nicht sagen können. Um sich abzulenken, fragte er Ben, wie es an seiner Schule liefe. Ehe der Junge zum Antworten kam, bat die Leiterin der Musikgruppe, eine etwa dreißigjährige Nonne, die laut Programmzettel auch das gesamte Schulorchester dirigierte, um Ruhe. Er versuchte nicht daran zu denken, dass ihn ihr schleierumrahmtes, abgezirkeltes Gesicht an Beatrice erinnerte. Doch ihr fehlte die Wärme, die Beatrice ausgestrahlt hatte, und das Lächeln. Beatrice sollte öfter lächeln, dachte Neil und schüttelte den Kopf. Rasch richtete er seinen Blick wieder auf Julie.

Die musizierenden Schüler hatten sich bereits wacker

durch *Greensleeves* und ein Volkslied, das er nicht kannte, geschlagen und versuchten sich an einem Medley von John Williams' beliebtesten Filmmelodien, als Neil spürte, wie jemand hinter ihm sich vorlehnte. Ein Knie drückte gegen seinen Rücken. Er rutschte etwas weiter nach vorne. Das Knie rückte nach. Verärgert wollte er sich umdrehen und stellte fest, dass sich von hinten zwei Hände flach auf die Seiten seines Kopfes legten und ihn entschlossen wieder nach vorne richteten. Er roch den Hauch eines fremden Aftershaves, als jemand ihm ins Ohr flüsterte, sehr, sehr leise, wie das Fallen von frischem Büropapier, während die Fünf-Instrumenten-Variante des *Jurassic-Park*-Leitthemas es fast unmöglich machte, ihn zu verstehen.

»Lassen Sie Livion in Ruhe. Und Dr. Sanchez. Sie sind selbst Vater, und es wäre ein Jammer …«

Im ersten Augenblick begriff er nicht. Dann stiegen Entsetzen und Wut in ihm hoch, erfassten ihn mit der Wucht eines Windstoßes und brachen die Erstarrung, in der er sich befand. Neil wollte den Kopf wenden, als er aus den Augenwinkeln wahrnahm, wie Ben, der zwischen ihm und Deirdre saß und bisher etwas gelangweilt auf seinem Sitz herumgerutscht war, fasziniert auf einen kleinen dunklen Klumpen starrte, den er in den Händen hielt. Rasch beugte Neil sich vor und griff sich das Ding.

»Dad!«, protestierte Ben.

Deirdre drehte sich zu ihnen und legte den Finger auf den Mund. Als sie sah, was Neil in den Händen hielt, runzelte sie die Stirn.

»Ben«, flüsterte sie, »das hättest du nicht mitbringen dürfen. So macht man den Leuten Angst. Wo hast du das überhaupt her?«

Es war die Plastikimitation eines Armeesprengsatzes.

Ein Spielzeug aus einer Zeit, als ein Attentat etwas war, das anderswo passierte. So gut gemacht, dass man den Unterschied auf den ersten Blick kaum bemerkte. Neil spürte sein Herz gegen seine Brust hämmern, sah die Leichen der Kindersoldaten in Somalia vor sich und spürte den dringenden Wunsch, sich zu übergeben, während Ben beleidigt erklärte, der nette Herr hinter ihm habe ihm das geschenkt. Rings um sie setzte ein ungehaltenes »Schschsch!« ein.

Das Knie gegen seinen Rücken war verschwunden. Noch ehe er sich umdrehte, wusste Neil, dass es vergeblich sein würde. In der Reihe hinter ihm rutschten die Leute ein Stück auf, wie es stets geschah, wenn ein Platz frei wurde, und die Menschentraube, die zwischen den Bänken und der Tür der Turnhalle gequetscht stand, sah nach nichts anderem aus als nach Eltern, die zu spät gekommen waren, um sich noch einen Platz zu sichern. Keiner von ihnen bewegte sich in Richtung des Ausgangs; alle richteten ihren Blick auf die Kinder in der Hallenmitte.

In seinem alten Haus ein Besucher zu sein, kam ihm immer noch merkwürdig vor, doch an diesem Abend hatte er Wichtigeres im Sinn, als über seine gescheiterte Ehe Betrachtungen anzustellen. Nachdem sie die Kinder ins Bett gebracht hatten, flüsterte Neil Deirdre zu, dass er mit ihr reden müsse, und zog sie hinaus in den Garten. Die laue warme Nachtluft von Maryland, angenehm, ohne heiß oder schwül zu sein, umfing ihn wie eine freundliche Umarmung. Deirdre hatte keine Zeit zum Gärtnern und keine Lust, einen Gärtner zu bezahlen, also bestand das, was sie als »Garten« bezeichnete, nur aus Wiese und einem Baum, der schon vor dem Haus da gewesen war. Ab und zu besserten Ben und Julie ihr Taschengeld durch Rasenmähen und Laubrechen auf.

Er hatte ihnen aus einem festen Strick und einem dicken Aststück eine Tarzanschaukel gemacht und an den Baum gehängt, aber in den letzten zwei Jahren war der Strick verrottet und hätte erneuert werden müssen. Niemand hatte es bisher getan.

»Erinnere mich daran, dass ich ein neues Tau besorge, wenn ich das nächste Mal hier bin«, sagte Neil, und Deirdre, die wegen seiner Geheimnistuerei gereizt war, fragte scharf, ob er sie deswegen habe sprechen wollen.

»Nein, natürlich nicht. Ich muss dich leider darum bitten, Polizeischutz für die Kinder zu beantragen. Der steht dir doch zu, als Stabschefin eines Senators, wenn du entsprechende Drohungen erhalten hast, oder?«

»Was?«, stieß Deirdre ungläubig hervor, und Neil legte einen Finger über ihre Lippen.

»Deswegen wollte ich hier draußen mit dir sprechen. Heute war jemand in der Schule. Jemand, der mir eindeutig zu verstehen gegeben hat, man würde meinen Kindern Schaden zufügen, wenn ich meine Recherchen nicht einstelle.«

Im Mondlicht wirkte Deirdres blondes Haar wie eine helle Wolke, die sie umgab, als sie heftig den Kopf schüttelte.

»Ich fasse es einfach nicht. Neil, und das sagst du mir jetzt erst?«

»Nun, es war nicht zu erwarten, dass sie in den nächsten Stunden etwas unternehmen werden. Schließlich wollen sie ja wissen, ob ich mich einschüchtern lasse.«

»Von wem sprichst du?«, fragte Deirdre gefährlich ruhig. »Wen meinst du mit ›sie‹?«

»Livion«, erwiderte Neil. Seine Exfrau rang sichtlich nach Atem.

»Jemand hat sich eindeutig als Beauftragter von Livion ausgegeben und unsere Kinder bedroht? Wer war das? Wie sah er aus?«

»Ich habe nur die Stimme gehört, und nein, natürlich hat der Mistkerl sich nicht vorgestellt. Ich wollte mich umdrehen, sah den Armeesprengsatz und dachte zuerst, er sei echt. Danach war der Kerl weg. Aber die Drohung war eindeutig. Die Hände weg von Livion und Victor Sanchez.«

Deirdre begann auf und ab zu gehen, was durch die Pumps, die sie für das Schulkonzert angezogen hatte, im Rasen nicht einfach war. Sie blieb kurz stehen, zog ihre Schuhe aus und schleuderte sie in Richtung Haus: »Irgendwann musste so etwas passieren! Du mit deinem Talent, dir Feinde zu machen. Beim letzten Mal hast wenigstens nur du die Drohbriefe bekommen.«

»Danke. Deine Besorgnis rührt mich zutiefst.«

»Komm mir jetzt nicht damit«, sagte sie heftig. »Das ist nicht witzig, Neil. Und du bist sicher, dass Livion genannt wurde?«

»Ja.« Unwillkürlich, mit der Gewohnheit vieler Jahre, legte er beruhigend die Arme um sie, und sie lehnte sich eine Sekunde lang in seine Umarmung hinein, ehe sie sich ärgerlich losmachte und wieder in die Dunkelheit des Gartens zurückwich.

»Mir ist schon klar, dass eine anonyme Drohung nicht für eine Anzeige reicht und dass es dem Herrn Senator nicht genehm wäre, wenn du Livion anzeigst. Sag einfach, ein Irrer hätte dich per Telefon bedroht. Mir kommt es nur auf den Schutz für die Kinder an. Übrigens, vielleicht ist das eine Spur: Mich hat heute ein Wagen aus der Stadt heraus verfolgt. Ein Ford Mustang mit der Nummer MP 909, fast wie Matts; es wäre gut, wenn du das bei der Gelegenheit auch gleich überprüfen lässt.«

»Ich habe eine permanente Fangschaltung«, entgegnete sie abwesend. »Aber wenn du mir das genaue Wie schilderst, kann ich behaupten, ich sei bedroht worden, und das mit dem Wagen lässt sich machen. Was sagen wir Julie und Ben? Du weißt ja, wie schlimm die Sache mit den Anthrax-Briefen damals für sie war. Dann kam der Albtraum mit den Heckenschützen, wo sie keinen Tag ohne Polizeischutz in die Schule konnten. Wenn sie jetzt wieder überwacht werden …«

»Kann man es ihnen nicht als ein Räuber-und-Gendarm-Spiel verkaufen?«, fragte Neil. »Ich hätte als Junge so etwas aufregend gefunden.«

»Du hast als Junge nicht erlebt, wie nur ein paar Meilen von dir entfernt ein Flugzeug in das Pentagon stürzt«, sagte Deirdre eisig. »Du hast keine Angst haben müssen, dass deine Mutter genauso von Terroristen umgebracht wird wie die armen Leute an jenem Tag, während dein Vater damit beschäftigt ist, über Sicherheitsmaßnahmen und die Verfassung zu jammern.«

Es kostete ihn einiges, aber er rang die Versuchung zu einem Streit in sich nieder.

»Die Kinder, Deirdre«, wiederholte Neil ruhig. »Um die sollte es uns jetzt gehen.«

Sie seufzte. »Ja«, entgegnete sie resignierend. »Ich werde alles Notwendige regeln. Wie lange wird es dauern? Ich meine, wann werden die Leute begreifen, dass du deine Nachforschungen abgebrochen hast?«

Als er nichts erwiderte, unterbrach sie ihr Auf-und-ab-Schreiten und wandte sich ihm zu. Sie kam näher, so nahe, dass er ihr vertrautes Parfüm roch. Es wurde ihm klar, dass er vergessen hatte, wie es hieß. Er musste ihr mehrmals Fläschchen dieses Parfüms zu Weihnachten oder zum Hochzeitstag geschenkt haben, denn es war ihr Lieblingsduft, aber die Erinnerung an den Namen verwehrte sich ihm und ließ sich nicht mehr zurückholen.

»Du willst weitermachen«, stellte sie fest, und ihre Stimme war eine offene Wunde. »Jemand hat unsere Kinder bedroht, und du willst weitermachen.«

»Deirdre«, sagte er und war sich bewusst, dass jedes seiner Worte die wenigen Fäden zerschnitt, die sie noch mit ihm verbanden, »ich mache mir nicht weniger Sorgen als du. Aber bis jetzt hat sich jede einzelne Drohung gegen mich als Bluff herausgestellt, von Menschen, die dachten, dass sie die Wahrheit durch Angst niederzwingen können. Du hast selbst mehrere Reden für Seine Erhabenheit darüber geschrieben, dass man Terroristen nicht nachgeben darf, indem man sich von ihnen einschüchtern lässt und ihren Wünschen nachgibt.«

»Ich hoffe bei Gott, du landest eines Tags in der Hölle, Neil LaHaye«, gab sie zurück, und von jemandem wie Deirdre, einer Frau, die ihren Redestil berufsmäßig verfeinert hatte, bis jedes Wort wie ein Stilett saß, wirkte der plumpe Fluch auf eine Weise, wie er es in Neils Kindheit, wo er ihn täglich gehört hatte, nie getan hatte. »Wenn Julie oder Ben deinetwegen auch nur ein Haar gekrümmt wird, dann bringe ich dich um.«

* * *

Die Ergebnisse tanzten vor ihren Augen, eindeutig, unleugbar. Sie starrte auf den Bildschirm, sie starrte auf die vergleichenden Strukturen, die sie heruntergeladen hatte. In dem üblichen Laborchaos fiel es niemandem auf, dass Beatrice an einer Diagnose arbeitete, die niemand bestellt hatte. Für die monatlichen Routinetests, die überprüften, ob sich jemand trotz aller Vorsichtsmaßnamen irgendwie infiziert hatte, war Emily Winterbottom als Betriebsärztin verantwortlich, aber an Mrs. Winterbottom hatte Beatrice sich diesmal nicht wenden können. Emily Winterbottom hatte noch vor ihrem Vater im Labor angefangen und Beatrice schon ihr ganzes Leben untersucht, was bedeutete, dass sie über das, was Neil angedeutet hatte, Bescheid wissen musste.

Die Sache mit dem Patent hatte Beatrice den Tränen nahe gebracht, Tränen der Enttäuschung und der Wut, aber dieser Verrat ging zu tief, um darüber zu weinen. Der Atem schien ihr aus den Lungen gesogen und durch ein Gasgemisch ersetzt worden zu sein, das ihr kein Leben mehr gab. Sie kam sich vor wie die Fische in der Tiefsee, von denen sie als Kind gehört hatte, die Fische, die stets unter Druck gehalten werden mussten, weil sie sonst zerplatzten.

Mein Leben ist doch ein Witz, dachte Beatrice und fing an zu lachen.

»Alles in Ordnung, Bea?«, fragte Tess besorgt vom nächsten Raum aus, und Beatrice rief zurück, es ginge ihr bestens. Sie war erstaunt, wie klar sich ihre Stimme anhörte.

»Tess«, fragte sie später beiläufig, »kann ich mir kurz dein Handy ausleihen? Meines ist gerade in der Reparatur, und das hauseigene System möchte ich nicht benutzen.«

Ihr Handy funktionierte bestens, aber die Wahrscheinlichkeit, dass bei ihrer Nummer Stichproben gemacht wurden, war nach den Ereignissen der letzten Zeit sehr hoch. Außerdem gelang es ihr nicht länger, Daten von Mears' Computer herunterzuladen. Der Schutzwall war nicht mehr zu durchbrechen, was bewies, dass er einen externen Spezialisten hinzugezogen hatte. Er holte sie auch nicht mehr bei Problemen, aber das konnte sie nachvollziehen. Trotzdem hätte sie denjenigen, der am Computer besser war als sie, gerne kennen gelernt; in einem Augenblick schwarzen Humors erwog sie, Mears darum zu bitten, sie einander vorzustellen.

Sie erhielt Tess' Gerät und steckte es in ihre Kitteltasche. Tess zwinkerte ihr zu.

»Man kann eine Romanze auch weniger kompliziert gestalten«, murmelte sie.

Diese Interpretation ihrer Bitte hatte so wenig mit der Wahrheit zu tun, dass Beatrice erneut versucht war, in Gelächter auszubrechen. Warum ihr Lachen leichter fiel als Weinen, wusste sie nicht.

Als sie zu ihrem Apartment zurückkehrte, begegnete sie schon wieder Mears.

»Lass mich raten«, sagte er. »Nach deiner Miene zu urteilen, hat sich dein Vater noch nicht zu einer Erklärung durchgerungen.«

Wortlos ignorierte sie ihn und zog ihre Karte durch das elektronische Schloss.

»Du könntest mich fragen«, sagte er.

»Das könnte ich«, gab sie zurück. »Und du könntest mir alles Mögliche erzählen. Nur: Warum sollte ich dir irgendetwas glauben?«

Die Tür ging auf, und sie trat rasch ein. Zum Glück machte Mears keine Anstalten, ihr zu folgen.

»Ich hatte dir angeboten, mit mir zu arbeiten, und du hast es vorgezogen, mir in den Rücken zu fallen«, sagte er, nicht anklagend, sondern sachlich. »Also lassen wir die Debatten um Vertrauenswürdigkeit lieber.«

Zu ihrer Bestürzung stellte sie fest, dass sie errötete. Er war derjenige, der allen Ernstes künstliche Viren gegen ethnische Gruppen als Kampfstoffe entwickeln wollte, und er brachte es fertig, in ihr Schuldgefühle zu wecken. Lächerlich. Aber sie konnte den Moment nicht vergessen, in dem sie glücklich darüber gewesen war, dass er sie endlich akzeptiert hatte, dass er ihr Projekt unterstützen wollte und sie um ihre Mitarbeit für das seine bat. Das andere Genie im Laborkomplex. Der einzige Mann, dem ihr Vater ohne Einschränkung Ebenbürtigkeit zugestanden hatte.

»Wenn du so weit bist, lass es mich wissen«, sagte er sachte, und sie schloss die Tür hinter sich.

»Bin ich froh, dass du anrufst«, sagte Neil, als sie ihn erreichte. »Ich habe einen schauderhaften Tag hinter mir.«

»Da bist du nicht alleine«, antwortete sie und fragte ihn, was bei ihm besonders schauderhaft gewesen sei. Statt zu antworten, kam er mit einer Gegenfrage.

»Würdest du mich für ein Monster halten, wenn ich dir sagte, ich ließe mich von einer gegen meine Kinder gerichteten Drohung nicht von der Suche nach der Wahrheit abhalten?«

»Es gibt keine Monster, Neil«, entgegnete Beatrice müde. »Nur Menschen, die manchmal unbegreifliche Dinge tun. Womit sind deine Kinder denn bedroht worden?«

»Wahrscheinlich bluffen sie«, sagte er und schilderte ihr ein Ereignis, das sie noch vor ein, zwei Monaten als phantasiereiche Erfindung abgetan hätte. Aber das Fundament, auf das sie so viele ihrer Überzeugungen gebaut hatte, stellte sich immer mehr als Sand heraus, trockener Sand, der immer mehr zerrann. Sie konnte ihm noch nicht einmal empört versichern, dass zumindest ihr Vater nichts damit zu tun hatte. Nicht nach dem, was sie nun wusste.

»Kannst du noch einmal nach Alaska kommen?«, fragte sie unvermittelt. »So schnell wie möglich?«

Er zögerte, und sie biss sich auf die Lippen. Für ihn musste sich die Bitte verrückt anhören.

»Chuck wird zwar nörgeln, was das Zeug hält«, erwiderte er schließlich, »... aber es lässt sich machen. Immerhin habe ich zurzeit keine Lehrverpflichtungen mehr.«

»Es ist nur ... ich möchte nicht allein sein«, sagte sie sehr leise, »wenn ich zum ersten Mal im Licht der Sonne spazieren gehe.«

Sie konnte mit einem Auto umgehen, auch wenn sie es nachts auf Feldwegen gelernt und nie einen richtigen Führerschein gemacht hatte. Als sie Tess um ihren Wagen bat, war die Reaktion nur etwas stärker als bei der Bitte um ihr Handy.

»Besser als sein Wagen«, sagte Tess mit einem vergnügten Grinsen, »dann ist er darauf angewiesen, sich zu benehmen, falls er nicht zurück laufen will. Aber Schatz, du musst mir versprechen, mir zu erzählen, wie es war.«

Beatrice errötete und fragte sich, ob sie das Missverständnis nicht aufklären musste. Aber das hätte nur kompliziertere Erläuterungen nötig gemacht. Also murmelte sie nur etwas darüber, dass sie sich selbst ihrer Sache noch nicht sicher sei.

»Kann ich verstehen. Trotzdem, lass dir gesagt sein, dass wir alle es hinreißend fanden, Warren in den letzten Wochen mal von seiner menschlichen Seite zu erleben. Und lass dich nicht davon einschüchtern, dass er und dein Vater sich nicht ausstehen können. Jeder muss mal erwachsen werden.«

Mittlerweile brannten ihre Wangen. Zum Glück hatte Tess ein Einsehen und übergab ihr ohne weitere Bemerkungen die Schlüssel. Der Gedanke, dass im Labor über sie und Mears geklatscht wurde, war Beatrice unsäglich peinlich. Zu jedem anderen Zeitpunkt hätte sie das sofort richtig stellen müssen. Nur nicht jetzt, wo sie einen Wagen brauchte.

»Ich treffe einen linken Schriftsteller, der es auf Livion abgesehen hat und der die Firma für fähig hält, Erpressermethoden anzuwenden.« Nein, das war keine gute Alternative.

Es war sehr seltsam, zum ersten Mal bis zum äußersten Tor zu fahren, am Grenzbereich des Naturschutzgebietes. Das Licht war bereits milder geworden und trug einen Hauch von Dämmerung in sich. Außerdem hatte das Auto die Art von spiegelnden Fensterscheiben, die vor der Sonne schützten. Aber das half ihr nicht. Beatrice hielt sich die ganze Zeit vor Augen, was sie selbst ermittelt hatte, doch das würgende Gefühl in ihrer Magengrube wurde immer größer. Weiter, weiter, bis hin zur Auffahrt auf die Straße, dann rechts zum Aussichtspunkt. Dort stand er, Neil, so wie sie ihn zum ersten Mal gesehen hatte, in Lederjacke und schwarzen Jeans neben seinem Leihwagen. Das Würgen legte sich ein wenig. Sie hielt neben ihm an, hupte und ließ das Fenster der Beifahrerseite ein winziges Stück herunter, damit er sah, dass sie es war. Als er einstieg, fiel ein Sonnenfleck auf den Beifahrersitz und verschwand sofort wieder.

»Keine Witze über Frauen am Steuer«, sagte er gut gelaunt, »ich verspreche es.« Sie kannte keine Witze über Frauen am Steuer, doch sie begriff, dass er ihr die Nervosität nehmen wollte, und zog eine Grimasse.

»Ich wollte dich ja bitten zu fahren«, gab sie zurück und

tat ihr Bestes, um das erneute Flattern in ihrem Magen zu ignorieren, »aber jetzt ist es Ehrensache.«

Zum Glück war um diese Uhrzeit nicht mehr viel los. Sie fuhr zum ersten Mal in ihrem Leben ohne Aufsicht und vor Sonnenuntergang auf einer Schnellstraße, und das allein hätte schon genügt, um ihren Mund vor Nervosität trocken werden zu lassen.

Es könnte selbstverständlich für mich sein, dachte sie plötzlich, es sollte selbstverständlich für mich sein. Und ich weiß, wessen Schuld es ist, dass es alles andere als selbstverständlich für mich ist.

Der ohnmächtige, aus Verrat geborene Zorn gab ihr neue Kraft. Sie schaute immer nur geradeaus, aber sie war sich bewusst, dass Neil sie die restliche Strecke nach Seward lang nicht aus den Augen ließ.

»Komm schon«, sagte Neil und streckte ihr die Hand entgegen. »Es ist ja kaum noch hell.«

Um der Wahrheit die Ehre zu geben, sah man in dem Dämmerlicht, das in Alaska um ein Uhr nachts herrschte, immer noch klarer als an manchen Regentagen in Boston. Aber es ging ihm darum, Beatrice zu beruhigen.

Sie saß im Auto, eine kleine Gestalt, die mit ihren Jeans und langärmligen Handschuhen wie ein weiblicher Pierrot wirkte, der sich aus einem Kostümverleih verschiedene Kleidungsstücke zusammengestohlen hatte. Er hätte sich nicht gewundert, wenn sie in ein frühes Bild von Picasso verschwunden wäre, in Blau getaucht, und auf einmal wünschte er sich, sie lächeln zu sehen und von den Schatten zu befreien, die hinter ihren Augen lauerten.

»Ich habe den Test zigmal überprüft«, murmelte sie unglücklich, und als sie den Kopf hob, sah er, dass sich Tränen aus ihren Wimpern lösten. »Ich weiß, dass er gelogen hat all die Jahre. Warum hat er das getan?«

Ihre linke Hand fuhr über ihre Augen, um die Tränen fortzuwischen, und er spürte, wie sie um ihre Selbstbeherrschung rang. Erstickt fuhr sie fort:

»In meinem Kopf weiß ich es. Aber ich habe trotzdem Angst. Ich bin ein Feigling, Neil.«

»Nein«, sagte er, kniete vor ihr nieder und nahm ihre beiden Hände in die seinen. Trotz der Handschuhe, trotz der sommerlichen Wärme waren sie sehr kalt, und er spürte, wie sie leicht zitterten. »Man hat dir erzählt, du hättest eine sehr seltene Krankheit und jede längere Zeit in der Sonne sei tödlich für dich. Unter den Voraussetzungen hätte ich auch Angst. Tapferkeit heißt nicht, dass man keine Angst hat. Tapfer zu sein, bedeutet, Angst zu haben und trotzdem das zu tun, was man tun möchte.«

Sie schluckte.

»Ich weiß, dass du tapfer bist«, sagte er und erhob sich, ohne ihre Hände loszulassen. Beatrice setzte einen Fuß aus dem Wagen, dann den zweiten.

»Das ist lächerlich«, stieß sie hervor. »Ich war schon öfter um diese Zeit draußen, für vier oder fünf Minuten.«

Sie gab sich einen Ruck, dann erhob sie sich.

»Als ich klein war«, sagte Neil und zog sie Schritt für Schritt vom Auto fort, ohne hinter sich zu blicken oder sich zu fragen, ob ein nicht abgeschlossener Wagen bald Freunde finden würde, »ermordete mein Vetter Danny unsere Großtante, um sich Geld für Drogen zu beschaffen. Jeder wusste das, aber keiner konnte es beweisen. Also hockte Danny in seinem vermodernden Haus, das keiner mehr besuchte, brachte sich mit der Droge seiner Wahl auf Raten um und schoss ab und zu auf Hunde auf der Straße. Jedes Mal, wenn ich an seinem Haus vorbeiging, hatte ich Angst, er würde auch mich umbringen. Selbst, als ich schon ein Interview mit jemandem von der Mafia hinter mir hatte, war es immer noch Vetter Danny, der mir die Knie schlottern ließ.«

Die Augen nicht von seinem Gesicht lassend, hakte Beatrice nach: »Drogenmord im ländlichen Louisiana? Ich dachte, so was kommt nur in der Großstadt vor?«

»Von wegen. Bloß weil die Hälfte der Leute dort nicht buchstabieren kann, bedeutet das noch lange nicht, dass sie nicht wissen, wie man an Stoff kommt.«

Beatrice blieb stehen und löste ihre Hände aus den seinen. Über seine Schultern hinweg sah sie auf das, was er ihr hatte zeigen wollen. Seit er Alaska zum ersten Mal betreten hatte, ging ihm der Widerspruch nicht aus dem Kopf, der die Schönheit dieser Landschaft ausmachte. Einerseits war sie urtümlich, die Welt, die gerade erst im Aufwachen begriffen war, zwischen einem Gähnen und einem Blinzeln. Ob nun die Fjorde, mit denen die See ihre Arme ins Landesinnere ausstreckte, oder die Berge, die sich gegen den Blick auftürmten wie versteinerte Giganten, man hatte den Eindruck, als müssten in den nächsten fünf Minuten Mammuts oder gar Dinosaurier auftauchen.

Wegen des großen Erdbebens Ende der sechziger Jahre war kein Gebäude hier sehr alt, und die vielen Segelboote, die im Hafen von Seward vor Anker lagen, schienen nun ganz und gar aus einer anderen Welt zu kommen. Ihre fragile Eleganz hatte etwas Mediterranes, sie entstammten einer Welt, die sich die Muße gönnte, nur zum eigenen Zeitvertreib zu fischen und zu segeln, und doch verschmolzen sie vor den der Prähistorie entwachsenen Bergen zu einem harmonischen Ganzen.

»Es ist wunderschön«, sagte sie schließlich leise. Sie löste das Kopftuch, das sie unter ihrem Kinn verknotet hatte, und ließ es fallen. Der leichte Wind, der vom Wasser her kam, erfasste es und trieb es zurück in Richtung der Straße, ein störrisches rotes Knäuel.

Ihre Haare waren kastanienbraun, leicht niedergedrückt, als habe man sie mit Gewalt geglättet. Sie reichten ihr bis zur Schulter, wo sie sich wie ein ineinander greifendes Collier um ihren Hals bogen. Die Sonne, die unglaubliche, um ein Uhr nachts noch scheinende Sonne, setzte rötliche Funken hinein und malte ihr bleiches Gesicht wie Marmor, der sich unter der Hand eines Bildhauers erwärmt.

Es war nicht ungefährlich. Auch ohne eine Lichtallergie fehlten ihr nach all den Jahren ohne direkte Sonneneinstrahlung die schützenden Pigmente; eine Haut wie Porzellan, das zerbrechen konnte, wenn sie es nicht behutsam anging. Neil brachte es nicht über sich, etwas zu sagen. In diesem Moment dachte er nicht mehr an Sanchez oder Livion, nicht an ein revolutionäres Medikament, das der Menschheit unter Umständen vorenthalten wurde, nicht an Vorsicht und nicht an ominöse Drohungen. Er sah sie nur an und wünschte sich, für immer in diesem einen Moment verharren zu können.

»Lass uns spazieren gehen«, sagte sie, und in ihrer Stimme schwang ein Rest von Furcht und das Aufkeimen von Übermut gleichzeitig mit. »Ich bin noch nie in Seward spazieren gegangen.«

Oder sonst irgendwo, dachte Neil und spürte dringender denn je den Wunsch, Victor Sanchez den Hals umzudrehen. Oh, er konnte sich die Geschichte mittlerweile ganz gut zusammenreimen. *Ich glaube nicht an Scheidung*. Elaine Sanchez war vermutlich nicht wirklich gestorben, sondern hatte ihren Mann verlassen, der sich danach bei seinem alten Freund am Strand von Miami ausweinte und anschließend irgendwo ein Baby adoptierte, um in dem Luxusexil zu leben, das Livion ihm bezahlte, damit er den Mund über seine Entdeckung hielt. Und um ganz sicherzugehen, dass ihn seine Tochter später nicht verlassen würde, unterzog er sie von Kindheit an dieser Gehirnwäsche.

Als sie die Uferpromenade weit genug entlanggegangen waren, um das Seelöwenzentrum sehen zu können, bemerkte Neil, dass sie wieder anfing zu zittern.

»Zurück zum Auto?«, fragte er behutsam.

Sie schüttelte den Kopf, obwohl sie nicht aufhörte zu zittern.

»Nein«, sagte sie. »Noch nicht. Aber lass uns etwas schneller gehen.«

Sie bogen in die alte Hauptstraße ein, deren kunstvoll geschmiedete Laternenpfähle in diesem neuen Land exotisch wirkten. Er beschloss, sie abzulenken, bis sie nicht mehr daran dachte, dass irgendetwas an ihrem Hiersein ihr einmal Angst eingejagt hatte.

»Lass uns irgendwo einkehren«, schlug er vor. »Ich würde dich ja gerne ausführen, aber ich fürchte, das Marriott dürfte bereits geschlossen haben.«

Beatrice lachte und hakte sich bei ihm unter. Mit Blick auf das nächste Schild entgegnete sie: »Dennys Kneipe tut es auch.«

Dennys Kneipe erwies sich als ein Laden, in dem der längliche, in einem Oval endende Ausschank von den Nachtschwärmern umlagert war, während die wenigen Tische und Stühle in den Raumecken leer blieben. Über der Bar hing die ausgefallenste Kollektion von Seemanns- und Soldatenmützen, die man sich vorstellen konnte.

Neil und Beatrice setzten sich in eine Ecke, und Beatrice starrte auf ihre immer noch behandschuhten Hände.

»Neil«, sagte sie unvermittelt, »als ich mein Blut untersuchte, habe ich noch ein paar andere Sachen festgestellt. Weißt du, wie man einen Vaterschaftstest macht?«

»Nicht im Detail«, erwiderte er, und in der festen Überzeugung, bereits zu wissen, was sie ihm sagen wollte, fügte er hinzu: »Ich weiß nur, dass er negativ funktioniert. Du kannst nicht beweisen, dass jemand dein Vater ist, aber du kannst nachweisen, dass er es nicht ist. Tut mir Leid, Beatrice. Ich wollte es dir schon länger erzählen, aber ich dachte, du würdest mir nicht glauben, und außerdem würde es dich nur verletzen.«

»Was?«, fragte sie mit gerunzelter Stirn. »Was wolltest du mir schon länger erzählen?« Offenbar bereitete es ihr noch immer Mühe, es sich selbst einzugestehen.

»Elaine Sanchez konnte keine Kinder bekommen«, sagte er langsam, »und es existieren nirgendwo Unterlagen, dass Victor Sanchez je mit einer anderen Frau eine Tochter gehabt hat. Sie müssen dich adoptiert haben.«

Sie schüttelte den Kopf, nicht heftig, sondern bestimmt.

»Das ist es nicht, was ich entdeckt habe, Neil. Eher im Gegenteil.«

Nun war es an ihm, verwirrt zu sein.

»Was du über Nachweise sagst, ist überholt«, erklärte sie. »Wir haben die menschliche DNA erstaunlich weit entschlüsseln können. Und es war genügend Blut meines Vaters im Labor vorhanden, wegen all der Sicherheitsbestimmungen und den regelmäßigen Tests. Nein, wir sind nachweislich miteinander verwandt. Aber ich verstehe immer noch nicht ganz, was ich da gefunden habe. Es scheint fast, als ...« Sie zögerte, dann schloss sie: »Als hätte ich drei direkte Elternteile.« Nach einer kleinen Pause setzte sie hinzu, sehr leise: »Wenigstens.«

Im ersten Moment konnte er nicht begreifen, worauf sie hinauswollte. Vielleicht, weil es völlig außerhalb seiner Theorien über Sanchez lag; Neil glaubte inzwischen zu wissen, was die wesentlichen Teile des Puzzles waren, und hatte geplant, Beatrice während seines Aufenthalts hier mit seiner Theorie zu konfrontieren. Was sie gerade gesagt hatte, gehörte nicht dazu. Noch verstörender war das Gefühl der Ohnmacht. Beatrice machte den Eindruck einer Schlittschuhläuferin, die gerade entdeckt hatte, wie dünn das Eis unter ihren Füßen war, und er konnte ihr nicht helfen, weil er nichts von der Konsistenz des Eises verstand.

»Aber … wie kann jemand mehr als zwei Elternteile haben?«, fragte er und versuchte, eine Erklärung zu finden, die einen Sinn ergab. »Willst du damit sagen, du seist ein Klon?«, setzte er hinzu und stellte fest, dass er irgendwo zwischen Boston und Alaska seine Objektivität verloren haben musste.

»Nein, geklont bin ich nicht. Wenn ich ein solches genetisches Double wäre, dann hätte ich immer noch normale Erbanlagen, aber eben nur die eines einzigen Menschen. Beim Klonen wird die Zellteilung durch elektrische Impulse angeregt, nicht mit dem Sperma. Was bei mir passiert sein muss … das Grundprinzip ist einfach, und die Methode ist mir bekannt. Sie ist bereits ein paar Mal bei künstlicher Befruchtung angewendet worden. Du bringst ein Spermium und eine Eizelle zusammen. Wenn die Eizelle nicht über ausreichend Lebenskraft verfügt, wird Zellflüssigkeit aus einer zweiten Eizelle, von einer anderen Spenderin injiziert.«

Sie brachte ihre Erklärungen so sachlich wie möglich vor, doch es war ihr anzumerken, dass sie auf eine entsetzte oder ablehnende Reaktion seinerseits wartete. Wieder hörte er den verlorenen Klang ihrer Stimme am Telefon, als sie ihn bat, nach Alaska zu kommen. Er wusste nicht genau, was er empfand, aber Entsetzen war es nicht. Ganz gleich, wie sie zur Welt gekommen war, sie saß hier vor ihm, kein Bild, kein anonymer Kontakt über das Netz, sondern ein Mädchen, das heute zum ersten Mal die Sonne auf ihrer Haut gespürt hatte.

Sie schaute zu der Mützensammlung an der Bar und nicht zu ihm, als sie hinzusetzte: »Nur ist eine solche Kreuzung von Erbanlagen von der Natur nicht vorgesehen, und die betreffenden Fälle stehen unter permanenter Beobachtung. Bei mir …, ich habe so eine Kombination noch nie gesehen. Ich weiß nicht, warum sie überhaupt stabil ist. Weißt du, wie die meisten Gegenmittel für Viren funktionieren? Die Erbgutinformationen ihrer Basen werden so oft mit falschen Bausteinen überfrachtet und zu so schneller Reproduktion angeregt, dass sie irgendwann in sich selbst zusammenfallen.«

Neil nahm sich zusammen und beschloss, seinen Weg durch das Dickicht wissenschaftlicher Verklausulierungen mit der einfachsten Axt zu hacken, die ihm zur Verfügung stand.

»Aber du bist nicht krank?«

»Nein. Ich bin nicht krank. Ich bin völlig gesund. Ich war immer gesund. Ich hatte noch nicht mal die üblichen Kinderkrankheiten, aber ich dachte immer, das hätte an der steril gehaltenen Laborumgebung gelegen«, entgegnete Beatrice. Dann zog sie langsam ihre Handschuhe aus. Ihre Finger waren lang und schmal, ohne einen Ring; im Gegensatz zu den meisten Frauen, die Neil kannte, waren ihre Nägel unlackiert und kurz geschnitten. Sie krempelte den Ärmel ihrer Bluse zurück; in der Armgrube sah er ein kleines Pflaster.

»Ich habe im Lauf der letzten Woche jeden Tag eine Blutprobe genommen, zuletzt heute Morgen um sieben Uhr«, sagte sie. »Aber das Pflaster, was du siehst, ist unnötig.«

Sie riss es ab. Darunter zeigte sich ein geröteter Fleck, doch kein verkrustetes Blut. »Es ist schon wieder verheilt. Gesteigerte Zellreproduktion, verstehst du? Ich benutze die Pflaster nur, weil mir die Desinfektion von noch so kleinen Wunden von Kindheit an eingetrichtert wurde.«

»Das kann dir unmöglich jetzt erst aufgefallen sein«, sagte Neil.

»Nein, ich wusste schon immer, dass Schrammen und dergleichen bei mir schnell heilen. Aber verstehst du, Neil, bei uns führt niemand an sich selbst die monatlichen Check-ups durch. Das tut Mrs. Winterbottom. Und mein Vater hat mir jedes Mal die Ergebnisse mitgeteilt.«

Methodisch und langsam krempelte sie den Ärmel wieder hinunter.

»Ich muss das Ergebnis einer ganzen Reihe von Versuchen gewesen sein«, sagte sie, und durch den bemüht sachlichen Ton ihrer Stimme drang, wie eine Flöte in einem Streichquartett, ein Fremdkörper, den Neil als unterdrückte Panik identifizierte. »Und es muss hier in Alaska geschehen sein; die normalen Labors hatten so früh noch nicht die Ausrüstung für solche Experimente. Aber es ist noch nicht einmal sein Geheimnis allein. Warren weiß es, da bin ich mir sicher. Aber die anderen Laborangehörigen …«

Sie verstummte und biss sich auf die Lippen. »Seit ich es entdeckt habe«, fuhr sie mit gepresster Stimme fort, »frage ich mich bei allen, die nicht erst im Laufe meines Lebens eingestellt wurden, ob sie es ebenfalls wissen. Ob sie mich alle beobachten. Schließlich bin ich ganz offensichtlich«, sie unterbrach sich, als sie merkte, dass sie laut genug geworden war, um sogar ein paar der Nachtschwärmer dazu zu bewegen, den Kopf zu ihnen umzuwenden, und senkte ihre Stimme wieder, »ein Experiment!«

Impulsiv streckte er die Arme aus und umfasste ihre Hände mit den seinen. »Du bist ein Mensch, Beatrice«, sagte er und spürte die weiche, zarte Haut, die nie durch natürliches Licht verbrannt worden war. »Du bist eine Frau.«

»Tut mir Leid. Ich habe eigentlich kein Recht, mich so aufzuspielen. Schließlich bin ich alles andere als gegen Genmanipulation. Kannst du dich an den Chat erinnern, in dem ich mich mit Dedalus darüber gestritten habe, und wie ich sagte, es gebe keinen Grund, um Kinder mit einer Erbkrankheit zur Welt kommen zu lassen, wenn man es verhindern kann?«

Er nickte. Einer der anderen Gäste erhob sich von seinem Barhocker und ging zu der alten Jukebox in der Ecke. Als die ersten Takte zu ihnen drangen, machte Neil einen Versuch, Beatrice aufzuheitern, und sagte scherzend: »Tja, ich nehme an, es ist zu viel, hier auf Queen zu hoffen, aber müssen es die Pet Shop Boys sein?«

Mit dem ansteckenden Lächeln, das er an ihr vermisst hatte, entgegnete sie: »Die Pet Wer?«

»Was nicht alles im Dunst der achtziger Jahre versunken ist«, sagte Neil mit einer übertriebenen Grimasse und unterdrückte gerade noch rechtzeitig die Frage, ob ihr in ihrem Labor überhaupt Pop und Rock begegnet war. Außerdem fiel ihm Julie mit ihren CDs ein, die er nicht identifizieren konnte, und der Gedanke versetzte ihm einen Stich. Gewiss drohte Julie und Ben keine ernsthafte Gefahr. Nichts als eine leere Drohung, von der Überzeugung getragen, dass er sich einschüchtern ließ. Dennoch, zum ersten Mal in seinem Leben war er wirklich dankbar für Deirdres Beruf und die Privilegien, die er mit sich brachte. Außerdem würde er bald so weit sein, an die Öffentlichkeit gehen zu können, und war das einmal geschehen, waren Drohungen ohnehin überflüssig.

Der Zorn auf Sanchez, auf Livion, auf James T. Armstrong, die alte Wut auf die Mächtigen dieser Welt, die durch das Zusammensein mit Beatrice vorübergehend eingeschläfert worden war, meldete sich wieder.

»Willst du meine Theorie über deinen Vater hören?«, fragte er abrupt. Sie wich seinem Blick nicht aus und nickte.

»Fangen wir mit etwas Grundsätzlichem an. Unternehmen wollen Profit. Gerade und vor allem Firmen der Pharmaindustrie. Da taucht nun Anfang der achtziger Jahre ein ganz neuer Markt auf. Eine neue Krankheit, vor der die Menschen Angst haben wie vor nichts mehr seit der Beulenpest. Die staatlichen Zuschüsse wachsen und wachsen, bis auf achtzig Prozent des Gesamtbetrags, aber auch die Gewinne durch die Mittel, die den Verlauf der Krankheit verzögern, sind beträchtlich. Nur etwas gibt es nicht: ein wirkliches Gegenmittel. Zugegeben, dieses ständig mutierende Retrovirus ist ein harter Brocken, aber Livion hat einen wirklich genialen Wissenschaftler unter Vertrag, schon als er noch ein junger Spund direkt aus Kuba war. Und das Genie, das ein paar frühe Fälle untersucht, findet tatsächlich ein Mittel. Nur fällt dann ein paar Köpfen in der Zentrale, die rechnen können, ein, dass verzögernde Mittel über viele Jahre verteilt sehr viel mehr Gewinn einbringen werden als etwas, das die Krankheit ein für alle Mal besiegt. Und Zuschüsse für die Forschung gäbe es auch nicht mehr. Peinlich, aber nicht mehr aus der Welt zu schaffen: Das Genie hat mehr geleistet, als es leisten sollte.«

Er wurde sich bewusst, dass er immer noch ihre Hände hielt, und zog die seinen zurück. Sie fühlten sich mit einem Mal kalt und leer an.

»Aber da gibt es eine Lösung. Er hat schließlich noch andere Projekte im Kopf, an denen er arbeiten möchte und für die es nur leider wegen der staatlichen Auflagen und der Gesetze keine Genehmigungen gibt. Also bietet man ihm einen Deal an: Er verpflichtet sich dazu, über seine Entdeckung zu schweigen, und im Gegenzug erhält er die schönste Spielzeugeisenbahn von einem Labor, die je ein junger Forscher sein Eigen nennen durfte. Mit allen Schikanen, und ohne lästige Kontrollen, außer durch die Firma selbst. Da er und seine Frau Probleme mit dem Kinderkriegen haben, darf er diese Schwierigkeit auch gleich auf seine Art und Weise lösen, aber das ist nur ein zusätzlicher Bonus.«

In ihr Schweigen hinein hörte er den letzten Refrain von *It's a Sin* ausklingen. Danach wurde das leise Rauschen der Klimaanlage durch nichts mehr aufgefangen; die Gespräche der anderen Besucher waren gerade verstummt.

»Du übersiehst da einiges«, sagte Beatrice, langsam, als taste sie sich Wort für Wort durch ein Labyrinth, dessen Ausmaß sie selbst kaum erkennen konnte. »Ein wirksames endgültiges Gegenmittel könnte nur ein Impfstoff sein, und ein Impfstoff sichert praktisch mit jedem Neugeborenen Profit, weil es sicher bald Pflicht würde, sich impfen zu lassen, so wie früher mit der Pockenimpfung. Ob das wirklich weniger Geld wäre, als die momentanen Mittel einbringen, müsste ich nachrechnen, aber ich glaube eher nicht. Selbst wenn Livion diese Meinung vertreten hätte, dann hätte er zu Pfizer gehen können oder zu einem anderen Pharmakonzern.«

»Aber hätten die ihm auch ein Labor in Alaska gebaut und die staatlichen Kontrollen vom Hals gehalten? Das allein muss schon sehr teuer gewesen sein.«

»Er hätte es nicht getan«, entgegnete Beatrice und hob die Hand, als er zu einer heftigen Erwiderung ansetzte. »Warte, lass mich ausreden. Ja, er hat offenbar mehrere Dinge getan, derer ich ihn nicht für fähig gehalten habe. Aber mir die Wahrheit über mich selbst zu verschweigen und mich zu belügen, ist eine Sache; das betrifft nur ihn und mich. Ein so wichtiges Medikament der Menschheit vorzuenthalten, das ist etwas ganz anderes. Dazu ist er nicht fähig. Ich ... ich kann nicht glauben, dass alles, was ich über meinen Vater weiß, eine Lüge sein soll.«

Neil lag einiges auf der Zunge. Schließlich bemerkte er: »Das könnte zu einem schmerzhaften Erwachen führen, Beatrice.«

»Vielleicht«, sagte sie. »Aber so schnell gebe ich keinen Menschen auf. Auch wenn ich wütend bin und finde, dass er mir eine Erklärung schuldet. Wenn man deinen Kindern erzählen würde, du wärst ein Verbrecher, würdest du dann wollen, dass sie es sofort glauben, ohne dir eine Chance zu geben, dich zu rechtfertigen?«

Der Hieb saß, umso mehr, als sie überhaupt nicht beabsichtigt hatte, seinen wunden Punkt zu treffen. Eine ernste Frage, kein rhetorisches Manöver. Er zwang die Worte aus sich heraus, versuchte, nicht darüber nachzugrübeln, wie Julie und Ben wirklich über ihn dachten.

»Dein Vater hat Glück.«

Sie überraschte ihn erneut, als sie aufstand, sich zu ihm

beugte und ihn auf die Wange küsste, ein kurzer, leichter Kuss, der bereits vorbei war, ehe er sich bewusst wurde, was sie tat.

»Ich auch«, erwiderte sie schlicht. »Ich habe Glück, einen Freund wie dich zu haben.«

Er lauschte immer noch dem Echo ihrer Stimme nach, als er sie längst wieder zurückgebracht hatte und den Leihwagen hinter seinem Motel parkte. Freund. Als er in ihrem Alter gewesen war, hätte ihn die Bezeichnung entweder gekränkt oder belustigt. Doch mit Anfang zwanzig hätte er auch genau gewusst, was er von ihr wollte, und inzwischen wusste er es längst nicht mehr.

Erst ein plötzlicher Aufprall holte ihn in die Gegenwart zurück. »He, können Sie nicht aufpassen?«, fragte der weißhaarige Mann, mit dem er im Eingang des Motels zusammengestoßen war. Da Neil bis auf Victor Sanchez in Alaska vorwiegend jüngere Leute gesehen hatte, was den Staat zum völligen Gegenpol von Florida machte, stachen die zerfurchten Gesichtszüge und die leicht gebückte Körperhaltung genügend hervor, um im Zusammenhang mit seiner Geistesabwesenheit ein leichtes Schuldbewusstsein auszulösen.

»Tut mir Leid«, murmelte er.

»Mir auch«, sagte der alte Herr und verschwand in Richtung Parkplatz.

* * *

Beatrice war noch nie in ihrem Leben so unglücklich und glücklich zur gleichen Zeit gewesen. Ihre Drohung, nicht mehr mit ihrem Vater zu sprechen, bis er sich erklärte, konnte sie nach dem Gespräch mit Neil nicht mehr aufrechterhalten. Die Erklärung zu erhalten war wichtiger und dringender als ihr Stolz. Am nächsten Morgen ging sie zu ihm. Sie hatte kaum geschlafen, und dennoch spürte sie keine Müdigkeit; es gab zu viel, das sie bewegte.

Ihr Vater öffnete auf ihr Klopfen nicht. Sie besaß eine Codekarte für seine Wohnung, aber es konnte sehr wohl sein, dass er bereits früher als üblich ins Labor gegangen war, also machte sie sich auf den Weg dorthin. Bei der Sicherheitskontrolle zwischen den Wohnblöcken und dem Labor musste sie sich zwingen, höflich auf die fröhlichen »Früh dran« etwas zu entgegnen, statt einfach weiterzueilen. Sie kam sich vor, als sei sie von innen ausgehöhlt, wie eine Puppe, die keinen Kern mehr hatte und nur auf Antworten wartete, um wieder vollständig sein zu können.

Nina, die russischstämmige Assistentin ihres Vaters, war noch nicht da, aber in seinem fensterlosen Büro brannte Licht, das sie durch den Türspalt dringen sah. Sie holte tief Luft und trat ein.

Am Schreibtisch ihres Vaters, gerade damit beschäftigt, eines der Familienfotos zu studieren, die dort standen, saß Mears.

»Was tust denn du hier?«, fragte Beatrice und verzichtete auf alle höflichen Präliminarien.

»Das sollte doch offensichtlich sein. Du hast schließlich Augen im Kopf.«

»Ich meine«, präzisierte sie zähneknirschend, »was tust du in Dads Büro?«

»Oh, das habe ich auch gemeint. Dachtest du, ich beziehe mich auf etwas anderes?«

Sie entschied, dass sie keine Zeit für solche Spielchen hatte, und drehte sich wortlos um. Auf ihren Vater konnte sie auch anderswo warten.

»Er wird so schnell nicht wiederkommen«, sagte Mears, ehe sie die Tür hinter sich schließen konnte. Widerwillig wandte sie sich ihm erneut zu.

»Wie meinst du das?«

Mears lehnte sich im Bürostuhl ihres Vaters zurück, beide Arme auf die Lehnen gelegt und ein Lächeln auf den Lippen. Es erinnerte sie an den Tag, an dem er ihr die Mitarbeit angeboten hatte; sehr, sehr siegessicher.

»Wie es scheint«, sagte Mears, und sie spürte, dass er jedes Wort genoss, »hat Mr. President ihn zu sich beordert, um ein paar Erklärungen zu bekommen. Du bist nicht die Einzige, die Fragen an ihn hat, nur bezweifle ich, dass Mr. President die gleichen stellen wird. Ich möchte wetten, ihn interessiert viel mehr, warum dein Vater sich mit einem berüchtigten Journalisten getroffen hat, ohne das in irgendeinem seiner Berichte zu erwähnen, und das zu einem Zeitpunkt, an dem Livion wirklich keine schlechte Publicity gebrauchen kann. Und da gibt es noch ein paar merkwürdige Zufälle; während dieser Schreiberling bösartige Gerüchte in die Welt setzt, spioniert irgendjemand innerhalb des Labors meine Arbeit an einem Projekt aus, das Mr. President bald abgeschlossen zu wissen wünscht. Ich musste sogar meine Festplatte austauschen lassen. Für mich sieht das ganz so aus, als ob wir einen Maulwurf hier hätten. Für dich nicht?«

Sein Lächeln vertiefte sich. »Falls nun ein Bericht an die Geschäftsleitung gehen würde, der eine andere Verdächtige nennt, würde man das nur für den sympathischen, aber irregeleiteten Ausdruck töchterlicher Loyalität halten, fürchte ich. Und mach dir keine Sorgen; ganz gleich, wie lange es dauert oder wie beschäftigt ich selbst bin, ich werde deinen Vater hier *bestens* vertreten.«

»Wirst du das?«, fragte sie tonlos. Das Bedürfnis, ihn zu beschimpfen, war noch nie so stark gewesen, doch die Genugtuung gönnte sie ihm nicht. Er wartete ja nur darauf, sie ihre Beherrschung verlieren zu sehen. Leute, die glauben, gewonnen zu haben, dachte Beatrice und versuchte sich an den Gedanken zu klammern, Leute, die meinen, keine Rücksicht mehr nehmen zu müssen, solche Leute machen Fehler.

»Ganz gewiss«, entgegnete Mears selbstzufrieden, und mit einem Mal wusste sie, wie sie ihn zumindest ein wenig aus dem Gleichgewicht bringen konnte.

»Gut«, sagte sie freundlich. »Dann kannst du ihn gleich heute Mittag vertreten. Ich wollte mit ihm in der Kantine essen. Wo ich schon nicht zum Frühstücken gekommen bin.«

Ihr Wunsch, eine Delle in die Rüstung seiner Selbstgefälligkeit zu schlagen, wurde ihr erfüllt; Mears' Miene verlor etwas von ihrem Triumph und wurde vorsichtiger.

»Ein Essen, wie?« Er verschränkte die Arme. »Sind wir endlich erwachsen geworden, Bea?«

Ihr Spitzname hatte sich noch nie so kindisch angehört wie in diesem Moment, als er ihn zu einer zweisilbigen Übung in Sarkasmus machte.

»Nun, du hattest mich eingeladen«, gab sie so höflich wie möglich zurück.

Im Stillen forderte sie ihn heraus, eine Bemerkung über Lichtallergie und Hautkrebs zu machen. Nur eine.

»Also schön. Um halb eins dann.«

Die Kantine war bis zum Bersten gefüllt, voller Lärm, Lachen und Licht, und es war ihr sehr bewusst, dass ihr Auftritt dort, noch dazu in Mears' Gesellschaft, von den

Mitarbeitern als ziemliche Sensation eingestuft werden musste. Sie war noch immer leicht nervös wegen des Lichts, das durch das Glasdach eher noch intensiviert wurde, doch es kostete sie nicht mehr die Überwindung wie gestern. Als sie sich mit den Spaghetti auf ihrem Tablett setzen wollte, überraschte sie Mears damit, das seine abzustellen und ihr den Stuhl zuvorkommend zurechtzurücken. Eine Sekunde lang stellte sie sich vor, sie wäre damals ernsthaft auf sein Angebot eingegangen, hätte alle ihre Bedenken in den Wind geschlagen und wäre wirklich und wahrhaftig seine Mitarbeiterin, statt besorgt um ihren Vater und gleichzeitig ärgerlich auf ihn zu sein und mit Mears endlose verbale Versteckspiele durchzuführen.

»Wirklich erstaunlich«, sagte er, nachdem er sich selbst niedergelassen hatte, und studierte ihr Gesicht. »Ich hätte darauf gewettet, dass dir zumindest die Augen tränen würden. Aber selbst dein Wimpernschlag ist der gleiche, keine Spur schneller. Er hat wirklich ganze Arbeit geleistet; die schnelle Anpassungsfähigkeit …«

»Also spielen wir nicht mehr ›Ich weiß etwas, was du nicht weißt‹«, schnitt sie ihm das Wort ab.

»Nicht, wenn es so offensichtlich ist, dass du es weißt. Verstehst du jetzt, warum ich es bedauerlich finde, dich hinter deinen Möglichkeiten zurückgeblieben zu sehen? Wenn ich es gewesen wäre …«

»Oh, du hättest mich gefördert, da habe ich überhaupt keinen Zweifel«, sagte Beatrice. »Jeder Tag ein neuer Test. Aber Warren, ist es dir nie in den Sinn gekommen, dass es Leute gibt, die keine Übermenschen sein wollen?«

»Ich glaube, dieses Gespräch hatten wir schon einmal. Es gibt nichts Schöneres als Erfolg.«

»Dann hast du mir beim ersten Mal nicht zugehört, und

natürlich gibt es das. Versteh mich bitte nicht falsch, Erfolge sind sicher wichtig, aber ich weigere mich einfach, die Jagd nach dem Erfolg als einzigen Lebensinhalt zu betrachten. Ich glaube an Ausgewogenheit. Du hast ein Bild von mir, wie ich sein sollte, und es stört dich, dass ich nicht so bin. Aber wer sagt dir, dass dein Bild das richtige ist? Für dich vielleicht. Nicht für mich.«

Damit nahm sie ihre Gabel in die Hand und begann, die Spaghetti aufzuwickeln. Mears musterte sie schweigend, dann wandte er sich seiner Suppe zu. Eine Zeit lang aßen sie still, dann fragte Beatrice, und war selbst ein wenig verwundert, es wirklich wissen zu wollen:

»Hast du dir je etwas anderes gewünscht außer Erfolg?«

»Loyalität«, erwiderte er, und sie war vage enttäuscht. Natürlich. Ein weiterer Seitenhieb hinsichtlich ihrer mangelnden Loyalität zum Konzern. Er überraschte sie damit, ihr Schweigen richtig zu deuten, und fügte hinzu, ohne seinen Löffel abzusetzen:

»Ich meine nicht die Loyalität zu Livion. Ich meine die Loyalität mir gegenüber.«

Beatrice musterte ihn nachdenklich und legte ihre Gabel nieder.

»Ich glaube, du meinst nicht Loyalität«, sagte sie langsam. »Ich glaube, du meinst Respekt.«

Das Wort stand zwischen ihnen, wie eine Libelle über einem See, deren Farbe und Absicht man nicht ausmachen kann. Unwidersprochen. Er protestierte nicht; stattdessen hörte er auf zu essen und erwiderte ihren Blick, nicht spöttisch, nicht herausfordernd. Es berührte sie auf eigenartige Weise.

»Aber du wirst respektiert, Warren. Ich meine, du hättest diesen Job nicht, wenn man dich nicht achten würde, und selbst mein Vater respektiert dich als Wissenschaftler. Das heißt nicht, dass jedermann mit deinen Methoden einverstanden ist, doch der Respekt ist überall vorhanden.«

Er schüttelte den Kopf.

»Wirklicher Respekt schließt Vertrauen mit ein. Vertrauen darauf, dass ich die richtigen Entscheidungen treffe. Wirklicher Respekt bedeutet«, er sah sie an, und zum ersten Mal empfand sie dabei nicht die übliche Mischung aus Feindseligkeit und williger Ehrfurcht vor seinen Fähigkeiten, »wie ein Mensch behandelt zu werden statt wie ein Gegenüber beim Tischtennis.«

Es gab manches, was sich darauf erwidern ließ. Aber womit sie herausplatzte, war das Erste, was ihr in den Sinn kam.

»Du glaubst, wir spielen Tischtennis?«

»Wir haben nie etwas anderes getan.«

Es wunderte Beatrice nicht, auf dem Weg zurück zur Arbeit von Tess abgefangen zu werden. Tess hakte sich bei ihr ein und fragte aufgeregt:

»Was war denn das heute, Kleines? Mag ja sein, dass Liebe Flügel verleiht, aber doch nicht Immunität. Du kannst doch nicht wegen Warren ein Mittagessen in der Sonne riskie-ren.«

Im ersten Moment empfand Beatrice nichts als tiefe Erleichterung. Tess war ahnungslos, sie wusste nichts von der Täuschung hinsichtlich ihrer Lichtallergie und nichts über ihren Ursprung. Aber sofort mischte sich neues Misstrauen in ihre Erleichterung: Was, wenn Tess nur so tat, um sie zu prüfen? Ein hässliches Gefühl, Freunde durch die Brille des Argwohns zu betrachten. Sie kämpfte mit sich, ob sie wenigstens das Missverständnis in Sachen Mears aufklären sollte, und entschied sich dann mit einer Mischung aus Scham und Pragmatismus dagegen. Solange Tess an eine Romanze mit Mears glaubte, würde Beatrice immer eine Ausrede zur Verfügung stehen, und bestätigt hatte sie es ja nicht. Es war also keine richtige Lüge, nur eine Auslassung.

»Ich nehme seit einiger Zeit ein neues Medikament«, sagte sie. »Nur habe ich bisher noch niemandem davon erzählt, weil ich nicht wusste, wie es wirkt, aber bis jetzt funktioniert es, und ich bin nun so weit, dass ich jeden Tag etwas länger natürlichem Licht ausgesetzt sein kann.«

»Schatz, das ist doch wunderbar! Wie heißt es?«

»Phobaton«, erwiderte Beatrice ohne zu zögern. Sie hatte den Namen an Ort und Stelle erfunden, aber wenn Tess ihr nichts vormachte, würde sie keinen Grund haben, das zu überprüfen.

»Und Warren? Du schuldest mir noch ein paar Details«, sagte Tess und versetzte ihr einen kleinen Rippenstoß.

»Er hat mich heute überrascht«, entgegnete Beatrice wahrheitsgemäß.

»Angenehm oder unangenehm?«

»Das ist einfach zu vertraulich, Tess«, sagte Beatrice, gebrauchte jedoch einen beschwichtigenden Tonfall. Tess schmollte, fand sich aber damit ab, nicht ohne etwas darüber zu murmeln, dass Beatrice diese Zurückhaltung mit etwas mehr Erfahrung in der Liebe schon noch abhanden kommen würde.

Beatrice erledigte ihre Arbeit so schnell wie möglich. Sie versuchte ihren Vater über sein Handy zu erreichen, musste sich jedoch damit abfinden, dass er nicht antwortete. Die Chipanalyse ihres Blutes und ihrer Speichelabstriche lief immer noch, weil sie beides gegen eine ganze Reihe von pharmazeutischen Substanzen und Viren testete, aber bis auf eine höhere Immunität und die schnellere Bildung von Antikörpern ließ sich noch kein schlüssiges Ergebnis ableiten, das ihr mehr verraten hätte, als sie schon wusste. Sie sicherte alles sorgfältig, dann kehrte sie in den Wohnbereich zurück, zog sich rasch um und rieb sich mit dem Sonnenschutzöl ein, das Neil ihr besorgt hatte.

Billy, der Dienst tuende Hausmeister, war sehr überrascht, als sie ihn um eines der Fahrräder bat. Noch nicht einmal sechs Uhr abends; um diese Uhrzeit hatte er sie noch nie nach draußen gehen sehen.

»Aber können Sie denn überhaupt mit dem Ding umgehen, Miss B.?«

»So ganz anders als das im Trainingsraum kann es ja nicht sein.«

Die Balance zu halten, erwies sich dann doch als nicht ganz so leicht, wie sie es sich vorgestellt hatte, aber nach einigem Üben drehte sie ihre Runden, ohne zu stürzen, und fühlte sich dabei wie eine Königin. Dann machte sie sich auf den Weg in Richtung Tor. Hin und wieder klatschten ihr Mücken ins Gesicht, doch das störte sie nicht. Der Fahrtwind auf ihrer Haut, die Sonne auf ihrem Gesicht, all das vereinte sich zu einem Gefühl der Freiheit, das ihr den Kopf verdrehte.

Vor den alten Bahngleisen wartete Neil schon auf sie. »Du musst dir auch ein Rad besorgen«, sagte sie atemlos. »In Seward haben sie bestimmt welche zum Ausleihen.«

»Bestimmt«, sagte er und seine Mundwinkel zuckten. Dann wurde er wieder ernst.

»Hast du mit deinem Vater gesprochen?«

Etwas von ihrem Überschwang verließ sie, und sie fasste das Wichtigste für ihn zusammen.

»Das ist … unerwartet. Aber ich habe auch Neuigkeiten für dich.« Neil nahm ihr Rad und verstaute es, so gut es ging, im Laderaum des Autos. »Meine Aufzeichnungen sind alle hier. Es besteht kein Grund, warum ich nicht in Alaska weiterschreiben sollte.« Er lächelte sie an. »Das Land hat seine Reize.«

»Oh, ich bin sicher, die Seelöwen werden dankbar sein«, scherzte sie und hielt inne. Jemanden durch eine E-Mail oder im Chat aufzuziehen, war eine Sache; es bei einem leibhaftigen Gegenüber zu versuchen, eine andere. Erst recht bei einem Mann. Einem gut aussehenden Mann mit Kindern und geschiedener Ehefrau, an der er den gelegentlichen Bemerkungen nach zu schließen noch genug hing, um eines Tages den Weg zu ihr zurückzufinden.

Er schien ihre plötzliche Verlegenheit nicht zu bemerken. »Das will ich hoffen«, erwiderte er trocken. »Aber ganz im Ernst, ich bleibe hier.«

»Bis mein Vater zurückkommt?«, fragte sie vorsichtig.

»Nun, bis er mir eine Erklärung gegeben hat oder sie endgültig verweigert. Beides bietet einen guten Abschluss, und glaub mir, das Ende einer Geschichte ist manchmal so schwer zu finden wie der Anfang. Aber das heißt nicht, dass ich danach abreisen werde. Wie gesagt, die Verhältnisse hier sind … inspirierend. Welcher Schriftsteller wünscht sich nicht, der Tag möge mehr Stunden haben?«

Er öffnete die Tür der Beifahrerseite für sie, und sie stieg ein. »Was würdest du tun«, fragte er, »wenn dein Vater nach einer Woche oder zwei immer noch nicht zurück ist?«

»Selbst, wenn Livion ihn zwänge, fortzugehen, in ein anderes Labor der Firma, dann muss er doch zurückkommen, um seine Sachen zu holen und um mit mir über seine Pläne zu sprechen.«

»Aber er hat dir nichts von seiner Reise verraten, oder? Außerdem dachte ich nicht an einen neuen Arbeitsplatz. Ich will dir keine Angst machen, aber James Armstrong hat es nicht bis an die Spitze der Industrie geschafft, weil er so ein liebenswerter Mensch ist. Was ist, wenn er deinen Vater endgültig verschwinden lässt?«

Die Straße, auf der sie fuhren, schien nur ein dünner Streifen zu sein, der Berge und Meer voneinander fern hielt. Hin und wieder sah sie Bäume, die vom letzten Sturm zerstört worden waren, braune, zersplitterte Stümpfe inmitten des hellen Grüns.

»Neil, ein Szenarium, in dem Livion ein nicht genügend getestetes Heilmittel auf den Markt bringt oder Experimente durchführt für etwas, was vom Gesetz her verboten ist, das nehme ich dir ab. Aber das heißt nicht, dass die Firma imstande ist, Menschen zu entführen oder umbringen zu lassen! Nicht meinen Vater und nicht deine Kinder.«

»Meine Kinder sind sicher, weil ihre Mutter Stabschefin eines Senators ist und das Recht auf Leibwächter hat, wenn sie bedroht wird. Sie steht zu sehr im Licht der Öffentlichkeit, als dass die es sich leisten könnten, mehr zu tun als zu bluffen. Aber dein Vater führt hier ein ziemlich obskures Dasein. Hast du dich schon einmal gefragt, wie du zur Welt gekommen sein musst, wie es nach der Genmanipulation weiterging? Deine Mutter konnte nicht schwanger werden. Also, wer war die Leihmutter, und was wurde dann aus ihr?«

»Ich ... ich glaube«, sagte sie, und die Worte fühlten sich dürr und tot auf ihren Lippen an, » ... ich bin vollständig in vitro ausgetragen worden, nicht in vivo.«

An diese Möglichkeit hatte er nicht gedacht. Überhaupt keine Leihmutter, sondern eine künstliche Umgebung die ganzen neun Monate lang. Schweigen senkte sich zwischen sie, während er an das Kind dachte, das Beatrice gewesen sein musste.

»Ist das denn machbar? Ich dachte, bei einer künstlichen Befruchtung könnten Föten im Reagenzglas nur in einem sehr frühen Stadium am Leben erhalten werden, bis man sie der Mutter oder Leihmutter einsetzt.«

»Mit Tieren ist es bereits gelungen«, sagte sie und dachte daran, wie faszinierend sie das gefunden hatte. Simulierter Herzschlag der Mutter für den Embryo. War es das gewesen? Hatte sie selbst jene ersten neun Monate in einem Kunstgebilde verbracht? Sie selbst hatte an eine Leihmutter glauben wollen, bis sie ein paar Berechnungen anstellte. Um ein solches erfolgreiches genetisches Experiment durchzuführen, mussten Hunderte von erfolglosen Versuchen vorangegangen sein, und so großzügig das Labor auch angelegt war, hätte man doch nie genügend Frauen dort unterbringen können. Doch es gab Einrichtungen, um kleine Säugetiere in vitro zu züchten. Kaninchen, das hatte sie immer geglaubt, weil sie nie etwas anderes gesehen hatte. Kaninchen.

»Tut mir Leid«, sagte Neil, der sie beobachtete, wenn er nicht auf die Straße schaute. »Ich wollte dir keine Angst machen. Ich wollte dir etwas zeigen, das uns an die Schönheit erinnert, die diese Welt noch zu bieten hat, nun, da du sie für dich selbst entdecken kannst.«

Als sie mit ihm auf einer Fähre stand, die sich inmitten von Eisbrocken den Weg zum Portage-Gletscher bahnte, verstand sie, was er gemeint hatte. Außer ihnen waren, da es trotz aller Helligkeit schon Abend war, nur noch wenige andere Touristen an Bord, aber jedem verschlug es die Sprache, als sie zu dem alten Eis hinüberblickten. Es sah wie ein riesiges, zusammengestürztes Mikado-Spiel aus Kandiszucker aus, nur längst nicht so regelmäßig. Nicht weiß, sondern blau und bräunlich an den Rändern, ein wenig wie der alte Schnee im Frühling. Es war schon da gewesen, als die Menschen erst begannen, aufrecht zu gehen, und würde noch da sein, wenn jeder Einzelne in diesem Boot tot war. Sie zitterte und merkte jetzt erst, dass die übrigen Passagiere dicke Anoraks trugen. Neil zog seine Jacke aus und legte sie ihr wortlos um die Schultern.

Die Sonne fing sich in dem Blau, das nichts von den Neonfarben hatte, die Beatrice aus dem Labor kannte, und der Kapitän erklärte über Lautsprecher, das Eis kristallisiere alle Farben des Regenbogens, doch Blau sei das einzige Farbspektrum, das vom menschlichen Auge in dieser Form wahrgenommen werden konnte.

»Vielleicht auch nicht«, sagte Beatrice halblaut. »Die Inuit haben dreizehn verschiedene Worte für Schnee, glaube ich. Vielleicht können sie auch ein etwas weiteres Spektrum wahrnehmen.«

»Inuit?«

»Die Eskimos. Frank hat mir das einmal erzählt, und er ist zu einem Viertel Inuit. Er sagt, sie nennen ihre Sprache Inupiaq, was eigentlich ›ein wirklicher Mensch‹ heißt.«

Verspätet fiel ihr ein, dass er nicht wissen konnte, wer Frank war. Es war verwirrend, mit jemandem zu reden, der einerseits zu ihren Freunden zählte und andererseits niemanden aus der abgezirkelten Welt kannte, in der sie aufgewachsen war. Fast kam es ihr vor wie das Lernen einer neuen Sprache; vertraute Vergleiche, wie »peinlich wie Megans Ausrutscher bei der Weihnachtsfeier vor drei Jahren« oder »so gut wie eine P4-Analyse«, mussten in andere Begriffe übersetzt oder erläutert werden. Und dann gab es wieder Momente, in denen er sie ohne Worte besser zu verstehen schien als die Menschen, mit denen sie täglich Umgang hatte.

Sie schaute zu dem Gletscher in seiner umfassenden Erhabenheit, und war froh, dass es in dieser Welt voller zerstörter Gewissheiten etwas gab, das sich nicht verändern würde. Ihre Hand stahl sich auf Neils, und er erwiderte ihren Druck.

Der Einfall, der ihr in diesem Moment kam, während sie auf den Gletscher starrte und Neils Hand in der ihren spürte, war verrückt, aber was, dachte sie, was war an ihrem Leben in der letzten Zeit normal?

»Neil«, sagte sie plötzlich, »wenn ich mir nun Urlaub nehmen würde. Zehn Tage oder zwei Wochen lang. Und dann einfach losziehen, um Alaska zu erkunden. Würdest du mitkommen?«

Sie sagte nicht, dass sie mit ihrer Unerfahrenheit im Reisen einen Begleiter mehr als gut gebrauchen könnte. Sie sprach nicht von dem Vertrauensbeweis, den ihre Bitte darstellte. Wenn sie sich in ihm irrte, dann hatte sie eben die dümmste Frage ihres Lebens geäußert. Aber die Vorstellung, im Labor weiter auf die Rückkehr ihres Vaters zu warten, weiter auf Mears angewiesen zu sein und sich immer nur ein paar Stunden fortzustehlen, erschien ihr auf einmal unerträglich.

»Das würde ich«, sagte er, und in seiner Stimme lag Überraschung, Freude und Unruhe zugleich.

Ein Boot zu chartern, dachte Neil, war sicher das Beste. Es war zwar eine Weile her, doch der Umgang mit Wind und

Wasser lag ihm noch von früher im Blut, und er ignorierte den Stich, den ihm sein Gewissen versetzte, als ihm das Versprechen einfiel, das er Ben gegeben hatte. Er würde es erfüllen, im Spätsommer. Vielleicht im Frühherbst, wenn es in Louisiana nicht mehr ganz so heiß war.

Während er packte, fiel Neil ein, Beatrice daran zu erinnern, wasserdichte Kleidung mitzunehmen, und auf alle Fälle wärmere Sachen, als sie gewöhnlich trug. Er nahm sein Handy und drückte auf Wahlwiederholung. Zu seiner Überraschung meldete sich die Telefonauskunft. Neil runzelte die Stirn. Beatrices Nummer war mit Sicherheit die letzte gewesen, die er angerufen hatte, und mit der Auskunft hatte er während seines gesamten Aufenthalts in Alaska nicht gesprochen.

Das Gerät in seiner Hand erwärmte sich langsam. Er hatte Beatrices Nummer noch gar nicht eingespeichert, sondern aufgeschrieben, auf einen Zettel, der in seiner Brieftasche lag. Was Nummern anging, mochte er vergesslich sein, doch das gesprochene Wort blieb ihm in Erinnerung, manchmal bis hin zum genauen Tonfall in der Stimme seiner Gesprächspartner. Es mochte ein dummer Fehler sein … aber er *wusste*, dass er nicht mit der Auskunft gesprochen hatte.

Er ging die letzten fünf Nummern durch, die das Gerät gewählt hatte, alles Nummern aus seinem persönlichen Telefonverzeichnis und daher unter den Namen der Gesprächspartner aufgeführt. Es waren die seines Agenten, Matts, Giles' und eines Bostoner Bekannten. Bis auf Giles entsprach das nicht den Telefonaten, an die er sich erinnerte; im Gegenteil, er hatte absichtlich keinen Kontakt zu Charles Xavier oder Matt aufgenommen, seit er von Boston aus aufgebrochen war.

Etwas stimmte hier ganz und gar nicht.

Rasch überprüfte er die Nummern und Namen, die eingespeichert waren. Ob die Nummern alle passten, konnte er nicht sagen, aber die Namen waren richtig, so, wie sie Deirdre einst für ihn eingegeben hatte, bis hin zu der Abkürzung »D. Büro« für ihren eigenen Anschluss.

Der Verdacht, der in ihm aufstieg, hätte Matt zu einer spöttischen Bemerkung über seinen Verfolgungswahn veranlasst. Aber Neil erinnerte sich an den Zusammenprall mit dem alten Mann vor dem Motel und daran, was Beatrice über die Stichproben erzählte, die von Gesprächen der Labormitarbeiter gemacht wurden.

Er überlegte. Dann schrieb er sich alle eingespeicherten Nummern auf und löschte das Verzeichnis systematisch. Es lag etwas Befriedigendes darin, die wiederholte Bestätigung »gelöscht« zu lesen, während er sich einen Plan zurechtlegte.

Im Hafen von Seward schauten sie sich Motoryachten an. Es machte Spaß, obwohl Beatrice zugeben musste, dass sie nicht die geringste Ahnung hatte, nach welchen Kriterien sie ihr Boot auswählen sollte. Sie kletterte mit Neil von den Stegen auf Boote mit den unmöglichsten Namen, musterte fasziniert die Kabinen, die ihr viel kleiner vorkamen als alles, was sie im Fernsehen gesehen hatte, und stellte fest, dass es ein merkwürdiges Gefühl war, auf einmal Fachsimpeleien zuzuhören, an denen sie sich nicht beteiligen konnte. Sie wusste noch nicht einmal, ob backbord nun rechts oder links war.

Als Neil eine Bootsfahrt und nicht eine Reise mit dem Auto vorgeschlagen hatte, war ihr einen Moment lang unwohl gewesen. Das Meer in Alaska war so kalt, dass niemand einen Sturz ins Wasser lange überlebte, wenn er nicht volle Tauchermontur trug. Bisher immer nur eine bedeutungslose Statistik für sie. Schwimmen zu können, würde ihr nicht das Geringste nützen, wenn es zu einem Unfall kommen würde.

Aber genauso gut konnten sie einen Autounfall haben. Endgültige Sicherheiten gab es nie, und das Ganze war ein Abenteuer, ehe die Wirklichkeit wieder ihre sterilen Klauen um sie schloss.

Sie besichtigten die Boote nicht allein; mit ihnen waren zwei Flitterwöchner aus Illinois unterwegs, die von den großen Seen erzählten, wo sie ihre seemännischen Erfahrungen gesammelt hatten.

»Eigentlich wollten wir ja nach Europa«, sagte die Frau, die in Beatrices Alter war, »aber Flugreisen über den Atlantik sind immer noch zu risikoreich, und warum sich alte Trümmer ansehen, wenn es so viel Schönes in unserem Land gibt? Wir fahren nach Norden und wollen uns die Grizzlys auf Kodiak anschauen.«

»Warum haben Sie sich für Alaska entschieden?«, fragte der Mann Beatrice.

»Ich lebe hier.«

»Aber dann ist das alles ja alltäglich für Sie!«

»Nein«, sagte Beatrice und schüttelte den Kopf, während sie an Deck kletterten. Sie spürte die Brise mit ihrem Salzgeruch und lächelte. »Nein. Es ist immer wieder ein Wunder.«

Als das andere Paar sich für das Boot entschieden hatte, auf dem sie sich gerade befanden, und sich bei dem Vermieter nach Proviant und Dieselvorräten erkundigte, trat Neil zu ihr und flüsterte bestimmt: »Gib mir dein Handy.«

Sie hob sich ihre Fragen für später auf.

»Welches Boot hat dir denn am besten gefallen?«

»Auf die Gefahr hin, idiotisch oder naiv zu klingen – sie sind alle schön. Obwohl ich das mit den grünen Türen nicht mag. Die erinnern mich an unsere Sicherheitszone. Welches ist dein Favorit, Experte?«

»Das vorletzte«, sagte er aufgeräumt, »obwohl es Ariel heißt, aber wenn du nicht abergläubisch bist …«

Sie hob eine Augenbraue.

»Shelley.«

Beatrice machte immer noch ein ratloses Gesicht.

»Ich dachte, Sylvia Plath«, meinte sie, »aber der Zusammenhang zu Booten ist mir nicht ganz klar.«

»Verliere ich Punkte, wenn ich zugebe, dass ich Sylvia Plath nie gelesen habe? Ariel hieß das Boot, in dem Shelley in der Bucht von La Spezia kenterte.«

»Dann muss man den Namen rehabilitieren«, sagte Beatrice und stellte fest, dass sein Lächeln sehr ansteckend war.

Es stellte sich heraus, dass die Ariel weder nach Shelleys Boot noch nach Plaths Gedichtband benannt war, ja, noch nicht einmal nach beider Vorbild, der Figur aus Shakespeares Sturm.

»Meine Tochter ist Disney-Fan«, erklärte der Bootsvermieter, während Neil von ihm die Karten erhielt. »Deswegen heißen die beiden anderen Schönheiten auch Belle und Megara.«

Beatrice, der die Disney-Filme der letzten zehn Jahre entgangen waren, verstand die Anspielung nicht, aber Neils Grimasse und die anschließenden Bemerkungen über Disney als die wahre herrschende Institution Amerikas amüsierten sie, während er die Sackleinentasche, die sie aus der Wohnung ihres Vaters geholt und hastig gepackt hatte, an Bord trug.

»Also ist es doch nicht die Pharmaindustrie?«, zog sie ihn auf. »Oder die Waffenlobby oder die Ölindustrie oder die Atomindustrie? Du bist ganz schön inkonsequent.«

»Bin ich nicht«, gab er zurück. »Disney steckt hinter allem.«

Die Mischung aus Heiterkeit, Aufregung und Abenteuer, die sie erfüllte und ihre Nervosität immer weiter zurückdrängte, erhielt erst eine dunklere Färbung, als sie ihre Sachen ausgepackt hatte und ihn fragte, was er mit ihrem Handy gewollt habe.

»Ich habe es bei dem Pärchen aus Illinois gelassen«, sagte er, und der starre Ausdruck in seinen Augen verriet ihr, dass er nicht mehr scherzte, »zusammen mit meinem.«

Sämtliche Psychothriller über das Eingesperrtsein mit einem Psychopathen schossen ihr auf einmal durch den Kopf. Gleichzeitig war sie sich bewusst, dass sie sich immer noch im Hafen von Seward befanden und sie jederzeit zurück an Land gehen konnte. Wenn Neil ihr eine Falle stellen wollte, hätte er ihr etwas vorgelogen. Entweder sie vertraute ihm, oder sie vertraute ihm nicht.

»Weil …?«, begann sie auffordernd.

»Weil irgendjemand vor ein paar Tagen mein Handy geklaut und gegen eine nahezu perfekte Kopie ausgetauscht hat. Weil man mich oder uns beide über GPS orten kann. Weil ich Alaska kennen lernen möchte, ohne ständig das Gefühl zu haben, beobachtet zu werden.«

»Paranoia, dein Name ist Neil«, sagte Beatrice, aber sie wusste nur zu genau, dass diese Vorsichtsmaßnahme berechtigt sein konnte. Sie hatte ihr Urlaubsgesuch in den Briefkasten geworfen, weil niemand am Sonntag arbeitete, und war einfach verschwunden. Sowohl Mears als auch dem Sicherheitsdienst war es zuzutrauen, ihre Telefonate zu kontrollieren. So viel zum Thema Vertrauen und Respekt, dachte sie ärgerlich. »Aber wehe dir, wenn du kenterst«, fuhr sie laut fort und versuchte, zum scherzhaften Ton von vorher zurückzufinden. »Dann kann ich noch nicht einmal letzte Worte auf irgendwelche Mailboxen sprechen.«

»Ich bin der Nachkomme von Piraten. Owen Landrus Neffe kentert nicht«, entgegnete er gespielt beleidigt, und der Schatten, der sich kurzzeitig über sie gelegt hatte, war verschwunden. »Sonst ist er imstande und lässt mich von einer Voodoo-Königin durch die nächsten drei Leben verfolgen, weil ich Schande über die Familie gebracht habe. Oder ich muss als Geist in Lousiana herumspuken, und glaub mir, unsere Gespenster sind hoffnungslos unterbezahlt.«

<Betreff: Himmel Herrgott noch mal!
Absender: Charles.Xavier@logansrun.net
Empfänger: bohemian.rhapsody@hotmail.com

Neil,

ich will endlich ein ausführliches Exposé für dieses Buch, wie oft soll ich dir das noch sagen? Und zwar eines, das mir versichert, dass wir nicht einer Reihe von Verleumdungsklagen entgegengehen. In letzter Zeit habe ich da ein paar sehr beunruhigende Dinge gehört. Verdammt, dieses Projekt sollte deinen Ruf wiederherstellen und nicht eine weitere Übung in unpatriotischem Zersetzungswahn werden!>

<Betreff: Jetzt wird es ernst
Absender: hellblazer@gmx.com
Empfänger: bohemian.rhapsody@hotmail.com

Neil,

immer noch in Alaska? Immer noch die Sanchez-Geschichte? Hör zu, allmählich solltest du doch die Sinnlosigkeit erkannt haben. Du hast deinen Spaß gehabt, aber das ist wirklich eine schlechte Zeit, um sich mit Livion anzulegen. Die können jetzt wirklich keine schlechte Publicity gebrauchen, und wenn du meinst, du kannst dich während der unvermeidlichen Schlammschlacht in der Rolle des wackeren David gegen Goliath sonnen und auf die Unterstützung der Öffentlichkeit zählen, dann träume weiter. Neulich fragten mich nicht weniger als drei verschiedene Repräsentanten von Schwulengruppen hintereinander, ob es wahr sei, dass mein ehemaliger Partner mit irgendwelchen verrückten Theorien wieder die Zeiten in Amerika herbeiführen wollte, in denen AIDS-Patienten als von Gott gestraft galten und staatliche Hilfe ein ferner Traum war, und ihre jahrzehntelange Arbeit zunichte machen will etc., etc. Dann fragte mich ein Typ von der CANF, du weißt schon, der Kuba-Lobby, ob es wahr sei, dass du unter Vorspiegelung falscher Tatsachen in Miami Leute interviewt hast, mit dem Ziel, Kubano-Amerikaner diskriminierend darzustellen. Die nächste Frage war, ob dich Castro finanziert. Wach auf, Junge. Die sind bereits dabei, zurückzuschlagen.

Matt

PS Hast du deine Handy-Nummer gewechselt? Ich habe versucht, dich anzurufen, und höre nur, dieser Teilnehmer sei nicht erreichbar.>

<Betreff: Dringend
Absender: d.jordan@gov.att.net
Empfänger: bohemian.rhapsosdy@hotmail.com

Neil,

nachdem du telefonisch nicht zu erreichen bist, versuche ich es so, in der Hoffnung, dass du irgendwann deine E-Mails abholst. Ruf bitte sofort an.

Deirdre

PS Das Autokennzeichen, das ich für dich überprüfen sollte, hat sich als hauseigen erwiesen. Du verstehst, was ich meine?>

<Betreff: Ihre Tätigkeit
Absender: Norton_Hammings@dfpi.harvard.edu
Empfänger: neil_lahaye@dfpi.harvard.edu

Neil,

angesichts Ihrer Abwesenheiten im letzten Semester und des Umstands, dass Sie sich ohne Rücksprache Urlaub genommen haben, statt zu versuchen, Ihre Versäumnisse wieder gutzumachen, wird es Sie nicht wundern, dass die Fakultät mehrheitlich entschieden hat, Ihre Tätigkeit bei uns nicht weiter zu verlängern.

Mit freundlichen Grüßen

Norton Hammings

Kopie per Post>

»Du hast schon Sommersprossen, weißt du das?«

»Unmöglich. Das müssen Mückenstiche sein.«

Die Inseln zwischen Seward und Valdez tauchten wie kleine verlorene Königreiche aus den Morgennebeln auf.

Sie wollten eigentlich ohne Umwege nach Valdez, aber bereits die erste kleine Insel hatte sie dazu verführt, die Geschwindigkeit zu verlangsamen, bis Neil nur noch darauf achtete, mit dem Boot die Richtung zu halten. Er kannte Seelöwen und Seeotter aus Zoos, aber hatte sie noch nie in Freiheit gesehen. Für Beatrice traten sie wie alles andere zum ersten Mal aus der flachen Dimension des Bildschirms ins Leben, prall, spielerisch und mit einer eigenartigen Mischung aus Behäbigkeit und Grazie, die sich in ihre Träume schlich.

Einige der Seeotter schwammen auf dem Rücken und starrten neugierig zu ihnen herüber. Dann zuckten sie mit den Flossen, und Beatrice befürchtete, ihnen sei etwas geschehen. Neil machte den Motor aus und ließ das Boot näher herantreiben. Es stellte sich heraus, dass sie Muscheln in ihren Vorderpfoten hielten und Steine auf ihrem Bauch liegen hatten, um die Muscheln daran aufzuschlagen. In einem Zirkus hätte Neil das für einen Dressurakt gehalten; hier wünschte er sich, eine Videokamera mitgenommen zu haben. Nicht nur für die Seeotter, sondern auch Beatrices wegen, die sie mit der großäugigen Begeisterung eines in die Freiheit entlassenen Gefangenen beobachtete.

Er wusste nicht, wie lange er sich nicht mehr so entspannt und glücklich gefühlt hatte. Die Schreie der Möwen, das Klatschen der Wellen gegen die Felsen, und er wünschte sich, den Moment festhalten zu können, ganz gleich wie.

»Doch, du hast welche.« Er streckte die Hand aus und berührte mit der Fingerspitze ihren Nasenrücken. »Da.« Dann glitt seine Hand zu ihrer Nasenspitze. »Und hier.«

Jede andere Frau, die er kannte, hätte eine unmissverständlich abwehrende Geste gemacht oder wäre näher gerückt und hätte zurückgeflirtet. Beatrice sah ihn nur an. Kein erschreckter oder kindlicher Blick; sie war kein Kind mehr. Ihr Gesicht war eine offene Frage, und er war sich nicht sicher, ob er die Antwort kannte.

Die Steine, auf denen die Seeotter ihre Muscheln zerschlugen, rutschten, sobald die Muscheln geknackt waren, immer wieder ins Wasser, doch die Tiere tauchten sofort unter und kehrten sowohl mit Steinen als auch neuen Muscheln wieder an die Oberfläche zurück.

»Sie geben nicht auf«, sagte Beatrice.

»Ist Hartnäckigkeit für dich eine positive oder negative Eigenschaft?«, fragte er mit der gleichen Mischung aus Scherz und Ernst, die er seit Beginn dieser Reise angeschlagen hatte. Zu seiner Überraschung antwortete sie mit einem Shakespeare-Zitat.

»Es gibt nichts Gutes oder Schlechtes; erst die Gedanken machen es dazu.«

Nicht leicht, in einem Boot zu übernachten. Zwischen Wachen und Schlafen assoziierte sie anfangs einen sich bewegenden Boden instinktiv mit Erdbeben, wie sie in Alaska öfter vorkamen. Ihr Herz hämmerte jedes Mal in einem leichten Panikanfall, wenn sie von den Schlägen der Wellen aufwachte. Es war auch seltsam, auf so engem Raum mit einem anderen Menschen zu leben. Neil sah, dass sie sich nur schwer an das Boot gewöhnte; in Valdez nahmen sie daher Hotelzimmer, aber danach war es wieder das Boot. Sie stellte fest, dass man die Geräusche eines Menschen lernen konnte; die Atemzüge, das Räuspern, wenn er sich am Morgen dehnte und reckte, das missbilligende Schnalzen mit der Zunge, wenn ihm etwas nicht gefiel. Man konnte das Aussehen eines Menschen lernen. Die Art, wie die Sonne sich in seinen Armen fing, wenn die Luft sich gegen Mittag so weit aufgewärmt hatte, dass sie die Jacken ausziehen konnten. Die Art, wie sich sein Gesicht entspannte, wenn er die Seeotter beobachtete oder die Gletscher oder schlicht und einfach die See. Nur wenn er schlief, entspannte es sich niemals. Zuerst gelang ihm wesentlich schneller als ihr, einzuschlafen, und sie ertappte sich dabei, ab und zu zu ihm hinzuschauen. Statt gelöst und friedlich wirkte er gequält, wenn er schlief, als würden sich die wenigen Schatten der weißen Nächte in sein Gesicht einfressen.

Tagsüber erschien Neil ihr jünger, glücklicher. Als er die ersten Wale entdeckte, war er so aufgeregt wie ein Kind. Diesmal hatten sie etwas gemeinsam; auch er kannte die graublauen Riesen bisher nur aus dem Fernsehen. Die Realität, die riesige Wellen bis an ihr Boot schlug, war atemberaubend. Der erste Wal, der mit nach oben gereckten Schwanzflossen abtauchte, befand sich noch in weiter Ferne. Die Glacier Bay bot in den Sommermonaten den Buckelwalen mit ihren Jungtieren Obdach, und je näher sie ihr kamen, desto häufiger tauchten die Wale auf, trieben fast unmittelbar neben ihrem Boot in die Höhe. Majestätische, schwarz glänzende Ovale, die rasch größer wurden und gegenständlich, fassbar auf eine Art, die kein Film je hatte vermitteln können. Beatrice hätte, wenn die Bootskante nicht so hoch gewesen wäre, die Rücken gestreichelt, die sich ihr entgegenhoben. Aber dann kam ihr der Gedanke fast blasphemisch vor; die Unberührtheit der Tiere hatte etwas Sakrosanktes.

»Was hält sie eigentlich davon ab, direkt unter unserem Boot aufzutauchen?«

»Nichts«, entgegnete Neil, der nicht im Mindesten

beunruhigt wirkte. Gleich zu Anfang hatte sie ihn gebeten, ihr beizubringen, wie man das Schiff steuert, damit sie ihn ab und zu entlasten konnte, aber seit die Wale da waren, ließ er sie nicht mehr ans Steuerrad. Sie musste lachen.

»Du machst einem wirklich nichts vor, wie?«

»Dir nicht«, entgegnete er, und sie begriff das Ungesagte in diesen Worten sehr wohl.

Wasserfontänen wie kleine Vulkanausbrüche. In gewisser Weise verfügten die Wale über die gleiche Ausstrahlung von Alter und Urtümlichkeit wie die Gletscher. Selbst die Kälber, die sich dicht an ihre Mütter drängten, hatten etwas Unzerstörtes. Wenn das Wasser den Blick auf die kleinen Augen freigab, bildete sich Beatrice ein, in ein Stück Ewigkeit zu blicken, das lange vor ihr da gewesen war und noch da sein würde, wenn ihre Spezies den Planeten verlassen hatte.

Anderswo führten die Wale ein alles andere als gefahrloses Leben. Ehe Neil in die Glacier Bay einlaufen durfte, mussten sie vor Gustavus vor Anker gehen und sich im Park Headquarters am Bartlett Cove anmelden. Dabei fragte sie einer der Beamten, ob sie die Bootspapiere vorweisen könnten. Beatrice nickte; erst Neils jäh verschlossene Miene erinnerte sie wieder an das Manöver mit den Handys, das er zu Beginn ihrer Reise durchgeführt hatte.

Es tat gut, wieder festen Boden unter den Füßen zu spüren. »Können Sie uns ein Quartier empfehlen?«, fragte Beatrice, während der Beamte die Papiere durchsah, und hörte, sie sollten es doch einmal im Glacier Bay Country Inn versuchen, dort sei gewiss noch eine Blockhütte frei.

»Auch zwei?«, erkundigte sich Neil, und der Beamte musterte ihn verblüfft. »Na so was. Und ich dachte, Sie wären in den Flitterwochen.«

»Ein Witz«, warf Beatrice hastig ein. »Wir wollen uns nur die Füße vertreten, und eine Abwechslung vom Dosenessen wäre auch nicht schlecht.«

Weil sie nicht weiter auf die Zimmerfrage eingehen wollte, brachte sie gleich, nachdem sie die Park Ranger verlassen hatten, das Gespräch auf etwas anderes.

»Ich habe wohl deine Bücher etwas zu häufig gelesen, aber … glaubst du, er hat etwas anderes als die Papiere vergleichen wollen?«

Neil hob die Schultern. »Nein, eigentlich nicht. Wenn wir Glück haben, vermuten sie uns immer noch weit nördlich von hier. Sie müssen uns mit dem Pärchen aus Illinois verwechseln, es sei denn, sie wären uns ganz dicht auf den Fersen gewesen. Gewöhnlich vertrauen diese Leute aber mehr der Elektronik als ihren Augen.«

»Und wen meinst du mit ›sie‹? Den Sicherheitsdienst des Labors? Livion im Allgemeinen?«

Er zögerte. »Kommt darauf an, was genau ihr in eurem Labor eigentlich fabriziert. Die Sache mit dem Handy ist eigentlich zu gut für den Sicherheitsdienst eines Labors.«

»Mr. LaHaye«, sagte Beatrice mit gespielter Strenge, »lassen Sie sich gesagt sein, dass Livion auf jedem Gebiet nur die Besten beschäftigt. Das ist ein Firmenslogan.«

Es war nicht komisch. Es war alles andere als komisch. Aber sie wollte nicht ernsthaft darüber nachdenken. Sie wollte diese kurze Zeit, die sie sich jenseits von Pflicht und Existenzzweifeln gestohlen hatte, genießen.

»Es ist auch ein Slogan der *Firma*«, entgegnete Neil, doch Beatrice verstand die Anspielung auf die CIA nicht, und er sprach bereits wieder von den Walen, die sie heute gesehen hatten.

Die Blockhütten, in denen die Gäste des Glacier Bay Country Inn untergebracht wurden, waren von einem satten dunkelgoldenem Holzton, gegen den sich die bunten Wiesenblumen leuchtend abhoben. Beatrice atmete die Luft ein; sie kannte den würzigen Duft, der sich auf ihre Lippen legte, aber nie, niemals hatte sie früher eine solche Umgebung im Licht der Sonne betrachten können. Sie hängte ihre durch die ständige Seeluft klammen Sachen auf, während Neil die Umgebung erkundete. Es war nur noch eine Blockhütte frei; nach den Nächten in der engen Kabine gab es auch keinen Grund mehr, sich zu zieren. Doch ein Schiff war etwas anderes als ein Haus; es war eigenartig. Als sie einen Bügel für eine seiner Jacken suchte, stellte sie fest, wie sehr ihr inzwischen sein Geruch vertraut war, und er hatte doch nie mehr getan als ihre Hand zu berühren und einmal ihr Gesicht. In Gedanken spürte sie seine Finger an ihrer Wange entlanggleiten und dachte: Er hat schöne Hände. Ihr wurde bewusst, dass sie immer noch die Jacke festhielt, und sie schüttelte den Kopf.

Zu Abend aßen sie im Inn selbst; Mike, der Besitzer, erklärte ihnen stolz, dass es hier kein McDonald's gäbe, keinen Sheriff, keinen Drugstore, keinen Arzt und keine Werbung.

»Hier sind wir wirklich allein mit der Natur«, schloss er und fügte grinsend hinzu: »Und mit dem Regen. Mindestens einmal am Tag. Aber wenn ihr mich fragt, Leute, es gibt keinen schöneren Platz auf der Welt.«

Von ihrem Tisch aus sahen sie durch ein riesiges Fenster auf den Garten, der in einer Landepiste für ein zweimotoriges Privatflugzeug auslief, das zum Inn gehörte. Beatrice, die genüsslich den warmen, frisch gebratenen Lachs auf der

Zunge zergehen ließ, fuhr leicht zusammen, als Neil auf einmal ausrief:

»Das gibt es doch nicht!«

»Was?«

Er deutete auf die linke Seite des Fensters. Sie folgte seinem Blick und erkannte einen Schwarzbären mit drei Jungen, der in nur etwa dreißig Meter Entfernung in aller Gemütsruhe über die Lichtung lief. Einer der Jungen schnappte nach seinem Gefährten, und die Kleinen fingen an, sich zu balgen.

»Wie süß«, sagte sie entzückt und biss sich gleich darauf auf die Zunge. Wie albern. Aber Neil machte nicht den Eindruck, als hätte ihn das gestört; er beobachtete die Bären mit der gleichen kindlichen Begeisterung.

»Lebende Teddys«, sagte er, »und entschieden attraktiver als Alligatoren.«

Die Bärenmutter richtete sich auf, bewegte den Kopf, der viel schmaler aussah, als Beatrice es erwartet hatte, und ließ sich, zufrieden mit dem, was sie sah, wieder auf alle viere nieder und trottete ihrem Nachwuchs voran über die Lichtung.

Mike schenkte Neil das empfohlene Bier nach, und Beatrice fragte, ob die Bären öfter so nahe an die Gebäude kämen.

»Die da? Das sind unsere Bären vom Alaska Tourism Marketing Council. Die kriegt doch jedes Inn zugeteilt.«

»Sie nehmen uns auf den Arm«, sagte Neil.

»Ich doch nicht. Meine Bären, ehrlich. Sieben an der Zahl insgesamt, wartet nur ab, Leute. Für Grizzlys müsst ihr schon nach Admiralty Island rüber, aber ich finde, meine Schwarzen hier sind auch nicht schlecht.«

»Zum Anbeißen«, sagte Beatrice und folgte den hopsenden Sprüngen der Kleinen mit den Augen, bis sie außer

Sichtweite waren. Nach einigen Happen des köstlichen Lachs gewahrte sie aus den Augenwinkeln, dass wieder eine Bärengruppe von der anderen Seite auftauchte, diesmal eine ausgewachsene Bärin mit zwei Jungen.

»Was hab ich gesagt?«, fragte Mike selbstzufrieden. »Sind zuverlässige Viecher. Es sei denn, jemand ist darauf aus, den Darwin Award zu gewinnen.«

Neil zog eine Augenbraue hoch. »Den Darwin Award?«

»Alte Alaska-Tradition, Neil«, bestätigte Beatrice mit tiefernster Miene. »Er wird nur an Touristen verliehen, die so vorausblickend sind, unsere Art auf ihre Weise zu verbessern, indem sie ihre Gene aus dem allgemeinen menschlichen Pool auslöschen. Laut Frank ist die diesjährige Gewinnerin eine Touristin, die unbedingt ein Foto haben wollte, wie ein Bär ihr das Gesicht ableckt, und sich deswegen mit Honig eingeschmiert hat.«

Der Wirt nickte und trug die gleiche todernste Miene wie Beatrice zur Schau. »Eine würdige Siegerin. Wobei der Kerl, der mit seiner Videokamera einen Ein-Mann-Moby-Dick-Film drehen wollte und mit weißer Plaka-Farbe auf einen Wal losging, eine echte Konkurrenz war.«

»Ha. Ha. An eurer Stelle würde ich mich mit dem Verkohlen zurückhalten, ihr Nordpolbewohner. Sonst überlege ich mir noch mal, ob ich nicht ein paar Bannsprüche aus meiner Jugend loswerde.«

»Bannsprüche?«

»Meine Großtante Michelle hatte das zweite Gesicht«, sagte Neil und fiel zum ersten Mal, seit Beatrice ihn kannte, in einen deutlichen Südstaatenakzent, »und ich bin der siebte Sohn eines siebten Sohnes.«

Mike lachte und klopfte ihm auf die Schulter. »Ihr seid schon in Ordnung, ihr zwei Hübschen.«

Dann ging er weiter zu den wenigen anderen Gästen, und sie beobachteten die Bären, während sie ihren Fisch verzehrten.

»Keine Lüge«, sagte Beatrice, »auf Admiralty Island gibt es tatsächlich Orte, wo den Bären die Fische direkt ins Maul springen. Tess war mal dort und schwärmt heute noch davon.«

»Nichts wie hin.«

»Wir haben noch die Zeit, nicht wahr? Noch eine ganze Woche.«

Auf Admiralty Island waren nur zehn Menschen pro Tag erlaubt, aber der Chef der Ranger dort war ein Cousin von Mike, der bereit war anzurufen und ein gutes Wort für sie einzulegen.

In dieser Nacht ging Beatrice müde, erschöpft und glücklich ins Bett, überzeugt, in einem festen Bett schneller einschlafen zu können als auf einem Boot. Aber auch in dem Dämmerzustand, in dem sie sich befand, fiel ihr auf, dass Neil wach blieb. Die Fensterläden waren geschlossen, um ihnen etwas Dunkelheit zu ermöglichen, doch sie kannte inzwischen die Art, wie er atmete, wenn er schlief, und er schlief nicht.

»Neil«, sagte sie in die Nacht hinein, »wie alt, glaubst du, wird so ein Bär?«

»Zwanzig Jahre im Schnitt«, erwiderte er, so schnell, dass sie überrascht die Augen öffnete.

»Das war geraten«, fügte er hinzu, und sie ahnte das Lächeln in seinen Worten. Sie mochte seine Stimme, dunkel und warm wie die Lederjacke, die er ihr bei den Gletschern ausgeliehen hatte. »Ich bin nicht sicher, aber irgendwo steht es, aber ich kann mir Zahlen nicht gut merken.«

»Ich war immer gut mit Zahlen«, murmelte sie. »Das ist

eine meiner frühesten Erinnerungen. Eine der wenigen, die ich an Mom habe. Wie sie zählt. Ein mal eins ist eins. Zwei mal zwei ist vier. Drei mal drei ist neun. Was ist deine früheste Erinnerung?«

»Weiß nicht«, entgegnete er, wieder zu schnell, um der Wahrheit zu entsprechen.

»Schwindler«, sagte sie. Wenn sie wacher gewesen wäre, dann hätte sie gewusst, dass es eine unangenehme Erinnerung sein könnte, etwas, mit dem er die Zeit, die sie miteinander verbrachten, nicht belasten wollte. Sie hätte seine Erklärung akzeptiert und nach etwas anderem gefragt oder die Sache auf sich beruhen lassen. Aber die Euphorie der Freiheit, des Lebens ohne Furcht vor dem Licht, die Gewissheit, dass sie für ihn kein anderer Mensch geworden war, nachdem sie ihm von ihrer Entdeckung berichtet hatte, für die ihr immer noch eine Erklärung durch ihren Vater fehlte, die neuen Eindrücke, all das vereinte sich und lullte die vorsichtige, vorausblickende Seite ihres Selbst ein. Sie wollte nicht vorausblicken. Sie wollte nur in der Gegenwart leben.

»Ich höre sie weinen«, sagte er abrupt. »Es muss noch in Nevada gewesen sein, denn der Fußboden, auf dem ich sitze, ist aus Stein. Eine helle Fliesenplatte. Ich habe gerade in ihr Haar gefasst, sie beugt sich über mich, um mich aufzuheben, und auf einmal halte ich ganze Büschel ihrer Haare in meiner Hand, und sie weint.«

Es war genug, um sie aus ihrer Schläfrigkeit zu reißen. Auf einmal war sie sehr wach, und sie hörte in der Stille, die zwischen ihnen eingetreten war, selbst die Insekten vor der Blockhütte. Sie hörte etwas, das sie als einen Elchruf erkannte, und sie hörte Neils unregelmäßigen Atem.

»Eine andere Art von Abzählvers«, sagte er, und in seiner scharf gewordenen Stimme lag eine gewisse Grausamkeit. »A is for Atom, B is for Bomb, C is for Cancer, D is for Death.«

Die Fotos in seinem Buch fielen ihr ein. Der Tod ihrer eigenen Mutter hatte sich fern von ihr abgespielt; Elaine Sanchez war in einem Krankenhaus in Anchorage gestorben, und aus der Zeit davor wusste Beatrice so wenig, dass es ihr wie Wasser vorkam, das ihr zwischen den Fingern zerrann, wenn sie es aus dem Fluss ihrer Erinnerungen schöpfen wollte. Aber er, er hatte das jahrelange Sterben seiner Mutter miterlebt. Plötzlich überkam sie Mitleid mit dem Kind Neil, das sie nicht mehr erreichen konnte. Die Betten in der Blockhütte standen dicht nebeneinander, und ohne weiter darüber nachzudenken, setzte sie sich auf, machte den Schritt zu ihm hinüber und kniete neben seinem Bett nieder. Er hatte die Arme hinter seinem Kopf verschränkt und starrte zur Decke, als sie ihn küsste.

Es war ihr erster Kuss, ungeschickt, ungeübt und aus dem Impuls geboren, ihn zu trösten. Aber seine Lippen öffneten sich unter ihren, und plötzlich lagen seine Hände auf ihrem Haar, ihre Knie waren weich, und sie bekam keine Luft mehr.

Er ließ sie wieder los.

»Tut mir Leid«, flüsterte Beatrice und wusste nicht, ob sie den Tod seiner Mutter oder den Kuss meinte. Hastig kehrte sie in ihr Bett zurück.

Keiner von ihnen schlief sehr viel in dieser Nacht.

»Die Sache ist geritzt«, sagte Mike am nächsten Morgen, als er ihnen ihr Rührei servierte. »Mein Vetter hat euch für morgen auf die Liste eingetragen. Und noch was. An eurer Stelle würde ich mir auf Admiralty Island zwei Kajaks mieten und die Küste entlangpaddeln. Da leben an die zweitausend Bären, und damit sie sich in Ruhe entwickeln können, darf man mit dem Motorboot nur die wenigsten Plätze anfahren.«

Sie dankten ihm überschwänglich, während er sie mit dem Auto zu ihrem Boot brachte, und ließen sich überreden, mit ihm falsch, aber glücklich *Yellow Submarine* zu singen. Auf der Fahrt in die Glacier Bay vertrieb der frische Wind fürs Erste die Unsicherheiten der Nacht. Beatrice studierte die Seekarten, Gezeitentafeln und den Führer für die Bucht, den sie sich in Bartlett Cove bei den Park-Rangern besorgt hatten, und musste sich eingestehen, dass sie ihr auch nach einer Woche auf See immer noch wie Gleichungen mit Variablen vorkamen, die sie noch nicht gelöst hatte. Schließlich überließ sie die Karten lieber Neil und widmete sich staunend den Bildern, die links und rechts von ihnen auftauchten.

War schon der Portage-Gletscher ehrfurchtgebietend gewesen, so boten der Johns-Hopkins-Gletscher, der Caroll-Gletscher und der Grand-Pacific-Gletscher eine Triade, die einen endgültig auf die Knie zwang. Das kristallene wirre Haar auf dem Haupt von Riesen, umgeformt in Kathedralen, dachte Beatrice. Sie setzte die Sonnenbrille ab, die sie vorsichtshalber trug, um das Eis ohne Filter zu sehen, und kniff sofort die Augen zusammen. An einem der Gletscher zeigte sich ein leichter Riss; sie hörte ein Knirschen, und ein turmhoher Brocken, der sich aus der vorderen Front löste, rutschte in das aufschäumende Wasser.

»Wir könnten näher herangehen«, bot Neil an. »Die behaupten hier zwar, ein Sicherheitsabstand von achthundert Metern müsse ständig gewahrt bleiben, aber wie du siehst«, er nickte zu den drei, vier weiteren Booten in der Bucht, »keiner hält sich dran.«

»Später«, sagte Beatrice, denn ein Rudel Orcas hatte ihre Aufmerksamkeit auf sich gelenkt. So viele Wale, dass sie den Eindruck hatte, man könne über ihre Köpfe hinweg bis zum Eis laufen. Dann tauchte wieder einer von ihnen, und seine waagrechte majestätische Schwanzflosse stand wie ein Siegel zwischen ihnen und den Menschen.

Über sich hörte sie Vogelrufe, hob den Kopf und erkannte nicht nur Möwen, sondern auch zwei Adlerpaare, Seeadler, Weißkopfadler, die über der Bucht kreisten und hin und wieder herabstießen, um sich ihren Anteil an dem Reichtum zu holen, von dem Meer und Land hier überquollen.

»Gottes eigenes Land«, sagte Neil mit aufrichtiger Bewunderung. »Manchmal ist es das wirklich.«

Sie starrte auf die Raubvögel über sich und setzte ihre Sonnenbrille wieder auf. Selbst mit den abgedunkelten Gläsern und an einem Tag, der nicht wolkenfrei war, zogen die Vögel jeden Zuschauer mit der Eleganz ihres Flugs in ihren Bann. Ein Stück Freiheit steckte in ihnen, das nur durch ihr Fliegen Ausdruck fand.

»Wie ist es zu fliegen?«, fragte sie ihn. Unter anderen Umständen wüsste sie das besser als er; im riesigen menschenleeren Alaska waren Flugzeuge so gängige Verkehrsmittel wie andernorts Taxis. Doch für sie war reisen nie in Frage gekommen.

»Sei nicht enttäuscht«, antwortete er. »Nach den ersten paar Flügen ist es so selbstverständlich wie Autofahren, mit dem Unterschied, dass der Luftdruck auf deinen Ohren größer ist. Man hat nicht wirklich das Gefühl, zu fliegen: Man wird transportiert.«

Sie hatte sich im Glacier Bay Country Inn eine billige kleine Kamera gekauft. In Seward war keine Zeit dafür gewesen. Obwohl sie wusste, dass sich das Wesentliche, was sie von dieser Reise mitnehmen würde, ohnehin nicht auf Film bannen ließ, hatte sie nicht widerstehen können. Insgeheim befürchtete sie, eines Tages aufzuwachen und festzustellen, dass sie nur geträumt hatte.

Als der nächste Felsen, auf dem sich Seelöwen räkelten, nahe genug war, um auch von der kleinen Kamera erfasst zu werden, knipste sie so viel wie möglich. Auf den Eisbrocken, die sich von den Gletschern gelöst hatten und aus dem Fjord hinaustrieben, tummelten sich Seehunde, und ab und zu sah sie Tiere herumschwimmen, die sie zunächst ebenfalls für Seehunde oder Otter hielt, bis sie näher hinsah.

Sie fragte Neil und erfuhr, dass es sich um Nerze handelte. »Wie die Russen je überredet werden konnten, diesen Staat herzugeben, weiß ich nicht«, sagte er. Mittlerweile ließ er die Bootsschraube wieder so niedrig drehen, dass sie gerade noch Kurs halten konnten, so viel gab es zu sehen. Wenn sie vom Wasser aufsah und selbst den Himmel ignorierte, dann gab es immer noch die Steilküste mit ihrem Reichtum an großartiger Natur.

Gegen Mittag konnten sie beobachten, wie ein großer Bär mit einer Behändigkeit, die sein Gewicht verleugnete, bis an das Ufer herunterkletterte, um an das Wasser zu gelangen. Ein paar Mal glaubte Beatrice, er würde gewiss fallen oder abrutschen, aber sie täuschte sich. Nach einer Weile entdeckte sie, dass er nicht allein war; weiter oben folgten drei kleine Bärchen, die jedoch etwa fünfzig Meter über der Wasseroberfläche stockten und es offenbar nicht wagten, dem älteren Tier weiter nachzugehen. Einer von ihnen versuchte es, rutschte aus, fing sich wieder und kletterte wieder ein paar Meter zurück.

»Dann ist das wohl die Mutter«, kommentierte Beatrice und wunderte sich, dass die Bärin sich in ihrer Gemütsruhe nicht davon stören ließ, dass ihre Jungen mit dem Abstieg nicht zurechtkamen. Ein weiteres der Bärenkinder versuchte sich am Herabklettern, bekam Angst vor der eigenen Courage und kehrte hastig wieder zu seinen Geschwistern zurück.

»Glaubst du, einer von ihnen schafft es?«

»Ich bin in letzter Zeit optimistisch geworden, was die Fähigkeit von Kindern betrifft, das Nest zu verlassen«, antwortete Neil doppeldeutig.

Die kleinen Bären zeigten sich nicht willens, seinen Optimismus zu rechtfertigen, doch es machte Spaß, ihnen bei ihren tollpatschigen Versuchen zuzusehen. Als die Bärin schließlich wieder zu ihnen zurückkehrte, sagte Beatrice, übermütig geworden:

»Und jetzt lass uns an die Eiswand heranfahren. Mal sehen, wie gut du als Steuermann wirklich bist.«

»Das ist eine Herausforderung«, sagte Neil und manövrierte das Boot so nahe an den sich wohl fünfzig Meter fast senkrecht auftürmenden Gletscher heran, dass einer seiner unregelmäßigen Zacken einen Teil des Himmels für sie verdeckte. Aus der Nähe erkannte Beatrice, dass sich im unteren Bereich regelrechte Höhlen durch die anklatschenden Wellen gebildet hatten. Sie fragte sich, wie all die Tiere, die doch ein anderes Farbspektrum als die Menschen wahrnahmen, das Eis wohl sahen, und versuchte noch, das alte Blau zu ergründen, als ihr ein knirschendes Geräusch auffiel.

»Neil ...«, begann sie, doch er gab bereits Gas und steuerte das Boot weg vom Eis. Dem Brocken, der vom Gletscher abbrach, entkamen sie dennoch nicht; zwar stürzte er nicht auf ihr Boot, aber die Flutwelle, die hundert oder mehr Tonnen Eis auslösten, prallte gegen ihr Schiff und durchnässte Beatrice völlig. Einen Moment lang fürchtete sie sogar, das Boot würde kippen. Was sie empfand, war nicht ganz Panik, nicht ganz Resignation. Wenn ich jetzt stürbe, dachte sie. Und: Aber es gibt noch so vieles. Und: Warum nicht? Jetzt bin ich glücklich. Und: Nein, auf keinen Fall. Noch nicht jetzt! Sie spürte die Enttäuschung in der Magengrube, als ihr Vater ihr keine Erklärung geben wollte, sie spürte die Freude, als Neil ihretwegen nach Alaska gekommen war. Sie spürte die Zärtlichkeit für ihren Vater, wenn er ihr zuliebe kochte; sie spürte Ungeduld mit Neil und seinen Theorien.

Dann traf sie das kalte Wasser wie eine Ohrfeige, und sie kehrte in den Augenblick zurück. Auch Neil, der hinter dem Steuerrad höher als sie gewesen war, war dem Schwall nicht entgangen. Beide waren sie klatschnass.

»So viel zum Thema wasserfeste Kleidung.«

»Sommer hin oder her«, sagte Neil, »so kannst du nicht bleiben, bei euren Temperaturen hier. Ich ankere an der nächsten möglichen Stelle, und du trocknest dich ganz schnell ab. Lass die Kabinenheizung hochfahren und schau nach, was wir noch an trockener Kleidung an Bord haben.«

»Du aber auch«, gab sie mit einer kleinen Grimasse zurück. »Lass dir von einer Wissenschaftlerin sagen, dass deine Erkältungsgefahr so groß ist wie meine.«

Als sie in die Kajüte ging, stellte sie fest, dass ihre Beine zitterten. Der Schwall eisigen Wassers hatte ihr doch mehr zugesetzt, oder es war schlicht und einfach Angst gewesen, die sie übermannt hatte. Rasch entledigte sie sich ihrer

Jacke, der Hose, die fest an ihrer Haut klebte, und des Sweatshirts. Sie schaute auf, um nach dem Handtuch zu greifen. Neil stand am Eingang und beobachtete sie.

Während ihrer Reise hatten sie beide unvermeidlicherweise viel voneinander gesehen, doch bisher hatte er ihr immer den Rücken zugewandt, wenn sie sich umzog, und sie hielt es genauso mit ihm. Diesmal war es anders. Er schaute nicht fort, als ihr Blick ihn traf, und sie machte keine Anstalten, das Handtuch um sich zu ziehen oder nach den trockenen Sachen zu greifen, die sie zurechtgelegt hatte.

»Ich bin immer noch nass«, sagte sie langsam.

»Das sehe ich.«

Nach einem kurzen Zögern legte sie sich das Handtuch um den Nacken und entledigte sich ihrer Unterwäsche. Er kam zu ihr, nahm das Handtuch und begann sie abzutrocknen. Sie spürte seine Hände durch das Frottee, und ihre Haut brannte, was nichts mehr mit der rauen Oberfläche des Tuches zu tun hatte.

»Du auch«, sagte Beatrice und stellte fest, dass ihre Kehle trocken war. »Du bist ebenfalls noch sehr nass.«

Als sie sein Hemd berührte, forschend, fragend, legten sich seine Arme um sie, und sie dachte, dass auch dies die Entdeckung eines neuen Landes war, so sehr wie jeder andere Augenblick, seit er sie in Seward an das Licht gezogen hatte. Dann dachte sie überhaupt nichts mehr.

Es war so eigenartig; Beatrice bildete sich fest ein, man müsste ihr ansehen, dass sie sich verändert hatte, und mit ihr die ganze Welt. Sie hatte das Gefühl, sich sogar anders zu bewegen. Doch Mike behandelte sie beide wie zuvor, als sie am Abend zum Country Inn zurückkehrten, und auch die Ranger der Station auf Admiralty Island am nächsten Tag ließen nichts davon erkennen, dass die Welt anders geworden war. In der Nacht hatte sie Stunden damit verbracht, sich jeden Zentimeter von Neils Körper einzuprägen, auch nachdem sie beide längst zu müde waren, um etwas anderes zu tun. Es war etwas, das sie weder während ihrer unerwiderten Teenager-Schwärmerei vor all den Jahren noch beim Betrachten von Filmen je gewusst hatte, nicht wirklich gewusst; dass sich zu verlieben bedeuten konnte, eine neue Sprache ohne Worte zu lernen.

Sie zeichnete mit ihren Fingern die Narbe auf seiner Brust nach, und sie sprach ihr von anderen Wunden an ihm; sie legte ihre Hand in seinen Nacken und wusste, dass er schwach und stark zugleich sein konnte; sie spürte seine Hüfte auf ihrer und begriff seine jahrelange Einsamkeit.

Ihr eigener Körper musste ihm ebenfalls Dinge erzählen, die ihr unbekannt gewesen waren, und dennoch schaute ihr die gleiche Beatrice aus dem Spiegel entgegen. Es verwirrte sie. Früher hatte sie nie Schwierigkeiten gehabt, sich auf etwas Neues zu konzentrieren, doch diesmal stellte sie fest, dass ein Teil der Erklärungen des Rangers an ihr vorbeirauschte wie das Geschrei von Wasservögeln, während sie beobachtete, wie sich Neils Profil gegen den blassgrauen Himmel abzeichnete.

»… klar?«, schloss der Ranger, und sie nickte schuldbewusst.

»Na schön, dann mal los.«

Auf ihrem Weg zu den Kajaks fragte sie Neil leise, was der Mann gesagt hatte.

»Nichts Essbares bei sich tragen und nicht näher als fünfzig Meter an Bären heran«, entgegnete er und lächelte sie an. »Den Rest habe ich vergessen.«

Mittags, als sie mit dem Ranger auf einer Aussichtsplattform direkt neben dem Fluss saßen, hatte sie sich so weit gefangen, dass sie wieder auf ihre Umgebung achten konnte. Der hellbraune Bär mit den goldfleckigen Ohren, der aus dem Wald kam und sich unter ihre Plattform direkt neben die Leiter legte, nahm sie genug gefangen, um nicht ständig an Neils Hand zu denken, die über ihre Schultern strich.

»Keine Sorge«, sagte der Ranger. »Der kommt hier nicht hoch. Kann aber Stunden dauern, bis er sich weitertrollt. Wenn er eben Hunger kriegt.«

Er musterte sie argwöhnisch. »Ihr zwei habt doch wirklich nichts zu essen dabei, oder?«

Beatrice schüttelte den Kopf. Wildtiere auf gar keinen Fall zu füttern, war ihr antrainiert worden, bevor man sie das erste Mal in der Nacht hinausgelassen hatte.

»Weil die Viecher das nämlich sofort merken. Der einzige Bär, den wir in den letzten Jahren haben erschießen müssen, war immer wieder hinter den Rucksäcken mit Keksen her, aber an so einem Rucksack hängt bedauerlicherweise gewöhnlich noch ein Mensch dran. Auch so'n Kandidat für den Darwin Award.«

»Ihr habt in diesem Staat wirklich eine blutrünstige Einstellung«, sagte Neil zu ihr.

»Nur Leuten aus den unteren achtundvierzig gegenüber«, gab sie zurück. »Aber du müsstest da doch im Glashaus sitzen. Ich dachte, in den Südstaaten wird auf alles geschossen, was sich bewegt?«

»Die Bewegung ist irrelevant«, entgegnete er und grinste. »Cousin Danny hat mal auf den Satellitenempfänger meiner Tante geschossen, weil ihm die Farbe nicht passte.«

An jedem anderen Tag hätte ihr nach einer Weile bei allem Staunen über die Bären der Magen geknurrt. Aber heute musste sie sich erinnern, dass so etwas wie Essen überhaupt existierte. Als der Bär, nachdem er immer wieder zu ihnen hinaufgeäugt hatte, sich schließlich erhob, leicht schüttelte und aufstellte, um seinen Rücken gegen den nächsten Baumstamm zu schaben, seufzte der Ranger erleichtert: »Endlich«, aber Beatrice hätte nicht sagen können, wie viel Zeit überhaupt vergangen war.

Sie sah dem Bären dabei zu, wie er mit einer Schnelligkeit, die sie inzwischen nicht mehr überraschte, ein glattes, silbernes, zappelndes Etwas aus dem Fluss zog, und dann noch eines und noch eines, während ihn die Möwen ungeduldig umkreisten, weil sie auf ihren Anteil warteten. Wenn die Lachse schreien könnten, dachte Beatrice plötzlich, würden sie mir dann Leid tun? In der Stimmung, in der sie sich befand, wünschte sie jeder Kreatur die Unsterblichkeit, Bären wie Lachsen. Aber Mitgefühl für etwas aufbringen, das man selbst zum Abendessen verspeiste?

Sobald der Bär das Interesse verloren hatte und den Möwen die Reste seiner Fische überließ, zogen auch sie mit dem Ranger weiter und wurden bis zu einer Plattform geführt, von der man über die Ebene hinweg auf den Auslauf eines Baches blicken konnte. Bereits aus der Ferne konnten sie zwei kleine Bärengruppen erkennen, die in etwa hundert Metern getrennt voneinander am Ufer des Baches standen. Was Beatrice immer wieder aufs Neue frappierte, war, wie sich die Bären voneinander unterschieden; kein einziger hatte genau den gleichen Fellton oder die gleiche Kopfform. Die Jungtiere spielten mit den Lachsen, die wirklich nur darauf warteten, aus dem handtiefen Wasser gefischt zu werden. Die Mutter dagegen schien schon größeren Appetit zu haben.

»Oha«, murmelte der Ranger. »Ärger in Sicht.« Er deutete auf einen großen Bären, der vom Norden her auf sie zukam. Entweder rochen ihn die Muttertiere, oder sie erspähten ihn. Auf jeden Fall wurden sie sichtlich nervös, richteten sich auf und bewegten unruhig ihren Kopf hin und her. Eines von ihnen trieb seine Jungen bis unmittelbar vor die Beobachtungsplattform.

»Die weiß ganz genau«, erklärte der Ranger, »dass wir ihren Kleinen nichts tun. Aber die großen Bären sehen in den Welpen schon mal lästige Konkurrenz, die ihre Mütter davon abhalten, sich zu paaren.«

»Soll bei Menschen auch ab und zu vorkommen«, bemerkte Neil trocken.

Für Neil war ihre Reise zu einem Geschenk geworden. Gleichzeitig wusste er, dass diese Tage nur eine Leihgabe sein konnten. Diese Zeit außerhalb der Zeit konnte nur geborgt sein. Früher oder später würde er das ändern müssen; sein Beruf, seine Anliegen, seine Sorgen und seine Fehler würden ihn wieder einholen. Victor Sanchez würde zurückkehren, denn ganz gleich, wie ungnädig Livion ihm gegenüber auch gestimmt sein mochte, sie konnten es sich nicht leisten, auf seine Dienste zu verzichten.

Doch ihr Jetzt war diese Reise. Er wusste nicht, wann es begonnen hatte, wann er sich in Beatrice verliebt hatte; er konnte es nicht auf einen bestimmten Moment festlegen. Weil jeder einzelne Moment, den sie teilten, ihm so kostbar erschien, dass er ihn für immer festhalten wollte, ob er sie nun in den Armen hielt oder mit ihr Bären zählte, wobei sie ihm jedes Mal weismachen wollte, sie sähe mehr als er. Die Tage in den Fjorden und zwischen den Inseln von Alaska waren ein reißender, immer schneller werdender Fluss, der sich unausweichbar ins Meer stürzte.

»Du hast natürlich einen unfairen Vorteil bei deinen Erbanlagen«, sagte er spielerisch, als sie erneut in ihrem Boot saßen, und sie schon wieder auf einem Felsvorsprung eine Bärengruppe ausmachte. Er schwor, es seien die gleichen, die sie vorher am Fluss erspäht hatten, sie bestand darauf, es wären andere.

»Stimmt gar nicht. Meine Sehstärke ist gut, aber mehr nicht. Kann ich das Fernglas haben? Weißt du eigentlich«, fuhr sie fort, die Augen immer noch auf die Bären geheftet, »wie wichtig das für mich ist? Du behandelst ... es ... als so normal wie anderer Leute Haarfarbe, du ziehst mich damit auf, aber du tust nicht so, als wäre es das Alpha und Omega von dem, was ich bin.«

Ehe er darauf eingehen konnte, fügte sie leise hinzu: »Nicht wie Warren.«

Früher hatte sie immer nur feindselig geklungen, wenn sie Warren Mears erwähnte. Diesmal war ihr Ton neutral, und das verblüffte ihn fast so sehr wie die Implikation.

»Mears gibt offen zu, dass er Bescheid weiß?«

Beatrice zuckte die Achseln.

»Aber er geht wohl nicht so weit, dass er dich in seine Forschungen einweiht, oder?«, fragte Neil und stellte zu seinem Missvergnügen fest, dass er gereizt klang. Warum, verstand er selbst nicht. Beatrice gab ihm das Fernglas zurück.

»Nein«, entgegnete sie belustigt, ohne zu verraten, was sie erheiterte. »Da bin ich immer noch auf eigene Hackversuche und Schlussfolgerungen angewiesen.« Sie wurde ernst. »Aber was ich vermute, ist schon beunruhigend genug«, fügte sie hinzu und erzählte ihm von Mears und dem Projekt Pandora. Die Zeit der Geheimnisse, dachte sie, war vorüber.

Für jemanden, dem wie keinem anderen der Zynismus von Politikern und Politik vertraut war, reagierte Neil erstaunlich betroffen. Die Vorstellung, dass hier über militärische Programme spekuliert wurde, die auf die Auslöschung bestimmter ethnischer Gruppen der Weltbevölkerung zielten, schockierte ihn zutiefst. Aber inzwischen vermutete sie ohnehin, dass sein so oft zur Schau getragener Zynismus im Grunde nichts als ständig enttäuschter Idealismus war.

»Bist du dir klar darüber, was du da sagst? Über die Folgen, wenn das je Wirklichkeit werden würde?«

Sie nickte, und er spürte, dass sich ihre Poren zu einer Gänsehaut zusammengezogen hatten. Er selbst hatte die Fäuste geballt und wünschte sich, demjenigen, der als Erstes auf die Idee gekommen war, den Hals umdrehen zu können. Nur Menschen waren dazu fähig, sich gegenseitig so brutal ausrotten zu wollen. Ganz gleich, ob Terroristen oder Regierungen, was Menschen einander antaten, war scheußlich genug, um jede andere Spezies des Planeten dem Homo Sapiens vorzuziehen.

»Und dein Vater arbeitet da nicht mit?«

»Garantiert nicht, und dafür brauchst du nicht sein Wort zu akzeptieren; ich habe mich schließlich in Warrens Unterlagen eingehackt. Aber Dads Projekt ist auch nicht ganz unbelastet. Weißt du, er hat schon vor der Universität Wisconsin drei Stammzellenlinien entwickelt. Aber das Problem für Livion ist, dass sie nicht unter therapeutisches Klonen von Embryonen fallen. Dabei sind die Versuche ein voller Erfolg: lebende Herzzellen und sogar bei den Nervenzellen, die für Alzheimer und Parkinson verantwortlich sind, steht Dad kurz vor dem Durchbruch. Er kann die gewonnenen Zellen gentechnisch so verändern, dass sie vom Empfängerorganismus nicht mehr als fremd wahrgenommen werden. Aber bei der momentanen Gesetzeslage kann die Firma diese Erkenntnisse nicht verwerten.«

»Mir bricht das Herz«, kommentierte Neil sarkastisch und setzte sofort hinzu: »Entschuldige. Ich weiß, dass du das etwas anders siehst. Also zurück zu Warren Mears. Wenn du Recht hast, dann vermute ich, dass nicht nur die Firmenleitung ihn deckt. Es gibt immerhin noch ein paar Verträge innerhalb der Weltgemeinschaft, aus denen wir uns noch nicht zurückgezogen haben. Forschung an biologischen Waffen, die nicht eindeutig defensiver Natur ist – dafür wandert man ohne Rückendeckung von mindestens einer hohen staatlichen Stelle sofort in den Knast. Mears muss sich schon sehr sicher sein, dass ihm so etwas nicht geschehen kann, vor allem, wenn er, wie du sagst, sogar Rechner außerhalb eures Labors für seine Arbeit benutzt.«

Die Möglichkeit, dass die CIA beteiligt war und etwas mit den Projekten und ihrer Abschirmung zu tun hatte, erschien ihm immer plausibler, aber er war ehrlich genug, sich einzugestehen, dass er sich immer noch nur auf einem Gerüst von Vermutungen bewegte, denen er die Deutung gab, die seinen Neigungen am meisten entsprach.

»Konkrete Beweise hast du nicht?«

»Ich arbeite daran«, sagte sie. »Nun ja, im Augenblick natürlich nicht.«

Er erkannte das Gefühl, das in ihren Augen emporkroch, weil es ihn selbst erfasste. Der goldene Moment außerhalb der Wirklichkeit war vorbei.

»Wir werden zurückfahren müssen, nicht wahr?«

Nichts mehr wünschend, als verneinen zu können, sagte er: »Ja.«

Als Schlusspunkt an ihrem letzten Abend ging er mit ihr in Valdez in eine Diskothek, von der ihre Freundin Tess einmal gesprochen hatte. Neil, der heimlich befürchtete, unter lauter Teenagern zu landen, entdeckte bald, dass er sich umsonst Sorgen gemacht hatte. Die Klientel schien den Gesprächsfetzen und der Aufmachung nach zu schließen hauptsächlich aus den Leuten zu bestehen, die sich ein Boot im Hafen leisten konnten; er gehörte eher zum Altersdurchschnitt als Beatrice. Als er die ersten Takte von *A Kind of Magic* hörte, grinste er, sagte: »Ich wusste, dass die Götter hier irgendwann mit mir sein werden«, und führte Beatrice auf die Tanzfläche.

Er hatte sie nicht gefragt, ob sie tanzen konnte; richtiges Tanzen war hier ohnehin nicht möglich, und sie würde es von ihm auch nicht erwarten. Doch die Sicherheit, mit der sie sich dem Rhythmus der Musik überließ, war so unerwartet wie fesselnd. Es musste Jahre her sein, seit er zum letzten Mal getanzt hatte; selbst bei dem rachsüchtigen Feldzug nach seiner Scheidung durch sämtliche Aufreißerkneipen der Stadt hatte er sich immer darauf beschränkt, mit den Frauen etwas an der Bar zu trinken.

»Kannst du etwa sämtliche Queen-Songs auswendig?«, rief sie ihm zu, während sie sich drehte und wendete, als habe sie ihr Leben lang nichts anderes getan.

»Stellst du mich auf die Probe?«, rief er übermütig zurück und stimmte in den Song ein. Als er zum zweiten Mal bei »The bell that rings inside your mind« angekommen war, ohne außer Atem zu geraten oder mit dem Tanz aufhören zu müssen, bat sie lachend um Gnade.

Ohne zu zögern, zog er sie an sich und küsste sie.

In das bezaubernde Gefühl der Entdeckung und Wärme, das er jedes Mal empfand, wenn er ihren Mund auf dem seinen spürte, mischte sich ein Hauch von Schuld. Er war nicht so alt, um ihr Vater sein zu können; dennoch, der Abstand zwischen ihnen beiden war zu groß, um sie zum Mitglied der gleichen Generation zu machen, und außerdem fragte er sich, ob sie durch ihre Jugend im Labor und die Phobien, die ihr Sanchez eingeredet hatte, nicht emotional noch etwas jünger war als an reinen Lebensjahren. Wenn der Alltag sie beide einholte, wenn es nicht mehr das gemeinsame Entdecken einer fast noch unberührten Natur gab, würde sie ihn immer noch mit dieser Intensität küssen, als sei er das Leben in ihren Adern? Dann verlor er sich in dem Gefühl, sie in den Armen zu halten, bis die erstaunte Stimme einer Frau sagte:

»Bea!«

Am nächsten Morgen unter den Blicken von Tess und denjenigen der Laborangehörigen, denen Tess zweifellos alles erzählt hatte, Spießruten laufen zu müssen, gehörte zu Beatrices unangenehmsten neuen Erfahrungen. Vergeblich wiederholte sie sich, dass sie niemandem Rechenschaft schuldete. Tatsache blieb, dass sie Tess, die ihr immer eine gute Freundin gewesen war, getäuscht hatte. Sie versuchte, sich zu entschuldigen, kam aber über ein »Tess …« nicht hinaus.

»Du hättest mir die Wahrheit sagen können.«

Sie stürzte sich in ihre täglichen Pflichten und war nicht überrascht, als sie irgendwann aufblickte und Mears vor sich stehen sah.

»Komm mit.«

Sie rührte sich nicht.

»Was auch immer du mir sagen willst, kannst du mir auch hier sagen, oder?«

»Nein«, entgegnete Mears ausdruckslos.

Beatrices erster Impuls war, sich nicht von der Stelle zu rühren. Doch seit ihrem Mittagessen mit Mears bemühte sie sich, zumindest nicht als Erste unhöflich zu werden, und es war möglich, dass er tatsächlich etwas zu sagen hatte, das nicht für andere Ohren bestimmt war. Also stand sie auf und folgte ihm.

Mears ging schnurstracks durch die Sicherheitskontrollen in den Wohnbereich und dann in seine Zimmerflucht. Es war das erste Mal, dass Beatrice Mears' Wohnung betrat; sie registrierte, dass er neben dem durch die übliche Schlüsselkarte zu öffnenden Schloss noch einen zweiten Riegel hatte, der die Eingabe eines Zahlencodes erforderte. Da sie schräg hinter ihm stand, erkannte sie die Kombination; 2–7–9–6–9.

Das Innere überraschte sie. Nicht dass er sich die Mühe gemacht hätte, das Standarddekor durch eine andere Tapete oder einen farbigen Wandanstrich zu ersetzen oder andere als die von der Firma gestellten Möbel zu benutzen. Doch an der Wand hing etwas, das verdächtig wie ein echter Magritte aussah, und auf dem Tischchen neben der Couch stand eine fragil wirkende Tänzerinnenplastik aus Bronze. In einer Glasvitrine standen alte Porzellantassen, die nicht aussahen, als handle es sich um billige Imitate. Anders als in Mears' Büro und den Wohnungen der anderen, die sie kannte, einschließlich der ihres Vaters, fehlte die amerikanische Flagge.

»Diese Treffen mit deinem neuen Freund werden natürlich umgehend aufhören«, sagte Warren barsch, und sie hörte auf, sich umzuschauen. Ihre guten Vorsätze hinsichtlich eines höflichen Umgangstons gerieten umgehend ins Wanken.

»Ich habe das Recht auf ein Privatleben«, sagte sie eisig, »genau wie jeder andere Angestellte hier.«

»Nicht, wenn es die Sicherheit des Labors gefährdet. Da verlieren selbst die normalen Angestellten ihre so genannten Rechte.«

Er ging an ihr vorbei und warf sich auf die Couch. Zu sitzen, während sie stand, schien seine Überlegenheit jedes Mal zu verstärken.

»Was dich betrifft – du hast überhaupt keine Rechte. Mach dir das klar. Du bist hier nur verhätschelt worden, aber falls du es nicht begriffen hast, mein Kind, sage ich es dir noch einmal in aller Deutlichkeit: Es gibt dich überhaupt nicht. Keine offizielle Geburtsurkunde, gefälschte Schulpapiere, darum hat sich Livion gekümmert. Hast du dir nie Gedanken gemacht, warum auf deiner Gehaltsabrechnung immer nur B. Sanchez steht? Zu praktisch, dass dein Vater mit zweitem Vornamen Bernardo heißt, nicht wahr? Für die Welt da draußen existierst du überhaupt nicht. Also sag mir, Bea, was hindert mich daran, dich hier festzuhalten, solange es mir passt?«

Ob er sich mit »hier« auf den Laborkomplex oder seine Wohnung bezog, war unklar. Sie zwang sich, ruhig zu bleiben.

»Mach dich nicht lächerlich. Du kannst mich nicht einfach wegsperren. Auf dem Gelände sind mehr als hundertfünfzig Leute, und sie kennen mich alle. Glaubst du, sie würden diese bizarre Art von Hausarrest einfach so mitmachen?«

»Du wärst erstaunt, was Menschen alles mitmachen, wenn es um ihr regelmäßiges Gehalt geht«, sagte Mears. Seine linke Hand steckte immer noch in der Tasche seines

Laborkittels und beulte sie aus, als balle er sie oder halte etwas fest.

»Nicht diese Menschen«, entgegnete sie so fest wie möglich. »Ich kenne sie. Und keiner von ihnen hat dich zum Diktator gewählt. Ist dir eigentlich schon mal in den Sinn gekommen, Warren, dass Livion, selbst wenn sie meinen Vater in ein anderes Labor versetzen sollten, dir immer noch nicht die alleinige Leitung hier übertragen würden? Die würden dir einen neuen zweiten Laborleiter vor die Nase setzen, verlass dich darauf. Vergiss nicht«, sie konnte nicht verhindern, dass ihre Stimme spöttisch wurde, »ich habe das psychologische Profil in deiner Personalakte gesehen. Das enthält ein paar dringende Empfehlungen, die Mr. President sicher sehr gut bekannt sind. Dr. Mears sollte auf gar keinen Fall die alleinige Verantwortung übertragen werden«, schloss sie mit einem direkten Zitat.

Der Hieb saß. Manche Leute erbleichten; Mears strömte das Blut schneller ins Gesicht, und sie fragte sich mit einem Mal, ob er in ein paar Jahren einen Schlaganfall haben würde. Eine Ader an seiner Stirn fing an zu pochen.

»Du bildest dir hoffentlich nicht ein, dass dieser Mensch aufrichtig an dir interessiert ist«, sagte er abrupt und wechselte sein Angriffsziel. »Der ist hinter einer Story her, und du bist das Schaf, das naiv genug ist, um auf seine Mann-von-Welt-Allüren reinzufallen.«

Wenn nur Tess nicht so plötzlich aufgetaucht wäre und sie damit so aus dem Gleichgewicht gebracht hätte, dass ihr Neils richtiger Name entschlüpft war, dachte Beatrice. Etwas von ihrem Schuldbewusstsein wich der Erbitterung darüber, dass Tess offenbar auch das kleinste Detail an Mears weitergegeben hatte.

»Sobald er alle Informationen besitzt, die er zu benötigen glaubt, hast du ihn zum letzten Mal gesehen.«

»Deine Sorge rührt mich zutiefst«, antwortete sie schroff; sie musste Zeit gewinnen und ihm nicht den Eindruck vermitteln, seine Worte würden sie treffen. Nein, es gab keinen Zweifel: Neil war diesmal nur ihretwegen nach Alaska gekommen, er kam, weil sie einen Freund gebraucht hatte; er war nur ihretwegen länger geblieben. Es hatte alles mit seiner Recherche angefangen, und sie bildete sich auch nicht ein, Neil würde ihr am Ende der Geschichte einen Heiratsantrag machen. Sie war sich ja selbst noch nicht einmal sicher, wie sie ihm gegenüber empfand. Doch all das ging Mears absolut nichts an, und er konnte nichts davon beurteilen.

»Wenn das alles war, gehe ich jetzt.«

Mears war für einen Mann seines Alters erstaunlich behände. Sie hatte die Tür noch nicht ganz geöffnet, da stand er schon hinter ihr und schloss sie wieder. Ihr war sehr bewusst, dass sie zwischen Mears und der Tür eingeklemmt war. Für einen Mann eher klein gewachsen, befand er sich auf gleicher Augenhöhe mit ihr. Noch nie hatte sie ihn aus solcher Nähe gesehen; die zusammengepressten schmalen Lippen, der kleine, leicht verkrustete Schnitt an Kinn, den er sich heute Morgen beim Rasieren beigebracht haben musste, das sorgfältig gepflegte, schüttere Haar, der blassgrüne Blick.

»Warren, was ...«, begann sie ärgerlich. Dann spürte sie an ihrem Arm den Stich einer Nadel, und die Zeit begann sich zu verlangsamen.

Sinnlos, ein weiteres Mal auf die Uhr zu schauen, dachte Neil, doch er tat es trotzdem. So lang hatte sie sich noch nie verspätet. Seine Beunruhigung wuchs und wuchs, vor allem, da er nicht in der Lage war, sie auf irgendeine Weise zu erreichen. Gewiss, es konnte sein, dass Beatrice nach ihrer Rückkehr in ihren Alltag Zweifel gekommen waren, an ihm oder an sich selbst, dass sie einfach etwas Zeit allein brauchte. Nur hatte sie nach der Entdeckung durch ihre Kollegin zwar verlegen gewirkt, doch von Panik oder Reue hatte er nichts gespürt, und auf der gesamten Rückfahrt war sie alles andere als abweisend gewesen. Gleich den übernächsten Tag für ihr nächstes Treffen auszumachen, war ihr Vorschlag gewesen. Er hatte die Zwischenzeit genutzt, um alle Eindrücke niederzuschreiben, bis ihm die Augen verschwammen. Seine E-Mails allerdings hatte er immer noch nicht abgeholt.

»Ach, zum Teufel«, sagte er laut. Die Anonymität ihrer Treffen war ohnehin vorbei, und wenn es sich herausstellen sollte, dass er sich unnötig Sorgen machte, nun, er hatte schon weitaus Schlimmeres als solche Irrtümer verkraftet. Dagegen würde er sich nie verzeihen, wenn sich die Sorgen im Nachhinein als berechtigt herausstellen sollten und er die Möglichkeit, etwas zu tun, ungenützt hatte verstreichen lassen. Er stieg in den Wagen und fuhr vor bis zum Tor des abgesperrten Bezirks. Sofort schwenkte eine Kamera auf sein Auto; zwei unformierte Sicherheitskräfte kamen aus dem kleinen Wachhäuschen heraus.

»Hören Sie, Mister, Ihr Wagen steht nicht auf der Besucherliste«, sagte der eine. »Ist Ihnen klar, dass es sich bei diesem Gelände hier um ein Naturschutzgebiet handelt, das täglich nur von einer bestimmten Anzahl von Menschen betreten werden darf? Sie müssen sich erst eine Genehmigung vom Staat Alaska besorgen.«

»Hatte keine Zeit dazu«, entgegnete Neil lässig. »Dr. Mears sagte mir, es sei eilig, als er mich anrief.«

Die Miene der Wachleute veränderte sich nicht.

»Steigen Sie bitte aus«, sagte der andere Wachposten, der noch nicht gesprochen hatte. Neil gehorchte und bereute es keine fünf Sekunden später, als ihn die Wachleute packten, umdrehten, ihn mit Gewalt gegen den Wagen drückten und ihm Handschellen anlegten. Einer von ihnen sprach in sein Funkgerät.

»Sir, ich glaube, wir haben ihn. Das muss der Mann sein.«

»Ich sehe die Schlagzeilen schon vor mir. Lokale Sicherheitskräfte schlagen berühmten Journalisten zusammen«, sagte Neil. »Das gibt eine glänzende Publicity für Ihr Unternehmen.«

»Erstens hat dich hier niemand zusammengeschlagen, und zweitens kann das noch kommen, wenn du Klugscheißer nicht den Mund hältst«, knurrte der Wachmann, der ihn festhielt. Der andere Mann winkte ab.

In einem Film, dachte Neil resignierend, würde Harrison Ford an seiner Stelle die Fähigkeit besitzen, selbst mit gefesselten Händen den einen bewusstlos zu schlagen, dem anderen die Schlüssel wegzunehmen und danach in einer atemberaubenden Verfolgungsjagd mit heiler Haut zu entkommen. Doch in der Realität hatte er gegen zwei im Nahkampf ausgebildete und bewaffnete Männer nicht den Hauch einer Chance. Immerhin, vielleicht führte das Ganze wenigstens zu ein paar Antworten. Also warteten sie schweigend zu dritt.

Er rechnete damit, dass weitere Sicherheitskräfte auftauchten. Womit er nicht rechnete, waren die Statetrooper, die in kürzester Zeit in zwei Autos aus Richtung des Laborkomplexes gefahren kamen. Die lokalen Polizeikräfte genügten nicht, sondern es musste gleich der landesweite Freund und Helfer sein. Neil fragte sich, wie sich ihr

Einsatz rechtfertigen ließ. Zunächst stieg ein Beamter aus, dann, aus dem hinteren Teil des Autos, zu seiner Verblüffung ein Mann, den er bisher nur von ein paar wenigen Fotos kannte. Klein, aber mit einer spürbaren Autorität; an der Reaktion aller anderen Anwesenden ließ sich ablesen, dass sie sich diesem Mann unterordneten.

»Dr. Mears, nehme ich an«, sagte Neil.

Warren Mears musterte ihn, dann wandte er sich an die Statetrooper. »Das ist der Mann. Wie ich Ihnen schon sagte, ich habe Grund zu der Annahme, dass er in Kontakt mit terroristischen Gruppen steht.«

Bis zu diesem Zeitpunkt hatte Neil die Farce mit den Handschellen einfach nicht ernst nehmen können, und alles schien auf die rituelle Version eines Hinauswurfs oder eine Nacht beim Sheriff herauszulaufen. Bei dem Wort »terroristisch« jedoch war es ihm, als schlüge ihm jemand in den Magen. Er kannte sich mit der neuen Gesetzgebung nur zu gut aus; schließlich hatte er oft genug über sie geschrieben. Wenn Mears dieses Register zog, dann konnte er Neil tatsächlich in ernste Schwierigkeiten bringen. Nach dem US Patriot Act und seinen diversen Zusätzen war es ohne weiteres möglich, aus Neils Verhalten ausreichende Indizien für einen Verstoß gegen die nationale Sicherheit zu konstruieren. Er hielt sich unautorisiert in der unmittelbaren Umgebung eines Labors auf, in dem an Projekten mit höchster Geheimhaltungsstufe gearbeitet wurde; er hatte Kontakt zu Mitarbeitern aufgenommen; und durch sein Buch über die Guatánamo-Gefangenen und die von ihm geführten Interviews lag es auf der Hand, dass er in der Vergangenheit Kontakt mit Mitgliedern terroristischer Vereinigungen gehabt hatte.

»Mears«, sagte er, »Sie wissen genauso gut wie ich, wie lächerlich so ein Vorwurf ist. Wenn ich Sie wäre, dann würde ich mir langsam wirklich Sorgen um das Image Ihres Konzerns machen. Bin ich hier vielleicht eingebrochen? Nein, ich bin höchst zivilisiert zum Tor gekommen. Lassen Sie für gewöhnlich Journalisten aus dem Weg räumen, nur weil sie freundlich an Ihrer Haustür klingeln?«

Warren Mears warf ihm nur einen kurzen Blick zu. Die Bitterkeit und Feindseligkeit, die er ausstrahlte, klirrten wie das Eis, das Neil noch vor kurzem in das kalte Meer hatte stürzen sehen. »Niemand räumt Sie aus dem Weg. Sie werden nur nicht in der Lage sein, mehr Schaden anzurichten, als Sie es bereits getan haben.«

Neil zuckte die Achseln. »Okay. Kühlen Sie Ihr Mütchen an mir, wenn Sie es nicht lassen können. Aber Beatrice ist besser gesund und munter, wenn Sie mit Ihrem persönlichen Racheakt hier fertig sind, sonst werden Sie sich noch wünschen, bei der letzten Segeltour mit Mr. President gekentert zu sein.«

Mears ignorierte ihn. An die Bundespolizisten gerichtet, erklärte der Wissenschaftler: »Die Protokolle der diversen Kontaktversuche dieses Mannes zur Entwendung von Geheimnissen, die unsere nationale Sicherheit gefährden, habe ich Ihnen ja schon gegeben.«

»Machen Sie sich keine Sorgen, Sir«, sagte der Trooper respektvoll. »Der Kerl wird niemanden von Ihnen mehr belästigen, da können Sie sicher sein.« Er tippte sich an die Stirn. »Gott segne Amerika.«

»Gott segne Amerika«, wiederholte Mears ausdruckslos.

* * *

Sie schwamm aus der Bewusstlosigkeit heraus wie aus einem dunklen Morast, und etwas versuchte ständig sie wieder herunterzuziehen. Ihre Zunge war taub, und sie konnte nichts schmecken, obwohl sie spürte, dass sie durstig war. Ihre Glieder schmerzten, als sei sie den ganzen Tag gerannt.

Beatrice öffnete die Augen. Sie lag in ihrem alten Bett, in dem Zimmer, das sie als Teenager bewohnt hatte. Die Läden des kleinen Fensters in der Wand am anderen Ende des Zimmers waren geschlossen, und ihr fiel undeutlich ein, dass es nicht mehr nötig war, sich vor dem Licht zu schützen. Jemand hielt ihre Hand. Sie drehte den Kopf zur Seite und erkannte ihren Vater, der auf einem Stuhl neben ihrem Bett saß.

»Wie geht es dir?«, fragte er leise.

Sie wusste, dass sie erleichtert war, ihn wiederzusehen, und gleichzeitig einen Grund hatte, zornig auf ihn zu sein, doch die Erinnerung tanzte außerhalb ihrer Reichweite wie ein Mückenschwarm über den Flüssen, und Beatrice versuchte vergeblich, sie einzufangen.

»Müde«, brachte sie mühsam hervor.

»Schlaf weiter«, sagte ihr Vater. »Ich bleibe hier.«

Irgendetwas Wichtiges sollte sie wach halten. Ihr Kopf schmerzte, und die Benommenheit, die sich über sie senkte, war zu groß. Wieder fiel sie in das Nichts zurück.

Als sie zum zweiten Mal aufwachte, standen die Läden des Fensters offen. Sonnenflecken lagen auf ihrem Bett, und ihr Vater blätterte ein paar Papiere durch. Diesmal konnte sie das Gefühl in ihrem Mund identifizieren. Neben ihr stand ein Glas Wasser, das sie dankbar ergriff und leerte.

»Er hat mir eine komplette Anästhesie verpasst«, sagte sie ungläubig, als sie wieder sprechen konnte. Ihr Vater schaute auf.

»Wer?«

Beatrice stützte sich auf beide Ellbogen, um ihn besser sehen zu können. Tiefe Falten durchzogen sein Gesicht, und seine Augen waren rot unterlaufen, als hätte er lange nicht geschlafen.

»Ist das eine ernst gemeinte Frage?«, gab sie langsam zurück.

»Ich habe dich hier so vorgefunden«, entgegnete er fest. »Warren sagte mir nur, dass man dir den Magen auspumpen musste, weil LaHaye dir irgendwelche Pillen gegeben hat, um dich gefügig zu machen und dich dazu zu bringen, ihn in das Labor einzuschleusen.«

»Und das glaubst du?«, fragte sie empört.

»Tess hat bestätigt, dass du dich heimlich mit ihm getroffen hast, mehrfach, was bedeutet, dass du in dieser Angelegenheit unehrlich zu mir warst. Also: Wem soll ich glauben?«

»Mears hat mich bewusstlos gemacht«, sagte sie erbittert, und er zuckte zusammen. Dann verhärtete sich sein Gesicht wieder.

»Wie dem auch sei. Du wirst LaHaye nicht wiedersehen. Bea, es tut mir Leid, auch wenn du etwas für ihn empfindest, aber er benutzt dich.«

»Im Gegensatz zu dir«, entgegnete sie und setzte sich auf. Ihr Kopf schmerzte immer noch ein wenig. »Und Warren.«

Diesmal kroch protestierende Reue in die Stimme ihres Vaters.

»Sag so etwas nicht. Du bist meine Tochter. Ich liebe dich. Und ich werde nicht zulassen, dass Warren je auch nur den kleinen Finger an dich legt.«

Das erschien ihr so unfreiwillig komisch, dass sie den

Kopf zurücklegte und lachte. Das Lachen tat weh und schien ihre Kehle aufzureißen. Sie verstummte und goss noch etwas Wasser in ihr Glas. Während sie es wortlos leerte, sagte ihr Vater in der bedächtigen Weise, in der er für gewöhnlich Experimente erklärte:

»Ich hätte dich nicht allein lassen sollen, aber ich musste nach Miami. Es … war schwierig. Diese Klippe ist nun umschifft. Bea, du weißt nicht, wie gefährlich das alles ist.«

»Dann erkläre es mir endlich«, sagte sie hart. »Schluss mit den Umschreibungen. Erklär es mir. Ich habe ein Anrecht darauf. Und fang beim Anfang an. Meinem Anfang.«

Er stand auf, doch er machte keine Anstalten zu gehen. »Ich werde dir alles erklären«, entgegnete er, »wenn du mir deinerseits ein Versprechen gibst.«

»Was für ein Versprechen?«

»Keine Kontakte mit LaHaye mehr.«

Die Forderung schlug ihre Klauen in sie, setzte sich fest.

»Erkläre es mir zuerst«, stieß sie schließlich hervor. »Dann entscheide ich, ob ich dir noch einmal etwas verspreche.«

* * *

Neil hatte das Gefühl, in einem schlechten Film zu sitzen und darauf zu warten, dass demnächst das Licht wieder anging. Er hatte auf dem Weg nach Anchorage das Drehbuch befolgt und nach einem Anwalt verlangt, nur um die Auskunft zu erhalten, dass noch keine vierundzwanzig Stunden vergangen wären, und im Übrigen mit der neuen Gesetzgebung Terrorismusverdächtige unbefristet lang und ohne Rechtsbeistand festgehalten werden durften. Ob die Polizisten ihn tatsächlich für einen Verdächtigen hielten oder nur mitspielten, weil Livion dahinter stand, war ohne Bedeutung. Bis zur Ankunft in Anchorage sprachen sie ohnehin kein Wort, abgesehen von der Auskunft wegen eines Anwalts.

Er wusste nicht, wie ernst Mears der Bluff mit der Spionage und dem Terrorismus war, aber bei der Vorstellung, Beatrice könnte als seine Kontaktperson ebenfalls verhaftet werden, wurde ihm übel. Das Schlimmste war, dass man Beatrice tatsächlich vorwerfen konnte, vertrauliche Informationen über den Konzern weitergegeben zu haben. Wenn man sie direkt danach fragte … wurden Lügendetektoren überhaupt noch eingesetzt?

Nicht in Kuba, dachte er und verwünschte sein Gedächtnis, das ihn an ein paar Details aus seinen Interviews mit den wenigen entlassenen Gefangenen von Guantánamo erinnerte. Das konnte er jetzt nicht brauchen.

Wenn man ihm endlich seinen Anruf gestattete, würde er mit Deirdre telefonieren. Er hatte vom Glacier Bay Country Inn aus versucht sie anzurufen. Da ihre Durchwahl auf Umleitung geschaltet war, scheiterte er an einer der Vorzimmerdamen, die ihm mitteilte, Ms. Jordan sei beim Senator in einer Sitzung. In gewissem Sinn eine Erleichterung. Natürlich war er sich die ganze Zeit sicher gewesen, dass die Drohung nie mehr als Worte sein würde, aber wenn Deirdre im Büro war, dann ging es den Kindern gut. So betrachtet, war sogar diese lächerliche Verhaftung eine Beruhigung. Sie hatten erkannt, dass er auf ihren Bluff nicht einging, und drohten nicht mehr seiner Familie, sondern ihm.

Zum Terrorismusverdacht kam in Anchorage noch eine Anklage wegen illegalen Betretens eines Naturschutzgebiets. Ihm lagen einige scharfe Worte auf der Zunge, aber er verzichtete darauf, eine alte Folge von Miami Vice in diesen nördlichen Regionen nachzuspielen. Stattdessen zuckte er mit den Achseln und verlangte stur erneut nach einem Anwalt; wenigstens ein Telefon sollte man ihm geben.

Sich nackt ausziehen und die gesamte Prozedur mit den Fingerabdrücken hinter sich bringen zu müssen, hatte das Gefühl der Unwirklichkeit eher noch erhöht. Seine Einzelzelle ließ sich vielleicht irgendwann noch schriftstellerisch verwerten, aber die nie richtig anfangenden Verhöre, bei denen er und zwei Staatsbeamte sich nach ihren Eingangsfragen gegenseitig anschwiegen, passten noch nicht mal in einen schlechten Krimi. Stattdessen hatte er reichlich Zeit, Sorgen nachzuhängen, die er ständig zu unterdrücken versuchte.

Nach zwei Tagen tauchte immer noch kein Anwalt auf, aber der Mann, der diesmal im Verhörzimmer auf ihn wartete, gehörte eindeutig nicht zum Stammpersonal. Er stand zu gerade, um etwas anderes als ein Mitglied des Militärs zu sein, selbst wenn er hier keine Uniform trug. Neil hatte ein schwaches Gefühl von Déjà-vu; er meinte, den Mann zu erkennen, so, wie er Mears und vor ihm Sanchez erkannt hatte, nicht aufgrund einer persönlichen Begegnung, sondern aufgrund einer Fotografie. Doch sollte er ein Foto dieses mittelgroßen Mannes mit einem tief gebräunten Gesicht und grauen Augen schon einmal gesehen haben, dann konnte es nicht im Zusammenhang mit Sanchez oder Mears gewesen sein.

»Das Posse-Comitatus-Gesetz untersagt dem Militär jeglichen Einsatz im Landesinneren«, bemerkte Neil sachlich, nachdem man ihn sich hatte setzen lassen.

»Klugscheißer«, entgegnete der Mann ohne Hitze. Er stritt nicht ab, Soldat zu sein. »Das gilt schon seit dem Antiterrorgesetz 96 nicht mehr. Hören Sie, LaHaye, Sie stecken bis zum Hals in der Scheiße.«

»Kennen wir uns?«, fragte Neil milde.

»Nicht dass ich wüsste. Aber ich respektiere Sie. Ich habe Ihre Akte studiert. Zivilisten mit Orden gibt's nicht häufig.«

Neil verzichtete auf eine Entgegnung. Er hatte den starken Verdacht, dass hier einer mit ihm guter Cop/böser Cop spielen wollte und für sich die Rolle des Retters in der Not reserviert hatte, dem der verwirrte Gefangene am Ende alles anvertrauen würde.

»Leute, die in Labors herumschnüffeln, in denen an Schutzstoffen gegen Bioterrorismus gearbeitet wird und die damit die nationale Sicherheit gefährden, sind zum Glück auch eher selten«, fuhr sein Gegenüber wesentlich schärfer fort.

»Was für ein Jammer, dass ich nicht zu denen zähle«, sagte Neil ruhig. »Ich wollte schon immer mal einer Minderheit angehören.«

Die Hand des Soldaten in Zivil begann, unruhig auf den Tisch zu klopfen.

»Sie machen es mir echt nicht leicht, LaHaye.«

»Das bedauere ich ... Sir. Aber an Ihrer Stelle würde ich nicht mit den Fingern auf den Tisch trommeln, so etwas stört die Mikrophone bei der Aufnahme.«

»Warum ich mich mit Ihnen abgebe, weiß ich nicht.«

»Ich auch nicht, aber ich finde es sehr interessant. Dass Livion hier die örtliche Polizei in der Tasche hat, davon bin ich ausgegangen. Meinetwegen auch noch die Bundespolizei. Aber dass es noch höher geht, tja, das wusste ich nicht, bis Sie hier aufkreuzten ... Sir.«

Als der Mann sich zurücklehnte, sodass die Lampe in

dem Verhörzimmer einen Schatten auf ihn warf, kehrte die Erinnerung, um die sich Neil die ganze Zeit bemühte, zurück. So hatte er diesen Soldaten schon einmal gesehen, im Schatten eines anderen, vor etwas mehr als einem Jahr. Die Nigeria-Anhörungen wären ein Thema für ihn gewesen, wenn nur nicht Deirdres Senator mit im Komitee gesessen hätte und seine Beziehung zu Deirdre nach der Scheidung sich noch einspielen musste. Sie hatte ihm damals noch nicht erlaubt, die Kinder in Boston zu sehen, also hatte er sie in Washington besucht, und an einem Abend, als er sie zurückbrachte, hatte er Deirdre schlafend über der Akte von Colonel West gefunden. Colonel Dodger West, Mitglied des Joint Special Operations Command, der es in Zeiten der Krise offenbar nicht für nötig hielt, den Kongress mit solchen Kleinigkeiten wie Liquidierungsoperationen im Ausland zu behelligen.

Bei dem Mann in seinem Verhörzimmer handelte es sich nicht um Colonel West. Neil hätte West, der es bis zu einer Titelseite von TIME gebracht hatte, auf der Stelle wieder erkannt. West verbarg seine beträchtliche Intelligenz hinter einer knappen, einsilbigen Ausdrucksweise und vermittelte selbst dann den Eindruck unbedingter Aufrichtigkeit, wenn man sicher sein konnte, dass er log; Matt hatte ihn einmal charismatischer Zinnsoldat genannt, mehr Clint Eastwood als John Wayne, und West wurde von einem beträchtlichen Teil der Bevölkerung als Held verehrt, der gewillt war, sich im Dienst seines Landes die Finger schmutzig zu machen. Zu Neils Bestürzung war Julie einmal mit einem Button aufgekreuzt, auf dem Wests Gesicht zu sehen und »Go West!« zu lesen war, doch zu seiner Erleichterung war Deirdre ganz seiner Meinung gewesen und hatte das Ding konfisziert.

Nein, den Mann ihm gegenüber hatte er wirklich erst einmal gesehen auf jenem Schwarzweißfoto, das ihn neben West zeigte, ein wenig im Schatten, ein wenig zur Seite, einen Schritt zurück. Er konnte sich beim besten Willen nicht auf den militärischen Rang des anderen Mannes besinnen. Aber nun war er sich sicher, dass die Sache mit dem vertauschten Handy nicht das Werk des Sicherheitsdienstes von Livion gewesen war.

»LaHaye«, sagte der Mann knapp, »wir befinden uns im Krieg. Da stimmen Sie mir doch zu, oder?«

»Ja, Sir. Vollkommen, Sir. Wir befinden uns im Krieg. So hat es der Präsident gesagt.«

»Ein Krieg, bei dem der Feind sich überall und nirgends aufhält, sogar in unserem eigenen Land.«

»Ja, Sir.«

Sein Gegenüber musterte ihn misstrauisch, doch Neil hatte sein Pokergesicht aufgesetzt.

»Und da wir uns im Krieg befinden, haben wir doch ein legitimes Interesse, unsere nationalen Interessen zu schützen, nicht wahr?«

»Sehe ich auch so, Sir. Nur verstehe ich nicht, was meine Ausflüge quer durch Alaska und mein völlig offenes und in keiner Weise verstecktes Aufkreuzen vor dem Eingangstor zum Gelände eines Labors einer privaten Firma mit der nationalen Sicherheit zu tun haben sollen.«

»Verkaufen Sie mich nicht für dumm, LaHaye.«

»Würde mir nie einfallen, Sir.«

Die Finger des Mannes begannen erneut zu trommeln.

»Sie sind eine rote Nervensäge, aber ich will Ihnen mal zugute halten, dass Sie Ihr Land lieben, auch wenn Sie eine etwas seltsame Auffassung von Patriotismus haben. Wir machen uns auch Sorgen, LaHaye. Was genau da vor sich geht, bei Livion. Gibt es da etwas, das wir wissen sollten?«

Für wie dumm hältst du mich eigentlich?, dachte Neil. Offenbar für dumm genug, dem netten Onkel sein Herz auszuschütten, von den verdeckten Operationen zu erzählen und sich und Beatrice damit die Schlinge um den Hals zu legen.

»Dieser Dr. Mears ist etwas … übereifrig, wie?«

»Kann ich nicht sagen«, erwiderte Neil ausdruckslos. »Ich habe ihn nur einmal persönlich gesehen, und da wollte er mich so schnell wie möglich loswerden. Wenn ich an ›übereifrig‹ denke, fällt mir nur mein Agent ein. Der arme Kerl wartet schon seit Wochen auf sein Manuskript und seinen Autor, und ich könnte mir vorstellen, dass er dabei ist, mich zum nächsten Ambrose Bierce zu erklären«, schloss er in Anspielung auf den im mexikanischen Unabhängigkeitskrieg unter mysteriösen Umständen verschwundenen Autor.

Wests Adjutant schnaubte. »Ich habe Ihr Zeug gelesen, LaHaye. Sie sind so wenig Ambrose Bierce wie ich Norman Schwarzkopf.«

»Wenn Sie es sagen, Sir.«

* * *

»Weißt du eigentlich, was du für ein Glück gehabt hast?«, fragte Matt, während sie im Flugzeug nebeneinander saßen. Neben seiner gepflegten großstädtischen Erscheinung gab Neil mit seinem Mehrtage-Bart und der alten Jeans ein seltsames Bild ab.

»Die hätten dich Monate festhalten können, ohne überhaupt jemanden zu benachrichtigen. Normalerweise lässt man Terrorismusverdächtige nur den Bundesstaat verlassen, in dem sie gefasst wurden, um sie in größere Gefängnisse zu bringen.«

»Es ist eine Farce«, antwortete Neil stur, »und das wissen die genauso wie ich. Nach Kuba und zu den Taliban bin ich seinerzeit auf Einladung des Staates gekommen. So viel zu meinen terroristischen Kontakten. Außerdem, wenn ich länger verschwunden wäre, dann hätte es Fragen gegeben, von dir und anderen. Sie wollten schließlich keinen Märtyrer aus mir machen.«

Er wusste selbst nicht, warum er Matt nicht gleich von seinem Verdacht hinsichtlich der Identität seines Verhörers erzählte oder dem dreitägigen Anschlussprogramm, das nach allen Regeln eines Psychoduells geführt worden war. Selbst Matt, der mit den Jahren immer zurückhaltender gewordene Matt, wäre nicht mehr bereit, das als Zufall zu akzeptieren, doch Neil wurde den Verdacht nicht los, dass sie immer noch beobachtet wurden. Als ihm schließlich sein Anruf gestattet worden war, hatte er nach langem Überlegen nicht wieder riskieren wollen, auf Deirdres Empfangsdame oder ihren Anrufbeantworter zu stoßen. Matt war unter den gegebenen Umständen die bessere Wahl.

Man hatte ihn und Matt mit einer Polizeieskorte bis zum Flugzeug gebracht. Durch eine einstweilige Verfügung war es ihm verboten, den Staat Alaska wieder zu betreten. Was dem brodelnden Gemisch aus Ärger, Sorge und Empörung den Tropfen hysterischer Belustigung beimischte, war die Anklage, sich widerrechtlich in einem Naturschutzgebiet aufgehalten zu haben. Aber es hatte ja noch nicht einmal Sinn, die Polizei darauf hinzuweisen, wie ihr so genanntes Naturschutzgebiet genutzt wurde. Sie wussten es längst.

»Ich werde nicht auf das Buch warten«, sagte er abrupt.

»Ich werde sofort veröffentlichen. Ist Rimkins immer noch bei der Times? Oder meinst du, die Washington Post wäre besser?«

»Neil…«

»Matt, es geht hier nicht mehr um eine Story. Die Leute sind gewarnt, wissen, dass ihnen jemand auf die Spur gekommen ist, und ich weiß immer noch nicht, was die Scheißkerle mit Beatrice anstellen. An die Öffentlichkeit zu gehen, ist vielleicht die einzige Möglichkeit, sie zu zwingen, Farbe zu bekennen.«

»Du hast mir selbst gesagt, dass du nirgendwo Unterlagen für die Existenz einer Tochter von Victor und Elaine Sanchez gefunden hast.«

»Und ich weiß jetzt, warum das so ist. Das ändert aber nichts daran, dass es sie gibt.«

»Ach wirklich? Neil, ich habe auch etwas nachgeforscht. Und nebenbei bemerkt, du hast Glück, dass du Kopien von deinen Aufzeichnungen in meiner Wohnung gelassen hast. Die Dateien auf dem Laptop, der in deinem Motelzimmer beschlagnahmt wurde, sind nämlich samt und sonders gelöscht, und ich würde nicht die Hand dafür ins Feuer legen, dass deine Wohnung in Boston nicht schon längst gefilzt worden ist.«

Er wartete, bis Neils vehemente Flüche sich erschöpft hatten, dann fuhr er fort: »Worauf ich hinauswill: Es gibt im ganzen Staat Alaska keine Person namens Beatrice Sanchez. Sie existiert weder im Wählerverzeichnis noch bei den Einwohnermeldeämtern. Bei nicht mal 600 000 Einwohnern lässt sich das leicht feststellen. Willst du wissen, was ich glaube? Du bist gelinkt worden.«

»Unsinn.«

»Denk nach, Neil, und versuch mal länger als drei

Sekunden objektiv zu sein. Livion will ein paar Verfahren auf den Markt bringen, für die eigentlich eine Gesetzesänderung notwendig ist, und hat bereits die entsprechenden Versuchsreihen hinter sich. Da kommst du zufällig ins Spiel. Durch deine Fixierung auf Sanchez versuchst du, mehr über ihr geheimes Labor in Alaska herauszufinden. Also entwickeln sie eine Defensivstrategie, lassen dich von einer angeblichen Tochter kontaktieren, die dich neugierig machen muss, und präsentieren dir in Alaska eine Schauspielerin mit einer unglaublichen Geschichte, die für einen Verschwörungstheoretiker wie dich das reinste Göttergeschenk ist. Du bist abgelenkt, und wenn du mit dieser Story über eine Frau aus der Retorte an die Öffentlichkeit gehst, hast du dich endgültig lächerlich gemacht und deinen Ruf als Journalist ruiniert. Und dein Image sieht schon jetzt ziemlich düster aus. Hast du eigentlich meine E-Mails nicht gelesen?«

»Um die Wahrheit zu sagen, nein. Ich habe meine Post seit über zwei Wochen nicht abholen können.«

»Warum mache ich mir eigentlich die Mühe?«, fragte Matt und rollte die Augen.

»Tut mir Leid«, gab Neil zurück. »Ich weiß, du meinst es gut. Aber Beatrice ist keine Schauspielerin, und sie hat nicht gelogen. Matt, verstehst du nicht, gerade weil sie offiziell nicht existiert, ist sie in Gefahr! Livion braucht sie nur verschwinden zu lassen und zu leugnen, dass es sie je gegeben hat. Das Einzige, was sie beschützt, ist der Umstand, dass sie ihr medizinisches Wunderkind nicht verlieren wollen, und ich weiß nicht, wie lange man sich darauf noch verlassen kann. Verfügung hin, Verfügung her, sobald wir in Chicago zwischenlanden, nehme ich den nächsten Northwest-Flug zurück.«

Er verstummte, als die Stewardess ihnen Getränke brachte. Nachdem sie wieder verschwunden war, sagte Matt: »Okay, noch mal von vorne, Don Quichotte. Stell dir vor, du hast noch nie von der ganzen Angelegenheit gehört. Zwei Kerle, die du nicht kennst, tragen dir zwei Theorien vor, einer meine und einer deine. Welcher von beiden würdest du glauben? Sei ehrlich.«

»Die offensichtliche Antwort ist nicht immer die richtige.«

»Neil«, sagte Matt sehr ernst, »glaub, was du willst. Aber eines schwöre ich dir: Du wirst niemanden finden, der bei der schwachen Beweislage die Geschichte, die du mir erzählt hast, veröffentlicht und sich damit einen teuren Prozess mit Livion aufhalst, der ihn mit Sicherheit ruinieren würde. Einschließlich der New York Times, so Leid es mir tut. Die Frage, die ich mir stellen würde, wenn ich du wäre ist, ob du dich selbst ruinieren willst, nur auf die vage Chance hin, im Recht zu sein, aber nie Recht zu bekommen. Ist die Story das wert? Ist die Frau das wert?«

»Ausweis mit Bild«, verlangte die blau uniformierte Angestellte der Fluggesellschaft hinter dem Ticketschalter, überprüfte Neils Führerschein, gab seine Daten ein und kaute auf ihrer Unterlippe, während sie auf eine Antwort des Computers wartete. Nach den ersten zwei Versuchen bei der Zwischenlandung in Chicago hatte es Matt aufgegeben, ihn zu begleiten, und sich mit einem bedauernden Schulterklopfen von ihm verabschiedet.

»Tut mir Leid, Mr. LaHaye«, sagte die Mitarbeiterin von Delta Airlines in Boston wie all ihre Vorgängerinnen zu ihm. »Sie haben Einreiseverbot für den Staat Alaska.«

»Ich nehme nicht an, dass Sie Hilfe in einer lebensgefährlichen Situation als Argument für eine Ausnahme sehen?«, fragte Neil so gewinnend wie möglich, doch nach allem, was geschehen war, charmant zu sein, war eine Kunst, die er offenbar nicht mehr beherrschte. Die Frau warf ihm einen eisigen Blick zu.

»Meinen Sie, ich will gefeuert werden, weil ich jemanden in ein Flugzeug lasse, der auf der Liste steht?«

Seine Wohnung in Cambridge empfing ihn wie ein unwillkommenes Stück längst abgelegter Vergangenheit. Mit einem Mal konnte er die knarzenden Dielenbretter, die trotzige Junggesellenhaftigkeit aller Möbel nicht mehr ertragen, und der immer noch nicht ganz verschwundene Geruch nach kaltem Rauch erweckte in ihm zum ersten Mal, seit er nach Alaska gereist war, wieder das Bedürfnis nach einer Zigarette.

Es überraschte ihn nicht mehr weiter, von dem Juristen, der sein Büro ein Stockwerk tiefer hatte, zu hören, es habe eine ausgiebige polizeiliche Durchsuchung gegeben. Immerhin waren diesmal keine Dateien verschwunden oder Disketten entfernt worden.

Er würde die Wohnung bald aufgeben müssen, dachte er, als er seine elektronische Post abholte und das Kündigungsschreiben las, im Stehen zuerst; selbst, sich hinzusetzen, schien ihn unnötig aufzuhalten. Er empfand nur taube Gleichgültigkeit bei dem Gedanken, der ohnehin schnell verdrängt wurde von einer immer stärker brennenden Wut und Sorge: Beatrice hatte nicht geschrieben. Eilig schickte er eine rasche Mail an sie, die umgehend wieder zurückkam; ihre Adresse hatte aufgehört zu existieren. In den Chaträumen, die sie sonst frequentierte, war sie nicht zu finden; keiner der Teilnehmer hatte seit dem Tag, als sie beide Seward verlassen hatten, mehr von ihr gehört.

An eine Rückkehr nach Alaska war weiterhin nicht zu denken. Vergeblich versuchte er es über Internet-Buchungen oder telefonisch unter einem anderen Namen. Angesichts der neuen Sicherheitsbestimmungen verlangte noch die gelangweilteste Angestellte von ihm einen Bildausweis, sobald er am Flughafen mit seinen ferngebuchten Tickets die Kontrollen passierte. Er stand kurz davor, sich schlicht und einfach falsche Papiere zu besorgen, doch sein Verstand teilte ihm mit, dass es zu lange dauern würde, wenn diese Dokumente wirklich einer Überprüfung standhalten sollten. Außerdem warteten seine guten Freunde vom Geheimdienst vermutlich nur auf so etwas. Wenn er mit gefälschten Papieren auf einem Flug erwischt wurde, hatten sie einen echten Grund, ihn unbefristet lange festzuhalten, und damit war niemandem geholfen. Er musste handeln…

Neil versuchte, seine Gedanken zu ordnen. Zeit. Es war alles eine Zeitfrage; je mehr Zeit er Livion ließ, desto größer wurde die Gefahr, dass Beatrice etwas zustieß. Die Arbeit an seinem Buch war vergessen, das Wichtigste war ihm, Livion zu zwingen, ihm über Beatrices Verbleib Auskunft zu geben.

Er besorgte sich ein neues Handy und ging fieberhaft auf und ab, während er sämtliche Redakteure anrief, die er kannte, nur um die Erfahrung zu machen, dass Matt sich als Prophet erwies. »Ja, wenn du Unterlagen hättest«, sagte ein alter Bekannter vom Boston Globe zu ihm. »Kopien von Untersuchungsberichten oder dergleichen. Wenn diese Frau echt war, warum hat sie dir dann nicht Dokumente besorgt? Was habt ihr in Alaska gemacht, Mittsommernachtsfeiern veranstaltet?«

Es bei den Fernsehsendern zu versuchen, wäre sinnlos. Die A. W. Holding, zu der Livion gehörte, war überall beteiligt.

Nein, Neil musste es anders angehen: Bei einem der wenigen Blätter, bei denen er noch nicht angerufen hatte, dem San Francisco Chronicle, bot er zähneknirschend anstatt der Geschichte mit Beatrice jene Story an, die Matt als die wahrscheinlichste bezeichnet hatte, und reicherte sie mit einigen sensationsheischenden Schlussfolgerungen an, die er schon Rafe Eddington gegenüber benutzt hatte: Livion beabsichtige, mit einer auf Klonen von embryonalen Stammzellen ausgerichteten Entwicklung auf den Markt zu kommen.

»So weit, so gut. Ist nicht unwahrscheinlich, sogar plausibel, bei dem Geld, was die in ihre Werbespots gesteckt haben. Und weiter?«

»Sie werden nicht warten, bis die Gesetze geändert werden. Sie kontrollieren das Verfahren jetzt schon, dank einer Forschungsserie, die außerhalb der staatlichen Kontrolle in Alaska betrieben wurde. Das Einzige, was sie noch brauchen, ist die gesetzliche Regelung für die Markteinführung. Mehr noch, sie haben ihre Aktionäre betrogen und falsche Projektberichte über angebliche neue AIDS-Mittel und Proteinchips vorgelegt, um eine Kapitalerhöhung an der Börse durchzubringen und ihre Stammzellenforschung zu finanzieren.«

Seine Gesprächspartnerin pfiff durch die Zähne.

»Das ist allerdings ... und du hast mehr als eine Quelle dafür?«

»Drei Quellen innerhalb von Livion«, entgegnete Neil, »eine an der Börse, und eine, sagen wir mal, in der Legislative.«

»Die an der Börse kann ich mir denken. Was die Legislative angeht … ich dachte nicht, dass du mit deiner Ex noch auf so gutem Fuß stehst.«

»Sie darf als Quelle nicht zitiert werden, sonst verliert sie ihren Job«, sagte Neil, und obwohl er technisch gesehen damit nicht bestätigte, Deirdre habe ihm derartige Auskünfte erteilt, wusste er, dass es so verstanden werden würde. Deirdre würde ihm das nie verzeihen.

»Und die Livion-Quellen?«

»Du verstehst, dass ich da auch diskret sein muss.«

»Klar. Aber Neil, so eine Sache ist ein heißes Eisen. Die christlichen Vereine werden Feuer spucken und wollen Köpfe rollen sehen, aber wenn Livion nachweisen kann, dass es sich um eine Verleumdung handelt, dann rollen unsere. Ich will nicht dabei draufgehen. Also, wer?«

»Dr. Victor Sanchez, Beatrice Sanchez und Dr. Warren Mears.«

Er kannte seine Pappenheimer. Wenn die Redakteurin die Namen überprüfte, würde sie feststellen, dass sich keiner von ihnen telefonisch erreichen ließ, aber zwei von ihnen eine dokumentierte und nachweisbare Verbindung zu Livion hatten. Trotz aller Beteuerungen, keine Quellen namentlich zu nennen, würden dann zumindest die Namen der Livion-Angestellten in dem Artikel auftauchen, der im Übrigen nicht unter »Neil LaHaye« erscheinen würde. Schließlich galt er als notorischer Querschläger. Sie würde den Text annehmen, die Namen hineinschreiben und drucken. Und bei den unweigerlichen Dementis würde Livion hoffentlich gezwungen sein, alle genannten Angestellten der Öffentlichkeit zu präsentieren.

Als Nächstes rief er bei seinem Anwalt an.

»Neil, was diese Sache mit dem Naturschutzgebiet in Alaska betrifft …«

»Vergessen Sie das mit dem Naturschutzgebiet«, unterbrach ihn Neil sofort, und seine Überlegungen in Sachen Beatrice, Sanchez, AIDS und Livion brachen aus ihm hervor.

»Wenn ich nun die Hinterbliebenen der Opfer, die Sanchez damals behandelt hat, dazu bekäme, eine Sammelklage gegen Livion einzureichen, würde das den Konzern doch zumindest unter Druck setzen, oder? Ihnen an so vielen Fronten wie möglich einzuheizen, erscheint mir als die beste Taktik, um rasche Ergebnisse zu erzielen.«

Am anderen Ende herrschte Schweigen. Dann hörte er, wie sein Anwalt tief Atem holte.

»Sind Sie völlig verrückt geworden? Was Sie mir da unterbreitet haben, sind bestenfalls vage Indizien. Wie viel haben Sie denn auf der Bank, dass Sie es unbedingt bei einem Prozess gegen Livion rausschmeißen wollen?«

»Es wäre nicht nur meine Klage, sondern eine Sammelklage.«

»Vergessen Sie das mit der Sammelklage. Bis die so weit ist, eingereicht zu werden, hat Livion Sie schon wegen Verleumdung fertig gemacht, und das setzt voraus, dass die Angehörigen überhaupt willens sind, zu klagen. Wenn ich die Leute zu beraten hätte, würde ich ihnen dringend empfehlen, die Finger davon zu lassen, und ich kann mir nicht vorstellen, dass ihre Anwälte ihnen andere Ratschläge geben werden. Hören Sie, Neil, um mal beim Allersimpelsten anzufangen – haben Sie irgendeine Ausbildung, die Sie als Fachmann für Virologie oder Biogenetik qualifiziert?«

»Nein, aber …«

»Aber Sie fühlen sich berufen, Theorien auf einem

Gebiet aufzustellen, von dem selbst die meisten Mediziner herzlich wenig verstehen. Himmel Herrgott noch mal!«

Die kurzen schrillen Töne in seinem Ohr machten Neil klar, dass sein Anwalt aufgelegt hatte. Ein Fachmann, dachte er. Der Anwalt hatte völlig Recht, ein Fachmann an seiner Seite musste ihm helfen. Er wusch und rasierte sich, dann fuhr er mit der Red Line die zwei Stationen bis zum MIT-Gelände.

»Neil«, sagte Ethan Giles und klang für seine Verhältnisse ausgesprochen vergnügt und aufgeräumt, als Neil bei ihm aufkreuzte, »wie geht es Ihnen? Nähert sich Ihr Buch allmählich dem Endstadium?«

»Mehr oder weniger, Doc. Aber um ins Finale zu gehen, brauche ich etwas wissenschaftliche Unterstützung. Und wer könnte mich da besser beraten als Sie?«

»Mein erster Rat wäre, etwas Schlaf nachzuholen«, entgegnete Giles trocken. »Sie sehen schauderhaft aus. Aber schießen Sie schon los.«

Neil wiederholte seine Geschichte und stellte fest, dass er immer größere Schwierigkeiten hatte, die verschiedenen Stränge auseinander zu halten; seine AIDS-Theorie und Sanchez, Beatrice und ihr Hintergrund, Warren Mears und das, was ihm Beatrice über dessen Forschungen erzählt hatte, die neuen stammzellengestützten Methoden, die Matt als die einzige plausible Story bezeichnet hatte. Am Ende landete er doch immer wieder bei Beatrice und seiner Sorge um sie.

»Was ich also brauche«, schloss er, »ist ein Gutachten. Oder am besten mehrere. Sie haben die Patente ja durchgelesen, Sie wissen, in welche Richtung Mears und Sanchez geforscht haben, und in welche nicht. Und ich wette, Sie könnten auch eine Spekulation über Beatrices Ursprung anstellen, ausgehend von dem, was sie mir über die Ergebnisse ihrer Selbstdiagnose erzählt hat.«

Giles war während Neils Ausführungen immer unruhiger geworden, hatte begonnen, auf und ab zu gehen, und war schließlich ans Fenster seines Büros getreten, den Rücken zu Neil gewandt. Auch jetzt drehte er sich nicht um, als er antwortete.

»Sie sind wirklich wahnsinnig.«

»Doc, Sie brauchen meine Überlegungen ja nicht blind zu unterschreiben. Nur das, was Sie selbst für wahrscheinlich …«

»Nein«, fiel ihm Giles ins Wort.

»Was ist mit der Analyse, die Sie mir selbst gegeben haben, über die Patente? Ein Gutachten von Ihnen darüber, dass keines dieser Patente, die in den letzten Jahren eingereicht wurden, etwas mit AIDS zu tun hat, würde mir schon …«

»Nein. Und bitte, verstehen Sie mich nicht falsch. Ich ziere mich nicht, ich ziehe Sie auch nicht auf, und ich spiele auch nicht den widerspruchslustigen Gelehrten. Es ist meine wohl überlegte Meinung, dass Sie jeglichen Kontakt zur Realität verloren haben, wenn Sie glauben, dass ich meinen wissenschaftlichen Ruf und meine Anstellung hier durch die Verwicklung in so eine an den Haaren herbeigezogene Geschichte riskieren werde.«

Mit einem Ruck drehte er sich um. Sein Gesicht war grau, aber entschlossen.

»Victor Sanchez soll vor fünfundzwanzig Jahren schon in der Lage gewesen sein, Genmanipulation in diesem Stil zu betreiben? Eine Schwangerschaft ohne Leihmutter durchgeführt haben? Absurd. Es gab ja damals noch nicht mal Mikromanipulatoren. Ihre AIDS-Theorie war ja schon ein wenig extravagant, aber immerhin wert, ein-, zweimal darüber nachzudenken. Doch jetzt erkenne ich, dass Sie entweder Sciencefiction schreiben oder nichts als ein Paranoiker sind.«

»Giles, bitte, es geht hier um ein Menschenleben!«

»Ja. Mit Sicherheit um meines. Um meine Karriere.«

Die enttäuschte Wut hatte sich noch nicht in Neil gelegt, als er langsam erwiderte: »Wie hoch beläuft sich die finanzielle Unterstützung von Livion für die hiesigen Lehrstühle denn?«

»Hinaus«, sagte Giles.

Die Gespräche mit seinen alten Interviewpartnern verliefen nicht viel besser. »Hören Sie, Dad hat auch überlegt, ob er diesen Sanchez verklagen könnte«, sagte Dinah Strauss. »Aber Tatsache ist, der Mann hat kein Geld für die Behandlung genommen, und es gibt mindestens zehntausend Experten, die bereit sind zu beeiden, dass es zu dieser Zeit gar keine Behandlungsmethoden gab, mit denen Justin hätte geholfen werden können. Und Sie, wenn ich Sie recht verstanden habe, können nicht mal einen einzigen auftreiben, der etwas anderes beschwören würde. Alles, was Sie haben, sind Theorien, und Theorien sind dünne Luft. Tut mir Leid, Louisiana. Nein danke.«

Es war, als habe er seine Überzeugungskraft irgendwo in Alaska verloren.

»Eine Sammelklage? Bedaure, mein Freund, aber das ist unmöglich. Ich habe gerade eine Rolle in einem echten Kinofilm erhalten. Nicht die Hauptrolle, aber mindestens fünfzehn Dialogminuten sind schon drin. Das könnte den Absprung aus den Seifenopern bedeuten, aber nicht, wenn ich alle Welt durch einen Prozess daran erinnere, dass ich mal mit jemandem zusammen war, der an AIDS gestorben ist. Dann gelte ich als tickende Zeitbombe. Nicht um alles in der Welt«, verkündete Andrew Tevlin energisch.

»Tja, ich würde Ihnen schon gern helfen«, sagte Mrs. Edgarson traurig, »aber ich kann's mir nicht leisten, verstehen Sie?«

Ehe er auflegte, hörte er sie flüstern: »Sie haben meinem Jungen einen Platz in einer New Yorker Klinik angeboten, ganz kostenlos, als Teil eines Programms. Bitte, verstehen Sie mich.«

In einem Winkel von Neils Bewusstsein dämmerte ihm, dass er sich mittlerweile vollkommen unprofessionell verhielt. Eine goldene Regel des Journalismus lautete, sich eine bestimmte Story auszusuchen und bei ihr zu bleiben. Nicht drei oder vier, zwischen denen man hin und her sprang. Außerdem gab es wenig, das gefährlicher war als ungestützte Behauptungen. Bisher hatte immer eine Redaktion oder ein Verlag hinter ihm gestanden, und das Recht auf Meinungsfreiheit, das Medienorganisationen für gewöhnlich den Rücken freihielt. Aber wenn er sich an die alten Regeln hielt, dann konnte es sehr gut sein, dass er von Beatrice erst wieder hören würde, wenn irgendwann in Alaska eine Leiche gefunden wurde. Er würde für ihren Tod verantwortlich sein, und die Vorstellung konnte er nicht ertragen. Wäre er nicht in ihrem Leben aufgetaucht, dann wäre sie zwar weiter bei Livion, aber in Sicherheit.

Mittlerweile lebte er nur noch von Kaffee. Er konnte nicht schlafen, nicht entspannen oder sich gehen lassen. Eine Überlegung jagte die andere, und er spürte nichts mehr als seinen fliegenden Puls. Das Netz, ja, das Netz war der Ausweg.

Dank des Patriot Acts konnte der Staat das Internet offen überwachen. Doch die natürliche Anarchie des Netzes ermöglichte es erfinderischen Betreibern immer wieder zu veröffentlichen, was sie wollten. Natürlich besaßen über das Netz verbreitete Nachrichten nicht die höchste Glaubwürdigkeit, was Neil früher auch nie gewundert hatte, da es im Internet von UFO-Erscheinungen und Elvis-Auferstehungen nur so wimmelte.

Das World Wide Web war seine letzte Möglichkeit. Er scannte die Fotos ein, die er in Alaska von Beatrice gemacht hatte; sie waren nicht beschlagnahmt worden, weil der Film sich beim Entwickeln verspätet hatte. Er schrieb über Sanchez' Leben, seine Vermutungen über die laufenden Projekte, den Inhalt ihres Interviews und dokumentierte die Patente, die Sanchez und Mears eingereicht hatten. Mit Hilfe einiger Helfer aus dem Cyberraum befand sich bald alles Wesentliche überall im Netz und nicht nur auf einer Website. In Foren und Chaträumen installierte er Links und lud zur Diskussion ein, sooft er sich die Zeit nehmen konnte.

Sehr gut möglich, dass ihm sein Agent so weit nicht mehr folgen und sich weigern würde, ihn weiter zu vertreten. Aber, dachte Neil und spürte nichts als das Fieber, in das ihn das Bedürfnis brachte, die Wahrheit freizulegen, sein Groll gegen Potentaten, seine Gefühle für Beatrice und der Hass auf das Doppelgestirn dort in Alaska; im Netz würde man seine Thesen über die Art und Weise, in der Big Pharma die Ausmerzung von Krankheiten als geschäftsschädigend betrachtete und in Therapien nur ein Mittel zur Schaffung von Abhängigkeit sah, begierig aufnehmen. Zumindest hier würde man ihm glauben. Krieg war Krieg. Es entsprach nur der allgemeinen Doktrin, die ihnen allen gepredigt wurde, dass im Krieg für eine gute Sache Opfer gebracht werden mussten und alle Mittel erlaubt waren.

Am frühen Morgen schlief er erschöpft ein.

* * *

Er ging mit ihr die Hauptstraße von Opelousas entlang, dem Hauptort des St.-Landry-Bezirks, in dem er aufgewachsen war. Durch die verstaubten Fenster der Geschäfte, die im Zeitalter der Einkaufszentren nicht mehr überleben konnten, beobachteten die langsam vermodernden Schaufensterpuppen mit ihren silberglitzernden Kleidern aus den frühen Siebzigern ihn und seine Begleiterin, drehten langsam die Köpfe. Eine der Puppen streckte ihre Hand durch die Schaufensterwand hindurch, die auseinander wich wie Wasser, und griff nach Beatrices Haar. Beatrice machte sich von den Plastikfingern frei, doch auf ihrem Haar blieb Staub zurück, und er spürte die langsame Ankunft von Furcht.

»Verstehst du«, sagte er zu ihr, »wir müssen alle unsere Väter ermorden. Ich habe meinen nur auf Besuchen erlebt, und er war nicht mehr nüchtern, seit meine Mutter ihn verlassen hat. Aber ich habe ihn nicht getötet, und jetzt frisst er mich von innen auf und macht mich zu ihm. Du musst deinen töten, ehe dir das passiert.«

Sie schüttelte den Kopf und wölbte die Handflächen zu einer Schale. Wasser schwamm darin, eiskaltes graublaues Wasser wie in den Fjorden, und sie sagte: »Ich bin das Leben, nicht der Tod. Eine unendliche Kette aus möglichen Verbindungen, Neil. Zerstörung hilft niemandem. Trink, und tu dies zu meinem Gedächtnis.«

Als sein Mund das Wasser in ihrer Hand berührte, färbte es sich rot, und er schmeckte die kupferne Salzigkeit von Blut.

Wieder erwachte er aus einem Albtraum. Die Sonne schien, was ihn zunächst nicht verwunderte, bis ihm wieder einfiel, dass er sich nicht mehr in Alaska befand und dem Stand der Sonne nach die Nacht schon eine beträchtliche Weile zurücklag. Vielleicht hätte er die Schlaftablette nicht nehmen sollen, doch er hatte weder in der Haft in Alaska noch nach seiner Rückkehr nach Boston richtig schlafen können.

Das Telefon läutete, und ihm wurde bewusst, dass ihn dieser Laut aus dem Schlaf gerissen haben musste. Eine Versuchung, seine Anwesenheit zu leugnen, vor allem nach dem wütenden Gespräch mit seinem Agenten am Vortag und den entsetzten Anrufen seines Anwalts, der am Ende sein Mandat niedergelegt hatte. Aber die Möglichkeit bestand, dass es Beatrice war, und das konnte er nicht ignorieren.

Er achtete nicht auf das Display, als er auf die Annahmetaste drückte, wie er es getan hätte, wenn er wacher gewesen wäre.

»Ja?« Er hörte ein leichtes Klicken in der Leitung, wie jedes Mal, wenn er das Telefon benutzte. Es überraschte ihn nicht mehr; mittlerweile erwartete er, abgehört zu werden.

»Neil«, sagte die Stimme seiner Exfrau, nur seinen Namen. Ihrer Stimme fehlte die übliche Gewandtheit, jeder Ärger und jene Ironie, die ihm zu unterschiedlichen Zeiten seines Lebens von ihr vertraut waren. Sie klang wie gesprungenes Glas.

Er hatte sich ein Dutzend guter Gründe zurechtgelegt,

warum er sie trotz ihrer Mail noch nicht angerufen hatte, warum er ihren Namen entgegen der Wahrheit dem Chronicle genannt oder zumindest nicht ausgeschlossen hatte. Während er in der vergangenen Nacht die Nachrichten verfolgte, während der Pressesprecher von Livion verkündete, man habe sich in allem und jederzeit an das Gesetz gehalten und gewiss für den Fall einer Änderung Pläne, aber nicht mehr, während FOX TV und CNN Kurzviten von Neil sendeten, die ihn als Paranoiker ohne Wirklichkeitskontakt und als Terroristenfreund darstellten, war es erstaunlich leicht gewesen, den Gedanken an Deirdre zu unterdrücken. Was die Kinder sagen würden, wenn sie diese Nachrichten sahen, ließ sich weniger leicht verdrängen, aber er sagte sich, dass sie eine ähnliche Welle der Empörung schon einmal nach der Veröffentlichung des Guantánamo-Buches erlebt hatten. Da bisher weder Mears noch Sanchez von Livion präsentiert worden waren, um das Dementi durch eigene Worte zu unterstützen, von Beatrice ganz zu schweigen, gab es im Netz mehr und mehr Stimmen, die Neils Thesen glaubten oder sie zumindest in Erwägung zogen und eine Untersuchung forderten. Der Kurs der Livion-Aktien war jetzt auf ein Fünf-Jahres-Tief gefallen und die Empfehlungen der Broker von Kaufen auf Neutral zurückgestuft. Zumindest dort schien es ihm gelungen zu sein, Armstrong und seine Helfershelfer unter Druck zu setzen, sagte sich Neil. Irgendwann würde das dazu führen, dass sie sich zu einer Erklärung in Sachen Beatrice bequemen mussten.

Das Kartenhaus aus Rechtfertigungen, das er sich gebaut hatte, geriet ins Wanken, als er Deirdres brüchige Stimme hörte. Eigentlich hatte er erwartet, dass sie ihn anschrie; darauf war er gefasst, dagegen hatte er sich gewappnet.

»Es tut mir Leid, Dede«, sagte er und registrierte kaum, dass er zum ersten Mal seit der Anfangszeit ihrer Ehe diesen alten Kosenamen gebrauchte. »Aber es musste sein.«

Immer noch veränderte sich ihr Tonfall nicht. Sie wurde nicht lauter, sie wurde nicht heftiger. »Ben hat gestern einen Unfall gehabt«, sagte sie. »Er liegt im Koma.«

Das Aufnahmegerät, das wie der Virus in seinem Computer alle Daten per Satellitentransfer in ein Büro unweit von Washington übertrug, schaltete sich erst aus, als Neil seine Wohnung in Boston zum letzten Mal verließ.

* * *

Wenn sie ihre Gedanken dahintreiben ließ und dann in die Wirklichkeit zurückfand, konnte sie immer noch das Erdbeben unter sich spüren, das Erdbeben, das für sie zu dem Tor in die Freiheit geworden war, auf das sie gewartet hatte. Unsicherer, wie von Schlägen pochender Boden. Wie auf dem Boot damals. Wie auf dem Schiff jetzt. Beatrice war heiß und kalt zugleich, und sie argwöhnte, dass es nicht an dem dicken Anorak lag, den sie trug. Was auch immer Mears ihr verabreicht hatte, es waren Nachwirkungen, die weit über eine Vollnarkose hinausgingen.

Nach dem grundlegenden Gespräch mit ihrem Vater hatte sich für beide, aber besonders für sie und ihr Leben im Labor, viel verändert. Es erschien ihr, als ob sie in einer Welt hinter Spiegeln erwacht wäre; was sie sah, war vertraut, aber nur auf verzerrte Weise, und sie konnte es nicht länger auf die gleiche selbstverständliche Art und Weise berühren. Ihr Ausweis, mit dem sie zuvor eine unbegrenzte Zugangsberechtigung hatte, war zurückgestuft worden. Sie kam nun immer häufiger an Türen, die ihre Codekarte nicht akzeptierten; die Karte galt noch nicht einmal mehr für das Haupttor. Was noch schwerer wog: Ihr war auch der Zugriff auf wesentliche Teile des Betriebssystems verwehrt.

Erst wollte sie aufbegehren, aber gegen wen? Es erinnerte sie an einen Versuch, den eigenen Schatten zu fangen. Tony von der Sicherheit verwies sie an Mears. Mears verwies auf Vorschriften aus der Zentrale wegen ihres Umgangs mit verdächtigen Elementen, und wenn sie mit ihm redete, bildete sie sich ein, das süßliche Betäubungsmittel fast riechen zu können. Dass er sich nicht mehr die Mühe machte, sie zu bedrohen, damit sie niemandem von seiner Aktion erzählte, sprach ebenfalls Bände. Er gab die knappe Anweisung, sie solle sich bei ihm jeden Morgen und jeden Abend im Labor melden, ob mit oder ohne ihren Vater, das sei ihm gleich.

Was sie von ihrem Vater gehört hatte, ließ auch keinen anderen Schluss zu, als dass ihr weiteres Leben sich von nun an nur noch innerhalb immer enger werdender Grenzen abspielen würde. Man erwartete, dass sie Biochips entwickelte und den Mund hielt; sonst nichts.

Als sie ihren Computer überprüfte, hatte sie den Maulwurf in ihren Programmen schnell entdeckt. Zu schnell für ihren Geschmack. Es hatte etwas von einem beschwichtigenden Ablenkungsmanöver. Nach einem genaueren Check fand sie denn auch zwei weitere Eindringlinge auf angeblich defekten Speichereinheiten, die über den Instant Messenger und über ein im Startmenü verstecktes Programm Außenstehenden uneingeschränkten Zugriff auf all ihre Daten gaben. Die hausinternen Schutzwälle gegen Zugriffe von außen waren außer Betrieb gesetzt. Ebenso im Computer ihres Vaters. Selbst bei Tess, deren Rechner sie überprüfte, als ihre Freundin in der Kantine war, war die Software manipuliert.

Zuerst wollte sie einen Mailbomber losschicken, um die Empfangsstation, über die der Zugriff erfolgte, mit unangeforderten Nachrichten unter der Last von Tausenden gleichzeitig dort eintreffenden Mails zusammenbrechen zu lassen. Noch ehe ihre Finger die Tasten berührten, hielt sie inne. Ihr Kopf schmerzte; hämmernde Kopfschmerzen meldeten sich seit dem Erlebnis mit Mears immer häufiger. Sie konnte sich auf diese Weise revanchieren, aber sie hätte die anderen damit gewarnt.

Wer die anderen waren, stellte für sie bald auch kein Geheimnis mehr dar. Sie fuhr ihren alten Laptop hoch, verweigerte das angebotene Update und ging mit der Kennung von Warren Mears ins Netz. Falls auch sein Computer überprüft wurde, dann sollte sich wundern, wer wollte, wofür sich Mears auf einmal interessierte. Sie war zu einigen Hacker-Websites gesurft und fand bei einer endlich, was sie suchte, die Beschreibung des Key-Loggers, den sie in allen Computern entdeckt hatte. Mit diesem raffinierten Programm konnte der Absender jede einzelne Tastatureingabe verfolgen. »Gib's auf«, lautete das Fazit des Hackers unter der Beschreibung. »Wenn du dieses Ding bei dir entdeckst, steckst du in größten Schwierigkeiten. Diese kleine Schönheit stammt von der National Security Agency. Wenn du die Leute aus Fort Meade auf den Fersen hast, gut bist und nicht in den Knast willst, hör sofort auf mit was auch immer du dich befasst, oder lass dich von ihnen einstellen. Die suchen immer Spitzenkräfte aus der Szene.«

Der bittere Geschmack in ihrem Mund brachte ihr wieder zurück, wie Mears sie betäubt hatte. Man glaubte, auf alles gefasst zu sein, und stellte fest, dass man immer mit noch Schlimmeren rechnen musste. Gut, anderer Meinung zu sein als Livion war eines, und die meisten Sicherheitsmaßnahmen eines Labors, das an lukrativen Zukunftsprojekten arbeitete, von denen der Wettbewerb und möglicherweise auch die aktuelle Gesetzgebung nicht unbedingt alles wissen musste, waren ihr immer als sehr nachvollziehbar erschienen. Doch Livion hatte über seinen zentralen Server ohnehin jeglichen Zugriff auf all das, was auf den Rechnern im Labor geschah. Sie zweifelte plötzlich, ob die Zentrale überhaupt wusste, dass ihr eigenes Überwachungsprogramm ebenfalls überwacht wurde. In Anbetracht der ganzen Entwicklung erschien es ihr jedoch sinnlos, jemanden danach zu fragen.

Es waren natürlich Mears' Projekte, die als Rechtfertigung dafür dienten, dass alle Mitarbeiter nicht mehr nur vom Konzern, sondern auch von staatlichen Organen überwacht wurden, und das mit einer Gründlichkeit, die sie an George Orwell erinnerte. Die nationale Sicherheit, sagte sie sich, aber sie konnte es nicht mehr glauben. Ein Satz verfolgte sie und wiederholte sich im Rhythmus ihrer hämmernden Kopfschmerzen immer wieder: Risiken dämmt man ein.

Risiken. Eindämmung. Stillstellung. Obwohl sie ihren Laptop längst wieder heruntergefahren hatte, schienen die Worte vor ihr auf dem Bildschirm zu tanzen. Was verstand man darunter bei Livion oder den Überwachern? War an der Drohung gegen Neils Kinder doch mehr gewesen?

Das Motto von *Liebesgrüße aus Los Alamos,* Neils Juvenal-Zitat, ließ sich nicht mehr aus ihrem Kopf verbannen, und sie bildete sich beinahe ein, seine Stimme zu hören, während sie auf den toten, blinden Bildschirm starrte. Wer wacht über die Wächter?

Sie wusste von ihrem Vater zwischenzeitlich von ihrem Wert für Livion, aber was, wenn dem Konzern irgendwann das Risiko höher als ihr Nutzen erschien?

Wie ist das bei anderen, wenn einem die eigene Welt von einem Tag auf den nächsten zusammenbricht, fragte sie sich und hätte gerne mit Neil darüber gesprochen. Doch auch jenseits aller Versprechen war er derzeit so unerreichbar für sie wie die südliche Sonne. Es gab keine Möglichkeit, ihn zu kontaktieren, ohne gleichzeitig ein Dutzend Lauscher auf den Plan zu rufen. Auch er wurde mit Sicherheit überwacht; wenn sie ihm eine Mail schickte, dann nützten ihr der Laptop und Warrens Kennung auch nichts mehr. Früher hatten nur Meilen und die Scheu vor dem Unbekannten zwischen ihnen gelegen; nun waren es Schlingen aus Überwachung und Schuldgefühlen.

Immerhin gab es dies: Pläne, um sich den Schlingen ein für alle Mal zu entziehen.

Sie erschien zu ihren morgendlichen und abendlichen Kontrollen bei Mears ohne ihren Vater. Es genügte, wenn einer von ihnen beiden gedemütigt wurde, während sie ihre Flucht vorbereitete.

»Wie geht es dir heute Morgen?«

»Gut«, entgegnete sie monoton, da sie lieber gestorben wäre, als ihm gegenüber die Kopfschmerzen zu erwähnen.

»Wir werden sehen.«

Am dritten Tag bat er sie um eine Blutprobe.

»Es ist so viel einfacher so, nicht wahr? Wir hätten dieses Arbeitsklima schon immer haben können, wenn du vernünftig gewesen wärest.«

»Ja, Warren«, erwiderte sie. Offenbar dachte er, ihre Gefügigkeit sei sarkastisch gemeint. Seine Finger, die über ihrem zurückgekrempelten Ärmel verharrten, hielten plötzlich inne. Sie spürte die Wärme seiner Hand durch die dünnen antiseptischen Plastikhandschuhe, die er trug.

»Es geht mir um den Schutz unseres Landes«, sagte er langsam. »Es ist mir immer nur darum gegangen. Das begreifst du doch inzwischen oder etwa nicht? Es ist ja nicht so, als ob eine Wahl zwischen dir und anderen bestünde. Du bist noch einzigartig.«

Sie erwiderte nichts, da sie ihrer Selbstbeherrschung nicht genügend vertraute. Einen Streit mit Mears konnte sie sich jetzt nicht mehr leisten. Er wartete noch eine Weile. Als er begriff, dass sie nicht antworten würde, zuckte er die Achseln und nahm sich seine Blutprobe. Beatrice kehrte so schnell wie möglich zu dem zurück, was für sie das Licht am Ende des Tunnels geworden war.

Ihr Laptop, der nicht in das System des Labors integriert war, verfügte über ein paar hilfreiche Programme, die sich für ihre Fluchtvorbereitungen nutzen ließen. Ihr Vater hatte ihr nach seiner Miami-Reise und ihrer Aussprache eine Reihe von Dokumenten ausgehändigt: Papiere, die er in diesem Zentrum illegaler Einwanderung von Kubanern gekauft hatte, dazu die alten Ausweise ihrer Mutter, seinen Führerschein und manches andere. Mit Hilfe eines guten Scanners, des besten verfügbaren Bildbearbeitungsprogramms, eines Fotodruckers und einer Mikrowelle, die die Papiere durch Bestrahlung altern ließ, wie sie es in Filmen gesehen hatte, waren Ausweise herstellbar. Am besten gelang ihr ihrer Meinung nach der Führerschein für einen Jungen. Ihrem Foto hatte sie einen militärischen Kurzhaarschnitt verpasst und die Haarfarbe in blond geändert. Sie verglich die Papiere mit den Originalen ihres Vaters und konnte sie nicht unterscheiden, war sich jedoch bewusst, dass sie bei allen Computerkenntnissen doch nur ein Laie war. Immerhin, für einfache Kontrollen musste es genügen. Sie hatte keine Wahl mehr.

Bei der Arbeit an den Dokumenten dachte sie daran, wie leicht es für eine Computerexpertin wie sie war, auch Geldscheine mit diesen Techniken herzustellen; leichter noch als das Fälschen von Ausweisen. Wie klein der Schritt von einer von ihrer Arbeit faszinierten Wissenschaftlerin zur semiprofessionellen Fälscherin war. Und zu ihrer eigenen Überraschung stellte sie fest, dass sich ihr Gewissen bei dieser Arbeit gar nicht meldete. Ihr war gelegentlich übel, aber das war ein rein physisches Phänomen, das nichts mit dem, was sie tat, zu tun hatte.

Nicht, dass die Notwendigkeit zur Geldfälschung bestand. Ihr Vater hatte ihr erzählt, wie er das mit dem Bargeld erledigt hatte, das in seinem Wagen versteckt auf sie wartete. Eine Spende über eine Million Dollar an einen kubanischen Verein, der in der alten Heimat Anti-Castro-Aktivitäten finanzierte, hatte ihm 300 000 Dollar in gebrauchten Scheinen gebracht, die garantiert nicht registriert waren und aus Sammlungen unter den Exilanten stammten.

Geldwäsche nannte man so etwas. Früher war es für sie so sehr oder so wenig wirklich gewesen wie alles andere, das sie auf Bildschirmen flackern sah. Sie hatte sich getäuscht. Sie lebte nicht jetzt erst hinter den Spiegeln, sie hatte schon immer dort gelebt. Für sie, die immer nur auf elektronischer Basis bezahlt worden war und das, was sie sich selbst kaufen wollte, über das Netz bestellt hatte, bedeutete der Anblick der Geldbündel, das Gefühl der brüchigen alten Scheine in ihren Händen eine neue Wirklichkeit.

Als das Erdbeben begann, saß sie an ihrem Laptop in

ihrem Zimmer im Wohnbereich. Sie war barfuß, und der warme Holzboden unter ihren Füßen war das Erste, was ihr mitteilte, dass etwas nicht stimmte. Sie hielt inne. Die stumpfen Schläge deuteten nicht auf eine der üblichen kleineren Erdbewegungen hin. Es war stark. Die Alarmsirenen, die alle Mitarbeiter aufforderten, unverzüglich das Labor zu verlassen, schrillten. Rasch sicherte sie Dateien auf eine CD, dann löschte sie noch die Festplatte, um alle Spuren ihrer Tätigkeit zu verwischen. Sie packte die Anorakjacke, steckte die CD und alle vorbereiteten Dokumente in eine der inneren Taschen, nahm die kleine Handtasche, in der sich nichts weiter befand als der Orwell von Neil, einige Fotos und ein paar Disketten, und verließ ihr Zimmer. Inzwischen war wohl allen klar, dass es sich nicht um ein kurzes Intermezzo handelte; der Boden unter ihren Füßen hörte nicht auf zu schwanken – ein stumpfes Stoßen wie damals im Boot, wenn neben ihm ein Wal auftauchte.

Auf dem Flur kam ihr Vater ihr entgegen. »Sofort raus hier«, rief er, aber an dem Ausdruck seiner Augen erkannte sie, dass er genauso begriffen hatte wie sie selbst. Es war sieben Uhr abends; er selbst und einige der anderen hatten wohl noch im Labor gearbeitet, aber im Großen und Ganzen befanden sich nur noch wenige Mitarbeiter, die wie er und Beatrice hier lebten, innerhalb des Gebäudekomplexes. Sie versuchte gar nicht erst, sich nach Mears umzuschauen. Ob er nun unter einem Türrahmen Schutz gesucht hatte oder mit den anderen irgendwo ins Freie lief, war nicht wichtig; das Einzige, was zählte, war, sich lange genug unauffällig zu verhalten, um diese Chance zu nutzen.

Der Laborbereich war sofort hermetisch abgeriegelt worden, der Sicherheitsautomatik folgend, nur der Wohnbereich blieb offen; Beatrice erinnerte der Flur auf einmal an eine Flasche mit einem engen Hals, durch den sich alle pressten. Sie spürte die Hand ihres Vaters in der ihren, hörte das Knarren von Holz, das Klirren von zerspringendem Glas und fühlte in ihren Fingern den Autoschlüssel ihres Vaters.

»Wenn die Notwendigkeit kommt«, hatte er ihr am Ende der Unterredung, die sie beide nach seiner Rückkehr geführt hatten, gesagt, »wenn es nötig wird, werde ich immer dich wählen. Ich werde nicht zulassen, dass Warren noch einmal …« Das war der Moment, als er ihr die Ausweispapiere kommentarlos gegeben hatte.

Ein Beweis, doch er schien nicht wissen zu wollen, was dieser Beweis in letzter Konsequenz bedeutete; wenn er falsche Ausweise für sie besorgte, hatte er schon sehr früh etwas davon ahnen müssen, dass sie über kurz oder lang solche Dokumente für ihre Flucht benötigen würde.

Als ihr Vater ihr die Autoschlüssel in die Hand drückte, als sie seine trockene, gealterte Haut spürte, während um sie herum selbst das erdbebengewohnte Laborpersonal aufgeregt murmelte, brachte sie es nicht mehr über sich, ihm wegen ihrer Existenz Vorwürfe zu machen, noch nicht einmal in der Stille ihres Herzens. Ein Abschied, wenn nicht für immer, dann für eine lange, sehr lange Zeit, und sie wussten es beide. Ein Abschied, mit dem er sie freigab. Beatrice wünschte sich, sie könnte stehen bleiben und ihn umarmen, ihren Vater, denn trotz allem war er ihr Vater, der einzige Vater, den sie je gehabt hatte, und sie liebte ihn mit der Gewissheit, für immer seine Tochter zu sein.

Aber das wäre ein ungewöhnliches Verhalten gewesen, das bestimmt aufgefallen wäre. Er hatte ihr auch von Anfang an klargemacht, dass er nicht mit ihr kommen würde. Was er tun konnte, hatte er getan, und eine Tasche mit dem Nötigsten und dem Geld befand sich anstelle des Reservereifens schon seit seiner Rückkehr in seinem Auto.

Jetzt stand sie an der Reling einer Fähre nach Valdez, und der Wind, der ihr ins Gesicht blies, voll mit dem Salz der See, war wie geschaffen, um schon wieder Tränen hervorzulocken. Aber nun zu weinen, konnte sie sich nicht leisten. Sie war nicht mehr sie selbst.

Im Wagen ihres Vaters das sonst so scharf überwachte Gelände von Livion zu verlassen, war in dem Chaos des Erdbebens leichter als erwartet. Erst später war ihr in den Sinn gekommen, dass sie an jenem Tag in größerer Gefahr durch das Beben gewesen war als durch irgendetwas anderes. Den Schweißausbruch am Steuer des Wagens führte sie nicht auf die Angst zurück, von einer vom Beben ausgelösten Steinlawine verschüttet zu werden oder auch nur die Kontrolle über das Auto zu verlieren, sondern auf das Fieber, das sie hatte, seit sie aus der Narkose erwacht war. Eigenartig, dachte sie, wo ihr doch ein Leben lang alle Krankheiten erspart worden waren.

Bis sie mit dem Auto am Lake Hood angekommen war, dem zentralen Flughafen für all die Wasserflugzeuge, die »AlaskaTaxis«, war das Erdbeben vorbei. Sie versuchte, so etwas wie Kaltblütigkeit aufzubringen. Der Plan stand seit Tagen fest. Sie stellte den Wagen auf einem der Parkplätze ab. Man würde ihn hier sehr schnell finden und die Schlussfolgerung ziehen, dass sie mit einem der Flugzeuge irgendwo ins Landesinnere geflogen war. Es würde ein paar Tage dauern, bis man alle in Frage kommenden Piloten gefunden und verhört hatte, bei den achthundert Flugzeugen, die hier täglich starteten.

Beatrice nahm den Bus von Lake Hood ins Stadtzentrum von Anchorage, der so voll war, dass sie dicht gedrängt stehen musste; ganz offensichtlich arbeitete man immer noch daran, die öffentlichen Transportmittel wieder nach Plan arbeiten zu lassen. Inzwischen war es schon weit nach Mitternacht, aber die weißen Nächte waren noch lange nicht vorüber; trotz einiger Wolken immer noch Sonnenschein. Eingequetscht zwischen zwei Männern erinnerte sie sich plötzlich an Neils Hand auf ihrer Schulter, damals, vor ihrem ersten Gletscher. Rasch versuchte sie, den Gedanken wieder zu verdrängen. Jetzt war nicht die Zeit dafür.

Neil ging es gut; Neil musste es gut gehen. Ihr Vater hatte ihr geschworen, dass ihm nichts passiert war. Neil war wieder nach Boston zurückgekehrt. Aber er wurde mit Sicherheit überwacht.

Als ihr Vater versucht hatte, das Versprechen, Neil nie wiederzusehen, zu einer Voraussetzung seiner Erklärung zu machen, hatte sie sich geweigert. Natürlich hätte sie ihrem Vater einen solchen Eid vortäuschen können, doch das wäre eine Lüge gewesen, und Lügen gab es schon viel zu viele in ihrem Leben. Sie wollte keine eigenen beitragen. Letztendlich, dachte Beatrice, ist die Zukunft wichtiger als die Vergangenheit.

Sie war fest entschlossen, Neil wieder zu treffen, doch sie wusste, dass sie damit einige Zeit warten musste. Sobald man im Labor bemerkte, dass sie verschwunden war, würde man ihn umso intensiver überwachen; wohin sollte sie auch gehen, wenn nicht zu ihm? Also auch keine E-Mails an Neil von einem Internetcafé aus; wenn die Computerexperten der Firma oder der NSA ihre Manipulationen in Mears' Datenbank bemerkt hatten, dann war das Rückverfolgen von Mails eine Kleinigkeit für sie, und niemand würde seine Zeit damit verschwenden, am Lake Hood die Piloten zu befragen.

In Anchorage betrat sie das nächste Einkaufszentrum; Neuland für sie. Die klimatisierte Luft in der Shopping Mall erinnerte sie an ihr Zuhause, aber die stete leise Popmusik, die dahinplätscherte wie der Springbrunnen inmitten der heimatlichen Kantine, wäre garantiert nie im Labor gespielt worden.

Es gab auch genügend Ausrüstungsläden für Angler, Jäger und Camper, und nach ihrem Urlaub mit Neil wusste sie, was sie benötigen würde. »Falsche Ecke, Miss«, sagte eine der Angestellten lachend zu ihr, als sie eine Hose vor sich hin hielt, um zu sehen, ob die Länge passte, »das ist für die Jungs.«

Beatrice lächelte schwach.

»Ich weiß. Ist für meinen Bruder, der ist gleich groß.«

Sie kaufte immer nur wenige Teile, wechselte häufig die Läden, um nicht aufzufallen, und besaß am Ende einen großen Rucksack, Hosen, Pullover, Unterwäsche, eine Strickmütze und einen weit geschnittenen Anorak, der selbst einen üppigeren Busen als den ihren verborgen hätte.

Um einen batteriebetriebenen Haarschneider zu bekommen und ein Haarfärbemittel, musste sie dann schon etwas länger suchen und auch mehrmals fragen; inzwischen war es schon spät, und nur die großen Geschäfte hatten noch geöffnet.

»War das ein Tag«, kommentierte die Verkäuferin.

»Das können Sie laut sagen.«

Mit all den Utensilien ausgestattet, hatte sie mittlerweile beinahe zu viel zu tragen, und sie war dankbar für das Fast Food Restaurant im Hause. Zuerst verschwand sie aber noch auf die Toilette. Es war gar nicht leicht, all die Tüten auf engem Raum unterzubringen. Zumindest gab es keine ungeduldigen Schlangen von anderen Frauen, die draußen darauf warteten, dass sie endlich fertig wurde. Der Geruch nach abgestandenem Urin war ekelhaft, eine neue Erfahrung, auf die sie gerne verzichtet hätte. Sie zog sich um, so gut es ging, und schlüpfte in die neuen Sachen. Dann holte sie den Haarschneider heraus, mit dem sie sich auskannte, da sie mit einem ähnlichen Gerät ihrem Vater öfter schon die Haare geschnitten hatte. Sie machte sich an ihr Haar. Es ging nicht, zu dicht und zu lang. Bei dem Haarschneider lag noch eine Schere, mit der sie nun ansetzte.

Während ihrer Kindheit hatten sich mehrere der Frauen im Labor, wie Emily Winterbottom, Amy oder später Tess, darin abgewechselt, Beatrice ab und zu einen Haarschnitt zu verpassen, in der Regel nur die Spitzen, oder ihr zu zeigen, wie man es aufstecken konnte. In den letzten Jahren hatte sie es selbst getan, außer zu Silvesterfeiern; da hatte ihr Tess geholfen. Auch Tess würde sie nicht wiedersehen. Es kam ihr vor, als schnitte sie mit jeder dichten Haarsträhne ein Stück Vergangenheit ab. Es tat weh.

»Du hast wunderschönes Haar«, sagte Neil in ihrer Erinnerung, und er ließ es sich durch die Finger laufen. Sie biss sich auf die Lippen, und eine weitere dunkle Haarlocke landete auf dem Boden. Dann reichte es für den Haarschneider, und sie wählte den Aufsatz mit den sieben Millimetern. Runterspülen, schnell runterspülen, nur nicht hinsehen.

In dem kleinen, angerosteten Spiegel, der über dem verschmutzten Waschbecken hing, sah sie einen verunglückten Armeeschnitt. Aber wenigstens erfüllte er seinen Zweck; das Gesicht, das ihr aus dem Spiegel entgegenstarrte, wirkte jünger, geschlechtslos. Die Mütze machte sie endgültig zu einem Teenager. Sie verstaute ihre alten

Kleider, den Haarschneider und die eingekauften Sachen in ihrem Rucksack, schulterte ihn und verschwand mit abgewandtem Gesicht so rasch wie möglich aus der Toilette.

Am Bahnhof erfuhr sie, dass um diese Zeit noch kein Zug nach Seward ging. Sie hatte sich aber entschlossen, wieder zurückzufahren, dorthin, wo man sie bestimmt am wenigsten vermutete. Beatrice verbrachte die Stunden bis zum Frühzug damit, bei Starbucks Kaffee zu trinken. Die wenigen anderen Nachtschwärmer, die sich außer ihr noch auf dem Bahnhofsgelände herumtrieben, schenkten ihr kaum Beachtung. Mit dem Rucksack wirkte sie wie einer der Billigtouristen, die das Land bereisten. Nur als sie nach all dem Kaffee um ein Haar auf die Damentoilette gegangen wäre, warf ihr die übermüdete Bedienung hinter der Theke einen merkwürdigen Blick zu. Beatrice spürte, wie ihr die Röte in die Wangen stieg. Hastig ließ sie ihre Hand von der Klinke fallen und ging zur nächsten Tür.

Die Herrentoilette bot eine unangenehme Überraschung. Nicht eigentlich des Geruchs wegen; darauf war sie nun schon gefasst. Andere Benutzer waren auch nicht da. Aber ihr wurde auf einmal bewusst, dass ihre Verkleidung ein ebenso banales wie ärgerliches Problem mit sich brachte. Sie würde dann eben immer warten müssen, bis die Toilette frei war. Ein Urinal konnte ihr nicht helfen.

Am Morgen, voll von der eigenartigen Mischung aus Benommenheit und Aufregung, die eine durchwachte Nacht mit sich brachte, und mittlerweile von dem Wunsch nach einer Dusche geplagt, kaufte sie sich am Kiosk eine Zeitung. Dabei rempelte jemand sie im Vorübergehen an. Neils Geschichte über den Handytausch fiel ihr ein, und mit einem Mal war sie sicher, beobachtet zu werden. Das Herz hämmerte ihr bis zur Kehle. In diesem Moment sah sie sich hinter Schloss und Riegel und Mears als Laborkaninchen überlassen.

Hör auf, befahl sie sich. Selbst, wenn sie dich bekommen, du bist zu wertvoll für die Firma, als dass sie dich einfach Mears zum Experimentieren übergeben würden. Es sei denn, sie entscheiden, dass seine Experimente wichtiger sind als das, was du für sie darstellst. Es sei denn, sie entscheiden, dass du den ganzen Ärger nicht wert bist und am besten verschwinden solltest. Es sei denn, ganz andere Leute sind jetzt hinter dir her, weil du zu viel weißt vom Projekt Pandora, und dem, was dahinter steckt.

Ihre Hände zitterten noch, als sie im Zug nach Seward die Zeitung las. Das Erdbeben war natürlich auf der Titelseite, und auch noch auf den nächsten. Aber auf der neunten Seite, als sich ihre Fingerkuppen schon längst schwarz gefärbt hatten, las sie: »Bekannter linker Autor beschuldigt Livion.«

Das flaue Gefühl im Magen und in den Knien erinnerte sie daran, dass sie seit gestern Abend nichts mehr gegessen hatte, und während der Lektüre des Artikels meldeten sich Kopfschmerzen. Laut Anchorage Daily News hatte der Schriftsteller Neil LaHaye, 42, einen Frontalangriff auf den Pharmakonzern Livion, »eine der großzügigsten Quellen für Wohltätigkeit und Naturschutz in unserem Staat« gestartet. Er war bereits aus dem Staat Alaska verwiesen worden und hatte seine Anstellung innerhalb der Fakultät von Harvard verloren. Für den Verfasser des Artikels galt er daher als verbittert und bestimmt nicht patriotisch und objektiv, auch, weil sein letztes Buch, das »um Sympathien für die in Guatánamo inhaftierten Terroristen warb«, ein völliger Misserfolg gewesen sei. Was seine jetzigen Beschuldigungen betraf, in denen er Livion von der Unterdrückung eines Heilmittels für AIDS bis zur Genmanipulation die gesamte Bandbreite an Verabscheuungswürdigem vorwerfe, so würden diese von so bekannten Wissenschaftlern wie Prof. King und Prof. McCullough durch die Bank als absurd zurückgewiesen. James T. Armstrong, CEO von Livion, sei noch nicht zu einer Stellungnahme bereit; sein Pressesprecher erkläre jedoch, eine solche werde in Kürze erfolgen.

Er wollte nur seine Story, dröhnte Mears' Stimme in ihrem Kopf, im Takt mit den immer heftigeren Kopfschmerzen. Gleichzeitig wusste sie, dass es nicht stimmte. Aber warum hatte Neil die AIDS-Theorie veröffentlicht, obwohl sie ihm wiederholt erklärt hatte, dass diese abwegig war? Sie hatte ihn mehrfach auf Mears verwiesen, auf die Gefahr, die von ihm ausging, und worauf konzentrierte er sich bei seiner Veröffentlichung? Auf ihren Vater und sie selbst. Das konnte sie nicht verstehen.

Wasser auf Mears' Mühlen. Zweifellos würde Mears das in Verbindung mit ihrer Flucht benutzen, um sich zum alleinigen Herrn des Labors und ihren Vater zu seiner Marionette zu machen. Sie versuchte, nicht daran zu denken, dass es für Livion bei diesen Anschuldigungen vielleicht sogar vorteilhafter sein mochte, wenn man auch ihren Vater verschwinden lassen würde. Nein. Denk logisch, befahl sie sich. Die Existenz ihres Vaters wurde von niemandem bestritten; wenn er jetzt verschwand, würde das weitere Verdachtsmomente auf die Firma lenken.

Rational sein. Ratio. Verstand.

Auf Mears kommt es nicht an, flüsterte sie. Auf Armstrong kommt es an. Und Mr. President weiß, was gut für ihn ist.

»Ist gut geheizt hier drin, Junge«, sagte ein Mann, der

sich neben sie setzte. »Du solltest den Anorak und die Mütze ausziehen, du schwitzt ja.«

Sie schüttelte stumm den Kopf. Mit jedem Blick, den der Sitznachbar ihr zuwarf, war sie sicherer, dass er zum Sicherheitsdienst von Livion gehörte und nur darauf wartete, sie in das Labor zurückzubringen. Als sie in Seward in die klare Luft hinausstolperte, war es eine Erlösung, aber der Druck auf ihrer Brust löste sich erst wieder, als sie auf der täglichen Fähre nach Valdez stand, den vibrierenden Boden unter ihren Füßen.

Das George Washington University Hospital unterschied sich kaum von den anderen breitflügligen Universitätsgebäuden; das Rondell, an das es grenzte, lag nicht weit von der Mall entfernt, dem Regierungsviertel, dem alten Herzen der Stadt.

»Wenn Sie wollen, kann ich Ihnen den Raum zeigen, in dem Ronald Reagan nach dem Attentat operiert wurde«, sagte die junge Internistin, in dem Bemühen, das auf Dr. Wortham wartende Elternpaar abzulenken. »Wir haben hier wirklich die besten Ärzte; was für Ihren Sohn getan werden kann, werden wir tun.«

Dann fasste sie den Mann näher ins Auge. Er war ihr die ganze Zeit schon vage bekannt vorgekommen, aber in Washington stolperte man an allen Ecken und Enden über mehr oder weniger prominente Zeitgenossen. Soweit es den einflussreichen Teil der Bürger betraf, war die Stadt ein Dorf. Als aber einer der vielen Patienten, die in den überfüllten Gängen der Notaufnahme gemäß der Vorschrift auf Rollstühlen saßen oder auf rollbaren Betten lagen, wieder anfing zu fluchen und der Mann seinen Kopf wandte, sodass sie ihn im Profil sah, fiel der Groschen.

»Sie sind …« dieser Kerl, der all das Zeug über Livion verfasst hat, wollte sie fortfahren, doch ihre Professionalität holte sie wieder ein, »… der Schriftsteller, nicht wahr?«

Er nickte nur und schaute wieder in den Raum, in dem der Junge lag. Es war bisher zu gefährlich gewesen, ihn aus der Notaufnahme zu verlegen, aber sie vermutete, dass Dr. Wortham bald die Genehmigung erteilen würde.

»Nein, danke«, sagte die Frau neben ihm mit einer automatischen Höflichkeit auf das Angebot hin, das die Internistin bereits wieder halb vergessen hatte. Die Frau war diejenige gewesen, die alle Papiere für den Jungen ausgefüllt hatte, den Vater hatte man erst aus Boston herholen müssen.

»Wo ist Julie?«, fragte er plötzlich.

»Daheim«, entgegnete die Frau mit einer Stimme wie erstorbenes Laub. »Mit Nora und ein paar nutzlosen Leibwächtern.«

Die Internistin sah Dr. Wortham aus dem Zimmer kommen und entfernte sich erleichtert. Sie praktizierte noch nicht lange genug, um unter Schock stehende Eltern als Routine zu betrachten.

Ein Unfall, dachte Neil, ein Unfall, es war ein Unfall. Ben hatte die Straße überquert, in Georgetown, dem harmlosen, touristenbewunderten Georgetown, hatte nichts als die Straße überquert und war angefahren worden, von jemandem, der danach Fahrerflucht begangen hatte.

Er starrte auf den türkisfarbenen Kittel des Arztes, sah, wie sich seine Lippen bewegten, ohne ganz die Worte zu verstehen. Über die Schulter des Arztes hinweg konnte er Ben erkennen, seine kleine Gestalt, den Schädel, den sie wegen der Kopfverletzung kahl geschoren hatten.

»... nichts weiter als beten«, sagte der Arzt.

»Aber können wir jetzt zu ihm?«, fragte Deirdre. Der Arzt nickte, und sie betraten das Zimmer, das mit seinen fröhlichen Pastelltönen wie ein einziger Hohn wirkte. Ben war an so viele Schläuche und Monitore angeschlossen, dass es Neil an ein Spinnengewebe erinnerte. Meine Schuld, dachte er und musste sich zusammennehmen, um es nicht laut zu sagen, meine Schuld, meine übergroße Schuld.

Während die linke Hand seines Sohnes ohne die leiseste Reaktion in der seinen lag und Deirdre Bens Rechte hielt, stürzten die Worte aus Neil wie Flutwellen, doch er brachte es nicht fertig, den Mund zu öffnen.

Wenn ich es gewusst hätte, dachte er, wenn ich es gewusst hätte, Ben, dass sie wirklich ernst meinten, ich schwöre dir, ich hätte nicht weitergemacht. Ich wäre eher ans andere Ende der Welt mit dir und Julie gegangen, als weiterzumachen.

Lügner, sagte der stumme, reglose Mund seines Sohnes zu ihm, Lügner. Was hast du Beatrice über die Skrupellosigkeit von Armstrong erzählt? Über Leichen würde er gehen, wenn nötig, das hast du doch gemeint mit deiner leichtfertigen Bemerkung, er wäre nicht als überaus netter Mensch an die Spitze eines Pharmakonzerns gekommen. Du wusstest, dass so etwas passieren konnte. Du vor allen anderen Menschen, du mit dem Wissen, dass für die Großen dieser Welt das einzelne Leben nichts ist, wenn es ihre Macht oder ihren Profit beeinträchtigt.

»Hi, Ben«, sagte Neil laut. Mit Koma-Patienten musste man sprechen, das stimmte, das sagten alle. Selbst wenn sie ihre Nerven nicht mehr unter Kontrolle hatten, um zu reagieren, so nahmen sie doch ihre Umgebung wahr. »Weißt du noch, die Ferien in Louisiana, die ich dir versprochen habe? Das geht klar. Die Vorbereitungen laufen schon. Es ist ordentlich heiß da unten, aber es wird dir gefallen. Habe ich dir eigentlich schon mal die Geschichte von dem dreibeinigen Alligator erzählt?«

Alligatoren fressen ihre Jungen, sagten Bens geschlossene Augen mit den langen Wimpern, die Neil auf einmal auffielen, als sähe er sie zum ersten Mal. Hatte Ben immer so lange Wimpern gehabt? Sie fressen ihre Jungen, wenn es ihnen weiterhilft, und das hast du auch getan. Du hast deine Versprechen gebrochen, du warst nicht da für mich, wenn ich dich brauchte, deine dumme Besserwisserei kam immer zuerst, und zum Schluss warst du sogar bereit, meinen Tod in Kauf zu nehmen, nur, um weiterhin hinter einer fixen Idee herzujagen. Was macht dich eigentlich besser als Sanchez, als Mears, als Armstrong?

»Das war ein Alligatorenjunge, den irgend so ein blöder Tourist aus Florida unbedingt als Andenken mitnehmen wollte, weil er ihn für niedlich hielt. Ein paar Monate später brachte er den Alligator natürlich wieder zurück in die Bayou. Ausgewachsene Alligatoren sind kein Spaß, das kann ich dir sagen. Boudreaux, so hieß der Alligator, verlor gleich in der ersten Woche daheim in der Bayou ein Bein, weil er das Kämpfen nicht gewöhnt war. Dann sah ihn niemand mehr, und wir dachten alle, er sei erledigt. Aber ein paar Wochen später tauchte dieser Jimmy aus Florida wieder auf. Boudreaux war den ganzen Weg zurück bis zum Golfplatz des Kerls an der Küste von Florida geschwommen und erschien in voller Lebensgröße auf dem zwölften Grün.«

Hör mit deinen Geschichten auf, sagte der stille, sonnengebräunte Arm seines Sohnes. Hast du mich nicht dafür verkauft? Für eine Geschichte. Oh, jetzt tut es dir Leid, aber was ist, wenn man dir noch einmal den Pulitzerpreis und Armstrongs Kopf auf einem Silbertablett anbieten würde? Und selbst wenn nicht: Verrate mir doch, wirst du nicht weiterschreiben und dir vormachen, es geschähe, damit mir das nicht umsonst zugestoßen ist? Dabei tust du es nur für dich. Einzig und allein für dich selbst.

»Was hast du Julie gesagt?«, fragte er Deirdre abrupt. »Weiß sie …«

»Sie weiß, dass Ben einen ernsten Unfall hatte. Nicht mehr, nicht weniger. Nora wird ihr auch nichts anderes sagen; Nora weiß nicht mehr. Es gab keinen Grund, ihr zu erzählen, wer ihn auf dem Gewissen hat«, erwiderte Deirdre, und ihr Ton ließ keinen Zweifel daran, wen sie meinte. Ihre Augen blieben unverwandt auf Bens Gesicht gerichtet. Sie saß auf der anderen Seite des Bettes, und Neil hätte sie berühren können, doch sie hätte sich ebenso gut auf der anderen Seite des Mondes befinden können.

Er zwang sich, an Julie zu denken. Julie, die ihre Eltern ebenfalls brauchte. Nora war die Nachbarin, eine nette Frau, gewiss, aber nicht Familie. Deirdres Eltern, mit denen er bis zur Scheidung verhältnismäßig gut ausgekommen war, befanden sich auf einer Kreuzfahrt, und Geschwister hatte Deirdre nicht.

Er zögerte, dann zog er sein Handy hervor. Er hatte erst ein paar Tasten gedrückt, als eine der Schwestern hereinstürzte.

»Sie dürfen hier kein Funktelefon benutzen«, sagte sie aufgebracht. »Haben Sie das Schild am Eingang nicht gesehen? Das könnte unsere Geräte beeinträchtigen.«

»Tut mir Leid.«

Neil stand auf. »Ich komme gleich wieder«, sagte er,

doch Deirdre gab kein Anzeichen, dass sie ihn gehört hatte. Er verließ das Krankenhaus, so schnell er konnte, blieb vor der Eingangstür stehen und wählte erneut. Es war, obwohl er es kaum glauben konnte, immer noch erst früh am Abend, und wenn er Pech hatte, dann waren sie alle irgendwo beim Essen. Die Töne wiederholten sich mit erzürnender Langsamkeit. Beim fünften Läuten ging jemand an den Apparat.

»Ja?«

Im ersten Moment erkannte er die Stimme nicht. Es war zu lange her. Dann flutete die Erinnerung zurück, und er sagte: »Tante Lou? Hier ist Neil.«

Nach einem Atemzug drang ihr aufgeregtes Plappern an sein Ohr, so punkt- und kommalos wie eh und je. Er erinnerte sich, wie Lou und Owen ihn nach dem Tod seiner Mutter festgehalten hatten, einfach festgehalten. Er erinnerte sich, wie Lou sein Beharren, allein sein zu wollen, ignoriert und ihn zwangsverpflichtet hatte, ihr in der Gemeindebibliothek zu helfen, und wie ihn das über das erste Jahr gerettet hatte. Mit Lou Bücher zu sortieren und über Land zu fahren, um irgendwo noch ein paar Exemplare umsonst aufzutreiben, weil das Budget schon wieder gekürzt worden war. Von Lou gezwungen zu werden, sich mitten im Sommer als Schneeflocke zu maskieren und den Kindern am Tag der offenen Tür vorzulesen. Er hatte es zunächst gehasst, aber es hatte ihn auf andere Gedanken gebracht. Er erinnerte sich an Owen, und wie Owen ihm erlaubt hatte, einen Welpen aus dem neuen Wurf zu behalten, obwohl sie schon vier Hunde im Haus hatten, statt sie wie üblich in ganz Morrow zu verteilen. Wie Owen ihm den Umgang mit Gewehr und Messer beibrachte und ihm genügend vertraute, keines von beiden leichtfertig zu benutzen, und das, obwohl Neil ständig in der Schule als der Vetter von Danny, dem Mörder, aufgezogen wurde.

Wie von ihnen in den jährlichen Weihnachtskarten nie Vorwürfe angeklungen waren, selbst in den letzten Jahren nicht, obwohl es in Morrow bestimmt nicht einfacher war, mit dem linken Autor Neil verwandt zu sein, als mit dem verrückten Danny.

»Tante Lou«, presste er schließlich hervor und war sich bewusst, dass sein sonst gepflegtes, akzentloses Englisch zusammenbrach, »Tante Lou, meinem Jungen ist etwas passiert.«

Als er wieder Bens Zimmer betrat, blickte Deirdre nicht auf. Neil seufzte und setzte sich auf seinen alten Platz.

»Owen und Lou kommen, sobald sie von Lafayette aus einen Flug bekommen«, sagte er nach einer Weile. Das brachte Deirdre dazu, ihn anzusehen.

»Wer?«, fragte sie tonlos. Zu einem anderen Zeitpunkt hätte er sie darauf hingewiesen, dass sie Owen und Lou kannte, wenngleich nur flüchtig, und selbst regelmäßig Geburtstags- und Weihnachtsgrüße an sie verfasst hatte.

»Meine Tante und mein Onkel. Julie sollte jemanden aus der Familie haben, der sich um sie kümmert.«

»Die einzigen von deinen Hinterwäldler-Verwandten, die Julie je kennen gelernt hat, waren deine Großeltern, und die sind tot«, entgegnete Deirdre schneidend. Trotz ihrer Abneigung gegen den tiefen Süden war sie normalerweise auch privat viel zu sehr die Politikerin, um einen Ausdruck wie »Hinterwäldler« zu gebrauchen. Es war ein weiteres Zeichen dafür, wie sehr sie aus dem Gleichgewicht war, und sein Schuldbewusstsein war zu groß, um auch nur den Hauch von Ärger darüber zu empfinden.

»Mag sein«, sagte Neil. »Aber sie sind gute Leute, sie

haben selbst fünf Kinder großgezogen, und du wirst sehen, Julie wird sie lieben. Du willst so lange wie möglich bei Ben bleiben, ich will das auch, aber Julie braucht …«

»Wage es nicht, mir zu predigen, was Julie braucht!«, fuhr sie auf. Dann sackte ihre Stimme wieder zu dem zerstörten Klang zurück, den sie seit ihrem Anruf bei ihm gehabt hatte. »Detective Mills hat mir erzählt, dass sie einen Wagen beobachtet hatten, der mir folgte, als ich mit Ben und Julie in der Stadt war. Keinen der unseren diesmal. Deswegen wollte ich mit dir sprechen, während deiner Alaska-Eskapade. Aber du warst ja nicht zu erreichen. Dann tat sich nichts, und ich dachte schon, Mills müsse sich geirrt haben. Bis zu dem … Unfall.«

Deirdre schluckte. Dann tat sie etwas, das Neil seit den Monaten vor ihrer Scheidung nicht mehr erlebt hatte; sie legte den Kopf auf die Bettdecke, unter der Ben lag, und weinte haltlose ohnmächtige Tränen, und jede einzelne klagte ihn schlimmer an als all ihre Worte.

»Ich weiß«, sagte er hilflos. »Ich weiß.«

Nach einer Weile straffte sie ihren Rücken und setzte sich wieder auf. Ihr Make-up war verschmiert, und er sah die Flecken auf der Bettdecke. Sie glich einem kleinen Mädchen, das mit der Schminke seiner Mutter gespielt hatte.

»Also schön«, sagte sie. »Du hast Recht, Julie braucht jemanden, der sich rund um die Uhr um sie kümmert, und Nora hat ihre eigene Familie. Ich werde Owen und Louise bei mir einquartieren. Aber du …« Sie schöpfte erneut Atem. »Es ist mir gleich, wo du wohnst, solange es nicht bei mir ist.«

Er nickte stumm. Nach einer Weile setzte sie hinzu: »Selbst du wirst jetzt aufhören, nehme ich an. Oder willst du Julie auch noch hier sehen?«

Bens Hand in der seinen war so weich wie die Beatrices; eine Hand, die nie etwas raueres als Tafelkreide kennen gelernt hatte.

»Ich werde aufhören.«

In der linken oberen Ecke, am Fuß des Bettes, hing ein Fernsehbildschirm, der tonlos Nachrichten brachte; er registrierte Untertitel und schlechte Farbqualität. Als Neil irgendwann aufschaute, um seinen Nacken zu entspannen, flimmerte etwas über die Nachwirkungen des letzten Erdbebens in Alaska vorüber. Es war nur ein Moment. Dann wurde der Teil seines Verstands, der die Nachricht aufgenommen hatte, wieder überschwemmt von den erbarmungslos steten Tönen, die begleitet von rot flackernden Zeichen die Herzschläge seines Sohnes anzeigten.

* * *

»Sieh einer an«, sagte Mike Derringham, der Besitzer des Glacier Bay Country Inn, musterte zweifelnd Beatrice und kratzte sich am Kopf.

»Ich hätte dich jetzt echt nicht erkannt. Was hast du denn um Gottes willen mit deinen Haaren gemacht, Prinzessin?«

Natürlich ging sie ein Risiko ein, sich an einem Ort zu verstecken, den sie als Beatrice Sanchez besucht hatte. Aber Mike hatte auf sie einen so vertrauenswürdigen Eindruck gemacht, und diejenigen, die sie suchten, würden hoffentlich annehmen, dass sie in die Wildnis gezogen war oder gar den Staat längst verlassen hatte. Und hatte Mike nicht erwähnt, dass es hier noch nicht einmal einen Sheriff gab?

Scheinargumente, sagte die Beatrice in ihrem Kopf, die noch rational dachte, verächtlich.

Nein, sie war hier glücklich gewesen und Neil vielleicht

auch. Es war ein gemeinsamer Ort. Der einzige auf der Welt, den sie außerhalb von Seward kannte.

Inzwischen ging es ihr etwas besser; die jähen Anfälle von Hitze und Kälte hatten aufgehört, und die Kopfschmerzen waren irgendwo auf der zweitägigen Reise zwischen Valdez und Juneau verschwunden, wohin sie die Alaska Marine Highway Ferry gebracht hatte. Aber sie fühlte sich noch immer zu schwach auf den Beinen, obwohl sie versuchte, sich das nicht anmerken zu lassen, und war dankbar für die Kabine gewesen, die sie all die Stunden kaum verlassen hatte.

»Es war Zeit für eine Veränderung«, erwiderte Beatrice so unbekümmert wie möglich. Dann wurde sie ernst: »Ich stecke in Schwierigkeiten, Mike.«

Die Wahrheit würde er ihr ohnehin nicht glauben, also hatte sie eine auf Wahrscheinlichkeit aufbauende Version für ihn. Zu ihrer Überraschung wollte Mike jedoch überhaupt keine Details wissen.

»Nur zwei Fragen«, sagte er. »Hat es was mit Drogen oder Bomben zu tun?«

»Hundertprozentig nicht«, sagte sie erleichtert.

»Okay. Wenn du mich fragst, die Hälfte der Bevölkerung von Alaska ist hier, weil sie oder ihre Eltern in den unteren achtundvierzig in Schwierigkeiten geraten sind.«

Sie verzichtete darauf, ihn daran zu erinnern, dass sie aus Alaska stammte.

»Und du brauchst …«

»Kein Geld«, entgegnete Beatrice. »Das habe ich. Einen Job und Unterkunft für ein paar Wochen.«

Mike rieb sich das Kinn.

»Jobs sind hier rar gesät«, meinte er. »Schließlich gibt's außer Touristen jetzt im Sommer nicht eben viel Geschäft hier.«

»Eben«, sagte Beatrice.

Am Ende stimmte er zu, sie als Hilfe für alles zu beschäftigen. Sie konnte zwar nicht gut kochen und hatte nie als Putzfrau gearbeitet, aber Geschirr spülen, Sachen aufräumen und abstauben, dachte Beatrice, dergleichen bringt selbst eine wissenschaftliche Spezialkraft fertig.

Das Zimmer, in das sie diesmal einzog, war weitaus weniger komfortabel als die schöne Wohnhütte, in der Neil und sie übernachtet hatten, doch das war ihr jetzt nicht wichtig. Es gab eine Dusche, und sie kam sich am ganzen Körper klebrig und verschwitzt vor, und ihr Nacken mit seiner ungewohnten Blöße fror. Es war ihr, als trage sie jede Minute ihrer Flucht mit sich herum, seit ihre Hand sich aus der ihres Vaters gelöst hatte. Ihr Vater und Neil. Neil und ihr Vater. Zwei Sorgen, die sich um ihren Hals klammerten wie ineinander verhakte Schlangen.

Es geht ihnen beiden gut, wiederholte sie sich. Sicher, sie stehen im Zentrum von heftigen Auseinandersetzungen, aber das werden sie überstehen. Ganz sicher geht es ihnen beiden gut. Ist nicht das Auge eines Wirbelsturms der sicherste Ort?

Als sie unter dem warmen Wasser stand, das in unsymmetrischen Abständen auf ihren Körper herunterprasselte, da der Duschkopf verkalkt war, löste sich etwas in ihr, und sie be-gann zu weinen. Was es war, hätte sie nicht sagen können. Ihr verlorenes Zuhause, die Sicherheit ihrer Existenz, die sie so nie wieder zurückgewinnen würde, eingetauscht hatte gegen alle Ungewissheit der Zukunft.

Ihre Tränen mischten sich mit dem warmen Wasser und verrannen am Ende genauso spurlos im Abfluss der Dusche.

Als sie umgezogen und mit dem irritierenden Gefühl von Kälte um ihren gestutzten Kopf bei Mike erschien, telefonierte er gerade, den Rücken zu ihr gewandt, und die ersten Worte, die sie verstand, vertrieben die warme Gelöstheit, die ihr von der Dusche geblieben war, mit einem Schlag.

»Sicher ist sie hier«, sagte er.

Die Haare auf ihren Armen stellten sich auf.

»Dir meine Nelly überlassen? Vergiss es, Kumpel. Dir hätte man nie den Flugschein geben dürfen.«

Sein Flugzeug. Er sprach von seinem Flugzeug.

Aber, sagte ihre misstrauische innere Stimme, die mehr und mehr wie Neil klang, was ist, wenn er dich täuscht? Du bist nicht eben geschlichen, er kann dich gehört haben und redet jetzt harmlos, damit du nicht gleich wieder verschwindest.

Willst du wirklich für den Rest deines Lebens Gespenster hinter jeder Ecke sehen?, hielt ihr eine Stimme entgegen, die sich nach Tess anhörte. Dann hättest du gleich im Labor bleiben können, denn Betrug von jedem Menschen zu erwarten, sperrt dich so sicher weg wie nur je ein System.

Mike verabschiedete sich von seinem Gesprächspartner und drehte sich zu ihr um. »Hey, Prinzessin«, sagte er, »blond steht dir wirklich nicht.«

»Muss es auch nicht«, erwiderte Beatrice und bemühte sich um ein schwaches Lächeln. »Schließlich will ich hier keine Wettbewerbe gewinnen.«

* * *

Die Tage glitten für Neil ineinander wie Glieder einer aus tot geborenen Hoffnungen und endlosem Warten geschmiedeten Kette. Nur wenige Ereignisse konnten ihn aus der unerbittlichen Eintönigkeit herausreißen; als Neil Julie wiedersah, ließ ihn die Erleichterung, dass sie ihn umarmte und mit ihm sprach, beinahe etwas wie Freude empfinden, bis ihm bewusst wurde, dass sie nicht ahnte, wie sehr er verantwortlich für den Unfall ihres Bruders war.

Die Artikel und Fernsehbeiträge dagegen, in denen einige der namhaftesten Wissenschaftler des Landes seine im Internet veröffentlichten Anschuldigungen zerpflückten, sich über diesen Laien lustig machten, der nicht einmal die Krebsforschung von AIDS-Forschung unterscheiden konnte und seine Kenntnisse über Genetik aus Sciencefiction-Romanen bezog, rauschten an Neil vorüber, ohne dass er sie wirklich wahrnahm, selbst, wenn ihm sein eigenes Konterfei auf dem Fernseher in Bens Zimmer entgegenstarrte, begleitet von einem weiteren Resümée seines Lebenslaufs unter Auslassung aller Aspekte, die nicht ins Bild des hasserfüllten Demagogen passten. Einmal versuchte Matt, das Gespräch darauf zu bringen, besann sich dann jedoch eines Besseren.

Die Selbstverständlichkeit, mit der Owen und Lou gekommen waren, beschämte Neil, doch als Lou irgendwann mit einer frisch gebackenen Pastete für ihn und Deirdre in Bens Krankenzimmer auftauchte, löste das ein Gefühl von lang vergessener, sicherer Wärme aus.

»Jetzt komm mal für fünf Minuten an die frische Luft, Junge«, sagte Lou energisch, und als sie sein Mienenspiel sah, fügte sie hinzu: »Es wird nichts passieren, bis du wieder da bist, das schwöre ich dir.«

Die warme Sonne, die trockene Hitze des hochsommerlichen Washington, die blank polierten Autos, die in rascher Folge vorbeifuhren, all das traf ihn wie ein Schlag.

»Lass uns bis zum Weißen Haus gehen«, bat Lou.

Das würde wesentlich länger als fünf Minuten dauern; im zügigen Schritttempo mindestens zwanzig Minuten, wenn nicht eine halbe Stunde. Lou war nicht mehr jung. Er schaute auf die untersetzte weißhaarige Frau mit ihrem Strohhut, auf dem treu vereint die amerikanische Flagge, Dixie und der Pelikan, der Staatsvogel von Louisiana, in Form von Buttons angesteckt waren, und empfand plötzlich eine tiefe Zärtlichkeit. Hinterwäldler, hatte Deirdre gesagt; weißes Pack. Aber sie waren immer für ihn da gewesen, wenn er sie brauchte, selbst nach Jahren, in denen er den Kontakt nur durch Karten und Anrufe aufrechterhalten hatte. Hatten alles stehen und liegen gelassen und waren gekommen.

»Gehen wir.«

»Ihr seht nicht gut aus, du und Miss D.«, sagte Lou unverblümt, nachdem sie eine Weile dahingeschlendert waren. Sie hatte Deirdres Namen nie richtig aussprechen können und war schon auf diese Abkürzung verfallen, als er und Deirdre erst verlobt gewesen waren. »Lange könnt ihr nicht so weitermachen. Esst was, tut was. Als Gespenster nützt ihr den Kindern nix. Keinem von beiden.«

Sie warf ihm einen schrägen Blick zu. »Solltest du doch wissen, Junge. Hat deine Mama gewollt, dass du nur bei ihr im Haus drinhockst oder hat sie dich rausgeschickt? Hmmm?«

»Sie hatte mehr Zeit. Ich weiß nicht«, er zwang sich, die Worte auszusprechen, »ich weiß nicht, wie lange Ben noch Zeit hat. Ob er überhaupt wieder aufwacht.«

»Aber du willst doch nicht, dass er aufwacht und du und Miss D., ihr landet gleich im Krankenzimmer nebenan, oder?«

»Es ist meine Schuld, Tante Lou. Meine Schuld, dass ihm das passiert ist.«

Lou blieb stehen, und obwohl sie ihm nur bis zur Brust reichte, versetzte sie ihm eine gepfefferte Ohrfeige.

»Nun hör auf, solchen Unsinn zu schwatzen, Neil. Schuld bist nicht du. Schuld ist der Kerl, der im Auto gesessen hat. Reiß dich zusammen und sei ein Mann. Deine Mama hat dich besser erzogen.«

»Sie und die Großeltern und du und Onkel Owen«, sagte Neil und lächelte schwach, während seine Wange brannte. Lou hatte nicht umsonst jahrelang Bücher geschleppt, Vorhänge aufgehängt und Holz gehackt, wenn Owen zu beschäftigt war. »Aber seither ist viel Wasser den Fluss runtergelaufen, Tantchen.«

Sie rümpfte die Nase. »Kann man wohl sagen. Du hättest nicht fortgehen sollen, Neil«, setzte sie ohne Vorwurf hinzu, nur als sachliche Feststellung. »Baton Rouge oder New Orleans, das hätt's doch auch getan. Bei den Yankees verdorrst du. Erst setzen sie dir üble Gedanken in den Kopf, und dann nehmen sie dir übel, wenn du ehrlich bist und sie aussprichst.«

»Der Norden hat … auch andere Seiten«, sagte er, und der Gedanke an die weißen Nächte, an die Sonne, die sich im Gletscher fing, während Beatrices Hand in der seinen lag, schälte sich unerwartet heftig aus dem Teil seines Selbst, in das er alles, was nicht Ben und Julie galt, verbannt zu haben glaubte. Rasch drängte er ihn wieder zurück. »Im Süden wäre ich auf Dauer erstickt, glaub mir. Es ist besser, dorthin zurückkommen zu können, als dazubleiben. Für mich wenigstens.«

»Hm«, sagte Lou und verzichtete zu seiner Überraschung auf jeden Kommentar darüber, dass er in den letzten Jahren überhaupt nicht zurückgekehrt war.

Als sie beim Weißen Haus angekommen waren, mit seinen klaren, eleganten Linien und der immer gleichen grünen Rasenfläche, glänzten ihre Augen wie polierte Knöpfe. Es war ein Wochentag, also standen nicht ganz so viele Touristen herum, um ihre Fotos zu machen und Postkarten zu kaufen, und es gab auch nur eine kleine Fünfergruppe mit Demonstranten. Lou stürzte sich auf einen der Postkartenstände und kaufte Karten. Dazu noch ein paar Anstecknadeln mit der Flagge und der Aufschrift »Gott schütze Amerika«, die sie sich alle an die Weste heftete.

»Aber davon hast du doch schon welche«, sagte Neil.

»Man kann nicht genug um Gottes Segen bitten, wenn in unserem Land so furchtbare Dinge geschehen«, sagte Lou einfach und strahlte erneut, als sie entdeckte, was eine Gruppe groß gewachsener schwedischer Touristen bislang verborgen hatte; eine lebensgroße Pappfigur des amtierenden Präsidenten, mit der man sich fotografieren lassen konnte.

Bis sie in das Krankenhaus zurückgekehrt waren, trug Neil einen Beutel, in dem Lou ihre Postkarten, Anstecknadeln, einen Teddybären, der den *Yankee Doodle* spielte, und die zusammengelegte und aufklappbare Pappgestalt des Präsidenten hatte. Als er Deirdres unverändert neben Ben sitzende reglose Gestalt sah, krampfte sich etwas in ihm zusammen. Lou nahm ihm den Beutel ab.

»Ich geh dann wieder. Mit eurer Metro kenn ich mich ja inzwischen aus, und Owen darf man nicht zu lang mit dem Kind allein lassen, der bringt ihr sonst noch Glücksspiel und Gott weiß was bei.«

Sie stellte sich auf die Zehenspitzen und flüsterte Neil ins Ohr: »Und jetzt schau, dass du dich um Miss D. kümmerst, Junge.«

Als sie verschwunden war, nahm Neil den Teller mit der

Pastete, löste die Klarsichtfolie, brach ein Stück ab und kniete sich neben Deirdre.

»Iss etwas, Deirdre«, sagte er. »Lou hat Recht, es nützt Ben nichts, wenn du irgendwann zusammenklappst.«

Das Ausmaß ihrer Erschöpfung ließ sich daran ermessen, dass sie sich tatsächlich mehrere Stücke von ihm in den Mund stecken ließ, wie ein kleines Kind, und gehorsam kaute, bis wieder Lebensgeister in ihre Augen zurückkehrten und mit ihnen ein Hass, dessen Tiefe ihn hätte frieren lassen, wenn er ihn nicht ebenfalls für sich selbst empfunden hätte.

»Danke«, sagte sie, »aber fass mich nicht mehr an.«

Neil stellte den Teller neben ihr ab und kehrte zu seiner Seite des Bettes zurück. »Also, Partner«, sagte er zu Ben, der so reglos dalag wie am ersten Tag, wie ein kindlicher Pharao in seinem Sarg aus modernster Technik, »das war deine Großtante Lou. Eine höchst energische Person. Es gibt nur eine Frau im ganzen Pfarrbezirk St. Landry, die es geschafft hat, sich gegen sie zu behaupten, und das ist Lily Dupont. Als ich noch klein war, sagte meine Mutter, es sei ein Segen, dass Lou in Morrow und Lily in Opelousas lebe, denn in der gleichen Ortschaft hätten sie sich längst gegenseitig umgebracht.«

Wieder nahm er Bens Hand in die seine. Neils Verstand sagte ihm, dass Bens Körpertemperatur, da sein Körper mittlerweile ganz und gar von Maschinen gesteuert wurde, ständig gleich blieb, doch es kam ihm jeden Tag so vor, als wäre die Hand seines Sohnes ein wenig kälter, als müsse er stärker versuchen, sie zu wärmen.

»Lily kam in den fünfziger Jahren in die Gegend von St. Landry. Damals war sie ein bildhübsches japanisches Mädel, das einen der Duponts während seines Militärdienstes in Okinawa geheiratet hatte, so heißt es jedenfalls. Sie dachte, sie käme in das Amerika aus dem Kino, das mit den Großstädten und Glastürmen und Schwimmbädern, und stattdessen landete sie im Sumpf bei einem Haufen Cajuns, die noch nicht mal gut Englisch sprachen. Keine Ahnung, wie Lily sich mit denen verständigt hat. Ihr Mann zeugte ihr in rascher Folge fünf Kinder und verschwand dann auf Nimmerwiedersehen.«

Ein Geräusch ließ ihn zur Seite blicken. Hatte Deirdre sich geräuspert? Sie schaute unverwandt zu Ben hin.

»Aber Lily war nicht die Art Japanerin, die in so einer miesen Situation Harakiri begeht, und zurück in ihre Heimat wollte sie auch nicht. Also zog sie mit ihren Kindern nach Opelousas und suchte sich einen Job. Inzwischen war Kennedy Präsident, und die staatlichen Stellen in den Südstaaten, einschließlich der Bibliotheken, hatten Order, auch Farbige zu beschäftigen. Das war Lilys Glück, das und der Umstand, dass der Gemeinderat von St. Landry damals noch der übliche rassistische Verein war. Auf keinen Fall wollten die einen Schwarzen einstellen. Also verfielen sie auf die einzige Asiatin im Bezirk. Womit sie nicht gerechnet hatten, war, dass sich Lily im Nu zur Hüterin der Bibliothekskasse machte und das in den nächsten dreißig Jahren auch blieb. Inzwischen ist sie eine lebende Legende. Mitte der Siebziger, und das hat dein alter Herr schon selbst miterlebt, fing ihr jüngster Sohn ein Verhältnis mit der Frau des Sheriffs an, und als der das herausfand, war er fuchsteufelswild, vor allem, weil der Bengel erst sechzehn war. Also lochte er ihn unter einem Vorwand ein, aber die Polizeistation ist in Opelousas gegenüber der zentralen Gemeindebibliothek. Lily marschierte einfach über die Straße und schrie Zeter und Mordio, sagte, dass sie ihren

Sohn binnen einer Stunde wieder auf freiem Fuß und bei ihr in der Bibliothek sehen wollte und dass sie sonst den Sheriff und seine Frau belangen würde. Schon nach einer halben Stunde war der Junge wieder da, aber die Ohrfeigen, die ihm Lily verabreichte, hat niemand zählen können.«

»Nicht gerade eine kindgerechte Geschichte«, sagte Deirdre, was das Freundlichste war, das sie bisher ihm gegenüber geäußert hatte.

Neil zuckte die Achseln. »Mir sind die Tiergeschichten ausgegangen.«

»Das Traurigste daran ist«, sagte Deirdre, und die fehlende Schärfe in ihrer Stimme, die Ausdruckslosigkeit, in die sie zurückglitt, machten ihre Worte umso schlimmer, »dass er im Koma liegen musste, damit du sie ihm erzählst.«

* * *

Sie wachte auf, weil jemand in ihrer unmittelbaren Nähe weinte. Dessen war sie sicher. Aber als Beatrice in die Wirklichkeit zurückfand und sich wieder erinnerte, wo sie war, wusste sie, dass sie sich geirrt haben musste. Sie schlief allein, und es war auch nicht so, dass sie sich selbst gehört hatte. Mit den Fingerspitzen ertastete sie ihre Wangen, ihre Augen. Trocken. Sie hatte nicht geweint, und niemand sonst war hier.

Ihr Raum besaß kein Fenster, also knipste sie das Licht an und schaute auf ihre Uhr. Drei Uhr morgens. Zu spät selbst für Gäste, die ihr Abendessen wirklich lang hinausgezogen hatten. Dann fielen ihr die Bären wieder ein, und sie war irgendwie erleichtert. Die Bären. Das musste es gewesen sein, was sie gehört hatte. Die tägliche Ausgelaugtheit und die Rückenschmerzen waren noch nicht aus ihren Gliedern gewichen; sie ließ sich wieder in ihr Bett zurückfallen. Dienstmädchen und Putzfrauen hatten ein entschieden härteres Dasein, als sie es sich je vorgestellt hatte.

Natürlich gab es jederzeit die Möglichkeit, aufzuhören oder Mike schlicht und einfach für den Aufenthalt zu bezahlen. Aber solange sie hier arbeitete, würden nie Gäste oder die gelegentlich auftauchenden Park Ranger fragen, was sie hier eigentlich tat, sie würde ihnen nicht als ungewöhnlich auffallen; als Putzfrau war sie für die meisten Menschen unsichtbar. Beatrice, die in ihrem Leben nur einen beschränkten Personenkreis gekannt hatte und daher selbst mit dem Reinigungspersonal und den Torwächtern auf Du und Du stand, fand das eigenartig.

Es war nicht das einzige Eigenartige. Die Welt mit Neil in Form eines Urlaubs zu erkunden, war entschieden anders, als mit zwei Kolleginnen, die sie als eine weitere Sommeraushilfskraft akzeptierten, hinter diversen Gästen herzuräumen. Sie verstand einen Teil der Witze und Anspielungen nicht und wagte, anders als bei Neil, nicht zu fragen, um keine Aufmerksamkeit zu erregen. Umgekehrt gab es keine Möglichkeit, sich mit einem der Menschen hier, selbst mit Mike nicht, über einen Großteil der Dinge zu unterhalten, die sie interessierten. Sie war noch nie so lange von ihren Computern getrennt gewesen, und Orwells Essays, das einzige Buch, das sie hatte mitnehmen können, kannte sie inzwischen auswendig. Nachrichten bekam sie nur am Rande mit, weil ihr Zimmer keinen Fernseher und kein Radiogerät besaß. Sie schnappte sich die Zeitungen, die die Gäste zurückließen, aber die meisten waren erst gar nicht mit Zeitungen gekommen. Ihre neuen Kolleginnen oder Mike auszuhorchen, brachte, weil sie nicht gezielt fragen konnte, auch nicht die gewünschten Ergebnisse. Sie hörte zwar etwas über die neueste Öltankerkatastrophe, zum Glück diesmal weit weg von hier, über die Baseballergebnisse und über den kommenden Goldwaschwettbewerb in Dawson City, aber nichts von Livion, nichts über Neil LaHaye und nichts über Victor Sanchez.

Da sie um einen Teil ihrer alltäglichen Sprache gebracht war und anders als mit Neil keine gemeinsamen Entdeckungen machen konnte, kam sie sich gelegentlich so unbeholfen und plump vor wie ein Kind. Nein, nicht wie ein Kind; selbst als Kind war sie so vertraut mit ihrer Welt gewesen, mit den Gesetzen und Gegebenheiten, dass sie sich in ihr sicher bewegen konnte. Fehler zu machen, die sonst keinem unterliefen, und immer etwas zu spät über Witze zu lachen, war neu und zutiefst demütigend. Du bist hier nicht Beatrice, sagte sie sich und hoffte, das würde helfen; du bist jemand anders. Du bist Anne. Anne ist eben etwas langsam.

Anne besaß offenbar auch kein Talent, Freundschaften zu schließen. Manchmal bildete sie sich ein, Tess als Kollegin neben sich zu haben, wenn sie sich erschöpft gegen eine Holzwand lehnte, und wollte eben fragen, ob sie nicht nach der Arbeit ins Schwimmbad gehen könnten, als ihr wieder einfiel, dass es hier kein Schwimmbad gab und das Meer viel zu kalt zum Schwimmen war, dass es sich nicht um Tess, sondern um eine Frau namens Melanie handelte, die Beatrice gleich am ersten Tag gesagt hatte: »Annie, du stellst dich an, als hättest du noch nie irgendwo die Scheiße weggeputzt.«

Nur ein paar Wochen, wiederholte Beatrice sich immer wieder. Nur noch ein paar Wochen, und dann kann ich es riskieren und Alaska verlassen. Doch wenn sie sich nicht fragte, wie es um Neil und ihren Vater stand, dann krochen die Zweifel in ihr hoch. Was würde sie anderes tun als jetzt? Ob sie je eine Stelle finden würde, in der sie ihre Talente so einsetzen konnte wie bei Livion? Sie hatte die Qualifikationen, aber, wie Mears ihr so süffisant mitgeteilt hatte, sie existierte offiziell nicht. Noch nicht einmal ihr Patent war etwas, auf das sie legal verweisen konnte. Aber gut, angenommen, sie würde eine Universität oder einen anderen Konzern überzeugen können, ihr eine Chance zu geben, vielleicht durch die Darstellung ihres Wissens – wie konnte sie jetzt noch sicher sein, dass sie nicht einfach Szylla gegen Charybdis austauschte und einen ähnlichen Handel einging wie ihr Vater, als er sich ursprünglich Livion verpflichtete? Es blieb wohl nur das Ausland. Aber wohin?

Und wenn schon ein Labor, flüsterte eine Stimme in ihr, die sich verdächtig nach Tess anhörte, warum dann nicht das, in dem du aufgewachsen bist? Mears? Vergiss Mears. Du kannst mit Mears zusammenarbeiten. Früher wolltest du das doch. Gib es zu. Ein Teil von dir ist immer noch neugierig auf Mears und seine Konstrukte aus tödlich genialen Ideen. Komm zurück. Wir kennen dich. Wir lieben dich. Was können Fremde dir bieten als ein Leben auf der Flucht, mit langweiligen Arbeiten, die garantiert unter deinem Niveau sein werden? Neil? Woher willst du wissen, dass er überhaupt noch interessiert ist, jetzt, wo er seine sensationelle Veröffentlichung gehabt hat? Also schön, du denkst, er liebt dich, und du liebst ihn, aber ein Mann kann doch nicht dein Lebensinhalt sein. Das würde dich auf Dauer unglücklicher machen, als es das Leben bei uns je getan hat. Geh zurück. Wir werden begeistert sein, und die Firmenleitung wird schon über ihren Groll hinwegkommen, schließlich wissen sie, was sie an dir haben.

O ja. Das wussten sie. Das wussten sie nur zu genau.

»Wir haben so viel mehr von dir erwartet«, sagte sie laut und imitierte Mears' Tonfall. Oh ja, sie würden begeistert sein, ihr lebendes erfolgreiches Experiment wiederzubekommen.

Jetzt aufzugeben und in den goldenen Käfig zurückzukehren, nur weil die ersten Wochen allein reichlich merkwürdig waren und kein rosarotes Happyend am Horizont winkte, wäre verachtenswert.

Als Mikes Cousin, der ihr und Neil Admiralty Island gezeigt hatte, auftauchte, wäre sie ihm um ein Haar über den Weg gelaufen, erkannte jedoch rechtzeitig seine Stimme und wich ihm aus. Vielleicht hätte er sich nicht erinnert und sie auch nicht erkannt, so wie sie jetzt aussah, aber es wäre möglich gewesen. Sie durfte es nicht riskieren. Nach dem Besuch des Park Rangers nutzte Mike einen Moment, in dem sie gedankenverloren die Bärenjungen beobachtete, die seit dem Abend, als Neil sie zum ersten Mal entdeckt hatte, bereits gewachsen schienen, ergriff ihren Ellenbogen und sagte:

»Schwierigkeiten, Prinzessin. Bei meinem Vetter war heute jemand, der etwas über euren Ausflug damals wissen wollte. Der Mann hatte keinen amtlichen Ausweis, deswegen hat er nichts erfahren. Er wollte aber wiederkommen, weil man euch in der Glacier Bay gesehen hat. Ich weiß, dass ich versprochen habe, nicht zu fragen, aber was genau ist mit dir und deinem Typen eigentlich los?«

»Du würdest es mir nicht glauben«, entgegnete Beatrice, und Mikes Gesicht verdüsterte sich.

»Komm mir jetzt nicht damit.«

»Keiner von uns beiden hat etwas Illegales getan«, beharrte Beatrice, und ihr war bewusst, dass das nicht stimmte; durch das Hacken in Mears' Personalakten und die Art, wie sie geflohen war, durch das Fälschen der Ausweise hatte sie sich gleich mehrerer Vergehen gegen ihren Arbeitgeber und einige Gesetze schuldig gemacht. Aber ihr Arbeitgeber hatte sein unverhülltes Gesicht gezeigt, zumindest in Form von Mears, in Form der Geheimnisse ihres Vaters über ihre Geburt, und das erstickte jede Art von Gewissensbissen deswegen. Sie dachte an die CDs, die sie mitgenommen hatte. Kopien von Mears' Datenbank, ehe sie den Schutzwall nicht mehr durchdringen konnte. Doch er würde alles als Fälschung bezeichnen, und Firma und Staat würden ihn dabei unterstützen. »Aber ich habe Schwierigkeiten mit … meinem ehemaligen Boss«, fuhr sie fort, »und der ist ziemlich einflussreich, wenn du verstehst, was ich meine. Nicht nur hier, auch in den unteren achtundvierzig.«

»Hm. Und wieso hat sich dein Freund kein einziges Mal gerührt, seit du hier bist?«

»Weil er nicht weiß, wo ich bin«, sagte sie kurz angebunden, »und weil ich nicht riskieren will, ihn bei sich zu Hause anzurufen. Sein Telefon wird mit ziemlicher Sicherheit überwacht. Ich hatte gehofft, dass er vielleicht ahnt, wo ich sein könnte, und hier anruft, aber …«

Mike hob die Hände. »Okay, langsam. Überwacht? Und du willst mir immer noch erzählen, dass ihr nichts ausgefressen habt?«

Impulsiv hob sie ebenfalls eine Hand, wie sie es in den Gerichtsfilmen im Fernsehen gesehen hatte.

»So wahr mir Gott helfe.«

Auf Mikes Gesicht malte sich der Zweifel mit einer expressionistischen Palette.

»Es hat mit einer Erfindung zu tun«, sagte Beatrice und

versuchte wieder es so wahrscheinlich wie möglich auszudrücken. »Im gentechnischen Bereich, die Sachen, über die jetzt immer so viel geschrieben wird. Etwas, was nur ich weiß.«

Mike blickte nur noch skeptischer drein, und sie gab sich einen Ruck.

»Hör mal«, meinte sie, »ich möchte dich wirklich nicht in Schwierigkeiten bringen. Du hast mir lange genug geholfen. Wenn du willst, packe ich meine Sachen und ziehe aus.«

Die Augenbrauen ihres Gegenübers zogen sich zusammen, nicht bedrohlich, sondern nachdenklich.

»Hm«, sagte er wieder. »Lass mich darüber nachdenken, in Ordnung? Ich hab da eine Idee, aber ich bin mir noch nicht sicher.«

Ihre Kehle war plötzlich wie ausgedörrt. Beatrice schluckte.

»Bitte, sie dürfen mich nicht erwischen«, bat sie. »Wenn du mich nicht mehr hier haben willst, das ist in Ordnung, aber mach mir nichts vor, um mich hinzuhalten und derweil die Behörden zu alarmieren.«

»Du hast wirklich eine blühende Phantasie, Mädchen«, gab Mike gekränkt zurück. »Seh ich so aus?«

* * *

Als Deirdre ihr Büro zum ersten Mal seit dem Unfall ihres Sohnes wieder betrat, tat sie es nicht in der Absicht, ihre Arbeit wieder aufzunehmen. Aber nach drei Wochen war sie immerhin so weit, dass sie sich einen Teil der aufgelaufenen Papiere an Bens Bett mitnehmen wollte. Der Senator hatte ihr unbefristet Urlaub gegeben, so lange, wie es für ihren Sohn nötig sei, schließlich sei das von ihr geschulte Personal glänzend in der Lage, sie zu vertreten, aber Deirdre wusste, dass man den Bogen nicht überspannen durfte.

Ihre Assistentin und die anderen Büromitglieder, die alle genau wie der Senator Blumen und Plüschtiere geschickt hatten, begrüßten sie herzlich und drückten ihr Mitgefühl aus, was Deirdre in Versuchung brachte, lauthals zu schreien: »Er ist noch nicht tot!« Mit der Disziplin eines ganzen Lebens unterdrückte sie den Impuls.

Zu ihrer Überraschung erfuhr sie, dass der Senator anwesend war. Sie hatte ihn eigentlich auf Reisen geglaubt; er musste seinen Terminplan geändert haben.

»Er wird dich sehen wollen«, sagte ihre Assistentin und informierte den Senator über die Sprechanlage, Ms. Jordan sei für einen kurzen Besuch hier. Sie hatte Recht; der Senator äußerte den Wunsch, Deirdre möge noch einen Moment warten, er wolle sie unbedingt sprechen.

»Ist gerade ein hohes Tier drin«, kommentierte ihre Assistentin und hob eine Augenbraue, als die Sprechanlage wieder summte.

»Mein Besucher möchte Ms. Jordan auch gerne kennen lernen, sie soll gleich zu mir hereinkommen«, sagte der Senator.

Deirdre bat ihre Assistentin, ihr den Plan für die wichtigsten Reden des Senators in den zwei Monaten nach Ende der Sommerpause, entsprechende Notizen und die neuesten Umfrageergebnisse zurechtzulegen, und begab sich in das Empfangszimmer. Der Senator saß nicht hinter seinem Schreibtisch, er kam ihr bereits entgegen und empfing sie mit einem Lächeln, das die perfekte Mischung aus Freude über ihr Erscheinen und Mitgefühl über die Lage ihres Sohnes ausdrückte. Warm ergriff er ihre Hand. Der Senator war ein großer, breitschultriger Mann, deswegen erkannte Deirdre seinen Besucher, der sich höflich ebenfalls erhoben hatte, erst, als Cunningham ihre Hand wieder losgelassen hatte und zur Seite getreten war, was den Blick auf seinen Gast freigab. Bisher hatte sie ihn nur von weitem auf Empfängen gesehen und auf Fotos in zahlreichen Veröffentlichungen, doch sie erkannte ihn sofort. James T. Armstrong. Mr. President.

Es gab in Deirdres Leben Menschen, die sie nicht mochte. Es gab sogar Menschen, gegen die sie eine starke Abneigung hegte. Aber bis auf ihren ehemaligen Gatten hatte sie niemals jemanden gehasst. Und der Hass, den sie mittlerweile für Neil empfand, war ein anderes Gefühl als das mörderische blinde Verlangen, zu töten, das sie jetzt ergriff, als sie in Armstrongs unverbrüchlich lächelndes Gesicht starrte.

»Das ist also die unersetzliche Ms. Jordan«, sagte Armstrong unverbindlich.

Sie versuchte es. Sie versuche verzweifelt, wieder professionell zu werden und zumindest eine ebenfalls unverbindliche Phrase zu murmeln, doch sie brachte keinen Ton heraus. Armstrongs Lächeln verblasste etwas, wie auch das des Senators.

»Ich habe von dem tragischen Unglück gehört«, sagte der mächtigste Mann von Livion. »Erlauben Sie mir, Ihnen mein Beileid auszusprechen.«

»Mein – Sohn – ist – noch – nicht – tot!«, stieß Deirdre zwischen zusammengepressten Zähnen hervor.

»Natürlich nicht, natürlich nicht«, murmelte der Senator beschwichtigend. »Ms. Jordan, es ist eine schwere Zeit für Sie, das weiß ich. Gestatten Sie mir, Sie hinauszubegleiten.«

Sowie sich die Tür seines Empfangszimmers hinter

ihnen geschlossen hatte, blieb er stehen und sagte wesentlich kühler:

»Bei allem Mitgefühl, Ms. Jordan, was sollte das eben? Sie wissen doch, was für ein wichtiger Sponsor Armstrong für uns ist. Und wir sind ohnehin in einer verdammt heiklen Lage ihm gegenüber, nachdem dieses Weib vom Chronicle Stein und Bein schwört, es gäbe bei uns im Büro eine undichte Stelle, die ihr die Information über die Gesetzesinitiative verbürgt habe. Um ganz offen zu sein, man verdächtigt Sie. Natürlich habe ich in Anbetracht all unserer gemeinsamen Jahre meine Hand für Sie ins Feuer gelegt, aber Sie helfen mir nicht gerade mit dieser aggressiven Haltung, die Sie da eben an den Tag gelegt haben!«

»Aggressiv?«, wiederholte Deirdre ungläubig. »Ich? Ihm gegenüber? Sir, wissen Sie, wofür dieser Mann verantwortlich ist?«

»Ich will nicht hoffen, dass Sie nunmehr die Wahnvorstellungen Ihres Exmanns teilen«, sagte der Senator kalt.

»Nein«, erwiderte Deirdre mühsam beherrscht. »Ich rede weder von irgendwelchen AIDS-Medikamenten noch von illegaler Genmanipulation. Ich beziehe mich auf meinen Sohn, der derzeit im Koma liegt, weil jemand es für nötig hielt, Neil seine Grenzen zu zeigen.«

Das fassungslose Gesicht des Senators erweckte in ihr zunächst Hoffnung, bis ihr nächster Herzschlag sie begreifen ließ. Es war nicht so, dass er diese These für pure Phantasie hielt. Nein, sein Entsetzen galt der Tatsache, dass sie es gewagt hatte, so etwas laut zu äußern, und ihn dadurch in die Zwangslage brachte, es kommentieren zu müssen. In seinen Augen sah sie ihre Karriere, alles, wofür sie so lange gearbeitet hatte, wofür sie harte persönliche Opfer gebracht hatte, zusammenstürzen; ein Turm ohne Fundamente. Doch sie hielt seinem Blick stand.

»Ms. Jordan«, sagte der Senator endlich, »ich glaube, Sie brauchen jetzt Urlaub. Ich glaube sogar, Sie sollten erwägen, sich einige Zeit gänzlich aus dem aktiven Arbeitsleben zurückzuziehen.«

»Ich werde darüber nachdenken«, antworte Deirdre, ohne mit der Wimper zu zucken oder ihm noch einmal die Hand zu schütteln. Sie ignorierte ihre Assistentin, die ihr mit offenem Mund die rasch zusammengestellte Mappe hinhielt, und verließ das Büro.

* * *

Er grub und grub, aber der Boden unter seinen Füßen war zu feucht; für jedes bisschen Erde, das er mit seinen bloßen Händen herauskratzte, schien ein Stück Sumpf in die Höhlung, die er gemacht hatte, zurückzugleiten. Es gab nichts, was seinen Händen Widerstand entgegensetzte, aber auch nichts, woran sie sich festhalten konnten.

»Was tust du?«, rief seine Mutter. Sie saß in einem Schaukelstuhl, den alten Quilt auf ihren Knien. Hinter ihr standen, die Arme umeinander gelegt, Deirdre und Beatrice.

»Ich suche nach einem Heilmittel für Ben«, sagte Neil. »Ich konnte euch nicht retten, aber vielleicht ihn.«

»Ich brauche niemanden, der mich rettet«, sagte Beatrice. »Ich brauche jemanden, der die Wahrheit sagt.«

»Aber was ist Wahrheit?«, fragte Deirdre.

Seine Mutter wies auf den Boden »Du suchst das falsche Heilmittel für die falsche Person. Lass die Toten ihre Toten begraben.«

Er folgte ihrem Fingerzeig und sah, was er geschaffen

hatte, was auf einmal fest und gar nicht mehr feucht war: ein Grab.

Jemand rüttelte an seiner Schulter. »Neil«, sagte Matt, »Neil, das Krankenhaus hat eben angerufen. Dein Sohn hat einen Rückfall gehabt. Sie haben ihn wieder auf die Intensivstation verlegt.«

Es war das erste Mal seit einer Ewigkeit, dass er länger als zwei, drei Stunden geschlafen hatte, und er brauchte eine Weile, bis er verstand, dass er in Matts Wohnung war und was Matts Worte bedeuteten. Stumm schlüpfte er in Jeans und T-Shirt. Matt, der sich schon angezogen hatte, fuhr ihn zum Hospital, ohne ein weiteres Wort zu verlieren. Da Deirdre den sehr viel weiteren Weg und heute nicht wie sonst bei einer Freundin oder in einem Hotel in der Innenstadt übernachtet hatte, sondern zurück nach Bowie gefahren war, um mit Julie zu Abend zu essen, traf er als Erster ein.

Sein Sohn starb, wie einer der Ärzte in sein Tonbandgerät sprach, um drei Uhr, siebzehn Minuten, morgens, am 26. August, ohne sein Bewusstsein noch einmal wiedererlangt zu haben. »Er hat nicht gelitten«, sagte der gesichtslose Mann im blauen Kittel zu Deirdre, die fassungslos über Bens Gesicht strich, als versuche sie, jeden Zentimeter noch einmal zu ertasten und für immer in ihre Fingerspitzen einzubrennen. »Seit dem Unfall hat er nichts mehr gespürt. Das schwöre ich Ihnen.«

Neil hielt Bens Hand und stellte fest, dass er nichts fühlte. Überhaupt nichts. Es war, als habe er mit Ben die Plätze getauscht, dachte er abwesend. Er sah Deirdre, er sah seinen toten Sohn, er sah, wie sich der Mund des Arztes bewegte und tröstliche Dinge murmelte, aber es war ihm, als fände das alles auf einem anderen Planeten statt, während ihn eine graue undurchdringliche Wolke von Nichts umgab, die alles Gefühl von ihm fern hielt.

Die Wolke blieb, bis er die Intensivstation gemeinsam mit Matt wieder verließ. Ein junger Reporter, der wegen eines vor ein paar Tagen von seiner Schwiegermutter angeschossenen Kongressabgeordneten da war, erkannte ihn und rief:

»He! Sind Sie nicht Neil LaHaye?«

Neil ging weiter. Der Reporter holte ihn ein. »Mann, wo sind Sie nur die ganze Zeit gewesen? Irgendwelche Kommentare dazu, dass Livion eine gerichtliche Verfügung gegen Sie erwirkt hat, um die Website mit Ihrem Artikel löschen zu lassen, und weiterhin die Existenz einer Beatrix Sanchez leugnet?«

Als er immer noch keine Antwort erhielt, schnitt er Neil kurzerhand den Weg ab. »Kommen Sie schon, zumindest über die 500-Millionen-Dollar-Klage können Sie sich äußern. So was hat ein Privatmann nicht alle Tage am Hals. Stimmt es, dass Livion beantragt hat, Ihre Konten einzufrieren, damit Sie kein Geld ins Ausland transferieren können? LaHaye! Man kann doch nicht einfach so eine sensationelle Story in die Welt setzen und dann auf einmal den Stummen spielen! An der Sache muss doch was dran sein, so wie ich Sie kenne. Und wenn sogar Armstrong deswegen in der Sommerpause immer wieder in Washington aufkreuzt …«

»Armstrong ist hier?«, fragte Neil. Seine Stimme schien aus weiter Ferne aus seinem Mund zu kommen, wie Luftblasen unter Wasser.

»Schon wieder. Irgendwelche …«

Wieder gelang es dem Journalisten nicht, auszureden.

Matt, der noch zurückgeblieben war, um einige Worte mit Deirdre zu sprechen, hatte Neil eingeholt und mit einem Blick die Situation erfasst. Er zog den Reporter zur Seite und flüsterte ihm etwas zu.

»Oh. Okay. Kapiert. Aber …«

Der Mann verblasste wie ein Schemen, während Matt Neil weiterzerrte. Aber etwas hatte den grauen Nebel, der Neil umgab, durchdrungen.

»Armstrong ist in der Stadt?«

»Hör zu«, antwortete Matt, »ich kann durchaus verstehen, wenn du ihn entweder filetiert oder den Hunden vorgeworfen sehen möchtest, aber mach jetzt keinen Blödsinn. Du kommst nicht mal auf zwanzig Meter an ihn heran, und es wird ihm ein Genuss sein, dich wegen versuchter Körperverletzung endgültig hinter Gitter zu bringen. Du hast es ihm schon jetzt zu leicht gemacht mit deinen verschiedenen Geschichten und den persönlichen Attacken auf ihn. Deine Glaubwürdigkeit ist völlig hinüber. Du hast zwei Verfahren am Hals, in Bundesstaaten, in denen du noch nicht mal Behauptungen zurücknehmen kannst, um Schadensersatz zu verhindern, hast du das vergessen?«

»Nein«, entgegnete Neil kalt, »und ich habe nicht die Absicht, James T. Armstrong auch nur ein Haar zu krümmen. Wenn er morgen tot umfallen würde, dann gäbe es genügend Präsidentillos, die genau da weitermachen, wo er aufgehört hat. Aber ich möchte, dass du ihm eine Nachricht von mir überbringst.«

»Neil, du …«

»Ich möchte«, fuhr Neil unbeirrt fort, »dass du deinen Ruf als freundlicher Journalist benutzt, mit dem man sich als Mächtiger ruhig treffen kann, und ihm sagst, er sollte lieber darum beten, dass meine Tochter bis in ihr neunundneunzigstes Lebensjahr gesund und munter bleibt, denn außer ihr habe ich nichts mehr zu verlieren, und wenn ich nichts mehr zu verlieren habe, dann gibt es auch keinen Grund, nicht noch die letzte Karte auszuspielen, die mir zur Verfügung steht.«

»Das ist doch …«

»Frag ihn, ob er sich wirklich sicher ist, dass mir Beatrice nichts aus dem Labor mitgegeben hat, und bring zum Ausdruck, dass ich nicht von irgendwelchen Unterlagen rede. Und mach ihm klar, dass auch mein eigenes plötzliches bedauerliches Ableben daran nichts ändern würde.«

Es war ein Bluff, nichts als ein Bluff, aber wenn es ihm auch nur die geringste Chance bot, Julie auf eine wirksame Art zu schützen, war es den Versuch wert. An eine lebende Beatrice glaubte er nicht mehr. Aber Julie, Julie lebte noch. Matt entgegnete nichts mehr. Er musterte Neil nur mit besorgter Miene. Gut. Wenn Matt ihm nicht glauben würde, dann hätte er versagt, doch wenn Matt ihm glaubte, dann gab es auch die Chance, dass er Armstrong überzeugte.

Ein Bett wurde an ihnen vorbeigerollt, in die Richtung, aus der sie gekommen waren. Neil fragte sich, ob Ben jetzt schon in die Pathologie gebracht wurde, und mit diesem Gedanken zerfloss der graue Nebel endgültig. Er keuchte auf und lehnte sich gegen die Wand.

»Mein Sohn«, stöhnte er, »mein Sohn, mein Sohn, mein Sohn …«

Matt zögerte, dann umarmte er ihn ungeschickt. Aber Neil brachte es immer noch nicht fertig, zu weinen.

Der Friedhof, auf dem die Beerdigung stattfand, glich den meisten im Lande: ein grüner Einheitsrasen, aus dem stereotype weiße Grabsteine herausragten. Wenn Lou und

Owen noch hier gewesen wären, hätten sie in ihrer offenen Art Vergleiche zu den Friedhöfen Louisianas ziehen können, wo die Krypten zwar weniger eine Frage der Ästhetik als der durch Feuchtigkeit und Hitze entstandenen Notwendigkeit waren, aber doch dafür sorgten, dass man ein Grab von dem anderen unterscheiden konnte. Aber Lou und Owen waren von Deirdres zurückgekehrten Eltern abgelöst worden und wieder Richtung Louisiana verschwunden.

Einige von Deirdres Kollegen und Kolleginnen waren erschienen, nicht jedoch der Senator, was Neil gleichzeitig überraschte und erleichterte, bis er den Fehler beging, Deirdre danach zu fragen, und so erfuhr, sie arbeite nicht länger für Cunningham.

»Und sag nicht, es tut dir Leid«, fügte sie hinzu. »Ich weiß genau, das du ihn nie gemocht hast.«

Es gab weitaus schlimmere Politiker als Cunningham, der erstaunlich viele seiner Wahlversprechen zu halten pflegte; da sie jedoch ideologisch so grundverschieden eingestellt waren, hatte Neil nie große Sympathien für ihn gehegt, doch die Abneigung, die Eifersucht wegen der Hingabe, mit der Deirdre für ihn arbeitete, und all der Zeit, die sie mit ihm verbrachte, war erst nach dem 11. September entstanden. Unter anderen Umständen hätte er entweder einen Hauch von Schadenfreude oder Bedauern empfunden, da er wusste, wie viel ihr Beruf Deirdre bedeutet hatte. Da er sich jedoch denken konnte, wessen Schuld es war, dass Cunningham sie entlassen hatte, empfand er stattdessen Scham. Deirdre beim Chronicle belastet zu haben, war nur eine Kleinigkeit, verglichen mit der Gefahr, in die er Ben gebracht hatte, aber es fügte ihr zusätzliche Wunden zu, die er ihr hätte ersparen können.

Julie trug ihre Schuluniform und hielt sich an der Hand ihrer Großmutter fest. Er fragte sich, ob Julie die Beerdigung ihres Bruders so sehr hasste, wie er die seiner Mutter gehasst hatte. Totenwachen und Beerdigungen waren die Mitgift des Südens, doch er hatte sie seinen Kindern nie gewünscht, niemals.

»Noch etwas«, sagte Deirdre, die neben ihm stand und seinem Blick zu Julie gefolgt war, abrupt, sehr leise, sehr präzise. »Wenn das alles vorbei ist, will ich dich nicht mehr sehen. Ich will nicht, dass du Julie noch einmal siehst. Ist das klar?«

»Sie braucht …«

»Sie braucht Menschen, auf die sie sich verlassen kann. Nicht Menschen, die ihr nur wehtun und sie mit sich in den Abgrund ziehen. Du hast eins meiner Kinder umgebracht, Neil. Sei wenigstens so anständig und gib Julie eine Chance auf ihr Leben.«

Es war ungerecht und gerecht zugleich, ein Schlag von meisterhafter Grausamkeit. Ein Teil seines Verstandes teilte ihm mit, dass sich Deirdre bei allem Schmerz diese Gelegenheit sehr gut ausgesucht hatte, denn sie wusste genau, dass er zu einem späteren Zeitpunkt wahrscheinlich einen Streit vom Zaun gebrochen hätte. Nur nicht an Bens Sarg, dem Kindersarg, in dem ihr Sohn lag, der von ihnen zur Liebe und Freude in die Welt gebracht worden war.

Ein Ziehen im Nacken verschaffte Neil das Gefühl, beobachtet zu werden. Matt hatte versprochen, dafür zu sorgen, dass keine Fotografen kommen würden, und Neil verließ sich auf ihn. Aber es mochte gut sein, dass er noch immer unter Beobachtung wegen seiner angeblichen terroristischen Verbindungen stand. Also drehte er den Kopf zur Seite, in der Erwartung, eine der anonymen Figuren in

Grau aus dem Staatsdienst zu sehen. Die Gestalt, die er stattdessen im Schatten einer Ulme erkannte, neben einem anderen Grab, weit genug entfernt, um nicht vorzugeben, ein Mitglied der Trauernden zu sein, aber in Schwarz gekleidet wie sie, nahm ihm sekundenlang den Atem.

Er wusste nicht, was er empfand: Erleichterung, Groll, Freude, Bitterkeit oder Liebe. Sie noch lebend wiederzusehen, hatte er mittlerweile eigentlich aufgegeben, und die Trauer um sie hatte sich mit dem schuldbeladenen Ausharren an Bens Seite vermischt. Aber nun fragte er sich unwillkürlich, ob Ben noch lebte, wenn er sie nie kennen gelernt hätte. Etwas, das seit der Nachricht von Bens Unfall in ihm brachgelegen hatte, kehrte zurück und ritzte sich mit der Präzision einer Linolnadel in sein Herz.

Ben hatte Freunde gehabt, und einige von ihnen standen mit ihren Eltern da wie hilflose, unfertige Puppen. Neil stellte fest, dass er keinen von ihnen erkannte. Vor drei Jahren hätte er zumindest zwei der Freunde seines Sohnes auf der Straße identifizieren können, aber inzwischen keinen einzigen mehr. Er zerbrach sich den Kopf, ob ihm wenigstens einer der Namen einfiel, selbst wenn er keinem der Namen ein Gesicht zuordnen konnte. Sicher hatte Ben von ihnen gesprochen. Doch sein Gedächtnis verweigerte ihm alle Namen bis auf den des Jungen, mit dem Ben als Dreijähriger gespielt hatte, und verhöhnte ihn dafür mit allen Namen der Leute aus dem Labor, die Beatrice ihm je genannt hatte. Er schaute wieder zu Julie. Vielleicht hatte Deirdre Recht. Vielleicht war sie ohne ihn besser dran.

Als die Beerdigung vorbei war und die Trauergäste sich anschickten, Deirdre und Neil zu kondolieren, sagte Deirdres Vater rasch, sie würden Julie am besten gleich nach

Hause bringen. Deirdre nickte und antwortete mit der Mechanik langer Übung in Floskeln auf die Beileidsbekundungen. Neil stellte fest, dass die meisten ihn mit einem mühevoll konzentrierten Blick musterten, als besännen sie sich entweder darauf, wer er war, oder überlegten, ob er nun als verrückt oder kriminell galt. Der Wunsch, das alles möge endlich vorbei sein, wurde mit jedem Handschlag stärker. Das leere Baseball-Stadion der Red Sox, das er nie mit den Kindern besucht hatten, wäre ein besserer Ort gewesen, um an Ben zu denken, als dieser Friedhof. Aber daran war nichts Neues. Beerdigungen waren für die Lebenden da, nicht für die Toten.

Als Deirdre schließlich die letzten Gäste verabschiedete, zog er Matt zur Seite und bat ihn, alleine zurückzufahren.

»Ich möchte mich in Ruhe von Deirdre verabschieden«, sagte Neil, »und danach brauche ich etwas Zeit für mich.«

»Bist du sicher?«, fragte Matt besorgt. »Und wie willst du dann zurückkommen?«

Neil zuckte die Achseln. »Taxi, Metro, was weiß ich. Und ja, ich bin mir sicher.«

Matt legte ihm noch eine Hand auf die Schulter, dann ging er, zusammen mit Deirdres ehemaliger Assistentin und deren Ehemann. Die von keinen murmelnden Stimmen mehr untermalte Stille, in der sich Deirdre und Neil über das Grab ihres Sohnes hinweg anschauten, war steril und endgültig wie die antiseptischen Gerüche des Krankenhauses. Er dachte an das junge ehrgeizige Paar, das auf unterschiedliche Weise davon überzeugt gewesen war, die Spitze erreichen zu können, er dachte daran, wie er seine ersten und letzten Gedichte für Deirdre schrieb, wie sie den Pulitzer-Preis mit einer Nacht aus Gelächter und Champagner feierten, wie Deirdre aussah, als er sie nach Bens

Geburt besuchte. Er dachte an das goldene Mädchen, in das er sich verliebt hatte, und daran, wie das Eisen eines erbarmungslosen Bildhauers, das er selbst zu schmieden mitgeholfen hatte, nun auch die letzten Stücke dieses Mädchens weggeschlagen und eine neue, zerstörte und durch und durch feindselige Frau modelliert hatte.

»Ben und Julie waren ein Geschenk«, sagte er. »Aber du, du warst auch eins.«

Sie blinzelte; er hatte sie so wenig weinen sehen wie sich selbst und war sich nicht sicher, ob es gut für sie wäre, wenn er ihren unvermeidlichen Zusammenbruch miterlebte. Doch Deirdre fing sich wieder.

»Leb wohl, Neil«, sagte sie. Nicht mehr hasserfüllt, aber sehr, sehr fremd am anderen Ende einer Brücke, die unaufhaltsam in sich zusammenfiel. Dann wandte sie sich ab und ging.

Es konnte fünf Minuten, es konnte nur eine Minute, es konnte eine halbe Stunde später sein, als Neil von Bens Grab aufschaute, weil er Beatrices Schritte hörte. Als sie näher kam, konnte er sehen, dass sie ihre alte Blässe verloren hatte, obwohl sie unter den sonnengebräunten Bewohnern Washingtons noch immer als hellhäutig gelten würde. Ihre Haare waren so kurz geschnitten wie die eines Jungen.

Er wusste nicht, ob er mit einem Vorwurf beginnen würde oder mit Fragen, mit Anklagen oder mit der Erleichterung, sie am Leben und in Freiheit zu sehen. Aber sie legte eine Hand auf seine Wange und sagte leise:

»Neil, wenn ich dein Leben für dich leben könnte, glaub mir, ich würde es tun.«

Etwas in ihm löste sich, und er stellte fest, dass er in ihren Armen lag und weinte. Er küsste sie und schmeckte in dem Salz seiner Tränen ihre eigenen.

Die Stoßzeit, die den Metrobenutzern in Washington das Gefühl verschaffte, in Sardinendosen zu stecken, hatte zumindest den Vorzug, dass sie Neils Meinung nach eine Observierung so gut wie unmöglich machte. Beatrice fuhr mit ihm zu dem Motel, in dem sie abgestiegen war, und erzählte ihm in dieser Zeit das meiste von dem, was sich seit ihrer letzten Begegnung ereignet hatte. Er konnte ihre Stimme in dem allgemeinen Gewirr kaum ausmachen.

»Das Erdbeben«, sagte sie, »war für mich die erste und beste Gelegenheit, um aus dem Labor zu verschwinden.«

Sie schilderte ihm ihre Flucht, und er fragte sich, warum er bei all seinen Befürchtungen nie damit gerechnet hatte, dass Beatrice längst für Livion so unerreichbar geworden sein könnte wie für ihn.

»Mike ließ mich einen Monat lang als Mädchen für alles mitarbeiten, und danach brachte er mich mit seinem Flugzeug nach Seattle«, schloss sie.

»Woher wusstest du von Bens Tod und der Beerdigung?« fragte Neil.

»Seit ich in den unteren achtundvierzig bin, gehe ich wieder ins Netz, über die Internet-Cafés«, erwiderte sie. »Ich habe alle Websites nach Nachrichten über dich abgesucht.«

Der ebenso unlogische wie brennende Wunsch, ihr wehzutun, war plötzlich überwältigend.

»Oh, und ich dachte, du hättest eine Auftragsbestätigung für den Autounfall im Schreibtisch deines Vaters gefunden«, sagte Neil sardonisch. Sie schwieg während des Rests der Fahrt. Als sie vor dem Motel angekommen waren, sagte sie: »Komm mit.«

Die neutrale, pastellene Freundlichkeit ihres Hotelzimmers, die jedes störende Element aufzusaugen schien, stand im strikten Gegensatz zu dem heftigen Ausatmen, mit dem Beatrice die Tür hinter sich schloss.

»Also schön. Sprechen wir über meinen Vater. Er ist kein Heiliger, gut, aber du weißt ganz genau, dass er nichts mit dem zu tun hat, was deinem Jungen passiert ist, und du weißt auch, wie unlogisch diese AIDS-Theorie ist. Aber das war dir egal, als du ins Netz damit gegangen bist, und glaub mir, es sind jetzt noch überall illegale Downloads erhältlich. Die Karriere meines Vaters ist zerstört. Keine Universität würde ihn jetzt noch einstellen, kein Pharmakonzern finanzieren. Er kann Livion nicht mehr verlassen, selbst wenn er wollte, und sie werden ihm dort nie wieder vertrauen. Ich werde ihn nie wiedersehen können. Wenn du sein Leben ruinieren wolltest, bitte, das ist dir gelungen, und der Witz ist, der einzige Mensch, der wirklich ein Recht dazu gehabt hätte, bin ich. Aber bestimmt nicht du.«

Er klatschte in die Hände, einmal, zweimal, dreimal, und sie zuckte zusammen, als hätte er sie geohrfeigt.

»Was für ein wunderbares Plädoyer, Elektra. Und was kommt als Nächstes, die Verteidigungsrede für Warren Mears?«

Ihr Gesicht wurde steinern. »Du hast nicht die geringste Ahnung, was Warren getan hat«, sagte sie bitter. »Was meinst du, warum mein Vater auf einmal …« Sie rang nach Atem.

»Du brauchst jemanden, dem du die Schuld geben kannst«, sagte sie dann, ruhiger. »Jemanden, den du kennst, nicht eine anonyme Größe wie Armstrong. Das ist es doch, oder?«

Wieder verblüffte ihn die Einsicht, die sie gelegentlich in ihn hatte, ihre Fähigkeit, urplötzlich in seine Haut zu kriechen und die hässlichen vergifteten Venen bloßzulegen.

Beatrice trat näher. »Dann gib mir die Schuld«, flüsterte sie. »Du hast mich gefragt, ob es das Richtige wäre, ein Risiko mit dieser Drohung gegen deine Kinder einzugehen, und ich habe irgendetwas Allgemeines geantwortet. Wer weiß, wenn ich gesagt hätte, nein, auf keinen Fall, dann wärst du vielleicht früher zurückgeflogen. Wenn ich dich nicht gebeten hätte, überhaupt dieses zweite Mal nach Alaska zu kommen und zu bleiben, dann wäre das alles auch nicht passiert. Gib mir die Schuld. Das willst du doch, nicht wahr?«

Es lag kein Groll in ihren Worten, keine Verachtung, kein Trotz. Er verstand nicht, wie sie so klar sehen konnte und ihn nicht dafür verabscheute.

»Es tut mir …«

»Es muss dir nicht Leid tun. Morgen vielleicht, aber nicht jetzt.«

Sie legte eine Hand an seine Wange. »Ich habe auch an dir gezweifelt, weißt du. Bis mir klar wurde, warum du das alles getan hast, statt weiter zu warten. Nur um mir zu helfen. Nun hast du alles verloren, und siehst du, das ist meine Schuld.«

Ihre Arme schlangen sich um seinen Hals, und es war ihm, als zöge sie ihn aus dem Mahlstrom aus Schuld, Selbsthass und Rachewünschen in einen geheimen sicheren Kreis. Es war ein Ende und ein Beginn.

* * *

Die Schriftzüge auf dem grobkörnigen Papier, das auf dem wackligen Moteltisch lag, kräuselten sich hastig zu einer Botschaft, in der die gleiche Mischung aus Gewissheit und Wärme lag, wie sie auch die vergangene Nacht geboten hatte, eine Nacht, in der sie nichts anderes getan hatte, als ihn in den Armen zu halten, seine Trauer, seinen Zorn in sich aufzunehmen und für ihn da zu sein. Auf eigenartige Weise war ihr Zusammensein intimer gewesen als in den weißen Nächten in Alaska, obwohl keiner von ihnen beiden zu Sex imstande gewesen war.

Neil, schrieb sie, *es gibt noch eine Entscheidung, die ich treffen muss, und ich muss sie alleine treffen. Wenn du mich immer noch wiedersehen willst, dann triff mich in einem Monat in der Straße mit den Flamingos in Miami, von der du mir erzählt hast. Bei dem Albino-Flamingo ohne jede Farbe. Um 12 Uhr mittags, denn ist das nicht die beste Zeit?*

Ich weiß nicht genau, wie ich enden soll. Lange Zeit wusste ich nicht, was ich für dich fühle, aber jetzt weiß ich es. Und deswegen ist es eigentlich doch auch wieder leicht.

In Liebe,
Beatrice

Matt wirkte erleichtert, als er Neil sah; Neil wusste, dass Matt sich diesen Tag genau wie den letzten freigenommen und seit der Beerdigung auf ihn gewartet hatte. Auch Matt lagen tiefe Schatten um die Augen.

»Tut mir Leid«, sagte Neil.

»Vergiss es. Weißt du, ich habe genau die richtige Ablenkung für dich. Karten für die Washington Wizards gegen die L. A. Lakers.«

»Matt, mir ist jetzt nicht nach Basketball.«

»Doch«, sagte Matt drängend, und allmählich bemerkte Neil den Unterton. »So ein richtig schönes lautes Spiel, wo man vor lauter begeisterten Fans sein eigenes Wort nicht versteht und nur an den nächsten Korb und die blöden Schiris denkt. Das ist jetzt genau das Richtige für dich.«

Wenn ihm die vergangene Nacht nicht zumindest die Sorge um Beatrice genommen und das Herz etwas erleichtert hätte, wäre Neil wohl noch immer begriffsstutzig gewesen. Doch langsam begann sein Verstand wieder zu arbeiten.

»Wenn du meinst«, sagte er achselzuckend und nickte.

Bis das Spiel begann, sprach Matt über alles Mögliche, nur nicht über Ben oder die Umstände, die zu seinem Tod geführt hatten. Er erkundigte sich nach Lou und Owen, er erzählte von einem Interviewtermin mit Hillary Clinton, er redete von Shaquille O'Neal, Michael Jordan und Magic Johnson und schleppte Neil während all dieser betont harmlosen Gespräche zum Essen ausgerechnet in ein Fast Food Restaurant, wo ihn einige der Besucher erkannten und sich bedeutsame Blicke zuwarfen. Neil ließ sich in der Flut von Belanglosigkeiten treiben und klammerte sich an den Funken Hoffnung, der mit Beatrice in sein Leben zurückgekommen war, ohne das Bild des frischen Grabes darüber zu vergessen.

Die Fans hatten bereits begonnen, die Schiedsrichter auszupfeifen, als Matt, der laufend Popcorn in sich hineinstopfte, endlich zur Sache kam.

»Du musst verschwinden«, sagte er ohne Einleitung, und es fiel Neil nicht leicht, die Worte zu begreifen, die Matts unverwandt zur Spielfläche gerichtetem kauenden Mund entkamen.

»Ich habe Armstrong deine Botschaft ausgerichtet, aber das war ein Fehler. Du hast mehr als Armstrong auf dem Hals, Neil, und er allein hat dich schon so gründlich ruiniert, dass es schlimmer nicht werden kann. Aber jetzt fragt nicht nur er sich, ob du nicht wirklich noch etwas mehr weißt, sondern auch gewisse … andere Kreise. Und anders als Armstrong haben sie nichts dabei zu verlieren, wenn sie dich zum Märtyrer machen. Sie haben versucht, mich zu kaufen, weißt du. Aber wenn man gerade am Grab seines Patenkinds gestanden hat, dann verliert auch ein Angebot, das man nicht ablehnen kann, an Macht. Aber das wissen sie nicht, noch nicht. Sie haben mir drei Tage Zeit gegeben, um herauszufinden, was du noch in der Hand hast. Dann schlagen sie zu. Mach dir um Julie keine Sorgen; sie ist in Sicherheit. Geh nachher mit der Masse aus der Halle und tauch sofort unter.«

Neil spürte, wie ihm Matt etwas in die Hand presste, immer noch, ohne ihn anzuschauen.

»Nimm die Popcorntüte. Am Boden liegt ein Umschlag mit genug Geld, um dich für die nächste Zeit über Wasser zu halten.«

»Ich könnte …«

»Verschwinden. Nur das noch, Neil. Kein Mensch wird je wieder ein Zeile von dir drucken. Die Experten haben dich zu einer Witzfigur gemacht. Du bist finanziell am Boden, und deine Glaubwürdigkeit wird erst wiederhergestellt sein, wenn du tot bist. Willst du das?«

Es war eine wütende rhetorische Frage, doch Neil nahm sie ernst. Wenn Matt sie ihm gestern gestellt hätte, dann wäre es verführerisch einfach gewesen, den Tod als Ausweg aus der Hölle von Schuldgefühlen zu akzeptieren. Er hatte Ben verloren, und wenn sein eigenes Sterben sowohl sicherstellte, dass Julie nichts geschehen würde, als auch Livion einen Schlag versetzte, dann war dies nicht das schlimmste aller möglichen Enden. Aber jetzt gab es wieder jemanden, der auf ihn wartete. Beatrice. Für Beatrice lohnte es sich weiterzuleben.

»Danke«, sagte er einfach und spürte Matts Händedruck, ehe sie beide in das Getrampel der übrigen Zuschauer einfielen.

»Das ist wirklich außerhalb jeder Regel, Mr. LaHaye«, sagte die Oberin, die St. Agatha leitete, misstrauisch. Sie wusste, dass Julie ein Scheidungskind war, und hatte bereits einmal eine Entführung durch ein Elternteil erlebt; dafür wollte sie nicht verantwortlich sein.

»Ich habe nicht die Absicht, mit meiner Tochter zu verschwinden. Wenn es Sie beruhigt, dann werde ich sogar in diesem Zimmer mit ihr sprechen. Aber ich muss überraschend die Stadt verlassen, und ich will Julie vorher auf Wiedersehen sagen.«

Etwas besänftigt ließ sie Julie LaHaye zu sich rufen und versuchte in der Zwischenzeit, ein Gespräch mit Julies Vater anzuknüpfen. Sie erkannte einen Exkatholiken, wenn sie einem begegnete, und erwartete ressentimentgeladene Seitenhiebe, doch Mr. LaHaye blieb höflich, wenn auch distanziert. Als Julie eintrat und ihn sah, fing sie an zu zittern, was das Misstrauen der Oberin im Nu zurückbrachte.

»Dad? Was machst du …, ist Mom etwas passiert?«

Rasch stand er neben ihr und umarmte sie. »Nein, Schatz. Mom geht es gut. Tut mir Leid, dass ich dich so erschreckt habe, das wollte ich nicht.« Er strich über ihr Haar, das sie mittlerweile als Pferdeschwanz trug. »Ich muss wieder weg, das ist alles.«

»Aber du kommst wieder?«, fragte Julie.

»Ganz bestimmt. Ich weiß nur noch nicht, wann, aber ich komme zurück.«

Ein Mörder, den er vor seiner Hinrichtung interviewt hatte, hatte gesagt, wenn man untertauchen wolle, müsse man sich so auffällig wie möglich geben. Sich einen Irokesenschnitt zu verpassen, war ein guter Anfang. Der Frisör hatte gelacht, als er ihm von einer Wette erzählte. Der solide weiße Wohlstandsbürger Neil LaHaye musste verschwinden. In den heruntergekommenen Vorstädten, die für die Touristen nicht mehr interessant waren, gab es genügend Möglichkeiten, sich abgerissene Jeans, Halsketten und Stahlarmbänder zuzulegen.

»Was soll'n das werden, Mann?«, fragte der Junge, der sie ihm verkaufte. »Mad Max?«

»So was in der Richtung.«

»Sie sehn damit aber echt bescheuert aus.«

»Aber ich kriege einen Job als Extra. Die drehen zur Zeit *Stirb langsam IV: Showdown in Washington*.«

Sich in den Randbezirken von Washington wie ein Relikt der Punker aus den Siebzigern zu geben, war nicht risikolos. Hier wohnten hauptsächlich verarmte Schwarze, und Neil wusste, dass es ihm passieren konnte, mit einem Rechtsradikalen verwechselt zu werden. Aber Beatrice hatte ihm etwas Hoffnung zurückgegeben, und während des Gesprächs mit Matt hatte er angefangen, einen Plan zu entwickeln. In Miami, hatte sie geschrieben. In einem Monat. Gut. Wenn es ihr bis jetzt gelungen war, unentdeckt zu bleiben, mit ihrer mangelnden Erfahrung, dann würde er ebenfalls untertauchen können. Außerdem gab ihm Armstrongs Reaktion zu denken. Wenn Livion und die Firma sich ihrer Sache sicher wären, dann hätte sich niemand die Mühe gemacht, Matt auch nur länger als eine Sekunde zuzuhören. Sie mussten glauben, dass er tatsächlich noch etwas in der Hand hatte, sonst hätte sein Bluff nichts bewirkt. Das bedeutete, dass es etwas gab. Beweise, mehr Material, etwas jenseits von all dem, was er bereits veröffentlicht hatte, ganz gleich: aber was?

Ich habe etwas übersehen, dachte er. Ben, wenn ich es rechtzeitig gefunden hätte, dann wärst du vielleicht noch am Leben.

Das Leder des Armbands mit seinen Stahlspitzen schnitt in sein Fleisch. Er hatte es zu eng geschnürt, aber in diesem Moment hieß er den Schmerz willkommen.

Mit Matts Geld ließ sich noch weitaus mehr anfangen. Er brauchte nicht lange, bis er in einer Kneipe die Art Motorradfahrer fand, die er suchte. Zu jung, zu laut und viel zu angeberisch, um legal in den Besitz ihrer Maschinen gekommen zu sein.

»Sie sind ein Bulle«, sagte der Erste, den er in seinem besten Louisiana-Slang ansprach, und machte eine abschätzige Handbewegung. »So was riech ich doch gleich.«

»Ich bin der Kerl, der dir für deine geklaute Harley glatte zwei Riesen hinblättert«, entgegnete Neil ruhig.

»Klar doch. Und ich bin Dubyas Lieblingsneffe«, gab der junge Mann patzig zurück, doch Neil wusste, dass er sich nicht täuschte. Eine halbe Stunde später war er im Besitz einer Harley. Während er das Nummernschild abschraubte und es durch ein anderes ersetzte, erinnerte er sich daran, wie einer seiner Vettern ihm das als ersten Schritt empfohlen hatte. Handel mit gestohlenen Fahrzeugen war ein einträglicher Zeitvertreib für Jugendliche in Louisiana. Owen war später entsetzt gewesen.

Er hatte erst geplant, sich ein Auto zuzulegen. Aber mit einem Motorrad war er beweglicher. Vor allem entsprach es nicht dem, was erwartet wurde. Mit etwas Glück würden seine Verfolger davon ausgehen, dass er versuchte, sich nach Kanada oder nach Mexiko durchzuschlagen, auf alle

Fälle über die Grenze, und es von dort aus noch einmal mit dem Internet probieren würde! Und sie würden nach einem vierzigjährigen Durchschnittsbürger Ausschau halten, nicht nach einem auf jung getrimmten Altrocker auf einem Motorrad. Ein schwaches Lächeln stahl sich auf seine Lippen. Mit dem Helm wurde er noch anonymer. Sein frisch geschorener Schädel rieb sich an dem abgewetzten Leder. Ich bin noch nicht tot, dachte Neil. Ihr Mistkerle habt mir alles genommen, was ich hatte, aber ich bin noch nicht am Ende, und ich werde den Teufel tun und mich einfach von euch schlucken lassen.

Viel war es nicht, das er mit sich nahm, als er Washington hinter sich ließ. Ein Foto von Ben und Julie. Matts Geld. Das Bild von Bens Grab, das sich in ihn gebrannt hatte, das Gefühl von Julies Tränen auf seinem Gesicht und das Versprechen, Beatrice wiederzusehen.

Mit sehr viel mehr hatte er Louisiana einst nicht verlassen. Nein, das stimmte nicht. Damals hatte ihn die Hoffnung getragen, die Überzeugung, immer das Richtige zu tun, und die Gewissheit, die Welt erobern zu können. Das Gepäck der Jugend, das man irgendwann auf der Strecke verliert. Er wusste nicht, ob er es je wiederfinden konnte.

Die Interstate 95 nach Süden flog in einem Gemisch aus Autos, Trucks, Grün und Asphalt an ihm vorbei, mit Tankstellen und Fast Food Restaurants, die einander ähnelten wie ein Ei dem anderen. Der Fahrtwind sorgte dafür, dass wenig Gedanken übrig blieben, nur das Gefühl von Kälte und Geschwindigkeit; im Grunde war er dankbar für die Betäubung. Bei den ersten Streifenwagen, die an ihm vorbeifuhren, musste er sich noch zusammennehmen, seine Geschwindigkeit kontrollieren, aber keiner hielt ihn an. Er hatte Richmond bereits hinter sich gelassen und war zur Interstate 85 gewechselt, als die Tankuhr Reserve signalisierte.

Seine Knie waren steif, als er die Harley an der nächsten Tankstelle abstellte, um sie nachzufüllen, aber er versuchte, sich das nicht anmerken zu lassen. Er hatte sich längst eine Identität zurechtgelegt. Jim Brodie, auf der Rückreise in den Süden. Jim Brodie hatte noch nie von Neil LaHaye gehört, weil er so gut wie nie Nachrichten sah, und Zeitungen hatte er mindestens seit seiner Schulzeit nicht mehr gelesen. Jim Brodie hegte zwar das uramerikanische Misstrauen gegen zu viel Staatsgewalt, aber dem Rest der Welt misstraute er noch mehr. Der Rest der Welt bestand aus sinnlos daherschnatternden Ausländern, die kein Mensch verstehen konnte. Von der Pharmaindustrie wusste Jim Brodie ebenfalls nichts; er kannte höchstens die Markennamen von Kondomen. Jim hatte keine Kinder, jedenfalls keine, von denen er wusste; Jim hatte Freundinnen, aber keine Frauen, die er liebte. Jim war eingetragenes Mitglied bei der NRA, aber zu Wahlen ging er schon lange nicht mehr; das war ihm zu dumm, und außerdem hatte er die Wahlzettel nicht immer verstanden, damals, in jenen fernen Zeiten, als er sich noch die Mühe machte, zum Wahllokal zu marschieren. Jim wusste nicht, wie man Linguini buchstabierte und legte auch keinen Wert darauf, es zu lernen; schließlich gab es überall Sachen wie Hamburger, die man bestellen konnte und die jedem bekannt waren.

Jim hatte keine Kreditkarte, was ungewöhnlich war und das Bezahlen erschwerte, aber das lag daran, dass Jim nicht wollte, dass seine momentane Freundin von seinem Seitensprung erfuhr. Deswegen musste Jim bar bezahlen, erklärte er zwei Truckern, die mit ihm anstanden, während der koreanische Tankwart einem deutschen Touristen geduldig beibrachte, dass man zwar Visa nehme, aber nicht MasterCard.

»Weiber«, sagte einer der Trucker mitfühlend. »Meine Alte wird sich heut Abend auch ganz schön aufführen. Die Schwiegereltern sind da, verstehst du, aber ich komm heut nie rechtzeitig nach Haus, bei dem Zirkus heute auf den Straßen. Die glaubt garantiert, dass ich irgendwo 'ne Nummer schiebe.«

»Was für'n Zirkus?«

Der zweite Trucker meinte überrascht: »Na, die Kontrollen, Mann. So was hab ich noch nicht gesehen. Na ja, einmal schon, als sie nach dem Heckenschützen gesucht haben. Aber danach nicht mehr. Polente und Militär an allen Nordsüdverbindungen in Carolina.«

»Sollen sich sogar bis nach Tennessee aufgestellt haben«, warf sein Kollege ein. »Scheiße. Jean bringt mich um.«

»Mach ein Foto von den Staus, vielleicht glaubt sie dir dann!«, sagte sein Freund und lachte. »Ich hab vorhin über CB gehört, dass die Wartezeiten inzwischen bei zwei Stunden liegen.«

»Mensch, in die Richtung wollte ich heut auch noch«, gab Neil zurück, weil Jim Brodie sich so etwas nicht schweigend anhörte. »Hab ich mir ja einen tollen Tag ausgesucht.«

»Versuch's über die Landstraßen«, riet ihm der Trucker. »Da ist der Stau nicht ganz so lang. Außerdem, mit deiner Kiste kannst du ja vorbeiziehen, während unsereiner festsitzt.«

Es wurde Zeit, Matts Barschaft weiter zu verringern. Neil glaubte nicht mehr an Zufälle, und er hielt es für unwahrscheinlich, dass diesmal ein Serienmörder gesucht wurde. Der Vergleich beschäftigte ihn, während er nach South Hill zurückfuhr. Er erinnerte sich, seinerzeit aufgebracht zu Matt gesagt zu haben, wenn der Heckenschütze innerhalb der Hauptstadt um sich schießen würde, dann hätten die Toten keinen Menschen interessiert; es war die Wahl der gediegenen Vororte, die den Opfern die Aufmerksamkeit der Nachrichten sicherte.

»Klar«, hatte Matt zurückgegeben, »und wann hast du das letzte Mal über die Mordstatistik in der City berichtet?«

Jenseits solcher Auseinandersetzungen war der Heckenschütze, lange bevor sich herausstellte, dass es sich in Wirklichkeit um zwei Männer handelte, eine große Story gewesen, die jedoch Wochen gebraucht hatte, um sich dazu zu entwickeln und den großen Einsatz von Kontrollen und Überwachungen zu rechtfertigen. Neil kannte seine Polizisten. Ganz gleich, ob ehrlich oder korrupt, Einsätze dieser Größenordnung wurden gewöhnlich langfristig vorbereitet und nicht plötzlich angeordnet; jedenfalls nicht auf Geheiß eines Industriebosses, und sei er auch noch so mächtig. Gewisse Kreise, hatte Matt nach seinem Treffen mit Armstrong gesagt, aber die Geheimdienste hatten sich noch nie gut mit den Polizeikräften verstanden. Und Militär?

Vielleicht übertrieben die Trucker. Nur hielt er das für immer weniger wahrscheinlich.

In South Hill kaufte er sich in einem Elektronikladen ein CB-Funkgerät für Motorräder. Es dauerte nicht lange, und er stellte fest, dass die Berichte seiner Trucker von einem Dutzend Kollegen bestätigt wurden. Den Polizeifunk einzustellen, gelang Neil nicht. Das musste er sich noch zeigen lassen, aber nicht hier. Er ließ die Interstate hinter sich. Die

Landstraßen, auf denen er nun fuhr, waren in einem lausigen Zustand, dazu noch schlecht beschildert, aber das bedeutete hoffentlich, dass sie auch weniger überwacht wurden.

Die Dämmerung ließ die Felder rechts und links dichter und größer erscheinen, als sie wohl waren. Mittlerweile schmerzten ihn alle Glieder, die Straße verschwamm vor seinen Augen, und er beschloss, seine Reise für heute zu unterbrechen.

Neil hatte seit Jahren nicht mehr im Freien geschlafen; seit Somalia nicht mehr. Das war keine Erinnerung, auf die er im Augenblick wert legte. Die Leichen der Kindersoldaten mischten sich mit Bens regloser Hand in der seinen. Er versuchte, an etwas anderes zu denken, während er die Harley im Schutz eines Maisfelds abstellte und begann, ein paar Stauden abzubrechen, um sich einen Platz zum Schlafen zu schaffen. Louisiana, sagte er sich. Die Sümpfe. Du wirst dort sicher sein. Und später Miami. Beatrice, wenn sie ihre Entscheidung getroffen hat, worum es sich dabei auch immer handelt.

Aber alles, was ihm in den Sinn kam, war sein Versprechen an Ben, mit ihm und seiner Schwester nach Louisiana zu reisen. Die Gewissheit, Zeit dafür zu haben. Alle Zeit der Welt.

Neil starrte zu den Sternen empor und versuchte, die Bilder auszumachen, die ihm seine Mutter einmal gezeigt hatte. Die Luft, die ihn umgab, die warme, träge Luft des Südens, vertrieb die Kälte aus seinen Gliedern. Es war eine windstille Nacht; er hörte noch nicht einmal die Maisstauden rascheln.

Er registrierte die Flugzeuge, noch ehe er etwas sah, und da seine Gedanken immer noch um Somalia und Ben kreisten, dachte er eine Sekunde lang benommen, es würde sich um eine der Maschinen handeln, die Einsatztruppen ausflogen. Dann kehrte er in die Wirklichkeit zurück und kniff die Augen zusammen. Der Mond war noch zu zwei Dritteln sichtbar, und die Nacht war klar, also konnte er die dunklen Umrisse und das Feuer der Triebwerke am Himmel ausmachen. Zwei Düsenjäger, die im Abstand von etwa tausend Metern links von seinem Standort sehr tief flogen.

Okay, LaHaye, befahl er sich, nimm dich zusammen. Die Welt dreht sich nicht nur um dich. Die Wahrscheinlichkeit, dass die beiden da oben etwas mit dir zu tun haben, ist nicht besonders hoch. Wenn dir jemand gefolgt wäre, dann säßest du bereits fest, und wenn dir niemand gefolgt ist, dann kann auch niemand wissen, dass du in diesem Maisfeld liegst. Nimm dich zusammen und schlaf, bevor du noch die nächste Maus als CIA-Agenten einstufst.

Die Turbinen der Düsenjäger waren noch nicht ganz verklungen, als Neil zwei weitere ausmachte, die aus der gleichen Richtung wie die ersten beiden kamen, aber diesmal von der rechten Seite.

Es ist nicht Verfolgungswahn, teilte ihm seine innere Stimme mit, wenn sie wirklich hinter dir her sind.

Aber es ergab keinen Sinn. Hubschrauber, ja, Hubschrauber hätten mit Scheinwerfern die Gegend absuchen können. Düsenjäger, selbst tief fliegende Düsenjäger … Er versuchte sich zu erinnern, was ihm die Soldaten über solche Maschinen und Überwachung erzählt hatten. Das dritte Paar erschien schon am Firmament, als sein übermüdetes Gedächtnis ihm die Erklärung gab, nach der er suchte. Wärmekameras. Kameras, die ungewöhnliche Wärmequellen in freier Landschaft ausmachten. So fand man vermisste Soldaten, die sich nicht mehr melden konnten.

Er fluchte in die Nacht hinein, stand auf und startete das Motorrad. Durch die Dunkelheit zurück zur nächsten belebten Straße zu finden, während es ihm so vorkam, als blieben die Motorgeräusche der Flugzeuge ständig hinter ihm, kam ihm wie ein Spießrutenlauf mit verbundenen Augen vor. Sein Herz pochte, und der Pulsschlag in seinen Ohren übertönte bald die Echos der Motoren.

Als er an der Hauptstraße abbiegen musste, gestattete sich Neil einen Blick zurück und stellte fest, dass inzwischen tatsächlich Hubschrauber die Düsenjäger abgelöst hatten. Er bildete sich sogar ein, Umrisse von Fallschirmspringern zu erkennen, doch er blieb nicht lange genug stehen, um seiner Sache sicher zu sein.

Erst als er wieder auf dem Highway war, wurde er etwas ruhiger. Er war noch immer zu ausgepumpt und erschöpft, um lange weiterzufahren; zumindest einen Kaffee brauchte er. Auf dem Parkplatz der nächsten Kneipe stand neben zahlreichen Trucks auch ein Streifenwagen. Weiterfahren?, fragte sich Neil. Nein. Jim Brodie brauchte einen einzelnen Streifenwagen nicht zu fürchten; er war nur einer von vielen.

Die abgestandene Luft der Kneipe schlug Neil voll entgegen, als er die Tür öffnete. Niemand schaute auch nur auf; die meisten der nächtlichen Gäste konzentrierten sich auf den Fernseher, der die Baseball-Ergebnisse brachte.

»Wenn die Scheiß-Yankees wieder gewonnen haben, lege ich den Umpire persönlich um«, knurrte einer von ihnen. Nach dem beifälligen Gemurmel zu urteilen, befanden sich hier keine Yankee-Fans. Er setzte sich zu ihnen an die Theke, blickte ebenfalls zum Fernseher und stellte fest, dass er noch nicht einmal hätte sagen können, wer das Basketball-Spiel zwischen den Wizards und den Lakers gewonnen hatte, zu dem er mit Matt gegangen war. Heute. War das wirklich erst heute gewesen, oder schon gestern?

Eine Kellnerin, die für die Uhrzeit noch erstaunlich frisch aussah, als habe sie gerade erst ihren Lippenstift nachgezogen und das Gesicht gepudert, nahm seine Bestellung auf. Nur an den dunklen Schweißflecken unter ihren Armen sah man, dass sie schon länger Dienst haben musste.

»Viel los heute, Charlene?«, erkundigte sich Neil mit schleppender Stimme, nachdem er das blaue Namensschildchen an ihrer Brust entziffert hatte.

»Kann man wohl sagen«, entgegnete sie mit professioneller Höflichkeit, aber Biker mit Irokesenschnitt waren wohl nicht ihr Fall; sie war nicht zu einem Geplauder aufgelegt. Zumindest nicht mit ihm. Neil entschied, dass Jim Brodie nicht merkte, wenn man ihn abblitzen ließ, und als Neil LaHaye war ihm die Reaktion der Kellnerin nur recht. Seine Aufmachung erzielte die gewünschte Wirkung, und das zählte. Er widmete sich den Nachrichten.

Die Baseball-Berichte wurden von einer Werbepause abgelöst, und Neil fragte sich, ob Jim Brodie der Typ war, der seinen Freundinnen Geräte zur Beinrasur schenkte oder vegetarische Pizzas mit Spielzeugbeilage aß, bis ihn ein Werbespot, der ihm vage bekannt vorkam, aus seinem erschöpften Amüsement riss. Ein kleines, blond gelocktes Mädchen, das aussah wie ein Rauschgoldengel, blickte in die Kamera, während ein Sprecher erklärte, dies sei Lisa, die unter der Addison'schen Krankheit leide, aber mit Hilfe von therapeutischem Klonen gerettet werden könnte.

»Gebt mir eine Chance«, piepste Lisa, und das Logo von Livion erschien im Hintergrund.

»Mann, so stabil ist die Theke auch wieder nicht«, sagte die Stimme der Kellnerin, und Neil stellte fest, dass sich seine Hand um das Holz des Tresens gekrallt hatte. Er löste seine Finger, und sie stellte den Kaffee vor ihn.

»Donuts gibt es keine mehr«, fuhr sie fort, »die sind aus, weil wir gerade eine Großbestellung laufen haben. Aber hey, wenn Sie was Süßes wollen, ein Stück Kirschkuchen ist noch da.«

»Aber immer«, erwiderte Neil mit Jim Brodies breitem Tonfall und zwang sich zu einem Grinsen.

»Vorsicht, der Kaffee ist noch …« begann sie, doch er hatte schon die Tasse in der Hand und trank, ehe sie enden konnte, »sehr heiß.«

Damit hatte sie Recht. Wenn schon keine Dusche mit kaltem Wasser da war – das taube Gefühl eines verbrannten Mundes brachte ihn auf der Stelle wieder zu sich. Charlene verschwand, und er blickte wieder auf den Flimmerkasten. Inzwischen waren die Nachrichten an der Reihe. Der Bildschirm, dessen Farbqualität zu wünschen übrig ließ, zeigte in schlierigen Bildern zwei Phantomzeichnungen, die so unbestimmt waren, als hätte ein Zeichenschüler sich zum ersten Mal daran versucht, während die sachliche Stimme der Sprecherin von einem gefährlichen, unter Terrorismusverdacht stehenden Paar aus Washington, D. C., berichtete, das noch immer nicht gefasst sei. Die Kameraeinstellung wechselte zu Interstate-Kontrollen und Helikoptern, während ein vor Ort interviewter Polizeibeamter bestätigte, die Fahndung laufe auf Hochtouren; man vermute das vermutlich bewaffnete Paar auf dem Weg nach Süden.

»Wie Bonnie und Clyde, Chief?«

»Es kann sein, dass sie sich inzwischen getrennt haben.«

»Wie läuft die Kooperation mit dem FBI? Da das Paar in North Carolina vermutet wird, ist die Bundespolizei doch zuständig.«

»Hier weiß jeder, was er zu tun hat.«

Neil hörte das Prusten einer Frau aus Richtung der Bar. Er drehte sich zur Theke um und stellte fest, dass die beiden Männer, die dort lehnten und wie er Kaffee tranken, Polizeiuniform trugen. Natürlich. Die Leute aus dem Streifenwagen vor der Kneipe. Die Müdigkeit musste ihm schon sehr zugesetzt haben, dass er sie jetzt erst wahrnahm. Das Auflachen war von Charlene gekommen.

»Na, das wär ja das erste Mal«, sagte sie zu den beiden, »dass einer von euch weiß, was er zu tun hat.«

»Hey, heißt das, dass du uns nicht für die Besten der Besten hältst, Charlene?«, fragte der Jüngere der beiden und lehnte sich vor. Sein Kollege fügte in einem ähnlich neckenden Tonfall hinzu: »Und wir dachten, du lässt uns auf unsere Sandwiches warten, weil du uns so gern hier hast?«

»Ihr seid schon echte Augenweiden, ihr zwei«, gab sie kopfschüttelnd zurück. »Mensch, ihr habt mir schon die Donuts weggekauft, aber so viel Sandwiches, wie ihr bestellt habt, die müssen erst noch gemacht werden. Wie viel von euch sind eigentlich heute Nacht noch im Einsatz?«

»Zu viele«, erwiderte der Ältere mit einer leichten Grimasse. »Gott, das erinnert mich an meine Zeit in der Ausbildung.«

Charlene machte ein spöttisches Gesicht und stützte ihr Kinn in ihren Handflächen ab.

»Sind das wenigstens echte Terroristen oder wieder so ein paar Spinner wie die Jungs, die ihr letzte Woche in Lincoln verhaftet habt, weil sie mit irgendwelchen Spraydosen durch die Gegend gezogen sind?«

Die beiden Polizisten wechselten einen Blick.

»Gebt's zu, Jungs, ihr habt die Sache vermurkst, und deswegen schicken sie diesmal Verstärkung.«

»Hey!«, protestierte der Jüngere, dann besann er sich eines Besseren. Verschwörerisch und sichtlich bemüht, Charlene zu beeindrucken, raunte er: »Ich glaube, das sind die Terroristen, die man im Zusammenhang mit diesen komischen Krankheitsfällen in den letzten Tagen sucht, die von überall her gemeldet werden. Wenn du mich fragst, dann ist das wieder so ein Leerlauf wie die Anthrax-Geschichte, aber die Heinis an der Spitze wollen halt jede Panik vermeiden, also bleibt das unter uns, ja?« Er versuchte sich an einem einschmeichelnden Lächeln. »Wann ist eigentlich deine Schicht zu Ende, Charlene?«

»Garantiert vor deiner«, antwortete sie, aber sie lächelte. »Wenn die andern Kollegen nicht euer Terroristenpärchen schon gefasst haben, während ihr hier auf Donuts und Sandwiches wartet.«

»Na, bekommen werden wir die auf jeden Fall«, sagte der ältere Polizist und beugte sich ein wenig näher zu ihr. »Ignorier Wallie, Charlene, du brauchst einen Mann mit Erfahrung.«

»Hey!«, wiederholte der Jüngere und versetzte seinem Kollegen einen Rippenstoß.

»Ich brauche Ruhe«, erklärte Charlene kategorisch, »nach Feierabend. So viel, wie heute wegen all der Staus hier los war, gab's ja lange nicht mehr. Aber ihr zwei, ihr scheint jetzt schon auf lau zu machen, wie? Wie kommt man eigentlich im Großeinsatz dazu, nach Sandwiches und Donuts losgeschickt zu werden?«

Der jüngere Mann grinste. »Man hat Glück. Außerdem, die anderen Jungs sind solche Helden, die brauchen ja noch nicht mal pissen, geschweige denn essen.«

»Welche andern Jungs?«

»Okay«, meinte der Ältere, »weil du's bist, Täubchen. Das ist wirklich eine heiße Sache, keine Übung. Ganz ehrlich, um was es genau geht, kann ich dir nicht sagen, aber es hat uns jede Menge Ausflügler von Fort Bragg eingebracht.«

Sie runzelte die Stirn. »Von Fort Bragg? Wie meinst du das, Les? Ich dachte, das FBI ...«

»Vergiss das mit dem FBI«, fiel der Jüngere, der offenbar von seinem Kollegen nicht übertrumpft werden wollte, ihr ins Wort. »Das geht weit über das FBI hinaus. Irgend so ein Dreckschwanz hat was ganz gewaltig am Dampfen, egal, ob das nun mit den Krankheitsfällen zu tun hat oder nicht, und dann versucht der Trottel, ausgerechnet über North Carolina zu türmen. Na, ein besseres Geschenk hätte er der Delta Force gar nicht machen können. Wo ihre Zentrale in Fort Bragg gleich hier um die Ecke liegt. Wenn die erst mal ihre Manöver abziehen, dann kommt kein Schwein mehr durch, das kann ich dir sagen.«

Delta Force. Neil trank einen weiteren Schluck Kaffee, um sich zu vergewissern, dass er wach war. Natürlich wusste er, dass Elite-Einheiten für verdeckte Operationen der Armee in Fort Bragg stationiert waren, doch er hatte nie geglaubt, dass Armstrong oder die CIA seinetwegen zu solchen auffälligen Extremen greifen würden. Ein Teil des Puzzles fehlte ihm immer noch. Die Scharade mit den Terroristen ohne namentliche Identifizierung konnte er zur Not noch verstehen; da Beatrice offiziell nicht existierte und er offiziell nur ein paranoider Lügner war, konnte man sie nicht unter ihren wahren Identitäten suchen. Aber warum dieser gewaltige Aufwand, wenn man ihn in den letzten Wochen jederzeit und ganz umkompliziert am

Krankenbett seines Sohnes hätte verhaften können? Oder direkt nach der Beerdigung, wenn es darum ging, Deirdre und damit den Senator nicht mit hineinzuziehen?

Nach der Beerdigung. Als er Beatrice wiedergesehen hatte. Denk logisch, sagte sich Neil, während er mit einem halben Ohr weiterhin den Polizisten dabei zuhörte, wie sie mit Charlene flirteten.

Die einzige Antwort war, dass man von dem Kontakt mit Beatrice nach der Beerdigung überrascht worden war. Vielleicht gab es keine klaren Befehle, sie sofort zu verhaften, und bis das sich änderte, hatten sie die Beobachter in der U-Bahn abgehängt. Oder man hatte, genau wie er selbst, aufgehört, an ein Wiedersehen mit Beatrice zu glauben, und die Bewachung war mehr eine Formalie gewesen. Doch dann tauchte sie wieder auf, und gleichzeitig überbrachte Matt Mr. President seine Botschaft. Seinen Bluff. Die Lage änderte sich.

Schluss mit dem vagen Verdacht; jetzt waren sie sich sicher, dass Beatrice mir Material übergeben hat, und sie wollen es wiederhaben. Aber Material worüber? Ich habe alle meine Theorien veröffentlicht.

»… ich meine, groß, dunkles Haar, um die vierzig, was für eine Beschreibung ist das? Man möchte meinen, mit all dem Hightech, die die haben, können die uns mehr liefern. Aber wenn du mich fragst, die wollen gar nicht, dass wir den Kerl in die Finger kriegen, die machen das nur, damit sie später sagen können, die örtlichen Kräfte sind ordnungsgemäß in den Einsatz mit einbezogen worden. Und dann steht so ein Typ hinter einem, als wär's ein Roboter, und schaut einem bei jedem angehaltenen Wagen über die Schulter.«

»Besser, als einem auf den Busen zu schielen«, konterte Charlene, wandte sich ab und steckte den Kopf in die

Zwischentür zur Küche. »Ist der Karton für Les und Wallie bald fertig, Ernie? Die lassen sich hier sonst noch häuslich nieder!«

»Gleich«, schallte es zurück, und Charlene seufzte.

»Du bist hartherzig, Charlene«, sagte der Ältere. »So ein hübsches Gesicht und so barsche Worte. Sei doch etwas netter zu deinem Freund und Helfer …«

Neil winkte ihr, und sie kam zu ihm.

»Zahlen?«

Er nickte und gab ihr das Geld für den Kaffee und das Stück Kirschkuchen. Als die Blicke der Polizisten, die Charlene gefolgt waren, ihn streiften, rülpste er laut. Es wirkte. Den Mienen der beiden nach zu schließen, waren sie nur daran interessiert, ihren Flirt mit der jungen Frau fortzusetzen, und nicht an dem Rüpel, den sie bediente.

Als er draußen den CB-Funk wieder einschaltete, hörte er, dass die Trucker immer noch über die Staus und die Kontrollen fluchten, was das Zeug hielt. Nach einer Weile aufmerksamen Lauschens war er sicher, dass die Kontrollen sich im Wesentlichen auf die südliche Richtung konzentrierten.

Er hatte sein Ziel niemandem verraten. Es gab zwei Möglichkeiten: entweder wussten sie, woher auch immer, dass Beatrice ihn in Miami wiedersehen wollte, oder man hatte sich die Mühe gemacht, ein psychologisches Profil von ihm zu erarbeiten, und die Schlussfolgerung gezogen, dass er nach Süden fliehen würde, nicht nach Kanada oder in den Westen. Der gesunde Menschenverstand verlangte eigentlich, die Vorstellung von Louisiana jetzt fallen zu lassen und ein anderes Ziel zu suchen. Aber war es nicht genau das, was sie von ihm vermuten würden, wenn ihnen erst einmal klar war, was er sich zusammengereimt hatte?

»Jungs, ich habe gute Neuigkeiten. Die Staatsstraße 220 nach Süden ist noch frei«, sagte einer der Trucker und riss ihn aus seinen Grübeleien.

Mach den übernächsten Schritt später, befahl er sich. Jetzt erst den ersten und zweiten Schritt. Die 220 war noch frei? Das passte nicht ins Bild. Er kauerte neben seiner Harley, hielt den Helm in den Händen und versenkte sich erneut in den Funkverkehr.

»Häh? Frei? Seit wann?«

»Bist du sicher?«

»Mensch, das ist ja ein Glück!«

»Leute, vergesst es. Das muss eben ein Schneemann gewesen sein. Ich war auf der 220, hab alles probiert, und es gibt kein Loch. Mensch, ich stehe hier immer noch und warte darauf, dass die mich endlich weiterfahren lassen.«

Nach Westen, beschloss Neil. Bis zum Mississippi. Aber erst wieder nach Norden. Wenn ich erst aus diesem elenden Staat heraus bin, vielleicht ein paar Stunden Schlaf. Danach wird mir hoffentlich klar, warum Armstrongs Freunde gewillt sind, sich derart zu exponieren für jemanden, dessen Glaubwürdigkeit sie gerade mit großem Aufwand ruiniert haben.

Ben, dachte er, Ben, wenn sie sich derart viel Mühe machen, dann kann ich sie auch noch treffen. Irgendwie kann ich es den Dreckskerlen, die dich auf dem Gewissen haben, heimzahlen. Ich muss nur noch herausfinden, wie.

* * *

Die Einladung auf die Yacht von James T. Armstrong war für Nick Ewing, den Mann, der Neil in Alaska verhört hatte, so etwas wie ein lang gehegter Traum. Die Begegnung mit einem seiner Helden, dem Verteidigungsminister, den der Colonel und Nick unter sich *Das Ass* getauft hatten, in Anspielung auf dessen an ein Kartenspiel erinnernden Namen, hatte er sich noch mehr gewünscht. Nun jedoch, da beide Wünsche sich an einem Tag erfüllten, fand Nick, dass selbst ein Einsatz in einem afghanischen Bergnest vorzuziehen gewesen wäre.

Die Stimmung in dem kleinen Konferenzzimmer auf der Yacht war gereizt. Armstrong war nicht glücklich, und da keine unerwünschten Zeugen anwesend waren, sah er keinen Grund dazu, dies zu verbergen. Verglichen mit dem glimmenden Zorn, der von dem Minister eingesetzt wurde wie eine Peitsche, verblich seine Unzufriedenheit jedoch zur bloßen Laune.

»Was zum Teufel ist da schief gelaufen?«, stieß das Ass hervor und wehrte erbittert ab, als ihm Mr. President nachschenken wollte. »Da sind wir nun endlich die Kontrolle durch die Weichlinge aus dem Kongress los und müssen diese Heinis nicht mehr wegen jedes Fliegenschisses um Erlaubnis fragen, und dann kommen zwei Zivilisten und spielen mit uns Steve McQueen. Der Schriftverkehr wurde überwacht, die Telefone abgehört, und trotzdem wissen wir bis heute nicht, was die haben – West, was zum Kuckuck brauchten Sie denn noch?«

Nicks Vorgesetzter verzog keine Miene, sondern blickte starr geradeaus. Da es Nicks Operation gewesen war, wusste er nicht, ob er nicht anstelle des Colonels antworten sollte, doch die Frage war an West gerichtet gewesen, und das Ass war unerbittlich, was die Einhaltung der Befehlshierarchie anging. Über den zwanglosen Umgang innerhalb der früheren Administration und ihr Unvermögen, Sinn für das Militär und seine Formen zu entwickeln, konnte sich der Minister noch heute ereifern, genauso wie über die dringende Notwendigkeit, auch die CIA und das FBI vor lästigen Rechenschaftsberichten an die Adresse des Kongresses zu retten. Nervös befeuchtete Nick seine Lippen; als der Colonel endlich das Wort ergriff, gestattete er sich ein erleichtertes Ausatmen.

»Sir, bis zu dem Moment, wo sich herausstellte, dass er unser Handy in einem anderen Boot platziert hatte, konnten wir davon ausgehen, dass er keinen Verdacht geschöpft hatte. Danach gab es keine Abstimmung zwischen den beiden über ein für uns verwertbares Medium mehr. Das Auftauchen der Frau bei der Beerdigung erfolgte ohne jede vorherige Vereinbarung, das kann ich beschwören.«

Der Mann an Armstrongs linker Seite, den Nick mit seinem Bäuchlein, der zusammengesackten Körperhaltung und der teuren Armani-Weste als einen weiteren Großunternehmer in diesem Kreis einordnete, der nie eine Kaserne von innen gesehen haben konnte, mischte sich ein.

»Was weiß man überhaupt, hat die Frau irgendwelche Beweise mitnehmen können? Mir wurde versichert«, nervös glitten seine Augen von dem Ass zu West und zurück zu Armstrong, »dass Unterlagen über unsere Verbindung mit äußerster Diskretion behandelt werden.«

»West?«, hakte das Ass nach, immer noch ein Donnergrollen in der Stimme.

»Nein, Sir. Die Frau ist eine Spitzenkraft im Computerbereich. Sie hat Programme installieren können, die unentdeckt blieben, bis Spezialisten der NSA sämtliche laborinternen Computer überprüften, aber eine Indiskretion konnte weder endgültig nachgewiesen noch für unmöglich befunden werden. Wenn Livion uns früher hinzugezogen hätte«, setzte er hinzu, ohne in Mr. Presidents Richtung zu schauen, »wäre die Sachlage klarer, aber man zog es ja vor, den Journalisten laufen zu lassen und seinen Sohn zu eliminieren, statt umgekehrt.«

Nick hatte nie darüber nachgedacht, wie sehr der Colonel es hassen musste, sich einem Zivilisten wie Armstrong unterzuordnen; für West war dieser letzte Seitenhieb ein außergewöhnlicher Gefühlsausbruch. Mr. President holte empört Luft.

»Derartige Anweisungen sind von unserer Seite nie erteilt worden«, erklärte er hart. »Im Übrigen haben sich meine Sicherheitsleute immer mit dem Personal abgestimmt, das uns Colonel West zur Verfügung stellte. Zweifel am System wurden dabei nie geäußert.« Seine Mundwinkel verzogen sich, doch dem Ausdruck der Augen fehlte jede Heiterkeit. »Da die Störsender hier an Bord, die uns selbst vor Indiskretionen schützen, die gleichen sind wie die in meinem Büro und in dem meiner führenden Wissenschaftler, können Sie sehen, welches Vertrauen ich in das Material habe, das mir Colonel West zur Verfügung stellt.«

Er trank einen Schluck, und Nick wurde bewusst, dass ihm und dem Colonel im Gegensatz zu den übrigen Anwesenden keine Getränke angeboten worden waren.

»Wenn hier jemand Grund zur Klage hat«, fuhr Mr. President fort, »dann doch wohl ich. Der Börsenwert von Livion ist um siebenundzwanzig Prozent gefallen, seit diese Affäre begann. Es geht um Milliarden, meine Herren, keine Peanuts. Und das verdanken wir nur diesem Drecksschmierer. Gut, der kann jetzt keinen Furz mehr lassen, ohne dass jeder ›Lügner‹ schreit, aber das liegt daran, dass Livion kühlen Kopf bewahrt hat. Wir haben unser Stammzellenprogramm riskiert und die Aufmerksamkeit der Öffentlichkeit absichtlich darauf gelenkt, um das Projekt

Pandora zu schützen. Dafür erwarte ich aber eine gewisse Kompensation.«

In den drei Tagen, die Nick darauf verwendet hatte, LaHaye zu verhören, hatte der Schriftsteller durch keine Äußerung erkennen lassen, dass er über Pandora informiert war oder die Zusammenhänge zwischen den Unterlagen, die von der nationalen Gesundheitsdatenbank aus dem Homeland-Programm Mears zur Verfügung gestellt wurden, und der Entwicklung offensiver Biowaffen gegen einzelne ethnische Gruppen begriff. Andererseits war Nick klar, dass LaHaye ihm nicht eine Sekunde lang vertraut hatte; es mochte durchaus sein, dass der Schreiberling genügend Selbstbeherrschung aufgebracht hatte, um sich nichts anmerken zu lassen. Man hatte ihm vor allem deswegen seinen Telefonanruf gestattet, weil Nick hoffte, LaHaye würde diese erste Chance zur Kommunikation mit der Außenwelt dazu nutzen, um seine wichtigsten Informationen an den Mann zu bringen, aber nichts dergleichen geschah. Immerhin war es beruhigend, dass er den Journalisten Pryce angerufen hatte; der Colonel wurde den Verdacht nicht los, LaHaye könnte über seine Exfrau in Verbindung mit Senator Cunningham stehen und für diesen spionieren.

Das Ass räusperte sich. »Wir sind hier doch nicht, um zu schachern«, sagte er missbilligend. »Jim, Sie wissen genau, dass der Präsident sich nie kleinlich gezeigt hat, wenn es um die Verteidigung der Nation ging. Schließlich habe ich nicht gezögert, Ihnen für das Projekt Pandora fast eine Milliarde aus unserem Budget zur Verfügung zu stellen. Mir und jedem wahren Patrioten hier geht es darum, die Größe Amerikas zu festigen und die Gegner des amerikanischen Traums in die Schranken zu weisen.«

»Selbstverständlich«, murmelte Mr. President.

»Wie ist der Kenntnisstand von Mears? Wenn die Frau Informationen hat sichern können, dann doch wohl durch seine Aufzeichnungen, und ich will hoffen, dass er immer noch glaubt, dass es gegen die Araber geht.« Er schnaubte verächtlich. »Als ob die Araber je für Amerika eine ernst zu nehmende Gefahr darstellen könnten. Der wahre Feind sitzt in Asien.«

Die Frage war diesmal nicht an eine bestimmte Person gerichtet gewesen. Der Colonel machte eine kaum wahrnehmbare Kopfbewegung, die Nick durch die jahrelange Vertrautheit sofort als Aufforderung zum Sprechen identifizierte. Als er den Mund öffnete, stellte er innerlich erleichtert fest, dass seine Stimme sachlich und gelassen klang.

»Was Mears betrifft, so gibt es in seinen Unterlagen nur zwei Hinweise, die überhaupt relevant sind. Erstens hatte er die Genehmigung und die Codewörter, um seine Berechnungen in Los Alamos durchführen zu lassen, und zweitens stehen ihm die Passwörter zur Verfügung, um bei Leaders und der nationalen Gesundheitsdatenbank alle Daten abzurufen, was privaten Unternehmen sonst nicht gestattet ist. Natürlich sind all diese Codes inzwischen geändert worden.«

Armstrongs Unternehmerfreund verstand offenbar etwas von Computern und von Sicherheit, denn er wirkte keineswegs beruhigt, sondern verstört, und griff nach der Whiskeykaraffe. »Wenn er seine Anfragen so formuliert hat, dass seine Zielrichtung klar erkennbar ist, und diese Frau Kopien davon gemacht hat, dann dürfte das als Beweis reichen. Es fehlt nur noch, dass man nachweisen kann, wer ihm die Passwörter gegeben hat.«

»Das ging über die P2oG, Sir«, entgegnete Colonel West, ehe Nick etwas sagen konnte. »Da die P2oG beim National Security Council angesiedelt ist und damit der ausschließlichen Kontrolle des US Special Operations Command untersteht, bin ich bereit, die völlige Verantwortung zu übernehmen, sollte je ein Zusammenhang hergestellt werden.«

Die Bewunderung, die Nick für seinen Vorgesetzten empfand, vertiefte sich, und stolz bemerkte er, wie das Ass beifällig nickte.

»Sie sind ein Patriot, Colonel«, sagte er und wandte sich an Mr. President. »Jim, ich will doch hoffen, dass ein solches Opfer entsprechend honoriert wird?«

Mr. President zwang sich zu einem Lächeln, obwohl Nick argwöhnte, dass die Abneigung zwischen ihm und dem Colonel beiderseitig und unüberbrückbar war.

»Gute Leute kann mein Konzern immer gebrauchen.«

»Das ist ein Versprechen«, beharrte das Ass und seine Stirn legte sich in Falten. »Ich will nicht, dass ein guter Mann wie der Colonel schlechter behandelt wird als irgendwelche Beamte, die Ihnen fette Aufträge verschafft haben und sich nach ihrem Ausscheiden dafür ihre besten Jahre in Ihrer Firma versüßen konnten. Tapferkeit und Gesinnung ist mehr wert als Gefälligkeiten.«

Armstrong nickte, und Nick hoffte, dass ihr Ass noch lange im Amt bleiben würde. Er respektierte den Reichtum von Mr. President, aber nicht den Mann, und hielt es durchaus für denkbar, dass dieser bei einem Regierungswechsel gewisse Versprechen geflissentlich vergaß. Das Ass hatte Recht: Colonel West hatte Besseres verdient.

»Damit wäre diese Angelegenheit geklärt«, konstatierte der Minister zufrieden.

»Haben Sie eigentlich mit, äh, Ihrem Chef über Pandora gesprochen?«, fragte der Unternehmer an Armstrongs Seite.

Die Stirn des Asses umwölkte sich erneut. »Die Frage ist doch wohl nicht ernst gemeint«, zischte er. »Wenn der Präsident das wüsste und es je ein Sicherheitsleck gäbe, wären wir alle schneller in der Opposition, als Sie furzen können. Außerdem haben wir genügend Farbige in der Regierung, denen ich glatt zutrauen würde, so was an die New York Times oder an diese Dauerschwätzer in der UNO weiterzuleiten.«

Nick musste sich zusammennehmen, um nicht zu West zu blicken. Sie wussten beide genau, auf wen das Ass anspielte. Es war ein Jammer, dass es selbst innerhalb der Armee Menschen gab, die nicht begriffen, was man Amerika schuldete.

»Diese Nation«, sagte das Ass etwas ruhiger, »hat schon viel zu lange darunter gelitten, dass bei der Planung ihrer Verteidigung immer nur an die Kriege von gestern gedacht wurde, und an die Gegner von gestern. Nicht mehr länger, meine Herren. Politik ist nur die Fortsetzung des Kriegs mit anderen Mitteln. Wir, wir planen für die Kriege und Gegner von morgen und übermorgen. Wenn es dabei zu ein paar Betriebsunfällen kommt, nun …« Er ließ den Satz ausklingen und zuckte die Achseln.

* * *

Mit einem Anhalter unterwegs zu sein, hatte seine Nachteile, aber Neil war sich trotzdem sicher, die richtige Entscheidung getroffen zu haben. Da er nicht wusste, was die Wärmekameras aufgezeichnet hatten, war ein Wechseln seines Fahrzeugs ein logischer Schritt gewesen. Das Auto, mit dem er mittlerweile unterwegs war, hatte der vorherige Besitzer fröhlich als »Scheißdreck auf Rädern« bezeichnet; die grünliche Farbe blätterte ab, und der Dreck auf den Fensterscheiben war so dick, dass er einen Schwamm an der Tankstelle ruinierte, um halbwegs freie Sicht zu bekommen. Aber er konnte den Wagen problemlos gegen die Harley tauschen, ohne weitere Fragen.

»Äh, Mr. Brodie«, sagte der Anhalter, den er mitgenommen hatte, ein aknebeladener kleiner College-Student, der ihn immer noch nervös beäugte, aber offenbar gewillt war, mit dem Risiko zu leben, es mit einem potenziellen Axtmörder zu tun zu haben, »Sir, ich glaube, nach Louisville über die 64 hätten wir die letzte Ausfahrt nehmen müssen.«

Er tippte auf die Karte, die Neil sich besorgt hatte und die er in der Hand hielt. Neil warf einen flüchtigen Blick darauf und fluchte. Der Anhalter zuckte zusammen.

»Kommt davon, wenn man zu lange am Steuer sitzt«, sagte Neil resignierend.

»Also ... ich könnte ... ich kann auch Auto fahren, Mr. Brodie.«

Darum hatte Neil ihn mitgenommen, aber er tat so, als sei ihm die Idee neu.

»Jonathan, mein Junge, ist das dein Ernst?«

Jonathan Levinson erwies sich als ein passabler Autofahrer; der Junge fuhr weder zu langsam noch zu schnell, und das war alles, was Neil von ihm verlangte. Dafür nahm er einen nicht enden wollenden Redestrom in Kauf. Selbst am Steuer zu sitzen, hatte bei Jonathan offenbar alle Schleusentore geöffnet. Er erzählte von seiner Heimatstadt in Kalifornien, sämtlichen Schulkameraden, die er je gehabt hatte, und den Großeltern, die er in Missouri besuchen wollte, bis Neil das Gefühl hatte, selbst den Namen von Jonathans Schuldirektor auswendig zu wissen.

»... und einmal bin ich sogar mit der Ballkönigin ausgegangen!«

»Wenn du es sagst«, murmelte Neil und versuchte sich darauf zu konzentrieren, sein fehlendes Puzzle-Teilchen zu finden.

»Das war natürlich, bevor mir alles klar wurde. Eigentlich hätte ich es schon wissen müssen, als Larry starb. Larry war früher echt fies zu mir, aber nachdem er sich geoutet hatte, da war er echt in Ordnung. Das hätte ich auch schon längst tun sollen.«

Offenbar fasste er Neils undefinierbares Brummen als Frage auf.

»Ich, äh, bin nämlich, also ich glaube, Mr. Brodie, ich bin homosexuell. Stört Sie das?«

Neil LaHaye war in Cambridge verpflichtet gewesen, auf derartige Eröffnungen pädagogisch einfühlsam zu reagieren. Jim Brodie dagegen war zu nichts verpflichtet und außerdem als Rüpel festgelegt.

»Jonathan, von mir aus kannst du es mit Schafen treiben, solange du es leise tust.«

Eine Weile herrschte Schweigen. Dann beging Neil den Fehler, zur Seite zu schauen. Die Wangen des jungen Anhalters waren scharlachrot gefärbt, er schluckte schwer und bemühte sich offenbar krampfhaft, nicht zu weinen. Neils soziales Gewissen setzte augenblicklich ein.

»Tut mir Leid«, sagte er. »Ich bin nur«, er versuchte, eine Brodie-gemäße Umschreibung zu finden, »ziemlich unter Stress zurzeit.«

»Ich ha-habe solche Angst gehabt, es jemandem zu

sagen«, stieß Jonathan Levinson hervor, »nicht mal meine Familie weiß es. Sie … Sie sind der Erste und Sie …«

Die Delta Force war hinter ihm her, sein Leben in Gefahr, und er musste sowohl Beatrice als auch sich selbst retten und gleichzeitig Bens Tod rächen, aber das Schicksal mit seinem üblichen Sinn für Ironie verdonnerte ihn dazu, für einen wildfremden Jugendlichen Erziehungsberater zu spielen.

»Okay«, sagte Neil und hoffte nur, nicht völlig aus der Rolle zu fallen, »vergiss die erste Antwort. Die richtige Antwort lautet: Nein, es stört mich nicht, aber selbst wenn es mich stören würde, sollte dir das egal sein, weil nämlich der einzige Mensch, den das etwas angeht, du selbst bist. Alles klar?«

Der Junge schluckte erneut und nickte. Neil hatte es sich eben wieder, so gut es ging, auf dem alten Beifahrersitz, dessen Federn man im Gesäß deutlich spüren konnte, so bequem wie möglich gemacht und die Augen geschlossen, als Jonathan fragte:

»Sie …, Sie sind nicht zufällig auch …?«

»Nein.«

Als er Jonathan in St. Louis, Missouri, absetzte, hatte er das Gefühl, für sämtliche vernachlässigte Studenten während seines letzten Semesters bezahlt zu haben. Gleichzeitig empfand er Dankbarkeit. Sich um wildfremde und doch so alltägliche Probleme kümmern zu müssen, war immer noch besser, als ständig in ein Grab hineinzustarren. Außerdem waren sie einmal angehalten worden, aber von einem einfachen Streifenpolizisten, der Jonathans Führerschein sehen wollte und sie mit einem Kopfschütteln weiterfahren ließ. Trotzdem war Neil noch eine ganze

Weile der Schweiß den Rücken heruntergeronnen, während Jonathan über seinen ersten Selbstmordversuch in der Abschlussklasse berichtete.

Nachdem er seinen Anhalter losgeworden war, besorgte sich Neil ein Ticket für den Dampfer nach New Orleans. Sein Geld ging zur Neige; für eine Kabine langte es noch, doch er hoffte, dass Onkel Owen zurzeit keine Durststrecke durchlief. Er hatte eigentlich damit gerechnet, den Wagen wieder verkaufen zu können, versenkte ihn aber letztlich lieber im Mississippi, um keine Spuren zu hinterlassen. Mit etwas Glück glaubten seine Verfolger inzwischen, dass er den Süden aufgegeben hatte, doch Vorsicht war angebracht.

Jetzt musste er sein Äußeres ein weiteres Mal verändern; Jim Brodie würde niemals mit einem Touristenkahn den Mississippi hinunterschippern. Er rasierte sich den Kopf gänzlich, behielt aber den Drei-Tage-Bart und entschied, den europäischen Touristen zu spielen. Englisch mit französischem Akzent zu sprechen, war für ihn nicht schwer, aber das machte auch eine neue Ausstattung notwendig.

Erst als er auf dem Schiff stand, mit einer Wegwerfkamera, und gelegentlich so tat, als fotografiere er, fand er die Zeit, ungestört nachzugrübeln. Die Nachrichten hatten ihm immerhin eines verraten, jeden Tag, an dem er sie hörte: Man suchte immer noch nach dem Terroristen *und* seiner Komplizin. Beatrice war also auf freiem Fuß. Er sagte sich, dass er in ihrem Interesse erst gar nicht nach Miami fahren sollte. Das würde die Gefahr für sie, gefasst zu werden, nur erhöhen. Aber er konnte den Gedanken nicht ertragen, sie nie mehr wiederzusehen. Nicht jetzt, nicht, nachdem sie zu ihm zurückgekehrt war und ihm wieder Gründe gegeben hatte, weiterzuleben.

Aber noch einmal. Warum die Delta Forces? Warum Colonel Wests Adjutant? Nicht der Sicherheitsdienst von Livion und die normale Polizei oder der Sicherheitsdienst von Livion und ein paar Jungs von der CIA, sondern ein Aufwand, wie man ihn nur bei gefährlichsten Staatsfeinden betrieb. Wie rechtfertigte Armstrong das letztendlich? Was in seinen Labors ausgekocht wurde, konnte den Konzern in den Ruin treiben, nicht den Staat.

Nicht den Staat. Nicht den Staat? Neil schaute auf die braune, kaum gewellte Flussoberfläche und musste sich plötzlich auf die Reling stützen. Er kam sich vor, als habe man ihm einen Fußtritt in den Magen versetzt. Natürlich. Er hatte den Wald vor lauter Bäumen nicht gesehen. Beatrice hatte es ihm erzählt, hatte es ihm längst erzählt, aber er hatte es nicht verstanden, inmitten aller anderen Eröffnungen und Theorien war es ihm nicht mehr als ein weiterer Beweis für die Skrupellosigkeit gewesen, die er den Mächtigen schon seit langem zuschrieb. Er hatte das, was sie sagte, nie richtig an sich herangelassen.

Das Stimmengewirr um ihn herum, die anderen Passagiere. Ausländer, Touristen aus England und Frankreich und Japan, Amerikaner mit der pointierten Aussprache der Neuengland-Staaten, die nasalen Laute aus den Bronx, die breite, schleppende Redeweise des Südens, mit der er aufgewachsen war, das singende Englisch von Indern oder Pakistanis – wer konnte das sagen? Alle Brüder unter der Haut. Der genetisch vermischten Haut. Warren Mears und sein Projekt, sein Projekt, das isolieren wollte, was sich doch nicht isolieren ließ, was gegen sämtliche menschlichen Maßstäbe verstieß und doch staatlich abgesegnet sein musste. Keiner der Leute hier, niemand in Amerika wäre jemals bereit, eine Regierung zu dulden, deren Mitglieder bei so etwas mitmachten.

Nixon fiel ihm ein, die Fernsehberichte, die er damals verfolgt hatte, das schwitzende, störrische Gesicht, die wachsende Ungläubigkeit der Nation, je mehr von der Watergate-Affäre bekannt wurde. Wenn eine so simple Abhöraktion einen Präsidenten stürzen konnte, was würde dann erst die Entdeckung einer solchen Ungeheuerlichkeit weltweit bewirken?

Ihn vor allen anderen hätte das nicht überraschen dürfen. Im Grunde war das Verhalten der Verantwortlichen, die Mears zu diesem Projekt ermächtigt hatten, nichts anderes als die Fortsetzung der Haltung, an der seine Mutter so früh gestorben war. Durchaus entbehrliche Teile der Bevölkerung, hatten sie damals in ihren Memos geschrieben und dachten heute noch genauso.

Er hätte es schon längst sehen müssen.

Wests Stellvertreter in Alaska, das war nur ein Rädchen im Getriebe. Aber die Großfahndung durch mehrere Staaten, der Einsatz der Special Forces, das bedeutete, dass hier weit mehr auf dem Spiel stand. Armstrong und seine Yachtpartien mit dem Verteidigungsminister.

Secretary of Defense.

Seek Death.

Neil wurde übel. Er erbrach sich in die braunen, geduldigen Fluten des Mississippi, würgte, bis er glaubte, nichts mehr im Leib haben zu können. Das Zittern, das ihn erfasste, wollte nicht aufhören.

»Kann ich Ihnen helfen?«, fragte eine ältere Dame besorgt und zückte ihr Taschentuch, um ihm die Stirn abzutupfen. Er spürte das Leinen auf seinem Gesicht, die Schweißperlen, die leichte Brise, die den Fluss herabwehte.

»Danke, es geht schon wieder«, flüsterte er.

Er erinnerte sich an ein Interview, das er vor Jahren mit Clinton geführt hatte. »Macht«, hatte der Mann aus Arkansas gesagt, »Macht zehrt selbst unter günstigsten Umständen an der Seele.«

Neil war ein Narr. Er hätte sich von dem Moment an, als Beatrice Mears' Forschungsvorhaben erwähnte, auf die ungeheuerliche Konsequenz, die eine Realisierung des Projekts bedeuten konnte, konzentrieren müssen, Sanchez hin, Sanchez her. Ben wäre dann noch am Leben. Die Existenz solcher offensiven biologischen Waffen stürzte heute jede Regierung, ganz gleich, wo und wie tief sie im Sattel saß. Und hier handelte es sich offensichtlich nicht um eine lokal begrenzte Waffe, sondern um eine, die zwangsläufig weltweit angewendet werden würde. Im Grunde war es da belanglos, ob außer dem Verteidigungsminister noch ein weiteres Mitglied der Administration Bescheid wusste. So etwas blieb nicht an einer Hand haften. Wenn es Beweise gab, rechtfertigte das auch jeglichen Aufwand der Verfolgung und erklärte das Militär.

Eine Entscheidung, hatte Beatrice geschrieben. Es ginge um eine Entscheidung, die sie selbst treffen müsse. Er konnte verstehen, warum sie direkt nach Bens Beerdigung nicht mit ihm darüber reden wollte, aber nur darum musste es sich handeln. Sie hatte bei ihrer Flucht Beweismaterial mitgenommen. Natürlich musste sie wissen, dass man versuchen würde, sie zu erpressen, mit dem Leben ihres Vaters vermutlich. Das war es, bestimmt, die Entscheidung, die sie treffen wollte, und bei der sie ihn nicht um Rat bitten konnte, nicht mit dem Blut seines Sohnes, das er an seinen eigenen Händen kleben spürte, und nicht in dem Wissen, dass er ihren Vater wie den Rest von Livion dafür verantwortlich machte.

Er versuchte, seine Gedanken zu bremsen, doch sie entglitten ihm wie die Fische seiner frühen Kindheit, die er mit den Händen fangen wollte, glitzernd und blitzschnell. Seine Glaubwürdigkeit war zerstört, damit hatte Matt Recht. Niemand würde mehr etwas von Neil LaHaye drucken. Selbst wenn er behaupten würde, Coca-Cola würde seine Dose demnächst um einen Cent verteuern, würde er nur Gelächter ernten.

Aber Beatrice. Was hatte sie in der Hand? Es musste wirklich genug sein, um den Männern im Dunkeln Schrecken einzujagen und einen derart aufsehenerregenden Einsatz wert zu sein. Und vielleicht noch mehr.

Wenn es Beatrice nur gelang, in Freiheit zu bleiben, wenn sie sich in Miami wiedertrafen, dann gab es eine Chance. Ihm war klar, dass er schon jetzt viel Glück gehabt hatte. Es gab nur noch die eine Chance. Das Material musste an die Öffentlichkeit gelangen, keine Theorien mehr, keine Indizien, sondern Fakten, brutale Beweise, danach wäre es sinnlos, sie beide verschwinden zu lassen.

In New Orleans hielt er sich nur lange genug auf, um sich Proviant, eine Decke und einen Feldstecher zu kaufen, ehe er sich in den Bus Richtung Lafayette setzte. Ben, dachte er. Vielleicht hat alles noch einen Sinn. Der Greyhound fuhr über die Autobahn, deren Betonsäulen aus dem allgegenwärtigen Sumpfboden emporragten, und es kam ihm vor, als würde sein Herz wieder anfangen zu schlagen.

Nur eine Chance.

Die moosverhangenen Bäume, die wenigen Tabakfelder, die es zwischen all dem Korn und Mais noch gab, das alles atmete ihm durch die Glasscheiben des Busses Heimat zu. Bis Lou und Owen nach Washington gekommen waren, hatte er nicht geglaubt, noch so in Louisiana verwurzelt zu sein. Fläche und Hitze, Üppigkeit im Leben und im Tod. Er sah die alten Friedhöfe mit ihren Marmorplatten vorbeigleiten und dachte auf einmal: Wenn Ben hier gestorben wäre, dann hätten wir eine »Wake« gehabt. Zu viel Verwandte, zu viel Alkohol, doch wir hätten sein Leben gefeiert, nicht nur seinen Tod betrauert.

In Lafayette wechselte er zu dem Bus nach Opelousas. Von dort aus ging er zu Fuß weiter. Auf sein Glück konnte er sich nicht ewig verlassen. Möglicherweise vermuteten ihn die Herren im Hintergrund anderswo, vielleicht aber auch nicht. Er würde erst Owens Haus beobachten, lange und ausführlich, ehe er sich seiner Tante und seinem Onkel zeigte.

Es war heiß, die Sonne brannte auf seine frisch geschorene Glatze, die Mücken zerstachen ihn, selbst wenn sie nicht so groß wie die in Alaska waren, und das hohe Gras zerkratzte ihm die Haut, doch er spürte all das kaum, während er sich jenseits der Straße durch die Felder schlug.

Hoffnung. Es gibt noch Hoffnung.

Schließlich kam er in das Gelände, in dem ihm jeder Baum, jeder Strauch vertraut war. Einen der Bäume musste Owen gefällt haben, vermutlich, weil er groß genug geworden war, um bei einem Tornado auf das Haus zu stürzen. Aber die anderen Bäume, die Birken, die alte Weide mit den Moosschlieren, sie standen noch, und er richtete sich hinter ihnen auf eine längere Wartezeit ein. Es stand nur Owens Wagen vor der Tür, aber das hatte nichts zu bedeuten.

Mit dem Feldstecher beobachtete er Lou dabei, wie sie

mit ihrem eigenen altersschwachen Auto von der Arbeit nach Hause kam, die Hunde begrüßte und von Owen mit einem flüchtigen Kuss auf die Wange empfangen wurde. Alles schien normal zu sein.

Denk an das Handy, dachte Neil. Wenn das nicht passiert wäre, dann wüsstest du heute noch nicht, dass sie schon in Alaska hinter dir her waren.

Er aß die Äpfel, die er mitgebracht hatte, schaute zu dem Haus, in dem er einen großen Teil seiner Jugend verbracht hatte, und fragte sich, ob der Fußboden wieder einmal ausgebessert werden musste. Das Bedürfnis, Owen und Lou einfach in die Arme zu fallen, wurde immer stärker. Nimm dich zusammen, dachte Neil. Du musst erst sicher sein. Sie haben Besseres verdient, als zu erleben, wie du vor ihren Augen erledigt wirst.

In der Nacht kam eine seiner Cousinen zu Besuch, mit dreien ihrer Kinder. Neil biss sich auf die Lippen, bis sie bluteten.

Julie ist in Sicherheit. Das wenigstens muss so sein. Wenn er mir glaubt, wenn Armstrong mir glaubt, dann ist Julie in Sicherheit.

Erst als er erwachte, bemerkte er, dass er doch geschlafen hatte. Im morgendlichen Dunst, in dem Nebel, der immer über der nassschweren Erde lag, ließen sich schwer Einzelheiten erkennen, aber auch mit dem Feldstecher konnte er keine Veränderung ausmachen. Lou brach um die übliche Zeit in Richtung Gemeindebibliothek auf, Owen besuchte seinen ersten Klienten, und Neil wartete darauf, dass sich unerwünschte Besucher blicken ließen. Er wartete vergeblich. Sein Proviant ging zur Neige, doch trotz des Hungers rührte er sich nicht vom Fleck.

Ein Bad, dachte Neil. Wenn ich sie erst begrüßt habe,

werde ich baden. Lange. Dann werden wir reden, und ich werde sie wieder verlassen, um mich in der Bayou zu verstecken, aber für kurze Zeit, nur für kurze Zeit werde ich Owen und Lou wiederhaben.

Er machte ein paar Dehn- und Streckübungen, um beim Warten nicht völlig steif zu werden, und beobachtete weiter. Als die Dämmerung sich erneut senkte, ließ er den alten Baum seiner Kindheit hinter sich zurück und ging auf das Haus zu, langsam, Schritt für Schritt.

In meinem Ende liegt mein Anfang. Wieso kam ihm jetzt dieser Satz in den Sinn? Oder hieß es: *In meinem Anfang liegt mein Ende*? Es war jemandes Motto gewesen, aber es fiel ihm nicht ein, von wem es stammte.

Als er die Hand hob, um zu klopfen, ging die Tür auf, und er zuckte zusammen. Doch es war nur Lou, die vor dem Abendessen noch einmal die Hunde ausführen wollte. Sie starrte ihn an, ließ die Leinen fallen, an denen sie die Hunde hielt, und breitete die Arme aus. Hinter ihr sah er das vertraute Wohnzimmer, mit Owen auf der Couch vor dem Fernseher, während seine Cousine Suzanne ihm eine Schale mit Erdnüssen hinstellte. Er roch den Duft von gebratenem Katzenfisch aus der Pfanne; das Klappern aus der Küche musste von Iris kommen, die sich ebenfalls zum Abendessen eingefunden hatte. All das nahm Neil in sich auf, sog es in sich hinein in den wenigen Augenblicken, ehe er bemerkte, dass etwas an seiner Seite sich bewegte. Er sah noch, wie Lous Miene sich veränderte, der Mund in einer Grimasse der zu Entsetzen werdenden Überraschung nach unten sank, dann spürte er einen heftigen Schlag auf den Kopf, und Dunkelheit fing ihn auf.

* * *

Das Erste, was er wahrnahm, war der Geruch, den er mit Krankenhäusern assoziierte: der antiseptische Gestank von Arznei. Natürlich, er musste an Bens Bett eingeschlafen sein. Ben lag im Koma, aber er würde wieder erwachen, natürlich würde er das.

Dann kehrte die Erinnerung zurück.

Sein Nacken war steif, aber zu seiner Überraschung stellte er fest, dass seine Hände und Beine frei von Handschellen oder sonstigen Fesseln waren.

Langsam öffnete Neil die Augen. Er rechnete mit Wests Gehilfen oder mit ein paar Militärs. Auf den Anblick, der sich ihm bot, war er nicht gefasst.

Er befand sich in einer Art hermetisch verschlossener Zelle, mit drei Wänden, die aus hellem Plastik zu bestehen schienen, und einer vierten, durchsichtigen Glaswand. Dahinter stand eine vertraute Gestalt, die ihn beobachtete.

Victor Sanchez sah nicht viel anders aus als bei ihrer ersten Begegnung, hoch gewachsen, mit Haar, das inzwischen nicht mehr grau, sondern schlohweiß war, und dem Kopf eines unwilligen Pharaos. Er trug einen Ärztekittel und hielt ein Klemmbrett in der Hand.

»Haben Sie Kontakt mit Beatrice gehabt?«, fragte er in einem scharfen Tonfall, als er sah, dass Neil erwacht war.

Neil schwieg, doch Sanchez las die Antwort von seinem Gesicht ab. Er musterte Neil mit einer Mischung aus Entsetzen und schicksalsergebener Trauer. Neil zuckte die Achseln, unfähig, Mitleid oder Triumph zu empfinden. Sanchez mochte eine Tochter verloren haben, doch Beatrice lebte zumindest. Sie lebte, und daran konnte Sanchez sich ebenso klammern, wie Neil selbst es tat.

»Haben Ihre Freunde in Schwarz meinen Onkel und meine Tante in Ruhe gelassen?«, fragte er zurück.

»Da man Sie erwischt hat, bevor Sie Kontakt mit ihnen aufnehmen konnten, ja«, erwiderte Sanchez und fügte mit rauer Stimme hinzu: »Ihre Verwandten werden vielleicht die einzigen Beteiligten sein, die Glück in dieser Sache hatten.«

Stille senkte sich über sie. Neil lehnte den Kopf zurück und versuchte, mit dem Gefühl der Leere, das ihn erfüllte, etwas anzufangen. Sie entsprach der völligen Geräuschlosigkeit seiner Zelle. Sanchez' Stimme musste durch eine verborgene Gegensprechanlage übertragen werden, aber ansonsten hörte er nur seinen eigenen Atem. Er fragte sich, wo sie sich befanden; war er lange genug bewusstlos für einen Flug nach Alaska gehalten worden, oder hatte man ihn zu einer näher gelegenen Einrichtung gebracht?

»Wir mussten Sie so schnell wie möglich isolieren«, sagte Sanchez, als könne er Neils Gedanken lesen. »Aber wenn diese Ergebnisse stimmen, dann …« Mit gerunzelter Stirn starrte er auf sein Klemmbrett. »Das widerspricht allen bisherigen Daten«, murmelte er.

Nutzloser Zorn stieg in Neil hoch, auf Sanchez, auf sich selbst, auf die Spezialeinheiten, auf die ganze Welt. Aber er verstand immer noch nicht, warum nur Sanchez hier war, statt West oder ein paar Mitglieder der Spezialeinheiten, die ihn verfolgt hatten. Halb vermutete er, dass er träumte und unter Psychopharmaka gesetzt worden war. Nun, dann hätten sie ihm besser Beatrice vorgaukeln sollen statt ihren Vater.

Neil schaute an sich herab und stellte fest, dass er immer noch die gleichen Sachen trug, in denen er überwältigt worden war. Es machte alles ein wenig realer.

»Wissen Sie«, sagte Victor Sanchez, »dass Sie und ich uns sehr ähnlich sind?«

»Der Gedanke ist mir auch schon gekommen.«

»Ist er das? Dabei können Sie es noch gar nicht wissen.«

»Was?«, fragte Neil und empfand plötzlich das widersinnige Verlangen nach einer Zigarette. Er konnte sie vor sich sehen. Selber gerollt. Der Tabak von seinen Fingerspitzen geformt. Das Nikotin in seinen Lungen.

»Dass wir beide, Sie und ich, für den Untergang der Menschheit verantwortlich sind.«

Sanchez ließ sein Klemmbrett sinken und trat näher an die Fensterwand heran.

»Ich habe Ihnen einmal gesagt, dass Sie meine Arbeit nie verstehen könnten. Sie hat wirklich nichts mit AIDS zu tun. Die einzige Verbindung, die besteht, ist folgende: Vor Jahren, als ich bereits im Auftrag von Livion mit verschiedenen Genkombinationen und ihrer Resistenz gegenüber diversen Viren und anderen biochemischen Kampfstoffen experimentierte, stieß ich auf ein ständig mutierendes Virus. Ich brauchte ein paar Nicht-Labor-Beispiele, und das, was mir meine Kollegen über diese ersten Fälle in New York und Los Angeles erzählten, hörte sich nach einem völlig überraschenden unabhängigen Auftauchen eines parallelen Virus an. Deswegen nahm ich sofort Untersuchungen in New York auf. Gebracht hat mir das für meine Forschung nicht sehr viel.«

Das Verlangen nach einer Zigarette wuchs. Es war Neil rätselhaft, warum er sich auf einmal auf so eine Kleinigkeit konzentrierte. Sein Mund trocknete aus, während Sanchez mit seinem tiefen Bariton fortfuhr.

»Was ich wirklich entwickelte, Jahre bevor sonst jemand auch nur die Möglichkeiten dazu hatte, es zu verstehen, war etwas ganz anderes. Natürlich musste es in absoluter Geheimhaltung geschehen. Schauen Sie sich das

Hin und Her um die Stammzellenforschung heute an. Damals hätte man uns gekreuzigt, wenn es auch nur je erwähnt worden wäre, ein Ei mit unterschiedlichem Erbgut in vitro aufzuziehen und bis zur Geburt zu bringen, ganz zu schweigen von den Tausenden unvermeidlicher Fehlversuche mit den Föten. Abgesehen von allem anderen hätte Livion bei unserem Haftungsrecht mit Milliarden-Klagen rechnen müssen. Deswegen konnte ich nie etwas über meine Forschungen veröffentlichen und musste mich zurückziehen. Livion hat natürlich mehr getan, als es nur zu erwägen, sobald ich meinen ersten Vorschlag vorlegte. Livion war interessiert und finanzierte schlechthin alles. Es waren nur wenige Embryonen, die wir weit genug entwickeln konnten, damit sie neun Monate in vitro überlebten. Diese Kinder hatten ein sehr spezielles Erbgut, das sie gegen alle Krankheiten resistent machen sollte, mit einer Lebenserwartung, von der man nur träumen konnte. Ich brauche Ihnen nicht zu sagen, dass Livion für den Fall eines positiven Resultats überall in der Welt betuchte Klienten gehabt hätte.«

Die Monotonie der weißen Wände fing an, Neils Augen tränen zu lassen. In seinem Herzen wusste er, worauf Sanchez hinauswollte. Aber er weigerte sich immer noch, es zu glauben.

»Leider stellte sich bald heraus, dass unsere künstliche Genkombination, die das Erbgut vieler Spender in sich vereinte, äußerst instabil war. Von den vier Kindern, und ich hatte an die siebenhundert Embryonen gezüchtet, starben drei. Qualvoll. Nur eines überlebte, und dieses eine war nicht irgendein Kind. Es war noch nicht einmal wirklich Teil des Experimentes, nicht für mich. Es war mein Wunsch, Elaine durch meine Arbeit das zu geben, was sie sich wünschte, was ich mir wünschte: ein Kind. Unsere Tochter.«

»Ihr Geschöpf, meinen Sie.«

»Angesichts der Kosten und der katastrophalen Fehlrate«, fuhr Sanchez monoton fort, ohne ihn zu beachten, »beschloss Livion, diese Experimente einzustellen. Ich hatte ihnen natürlich nichts davon gesagt, dass ich für einige der Embryonen meine eigene DNA verwendet hatte. Aber es gab ja noch Beatrice. Livion gestattete mir und Elaine, Beatrice zu behalten, unter der Voraussetzung, niemanden je über ihre Herkunft aufzuklären und dem Konzern die Möglichkeit zu bieten, ihre Entwicklung aufzuzeichnen. Für Elaine kein Problem. Sie litt unsäglich darunter, keine Kinder zu haben; Beatrice war das, was ihr in ihren letzten Jahren Freude gab, und als sie starb, musste ich ihr schwören, dass Beatrice nie von ihrer wahren Herkunft erfahren würde.«

»Und deswegen haben Sie Beatrice die Sache mit der Lichtallergie eingeredet? Damit Livion sie besser überwachen konnte?«

Sanchez schüttelte langsam den Kopf.

»Nein. Wenn es nach Livion gegangen wäre, dann hätte sie durchaus in eine reguläre Schule gehen und später studieren können, wo auch immer sie wollte, solange jedenfalls, wie ich ihnen Zugang zu ihr gesichert hätte. Täuschen Sie sich nicht, die Leute sind keine Monster. Nein, der Grund, diese Krankheit vorzutäuschen, war, dass sie tatsächlich etwas in sich trägt. Mit Hautkrebs hat es allerdings wenig zu tun. In ihren ersten Monaten zeigten sich bei ihr genau wie bei den Kindern, die starben, immer wieder Symptome eines mir unbekannten Virus', das offensichtlich ständig mutierte, und bevor Sie fragen, nein, es war nicht das HI-Virus, obwohl es da gewisse Ähnlichkeiten gab. Aber im Gegensatz zu den anderen Kindern regte er bei Beatrice die körpereigene Immunabwehr so stark an, dass sich ständig neue Antikörper bildeten. Das hat bis zum heutigen Tag angehalten. Meiner Vermutung nach hatte das Virus sich aber nur verkapselt; es gelang mir auch nie, es zu isolieren.«

Der weißhaarige Kopf beugte sich vor, bis die Stirn das Glas berührte.

»Ich durfte Elaine davon nichts erzählen. Zu dem Zeitpunkt war bereits sicher, dass Elaines eigener Tod bald bevorstand, und sie sollte nicht mit dem Wissen sterben, ihr Kind würde sie nicht lange überleben. Ich war mir selbst nicht sicher. Aber ich musste sicherstellen, dass Beatrice ständig unter meiner Aufsicht bleiben würde.«

»Aber Beatrice ist nicht gestorben«, unterbrach ihn Neil. »Sie ist weder gestorben, noch ist sie krank. Das hätte sie mir gesagt.«

Neil verdrängte den Gedanken an die Entscheidung, von der Beatrice geschrieben hatte. Eine Krankheit hatte mit Entscheidungen nichts zu tun. Das konnte sie nicht gemeint haben.

Sanchez trat wieder von der Fensterscheibe zurück, und die erschöpfte Leere, die sich in seine Züge gegraben hatte, erinnerte Neil an Deirdre auf der anderen Seite von Bens Liege.

»Das Ding ist äußerst gefährlich. Und wissen Sie, durch was es aktiviert wird, scharf gemacht wird? Was es dazu bringt, zu mutieren, sich zu vermehren und übertragbar zu werden? Natürlich wissen Sie es nicht. Eine ganz bestimmte Kombination von Hormonen, deren Namen Sie nicht einmal kennen werden, also werde ich versuchen, es so einfach wie möglich zu halten und es auf den Punkt zu bringen: Es ist eine ganz bestimmte Kombination von Hormonen, die mit Beginn einer Schwangerschaft ausgeschüttet wird. Meiner wohl überlegten Meinung nach, und ich habe jahrelang darüber spekuliert, würde das Virus in Beatrice in dem Augenblick wieder wandern und mutieren, wenn sie schwanger wird, weil durch die hormonelle Umstellung verkapselte Erreger aus ihrer Deckung gezwungen werden. Ich tat das Meine, damit es nie zu so einer Situation kommen würde, und ich hatte Erfolg. Bis Sie auftauchten!«

»Aber sie ist nicht ...«, begann Neil und brach ab, als ihm eine entsetzliche Ahnung kam. Auf dem Boot. Beatrice konnte sehr wohl schwanger geworden sein. Und wenn Beatrice sich nicht sicher war, ob sie das Kind behalten wollte, dann hätte sie ihm das nicht in einer Lage erzählt, in der er um seinen gerade verstorbenen Sohn trauerte.

Sanchez starrte ihn prüfend an: »Sie haben mit ihr geschlafen? Ich habe es geahnt, aber ich hatte gehofft, dass ich mich irre. Dass nur Warren ... Sehen Sie, Warren hat schon immer ein zu großes Interesse an Beatrice gehabt. Er konnte nie verstehen, warum ich mein gelungenes Experiment nicht besser nutzte. So nannte er sie: Mein gelungenes Experiment.«

Er brach ab. »Es war die perfekte Rache für ihn, verstehen Sie«, sagte er müde. »Wissenschaftlich und persönlich. Er hat weder ihr noch mir je verziehen, dass wir ihm, wie er das sah, Knüppel zwischen die Beine warfen. Warren wollte Beatrices unschlagbares Immunsystem für unsere Forschung nutzen. Aber seit er seine fixe Idee mit diesem Virus hatte, das auf eine bestimmte DNA-Kombination reagieren sollte, wurde sie endgültig zu einer Obsession für ihn. Bea hat Erbgut, das in dieser Form nirgendwo sonst auf der Welt existiert, und an wem könnte man besser testen, ob ein Virus sich tatsächlich auf eine bestimmte genetische Besonderheit ausrichten lässt, als an ihr? Welche Testperson bietet so ein Potenzial für Mittel wie Gegenmittel? Ihr Ausflug mit Ihnen machte ihm deutlich, dass sie nicht länger im Labor zu halten war, möglicherweise eines Tages verschwinden konnte. Also wollte er nicht länger warten. Er testete mit Retroviren als Transportmittel für das Erbgut eines neuen Viruserregers, seines Erregers, speziell für ein bestimmtes Erbgut entworfen, und dann spritzte er sein Gegenmittel, damit er endlich sichtbare Erfolge präsentieren konnte. Ein fertiges Produkt für unsere nationale Sicherheit. Warren jedenfalls glaubt das wirklich. Und wenn es nur sein Wirkstoff wäre, dann gäbe es vielleicht noch Rettung, aber das Ding hat sich in Wahrheit mit dem verbunden, was schon immer in Beatrice schlummerte und jetzt durch die Schwangerschaft erwacht ist. Die neuen Viren werden sich, wenn sie einmal freigesetzt wurden, bei jeder Kontaktperson in den Nervenzellen verstecken, kurz warten und dann zuschlagen. Dazu braucht es noch nicht einmal einen Geschlechtskontakt. Jeder Austausch von Körperflüssigkeiten wird genügen, und sei es ein Kuss.«

»Wie lange wissen Sie das schon? WIE LANGE?«

Erst als das Echo seiner Stimme in seinen Ohren widerhallte, begriff Neil, dass er gebrüllt hatte.

»Ich wusste es noch nicht, als ich Beatrice zur Flucht verhalf. Da wusste ich nur, dass Warren kurz davor stand, von Mr. President unbegrenzte Vollmachten zu erhalten, und es ließ sich ausrechnen, dass das für niemanden gut sein konnte, am allerwenigsten für Beatrice. Und ich wusste, als ich mich von ihr verabschiedete, dass Warren sie zuvor einer Vollanästhesie unterzogen hatte. Also nahm ich noch einmal Blutproben von ihr und verglich sie mit denen, die sie selbst in den Wochen vorher getestet hatte. Erst als mir die Ergebnisse vorlagen, begriff ich. Zu spät, denn da war sie schon fort.«

Bitter lachte er auf. »Warren hat sich so bemüht, auf bestimmte genetische Codes fixierte Viren zu entwerfen, aber dann setzt er ein Virus in die Welt, das er nie geplant hatte. Und es ist etwas weitaus Fataleres als HIV dabei herausgekommen, Mr. LaHaye. Sie müssen mir das jetzt glauben, wir haben es mit einer Art Killervirus zu tun. Inzwischen dürfte es so weit mutiert sein, dass Händeschütteln oder Anhauchen genügt.«

»Das heißt, sie wird sterben … und …«

Seine Hand auf Julies Haar. Der Abschiedskuss. Julie in ihrer Schuluniform, so sehr am Leben, wie Ben tot war.

Erst als er den kalten Boden unter sich spürte, wurde Neil bewusst, dass er in die Knie gesunken war. Er begriff, er begriff nur allzu gut, und er wünschte sich die Nadeln in ihren Haaren, um sich die Augen auszustechen.

»Ob Beatrice stirbt, ist keineswegs sicher. Sie befindet sich zu weit außerhalb der menschlichen Norm, um da Vorhersagen zu machen. Vielleicht weiß sie nicht einmal, wie krank sie ist. Was sie inzwischen wissen muss, ist nur, dass sie schwanger ist; schließlich hat sie seit ihrer Flucht keinen Zugang mehr zu Analysegeräten. Aber der Besitzer des Glacier Bay Country Inn, bei dem sie sich nach unseren Informationen aufhielt, bevor sie Alaska verließ, ist inzwischen ins Krankenhaus von Anchorage eingeliefert worden, genau wie seine Angestellten. Wir verfolgen derzeit eine Todesspur der Gäste des Glacier Bay Country Inn quer durch die USA. Ich hatte die schwache Hoffnung,

Beatrice bei Ihnen zu finden. Aber selbst dann? Sie beide jetzt zu töten oder zu isolieren macht keinen Sinn mehr, es sei denn, Sie könnten mir jeden Menschen nennen, mit dem Sie in Kontakt waren, seit Sie und Beatrice sich getrennt haben, und wir könnten jeden einzelnen dieser Menschen auf der Stelle ausfindig machen und ebenfalls isolieren. Für Leute wie den Anhalter, den Sie mitgenommen haben, ist das schon zu spät; er ist bereits tot. Sprachen wir nicht einmal über Eden? Über eine neue Welt? Sie und Warren und ich, Mr. LaHaye, wir haben sie geschaffen.«

EPILOG

Ich habe es dir nie erzählt, Beatrice, aber ich hatte mir dein Labor immer wie eine Kreuzung aus verlassener Ölstation und utopisch sterilem Raumschiff vorgestellt; nicht wie die in warmen, goldbraunen Holzfarben gehaltene Ansammlung von etwas, das vom Flugzeug aus wirkt wie eine harmlose Aneinanderreihung von Blockhütten. Mittlerweile kenne ich jede einzelne Abteilung, in- und auswendig.

Ich wurde hierher gebracht, als sich herausstellte, dass ich kein einziges Symptom der Krankheit zeigte, die dein Vater, bitter, aber nicht zu Unrecht, die Mears-Sanchez-LaHaye-Seuche benannte. Zu diesem Zeitpunkt war ich mehr als bereit zu kooperieren; wir hatten immer noch die Hoffnung, dass ein Gegenmittel gefunden werden könnte, die Katastrophe in Grenzen zu halten. Doch das Sterben in den Großstädten hatte bereits begonnen, genauso wie die internationale Quarantäne, die viel zu spät angeordnet wurde, aber zum ersten Mal in meinem Leben war ich bereit, mich ganz und gar an die Hoffnung zu klammern, dass auch Menschen, die ich verabscheute, Wunder bewirken würden. Wenn sie das, was mir Immunität verlieh, reproduzieren konnten, dann hatte mein Leben doch noch einen Sinn.

Julie war zu diesem Zeitpunkt schon tot; das erzählten sie mir jedenfalls. Die ganze Wahrheit erfuhr ich erst später.

Als man es aufgegeben hatte, mich von Informationen und Kontakten zu isolieren, lauteten die Nachrichten alle gleich. Natürlich waren ausländische Terroristen an der

Epidemie schuld, die Regierung hatte mehr und mehr Ermächtigungsgesetze verlangt und bekommen, und der Verteidigungsminister bedrohte inzwischen eine stetig wachsende Zahl von Staaten mit Atomschlägen. Aber all das verblasste in seiner Ungeheuerlichkeit angesichts der ständig wachsenden Zahl der Toten. Die Leichen wurden wegen der Ansteckungsgefahr längst nicht mehr alle identifiziert, aber dein Vater, der sich bis zu seinem Tod weigerte, die Hoffnung aufzugeben, wies darauf hin, dass du, wenn die Krankheit dich selbst befallen hätte, bereits gestorben wärst, als noch genügend Menschen da waren, um verzweifelt nach dir zu suchen. Ich hatte ihm von Miami erzählt, aber Armstrong, der zu diesem Zeitpunkt noch das Sagen hatte, hielt das für einen Trick und gab strikte Order, mich nicht dort hingehen zu lassen. Stattdessen schickten sie Sicherheitskräfte. Falls du dort warst bei den Flamingos, hast du sie wohl erkannt und bist geflohen.

Armstrong verbrachte seine letzten Wochen fast ausschließlich hier, weißt du. Er nahm jedes Mittel, das ihm Warren Mears anbot. Natürlich hat alles nichts genützt; im Gegenteil. Was zum Schluss noch von ihm übrig war, erinnerte mich an die Fotos von Strahlungsopfern im letzten Stadium. Einmal kam er zu mir, packte mich an den Schultern und brüllte: »Was ist es?«

»Schicksal, Mr. President«, erwiderte ich. Ich würde gerne sagen, dass er mir Leid tat, dass der Beginn des neuen Zeitalters unter der Seuche, die Tragödie Amerikas, die bald die der Menschheit wurde, mich zu einem besseren Menschen geläutert hat, und ich in der Lage war, auch Armstrong zu verzeihen. Aber es wäre eine Lüge, und die Wahrheit ist beinahe alles, was mir jetzt noch bleibt. Ich empfand keinen Funken Mitleid für ihn; allerdings auch keinen Hass

mehr. Er war mir gleichgültig geworden. Das schien die größte Beleidigung für ihn zu sein, die er sich vorstellen konnte, denn er entschloss sich, mir noch einen letzten Schlag zu versetzen.

Julie, sagte er, sei nicht an dem Virus gestorben, wie man es mir gegenüber behauptet hatte. Julie war genauso immun wie ich gewesen, musste, was auch immer mir Immunität verlieh, von mir geerbt haben. Gerettet hatte sie das trotzdem nicht. Deirdre, die geglaubt haben muss, den Teufel könne man nur mit dem Beelzebub austreiben, war mit ihr zu einem der anderen Pharmakonzerne gegangen, ehe Armstrongs Agenten sich ihrer bemächtigen konnten. Nur waren die Laboratorien jenes Konzerns nicht längst so geheim wie die Livions. Als die Plünderungen losgingen, weil Polizei, Armee und private Sicherheitskräfte längst alle infiziert und nicht mehr in der Lage waren, irgendetwas zu schützen, als so viele voller Panik versuchten, sich Medikamente zu verschaffen, war auch das Labor, in dem Julie und Deirdre sich befanden, ein Ziel.

»Ich habe sie gesehen, LaHaye«, zischte Armstrong, und in seinem eingefallenen Gesicht arbeitete es. »Schließlich wussten wir, wo sie sein musste, und Ihr Gör war fast so wichtig für uns wie Sie. Aber nein. Als wir kamen, da hatten die Idioten das Labor bereits kurz und klein geschlagen. Sie ist an einer Kopfwunde gestorben, wie finden Sie das? Ihre Exfrau zeigte bereits erste Symptome der Krankheit, aber das Mädchen war immun, und sie wäre immer noch am Leben, wenn Ihr geliebtes Volk noch unter unserer Kontrolle gestanden hätte. Aber das ist Schicksal, wie, LaHaye?«

Ich glaube, er wollte mich dazu bringen, ihn anzugreifen und von seinen Schmerzen zu erlösen, die, nach dem, was mir dein Vater über das Endstadium der Krankheit er-

zählte, entsetzlich gewesen sein müssen. Es war eine Gnade, die ich ihm nicht erwies; die Zeiten, in denen Armstrong Menschen manipulieren konnte, waren vorbei. Im Gegenteil, er schenkte mir unabsichtlich einen weiteren Funken Hoffnung. Um Julie werde ich trauern, solange ich lebe, aber nun muss ich mir zumindest nicht mehr sagen, ich hätte ihr selbst den Tod gebracht; und wenn sie immun war, dann ist es das Kind, das du erwartet hast, gewiss auch.

Was mich überraschte, war, dass ich Mitleid für Warren Mears empfand. Ich weiß, was er dir angetan hat; vielleicht hätte das Kind, unser Kind, von dem du am Tag der Beerdigung meines Sohnes nicht sprechen wolltest, sonst nicht durch seine bloße Existenz die Seuche ausgelöst. Eigentlich hatte ich erwartet, Mears zu verabscheuen. Aber auch die Fähigkeit zu hassen, erschöpft sich irgendwann einmal. An dem Tag, an dem er und dein Vater endlich herausfanden, was mir meine Immunität verlieh, hatte ich den letzten Tropfen meines Hasses aufgesogen. Zu diesem Zeitpunkt waren sie beide bereits krank, dein Vater weiter fortgeschritten als Mears, was ich nie ganz begriff.

»Sanchez hat sich hingelegt«, sagte Mears brüsk, als er auftauchte, Whiskey in der einen Hand und in der anderen etwas, das er mir zuwarf. Es entpuppte sich als Zigarettenschachtel. Da wusste ich, dass sie aufgegeben haben mussten; die gesunde Lebensführung, zu der sie mich in den letzten Monaten verurteilt hatten, war so unerbittlich wie eine mathematische Gleichung gewesen.

»Und wie komme ich zu der Ehre, mich mit Ihnen betrinken zu dürfen?«, fragte ich, nahm meine erste Zigarette seit einer Ewigkeit aus ihrer Schachtel und benutzte einen von euren Laborbrennern als Feuerzeug. Silk Cuts. Keine Ahnung, wo er sie herhatte.

»Sie haben es erfasst.«

Nach dem ersten Glas sagte er mir, zu welchen Schlussfolgerungen sie gelangt waren, was mich betraf. »Sanchez kam zuerst darauf«, sagte er widerwillig. »Er ist immer wieder Ihre Vorgeschichte durchgegangen. Eigentlich hätten wir es uns früher denken können. Die Strahlendosis, die Ihre Eltern in Nevada abgekriegt haben, scheint noch etwas anderes bewirkt zu haben, als Ihrer Mutter Krebs zu bringen. Sie sind eine Mutation, LaHaye, eines von diesen Dingen, die es eigentlich gar nicht geben dürfte, weil sie aller Wahrscheinlichkeit widersprechen. Wir hätten schon argwöhnisch werden müssen, weil Sie Kinder haben, obwohl Sie nach aller Statistik sehr viel eher hätten steril sein müssen. Und dann die Kindheit ohne jede Krankheit. Negativmutationen durch Radioaktivität sind das Alltägliche, aber Sie, Sie sind der Treffer im Lotto, die Nadel im Heuhaufen, das einzige andersfarbige Staubkorn in der Wüste. UND ES LÄSST SICH NICHT KÜNSTLICH REPRODUZIEREN.«

Er goss sich sein nächstes Glas ein. »Selbst wenn man die Menschen überzeugen könnte, sich einer hohen Dosis Radioaktivität auszusetzen – die Chance, dass auch nur einer von dreitausend dabei nicht krebskrank wird oder zumindest steril, sondern ein Kind zeugt, das gegen MSL immun ist…«

Seine linke Hand flatterte in einer wegwerfenden Bewegung auf. Ich trank mein eigenes Glas und inhalierte meine eigene Portion Lungenkrebs. »Haben Sie eigentlich Angst vor dem Tod?«, fragte ich, weniger um grausam zu sein, sondern weil es mich aufrichtig interessierte. Er schüttelte den Kopf.

»Aber«, entgegnete er, »ich wünschte, ich hätte mehr als

nur ein paar Augenblicke vorher gelebt.« Er zögerte, dann setzte er hinzu: »Sanchez und Sie, Sie warten wohl beide darauf, dass ich mein Verhalten Beatrice gegenüber bereue. Aber wie kann ich die Momente bereuen, in denen ich mich lebendig gefühlt habe?«

»Wenn Ihr Gönner im Verteidigungsministerium nicht bald erledigt ist«, sagte ich, weil ich nicht über dich sprechen wollte, »dann beschert er Ihnen vielleicht ein paar Mutanten für die nächste Generation. Zusammen mit Millionen Toten. Oder hat er es aufgegeben, den Rest der Menschheit mit einem Atomschlag zu bedrohen?«

»Er hat sich ebenfalls infiziert«, gab Mears lakonisch zurück, als sei es eine ernst gemeinte Frage gewesen. »Es wird nicht mehr lang dauern, und er ist für niemanden eine Gefahr mehr. Aber Sie, LaHaye, Sie werden überleben. Sie und die Mutanten, die es auf dieser Welt gibt. Ich frage mich, was Sie aus ihr machen werden.«

Er starb … ich habe vergessen, vor wie viel Monaten genau. Vor deinem Vater jedenfalls, obwohl er, wie gesagt, nicht so weit fortgeschritten zu sein schien. Dein Vater starb nicht allein und war bis zum Schluss entschlossen, gegen die Krankheit zu kämpfen; ich denke, das zu wissen, wird dir helfen.

»Was werden Sie tun, wenn Sie hier allein sind, Neil?«, fragte er mich einmal. »Schreiben«, antwortete ich. »Ich bin immer noch Schriftsteller. Ich werde das niederschreiben, was Beatrice mir erzählt hat und Sie und Mears. Was ich selbst erlebt habe. Die Geschichte des Untergangs.«

»Aber«, gab er zurück, »heißt Schreiben nicht, dass man auf Leser zählt? Ich würde es nicht nur als eine Geschichte des Untergangs sehen. Geben Sie ihr noch einen Untertitel.«

»Welchen?«

»Warten«, sagte er. »Warten und hoffen.«

Während ich über seine Worte nachdenke, sitze ich in deinem ehemaligen Zimmer. Ich schaue von dem Bild meiner toten Kinder auf das Foto, das ich von dir gemacht habe, als du die Sonne kennen gelernt hast, und mir wird bewusst, dass ich wie dein Vater nie aufgehört habe zu glauben. Zu glauben, dass du noch am Leben sein musst. Irgendwo. Aber das ist es nicht allein.

Ich mag eine völlig irreguläre und unwahrscheinliche Mutation sein, wie Mears meinte, doch Atomversuche hat es, wie ich nur allzu gut weiß, über Jahrzehnte hinweg gegeben. Und nicht nur in Amerika. Von Unglücken wie Tschernobyl und Three Mile Island ganz zu schweigen. Ich würde mich auf den Weg in belebtere Gebiete machen, auf die Suche nach anderen Überlebenden, aber ich weiß, dass zum Schluss die Leichen nicht mehr beerdigt wurden. Eine Zeit lang hat man sie noch in Fußballstadien zusammengetragen und verbrannt, doch inzwischen geschieht auch das nicht mehr. Ich bin noch nicht so weit, über sie hinwegsteigen zu können.

Als wir uns noch durch nichts anderes als Buchstaben kannten, hast du mich einmal auf Stephen J. O'Brien verwiesen, der 1998 im American Journal of Human Genetics einen Artikel darüber veröffentlichte, wie das Mutationsgen CCR5, das seinen Trägern Immunität vor HIV-I verschafft, auf ein Ereignis von vor 700 Jahren zurückverfolgt werden kann, in dem eine »starke historische Selektion« stattgefunden hätte – mit anderen Worten, die Pest. Der schwarze Tod.

Es wäre von einer ähnlichen Ironie, sollte sich herausstellen, dass der unverantwortliche und menschenverachtende

Umgang mit Nuklearenergie, der das Leben meiner Mutter und das so vieler Menschen ruinierte, gleichzeitig auch das Überleben der Menschheit sicherte. Ich kann es nicht wissen. Aber ich kann hoffen.

Warten und hoffen.

Tanja Kinkel

Götter-dämmerung

Das exklusive Bonusmaterial

Warum, wo, wann – und wie?

Was Sie normalerweise nicht vom Autor erfahren

Gene, Ethik und Moral

»Was würden Sie für eine Million Euro tun?«

Ein Blick hinter die Kulissen

Gestrichene Szenen

Knaur Taschenbuch Verlag

Warum, wo, wann – und wie?

Was Sie normalerweise vom Autor nicht erfahren

Tanja Kinkel über ihre Arbeit, ihre Recherchen und ihren neuen Roman *Götterdämmerung*.

Frau Kinkel, Sie haben mit all Ihren Büchern sechsstellige Verkaufszahlen erreicht. Wie lautet das Geheimrezept, um so erfolgreich zu schreiben?
TANJA KINKEL: Niemand weiß das genau. Romane müssen natürlich spannend sein, die handelnden Figuren und Orte interessant. Wichtig ist, dass man den Leser mit seinem Buch überzeugt – er muss merken, dass professionell recherchiert wurde, und dass das ganze Buch nicht nur unterhaltend, sondern auch informativ ist.

Bisher haben Sie sich auf historische Stoffe konzentriert und einen zeitlichen Bogen von der Gründung Roms bis zum Ende des Zweiten Weltkriegs gespannt – jetzt haben Sie Ihren Politthriller im Jahr 2004 angesiedelt. Was hat Sie bewogen, den Roman Götterdämmerung *zu schreiben?*
Spätestens nach der Schlussseite meines jeweils letzten Buches frage ich mich: Will ich als Nächstes wieder über historische Personen schreiben, oder einen Krimi, oder vielleicht über Armut in Afrika, den Weltgerichtshof oder eine Familie? Manchmal sind es Zufälle, die darüber entscheiden.

Was nun *Götterdämmerung* betrifft, so las ich in einer Zeitschrift die Meinung eines der größten lebenden Physiker,

Professor Stephen Hawking, zur Gentechnik, die etwa wie folgt lautete: »Anders als unser Intellekt verdoppeln Computer ihre Leistung alle 18 Monate. Daher ist die Gefahr real, dass sie Intelligenz entwickeln und die Welt übernehmen.« Kurze Zeit später sah ich das Theaterstück *Das Urteil von Nürnberg*. Eine der aufrüttelnden Aussagen darin lautet: »Dieser Prozess hat ans Licht gebracht, dass auch normale Menschen – ja, sogar überdurchschnittlich intelligente und außergewöhnliche Menschen – unter dem Druck besonderer Umstände dazu verleitet werden können, an Verbrechen und Gräueltaten teilzunehmen, die so gewaltig und abscheulich sind, dass sie die menschliche Vorstellungskraft übersteigen.« Als ich dann noch erfuhr, wie unter George W. Bush das Pentagon riesige »Gesundheitsdatenbanken« mit Milliarden unterstützt, in denen alle genetischen Besonderheiten der US-Bürger gespeichert werden sollen – und dass für den kompletten genetischen Fingerabdruck bereits eine Urinprobe ausreicht –, wollte ich mehr über mögliche Zusammenhänge wissen. Das Thema war geboren.

Sicher hat es viele Leute gegeben, die gehofft haben, der Zufall würde Sie wieder zu einem historischen Romanthema führen. Warum haben Sie das Genre gewechselt?
Ich werde sicher noch weitere historische Romane schreiben, noch weitere Ausflüge in die Gegenwart unternehmen und ab und zu in die Phantastik. Für mich ist bei der Wahl eines Stoffes ganz gleich, in welcher Epoche das Buch angesiedelt sein wird. Viel wichtiger ist, was mich zu diesem Zeitpunkt am meisten bewegt. Daher sehe ich *Götterdämmerung* nicht als Genrewechsel, sondern einfach als Entwicklungsschritt.

Es geht mir immer darum, den Lesern mit dem jeweiligen Romanthema etwas mehr zu geben als nur ein paar Stunden Ablenkung. Romane, die mich weit über die Lektüre hinaus beschäftigen, sind mir als Leserin immer die Liebsten gewesen – und daher versuche ich als Autorin, das ebenfalls zu erreichen.
Durch meine intensive Recherche habe ich sehr viele interessante Dinge erfahren: Wie Geheimdienste über Handys Menschen verfolgen, wie Papiere gefälscht werden, wo man trotz modernster Abhörmethoden immer noch konspirative Treffen abhalten kann und wie die modernen Computerausspähsysteme der NSA *(National Security Agency)* funktionieren, um nur einige Beispiele zu nennen. Dieses Wissen musste ich unbedingt in mein Buch integrieren – und deswegen konnte *Götterdämmerung* nur ein Thriller werden.

Wie kamen Sie dann zur Biogenetik?
Die Chancen und Risiken der Gentechnik sind ein Thema, über das ich mir immer mehr Gedanken machte. Wie würde ich als Mutter reagieren, wenn ich durch eine Gen-Behandlung verhindern könnte, ein behindertes Kinder zu bekommen – ganz zu schweigen von der Alternative, das ungeborene Kind bereits genetisch zu einem Genie zu machen? Ich habe einiges darüber in Zeitungen und Büchern gelesen. Aber wie sind Sätze zu bewerten wie: »Die Revolution in der Biotechnologie zeigt, dass wir die Natur des Menschen ändern können, also typische Verhaltensweisen und Fähigkeiten. Mit diesen neuen Menschen wären dann auch wieder ganz andere politische Umwälzungen möglich« (Francis Fukuyama, *Schöner neuer Mensch*, erschienen im *Spiegel* 21/2002). Oder: »Kann die Evolution, die in Hunderttau-

senden Jahren rechnet, in ein paar Monaten im Reagenzglas überlistet werden?« (Stephen Hawking, *Eine Gleichung für die Schöpfung*, erschienen im *Focus* 36/2001) Oder: »Auf 80 Milliarden Dollar wird der Zukunftsmarkt für Ersatzteilproduktion mit Hilfe gezüchteter menschlicher Zellen gerechnet« (*Gentechnik, Zukunft – aber welche?*, erschienen im *Spiegel* 32/2001).

Ich musste mir eingestehen, diese neue Wissenschaft und ihre realen Möglichkeiten nicht wirklich erfassen zu können: Was ist reine PR, was wissenschaftlich fundiert? Chemiker und Biologen, die ich um ihre Einschätzung bat, konnten mir nicht weiterhelfen. Die folgende Aussage eines Arztes brachte den Stein dann endgültig ins Rollen: Genauso wenig, wie ein Klempner wisse, wie ein Atomkraftwerk funktioniere, könne er mir sagen, wozu die Gentechnik wirklich in der Lage sei.

Wie aber soll man sich eine Meinung über Entwicklungen in einem neuen Wissenschaftsgebiet bilden, wenn man nicht richtig versteht, was dort tatsächlich vor sich geht – oder vor sich gehen *könnte*? Mein Eindruck ist: Das Begreifen von Chancen und Risiken scheint heute immer mehr Spezialwissen vorauszusetzen. Ähnlich wie zum Beispiel bei der Astronomie oder der Quantenphysik können wir oft nur gefühlsmäßig auf Nachrichten und Informationen reagieren, ohne annähernd zu überblicken, was wirklich geschieht – und warum.

Wie haben Sie mit der Recherche für Götterdämmerung *begonnen?*

Meine Schwerpunkte waren am Anfang Genmanipulation, Virenkrankheiten wie AIDS, und die Macht der Pharmaindustrie. Mir war jedoch vor meiner Recherche in dieser

Branche nicht klar, wie radikal Mediziner, die der Schulmedizin konträr gegenüberstehen oder dort nicht genehme Meinungen vertreten, von der Fachwelt ausgeschlossen – und ihre Ansichten von den Medien ferngehalten – werden. Ich sah da Parallelen zu Dr. John Gofmann, der am Manhattan-Projekt beteiligt war. Hinter der harmlos wirkenden Bezeichnung verbirgt sich die Entwicklung der Atombombe in den USA in Los Alamos. Gofmann warnte früh vor den Gefahren der Strahlen bei Atomtests, und er wurde wegen seiner Aussage, diese Tests könnten viele Menschen das Leben kosten, um seine wirtschaftliche Existenz und wissenschaftliche Reputation gebracht. So kam ich unerwartet zum Thema Atomforschung.
Als ich dazu noch einmal im Internet recherchierte, las ich einen aufrüttelnden Satz: »Wir dachten, wir seien ein Land des Friedens, aber in Wirklichkeit hat unsere Regierung vierzig Jahre lang einen Atomkrieg gegen das eigene Volk geführt.« Diese Aussage stammt von dem kasachischen Dichter Olzhas Sulejmenov. Er spricht damit die unvorstellbaren Qualen von Teilen der russischen Bevölkerung an, die ausgelöst wurden durch die langjährigen oberirdischen Atomwaffentests in der UdSSR von 1949 bis 1989.
Einmal auf die Spur gebracht, las ich dann immer mehr Unglaubliches über den gar nicht so seltenen Krieg, den Regierungen gegen das eigene Volk führen. Und diesen gab und gibt es auch in der westlichen Welt. Was mich erschütterte, war, dass noch nach dem Zweiten Weltkrieg demokratisch gewählte Verantwortliche in Politik und Verwaltung wissentlich und ungestraft das Leben von Teilen der Zivilbevölkerung aufs Spiel gesetzt haben. Man schätzt heute, dass bisher mindestens 400 000 Menschen allein an

den Folgen der etwa 430 oberirdischen Atomtests auf der ganzen Welt gestorben sind. Zumindest in Amerika konnten sich die politisch Verantwortlichen noch nicht einmal auf Unwissen berufen, wenn es um die Folgen des Einsatzes der neuen Technologien ging. Ich wollte es zuerst gar nicht wahrhaben, was da zusammenkam. Unter den von Carter und Clinton freigegebenen amtlichen Dokumenten früherer Administrationen fand sich der Verweis auf ein amtliches Papier einer US-Behörde, der AEC (Atom-Energie-Kommission), das besagte: Die im Windschatten der 119 oberirdischen Atomtests in Nevada (1951 bis 1958) lebenden Menschen seien ein *»low-use segment of the population«*, ein »nutzloser Teil der Bevölkerung«. Wer über diese Menschenverachtung gegenüber den eigenen Bürgern mehr lesen möchte, dem empfehle ich das Buch *American Ground Zero*, für das Carol Gallagher erschütternde Dokumente und Hintergrundinformationen zusammengetragen hat.
Natürlich musste ich mir auf Grundlage dieser Fakten die Frage stellen, ob die heutige Generation etwas aus den Fehlern der jüngsten Vergangenheit gelernt hat.

Aber Sie haben trotzdem kein Buch über Atomforschung und ihre erschreckenden Folgen geschrieben. Warum?
So wie das 20. Jahrhundert von der Atomforschung und dem Computer geprägt wurde, so wird das 21. Jahrhundert von der Biorevolution bestimmt. Die Chancen und Risiken der Gen- und Stammzellenforschung und des Klonens, und die laufende Diskussion in der Gesetzgebung dazu, beschäftigten mich, wie im Moment wohl sehr viele Menschen. Und ich begann nachzudenken: Was könnte passieren, wenn sich die von uns allen gewählten Volksvertreter

wieder mit beabsichtigtem Nichtwissen über das Wohlergehen von Teilen der Bevölkerung hinwegsetzen, so wie das in den fünfziger Jahren in Amerika geschah? Die Wahrscheinlichkeit erschien mir nach dem, was ich über die möglichen Risiken der Biotechnologie erfahren hatte, gegeben. Darum musste ich darüber in meinem neuen Roman schreiben.

Sie schreiben in Götterdämmerung *über viele Themen – AIDS, Atomforschung, Biorevolution, Politik. Wäre es nicht einfacher gewesen, eines herauszupicken?*
Einfacher? Ja. Es gibt aber einen Zusammenhang, und es war mir ein großes Anliegen, diese sich immer wiederholende menschenverachtende Denkweise von Mächtigen an mehreren Beispielen aufzuzeigen. Ich will damit Leser erreichen, denen solche Einstellungen nicht bewusst sind – denn es gibt sie, wie gesagt, auch in unseren demokratischen Strukturen. Dem Ausgangssatz meines Buches – *Sie führten Krieg gegen das eigene Volk und sie wurden nicht bestraft* – muss ich hinzufügen: *und sie haben alles getan, um auch in Zukunft für Kriege gegen das eigene Volk nicht bestraft zu werden.* Aber das Volk sind wir. Wir alle auf der Welt. Es gibt durch die globalen Verstrickungen, den Verlust der geographischen und physischen Grenzen keine Nation mehr, die glauben kann, nicht betroffen zu sein.
Wir hören tagtäglich unglaubliche Nachrichten aus unserem Land und dem Rest der Welt. Wir alle trauen Politikern, Parteien und Wirtschaftsbossen inzwischen doch alles zu – von Bestechung über unsichere, lebensgefährliche Bauten, leichtfertigen Umgang mit gefährlicher Chemie und Medikamenten bis hin zum Verschwinden von Personen. Es gibt

nichts, was wir für unmöglich halten – aber wann denken wir über die Zusammenhänge nach und die Folgen?

Nachdem Sie Ihr Thema gefunden hatten – wie ging es weiter?

Wenn die Grundstruktur eines neuen Buches steht, muss man sich für die wahrscheinlichsten Handlungsorte entscheiden. Aus aktuellem geopolitischem Hintergrund konnte dieses Buch in keinem anderen Land spielen als in den USA. Interessant wäre auch China gewesen, aber in diesem Land an ehrliche Informationen zu kommen, dürfte selbst für Chinesen kaum möglich sein, geschweige denn für jemanden wie mich. Außerdem ist eines wichtig: Wenn man als Deutsche ein Buch über Menschen in anderen Ländern schreibt, muss man dort gelebt haben, um mit seinen Schilderungen glaubwürdig zu sein. Ein Weltbestseller wie *Shogun* wäre ohne eine Auseinandersetzung Clavells mit der japanischen Mentalität genauso unmöglich gewesen wie die Krimis von Donna Leon ohne ihren Aufenthalt in Venedig. Daher entschied ich mich für Amerika, denn glauben Sie mir: Mandarin und Kantonesisch lernt man nicht so schnell!

Um wirklich über Amerika schreiben zu können, muss man amerikanische Luft atmen, amerikanischen Toast essen, beim Frühstück CCN sehen und all das mitmachen, was der Durchschnittsamerikaner jeden Tag erlebt. Das bedeutet aber auch, Monate oder gar Jahre dort zu verbringen.

Wie lange hat Ihr Rechercheaufenthalt in den USA für Götterdämmerung *gedauert?*
Etwa ein Jahr hatte ich schon früher in den USA verbracht. Es sollten vier weitere Monate hinzukommen, in denen ich zunächst in den Großstädten recherchierte: in Boston wegen der Nähe zu den Universitäten Harvard und Yale, in New York wegen der Konzentration des Finanzmarktes und seiner Bedeutung als Zentrum für Printmedien, und in Washington wegen der Nähe zur Regierung. Wichtig war es mir auch, fern der Großstädte auf dem Land zu leben, dort, wohin sich keine Touristen verirren.

Wie kamen Sie an die nötigen Kontakte?
Das habe ich mich anfangs auch gefragt. Wie sollte ich als Ausländerin, die bisher noch nie über so ein Thema geschrieben hat, an die nötigen Kontakte in den USA kommen? Nachdem ich aber die ersten Gedanken und deren Umsetzungen auf den Weg gebracht hatte, ergab ein Gesprächspartner den nächsten.

Und wie hat dann alles angefangen?
Meine Eltern sind befreundet mit einem ehemaligen parlamentarischen Staatssekretär im Justizministerium, Dr. Hans de With, und der hatte den Vorschlag gemacht, die Botschaft in Washington und die Generalkonsulate in den besuchten Städten anzuschreiben und um Unterstützung zu bitten. Und dann auch gleich die Goethe-Institute. Die Botschaften und Konsulate erwiesen sich als ein großartiger Tipp. Durch das zur Verfügung gestellte Adressenmaterial kamen Kontakte zum *Boston Globe*, zu den Universitäten, zur Ständigen Vertretung von Deutschland an der UN, zu Anwälten, zu Politikern und zur Bio-Industrie zustande. Und

die meisten Ansprechpartner waren einverstanden, mir Rede und Antwort zu stehen.

> Clinton, Albright, Kissinger, Allende –
> mehr über die faszinierenden Persönlichkeiten,
> die Tanja Kinkel während ihrer
> Recherchen traf, erfahren Sie unter
> www.goetterdaemmerung-roman.de

Das hört sich so einfach an – war es das tatsächlich?
Die einzigen Gesprächspartner, die ich bis vier Wochen vor der Reise noch nicht gefunden hatte, waren die Spezialisten für Staatshaftungsrecht und für das zentrale Thema des Buchs, Biogenetik. Hier wollte sich einfach nichts tun, bis Kommissar Zufall mir zu Hilfe kam.
Dazu muss man wissen: Meine Dissertation schrieb ich über Aspekte aus den Werken Lion Feuchtwangers. Kurz vor meinem Aufbruch nach Amerika rief mich Edgar Feuchtwanger an, ein Neffe von Lion. Er hatte meine Telefonnummer von einer in London lebenden Dame. Ich hatte die sympathische Frau Green – die aus München stammt, als Schulkind durch das Kindertransportprojekt nach England gekommen ist und so dem Holocaust entkommen konnte – vor Jahren kennen und schätzen gelernt. Natürlich rief ich sie an, um mich für den neuen Kontakt zu bedanken. Wir kamen auf meine aktuellen Pläne zu sprechen, und ich erzählte ihr von meiner Reise in die USA. Frau Green sagte, sie habe einen Sohn, und ob ich Interesse hätte, ihn zu besuchen – er sei Professor für Biogenetik in Harvard! Unfassbar! Das war genau die Kontaktperson, die ich brauchte und die mich dann mit weiteren Kollegen zusammenbrachte.

Sie erwähnten das Staatshaftungsrecht. Was genau ist das – und worum ging es Ihnen dabei?

Um nur ein Beispiel zu nennen: Sicher erinnern Sie sich an die Anthrax-Briefe, die in der Zeit nach dem 11. September 2001 weltweit für Schlagzeilen sorgten. Aufgrund internationaler Vereinbarungen dürfen amerikanische Labors nicht mit den Bakterien arbeiten. Mit den Spezialisten für Staatshaftungsrecht wollte ich abklären, was die juristischen Folgen wären, wenn die Anthrax-Bakterien, mit denen die Briefe verseucht waren, aber doch aus einem Regierungslabor der USA stammten. Sind die Verantwortlichen nur politisch oder auch strafrechtlich zu belangen? Fachleute für dieses spezielle Thema gibt es nur eine Hand voll.

Aber Sie haben welche gefunden?

Ja – und so konstruiert es klingen mag, ich schwöre, es war so. Im Herbst 2001 habe ich auf einer Recherchereise in China eine deutsche Richterin kennen gelernt. Als ich ihr bei einem Mailkontakt 14 Tage vor meiner USA-Reise von den Schwierigkeiten erzählte, einen Staatshaftungsrechtexperten zu finden, fiel ihr ein befreundeter New Yorker Anwalt ein, der wieder jemand kannte, der jemand kannte, der mir dann gleich drei Fachleute auf diesem Gebiet nennen konnte: einen Professor in Yale, einen in New York und einen Anwalt in einer der ganz großen Kanzleien in Washington. Ich musste sie dann nur noch davon überzeugen, mit mir zu sprechen.

Wen haben Sie noch interviewt?

Ich habe mich mit sehr vielen Menschen aus den unterschiedlichsten Berufsgruppen getroffen: mit Medizinern, Chemikern, Anwälten, Soldaten und Patentanwälten, um nur die Wichtigsten zu nennen. Und dabei kam es immer wieder zu erstaunlichen Überschneidungen.

Wo haben Sie die Rechercherereise begonnen?
In Boston. Cambridge ist mit der Universität Harvard und dem Massachusets Institute of Technologie für jeden neugierig Suchenden die Herausforderung und Befriedigung schlechthin. Kaum ein zweiter Ort in den USA wird so wie Cambridge von den Wissenschaften und speziell von der Medizin beherrscht. Eine Fundgrube an Informationen – und die amerikanischen Professoren sind dabei weit hilfreicher als die Deutschen, die dort ebenso lehren und forschen.
Dann fuhr ich nach New York. Kein Besuch in Amerika nach dem 11. September 2001 und kein Buch, das nach diesem Datum in den USA spielt, wäre denkbar ohne Bezug zu Ground Zero.
Wirklich erschüttert hat mich nicht der Ort selbst. Am Ground Zero hat die Vermarktung und Verkitschung der Trauer sehr schnell eingesetzt. In den Straßen, die zu der Plattform führen, standen Andenkenhändler. Es gab die Postkarte zur Katastrophe, das T-Shirt zur Katastrophe, die CD-ROM zur Katastrophe. Natürlich gab es dort auch eine Trauerwand, aber was dort ausgestellt und angeheftet ist, hat meiner Meinung nach nur eine Aussage: Ehrt die Helden! *United we stand!* Jemand hatte dort ein Bild des Erzengels Michael angebracht, der mit dem Schwert in der Hand Dämonen bekämpft und vor dem Garten Eden wacht. Auf seiner Brust standen die Initialen der New Yorker Polizei (NYPD) – und darunter der Wahlspruch *»Fidelis ad mortem«*, »Treu bis in den Tod«. *God bless America.*
Um dann auf die Plattform zu gelangen, von der aus es

gestattet ist, die Überreste der Türme zu betrachten, muss man ein Ticket erwerben. Ich war zu diesem Zeitpunkt von der Vermarktung bereits so abgestoßen, dass ich es nicht tat.
Den wirklich anrührenden und betroffen machenden Nachklang des 11. Septembers fand ich in einem der New Yorker Bahnhöfe, der Grand Central Station. Auch dort stand eine Pappwand, an der immer noch Vermisstenzettel hingen – vor allem aber Nachrufe. Hat jemand meinen Vater gesehen? Meine Schwester? Meinen Sohn? Und unter den amateurhaften Familienfotos stehen die Namen, Namen aus allen Nationen. Chandra, Lee Singh, Pat Donahoue. Da sind sie, die Toten, verwackelt aufgenommen und etwas verlegen grinsend, wie man es auf Familienfotos oft tut. Und daneben dann: *Daddy, I miss you.* Und immer wieder die Frage: *Why?* Warum.
Dort, an dieser Wand, konnte, dort *musste* ich weinen. Nicht vor dem Loch, wo einst die Türme standen und wo jetzt der Kommerz und ungetrübter Patriotismus herrschen.

Wie es nach New York in Washington, den Mittleren Atlantikstaaten und im Süden weiterging, können Sie im Internet lesen: www.goetterdaemmerung-roman.de

Ihre Recherchen führten Sie auch nach Florida.
Ja. Ich brauchte noch mehr republikanisch angehauchte Erfahrungen. Und ich habe Freunde dort, die mit ihren Eltern aus Kuba emigriert sind. Ich verbrachte einige Zeit bei einer Kubanerin, Maria, und ihrer Familie. Sie ist, wie fast alle ihre Landsleute, zu einer überzeugten Patriotin geworden und übertrifft darin jeden gebürtigen Amerikaner des Mittleren Westens. »Es ist ein gutes Land«, sagte

sie. »Weißt du, wer Amerikas größter Feind ist? Unsere eigene überkritische Presse.«
Ariel, ein anderer Freund, vertrat die Meinung: »Jetzt, nach 9/11, ist es wieder Mode, patriotisch zu sein. Aber wir waren das immer, nicht wie die Liberalen. Wir sind stolz auf Amerika. Und dabei sind wir keine Weißen. Wir Hispanics zählen zu den Farbigen und damit zu den Minderheiten. Was ein ziemlicher Witz ist, wenn man sich überlegt, dass unsere Vorfahren die ersten Europäer waren, die hierher kamen.«
Die kubanische Seite Amerikas hat einen großen Platz in meinem Buch gefunden. Ähnliches gilt für Louisiana, meiner nächsten Station.

Ist der Patriotismus dort auch so stark verankert?
In Boston mag man immer noch stolz darauf sein, dass dort die Wiege der Revolution steht, und in Miami wird man wohl ewig einen Groll gegen Castro hegen, aber in keinem anderen Teil der USA, den ich besucht habe, wird die Gegenwart immer noch so sehr von der Vergangenheit dominiert wie in Louisiana. Und doch hat der 11. September in den Südstaaten einiges verändert. Meine Freundin Mary aus Louisiana erklärte mir, dass sich bis zu den Terroranschlägen viele in erster Linie als Südstaatler sahen und New York als abscheuliches Zentrum des Yankee-haften betrachteten: »Da ich einen New Yorker geheiratet habe, bekam ich das ziemlich oft zu hören. Aber seit 9/11 sind New Yorker Helden, und wir stehen alle zusammen.«
Das ländliche Louisiana war für mich der Kontrast zur jedermann geläufigen amerikanischen Großstadtwelt, und ich brauchte einen glaubhaften Hintergrund für meine wichtigste Hauptperson. Hierzu nur ein Beispiel: »Louisiana defi-

niert den Begriff Inzucht neu«, bemerkte die Tochter meiner Freundin Sylvia. »Weißt du, was das größte Problem ist? Sich mit jemandem außerhalb der Familie zu verabreden.« Und tatsächlich: In Louisiana scheint jeder mit jedem verwandt zu sein. Und in jeder Familie gibt es einen dramatischen Mordfall. In Sylvias Familie ist es ihr Cousin Luke, gegen den damals wegen des Mordes an Tante Cyn ermittelt wurde. Jede Familie ist auch mit irgendeinem Arm des Gesetzes verwandt; in Sylvias Fall ist das Cousin Tom, der Statetrooper, dessen Aufgabe es ist, Geschwindigkeitssündern auf den nicht sehr Vertrauen erweckenden Landstraßen – man stelle sich die Betonstrecken vor, die man aus Indien kennt – ein Strafmandat zu verpassen, es sei denn, sie sind mit ihm verwandt.

Das hört sich ... seltsam an.

Es ist vor allen Dingen eins: charmant. Dazu trägt auch die südliche Sprechweise bei, lang gezogen, träge, mit ihrer eigenen Eleganz. Sie ähnelt den Bewegungen der Menschen und zeichnet sich durch eine einzigartige Mischung aus Formalität und Kosenamen aus. Als Frau wird man grundsätzlich mit »Miss« angeredet: Miss Sylvia, Miss Mona, Miss Pamela – und das gilt sogar für langjährige Kollegen. Der Vorname allein wird selten verwendet – ist man keine Miss Sylvia, dann eben Tante Sylvia, die Herren entweder ein Onkel oder ein Mister. Andererseits verwendet kaum ein Amerikaner so schnell und oft Kosenamen – *Hon* (von »Honey«), *Love, Sweetie ...*

Gemeinsam mit Miss Sylvia besichtigte ich ein altes Plantagenhaus. »Hier gibt es noch den Geist des Unionssoldaten, Miss Tanja«, verriet mir die Haushälterin. »Ein Deserteur, der sich hier versteckte, von den Bürgern gefunden und gehängt wurde. Er kommt in der Nacht und spielt Geige.« Sie verzog keine Miene, während sie das sagte. Natürlich gehört es zu den Aufgaben von Touristenführern, so etwas zu erzählen, aber es ist auch kein Zufall, dass Edgar Allan Poe Südstaatler war. »We have our own Gothic view of the world«, bestätigte Miss Sue, die mit Sylvia in einer Bibliothek arbeitet, bevor sie ausgiebig von einem Selbstmord in ihrer Familie berichtete – eine Verwandte hatte es nicht verkraftet, blind zu werden: »Aber manchmal hat man den Eindruck, dass sie zurückkommen ... Und, Miss Sylvia, mögen Sie am Montag ein Hühnersandwich oder lieber ein Schinkensandwich zum Lunch?« Die nächste Debatte galt der Problematik der Internetpornos, die immer häufiger über die bibliothekseigenen Computer aufgerufen wurden. Wandelnde Tote und moderne Technik schließen einander in Louisiana nicht aus.

Osten und Süden hatten Sie hinter sich. Wohin ging es als Nächstes?

Aus dem tiefen Süden der USA hoch in die nördlichste Spitze, nach Alaska. Nachdem ich diese Region gesehen hatte, musste der zentrale Handlungsort, den ich sonst vielleicht in einer anderen menschenleeren Gegend angesiedelt hätte, einfach dort liegen. Kein anderer Platz erschien mir angemessener.

Sie wollen Genaueres über Tanja Kinkels Aufenthalt in Alaska erfahren? Dann besuchen Sie uns im Netz und lesen Sie spannende Details über den Besuch der Autorin in diesem ebenso unwirtlichen wie faszinierenden Land: www.goetterdaemmerung-roman.de

Man merkt, dass Sie für Ihr Buch gründlich recherchiert haben. Manchmal aber liegt der Gedanke nah: So etwas kann in der Realität nicht passieren! Ist Götterdämmerung *also doch nur ein Roman?*

Alles, worüber ich in *Götterdämmerung* schreibe, habe ich als kleine Puzzlesteine und als Fakten oder realistische Möglichkeiten, wie sie mir geschildert wurden, zusammengetragen. Ich habe sie analysiert, Rückschlüsse gezogen und in ein Gewand gekleidet. Dieses Buch ist ein Roman, das möchte ich betonen. Trotzdem, jeden Tag und zu jeder Stunde ist es möglich, dass der Einfluss aggressiver Politik und die Risiken modernster Technologien zu dem Supergau führen, der bei der Atomtechnik noch einmal an uns vorbeigegangen zu sein scheint.

Frau Kinkel, wir danken Ihnen für dieses Gespräch.

Sind Gentechnik und Bio-Ethik auch für Sie Reizthemen? Auf der Internetseite
www.goetterdaemmerung-roman.de
finden Sie ein Diskussionsforum –
wir freuen uns auf Ihre Meinung!

Gene, Ethik und Moral?

»Was würden Sie für eine Million Euro tun?«

zusammengestellt von Christian Lukas

»Was würden Sie für eine Million Euro tun?« – Die Antwort auf diese Frage fällt leicht: Wir alle würden gerne bei Günther Jauch die entscheidende Frage richtig beantworten. Aber das Leben von Abermillionen Menschen aufs Spiel setzen? Nein, das wohl eher nicht.

Stellen Sie sich vor, Sie wären Arzt oder Wissenschaftler, und Sie hätten die einmalige Gelegenheit, ein Projekt zu verwirklichen, das Ihnen am Herzen liegt. Ein großer Pharmakonzern gäbe Ihnen ein Handgeld von einer Millionen Euro und die Möglichkeit, die nahezu unlimitierten Ressourcen des Unternehmens für Ihre Belange zu nutzen. Allerdings unterbreitet er Ihnen dieses Angebot nicht aus Großmut. Der Konzern möchte für seine Großzügigkeit natürlich eine Gegenleistung – und die sieht vor, dass Sie an Entwicklungen und Forschungen mitarbeiten, die vom Militär finanziert werden und die nicht ganz ohne Risiko sind. Natürlich würde durch Ihre Forschungen nur der »Feind« bedroht. Und man würde sich natürlich bemühen, die Kollateralschäden so gering wie möglich zu halten …
Die Antwort lautet wahrscheinlich immer noch: »Nein, natürlich nicht!« Wir alle haben schließlich ethische und moralische Grundsätze. Besonders dann, wenn es darum geht, an Entwicklungen mitzuarbeiten, die militärisch genutzt werden können. Die in der Lage sind, Menschen zu

töten. »Nein, an solchen Forschungen würden wir niemals teilnehmen ...«

Wirklich nicht?

Wenn Sie im Rahmen eines vom Militär bezahlten Forschungsprojektes mitarbeiten, dann bedeutet das doch noch lange nicht, dass Sie letztendlich auch eine Waffe mit Ihrer Arbeit entwickeln. Meist handelt es sich bei militärischen Plänen doch um Projekte, an deren Umsetzung mehrere Institute und Firmen beteiligt sind. Mit Ihrer Arbeit würden Sie nur ein Mosaiksteinchen des Gesamtbildes abliefern. Und wenn nicht Sie, dann täte es ein anderer. Außerdem: Können militärische Forschungen nicht auch für etwas Gutes eingesetzt werden? Und wenn Ihre Forschungen helfen, vielleicht einen Krieg zu verhindern oder einen Diktator abzusetzen, der Menschen unterdrücken und foltern lässt? Natürlich: Auch dieser Diktator besitzt Waffen. Aber die hat er sowieso von »den anderen« bekommen. Nicht von Ihnen!

Und nun überlegen Sie noch einmal: Sie bekommen die einmalige Gelegenheit, ein Projekt, das Ihnen am Herzen liegt, zu verwirklichen. Sind Sie wirklich sicher, dass Sie dieses Angebot ausschlagen?

Wie alles anfing – und wo es noch lange nicht aufhört

Der österreichische Mönch Gregor Mendel (1822–1884) widmete acht Jahre seines Lebens der Gartenerbse *Pisum sativum*. Mit Hilfe künstlicher Bestäubung veränderte er ihr Aussehen, nahm rund 10000 Kreuzungsversuche vor. Mendel war der erste Forscher, der die Meinung vertrat, dass keine mystischen Lebensenergien, sondern fassbare stoffliche Einheiten die Vererbung von Eigenschaften steuern. In seinem Aufsatz *Versuche über Pflanzenhybride* sprach er von »An-

lagen« – heute nennen wir diese »Gene«. Weder Öffentlichkeit noch Fachwelt nahmen aber von den Untersuchungen des Österreichers wirklich Kenntnis, Mendel starb, ohne zu ahnen, dass er als »Vater der Vererbungslehre« in die Geschichte eingehen sollte. Jahrzehnte gingen ins Land, bis neue Entdeckungen gemacht wurden: 1910 gelang es Thomas H. Morgan nachzuweisen, dass Gene linear auf Chromosomen angeordnet sind, 1913 wurde eine erste Genkarte erstellt, 1944 war es der Amerikaner Oswald T. Avery, der die DNS als Träger der Erbinformationen identifizierte. 1973 folgte das Klonieren eines Gens – und erst 100 Jahre nach Mendels Tod entstand die Idee, das menschliche Erbgut zu entschlüsseln, das 1988 in der Gründung des amerikanischen *Human Genom Projects* mündete.
Heute wissen wir mehr über die Gene des Menschen als jemals zuvor. Eine Vision, die seit Urzeiten Gelehrte und Gelehrige gleichermaßen fasziniert, ist in greifbare Nähe gerückt: die Erschaffung eines Menschen. Ein Traum? Ein Albtraum?

Mary Shelley wusste noch nichts von Genen und Erbanlagen, als sie 1818 ihren Roman *Frankenstein oder Der neue Prometheus* veröffentlichte. In ihrem Roman ist es ein junger Wissenschaftler, der einen Menschen aus Leichenteilen erschafft – und damit eine Katastrophe auslöst. Die Idee eines Wesens, das nicht auf natürlichem Wege gezeugt wird, findet sich auch in Goethes *Faust 2*, wo ein Homunkulus entsteht, ein perfekter Mensch. Goethe, selbst ein Naturwissenschaftler, träumt in seinem Werk von einem perfekten Geschöpf – keinem rassisch reinen Übermenschen, sondern einem Menschen ohne Krankheiten, intelligent, mitfühlend. Doch letztendlich muss auch Faust feststellen, dass ihm

»Menschlichkeit« fehlt, jene abstrakte Eigenschaft, die einen Menschen zum Menschen macht, die nicht anhand der Gene zu erklären ist. Es sind die so wenig fassbaren Fähigkeiten, die einen Menschen antreiben, zu fühlen, zu lachen, zu weinen, zu lernen. Es ist die Vernunft ebenso wie die Unvernunft. All das, was nicht allein anhand von Laborwerten bestimmt werden kann. All das, was Beatrice, die Heldin aus Tanja Kinkels *Götterdämmerung*, nun besitzt.

Beatrice ist ein Mensch, der nicht auf natürliche Art und Weise gezeugt wurde, da ihre Mutter dazu nicht fähig war. In Beatrices DNS befinden sich Erbinformationen von drei, nicht von zwei Eltern, wie die Natur dies eigentlich vorsieht. Eine Phantasie? Mitnichten. Mitte der 90er Jahre ersannen amerikanische Reproduktionsmediziner eine Therapie für Frauen, die keine Kinder bekommen konnten. Sie verhalfen, so ist es in einem Artikel aus dem Nachrichtenmagazin *Der Spiegel* aus dem Jahr 2001 nachzulesen, einem funktionsuntüchtigen Ei durch die Injektion von Zellflüssigkeit aus dem Ei einer Spenderin, salopp gesagt, auf die Sprünge. Allerdings wird bei diesem Transfer auch ein Teil der Erbinformationen der Spenderin auf das Ei der Empfängerin übertragen – und so kommen in diesem nun funktionstüchtigen Ei bei der Befruchtung die Gene der Mutter, des Vaters und der Spenderin zusammen. Inzwischen wird diese Form der Befruchtung geächtet; verboten ist sie nicht. Etwa 30 Kinder leben heute in den USA, die aus einer so genannten Keimbahnmanipulation entstanden sind. Bislang weisen sie keine Anomalien auf und entwickeln sich normal. Angeblich. Doch wer kann garantieren, dass dies so bleiben wird? Werden die Kinder dieser Kinder ein normales Leben führen können? Und werden die Wissenschaftler in der Lage sein, auch die Kinder der Kinder der Kinder zu überwachen?

Das Spiel mit den Genen zwecks Reproduktion ist längst keine Romanidee mehr – und auch in der Realität ganz sicher nicht ohne Risiko. Denn hinter jedem Fortschritt, den die Wissenschaft macht, stehen unzählige Fragen, die noch beantwortet werden müssen.

Man denke an das Klonschaf Dolly: Bis zur Erschaffung Dollys gingen die Wissenschaftler davon aus, dass das Alter des Spenders beim Klonen unerheblich sei. Ein Trugschluss, wie sich herausstellte. Bereits als Jungschaf erkrankte Dolly – die aus den Zellen eines sechsjährigen Spendertiers geklont wurde – an Gebrechen, die für ältere Schafe typisch sind. Dollys Körper schien ihrem Geist stets um sechs Jahre voraus zu sein, bis sie 2003 nach wenigen Jahren an Altersschwäche starb. Würde man aus den Zellinformationen eines 90-jährigen Menschen also einen Klon erschaffen, hieße dies, es käme ein Baby mit dem »Innenleben« eines alten Menschen zur Welt. Ein Baby, das als Kleinkind mit zwei, drei Jahren an Altersschwäche sterben würde.

Das ist der heutige Stand der Forschung.

Oder zumindest der öffentlich zugängliche Stand der Forschung.

Die Forschung und das Militär

Wer finanziert Forschungen im Bereich der Biotechnik? Auf den ersten Blick die Pharmakonzerne. Legt man Zahlen aus der Medikamentenforschung zugrunde, die aufzeigen, dass für ein einziges am Markt erfolgreiches Produkt bis zu

500 Millionen Euro an Forschungs- und Entwicklungskosten einkalkuliert werden müssen, dann wird aber ersichtlich, dass selbst große, potente Unternehmen, die jedes Jahr Milliarden umsetzen, sehr wohl ihre Forschungsausgaben kontrollieren müssen. Daher verwundert es nicht, dass vor allem in »populäre« Krankheiten wie Bluthochdruck, Diabetes oder Herzerkrankungen investiert wird. Viele Kranke = viele Kunden!

Um nun aber die Kosten zu senken – denn selbst ein erfolgreiches Produkt egalisiert nicht von heute auf morgen die immensen Forschungskosten –, suchen die Unternehmen nach sicheren Geldquellen. Und die finden sie beim Staat. Forschung bringt Innovation, Innovationen bringen Arbeitsplätze – und sie verschafft Vorsprung gegenüber anderen Staaten. Um nur ein Beispiel zu nennen: In den USA hat die Staatskasse bislang 80 Prozent aller Kosten getragen, die bei den Forschungen nach Anti-HIV-Medikamenten angefallen sind. Dies soll gar nicht kritisiert werden, wenn am Ende eines solchen Subventionsprozesses etwas steht, das den Menschen hilft. Jedoch: Es ist nicht nur der Staat, der Forschungen in der Biotechnik- und Pharmaindustrie subventioniert. Auch das Militär investiert Milliarden.

Eigentlich sollte in einer Demokratie das Militär ein Teil des Staates sein, und damit auch des Staatshaushaltes. Wenn es allerdings um ein Budget von etwa einer Milliarde Dollar pro Tag geht, dann muss das Militär als ein eigener Faktor in diesem Subventionsspiel betrachtet werden. Wenn nicht sogar als ein Staat im Staate.

Ein Beispiel: Anfang des Jahres 2004 lag der Jahresetat des amerikanischen Militärs bei 365 Milliarden Dollar, Mitte des Jahres erhielt das Pentagon noch Zusatzhilfen, womit etwa 400 Milliarden Dollar im Jahr 2004 zur Verfügung standen.

Natürlich muss das Militär mit dieser Summe seinen Haushalt finanzieren – vom Sold und dem Kauf von herkömmlichen Waffen bis zum Unterhalt der Stützpunkte. Dennoch bleibt für die Forschung eine nicht näher genannte, höchstwahrscheinlich aber eindrucksvolle Summe übrig. Vor allem die Biotech-Forschung hat in den USA in den letzten Jahren massiv davon profitiert, dass das Militär nahezu freie Hand hat, wenn es um den Schutz des *American way of life* geht. Der Feind ist schließlich seit dem 11. September 2001 klar definiert: Es sind muslimische Terroristen. Um sie aufzuhalten, ist jedes Mittel recht. Wie die Entwicklung ein Kampfstoffes, der nur Araber tötet.

Fiktion und Fakten

Noch gibt es offiziell keine ethnischen Kampfstoffe. Kein in einem Biolabor gezüchtetes Virus, das in der Lage ist, zum Beispiel nur Araber zu töten, alle anderen Menschen aber in Frieden lässt. Wenn Tanja Kinkel in ihrem Roman davon berichtet, wie in einem Labor in Alaska an der Realisierung solcher Ideen gearbeitet wird, dann ist ihr aber keinesfalls die Phantasie durchgegangen.

In der menschlichen Erbsubstanz, den SNPs *(Single Nucleotide Polimorphisms)*, gibt es Anzeichen für Gene, die so speziell sind, dass sie nur bei bestimmten ethnischen Gruppen vorkommen. Ein Beispiel ist ein Gen – beziehungsweise eine Mutation eines Gens –, mit der Bezeichnung TSC0493622. Bislang weiß niemand, ob diese Genmutation eine Funktion erfüllt oder es sich nur um eine Laune der Natur handelt. Tatsache aber ist: 94 Prozent aller afrikanisch abstammenden Menschen weisen diese Mutation in ihrer SNP auf – bei Asiaten kommt sie gar nicht vor. Was also würde ein künstlich hergestelltes Virus anrichten, der ausschließlich TSC0493622 angreift? Gar nichts? Oder würde er den Genozid an farbigen Menschen herbeiführen?

Man muss sich davor hüten, Genforschungen, die spezielle Ethnien betreffen, automatisch als etwas Böses zu klassifizieren: Jede Forschung kann für etwas Böses verwendet werden – aber auch für etwas Gutes. In den USA ist 2004 die Zulassung des Herzmittels BiDil beantragt worden, das ausschließlich an afroamerikanische Herzpatienten ausgegeben werden soll. Studien haben vorher ergeben, dass es Herzmedikamente gibt, die bei farbigen Patienten weniger gut anschlagen als bei ihren weißen Leidensgenossen. Lange wurden diese Unterschiede auf soziale Faktoren zurückgeführt. Doch nun wurde mit Hilfe der Genforschung nachgewiesen, dass Afroamerikaner tatsächlich auf einige Medikamente anders – und zwar schlechter – reagieren als Amerikaner mit europäischen Vorfahren. BiDil soll nun eine wichtige Versorgungslücke schließen. Die Genforschung kann also dabei helfen, Krankheiten zu heilen und Leben zu retten.

Doch was passiert noch mit den Forschungsergebnissen?

Noch steckt diese Art der Forschungen in den Kinderschuhen. Zwar existiert bereits das *Human Genom Diversity Project* (HGDP), das im Zuge des *Human Genome Projects* gegründet wurde. Innerhalb des *Human Genome Projects* ist es gelungen die kompletten Sequenz des menschlichen Erbgutes zu entschlüsseln. Das HGDP soll nun die genetische Vielfalt der Menschheit erfassen, vom Hopi-Indianer bis zum bajuwarischen Bergbauern. Unterstützt wird das Projekt unter anderen von den nationalen Gesundheitsinstituten der USA sowie der nationalen und überstaatlichen

Wissenschaftsstiftung. Die Forschungen sind aber umstritten, da viele Kritiker befürchten, das HGDP sei nichts anderes als eine moderne Form des Kolonialismus, bei dem die genetischen Ressourcen armer Völker von den reichen Konzernen des Nordens ausgebeutet werden sollen.

Wer nun glaubt, nur die Amerikaner wären an solchen Forschungen interessiert, irrt. Auch China könnte ein ähnliches Projekt betreiben: Aufgrund seiner Abtreibungspolitik und der bis zu 10 000 Hinrichtungen im Jahr verfügt China über ein schier unbegrenztes Zugriffspotenzial – sowohl auf embryonale als auch auf adulte Stammzellen. Aber ebenso sammeln diverse europäische Institute vergleichbare Daten. Und mit Indien und Pakistan besitzen zwei Länder bereits riesige DNS-Datenbänke über die genetische Zusammensetzung ihrer Einwohner. Zwei Länder, die seit 1947 bereits drei Kriege gegeneinander geführt und im Jahr 2003 während eines teilweise mit Waffengewalt ausgetragenen Konflikts bezüglich der Grenze zu Kaschmir ernsthaft über den Einsatz atomarer Waffen nachgedacht haben. Ist es ein Zufall, dass sich ausgerechnet dort die Regierungen für Forschungen interessieren, die in der Entwicklung ethnischer Kampfstoffe enden könnten?

Wenn ein Wunsch übermächtig wird

Was bringt uns die Genforschung? Das Ende der Menschheit, wie wir sie kennen? Überwesen? Designerbabys?
Das Designerbaby ist keine Utopie, sondern ein »Produkt«, an dem real gearbeitet wird. Welche Augenfarbe soll Ihr Kind haben? Hätten Sie lieber ein Mädchen oder einen Jungen? Soll der Kleine eine Affinität fürs Schwimmen entwickeln? Wie wäre es mit einem IQ von 150? Und sind diese

Wahlmöglichkeiten erfreuliche Aussichten – oder das genaue Gegenteil?
Wieder würden die meisten von uns sagen: »Das ist abzulehnen! Man soll der Natur nicht ins Handwerk pfuschen.« Doch was ist mit Menschen, die nicht in der Lage sind ein Kind zu bekommen? Kann man sie dafür verurteilen, dass sie alles tun würden, um ihren Wunsch zu erfüllen? Weil sie die Freude erleben wollen, ein Kind heranwachsen zu sehen? Den Wunsch, einem kleinen Menschen Liebe zu spenden? Natürlich nicht.
In *Götterdämmerung* verspürt Dr. Sanchez' Ehefrau diesen Wunsch. Und Victor Sanchez liebte seine Frau. In seinem Bestreben, dem Menschen, den er liebt, den Wunsch von einem Kind zu verwirklichen, muss Dr. Sanchez einen hohen Preis zahlen. Was nutzen ihm seine Genialität und das Wissen, den Wunsch seiner Frau erfüllen zu können, wenn er weder über die Ressourcen noch die Logistik verfügt, die er benötigt, um den Traum Realität werden zu lassen? Der Konzern von Mr. President verfügt über all das, was Sanchez benötigt. Und so geht Sanchez mit Mr. President einen Deal ein. Er stellt dem Konzern seine Arbeitskraft zur Verfügung – als Gegenleistung erhält er Zugang zu den für ihn wichtigen Ressourcen, die den Traum seiner Frau verwirklichen sollen. Ein Traum, der viele Jahre später zum Albtraum werden wird.

Womit wir wieder am Anfang unseres kleinen gedanklichen Ausflugs angekommen sind: Stellen Sie sich vor, Sie bekämen die einmalige Gelegenheit, ein Projekt, das Ihnen am Herzen liegt, zu verwirklichen – es läge plötzlich in Ihrer Macht dafür zu sorgen, dass Ihr Kind nicht etwa behindert zu Welt kommt, sondern vollkommen gesund, dazu intelligent, schön, immun gegen alle bekannten Krankheiten. Sie erhielten dafür auch noch ein Handgeld von einer Million Euro und die Möglichkeit, die nahezu unerschöpflichen Ressourcen des Unternehmens für Ihre Belange zu nutzen: Wenn Sie dafür auf der anderen Seite an Forschungsprojekten mitarbeiten, die Sie persönlich vielleicht für bedenklich halten. Sind Sie sich wirklich sicher, dass Sie dieses Angebot aus Gründen der Ethik und der Moral ausschlagen würden?

Und bedürfte es tatsächlich des Anreizes von einer Million Euro, um Sie zu überzeugen?

Ein Blick hinter die Kulissen

Gestrichene Szenen

Exklusiv aus dem Archiv der Bestsellerautorin

Eine gute Autorin wie Tanja Kinkel weiß alles über ihre Figuren, bevor sie beginnt einen Roman zu schreiben – Geburtsort, kindliche Prägungen, Familienverhältnisse, erste Liebe, Sinn für Humor, Umgang mit Mitmenschen, Vorlieben und Abneigungen und deren Gründe, Moralvorstellungen, berufliche Stationen. Kurz: alles, was auch einen Menschen unverwechselbar macht. Dabei ist es gleichgültig, ob diese Informationen später im Roman Verwendung finden werden oder nicht – es ist einfach eine unverzichtbare Vorarbeit, um authentische Figuren zu schaffen.
Auch während des Schreibprozesses setzt sich diese Arbeit fort – und so gibt es oft Szenen, die für die Autorin und den Charakter der einzelnen Figur wichtig sind, auch wenn sie im Zusammenhang des Gesamtromans keine herausragende Bedeutung haben und deswegen dem Rotstift zum Opfer fallen.
Exklusiv für die vorliegende Taschenbuchausgabe der *Götterdämmerung* hat Tanja Kinkel aus ihrem Archiv drei Szenen ausgewählt, die sie erst im letzten Manuskriptstadium gestrichen hat.

Szene 1: Die Rivalität zwischen Deirdre und Matt

Tanja Kinkel: »*Die folgende Stelle wäre im gedruckten Roman auf Seite 345 anzusiedeln, während Beatrices und Neils Reise. Sie veranschaulicht die Animosität zwischen Deirdre und Matt, an die sich Neil auf Seite 86 erinnert.*

Außerdem zeigt sie beide Charaktere aus einer anderen Perspektive als der von Neil. Nun gibt es in Götterdämmerung *nicht viele Stellen, wo meine beiden Hauptfiguren glücklich und mit sich und der Welt im Einklang sind, aber die Alaska-Reise ist eine davon. Was auch deswegen wichtig ist, weil der Schock, der auf Neil zukommt, dann umso brutaler wirkt. Um diesen Effekt nicht zu zerstören, habe ich die Szene mit Matt und Deirdre gestrichen.«*

Deirdre hatte gewusst, dass Matt zu den Journalisten gehörte, die zu dem Preston-Wohltätigkeits-Ball eingeladen worden waren. Umgekehrt musste ihm bekannt gewesen sein, dass der Senator zu den Ehrengästen gehörte und nicht ohne sie erscheinen würde. Trotzdem vermied sie es, in seine Richtung zu sehen, und stellte fest, dass er ihr ebenfalls auswich.

Als sie schließlich von dem Versuch erschöpft war, gleichzeitig den Vorstandsvorsitzenden von AT&T zu überzeugen, dass Cunningham der ideale Kandidat für 2008 sein würde, und weiter den ganzen Saal im Auge zu behalten, lehnte sich Deidre für einen Moment gegen eine der Säulen, um auszuruhen. Wenig später tauchte Matt an ihrer Seite auf. Er hielt ein halbleeres Glas Martini in der Hand und schenkte ihr ein schiefes Lächeln, das seine Augen nicht erreichte.

»Nette Party«, sagte er.

Sie zuckte die Achseln und erwiderte nichts.

»Komm schon, Deirdre«, sagte er. »Es ist nicht meine Schuld, dass du und Neil wieder einmal auf Kriegsfuß miteinander steht. Das war schon nicht meine Schuld, als ihr noch verheiratet wart, und jetzt erst recht nicht. Also, was soll die Sippenhaft?«

»Es geht hier nicht um einen Streit über Besuchsrechte oder

Anwaltskosten, Matt«, gab sie zurück, ohne eine Miene zu verziehen. Wenn man sie mit dem Vertreter der New York Times streiten sah, könnte das zu falschen Rückschlüssen über den Senator führen, und sie war zu professionell, um so etwas zu riskieren. »Ich habe ihm gesagt, falls den Kindern etwas passiert, nur weil er sich einbildet, einen Schocker über die Pharmaindustrie schreiben zu müssen, bringe ich ihn um. Das war kein Witz. Und da du ihn wie üblich ermutigst, kannst du dich gleich mitbetroffen fühlen.«

Er zuckte zusammen. Dann verhärtete sich sein Gesicht. »Das war dumm von dir. Wieso du nach all den Jahren immer noch nicht begriffen hast, dass man so bei Neil nicht weiter kommt, ist mir ein Rätsel. Meine Güte, Deirdre, der Mann hat immer noch Gefühle für dich. Ich glaube, er ist da wirklich auf etwas gestoßen, aber wenn du einfach gesagt hättest, du und die Kinder, ihr braucht ihn hier, um sicher zu sein, hätte er Alaska sausen lassen – Story oder nicht.«

Deirdre war Matt und Neil am gleichen Tag begegnet. Matt war der Ruhigere von beiden gewesen, derjenige, der von seiner Herkunft und seinen politischen Ansichten her besser zu ihr gepasst hätte. Trotzdem herrschte von Anfang an eine vage Antipathie zwischen ihnen, die sie beide Neil zuliebe meistens unterdrückt hatten. Dazu bestand mittlerweile kein Anlass mehr, und so überraschten seine Worte Deidre nicht unbedingt. Was sie überraschte, waren die Bitterkeit und der Zorn, die sie in ihr auslösten.

»Männliche Egos zu beschwichtigen ist mein Beruf«, entgegnete sie. »Ich brauche das nicht auch noch in meinem Privatleben. Im Übrigen irrst du dich. Weißt du, der Unterschied zwischen dir und mir ist, dass ich Neil nicht brauche, damit er für mich meine abgelegten Ideale weiter verwirklicht und mir dadurch das Gefühl gibt, doch noch ein Kreuzritter zu sein. Ich sehe ihn, wie er ist – nicht, wie ich ihn gerne hätte.«

Matt schwieg.

Die Luft kam Deidre plötzlich stickig vor, dabei wusste sie, dass die Klimaanlagen in dem Hotel hervorragend funktionierten. Man hatte ihr einen Leibwächter für die Kinder zur Verfügung gestellt, und eine ihrer Freundinnen übernachtete heute bei ihnen. Aber sie fragte sich doch, wie bald sie nach Hause gehen konnte, ohne den Senator im Stich zu lassen.

Als Matt endlich sprach, tat er es mit einer geschliffenen, boshaften Präzision, die sie an ihm noch nie erlebt hatte, und die zeigte, wie tief ihre Worte ihn getroffen haben mussten.

»Nein, meine Liebe, der Unterschied zwischen dir und mir ist, dass du ihn überhaupt nicht mehr siehst. Und dass er dir nicht mehr gehört. Du bist eine schöne Frau, Deirdre, aber giftgrün ist wirklich nicht deine Farbe.«

Ich bin nicht eifersüchtig, wollte sie sagen, unterdrückte es aber gerade noch rechtzeitig. Er hatte gleichzeitig Recht und Unrecht. Früher war sie tatsächlich eifersüchtig gewesen. Sie hatte Neil geliebt; und er war nicht nur ihr Mann gewesen, sondern auch ihr bester Freund. Aber es wäre Neil nie in den Sinn gekommen, sie als seinen besten Freund zu bezeichnen. Diesen Titel, die selbstverständliche Kameradschaft, die auch schwerste Auseinandersetzungen überlebte, hatte er für Matt reserviert.

Was Matt nicht begriff, weil er im Grunde genau wie Neil noch glaubte, dass jeder Mensch immer von denselben emotionalen Gleichungen definiert wurde, war, dass solche Gefühle sich verändern konnten. Sie verblassten im Lauf der Zeit. Und sie waren nie so wichtig wie die Sorge um ihre Kinder gewesen.

»Bleib bei politischen Kommentaren, Matt«, erwiderte sie. »Die Modespalte wäre nichts für dich. Die brauchen jemanden, der nicht farbenblind ist.« Damit ließ sie ihn stehen, und erst, als sie sicher war, dass sie von einem halben Dutzend weiterer Gäste verdeckt wurde, gestattete sie sich ein tiefes Atemholen. Sie sah auf die Uhr. Noch eine halbe Stunde, und sie würde gehen können. Dann noch eine gute Stunde aus der Stadt heraus, wenn der Verkehr nicht zu dicht war. Eine Stunde war eine lange Zeit. Vielleicht sollte sie noch einmal versuchen, Neil in Alaska zu erreichen? Sie würde nicht betteln. Aber vielleicht bestand doch die Hoffnung, dass er irgendwann einen Funken Verantwortungsbewusstsein zeigen würde.

* * *

Szene 2: Beatrices Erinnerung

Tanja Kinkel: »*Während eines ihrer Spaziergänge auf dem Gelände des Labors (im Buch auf Seite 169) genießt Beatrice das Tauwetter im spätwinterlichen Alaska:* Für dieses Jahr hatte sie den Winter satt, selbst wenn sie im Sommer wieder im Labor eingesperrt sein würde. *Nach diesem Satz folgte im ursprünglichen Manuskript eine Kindheitserinnerung Beatrices, die ihre Gefühle bezüglich ihrer isolierten Existenz im Labor und ihre Sehnsucht nach einem Ausbruch verdeutlichen sollte. Letztendlich wollte ich jedoch in den betreffenden Passagen die Betonung auf Beatrices wachsende Zweifel an Livion und auch an ihrem Vater legen. Also wurde diese Stelle zunächst gestrichen. Ich freue mich, dass sie nun in diesem Rahmen doch veröffentlicht wird.*«

Es war eine ihrer frühesten Kindheitserinnerungen. Und jetzt, da Beatrice genau den Ort, an dem sich das Ereignis während eines Winters vor vielen Jahren zugetragen hatte, vor Augen hatte, erlebte sie die Erinnerung noch viel intensiver: ihre Hand im Schnee. Es musste das erste Mal gewesen sein, dass man sie nach draußen gelassen hatte, natürlich in Begleitung und in der Nacht, immer in der Nacht. Sie war atemlos – wahrscheinlich war sie gerannt. War sie gestolpert, oder hatte sich selbst vor Begeisterung, wirklich inmitten der verbotenen Außenwelt zu sein, in den Schnee geworfen? Sie wusste es nicht mehr. Nur eines war ihr noch so gegenwärtig, als wäre es gestern geschehen: Sie zog einen der warmen Fäustlinge aus, die sie vor der Kälte schützten, spreizte die Finger ihrer linken Hand und legte sie in den Schnee.

Es war kein Neuschnee mehr, das begriff sie später. Er war schon alt und gefroren. Aber er taute trotzdem um ihre warme Hand. Die Kälte biss in ihre Haut und war *wirklich*, auf eine Weise, wie es nichts in der Welt dessen war, was sie damals noch ahnungslos »unser Haus« nannte.

»Bea!«, rief eine Stimme, und jemand hob sie vom Boden hoch, stürmisch und Besitz ergreifend. Da war ein schwacher Geruch von Parfüm, der sich mit dem von Medikamenten mischte. Es musste ihre Mutter gewesen sein, doch so sehr sich Beatrice auch konzentrierte, sie konnte sich bei dieser Erinnerung nie das Gesicht der Frau vergegenwärtigen, das sie doch von zahlreichen Fotos kannte. Nur das Gefühl, aufgehoben zu werden, Finger, die ihr den Fäustling wieder über die linke Hand stülpten. Wärme und ein wenig Enttäuschung, weil sie den Schnee gerne noch länger gespürt hätte.

Wenn ihr Vater gelegentlich davon sprach, wie stolz ihre

Mutter auf sie gewesen wäre, auf ihre Leistungen und die Art, wie Beatrice das bewältigte, was er ihre »Bürde« nannte, kam ihr immer unwillkürlich diese Erinnerung in den Sinn, und sie wünschte sich, ihre Mutter hätte sie nicht so bald eingeholt.

Hat Ihnen dieser Blick hinter die Kulissen gefallen? Eine weitere Szene – aus dem Verhör von Neil durch Wests Adjutanten Frank Ewing – finden Sie im Internet: www.goetterdaemmerung-roman.de

Tanja Kinkel

Götter-dämmerung

»Ein Buch über die Gegenwart und die Zukunft.
Ein Abgrundbuch vom Ende der Welt.«
Frankfurter Allgemeine Sonntagszeitung

»Brillant recherchiert und erschreckend realistisch.«
Freundin

»In einem atemberaubenden Finale
treibt Tanja Kinkel ihre Protagonisten in ein Desaster –
und den Puls der Leser auf Höchstwerte.«
Kölner Stadt-Anzeiger

Knaur Taschenbuch Verlag

DANKSAGUNG

Wenn man ein solches Buch abgeschlossen hat und zurückblickt auf den langen Weg bis zu seiner Fertigstellung, da glaubt man gar nicht mehr, wie viele Menschen mit ihrem Rat, mit ihrer Zeit oder oft auch nur im Hintergrund mit Hinweisen, die zu wichtigen Details führten, Einfluss auf das Entstehen nahmen. Ich habe mich daher für die alphabetische Reihenfolge entschieden, um den wichtigsten Helfern gerecht zu werden.

Somit danke ich meiner Kollegin Isabel Allende; Josef Beck, Stellvertretender Generalkonsul von Los Angeles; Bill Clinton, Ex-US-Präsident; Dr. James A. Cooney, Executive Director, Weatherhead Center, Harvard University; Dr. Dieter Dettke, Direktor Friedrich Ebert Stiftung, Washington; Silvia Doerr und Prof. Hans-Wilhelm Doerr, Leiter der Virologie am Frankfurter Universitätsklinikum; Dr. Karen Donfried, Director Foreign Policy Program, GMF of the US, Washington; Sonja Ewerdt, Richterin; Prof. Noah Feldmann, Staatsrechtler, NY University School of Law; Rechtsanwalt Dennis Fredricks, Los Angeles; Mary und Gary Galasso, meine großzügigen Gastgeber in Morrow, Louisiana; Walburga Gerstenfeld, bezaubernde Gastgeberin in Washington; Stefan Graf, Konsul, Deutsches Generalkonsulat NY; Jeremy Green, Prof. für Genetik, Harvard Medical School, Cambridge; James Griffin, Direktor Checkpoint Charlie Stiftung Berlin; Janeen

Grohsmeyer, kundige Führerin durch Maryland; Nathaniel Gutmann, Regisseur und Produzent in Hollywood; Prof. Douglas Harrington, Vorstand einer Firma für Speziallabors; Dr. P. C. Hauswedell, Generalkonsul, Deutsches Generalkonsulat Boston; Katie Heasley für eine phantastische Zeit in Alaska; Richard Henricks, ehemaliger US-Soldat; Stefan Hoffmann, Rechtsanwalt; Wolfgang Ischinger, Botschafter der Bundesrepublik Deutschland, Washington; Paul Kamenar, Washington Legal Foundation; Dr. Klaus Kinkel, ehemaliger Außenminister der Bundesrepublik Deutschland (und nicht mit mir verwandt); Henry A. Kissinger, ehemaliger US-Außenminister; Prof. Ludger Kühnhardt; Roland Lechner, Student; Volker Lehmann, Consultant European Media, New York; Rüdiger Löwe, Fernsehdirektion, Bay. Rundfunk, München; Donald A. MacGillis, Editorial Writer, The Boston Globe; Jerry L. Mashaw, Prof. und Staatsrechtler, Yale Law School; Dr. Joachim Mattheus, Gynäkologe, Bamberg; Vi Moreau und ihrer gesamten Familie in Miami; Christian Much, Mitglied der Ständigen UN-Vertretung der Bundesrepublik Deutschland; Ronald Mühlfellner, Produzent Bavaria-Film, München; Stuart A. Newmann, Prof. für Zellbiologie und Anatomie am New York Medical College; David Ogden, Rechtsanwalt in Washington; Klaus Podak, Süddeutsche Zeitung; Gero von Randow, Rechtsanwalt; Diethart Reichardt, Cromavision, Coronal del Mar; Janet L. Robinson, Präsidentin der New York Times; Dr. Michael Schneider, Patentanwalt; Frances Schoenberger, Journalistin in Hollywood; Hans Schreiber, Diplom-Chemiker; Dr. Hans Ulrich Seidt, Leiter der Kulturabteilung Deutsche Botschaft, Washington; Alison Smale, Redakteurin New York Times; Uta Steingrüber, Deutsche Botschaft,

Washington; Riky Stock, New York; Dr. Wolfgang Stute, Bielefeld; Dr. Martin Teitel, Präsident der Gesellschaft für verantwortungsvolle Genetik, Cambridge; Dr. Joachim Unseld, Verleger, Frankfurt; Connie Veilette, Stabschefin des Kongressabgeordneten Ralph Regula; Neil G. Volz, ehemaliger Stabschef von R. Ney, Mitglied des amerikanischen Repräsentantenhauses; Martin Walker, Chefkorrespondent UPI, Washington; Sieglinde Weiermann, Berlin; Rechtsanwalt Dr. Hans de With, ehemaliger parlamentarischer Staatssekretär.

Ich habe ihnen bei der Gestaltung dieses Romans nicht immer sagen können, wozu ich ihre Informationen brauchte, weil viele Nebenschauplätze meines Buches auch erst im Rahmen dieser Recherche entstanden sind und die Gestalten neue Züge angenommen haben. Trotzdem wurde die Hilfe immer gerne gegeben, und ich hoffe, dass ich niemanden mit dem, was ich daraus gemacht habe, enttäusche. Ihre Unterstützung war für mich unverzichtbar. Ohne alle Vorgenannten gäbe es »Götterdämmerung« so nicht.

Danke, Danke, Danke!